U0895108

SWIRL IN THE MIST

海棠 —————— 著

下雨时
蔷薇会开

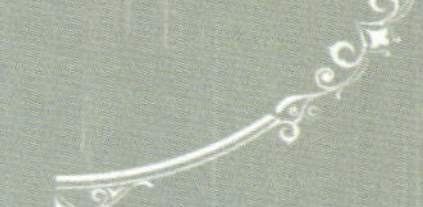

CNS 湖南文艺出版社 HUNAN LITERATURE AND ART PUBLISHING HOUSE 博集天卷 CS-BOOKY

你总是假装和我是陌生人，

可是，我们的灵魂，

一直在以只有我们能理解的方式交织。

上部

锁 花 园

目录

上部——锁花园

今朝烟迷晓梦，雨入新秋，
果木青红

岸有南国尚暖，戴月徐行
// 茫茫星谷，袅袅流萤，
忽然石破 // 望高楼灯火 //
我眉敛黛 // 破寺如倾 // 好
风频借，青云翻覆，谁记孤
鸣号惊 // 金乌里，跑马未
解，潇湘水冷 // 壁上宝剑
生尘，哀哀半世空鸣 // 不
必流连，严潭寒露，且付金
风

今朝烟迷晓梦

“飞刃无形，铲不平处，行侠世间，

仗义尘路，红尘如狱，众生皆苦，菩萨低眉，金刚怒目！”

这座山没有名字，也不知坐落何方，而山下有多少村庄、山顶寺庙历史几许，也是通通无人计算过的，只知道这里连年雨水绵绵，山中生长着丰茂的植被，许多大树顶着几百年岁月积聚而成的庞大树冠，从山腰处一直生长，生长，长到寺庙门外的巨石平台上方止。站在寺庙门口向四方望去，满眼都是浓重的绿色，寺庙仿佛漂浮在绿藻上的悠悠小舟，只有缭绕的烟火在其中浮动。

几百年的太平岁月间，这里一直很安静。

天刚亮，一声嘶哑的惊叫终于划破了这片安静：

“师伯！你怎么了……快来人啊，藏经阁的大师伯全身经脉都断了，他好像死了！”

本寺大师伯，为人端方，学识渊博，一手大力金刚拳天下无敌，但他太醉心于佛法，只愿在藏经阁做一个守阁老僧，这样一个与世无争又武功高强的人，究竟为什么，又是谁能够打得他经脉尽断呢？

三师叔第一个赶来，忙遣小沙弥去请方丈，可是过了许久也不见小沙弥回来，众僧发觉不对，赶到方丈禅房，只见方丈七窍流血而死，小沙弥倒在血泊中。方丈全身都冷透了，而小沙弥的血，还腾腾地冒着热气。

“谁！”三师叔大怒奔出，却只见巍巍古寺映着朝阳，哪里有人？

“跑不远，出去看看！”三师叔白眉竖立，百十个武僧手提罗汉棍呼啦追出门去，在寺庙外的青石平台上，黑压压地站了一片。

贼人没看到，倒有一个小姑娘坐在纤细的枝丫上，裙底露出双绣鞋，轻轻地摇晃着。

三师叔合掌道：“请问小施主，刚才有没有人从这里经过？”

这小姑娘不过十来岁，扎着黑油油的辫子，身穿水红色的粗布衣裙，有几个不显眼的补丁，大概是山下农家的孩子。衣饰虽然粗朴，容貌却十分艳丽，那圆鼓鼓的脸仿佛熟透的蜜桃，樱红的唇边还沾着桑葚的紫汁。她的黑眼珠在众人中间一转，就像一朵娇嫩的鲜花面朝古寺突然绽放，使几个年轻的僧人脸通红地低下了头。

小姑娘歪头一笑，甜甜地问道：“小和尚们，你们谁叫玄尘呀？”

“玄尘在菜园担水。”三师叔道，“小施主，这里有贼人，你还是快快下山去找你的爸爸妈妈吧。”

小姑娘又笑道：“你这白胡子老头，是玄尘的师父吗？”

三师叔点头道：“是的。”他不想多和这孩子啰唆，再耽搁下去，恶贼就逃远了，手中禅杖一敲青石地面，众僧觉得脚下微微一震，连山谷里的鸟都被惊醒了。它们从翅膀底下探出头来，只见青衫青袍白眉白发的三师叔已经离了寺门，一跃而入山间，踩着树冠，转眼便在一丈之外了。

小姑娘的声音从身后传来：“三天前，玄尘下山采办菜种，调戏了一个寡妇，那寡妇回家后羞愤自杀了。一条人命的过错，你们竟然只罚他在菜园里担水一年，我想问问老和尚和小和尚们，是佛祖给你们撑腰让你们这么做的吗？”

这声音，每一个字都金玉玲珑，一丈之外的三师叔竟然听得清清楚楚，它只能出自内力绝顶的武林高手之口。

三师叔回头，瞳仁中映出一片血红的颜色，那是寺门外青石台上的血，百十位武僧已经无一站立，而满地堆叠的他们，竟然没有发出一声哀号或者呻吟，而那小姑娘——如果还能叫她小姑娘的话，正从那细细的枝丫上站起来，弯弯的一双细足，就立在一片轻飘飘的树叶上。

怕自然也是怕的，不过三师叔毕竟是得道高僧，此刻面对灭寺惨剧，也能维持住面上的镇定。他克制着颤抖的双手，微一施礼道：“玄尘不守清规，害得那位女施主自尽，然而她实际上死于自己想不开，并没有人逼她去死，调戏妇女罚担水一年，正合本寺寺规，规法严肃，不宜加重，对于女施主的死亡，敝寺也十分遗憾。”他的声音清朗威严，略顿一顿，又问：“请问姑娘是那位死者的亲属吗？”

小姑娘笑道：“我只是常去她家买菜。算是买菜之交吧。”

“只是买菜之交？”

“只是买菜之交。”

三师叔收回合十的双掌，默默握紧拳头，他准备动手了。“为买菜之交报仇，灭我全寺？”

“难道只有至亲好友才能报仇吗？对就是对，错就是错，我是来把是非公理辨个明白的。”一语说毕，小姑娘脚下叶子微微一动，她如同一片水红色的花瓣般飞入了寺中，满山都飘着她清甜的嗓音，像脆嫩的春雷响彻山谷：

“飞刃无形，铲不平处，行侠世间，仗义尘路，红尘如狱，众生皆苦，菩萨低眉，金刚怒目！”

菜园，小和尚玄尘跪在田垄上，眼神全灰，缁衣抖得像风中的枯叶。小姑娘抿嘴一笑，将一双小小的手放在玄尘的头顶，像是顽皮的孩子在给他搔痒。玄尘这时的恐惧已经到达了极点，眼前甚至出现了骨头崩裂、肠肚满地的幻象……

可是什么也没发生。只有温热的小手抚摩头皮，痒痒的，甚至有点舒服……红袖拂过，小姑娘飞走了。玄尘吐了一口气，闭上眼睛。

这口气再也没有提起来。

三师叔等了很久，那小姑娘也没有回来杀他。难道逃过了一劫吗？三师叔自己都不信，全寺被灭，自己何德何能——三师叔低头一看，发现无数的藤蔓将自己的脚绑在了树冠上，挣扎了一个时辰之后，他放弃了，抬头看向天空，黑压压的秃鹫就在头顶盘旋着，用期待的目光看着这团未死的腐肉。

❶

雨入新秋，果木青红

逃走的时候，她的心一直向下坠着，她感到胸腔生疼。

白色塔夫绸的桌布像来时一样擦过她的小腿，果木的香气纷纷后退。

“但是这些都和我没有关系了。”她想。

“小朋友你能让一下吗？你都占着吹风机十分钟了！”有人拍了珠雨田的肩膀一掌，还好还好，脑洞中的红衣女侠已经飞出了画框，大仇已报，故事被这一巴掌打断也无所谓了，珠雨田把吹风机递到这位女生手里，开始穿衣服。新鲜的漂白粉的味道隔着布帘透进来，更衣间外面的游泳池开始换水了，更多的女生走进更衣室，她们脱下泳衣，不时有丰满柔软的身体擦过珠雨田瘦骨嶙峋的后背。珠雨田看着镜子，说来惭愧，十九岁了，可她连文胸都没穿过，她的身材完全可以伪装没有发育的小孩子，那一米五七的个子、细弱的胳膊腿、平坦的小胸脯和总是娇憨得微张起来的上唇，使她看上去像个三年级的小学生。

窗缝中有凉风透入，外面起风了，满地乌云的影子翻滚，天快要下雨了。

她顶风骑着自行车，裙子被吹得如同降落伞一般，路上飞沙走石，行人匆匆，这条她熟悉到闭着眼都能摸回家的路，此刻变得朦胧不清。她在上海出生，在上海生活了十九年，路边小店招牌上的每一条裂缝她都记得，梧桐树今年长粗了几厘米她都能分辨，墙角的方砖如果翻新过，她也是能察觉的，这个世界是那么熟悉、琐碎，甚至有点乏味……

但她有独特的办法来消解这种乏味。这平平无奇的街景，在她的想象中却是一个人人走路带风的江湖，马路上的这些路人都是一言不合就拔剑的绝世高手，比如公交站牌下撑伞的那个胖胖的妇女，其实是价码最高的赏金杀手，无论寒暑春秋都撑着大伞，因为如果她把伞收起来，你会发现她长着两个头；比如在杂货店屋檐底下避雨的那只大白猫，其实是逍遥派掌门最心爱的宠物，从来不离开掌门怀中，现在灵兽变成了流浪猫，说明掌门遭遇了不测；再比如马路对面那个蛋糕房的老板，其实是江南名门越水派的大师兄，因为贪恋师娘美色而被逐出师门，不光偷走了师娘，还偷走了师门宝物越水刀，就是他手里拿着的正在给蛋糕雕花的短刀。在这个混乱的江湖里，人们信奉善有善报、恶有恶报的道理，有不平就有人铲不平，而她珠雨田是其中武功最高强的那个，好几次江湖大战，坏人从未看清她使的是什么招数就已被团灭。

风更大了，她连人带车，被吹得飘摇，偶尔有车在风沙中亮着大灯从身后经过。她担心被风吹到车头上去，只好跳下车来，艰难地推着它向前走。

突然听到耳边有人喊："小姑娘，进来吃块蛋糕再走吧！你看看这天气，大雨说下就下。"是那位蛋糕房的老板，他胖乎乎的身体上系着雪白的围裙，举着雕花的短刀，把窗子开了一条缝，风带着他身上香甜的翻糖味道吹过了小街。

珠雨田还未回答，迎面又走来几个半大少年，皆长身阔步，满面风沙，口罩之上只露着一双星目，他们交换了下眼色，说：“在这个蛋糕房避一避吧！”说着推开玻璃门，门口的铃铛丁零一声，老板招呼着：“欢迎！有新出炉的拿破仑，来一块吗？今天有特别好的手冲咖啡！”珠雨田听到老板的语气如此热情，面上露出冷笑，在心里说：“哼，你的师弟们奉师父之命来捉你了，还不赶紧带着师娘跑路吗？傻啊！”

看来身后必有一场血战。君子不立危墙之下，所以她骑上自行车，像脱缰的马一样匆匆逃离了是非之地。

当然，她很清楚那个世界是假的。

所以这本书里所记录的珠雨田的经历，并不是一个穿越或者架空时空的故事，也不是精神分裂者的想象。

而是一件真事。

在一本名叫《我的朋友陈白露小姐》的小说里有一个打酱油的小姑娘珠雨田，她是一个真实存在的人，在那本书中她只露了几次面就去北京上学了，这个故事便是她在北京经历的事。它听上去有点离奇，有点惊悚，可能还有点恐怖，可我发誓每一个字都是真的，这个故事里的好人、坏人，前因、后果，都是真的，我们京城的黄口小儿、耄耋老者、贩夫走卒、富豪名媛，都知道它是真的，不信你可以站在任何一条街道上喊一声：“你们听说过珠雨田那件事吗？”“听说过的！听说过的！”他们都会这么回答。

如果你路过上海的武康路，一定要去街角一家名叫“小雨天”的店，那是一栋二层的木质小楼，小小的，旧旧的，它的东边是宋庆龄故居，西边是一片带大花园的公馆，和这些豪华阔气的邻居相比，它显得有点寒酸，这寒酸也使它非常醒目，所以你一定能找到。“小雨天”的店主朱老板是个单身妈妈，一个人抚养珠雨田，她家店里的上海家常菜的味道绝对是一顶一的，不过店面太小，收入并不算丰厚，朱老板在珠雨田出生时盘下了这家店，贷款直到两年前才还清呢。如果你见到朱老板本人，绝对很难相信她有这么大的女儿，事实上，朱老板生珠雨田的时候年纪也的确很小。“小雨天”对这母女二人来说，既是店，又是家，楼下的店面供她们赚钱，楼上的卧房让她们休息，虽然不宽裕，可总算是个能养活自己的落脚之地。

在大雨下起来之前，珠雨田终于把自行车停在店门口，刚一跑上台阶，忍不住觉得奇怪：现在正是晚餐的高峰时间，怎么店门上挂了“休息”牌呢？

店门没锁，轻轻一推就开了，店里大灯没开，只开了两盏壁灯，很昏暗，照着妈妈和一个头发花白的男人面对面坐着，两个人一起转过头来看着她。

珠雨田一愣。“小雨天”口碑不错，偶尔也有名人来，可朱老板还从来没为了谁而关店服务过呢。这人是谁，这么大的派头？她歪着头看那男人——好端方的一张脸！有点眼熟，这个人应该是见过的，可是，是在哪里呢？

她边想边跳上楼去。楼梯吱呀呀地响，年纪比她还大，有一块楼梯的板子有了裂缝，底下用钢条加固了，可她总是不放心，每次都直接跳过去。

楼上说是卧室，其实只是一个二十平方米的阁楼间，中间用一个三合板隔开，每间各有一张单人床和小小的衣柜，虽然窄仄，但洒扫得一丝灰尘也没有。朱老板有洁癖。

珠雨田把沾满了沙尘的衣服脱下来扔进洗衣机里，穿着短裤、吊带背心，趴在窗台上吃雪糕。窗子打开了一半，带着泥土腥味的风吹得她的背心紧紧地贴着胸骨，手臂粗的树苗匍匐在地上，积蓄了一个下午的暴雨，一眨眼就轰隆隆地落了下来。

一根雪糕刚吃了一半，楼下店门开了，那个头发花白的男人走了出来，他转身向门里的朱老板说了句什么，似乎抬头朝二楼的窗子看了看——也许只是看天上的雨云罢了。接着他戴上黑色雨帽，走进大雨里了。雨很快把他的肩膀淋得湿透，但他走得那么稳，背影那么挺拔英武，好像一个年迈的将军在检阅军队。

珠雨田“啊”了一声，一口雪糕掉在地上。她想起来了，这个人是北京一家叫DC的地产公司的老板，姓王，去年她刚读大一的时候，王老板来上海她的学校捐赠过一栋教学楼，她之所以有印象，是因为她记得那天她对给奠基仪式跑腿的同学说：“你看那个人，虽然老得头发都白了，可是他站得好直，看上去好威武啊！”

这个人也会到上海来吃饭吗？妈妈还给他如此高规格的闭门接待。正想着，妈妈在楼下喊她去李阿姨家拿修改的大斗篷。这水红色的羊绒大斗篷在箱底压了将近二十年，又松又厚，上海的天气还不用穿它。不过，珠雨田马上要去北京做一个学期的交换生，听说，北京的冬天冷得洒泪成冰。

李阿姨在武康路的街角开一家裁缝店，说是店，其实只是一个几平方米的铺子，她是个很孤独的人，一生未婚，无儿无女，喜爱拉住一切来店里的客人闲聊，方圆五公里哪只野猫怀了孕她都通晓，因为李阿姨，珠雨田很小就知道孤独有时候会以热闹的形式表现出来，她不明白其中的原因，只觉得大人的世界十分神秘。

“斗篷还是长了。”李阿姨把斗篷披在珠雨田身上左看右看，摇摇头，“田田呀，你妈妈个子不低的，可你都十九了，还是这个小身材。唉，七个月早产，发育确实受影响。”

珠雨田惭愧地低下头，看着自己细细的手脚。

她早知道自己是早产儿。当年妈妈一个人经营餐馆，大半夜还挺着肚子在厨房包生煎，突然一阵腹痛，走到楼上卧室就生了。单身母亲谋生不易，第二天一早，朱老板还是背着娃照常卖生煎了呢。

“羊绒斗篷现在不算稀罕物了。可是二十年前不多见哦，你妈妈以前是个很时尚的女宁（上海话：女人）呢。她当年在DC，三个月的实习工资就买了这么一件斗篷。”

“DC？！”珠雨田的小脸上露出惊愕的神色。她知道妈妈大学读的是法学系，生她之前也曾上过班，但是她从未详细问过是在哪家公司。

难怪DC的王老板会来她家吃饭，而妈妈闭门招待，不是因为王老板是什么大人物，只因他们是旧相识。

“田田，你去北京以后，你妈妈怕是天天都要偷偷咬被角哭的。”

珠雨田急忙反驳：“我妈妈不会哭的，我妈妈很厉害的，李阿姨你晓得的，从来没有人能骂得赢她，她有时候还会把缺斤少两的菜肉商打哭的。”

“傻孩子，你妈妈性格刚强，那是因为她不得不刚强，毕竟当年为了坚持生下你，你外公外婆不认你妈妈了，你妈妈在世上只有你一个亲人了。”

“可我只是去做一个学期的交换生啊！我可以每个星期都回上海看妈妈。”

“机票要多少钱呢？田田你要懂事，你家里没有什么积蓄的。”

珠雨田呆住了。走也不是，常回家也不行，那该怎么办呢？外面的雨越下越大了，她坐在大竹椅里，发愁地看着李阿姨把灯调亮了一些，一针一针地缝着修剪好的斗篷。

半晌，她小心翼翼地问：“李阿姨，听说你什么都懂，是吗？”

李阿姨气定神闲：“还可以，见过点世面。”

珠雨田又鼓了半天勇气，终于说了出口：“那我可以问一个我心中的秘密吗？我从小学就开始好奇的一个秘密。不过，你千万不要告诉我妈妈，她会骂我胡思乱想的。”

“啊哟！”李阿姨吓得针都掉了，“我不知道的呀，田田，你外公外婆家法伺候都问不出来那个人是谁，我怎么能知道呀，再说你妈妈一个人带你不是也很好吗？缺你吃了还是缺你穿了？别的小孩子有的你都有，什么马术法语声乐……这些有钱人家小孩学的东西，你妈妈也都省吃俭用让你学。你也就不要去想别的事了。”

珠雨田蒙了：“想什么别的事？”

李阿姨比她更蒙：“你要问什么？”

“李阿姨，你相信世界上有大侠吗？”

“啊？”

“大侠，代表正义、武功高强的那种人。”

李阿姨真的什么都懂。“钢铁侠？蜘蛛侠？蝙蝠侠？”

“有点像，但还不完全一样，是会飞，会武功，完全看不得好人受委屈，一出手就能把坏人杀了的那种很厉害、很厉害的人。”

“武打电视剧里那种哦？”

珠雨田没说话。她就怕听到这种回答。她怕人家又说她是个大脑发育可能有点问题的早产儿。

这件事说出来也许李阿姨不信，但她沉默了好半天，还是说了：“李阿姨，其实，我就是个大侠。”

你可能以为李阿姨会笑到喷茶，但是没有，李阿姨是见过世面的，不会那么一惊一乍。

珠雨田认真地说：“我曾经有过一把无形剑。没有形状，谁也看不见它，连我也看不见它。但我知道我有这把剑，它有时候背在我身上，有时候被我提在手里，我更喜欢提着它走。它很长，剑尖刚好拖在地上，走在雪地里的时候，它就在雪上划着……剑身上还反着雪的光。但是谁也看不见它，连我也看不见它。”

“嗯，一个小姑娘提着剑在雪地里走，倒是挺美的。”李阿姨没有孩子，这时便拿着珠雨田过给孩子讲故事的瘾，引着她继续说下去，“好吧田田，告诉阿姨，这把谁都看不见的无形剑是你从哪儿得来的？”依照李阿姨多年的评书和评弹阅读量，她觉得应该是个世外高人送她的，或者按照藏宝图找到的。

“是我上一年级的时候在学校门口买的，花了五元钱。”

李阿姨用极难觉察的力度叹了口气，看了一眼珠雨田：她穿着黄底白碎花裙子和小皮鞋，小小的身体坐在大竹椅上，雪白的腿平伸着，双手乖巧地放在膝盖上，睫毛长得像假的，脸蛋那么粉，那么鼓，小嘴唇翘着，真像个橱窗里的漂亮布娃娃，如此美而乖的小姑娘，可惜是个傻子……可惜了这副好皮囊啊……可惜了，可惜了……早产真是伤大脑啊……

珠雨田把这意味深长的一眼当作鼓励她继续说下去的意思。“就是上一年级的时候，我们学校门口来了一个卖玩具的老爷爷，那天很热，可是他穿着很多衣服，还穿着毛裤，我问他，老爷爷，你不怕热吗？他说他必须把自己全部的衣服穿在身上，因为他没有家，也没有地方放衣服。我问他，没有家的话，是从哪里来的上海呢？难道是从外星吗？他说他老家在一个很远的村子，被村长骗到这里盖房子，房子盖好了，村长却跑了，没有人给他们发工钱，他就只能摆摊凑回老家的路费。他卖好多好玩的东西，有能变魔术的帽子，有走路会响的鞋子，有做成金箍棒样子的米花糖。我这个也想买，那个也想买，可是我还没有决定好买什么，所有的玩具就都被别的同学买光了。我就一直哭，老爷爷说，他还有一把无形剑可以卖给我。”

“卖给你一把谁也看不到的剑？”

“是的，老爷爷说这把无形剑卖十元钱，可是我只有五元，他还说无形剑是八元钱进货来的，亏本卖给我的。他还说刚才有好几个孩子想买无形剑，可是他觉得他们都不像真正的大侠，无形剑只能卖给真正的大侠。”

“嗯……真正的大侠……”

“老爷爷说，我看着和别的孩子都不一样。”

李阿姨给缝好的斗篷打了线结，拉开抽屉找剪刀。“确实不一样。唉。”李阿姨遗憾地说。

“这把剑很神奇的，自从我买了它，我就觉得我终于变成了真正的大侠。”珠雨田把自己身边的剪刀递给李阿姨，“我和妈妈住的屋子，就变成了大侠隐居山谷的茅屋，别看它很简单，可是它很神秘的！一旦有人找到，那就将引起江湖上的腥风血雨；我平时上学、放学走过的路，就变成了大侠经常要穿越的莽莽草原和西域沙漠，我渴了就喝雪水，饿了就捉头鹿，非常有意思的。”

李阿姨看了珠雨田一眼，心想，傻子也有傻子的好处，在傻子的眼里，这琐碎而艰难的生活能变得很有意思。

珠雨田却垂下了眼睛。“可是……”

“可是什么，田田？”

珠雨田从竹椅上挪下来，站在灯影里，一脸哀愁地抬起头。“可是我现在怀疑，无形剑根本就是骗人的。”

你刚怀疑啊……李阿姨在心里说，然后不动声色地烧熨斗，斗篷改好了，稍稍有点皱。“帮阿姨扶着这个翘起来的角。”李阿姨避开话题。

“李阿姨，世界上没有一样东西谁也看不到，连我自己也看不到，对吗？我知道物理课本里有，可是，它不会是一把剑的样子。那个老爷爷，他其实是骗我的吧？”

李阿姨熨着衣服，珠雨田按住衣料的手乖巧地随着熨斗的移动而移动，李阿姨想着她看着珠雨田长大的这十九年：这傻孩子从会走路起就来店里玩了，熨衣服的时候打下手，拆毛衣的时候当人肉毛线架子，李阿姨眼睛快花掉的那段时间她帮忙纫针，差不多也是情似母女了。毕竟在这条满是带花园的私家公馆的武康路上，李阿姨和珠雨田的妈妈朱老板算是最穷的两个人。有时候李阿姨觉得自己比朱家好一点，因为她一人吃饱全家不饿，不像朱老板，要节衣缩食一整年给珠雨田交马术班的学费；有时候她又觉得自己比朱家还惨，因为人家有母女二人相依为命，而自己什么也没有，除了孤灯相伴。珠雨田三天之后就要去北京了，李阿姨听说这个消息的时候，她和朱老板一样失落，她疼爱这个可爱的小东西，像疼爱一只小猫或者一盆小花一样不忍伤她的心。

珠雨田眼巴巴地追问："李阿姨，那个老爷爷是骗我的吗？"

"不是。"李阿姨说。

珠雨田放心地吁了一口气。但是她接着说："就算他是骗我的，我也是大侠。"

"为什么？"

"因为我的钱变成了老爷爷回老家的路费，我帮助了别人，大侠最重要的品德是帮助别人，而不是武功高强。李阿姨，对吗？"

李阿姨觉得眼眶有点热。"对，对。"

"所以，不管我有没有买到无形剑，我都是大侠。"珠雨田抱起熨平整了的斗篷，撑开小花伞，走进雨里去了。

回到"小雨天"，只见送菜的小卡车停在后厨门口，推门进去，妈妈的骂声在小餐馆里炸裂着："瘪成这个样子的六月黄也敢送，你当老娘是瞎的？不新鲜的鳝鱼也敢送，你当老娘是开黑店的？鱼丸里全是淀粉，你当老娘这里是路边大排档？食材不好你白送我都不要，给我家店名丢脸，你是不是新来的？哦，昨天才上班的噢，那么回去问问你老板，‘小雨天’的朱老板是什么脾气——再送这种质量的东西来，我打死你！”

送菜的小哥被揍得在大雨里乱跳，哭着求饶……

珠雨田站在门口想：妈妈？咬被角哭？不会的。

夜深了，武康路上一片宁静，只有蛐蛐在窗底偶尔鸣叫，珠雨田睡着了，却模糊中觉察到梦中有哭声，她睁开眼睛，发现那不是梦，是妈妈在哭。

透过三合板的缝隙，她看到妈妈的床头灯还亮着。她轻轻下床，小脚踩着温热的楼板。

妈妈睁开泪眼。“田田？”

珠雨田抱住妈妈哇哇大哭：“妈妈我不去北京了，我这就告诉学校放弃交换生的名额。我们母女十九年来都没有分开过，我以后也不要离开你。”

妈妈翻身大怒：“胡说！读书是正经事，一辈子黏在妈妈身边有什么本事？”

“妈妈，我舍不得你，我知道你也舍不得我。”

妈妈坐起来。“田田，妈妈难过，不只因为你要出远门，还有一件事，妈妈瞒了你十九年，现在不得不告诉你了。其实，你刚才见过的那位 DC 的王老板，他就是你的亲生爸爸。”

珠雨田：“……”

“二十年前，我刚读大四，在 DC 的法务部做实习生，我们有过一段秘密的感情，后来，我发现我怀孕了，可是他有家庭，我不想给他添麻烦，于是隐瞒怀孕的事一走了之。在那个计划生育很严格的年代，我被学校扣发了毕业证，也就无法做与法律相关的工作，你的外公外婆也不接受我们，我只好边开店边养你。你十二岁的时候，DC 的一个前同事来上海出差，偶然来咱们店里吃饭，见到了你，回去又告诉了王老板，他才知道我当年不辞而别的真正原因。这七年，他一直暗中来看你，但是我担心你年龄还小，不能理解这件事，一直没有告诉你。现在他上了年纪，身体也不太好，日夜思念女儿。再说，如果我再不答应告诉你实情，恐怕等你去北京上学，他也会擅自去找你，所以我不能再隐瞒了。妈妈一直很要强，想给你安逸的生活，让你受最好的教育。你也没有让妈妈失望，你长成了一个善良、勇敢又聪明的孩子，我把这样的你送到你爸爸身边，也算问心无愧了。你……田田？田田？你怎么了？”

珠雨田的眼神发直。

“知道了。”她淡淡地回答，回到自己的小床躺下睡着了。朱老板惊了，她完全没预料到女儿竟然是这样的反应，因为她也看不到女儿的脑洞，一个人面上波澜不惊，不代表内心没有经历一场狂风骇浪。当银色的月影移到西天之后，当朱老板熟睡了、连窗底的蛐蛐都睡着了之后，珠雨田还把交叉的双手压在剧烈起伏的胸脯上，牙齿在下唇上咬出深深的痕迹。

没有人可以看到她脑洞中的幻象：

她还是开头血腥灭寺时的少女装束，水红衣袖，几个补丁，裙底露着绣鞋的花边，在一个简朴的小院中，她跪地抱住一个老妇人的腿大哭：“什么？娘，我不相信，我的亲生父亲是京城首富？为什么你瞒了我这么多年？为什么？”娘抚女笑道：“这有什么奇怪的？哪个大侠的身世是普普通通的来着？孩子，这是你的命运。去京城吧，那里才是你一直向往的江湖。”

又过了三天，珠雨田以交换生的身份去北京的明德大学报到。离开上海的时候，妈妈没有给她爸爸的联系方式，妈妈说爸爸有她的电话，会联系她的，因此珠雨田站在首都机场的大厅，找了个快餐店坐了很久，她以为爸爸会来机场接她，但是没有。

她去明大办理入学和住宿，在宿舍等了一整天，以为今天爸爸必定联系她，但是也没有。

那么，应该是明天了，可是明天依然没有，一个星期过去了，爸爸还是没有出现，就像他从未出现过的这十九年一样。

珠雨田开始怀疑这一切根本只是自己的想象了，是她脑洞太大，太希望自己有爸爸，所以想象出了一个爸爸，是她很爱慕的曾见过一面的捐献教学楼的那位老板，她把他想象成了自己的爸爸。

是这样吗？

也许吧。

来北京的第一个周末，下雨了。

北方九月的雨和南方不同，它是夏的收尾，是秋的开始，暑气被冲刷得丁点不剩，珠雨田在操场上跑步，冷得像个颤抖的小草。

跑，她只想埋头一跑，把多余的力气都用光，好让自己没有精力去想爸爸的消失。也许他有难言之隐，也许他突然发现自己并不是那么想要这个女儿，那都是他的事，珠雨田对此无能为力。雨变得大了些，这时她接到一个陌生的电话："雨田？"是一个软糯的声音。

她奇怪地应了一声，那边又笑。"我是你的哥哥，王野田。"

哥哥！

这个词太陌生了，珠雨田在雨中打了个激灵，大脑空白了一秒钟，但她很快想起来，爸爸有一个三十多年的结发妻子，那么他当然是有孩子的，她不敢称呼，只好握着手机，抖抖地站着。

哥哥问："我快到你学校了，你在宿舍吗？"

珠雨田很小声地报了操场的方位，然后躲在一棵梧桐树后面等，过了不多一会儿，一辆白色的车子缓缓行来。

珠雨田一颗心狂跳。她本能地觉得这便是哥哥来了，果然从车上走下一个高个子的男生，软蓬蓬的头发好像盛夏的草坪，好看的单眼皮，皮肤白得像新做好的乳酪，他漂亮得简直像个女孩子。见他站在操场边缘张望了好一会儿，珠雨田鼓足勇气，从树后面探出半个头来，轻轻地喊了一声：

“哥哥。”

哥哥回头，看着她一笑，浅红的嘴唇间露出两颗可爱的兔宝宝牙。珠雨田自己也忍不住笑了，除了牙齿之外，他们长得几乎一模一样。

“雨下大了，我们去那个亭子里好吗？”哥哥指指校园深处。

珠雨田从梧桐树后面跳了出来。

“你长得好可爱啊！小小的，像个小玩具一样。”哥哥边走路边低着头朝她笑。

她个子只到哥哥的胸口，不得不抬头仰视他，但她的观点很坚定。“是哥哥你太高啦！我觉得我个子还可以的。”

珠雨田从不肯承认自己矮。

哥哥哈哈大笑：“是的是的，是我的错，你是很好的。”

哥哥和她在亭子里坐下，收起笑容。“雨田，我要告诉你一件事，爸爸从上海回来就中风了，躺了十多天，刚刚出院，所以一直没有联系你。”

珠雨田一瞬间很想哭，原来爸爸并不是故意不理睬她，也不是改了主意不想认她，原来她这些天在上课、在吃饭、在北京闲逛、在胡乱猜疑和发呆的时候，爸爸在经受着重病的危险，而她对此一无所知。

哥哥又说：“不要难过，已经没事了。其实，爸爸今天是让我来接你回家吃晚饭的。”

珠雨田心里又打起了鼓，她很高兴见到哥哥，也无比期待见到爸爸，可是她不敢见爸爸的妻子。

她摇了摇头。

“不要害怕，我妈妈人很好的，你见到她就知道了。”

“不。我不敢。哥哥……”她抬起头，眼神里都是求饶。

哥哥从未见过这样的眼神，慌忙道歉：“对不起，对不起，我应该考虑到你的感受。好吧，我不勉强你。雨下大了，回去吧。”

哥哥陪着她朝宿舍楼走，又说：“9 月 17 号是你的十九岁生日，爸爸让我给你办个很大的生日宴会，说要把他所有的朋友都请来，他要让大家都知道你是他的女儿。你有什么想法都告诉我，比如，想要什么风格的宴会？你喜欢吃什么？”

珠雨田刚刚放松下来的心又捏紧了。很大的宴会？聚光灯都打在她身上的那种吗？她从此就有一个公开的身份，所有人都知道她是有爸爸的人了吗？想想有点令人感到慌乱。

哥哥揽住她的肩，感觉她僵直得像一个被吓坏了的小动物。“雨田，不要这样紧张。上一代人的事和我们无关，我也很高兴有一个妹妹。这样吧——”哥哥想了想，“你是不是见到我比见到爸爸会放松一些？不如我们先熟悉起来，等你过些日子见爸爸也就不这么拘谨了。我把我家的小狗托付给你一个星期好不好？我明天要去外地出差，本来爸爸家的保姆会去我家喂狗的。”

“小狗！”珠雨田大叫着向后跳了一步，这是她今天第一次用正常的音量讲话，哥哥都被吓到了，说：“你怕狗是吗？那就算了。”

“不不不，不怕！我超喜欢狗！”珠雨田激动得在胸前挥着拳头，“以前我们家那条街上每条流浪狗都被我喂得和熊一样胖，我早就想养狗，可是我家开餐馆，卫生不允许。哥哥，我以后就有小狗了是吗？”

哥哥无奈地摊手。“不是的，只是请你喂养一个星期，狗还是我的。”

“我有小狗了！我有小狗了！”珠雨田根本没听清他说什么，在雨中转了两个圈。

第二天，珠雨田一大早就打车去了哥哥家，当满口儿化音的出租车司机告诉她“这儿就是”的时候，她满腹狐疑，犹豫了很久才下车——

她知道DC的产业规模，也大概知道爸爸的身家，那么哥哥作为爸爸的独子，在她的想象中，不是住在郊区别墅，就是住在市中心的豪华公寓，可是出租车停在了东四环边上的一片红砖楼下，她仰头看看，这片楼区只有四五层高，砖墙斑驳，是有二三十年历史的老房子，马路对面，只有冷冷清清的一排小店。

她慢慢地走进黑洞洞的楼道，并不相信哥哥住在这里。一定是哪里出错了。

她摸着锈迹斑斑的铁楼梯扶手，一盏昏黄的灯照着水泥磨的地面，地址一定是错了。她边上楼边想，上到二楼，将信将疑地在锁上输入哥哥告诉她的密码——

咔嗒一声，门竟然真的开了。

一个四十来平方米的单人公寓，一点称得上华贵的装饰也没有，清简得可怜。门口一双拖鞋，桌上一只马克杯，阳台上一把椅子，卧室里一张单人床。她站在门口不敢向里走，她不相信这是哥哥的家。

接着她看到了一只小狗，雪白的，鼻尖带着一点黄。她喂过整个武康路上的流浪狗，一眼便看出这只小狗是中华田园犬的血统，也就是俗称的小土狗，它怯生生地躲在阳台的花盆后面，露出多半个小脑袋，看着她。

“狗狗。”珠雨田轻手轻脚地关上门，弯下腰拍着手，小狗犹豫了一下，试探着迈出小爪子，一步，又一步地朝她走来。

它走路的时候，脖子底下叮叮当当的，那是一个镶着钻石和祖母绿的狗牌。

她把小狗抱在怀里，感受着它温热的体温，摸着它光滑的毛发。“你叫什么名字呢？”珠雨田用额头蹭着小狗的毛，翻过狗牌，“花花”，背后是一串手机号码。

珠雨田背不出哥哥的手机号，但是她勉强记得开头似乎并不是狗牌上这几个数字，她翻开通讯录一看，果然不是。

那么这个号码是谁的呢？不知道。

这小区太老了，连阳台上的栏杆都掉了漆，透过栏杆向远处望去，密匝匝的居民区鳞次栉比，一直绵延到视线的尽头。而视线再收回来看楼下这条安静的小街，珠雨田发现马路对面便是一个开在花园中的咖啡厅，它的空间不大，室内是一个吧台，园子里有三四张桌子，因为小街太窄，连花园里飞舞的蜜蜂都看得清清楚楚。

珠雨田肚子饿了。她牵着花花下楼去。

刚在这咖啡厅里坐下，一面翻看菜单，一面用余光瞥到坐在旁边桌上的两个姑娘，她们真是美丽！一个淡栗色长鬈发及腰，两腮像熟透的蜜桃；一个削肩细腰，乌发雪肤，双眼中流转如水波。

菜单还未看完，只听身后一声娇喝：“花花！”

珠雨田忙回头看，原来那淡栗色长鬈发姑娘一推桌子站起来，粉脸含怒。花花吓得一步蹿入珠雨田怀中，那姑娘越发生气，解开绑在桌角的狗绳，一把将花花扯下地来，一双圆眼在珠雨田身上打量了两个来回，冷笑着说道：“你多大了，高中生吧？星期一不去上学，和三十多岁的老男人瞎混，你没爸妈管教你吗？”

什么意思？珠雨田被骂得直发怔。

另一位姑娘也站起来，赶上来问：“乌鹊，怎么了，这是谁？”

这个长鬈发名叫乌鹊的人盯着珠雨田问：“我问你，这狗是哪里来的？”

“我的！”珠雨田也毫不客气。

乌鹊冷笑，扯着狗绳迈开一双长腿就往外走。“回去告诉王野田，花花我带走了！”

花花好惨！如同一个废布袋一样被拖在地上，肚皮擦着砖地，口中嗷呜一声呻吟。珠雨田大怒，顾不得想通其中的关窍，一把推在乌鹊肩上，劈手就夺狗绳。不料砖地上苔藓湿滑，乌鹊的高跟鞋一崴，整个人就扑倒了。她在慌乱中又去抓篱笆，将篱笆上一架唐菖蒲扯了下来，唐菖蒲压塌了一丛马樱丹、扯断了一株香雪兰的长叶子，一时无数花草倾覆下来，满天红英乱飞，纷纷扬扬地将乌鹊埋住了。

店员惊叫着跑出来将花草拨开，把乌鹊扶起来，她的白裙上染着苔藓的绿汁，满头草叶花瓣，手臂被花枝划了长长一条血痕。

为了逃离这个莫名其妙的抢狗人，珠雨田抱起花花撒腿便跑，刚跑到街心，只听身后有人细声细气地说：“姑娘等一等！”

珠雨田回头看去，是神经病乌鹊的同伴，那个乌发雪肤的姑娘追上来，递过珠雨田落在桌子上的手机，微笑道：“乌鹊就是这样，心里有什么都写在脸上，其实心地不坏。她和王野田似乎当年感情很好，分手又分得不愉快，据说是因为王野田的父母非常不喜欢她。她今天这样失礼，也是因为她见到王野田的新女友难免情绪不好，请你不要挂在心上。”

珠雨田接过手机。“我不介意，就是觉得很好笑，因为我是王野田的亲妹妹啊！”

那姑娘惊呆了一会儿说道：“啊……这可真是没想到。我会转告她的。”

珠雨田正想离开，又听花墙之内几声店员的劝慰和乌鹊的哭声，心里也觉得不忍，低声说道：“麻烦你等她哭够了告诉她，我和王野田是同父异母的兄妹，如果她没听说过我那也很正常，因为我是个私生女，请她不要伤心了。”

珠雨田完全不觉得“私生女”这个词有什么不妥之处，她说得非常自然。

意外的神情在这姑娘的脸上一扫而过，她很快又恢复了淡然。“这太意外了，恐怕她也不会相信。你能说得更详细一些吗？”

“我叫珠雨田，刚从上海来的交换生，现在在明德大学土木工程系读大二，如果她不相信，去学校问一问就知道了。”

那姑娘没有说话，似乎在沉思着，珠雨田想起上午的课快要迟到了，她匆匆跑回哥哥的家中把小狗安顿好，又赶回学校里去了。

晚上的课一直上到十点。珠雨田刚走出教学楼，隔壁班一个女生跑过来喊她：“珠雨田！刚才有人找你。”

珠雨田心中一阵震惊，是爸爸来了吗？毕竟在北京只有哥哥和爸爸可能找她，而哥哥正在出差呢。

女孩说：“一个女生，戴着帽子、口罩，没看清长什么样，说有很重要的关于你家的事要告诉你，她在学校对面和硕路的喷泉下等你。”

珠雨田一下子失望了。

出了学校北门就是一条热闹的小吃街，走到小吃街的尽头，路便向左一转，路中央连成片的警灯闪着红色和紫色的光，照得珠雨田睁不开眼睛，再仔细看时，原来五六辆警车停着，全副武装的警察牵着警犬在路面上嗅着，路口用警戒线拦住。“这儿不能过！”一个警察伸手挡住珠雨田，“有任务，请绕行。”

小吃街上一个光着膀子卖烤串的大叔便朝珠雨田喊：“姑娘，离远点吧！保不齐有炸弹。”

珠雨田大惊：“炸弹在哪儿？”

大叔说道：“好像是有人报警，说草丛里有可疑装置，按说不至于吧？估计很快就排查完了，你等会儿再过去。”

珠雨田问道：“请问大叔，还有别的近路去和硕路的喷泉那儿吗？”

大叔摇头：“就这一条，除非你绕过明德大学绕上一大圈，那就远啦。”

珠雨田指着对面黑黢黢的一片问道：“那不是路吗？”

大叔笑道：“那是片荒地，踩出来一条野路，不是真的路。”

“能走就是路。”珠雨田说。

这条野路不长，大概是个停工的工地，满地砖头瓦砾，也没有路灯，全仗着月亮洒下一点亮光。她是很喜欢走黑漆漆的野路的，没有人看到自己，也就不用担心路人被自己沉浸在脑洞中的表情惊到，她甩开大步快走，衣袖和秋风发出唰唰的摩擦声，她的江湖世界又出现在她眼前了，此刻她衣着破烂，满面风尘，提着无形剑走在莽莽雪原上！因为她背负着全家灭门的血海深仇，将要去遥远的地方杀死那个天下第一大恶人！雪原中，她见虎打虎，遇狼杀狼，饿食人参，渴饮鹿血，这一切都是为了报仇！“哈！”她向前劈了一个弓步，一脚踩在半块砖上，差点摔倒，这时背后突然透过一点灯光来，还有突突的摩托车发动机声音，一个很长的影子投射到珠雨田的面前，她往右边让了让。

路不平，那摩托车骑得歪歪扭扭的，也不快，慢慢接近珠雨田，珠雨田怕他碰到自己，不由得又往右让，人都快贴在路边的半截砖墙上了。那摩托车擦过她的身边，却也往右一歪，高高架起的车把正敲在珠雨田的后脑勺上，她大叫一声，就察觉到骑摩托车的人轰地一踩油门，她整个人被车轮顶住朝着断墙撞去，咚地栽倒在地上。

那人坐在车上，向右探着半个身子，直俯下来。她看到一个巨大的黑影从头顶压下，黑漆漆的一张脸上瞪着比黑夜更黑的眼睛，就这么看着她。

大约过了两秒钟，那人骑着摩托车远去了。

“别慌，别晕，打电话。”珠雨田默默对自己说，手向着背后摸去。接着冷汗出满了全身——包不见了！而手机装在包里，是那人在撞她的同时把包抢走了。她扶着墙试图站起来，也不知道身上哪里受了伤，稍微一挪动就很疼。

过了好几分钟，又一个人影从对面走来，看个子不算高，穿着一条短裙，在砖瓦路上一蹦一跳的，可能是学校的女学生。那女学生也看到她了，怔怔地不敢往前走。

又过了半晌，女生才迟疑着走过来，隔着十几米的距离怯生生地问道：“喂，你怎么了？你遇到麻烦了吗？”

月光从女生身后向着珠雨田照来，她的脸一团漆黑，只留下长长的黑影在地面上，虽然看不清长相，珠雨田却觉得这声音有点耳熟——在哪里听到过？她是……？

女生先喊了出来：“珠雨田！是你吗？”

月亮在云后露出了一个尖角，月色稍明，珠雨田也看清了她的脸，竟然是白天在哥哥家楼下咖啡厅遇到的那个女生，乌鹊的闺密，乌发雪肤、身姿柔弱、讲话细声细气的那位。

珠雨田又惊又喜，难得一天之内能在北京的两端偶遇同一个人两次。

“我被抢走了书包和手机，还摔了一跤，不知道伤到了哪儿。”

“别怕。”女生很冷静，“我们先去医院，然后去报警。”

医院并不远，珠雨田也没伤到筋骨，清洗包扎之后，女生又带她去和硕路派出所。

从医院到派出所刚好经过和硕路上的喷泉，珠雨田绕着喷泉找了好几圈，只有几个老人在吸烟聊天，没有什么女生在等她。

真是奇怪了……约她来的人是谁？又是想要告诉她什么事？最重要的是，

为什么不在教室外面等她，要把她叫到这里来？

她晃了晃头，头很疼。

女生告诉珠雨田自己名叫程素，在一个路口之隔的致公大学读博士，今晚她来明德大学听一个讲座，回致公的时候遇到门口封路，于是也像珠雨田一样抄了近路。

和硕路派出所分管致公和明德两个大学，外加中间一条街道的片区，这算得上北京治安最好的地带了，因为大学里有校警，街道上也只有几家饭馆和健身房。接待他们的小警察特别紧张，他看上去比珠雨田大不了多少，每问一句话额上就新添一层细汗，打印笔录的时候手都在发抖。

珠雨田本来就惊魂未定，此刻更加害怕了。“警察同志，是案子特别难破吗？你为什么看上去这么紧张？”

“我不是紧张，我只是觉得必须非常郑重才行，今天这是我第一天上班，这是我经手的第一个案子。”

小警察哆哆嗦嗦地在笔录上签了自己的名字：赵小元。

就凭这位警察弱小的气场，珠雨田根本不抱破案的希望。她忍着腿上的剧痛扶着桌子站起来，先向程素道谢：“程素姐姐，多谢你。”

程素抿嘴一笑：“你现在要回学校吗？恐怕宿舍楼已经关了，不如去我那儿？我有一个教师公寓。”

“哎？程素姐姐不是在读博士吗？”

“也给本科生当助教，所以有这么个小福利。”

程素的公寓在致公大学的深处，甬路弯弯，垂柳掩映，房间不大，但是到处都香香软软的，珠雨田洗了澡，穿着程素的睡衣，仰头看书架上的一排大部头：“原来程素姐姐是学脑科学的。听上去就好高级，不像我们土木系，人家都叫我们‘盖房子的’。”她说着一回头，猛然发现程素就站在她身后，手里端着两杯红茶。

她大概刚从厨房里走出来，她走路一点声音也没有。

珠雨田吓了一跳。

这是珠雨田第一次平静地看着程素。白天的那次偶遇，她是气得肺都要炸裂的，晚上的这次偶遇，是在漆黑的夜路上的，只有现在，捧着热杯子，全身散发着沐浴露的清香，她才仔仔细细地看清楚程素的长相——

她好美啊。

她的皮肤、脸形、头发、五官……甚至比乌鹊还要完美，乌鹊是明艳的，使人移不开眼睛，又晃得人睁不开眼睛，而程素是清冷的，就像月亮，可以一直盯着看又不被灼伤，又仿佛博物馆里的玉石雕像般温润又木讷。

美人是看不够的。这与性取向无关。珠雨田盯着她，手里的杯子慢慢地发着烫。

“你在看什么？”程素浅淡的嘴唇又抿起来，抬起一只雪腕将头发别在耳后。

她连耳朵的弧度都长得好完美……

珠雨田傻笑着：“程素姐姐，你真好看。”

程素笑而不答。珠雨田有点不好意思，又好奇问道：“程素姐姐最近在做什么研究呢？”

“一种从后顶叶皮层的神经细胞剔去前运动信号的实验。”

“这个实验很难吗？”

“实验不难，不过也经常觉得所做的一切距离它的终极意义还很遥远。”

“终极意义是什么？”

“是永生，关于脑科学所有的实验和所有的研究，都是为了得到永生，只是研究人员一般不会公开这么讲。”

珠雨田很意外。“哪种永生？长生不老的那种永生吗？”

“是的。将大脑移植到另一个身体的存活问题如果能够攻克，人类在某种意义上就可以实现永生。永生是人类永恒的课题，是从古代帝王到现代平民都在追求的东西，也是我们这个古老国家的宗教，别的宗教重视死后上天堂还是下地狱，我们好像更想要永远不死。”程素又笑，“你可以假想如果你能永生，是不是很多现在的烦恼都不存在了？其实人的痛苦，本质上是我们在时间面前无能的体验。”

“可我现在就没有烦恼啊！我觉得我的生活非常地幸福。”

“如果幸福到极致，也同样会追求永生的，难道你不想把生命永远留住吗？有一些富人，他们在财富和地位上都再也没有什么继续索求的余地，于是他们开始寻求永生，他们给医学生命科学类的捐助主要集中在攻克癌症、艾滋病等病和脑科学研究上，前者可以说是做慈善，后者就是在寻求永生。”

珠雨田大惊：“难道你们在做人体大脑移植的实验吗？”

“当然没有，那是非法的，在全世界范围内都不被法律和伦理允许，所以学院里的脑科学研究永远不会开展这样的实验。不过，这只是冰山一角，在学院以外，还有一些被大财团支持的地下研究所，他们可不是什么民科，他们的科研水平完全不弱于我们，在实验上也领先我们很多。这个听上去很无趣吧，真抱歉，我白天讲课习惯了。”

“不会的，只是有点惊悚，好像电影里看到的那种很恐怖的变态实验室。”

程素笑了。“别害怕，它距离我们很遥远，据我所知，现在能把实验开展到活体移植之后没有立即死亡的程度的，只有俄罗斯。俄罗斯那些醉生梦死的寡头大亨大概只剩下这一个未竟的追求了。”她摇摇头，换了个话题：“你的妈妈，现在是你的爸爸的妻子吗？对不起，我也许不该问这么多。”

珠雨田认真地解释："不是的，我妈妈一直没有结过婚。爸爸七年前才知道我出生了，妈妈又一直不许我见他，现在因为我到北京做交换生才不得不告诉我。我和妈妈平时住在上海的。"

"父母一辈的感情，做儿女的其实很无力，不过那些都不重要，我相信无论是抚养你长大的妈妈，还是只见过一面的爸爸，应该都是很爱你的。"

珠雨田用力点头。"嗯，爸爸还说要给我办一个生日聚会，说要请他在北京的所有同事和朋友。"

"DC 的王老板的聚会，排场一定很大。日期是哪一天呢？"

"就是这个月的 17 号。"

"那么只有十多天了，地点在哪里呢？"

"这个嘛……"珠雨田抓抓头皮，"要等我哥哥出差回来才有时间安排。"

程素站起身来。"北京有一个酒店名叫果庄，说是酒店，其实更像个园林，有一片很大的果树林和草地，很适合办聚会。我帮你问问有没有档期。"

珠雨田刚想说"不用麻烦，我哥哥会安排的"，程素就拨通了电话："你好，我想预订 17 号白天一整天的草地，是的，举办生日聚会，真的吗？太好了。主人名叫珠雨田。"

就这样，珠雨田还没有反应过来，她十九岁生日宴会的场地就被预订好了。

想到宴会，想到爸爸将在众多亲人好友面前承认这个女儿的存在，珠雨田心中很热。

她在程素舒适的小床上躺下，却无法入睡，她睁着眼计划着今后的生活。首先，她要非常刻苦地读书。她现在每门功课都是全系第一名，这个成绩要一直保持下去，她要使爸爸每每提到她都感到骄傲，同时向爸爸证明妈妈的教育是成功的，虽然她们母女俩生活清苦，但这不妨碍她被培养成为一个很棒的孩子。

其次，她要大大方方地承认自己是谁的女儿，绝不能像三流言情小说里的女主角一样羞羞怯怯的，总带着“私生子”的自卑感，因为一个孩子的出生是没有原罪的，她要活得坦荡并且快乐。

然后，她要学习非常多的东西，法语、马术，一切无用的知识、所有美好的技艺……从前妈妈省吃俭用给她交这些课程的费用，以后她要让爸爸请最好的老师来教她，她不会放过受良好教育的机会，因为她想成为非常优秀的人。

最后，她要做一个好女儿，等这学期的交流结束、回到上海读书，她也会经常来北京看爸爸，给他讲学校里有意思的事，逗他开心，关心他的健康，开解他的烦恼，前十九年没能尽孝，好在后面还有很多时间可以补救。

珠雨田在甜梦中睡着了，青白的月光洒在她的圆脸上。

今天是个满月。

白天，程素因为赶实验而喝了不少咖啡，今晚看来很难入睡。她面朝着窗子，看着墨黑的天上那轮黄澄澄的圆月，北京空气不大好，从来看不到星星，只有月亮孤悬。不过，即使连幼儿园的孩子都知道，星星一直在看不到的地方存在着，月亮从来不孤单。

程素的嘴角露出一丝无法觉察的微笑：我知道我也不是孤单的，你此刻也是在一个我看不到，但是并不遥远的地方，对吗?

咖啡的效力太强大了，如果不是怕这小单间里的灯光影响到珠雨田的睡眠，她就要起来看书了。可她只能这么躺着。她想，反正你就在我的附近，反正你应该也是一个人，要是在这个失眠的夜里，你能跟我聊聊天、解解闷，多好!

这不是程素第一次有这个念头。早在好几年前，广州老家的外婆去世了，她得知消息时已经是深夜，最早回广州的航班也在五六个小时以后，那一夜多么难熬啊。她哭得蜷缩在地板上，像一棵被开水烫软的蔬菜，她抱住身边一切可以抱住的东西，可是悲伤还是几乎压垮了她，最后她无法承受了，冲到阳台上推开窗子，向着夜空大喊："你在吗？你在吗？你在吗？你在吗？"

楼下，有同院系晚归的老师被吓了一跳。"小程，你在跟谁说话？"那位老师看看身边安静的夜幕，觉得毛骨悚然，而程素关上了窗子，不再回答。

程素知道那人虽然就在附近，但是未必近到能听到她的喊声，她想到一个能传达的办法，这是她第一次使用这种办法，也不知能否奏效：她给刚认识不久的乌鹊发了条信息，告诉她自己的外婆去世了，她非常痛苦。

几个小时后，她走上回广州的飞机的一刹那，在登机口的显示屏上看到一个身影。不必回头，她知道那个人来了，那个人用她无法理解的方式从乌鹊那里得到了这个消息，之所以来机场送她，大概是因为不放心她吧。

程素对着那模糊的身影用无法察觉的力度点了点头。

你在吗？我知道你在。知道就是知道，这种话不必真的说出来。

身后的珠雨田翻了个身，似乎还有几句呓语。程素回过神来，见窗外的圆月又向西移了一些，夜很深了，她边闭上眼睛边在心里说：

永远守候在附近的那个你，我又要杀人了，这一个看上去很傻，你可能救不下了哦。

第二天清早，珠雨田又去哥哥家喂花花，路过楼下的咖啡厅，正看到服务生把昨天被弄坏的花架拖走，种上新的花苗。珠雨田站在门口鞠了一躬。"对不起！昨天弄坏了你们的花园。"

服务生慌忙摆手说："啊！没关系，意外嘛，大家都没有受伤就好。再说，乌鹊和程素是我们的老主顾，也算朋友了。”

话刚说完，店长隔着门大喊：“你手里那些花苗有没有给张教授看过？”

服务生大拍脑门道：“我忘了，我这就问张教授。”

珠雨田好奇：“为什么要把花苗给教授看？”

服务生笑着解释：“是给一位林业大学的老师辨认花苗里有没有有毒的物种。”他转头看看店长，压低声音：“两三年前，我们这里出过一场事故。以前这里种着一片夹竹桃，因为知道有毒，谁也不会去吃它，所以多少年都没事，后来有一天不知道怎么回事，树枝着了火，那烟雾也是有毒的，坐在这个位子上喝茶的一个客人就晕过去了，我们都没在意，都以为她靠在椅子上打盹呢。要不是一个路过的人看到了，发现不对，我们店砸锅卖铁都不够赔人家的。从此以后，花园里的每样东西都要请林业大学的教授看过才敢种。你猜猜那个中毒的和救人的是谁？”

“我怎么猜得到？我刚来北京，谁也不认识啊。”

“就是乌鹊，救她的是程素，当时她俩还不认识，是程素正好路过我们店，直接冲进来，背着乌鹊就往医院跑。她们认识之后非常投缘，成了闺密，每次乌鹊来我们这儿，程素都来陪她喝茶聊天。”

珠雨田十分感动，算上乌鹊，程素一共救过两个人了。

花花饿坏了，一见她进门就扑进了她怀里。珠雨田抱它去阳台，在食盆里填满罐头，直起身来，隔着小街看咖啡厅的服务生种树苗打发时间。

服务生这件制服大概穿了很久了，连后领上的一点开线都看得清清楚楚。

喂过小狗之后她又回学校上了一天的课，傍晚时昏昏沉沉地走出教学楼，压在心里的一点念头，好像开水浇在冰面上一样冲开一条细细的路——她想起服务生身上的线头，从哥哥家的阳台上看得清清楚楚。

看得清清楚楚……

清清楚楚……

服务生还说，乌鹊是这里的老主顾了……

老主顾……

珠雨田的心中突然一亮："我明白了！是为了乌鹊，一定是为了乌鹊！一定是哥哥想要经常见到乌鹊才住在那么破旧的小公寓！否则是说不通的！"

她在夕阳下呆立了很久才平复了心情。作为一个资深的脑洞很大的人，她想象过许多种痴情的方式，但是这一种，甘愿久居陋室，只为远远看你一眼的情深，她不禁感叹。哥哥，论痴，还是你更厉害啊。

狗牌背面的那个电话号码，她也能猜到主人是谁了。

该给乌鹊打电话，邀请她来自己的生日聚会吗？哥哥不会怪自己多管闲事吧？不会的，哥哥多年痴情守候，一定还会很感激自己发出了这个邀请呢。

早上珠雨田在咖啡厅门口看服务员种花苗的时候，位于北郊别墅区的某个小区还在安静中沉睡。这里被森林公园围绕，比城里湿润一些，空气里常年笼着一层薄雾，远远看去，似乎缺乏人间的烟火之气，而是存在于梦境或幻境中的华宅。时间尚早，外面只有一个人穿着暖和的毛衫，边哼曲儿边从自家大门里走出来。

那是DC的王老板。他的背挺得很直，好像一个年迈而英武的将军，可是稍留心便能看出他是大病初愈的人，因为他的神情有点憔悴。

不过他心情很好，嘴角带着笑，眉毛向上扬着。

王老板还没走近，第二个人出现了，是从薄雾里远远跑来的一个银发老人，吸汗带、运动背心、手环、护膝一个都不少，头顶呼呼地冒着热气，好像一个大号的刚出笼的包子。他是王老板家的邻居。这副红光满面的样子使王老板有点嫉妒，他心想：你有必要穿成这样吗！只不过在小区里跑跑步，装备倒是齐全得很，照片都得自拍二十张，不是嘟嘴就是比V，这么大岁数的人了！

红脸老头老远就扯着嗓门打招呼："哟，老王，你一个人边走边乐，嘴都咧到耳根子上去啦，遇到什么好事啦？"

王老板没停下脚步，边摆手边说："先不说，过几天你就知道了。"

"王野田结婚了？要抱孙子了？"

"呵呵，连女朋友都没有。"

红脸老头跟在他屁股后面追着。"说说！"

"过几天给一个小朋友过生日，你得来。"

"小朋友？是谁？"

"不能说，你绝对想不到。"

"呵！话说一半，急死人哪！"红脸老头抓耳挠腮。

王老板嘿嘿笑了两声，摇摇摆摆地又走进薄雾里了。

这个社区里有个很大的人工湖，湖岸有一小段向着湖心的方向凹进去，茫茫的白色苇草把湖岸遮蔽得严严实实，像水面上覆了一层厚雪，苇草的边上种着一棵大榕树，不知有多少年头，千百条须根垂成了小森林，如同乌云下的雨柱。

糟糕，王老板刚走近榕树就看到一对小情侣正坐在树下的长椅上抱着亲吻，他只是稍微避开了一两米，背着手假装看风景，还哼了两句曲儿。

小情侣站起来，白了他一眼走了。王老板心想：孩子们，对不住啦！你们换个地儿也能亲热，可我非得占据这大榕树不可。他从树干上蛀空的一个洞里掏出盒雪茄，一层一层地打开油纸包，在长椅上坐下，美滋滋地抽了起来。

王老板身体不好，早就被太太、儿子和医生强迫着戒了烟，但是他偷偷给自己保留了一个小小的坏习惯：每天早上抽几口雪茄，不多，就几口，一支他能抽一个星期。这个对身体伤害不大，但独坐吐烟的这一会儿清晨时光却是享受，总体来说，应该是利大于弊吧，大概。

但是今天王老板破了只抽几口的戒，他走了神，一口接一口，又一口，又一口，没有留意到一支完整的雪茄已经在遐思中抽完了。

他想起自己七年前犯心肌梗死的那天。

那天也是和今天差不多的初秋时节，天气微凉，似乎早晨还下过小雨，他清楚地记得同事老徐在美滋滋地吃一盒鲜肉月饼，月饼在茶水间用微波炉热过，满办公室里都是肉香味，任谁从门口经过，都忍不住猛吸鼻子。

吸了好几次鼻子以后，王老板也忍不住了，他站在老徐办公室门口问："老徐，馅饼还有吗？"

老徐从抽屉里拿出一个鼓鼓囊囊的牛皮纸袋。"鲜肉月饼，不是馅饼，不过我估计你们北方人吃不惯。"

王老板接过袋子，见封口贴着的印花胶纸上写着店名："上海武康路·小雨天制作"。

他想起来了，老徐今天刚从上海出差回来。

"那我不客气了啊！"王老板夹着纸袋就走，老徐在身后说："你记得十几年前法务部有个实习生叫朱莺吗？"

王老板像是被雷从头顶击中一样愣住了。

老徐看他的表情，以为他没有印象。"就是蹦蹦跳跳的，特别爱笑的那个——你忘了吗，以前我们还开玩笑说过，以后开会不管有没有法务部的事都叫上小朱，有小朱在旁边坐着，王总特别话多——哎呀，就是那个实习期没满就辞职了的小朱嘛。"

王老板强装镇定，不动声色。“啊，她啊，想起来了，她怎么了？”

老徐说：“我今天见着她了。”

“在哪儿？”

老徐朝他努努嘴，王老板不明白，老徐说：“就你拿着的那个纸袋啊，武康路‘小雨天’，是她开的饭馆。”

“……她怎么去开饭馆了？这可真没想到。”

“是啊，我见到也吓一跳。十几年前她说家里有急事要辞职，我还特意让人事转告她毕业以后直接来正式入职，可是后来连人都联系不上了，整个儿一人间蒸发呀。”

“你怎么找到她的？”

“我找她干吗，完全是巧合，今天上海大雨，飞机全延误，我就想找个地方吃顿饭，听说有家叫‘小雨天’的饭馆很不错，等我走过去一看，咦，老板竟然是当年那个小朱！她正跟人打架呢，在雨里又是踢又是踹，满嘴那些脏话骂得简直不敢听，要不是她的脸一点也没变，我真不能相信这是当年那个水灵得能掐出水来的小姑娘。”

“有人打她？她怎么样了？”

“是她打人，把一个在她饭馆吃饭的客人揍得都没人样了，半条街的人围着看热闹，派出所的都来了。警察也真有意思，摆摆姿势假装拉架，实际任凭她打，根本不管。”

“为什么不管？”

“那个猥琐男摸她女儿的屁股，还不该打死吗？”

“哦……她结婚了啊。”

“应该是吧，女儿都好几岁了，长得真漂亮啊！眼睛大大的，小脸圆圆的。我跟你说，小朱不是凡人，把那猥琐男打得肋骨都折了，打了120，然后没事人一样回厨房接着做鲜肉月饼去了。我一看，这肯定得拘留啊，赶紧买了十斤。你带回家热一热更好吃。”

王老板没说话就走了，回了自己的办公室，他关上门，一点一点地撕开封口的胶纸，生怕把它撕破似的。鲜肉月饼早已凉了，一口下去，冷了的油脂又腻又香，含在嘴里咽不下去。王老板的心脏一阵抽搐，一行眼泪吧嗒吧嗒地落在纸袋上。他在泪光中买好了去上海的机票。

到了上海，已经是夜里十点了。

他不停地催促出租车司机：“快一点，拜托您了，再开快一点。”

司机不乐意了：“先生，不管你有什么急事，我们却要遵守交通规则的呀，超速是不可以的呀。”

王老板差点在车里跳脚，擦擦汗问：“请问，武康路那边的餐馆晚上一般几点关门？”

“这个不一定的呀，九点多十点多或者通宵都有的。先生你从北京来就是为了去武康路吃顿饭呀？”

“对。您尽量往快里开吧，这顿饭我可是等了十二年啊。”

出租车停在“小雨天”外，王老板心都凉了。两扇木板门紧闭，楼上漆黑一片。

他退后几步，看着这栋两层木质小楼。

它好小啊，旧旧的，可是刷洗得很干净。

小朱这些年过着什么样的生活？为什么突然和他分手？她嫁给了什么样的人？什么时候生的孩子？她这些年过得可幸福？

当年她匆匆辞职，说家里有急事，他猜测是父母身体抱恙一类的，还问她有没有困难，需不需要帮忙，她笑嘻嘻地说不用不用，表情很轻松，所以他也没怎么放在心上，以为过几天她就回来了，没想到从此人间蒸发，一别就是十二年。

十二年里王老板去她的母校找过，但是校方拒绝透露毕业生的去向；十二年里他每次到上海出差都会想，既然她是上海人，那么她很可能还生活在这儿，也许下一分钟就能遇到她呢？跟自己打个赌吧，前面十几米外有个花店，赌五元钱的，她会从花店里走出来，王老板朝花店一步步走去……丁零，花店门上悬着的铜铃一响，门开了，走出一个穿长裙的姑娘，抱着一大把向日葵——不是小朱。

其实还有一个路子是百分之百能找到小朱的，但是王老板一直没动用过：他有个好朋友在上海市公安局工作，如果在户籍系统里查“朱莺”这个名字，几秒钟的事，但是他想，她人间蒸发，是她在主动结束这种可能引来无限麻烦的地下情人关系，她真是深明大义、为他着想，否则他还蛮为这关系如何收场而头痛。这样也好。这样最好。

“来买消夜啊？”一个穿着睡衣抱着猫的阿姨用上海话问王老板。

王老板一下子回过神来。

“今天没的卖了，五天以后吧，朱老板被拘留了五天。”

“什么？！”王老板大惊，接着想起来了，“因为她打人的事是吧？”

阿姨点点头，走进巷子口的一家裁缝铺。王老板追到人家裁缝铺里问：“朱老板被拘留了，她老公不开店卖消夜吗？”

阿姨从缝纫机后面抬起眼睛打量着王老板。“你是哪里的？你不住这附近？”

“啊，那个……我是朋友推荐来的，说这家鲜肉月饼做得好吃。”

阿姨压低声音：“朱老板哪里有老公啊，她一个人的。”

“她……离婚了？”

“哪儿有！”阿姨的双眼一亮，迸发出了八卦之光，说道，“朱老板蛮厉害的，大学没毕业就未婚生女，娘家也不认她，她被拘留这几天哦，她女儿都得送到一个远房表妹家养。”

王老板在“小雨天”门口的台阶上坐了半天，坐到夜深露重，月上中天，一个奇怪的直觉一直在他心里盘桓——女儿是谁的？

他心里有个猜测，他知道这很荒唐，可是他没办法让它消失。

王老板最终还是给那个在公安局工作的朋友打了电话，把人家从梦里喊起来，拜托他查一下朱莺女儿的生日。

“1998年9月17日。”

几分钟以后，朋友回复了这串数字，接着说：“这女孩名字很古怪，叫珠雨田，不是她妈妈那个朱，是一个王一个朱，珍珠的珠。”王老板一听就大脑轰然爆炸了，朋友在电话里还在说着你什么时候来上海啊，一起喝酒叙旧啊，他什么都没听见，连自己怎么挂的电话都不记得，他只知道心里有个巨大的声音在喊：

“我有个女儿！我有个女儿！”

五天之后，倾盆大雨。早饭时间已过，午饭时间尚早，“小雨天”里冷冷清清。王老板撑着一把黑布大伞，披着黑雨衣，过于宽大的雨帽垂下来遮住半张脸，他走进“小雨天”，一直走到最靠近柜台的位子上坐下，柜台后面的朱老板正在看账本，头也没抬问：“吃什么？”

“要一碗清水酱油面。”

“没有，有大排面、黄鱼面、蟹粉面。”

“我要清水酱油面，不能做吗？”

“仔细看水牌上都有什么，没有的不能做。”

“很简单的，把水烧开撒一点盐，龙须面煮软捞出来，蘸着酱油吃。你以前实习的时候工资低，不是天天吃这个吗？”

朱老板一抬头。店里没开灯，这人背光坐着，脸又被雨帽遮住，只露出一部分胡楂。

朱老板不动声色，低头把刚才算好的账记在账本上才站起来。“王总，你好啊。”

王老板一把掀掉雨帽。“小朱，你的女儿呢？”

“十几年不见，一见面就查户口吗？”

“哼，我早查清了。”

“你查清什么了？”

“我查清你的心有多狠了！”

“咦，王总在乱发什么脾气？是前几天老徐见到我以后告诉了你吧？喂，我现在又不是你的员工，不用跟我耍老板的威风吧？”

“不要跟我东拉西扯，珠雨田呢？”

“和你有关系吗？”

“你自己清楚！朱莺！”王老板一拍桌子，长睫毛上的水珠落在了地上，不知是雨珠还是泪珠。“我都把话说到这份儿上了，你还以为我有什么不明白的吗？我放着公司不管在上海待了五天等你，你以为我就是为了来诈你吗？你自己一五一十地把前因后果告诉我，我以后一定好好待你们母女俩，你别想今天还像你走的那天一样能稀里糊涂地糊弄过去，不信你试试！”

朱老板走到后厨，给厨师和一个杂役工放了假，然后她把小雨天的前门和后门都锁上，坐在王老板对面说：

“不要打扰我们平静的生活。她现在还是个孩子，我不知道你突然出现对她来说是好事还是坏事，但我知道她现在生活得很快乐，很健康，很完整。如果你能在她十八岁以前不打扰她，我可以考虑等她成年以后告诉她你是谁，如果你忍不住一定要瞒着我试着联系她，我就保证带着她去一个你永远不能再找到的十八线小城。我是她唯一的合法监护人，我要对她的心理健康负责。王总别跟我拍桌子比狠，你知道你比不过我！不信你试试！”

王老板痛苦极了，他面前只有两条路，要么他永远见不到女儿，要么这六年的时间他要朝思暮想但见不到女儿，每一个都像受刑一样，只有无期徒刑和有期徒刑的区别，女儿近在咫尺，却无法……他心脏猛地一疼，接着头突然发晕，视线也开始模糊了，眼前朱老板的脸越来越远……

是心肌梗死，幸亏送医及时。

之后的六年，王老板给珠雨田买过无数的生日礼物，但是每次都犹豫好多天还是不敢寄，因为他不确定在朱老板眼里寄礼物算不算“试着联系女儿”，要是她一怒之下再次启动带娃消失功能，那就完蛋了。

王老板还打听到她们母女俩开店的小楼是借钱买的，这么多年一直在还钱。他估计着小楼的价格给朱老板打了一笔钱，但钱刚一到账就被全部退回来了。

再之后，他一直战战兢兢，再也不敢多废一句话，一直到珠雨田十八岁生日过去快一年了，眼看都快十九岁生日了，他才再也忍不住，愤怒地去了上海。那天又是一个暴雨天，他大拍桌子。“朱莺，你是个言而无信的人吗？说好的等女儿成年就告诉她自己的身世呢？你耍我是吗？你以为我没办法联系上她是吗？哼，我早向她校领导问清楚了，她马上要去北京做交换生了，你看我会不会去找她，就算她再回上海上学，她的班级、老师、课表，一切一切我都能知道！我要认我的女儿，我要认我的女儿！你拦不住我！”这时门开了，一个伶伶俐俐的小姑娘跑了进来……

王老板坐在湖边的榕树下，静默着吸完了一支雪茄，回忆着自己第一次犯心肌梗死的经历。所谓“急痛攻心”，人很难过的时候心脏真的会抽搐起来的。他的父亲和祖父都是因心脏病而去世的，他一直觉得自己早晚也有这么一天，所以他捂着心脏栽倒的那一瞬间想的都是：死之前都没见女儿一眼也太遗憾了……

现在如愿见到了女儿，她是如此可爱、健康、漂亮……真是心满意足，那个想法变成了：死之前没把女儿的一切都安顿好也太遗憾了……

那么如何才算把女儿的一切都安顿好呢？

“给她许多的钱和许多的爱！”

王老板对着自己在湖水里的倒影点点头，像是做了个重要决定似的，站起身把雪茄盒子放回树洞里藏好。接着他又揣着一颗欢喜的心蹒跚着回家，时间还不到早上七点。

保姆罗嫂正在客厅里边看肥皂剧边擦地板。王老板心中有一点点不满，罗嫂是在家里做了十几年的老工人了，他低声提醒道：“罗嫂，电视声音放小一点，太太还在睡觉呢！”

“太太早就起来啦！早饭都吃过了！”罗嫂直起腰朗声答道。王老板觉得奇怪，快四十年的夫妻，他最清楚太太雷打不动的作息，她九点之前是不可能起床的。

王老板一上楼就见太太对镜梳妆，她穿着乳白色的套装，刚染黑过的一头短短的鬈发吹得整整齐齐的，正从首饰柜里挑选出一套珍珠项链戴在颈上。罗嫂提着一只行李箱跟上来：“太太，行李我都收拾好了，您看看还缺什么不缺。”王老板大奇：“你要去哪儿？”

王太太转过身来，那是一张已过中年却依然保养得很好的脸，亲切、柔和、白净，额角的几道皱纹展示着岁月的痕迹。“我要去度假。”她微笑说。

“去哪儿？你对我说过这件事吗？对不起，我现在的记忆力越来越不行了。”

“没说过，临时决定的，不知道去哪儿。”王太太笑笑站起来，她已经戴好了项链，现在她要选一枚配套的戒指。“先去机场，看能买到去哪里的机票吧。日本、美国，或者随便哪个暖和的海岛都行。”她伸手去拉行李箱，王老板一把抓住她的手哀求道：“你想去度假当然没问题，可是可不可以再等几天？我的病刚好，离不开你。”

“罗嫂可以照顾你，你还有司机、秘书、医生、护士，他们都在你身边，你不需要我。”

“我需要你啊！司机、秘书、医生、护士怎么能代替你！”

王太太微笑。“需要吗？哦，你需要亲人的关怀，儿子可以下班后来陪陪你，如果这还不够，不是还有个女儿吗？”

“琴……”多年来王老板最担心的事还是来了，他一泄气，松了手，“我就知道，你不可能像表面上看上去那么容易接受这件事。”

“你还要我怎么接受呢？”太太依然保持着得体的微笑，“你知道我是通情达理的人，七年前你告诉我这个女儿存在的时候我只是感到意外，我甚至没有和你吵架，过去的事都过去了，我们要过以后的生活，不能守着从前的错误活着。”

“所以我一直很感激你、敬重你！”

“前几天你让儿子去把那个孩子请到家里来吃饭，我也很爽快地同意，孩子是无辜的，你知道我绝不会为难她，一大早我就让罗嫂去买菜，我还亲自下厨做了两个汤，可是呢？人家根本不来，好大的架子呀。”

“什么架子嘛，她只是个孩子，她很可能只是害羞，你难道为了这件事和一个孩子赌气吗？”

“我快六十岁的人了，怎么会和孩子赌气？你也太看轻我了！”

“所以到底是为什么？”

“老王，你真是糊涂了，你是老了，还是被所谓的父女亲情弄糊涂了？你私下里怎么疼爱她都可以，可是只有一点，你不能在她的生日会上把你生意上、生活上的朋友们都请到，在大家面前公开承认她。没错，你已经退休了，可是家里的公司还在，儿子还在董事会里，你总要为公司的声誉考虑吧？你想过陌生人会怎么议论你吗？”

“我根本不在乎陌生人的感受！”

“你也不在乎我的感受吗？我也有我的朋友，他们会怎么看我，怎么小心翼翼或者不经意地在我面前提起这件事，我又该怎么面带微笑地替你解释，我该有多尴尬、多难堪？我维持了一辈子的贤妻和体面的太太形象在一瞬间成了笑话，我该如何使我的朋友认为这不是我四十年婚姻彻头彻尾的失败？我的面子你在乎过吗？你想过你公开承认这个女儿就是在公开羞辱我吗？”

“琴，这不是我的本意！真对不起。这几十年都是你照顾我，包容我，我很少站在你的角度为你考虑。如果我知道这个生日会会给你带来这么大的痛苦，我……”王老板把双肘撑在膝盖上，两只手在头发里痛苦地抓着，他想说取消生日会吗？不可以，儿子已经把这个生日会的消息通知了珠雨田，他仿佛看到了她失望的神色，那会使他的心好像被生生剜走一样疼。

最后他做了个折中的决定：“我应该尊重你的感受，不请咱们的朋友们就好了。只请珠雨田的同学。”

“不。”王太太微笑着摇头，“那孩子就在北京读书，这件事早晚会传出去，你的朋友们也很快会知道，他们会亲自问你，你还是会把这件事公布出去，他们来不来这个生日会又有什么区别呢？”

“所以我应该怎么办？把她赶回上海去？没这个道理！人家是来上学的！”

“我要你多多地把你的朋友们请到她的生日会上，一个也不要漏，然后告诉他们，珠雨田是你收养的女儿。”

“这……这——”王老板张大嘴巴，除了喘气，一个字也说不出来。

“这没什么不妥，你的朋友们都是人精，他们会看不出这其中的古怪吗？你有一个完整的家庭，为什么要收养女儿？养女又为什么要介绍给所有人认识？人人都会怀疑、都猜得到她就是你的女儿，甚至从长相上也能确认她是你的女儿，但是也都能理解为什么你要假托养女的名义。这样做不也等于借助大家的默契公开了那孩子的身份吗？对那孩子来说都是一样的，对我来说却免去了很多难堪，这也算两全其美。老王，看在四十年的夫妻情分上算我求你，给我保留一点面子，好吗？这是我在求你，可以吗？”

王老板的心脏又隐隐地疼了，但是他没有喊医生，只是扶着椅背慢慢地坐下，抬起头，看着妻子那张相伴四十年的脸，他想说却不知道该说什么，世界上没有两全的美事。他遗憾地想，结发妻与私生女，必然要有一方无辜受到伤害，该牺牲哪一方呢？他努力挺直不再健康的后背，看向窗外朦胧的晨光和绵延的白色苇草，似乎想要从这静谧的秋之景致中找到答案。

几天的时间弹指就过，今天是2017年9月17日，珠雨田十九岁的第一天。

“从今天开始，我就正式有爸爸了。”她在图书馆里看书，可是满脑子都在想着一个小时后的宴会，甚至能闻到早秋的风中苹果园的清香，感受到白色塔夫绸餐布轻拂小腿的柔软。

早上下过一场小雨，现在雨停了，满天的云散去，晴暖的阳光使水汽迅速蒸腾，晴天之下，整个世界都一尘不染，绿的叶子像碧盈盈的翡翠，白的花朵光洁耀眼。珠雨田托着腮，看着外面雨后的美好世界，想到自己从此成了父母双全的人，那快乐简直要把胸腔涨满，不仅如此，她的爸爸还是一位儒雅的名士，他的相貌那么端方，他的公众名声那么高雅，他旗下的楼盘拥有最好的品质和信誉，他慷慨捐赠的慈善项目又使他的商业口碑更上一层，世界上还有比他更完美的父亲吗？珠雨田想，我真是拥有非常好的命运啊。

唯一的遗憾就是妈妈不肯来。她邀请过，但是妈妈说店里的生意忙走不开。她挂掉电话，心里觉得非常地空，爸爸妈妈并肩站在一起为她祝贺生日，这是一个很小的愿望，却无法实现。不过，失望的情绪很快又被兴奋压倒了，就算爸爸妈妈不能同时出现又怎样，她毕竟还是有爸爸了。

DC 的司机们来接珠雨田和她的同学，车在学校北门外的林荫路上排了长长的一列。珠雨田独自坐一辆车，她一夜没怎么睡，却一点也不疲惫，她的眼睛、嘴唇以及整个人都散发光彩，她扒在车窗上向外看着，街景也没什么特别的，可是一棵歪斜的巨大柳树、一对带崽游街的野猫，都能使她突然兴奋起来，在心里暗暗发出“哇”的一声，仿佛整个世界都在以和昨天不同的特别之处向她致意，对她说：

“生日快乐呀，从今天起就有了爸爸的人！”

车一出四环，又绕过一条没有水的河床，她远远看到一片深绿色的丛林，中间有乳白色的小楼群点缀着，换一个方向，还能看到楼群之外的巨大草坪。她把车窗打开了一条缝，甜美的果香混合着雨后湿润的空气扑到脸上。

“那片树林和草坪就是果庄吗？”珠雨田问司机。

司机恭敬地回答：“是的，小姐。”

她很满意。不过是程素姐姐心血来潮帮她定的场所，没想到如此合心。

车队鱼贯驶入果庄的大门，她早看到草坪上陈列着四五张巨大的条桌，雪白的塔夫绸桌布和她梦中的一模一样，香槟桶里盛满了冰块，外层都结了细密的水珠；草坪的边缘有一长条果树投下的树荫，摆满了摇椅和竹质方桌，桌上的水果和甜点堆得像海一样多；车子又绕过半个果园，她看到草坪的另一端挖着几个深坑，木柴在坑里噼里啪啦地燃烧着，熏烤着架上的肉，穿着白色制服的服务生正给烤肉涂上蜂蜜。

草坪上已经有不少人了。珠雨田隔着车窗看着他们。他们大概都是爸爸的朋友，一对对中年夫妇，都穿着看上去很热的套装，香槟杯子拿在手里，可是半天也没看到谁真的喝上一口。同学们也下车了，这片草坪上突然多了一半的年轻人，他们是最开心的，还有不少人跑去和爸爸合影。

爸爸站在长餐桌前的主位上，花白的头发在早秋的晨风里微微颤动着，阳光把他脸上的皱纹照得越发清晰，他那么慈祥、端正，带着可亲的笑容，来往的宾客们经过他的身边时，每个人都流露出发自内心的尊敬……珠雨田知道车窗是不透光的，外面的人看不到她，这是她第一次如此大胆地、近距离地看着爸爸。

“小姐，下车吧。”司机帮她打开车门，她下了车，于是浓烈的果香、草香和烤肉香从四面八方将她围住，她感觉头晕晕的，不知道是因为这味道，还是因为紧张。

意外的是，根本没人注意到她，没有红毯、拱门、掌声和飘洒的花瓣迎接她。

大家都沉浸在各自的快乐里，甚至没有人来招呼她。

在一群裙裾纷飞的女同学和雍容华贵的阔太太中间，她发现自己不起眼得就像树荫下的一棵小草。

她有点尴尬，连双手都不知该往哪里放才好。像只离群的幼鹿一样，她看向目光所及的每一个角落，似乎想要寻找一个能让自己走过去的地方，这时她看到远处草坪的边缘和果林相交之处有一个中年人坐在那儿，笑着看着她。他身旁树荫下摆满了水果和甜点，但是很冷清。

珠雨田盯着他看，十九年里，她从未见过和他一样明亮的面容，他的五官就像利斧斫出来般深邃，虽然他坐在那儿，但是仍然能看出他是个健硕的大个子，肌肉饱满得几乎要把衣服撑裂。他穿着半旧的工装裤和衬衫，这不修边幅的豪气和满草坪的优雅衣着相比很是随意。

他可能是果庄酒店的工人。

他似乎的确是在看着她。

珠雨田又觉得是错觉，这么大的草坪，这么多的人，距离这样远，他可能是在看任何一个人，或者压根儿是在看自己附近的一团空气。但珠雨田无法不被那明亮的面容吸引，就像飞蛾总会朝着亮光的方向飞去，她走了过去，那面容上的目光随着她移动，他确实是在看她，她站在了他身侧。

她也不打招呼，从长桌上拿起一个苹果就啃。

咔嚓！好脆的一声。

又吃蛋糕，奶油下肚，胃口大开，再倒一杯气泡酒，咕咚咚两口喝尽。

“留着点肚子，等会儿还有烤肉。”这人突然开口说，很低沉有力的嗓音。

珠雨田大嘴圆张，把一勺乳酪送进去。“不怕，我吃得下。”

这人又歪着一边嘴角笑了笑：“你很饿吗？”

“我很容易饿，不像这些人，他们好像从来都不用吃东西似的。你看，那个人，还有那个人，我看了他们好一会儿了，他们手里捏着的东西从来没有往嘴里放过。”

“哈哈！”这人朗声大笑，“因为你还在长身体，他们都老了。”

珠雨田太得意了。“我下雨从来不打伞，游泳比赛还是全校第一呢！”

这人朗声大笑：“那你很厉害！”

他的笑声真痛快，一点局促和虚伪也没有，珠雨田被感染得十分快乐。她又歪着头看了他一会儿：“你不用去工作吗？等会儿被你老板看到你在这儿偷懒怎么办呢？”

这人笑着皱眉沉思。“你问住我了，怎么办呢？这样好不好，你就说你一定要我陪你在这里聊天，老板就不好意思为难我了。”

珠雨田啪啪地拍响平坦的胸脯。“这个忙我帮了。”

这人又笑：“你是王家小姐的同学？”

珠雨田愣了一下才反应过来，“王家小姐”应该指的是自己，不知道为什么，她对这个词有一种难以名状的抵触，她只能接受自己姓珠，她就是珠雨田，不是什么别的人。

“嗯。”她揉揉鼻子，同时转移话题，“你在果庄工作，是不是经常举办这样的宴会？”

“是的。”

“这工作真有趣，总是能经常见到这些漂亮的人。你看，他们穿得多美，走路的姿势多么优雅啊。”珠雨田隔着头上垂下来的树枝草叶，看着翩翩走动的人群。

“漂亮的人？”这人歪过头来看着她笑道，“这些年轻人，勉强算得上漂亮的人，那些贵妇，个个都无聊得没法多说一句话，至于那些西装革履的老头，我告诉你吧——”他倾斜身子，微微靠近珠雨田，“没一个是好人。”

“那也不一定呢！”珠雨田大声反驳，“DC的王老板不是好人吗？人人都知道他是建筑学大师，年纪轻轻就有了无数好作品，转型经商也这么成功，做慈善大手笔，家庭和睦，性格又好，长得还这么帅，世界上难道还有比这更完美的人吗？”

这人笑道：“你还小，容易崇拜所谓的精英，可你把这些精英的发家史拉出来晒晒就会发现，他们没一个是干净的；至于你说的什么英俊和美，那都是漂亮的壳，壳里装的东西也未必都很体面——有些甚至相当不体面。”

“我从来不崇拜什么精英，我反倒觉得你对所谓的精英有偏见。”珠雨田生气地站起来，把吃剩的半杯乳酪重重一放，大声说，“你不能因为自己不那么完美就否认这样的人存在，王先生是个值得尊敬的真君子，这个所有人都知道！”

珠雨田拂袖便走，胸脯气得鼓鼓的。竟然有人这样当面诋毁她的爸爸——也许未必是针对她的爸爸，而是笼统地评价一类人吧，不管怎么说，这人真是太粗鲁无礼了！他的无礼真是浪费了他那张明亮的脸！

不远处的苹果林里有人在朝她招手。她站住脚步。

那是个女孩子，裙摆很长，浅栗色的长发一直披到腰间，珠雨田大惊：“乌鹊！”

太意外了，那天傍晚她鼓起勇气照着狗牌上的电话打给乌鹊，邀请她来宴会，只听到那边一片嘈杂的街声，还以为她根本没有听到呢。

乌鹊看上去比上次更漂亮了，她一把把珠雨田拉进苹果林。

“乌鹊姐姐，你为什么躲在这儿？你是我请的客人呀！”

“不，不。”乌鹊紧张地笑着摇头。

“恋爱分手又不是什么大事，就算和前男友见面，也没什么可怕的吧！”

“对不起，我只是来见见我的狗，可以吗？”

“花花吗？没有带来呢，如果你早一点告诉我就好了。”

“那……打扰了。”乌鹊松开握住珠雨田的手，转身就走。

“乌鹊姐！乌鹊姐！”珠雨田追上去，这片苹果林刚刚浇过水，满地泥泞，夹着大大小小的沙石，石子滚进了她的鞋子里，每走一步都磨得皮肉剧痛，可是如果她轻易放走了她，下一个乌鹊可能和哥哥见面的场合又不知在哪年哪月了，她忍不住喊了出来，“乌鹊姐，我要告诉你一个我无意中发现的秘密——你知道吗，其实我哥哥就住在那个咖啡馆的对面，就是那栋五层红砖小楼，我也是见到你才突然明白他为什么住在那么狭窄那么破的地方，因为他站在二楼的阳台上就能远远地看到你啊！所以我才自作主张给你打电话，虽然不知道你们之前发生了什么，但哥哥一定还是深爱着你，就算你已经有家庭了，可难道不能像朋友一样聊聊天吗？你们之间到底有什么深仇大恨连面都不肯见啊！何况如果真不肯见的话，哥哥就不会住在那个地方，你今天也不会来了！”

珠雨田一口气说完，只见乌鹊的表情已经完全僵住，她没有走过来，而是向后退了一步，问道：“他真的住在咖啡厅的马路对面？”

珠雨田大喊：“所以我带狗狗下楼散步才能和你偶遇，否则，北京这么大，哪里有那么巧的事啊！”

“雨田过来，客人都到齐了，主人倒不知道跑哪儿玩去了。”身后一个软糯的男声，珠雨田猛地回头，哥哥站在那儿，看着苹果林深处的乌鹊，他的脸上没有惊讶，也没有悲伤，他还保持着刚才温和的笑容，朝她微微一点头说：“这么巧。”

乌鹊也笑着一点头说：“你胖了。”

珠雨田大喊：“我哥哥不胖！”

乌鹊笑道：“只是和七年前相比而已。王野田，你妹妹真的很护着你呢。”

“但你还像七年前一样漂亮。”

“真的吗？你真的七年都没有见过我吗？”乌鹊眯起眼睛，头歪向一侧笑着，9 月的晨风从林间吹过，她浓密的长鬈发被吹起了薄薄的一层，披拂在白皙的颈上。

哥哥说不出话来。

珠雨田拉着乌鹊就往宴会上走，乌鹊边走边挣扎道：“不可以，你不知道，我不能见你们的——”

三人远远走来时，王老板和太太早就站在长桌前看着他们，珠雨田心中突突地跳着，想要叫爸爸，却说不出口，只得呆立在原地。

爸爸却根本没有看她，倒是把乌鹊从头到脚打量了一遍，抬头问儿子道：

“这是怎么回事？”

珠雨田半晌没听到哥哥的回答，回头一看，哥哥的脸涨得通红，低头看着脚下的草地。

“她是——”珠雨田插话，乌鹊一字一句地开口说道：“我是乌鹊。您见过我。”

“哦！”爸爸恍然道，“七八年不见，你看上去过得不错啊，最近生意可好？”

“爸！”哥哥大喊一声，惊得不远处几个珠雨田的室友慌张地回头看向这边。

乌鹊抬起头笑笑。“是您女儿请我来给她庆祝生日的，不是我上赶着来的，当然如果您不希望我在这儿，我就走好啦。”

王老板笑道：“你这姑娘还是那么会编瞎话，我女儿是个家教严格的好孩子，怎么可能认识你这种女人。”

乌鹊并不说什么，松开珠雨田的手转身要走，王老板厉声道：“站着，长辈和你说话说到一半你就走，你们这种人不应该很懂礼貌才对吗？”

乌鹊回过头来笑道：“我们这种人，腿也是长在自己身上，有人请就来，想走的时候就走。王老板别跟我摆谱了，我又不指着你发工资吃饭，也不想跟你儿子破镜重圆，你能把我怎么着？找人把我拖进死胡同里打一顿，还是去报警说我十年前是出来卖的，赶紧把我抓起来？别说我对长辈没礼貌，今天是你先找我的碴，七年前我伤了王野田的心，你已经骂过我祖宗十八代了，我当时没说什么，是因为我有错在先，这件事已经两清。王老板是文质彬彬的读书人，我可不是，我可什么都说得出来，现在你要想翻旧账当众羞辱我，我劝你先冷静下来想想，现在的我不再是当年那个包子一样的性格了！”

一席话还没说完，王野田早慌了，大喊：“乌鹊你不要胡说！”再看王老板身子一晃，手在背后撑住桌角，那矮桌上的酒杯滚下来，啪地碎了一地。

王野田怒喊道：“我爸得过心肌梗死，前不久还中过风！”话音未落，王老板已经向后倒去，幸好珠雨田站得近，一把托住，只见他脸色铁青，牙齿和眼睛都紧闭着，珠雨田吓得眼泪直接喷了出来。王野田大喊：“妈！妈！咱们的医生来了吗？”

王夫人赶来，声音颤抖地说：“早上我说叫医生跟来，你爸爸还不高兴，先把你爸爸背到那边的椅子上去吧。”

“别动。”一个人拍了拍王野田的肩膀，“最安全的办法是平躺等医生来处理，不能随便移动。”

这粗浑的声音好耳熟，珠雨田抹了把眼泪抬头看去，见是刚才坐在树荫下和自己交谈过的男人。哥哥将妈妈从爸爸身边拉开说道：“明总说得对，确实不能随便移动。明总，你们酒店有医生吗？”

这人点头说道：“我已经打电话给医疗部了。”

话刚说完，只见三个医生抬着担架，提着急救箱小跑而来，众人将王老板抬上担架，围簇着他而去，乌鹊犹豫了一下也跟了上去。珠雨田慌乱之中回头一看，草坪上欢乐如常，烤肉和香槟已经开始上第二轮了，没有人发现主人一家都不在。

果庄酒店的急救室虽然设施比不上医院，但是幸好王老板病史清楚，十分钟的胸外按压之后他便醒了，看着天花板，长长地叹了口气。

乌鹊吓得不轻，收起刚才爽辣的模样，低头道：“您醒了我就放心了。我是习惯嘴上不饶人，真不知道您身体不好。我今天就不应该出现。王野田，咱们当初说好的这辈子再也不见才是对的，果然一见就会出事，我以后不会再见你了，你也……你也快点搬家吧，你怎么能住在那种地方呢？你又不是不知道，我已经……是三个孩子的妈了！”

珠雨田的心仿佛被扔进了一个绞肉机被绞得稀碎，她想着，这一切都是因我而起，先是因为给我办生日会，继而又因为自作主张请来了乌鹊，不仅害得哥哥和乌鹊连从前陌生的和平都不能继续维系，爸爸也差点再也醒不来，要是爸爸真的出了什么事，她该怎么面对哥哥全家，怎么向妈妈交代，又怎么原谅自己呢？做事怎么能这么糊涂啊珠雨田！她擦了把眼泪，站在爸爸病床前低头哭道："您别生气，今天是我请乌鹊姐姐来的。"

爸爸将头从枕上微微抬起来，侧着脸看着珠雨田，他的脸色笼罩着一层惊讶和愠怒，半晌吃力地说道："是真的吗？"

珠雨田垂头说道："是真的，不怪哥哥和乌鹊，都是我一个人的错。"

王老板脸上惊讶和愠怒之中又多了一层失望。"雨田，我还以为你看上去这么文静乖巧，读书成绩这么好，家教一定很严格，你妈妈是怎么教育你的？你怎么能和这种女人交朋友呢？"

珠雨田说不出话来。

"你妈妈是不是开店养家很忙，根本没时间教育你？"

"我……"

"还是她对你娇生惯养，你想干什么都纵容你？"

"这个……没……"

"你真是和你妈妈性格一模一样！什么规矩、道德，通通不讲！"

珠雨田震惊了，"规矩""道德"这两个词，好像刀子在割她的皮肉，巨大的羞耻感使血液突然冲上额头，撞得她头晕目眩——她是私生女没错，妈妈是未婚生育的女人没错，可难道妈妈能一个人生孩子吗？难道她珠雨田是无性繁殖、有丝分裂、细胞克隆出来的吗？爸爸竟然当着自己妻儿的面指责她们母女没有规矩和道德？

她想，也许她也要晕倒了。

王夫人柔声解围："少说两句吧，等你病好了想教导什么不行，现在先养养神，我去跟客人们说，散了吧。"

"这么多客人都来齐了，怎么能散。"爸爸吃力地坐起来，"明生老弟，能请这几位医生跟我一起出去吗？我的宝贝女儿的生日，不能让她失望呀。"

"宝贝女儿"四个字如同温柔的手捧着珠雨田的心，她一下子原谅了刚才的眩晕。

这个叫明生的人，原来他是果庄的老板，点头说道："当然，一会儿这几位医生还会陪您上车，一直护送到家里。"

珠雨田感激地看了他一眼，只见他又高又壮的，站在人群外围，话是对王老板说的，眼睛却一直看着珠雨田，珠雨田忙把视线移开，搀扶着爸爸走出急救室。

草坪上的客人们终于发现主人不见了，他们有一点小骚动，远远地看着王老板一家走来，有人喊着："老王，咱们的小公主怎么不露面啦？"

爸爸笑着，先谢过医生的搀扶，又携起珠雨田的手，蹒跚着走近条桌的主位，他走得很吃力，却一直维持着珠雨田第一次见到他时的挺拔身姿，她不得不手上暗暗用力好撑住他。

这一刻终于要来了。

珠雨田抬头看爸爸，金灿灿的阳光照着他花白的鬓角，他脸上的每一道皱纹都那么慈爱、温柔、宽厚，她感到无限的幸福和安全感……她等待着爸爸开口，赐予她完整的身份与爱，这是她等了十九年的一瞬，而她也将回报同样的爱。此时此刻，她是世界上最幸福的人。

"这就是我的养女珠雨田。"

珠雨田怀疑自己瞬间失聪了，她一动未动，保持着刚才的姿势，抬着头看着爸爸，爸爸的表情也未变，还是那张儒雅英俊的脸，带着微笑。

难以言喻的震惊和屈辱，使血冲头的感觉又回来了，不，不仅头，她的脖颈、脸颊、耳朵，仿佛都有滚烫的血液左冲右突着，想要使她的皮肤爆裂而奔出去。晴好的初秋上午突然变得闷热，她大口喘着气，仍然觉得胸口憋闷。

爸爸依旧用幸福的语气说着："我和太太收养雨田十九年了，她一直被寄养在上海，最近刚来北京读书，所以带她来见见她的叔叔阿姨们。雨田还小，有点认生，雨田，别愣着，和叔叔阿姨们问好吧。"

珠雨田回头看，只见王夫人脸上也带着和爸爸一样慈爱的微笑，看着她。而哥哥和乌鹊都一脸困惑，看看她，又看看爸爸。

"多谢叔叔阿姨们来给我过生日。"珠雨田喃喃地说完，心想，这一定是梦，不可能是真的，先说了也无妨，反正等会儿她就会醒过来，然后她会发现时间是今天早上，那时生日宴会还没开始，爸爸也不会宣布她是养女，那时她还保有天真的幻想，在心中一步步计划今后该如何做个好女儿。

但是酒香、花香和烤肉的香味刺激着她的每一根神经，提醒她这是一个真实的草地宴会，每一句话和每一个人的笑容都是真的，她的确变成养女了，没有人提前通知她这件事。

珠雨田一口酒也没喝，一口东西也没吃，一句话也没有再说。她就坐在最中间的位子上看着众人散去，看着爸爸被妻子和医生搀扶着上车，哥哥在爸爸走后也追随乌鹊而去，同学们也一同坐车回学校了，可能他们以为她在宴会结束后会去爸爸家吧，哦不，是"养父"，呵呵，养父。

餐桌上一片狼藉，香槟桶里的冰块早已完全融化，气温升了上来，酒瓶上的水汽汇成股，流到雪白的桌布上。

服务生来了，推着装垃圾的小车，胳膊上搭着抹布。"小姐，请让一让。"

他们客气地说。珠雨田只好站起来了。这里太吵了，四下看看，只有苹果林很安静，她走进苹果林，刚一进入那飘着香甜味儿的树荫中，眼泪就再也忍不住，何况也没人听得到，她头抵在一棵苹果树上，放声大哭起来。

从未感受到这样摧毁般的被伤害感。就连一直没有爸爸的那十九年也没有这么伤心，就连六岁时妈妈带她去给从未谋面的外公拜寿被赶出来也没这么伤心，就连中考因为高烧而发挥失常也没这么伤心，就连大一的时候打球摔断了胳膊也没这么疼。

从小，她生活在一个人际关系极简单的小世界里，身边发生的一切事都有明确的因果联系，比如考试考了第一名会被奖励好吃的，弄坏了小朋友的玩具要赔给人家，所以她单线程的脑子也处理不了眼前这个复杂的事件：她不知道自己做错了什么，要使她经受这万箭穿心的惩罚。

爸爸，为什么几天前我还是你的女儿，现在我又不是你的女儿了？

如果我不是你的女儿，你就不要理我，像过去的十九年一样永远和我不要有交集就好，为什么要把我拉到所有人面前，告诉他们我不是你的女儿呢？

如果我知道我做错了什么，我可以改。她想。

可是我错在哪里了呢？没有啊，没有啊！她在心里大声质问。

“对不起，我不是想打断你啊，但这片树林刚洒过农药，你的脸最好别往树上贴。”树林里一个人说。

珠雨田吓了一跳，忙抬头看，是明生，他从几棵粗大的苹果树后面走出来，笑嘻嘻地看着她。

她被吓到了。“你躲在这儿干什么？”

“躲在这儿？这是我的酒店，我的树林，我还没问你呢！”明生咧嘴笑了，露出一口雪白的牙，在宴会之前，珠雨田还觉得这面容明亮到使她无法移开视线，现在却只恨他目击了她受辱和伤心的全过程。

“多谢你的酒店，你的树林！”她咬着牙说，刚要跑出去，明生又笑着说：“你真是王老板的养女吗？我看不是吧，刚才在急救室的时候，他明明说到了你和你的妈妈——”

珠雨田愤怒地回头道：“我是路边捡来的，石头缝里蹦出来的。你有关心别人的时间不如多关心自己，比如……刮刮你的胡子吧，我最讨厌胡子拉碴的男人了！”

明生大笑：“当然，你尊敬的爸爸又英俊，又儒雅，还是个道德上的完人呢！”

珠雨田听了这话，通红的脸色转白，继而又恢复了平静，她什么也没说，只是用沾满泪水的大眼睛狠狠瞪了他一眼，转身跑出了树林。逃走的时候，她的心一直向下坠着，她感到胸腔生疼，白色塔夫绸的桌布像来时一样擦过她的小腿，果木的香气纷纷后退。“但是这些都和我没有关系了。”她想。

“我再也不会来这个地方，并且我要忘了今天的一切。”她在心里发了好几遍的誓。

❷

幸有南国尚暖，戴月徐行

余婆婆发着抖，又听程白薇在她耳边吐着阴森森的气。

“你可能不了解我，我呀，是个有仇必报的人，什么怜弱惜残？

我心中只有是非对错……”

小雨断断续续地下着，直至凌晨三四点钟才停，五点钟天亮的时候，初升的太阳普照着一个湿漉漉的世界。南国的雨蒸发得真快，走在泥地里的人，脖颈和脸都被暖烘烘的水汽包围着，就像走在浓雾里。

程白薇出了一身的汗。

她家住在广州市区，要到城郊的镇子上去看外公外婆，只需要骑上半个小时的自行车。这段路她太熟悉了，完全可以大脑放空，只凭借肌肉记忆把控方向，在这里穿过一条窄巷子，在那里拐到土路上，她慢悠悠地骑着车，一点也不着急。

太阳又升起来了一点，水雾把阳光折射成温和的淡红色，薄纱一样笼着这静谧的城郊。这点红光使程白薇看上去健壮了一些。她从小身体就很弱，四肢瘦得仿佛一阵狂风就能吹断，脸色和唇色都淡得令人心疼，头发和眼睛的黑更衬托出皮肤的白，她看上去脆弱得像一个又细又薄的瓷器，需要匠人双手从窑炉中捧出，然后放入被鹅绒垫子层层包裹的匣中封存。

这“小瓷器”轻轻地蹬着她粉红色的自行车在清晨的红光里前行着。车子用了快十年，有些地方的漆已经褪色，她刚刚考上了华南理工大学，很想让爸爸妈妈给她买一辆swaoks奖励她，不过问过价格之后就打消了这个念头。她的爸爸妈妈都是小学音乐老师，薪水不多。程白薇很懂事的。

她想起外公煮的枇杷绿豆糖水，忍不住觉得有些饿，自行车也加快了速度，车把划过一大片探到路上的苇草，发出唰唰的声音。

“细路仔（粤语：小孩子）——细路仔呀——”程白薇突然听到苇草丛中传来苍老的喊声。

一捏车闸，她轻巧地跳下车，看到身后的土路上翻起了一大块泥，带着长长的滑倒的痕迹，顺着痕迹拨开草丛，只见一位个子小小的瘪嘴老婆婆穿着这年头在乡下也很少见的蓝布对襟大衫，正蜷在那里呻吟。她颤颤巍巍地朝程白薇伸出手：

“细路仔，扶我一下。”

程白薇认出这是外公镇子上的一位老人，她的命很苦，小时候被人贩子卖过来做童养媳，新婚第一年丈夫就得病死了，丢下一对双胞胎遗腹子。年轻的她要侍奉公婆、大伯、小叔和数不清多少的小姑子，完全变成了不要工钱的仆妇，好容易熬到两个儿子长大成人，他们却双双死于一次矿井事故。这时公婆和大伯都去世了，小叔和小姑子都搬走了，和她永远失去了联系。她只剩下孤孤单单的一个人，守着几十年没翻新过的三间破屋过活，收入来源便是把三间屋子租出去两间，租客都是去广州城里打工的外地人，这里距离城区不近，所以租金也低得可怜。

“余婆婆，你是滑倒了吗？伤得重吗？”

余婆婆脸上因为布满了皱纹而看不出任何表情，睁着一双混浊的老眼看着程白薇，手依旧颤抖地伸着。“细路仔，救救我——”

“我是胡校长的外孙女，你见过我的。”程白薇说，她的外公是镇上小学的校长，“你先别动，我看看你受伤了没有。”

“我的腿疼。”余婆婆说。

程白薇蹲下来，小心地把余婆婆的裤脚卷起，她吓得“啊”了一声，余婆婆那老树皮一样的小腿出现了一个明显的错位。“应该是骨折了。”程白薇站起来，看看小路的这边，又看看小路的那边。

“细路仔，别走——”余婆婆双手撑在地上向她挪动了一步。

“我不走。”程白薇忙说，“我只是在目测着送你去镇上近，还是回市区近，或者还是该打120呢？”她觉得还是打120比较好，因为她没有骑车带人的经验，何况这雨后的土路又湿又滑，万一再摔倒一次就糟糕了。

“我叫救护车。放心，骨折一时不会有大问题的。”她蹲下来，这能使余婆婆安心一些，可是她刚打开手机，就听到一声汽车的鸣笛。

接着，一个低沉有力的男声说道：“喂，草丛里有人在吗？可以挪一下自行车吗？”

她站起身，只见一个男人从黑色的车子里探出头来，车子是从镇子的方向驶来的，她忙跑出去，把自行车推到一旁。

“谢谢姑娘。”男人点头朝她一笑，车子前行，却很快停下了，他也看到了苇草中的余婆婆，“出什么事了吗？”他又从车窗里探出头来。

程白薇说：“这位婆婆好像骨折了，我正在叫救护车。”

男人下了车，他的个子真高！肩膀很宽厚，肌肉像是要从西装里爆裂出来，他也俯身看了看余婆婆的小腿。“这会儿救护车过来也要好一会儿呢。坐我的车吧。”

他真是个热心的好人。程白薇觉得不应该把余婆婆丢给他一个人，于是也上了车。在车上，她给外公打了个电话，外公告诉她坐陌生人的车子要小心，而且他会把这件事转告镇上的居委会，因为程白薇不可能一直在医院照顾余婆婆。

“嘿。”男人边开车边回过头一笑，“我不是坏人，不过你外公说得对，以后不要随便上陌生人的车。你多大了？”

“十八。”

“高中生吧？”

“已经高考完啦。”

“考上哪个大学了？”

程白薇很得意。“华南理工。”

“嗬——真不错啊。念书厉害的女孩子最棒了。”这人又忍不住回头看了她一眼。他讲普通话，在广州，这说明他是个外地人。

程白薇发现车子刚刚驶过自己家门口的十字路口。“我家就住那条街上。你是干吗的？”

“做点小生意，跑跑腿呗。”

“你专心开车呀，老看我干什么？”程白薇发现他又回了一次头。

“哈哈！”男人爽朗地笑了，摆摆手说，“真对不起，我是应该专心开车，但你太好看了，我的眼睛不听使唤。”

程白薇觉得毫不意外，但她的脸上还是起了一层红晕。她从小就是“别人家的孩子”，“别人家的程白薇又考全校第一名啦”，“别人家的程白薇长得多么漂亮呀”，可是被一个陌生男人直视着眼睛称赞，还是第一次呢。

程白薇没谈过恋爱，也没和中年男人单独相处过，她读书的小学和中学都在家附近的那条小街上，走路都只用十分钟，她一直生活在父母严密保护的方寸之内，就像有一个看不见的罩子把她罩在了一个小小的世界里，考大学时，以她的成绩可以上比华南理工更好的学校，但是她决定留在广州。父母并没有要求她这么做，这完全出于她的自觉，她的理想就是和爸爸妈妈生活在一起，全家人度过平安幸福的一生。

到了医院，他们发现了一个问题：余婆婆没有带钱。

程白薇翻翻自己的口袋，她只有五十元零花钱。

“我来吧。”男人拿出了信用卡。

程白薇悄悄告诉他，余婆婆家境困难，可能还不上这笔钱。

“治个骨折能花几个钱啊，就当我做好事了。”男人交了一万元押金，医生说够了，可能还用不完，“如果有剩下的，就退给这婆婆吧。”男人看了看时间，说：“我公司还有事，你一个人在这里行吗？”

程白薇点头。“没问题的，居委会的人应该也快到了。”

男人走后不久，居委会的人来了，这时余婆婆已经进了手术室，程白薇便回家了。时间还未到中午，爸爸在侍弄院子里新种的花，妈妈在厨房煲汤，他们已经从外公的电话里听说了今早的事。

“薇薇累坏了吧？”妈妈给她倒了杯冰水，她又热又渴，却边喝冰水边想念外公煮的糖水。

冰水还没喝完，妈妈的手机响了，她接起来应了一声，困惑地对女儿说：“你外公镇子上居委会的人说，警察在找你。”

“薇薇，我是铁昭。”电话里说。

铁昭是他们这里的片警，四十来岁，矮矮胖胖的，总是笑眯眯的，也不知道如何让犯罪分子怕他，好在他们这里治安很好，他最多也就在菜市场调解调解大妈吵架。

“你好铁叔叔，余婆婆的骨头接上了吗？”

“骨头没事了，不过还有别的问题，她右肾破裂，也是摔出来的，医生说只能摘除。唉。恐怕你要来补缴医药费，因为预付的那一万肯定不够。”

“我给余婆婆补缴医药费？为什么？”

她的声音很大，不光妈妈站了起来，连在院子里松土的爸爸也回到了客厅，一起看着她。她不明白，力所能及范围里的忙当然是应该帮的，假如余婆婆是个公益新闻里的募捐对象，她应该会捐一点零花钱；假如余婆婆是自己非常熟悉和亲密的人，她说服爸爸妈妈先垫付医药费也未尝不可，可是事实是她和余婆婆并不熟，如果不是在外公家附近遇到，她都认不出对方是谁，那么……

但程白薇又想，病不等人，就算是陌生人，见死不救也是不可以的。“好吧，我问问我爸爸妈妈可不可以借这笔钱。”

可是铁昭又说：“薇薇，不是借钱，是你必须出这笔医药费。这件事我必须先跟你讲清楚。”

“为什么？”

“唉，谁让你撞人了呢？”

程白薇发现不对了。“铁叔叔你等等，余婆婆不是我撞的，我只是路过，听到她在路边苇草丛里呼救。”

电话那头沉默了好一会儿，传来铁昭为难的声音：“可余婆婆就是这么说的。她说她在路边走，你骑着自行车直冲过来，路上很滑，你把她撞倒了。”

“胡说八道！”程白薇跳起来大喊，“她胡说八道！她污蔑我！”接着手机被爸爸接过去了：“我是程老师。我知道那条小路上没有摄像头，但我相信我女儿不会撒谎。钱我们不会出的，你让居委会想办法。”

电话里又说了些什么，爸爸说：“如果有意见，请对方走法律程序。”

爸爸挂了电话，把手里的小花铲放在墙角，拍拍手上的泥土。“洗手吃饭。”

程白薇在原地站着，她很困惑。“为什么余婆婆要这么说？”

“世界上有的人是好人，有的人是坏人。”爸爸边盛汤边说。

程白薇还是不明白。“为什么会有坏人呢？做坏人从长远来看，也不一定会得到好处啊！她这样诬陷我，眼前也许能讹一笔钱，可是这样败坏风气，以后大家都不敢放心地帮助别人了。她难道不担心自己再摔倒一次，再也没有人敢扶她吗？”

“有的人能渡过眼前的难关就已经要用尽力气，哪里想得到更长远的事。吃饭。”爸爸命令她。

午饭刚过，外公就来了，他送来了被程白薇丢在半路上的自行车，还告诉她镇上的居委会已经在给余婆婆募捐了，不过医药费比想象中多很多，目前只凑了三分之一还不到。余婆婆在镇上并不是一个受欢迎的人，有时候欠小卖部的账不还，有时候偷邻居家晒的腊肉。当然，大家也理解她孤苦伶仃，生活不易，可到了要出钱的时候，谁也不愿意拿出什么巨款。

程白薇又觉得不忍心。“那……个颗破掉的肾，还是要摘的吧？”

“当然了。”

“那钱不够怎么办呢？”

外公摇摇头。“不知道。谁也没遇到过这种事呀。”

有人在院子外面喊：“程老师在家吗？”

爸爸应了一声，院门便被推开了，胖胖的铁昭警官像个皮球一样挪了进来。“程老师，我找薇薇。”

铁昭走进客厅，他看上去十分客气，可是程白薇愤怒地冲到他面前说：

“我说了，人不是我撞的！”

“你别激动，现在做手术要紧，医药费呢，除了居委会募捐来的，还差七万，医院先给余婆婆治病，剩下的钱她签了欠条，说出院以后卖房还钱。不过，余婆婆她坚持说是被你撞倒的。”

程白薇看了看爸爸妈妈和外公，她并不害怕，因为她不是孤零零的一个人。

外公咳嗽了一声：“警察同志，余婆婆是我的老街坊，那三间小房是她唯一的财产，她可能实在不想卖房子才诬陷我家孩子。”

“这是一种可能。不过她报警了，我们就不能不受理。您说呢，老先生？”

程白薇干脆地说：“受理吧，我不怕。我还建议你们早点去调查我车胎的痕迹和她滑倒的痕迹，不然路面就破坏掉了。”

铁昭为难地笑了笑。“我们已经有同志去过了，一上午人来人往，路面上什么痕迹也没了。”

“那我们就没有办法了。”爸爸客气地摊开手，同时打开大门，做出送客的样子。

铁昭尴尬地向门口挪动了一步，但是又转过身来，看着程白薇说：“如果真的像你外公说的，余婆婆要努力保住她的房产，她恐怕真的会死咬你——当然，我说的是在我相信你是被诬陷的前提之下。我建议你找一找目击证人，否则……现在的法律……不好说，不好说，程老师，你们要做好最坏的打算啊。”

送走了铁昭，程白薇并没有怎么担心，她去睡午觉了。隔着卧室的房门，她听到爸爸妈妈和外公似乎还在客厅里紧张地讨论着这件事，大人真是喜欢多虑，程白薇觉得可笑，黑的就是黑的，白的就是白的，白的不可能被说成是黑的。她坦然地睡着了。

然而这件事如同幽灵般缠住了她。

余婆婆出院以后便把她告了，法院正式立案。外公说对了，这位孤苦的老人为了保住唯一的房产可以做任何事。

她气得浑身发颤。“老不要脸，老不要脸！”她在心里骂着，看着镜中的自己，本来就苍白的脸色发着青，嘴角冷笑着：告吧，法院不会乱判的，你败诉了还要出一笔诉讼费呢！

但爸爸妈妈还是给她请了一位律师。律师的建议和当初铁警官的建议相同：必须找到那位送她们去医院的目击证人。

这并不算难，根据医院的刷卡记录，他们查到那人叫明生，这名字不多见，在工商系统中查询到有一家成立不久的建材公司的法人也叫明生，这和程白薇在车上听到的“做点小生意，跑跑腿”似乎也吻合，当天全家人便和律师一起陪着程白薇去了那家公司。

公司在刚建好的开发区，路比城里宽阔许多，园区和园区之间隔着很大的绿地，空气也特别清新。程白薇远远地看到一辆黑色的车停在楼下，她放了心：“就是这里，没错啦！是那辆车送我们去的医院。”车还没停稳她就跳了下来，拉开办公楼的玻璃门冲进去。

一股新装修的油漆味扑面而来。她看到这三层小楼还是新的，一层是毛坯，堆着许多木板和油漆桶，二层有几张简易的办公桌，放着些电脑和文件，没有人。她又跑上三楼。

一个赤裸的脊背，肌肉虬布，结结实实地出现在她面前。

这人听到脚步声便一回头，盛夏白晃晃的阳光从落地窗里洒进来，照亮他的脸、和墙一样的肩膀……还有八块腹肌，像新拆开的巧克力块般整齐地排列着，旧牛仔裤上沾着些灰尘，一只大手提着油漆桶，另一只手上拎着的刷子正慢慢地滴下一点白油漆。

“是你啊！”男人咧嘴一笑，露出一排整齐的白牙。

程白薇回过神来，她才发现自己一直盯着人家看。

男人又惊又喜：“你怎么找到我的？”

程白薇刚要解释原委，爸爸妈妈和律师上了楼。律师简单地把事情讲了一遍，明生放下油漆桶说：“咱们下楼说好吗？这里连个坐的地方也没有。”

程白薇走在明生身后，她的眼睛像不受大脑控制一样，明知不妥，却黏在了明生背后的肌肉上无法移动，就像十八岁的男生不可能不去看电视剧里出现的巨乳，或者小狗听到开罐头的声音就会跑到食盆边，完全出于生物本能。

在这之前，她从未如此近距离地看到一个成年男人健壮的肌肉，也直到这时才知道自己是一个……“肌肉控”？勉强用这个词吧，她低头笑笑，同时看到了自己细弱的小腿在短裤里晃着，她也有点明白了其中的缘由：因为自己自幼身体病弱，才会如此欣赏强壮的肉体。

他们在园区里找了个安静的长椅坐下，明生又听律师详细讲了一遍案情，点头笑道：“没有问题，我随时可以出庭做证。”

程白薇感激地看着他。这里阳光更明亮了，可以看清他的脸上沾着些灰尘，身上散发着一股汗味。受很爱干净的父母的影响，程白薇自幼有洁癖，包括床单和毛巾在内的日用品都要每天洗换，可是她现在不觉得这灰尘和汗味有一点肮脏的痕迹，相反，她……她心里涌起一种很怪异的感觉，她觉得非常……

性感。

十八岁的程白薇手心出了许多汗，她拘谨地将手贴在瘦骨嶙峋的膝盖上，脑子里又是马嘶又是云涌般乱七八糟的，完全忘记了父母就在身边，更想不起来是在讨论她将要面临的官司。

她……非常想把自己又白又细的小手伸进他的 T 恤，用指尖去感受那饱满肌肉硬块的触感，把掌心贴在他的腹肌上。她也想把自己的小脸靠在他旧 T 恤的胸口处，沾染一点他的灰尘和汗味。

…………

“程白薇！”律师喊，“明先生和你说话呢，走什么神呀？”

“啊！”她惊叫着从长椅上跳起来，自己刚才在想什么？想什么？被别人知道她脑内的场景，她就可以从小蛮腰上跳下去以洗羞赧了。

小蛮腰是广州城内正在建设的电视塔，据说有四百多米高，不久前刚刚动工，大概两年后能完工。

所有人都莫名其妙地看着她。

“别担心，明先生刚才说一定会帮你的。”爸爸又安慰她。

“谢谢。”她用蚊子一样的音量回答。

杨律师又说：“不过明先生，还有一个问题，其实严格来说，您并没有目击事故是怎么发生的。”

“没错，我开车经过的时候，程小姐正在准备打电话叫 120。”

“那您有没有听到程白薇在车上对那老婆婆说，比如，‘我路过这里，看到你受伤了’这种话？”

明生想了一会儿，说：“没有。在车上那老婆婆没说话，我和程小姐倒闲聊了几句。”

“我很感激您愿意为我的当事人做证，不过我能再问一个问题吗？”

“问我为什么愿意相信程小姐？”明生又咧嘴笑了，“各位都是有文化的人，老师、律师、考上重点大学的学生……我呢，初中毕业十五六岁就出来谋生了，什么样的人都见过，要是我连个十八岁的姑娘做没做坏事都看不出来，那我早就不会好好地站在这儿了——你们放心，这个案子需要我做什么，随时找我就好。”

程白薇拔腿就朝自家车子走，这样有点不礼貌，但她顾不得了，她真怕一转身就忍不住扑进明生怀里，真的去摸人家的肌肉，那太变态了。

坐在车上，她咬着下嘴唇，心里十分不服：在一个温文尔雅的教师家庭长大，拥有从小学一年级到高三都是第一名的成绩单，她居然会对一个只有初中学历的建材公司老板有如此无法抑制的冲动——就因为肉体？

就因为肉体！

程白薇啊程白薇，没想到你是这样肤浅的被激素支配的人，你真是太让自己感到意外了。

再一次见到明生是在法庭上，他做了慷慨又详尽的陈述，程白薇在他身后看着他西装下隐藏的曲线，忍不住又去想象第一次看到他赤裸脊背的场景。

至于官司，她……居然没有怎么上心，因为她依然相信那个简单的信念：黑就是黑，白就是白，黑和白是不可能被混淆的。她从未考虑过自己有一丝一毫败诉的可能性。

但是，她输了。因为找不到任何证据，明生的证词也被认为无效，法庭判程白薇承担七万元医药费。

所有人都蒙了。

“这是法律的耻辱！”在全家人都没有反应过来的时候，明生从证人席上站起来拍案大喊。

休庭了，法官和书记员都走了，明生依旧对着他们的背影喊道：“为了不惹麻烦就诬陷无辜的人，你们晚上睡得着觉吗？耻辱！耻辱！”

不惹麻烦？程白薇稀里糊涂地想，难道那个穷苦的余婆婆还有什么令法院都畏惧的背景吗？

等到律师托熟人辗转打听到和官司相关的信息，程白薇才不得不佩服从十几岁就在社会上摸爬滚打的明生，他对于人情世故有比这些知识分子更深的理解：

七万元对程家这个中产之家来说是能够拿出来的，而余婆婆却需要卖房还债，之后她会流落街头，成为居委会的负担。

穷苦在有些时候就是穷苦人的背景。

这背景还真是令人畏惧呢。

这个消息同时传达了一个意思：即使上诉，希望也不大。爸爸妈妈非常气愤，这对在讲台上站了一辈子的夫妇一向非常注意言辞，然而现在他们也忍不住了，在小小的客厅里走来走去。“怎么可以这样诬陷我的女儿！这也太荒唐了！孩子你放心，我们上诉，上诉不行再上访，一直到真相大白为止！”

程白薇十分冷淡。“不用了。法律在这件事上无能为力。”

爸爸脸气成紫色。“不能让我女儿这么吃亏！”

“这不叫吃亏，这叫认输，或者说认清现实，首先认清现实，之后才能知道以后该怎么办。”

爸爸妈妈都看着她，像在看一个陌生人，这个从小病弱的独生女儿，此刻冷静得使他们感到陌生。

七万元医药费汇出了。这时距离事故发生已经过去了四个月，程白薇在大学里度过了两个月。日子过得很平静，每个星期五的下午她都从学校回家，星期一早上八点再挤公交车去上学，不过，这一个星期一，她凌晨三点就起床了，脚步非常轻，没有吵醒熟睡中的父母。

十一月的广州还没有入秋，夜里的空气又湿又暖。她背上背着一个高尔夫球袋，骑着那辆粉红色自行车，像游鱼潜行在海底。

程白薇一个人也没有遇到。这太好了，没有目击证人。

她吃过没有证人的亏，现在要享受没有证人的好处了。

她很轻松地找到了余婆婆的家，那是镇上最破的三间低矮平房，租住在这里的也是最底层的打工仔。

她知道打工仔们大多工作辛苦，回家很晚，所以才挑了三点钟这个大家都会熟睡的时间，而再晚一些呢，他们当中摆早点摊的又要起床了。

时间，必须把握得很精确。

程白薇潜入镇子上的时候，这三间房子都黑着灯，一点声音也没有。

她在窗根下略听了一听，就从呼吸声的多少上分辨出哪间是余婆婆住的。这破房子没装空调，玻璃窗开着通风，只有纱窗钉死在窗棂上，这也和程白薇预想的一模一样。她蹲下身，把球袋在墙根的黑影中打开，再直起身的时候，微微的月光照着她，左手一根手腕粗细的钢管，右手一把美工刀。

美工刀很容易地划开了纱窗，瘦小的程白薇钻了进去，就像一道伶俐的黑影。

黑暗里，余婆婆熟睡着，发出老人独有的风箱般的呼噜声，她做着一个梦——也许不是梦，因为她确实感觉到一只冰凉的小手在摸着自己老树皮般的脸，她睁开眼睛，看见一个比黑暗更黑的影子坐在自己的床上。

余婆婆刚要喊，嘴便被那小小的手捂住了，接着影子俯下身，鬼一样在她耳边说："余婆婆，你好呀，我是程白薇。"

余婆婆发着抖，又听程白薇在她耳边吐着阴森森的气。"你可能不了解我，我呀，是个有仇必报的人，什么怜弱惜残？我心中只有是非对错。法律不给我公道，没关系，暴力可以给我公道，既然你说你的伤是我造成的，那我就成全你。”

气息刚落，余婆婆看到月下的剪影，程白薇高高地举起钢管，钢管像闪电般唰地劈下，空气中传来金属和骨骼敲击的脆响，老人痛得晕过去又苏醒了过来，松弛的喉咙里吼出的惨叫声在这破旧的小房子里炸裂着。

她刚刚愈合的腿又被打断了。

隔壁的四五个租户都在惨叫声中醒过来。“怎么了？怎么了？”他们纷纷披衣下床，啪啪地拍打余婆婆的门，可是十几分钟过去了，屋内的惨叫仍在在继续，后来租户们不得不合力把门撞开，只见余婆婆在床上痛苦地扭曲着，断腿折成恐怖的角度，后窗的纱窗破了一个大洞，从洞中看去，外面只有茫茫的黑夜。凶手已经逃遁了，这里无人见证。

❸

茫茫星谷，袅袅流萤，忽然石破

“是孩子不对的地方就讲道理，

是你过分的地方就去道歉，没什么过不去的。”

她温柔地说，同时捂住胸口，努力压抑着心中的痛苦。

生日宴会结束后的两天里，珠雨田都有点恍惚。她还是像从前一样上课、打球、游泳，可是只要有一秒钟的安静，她就会想起爸爸在那么美的花园，当着那么多宾客，用敦厚儒雅的嗓音宣布：

“这是我的养女！”

它像一个恶毒的诅咒，在珠雨田的脑子里挥之不去。

那万箭穿心的疼痛感，也没有随着时间的流逝而减轻一分。

其实如果爸爸说她是远房亲戚家的小孩，她都只会感到震惊，而不至于这么难过，“养女”？你根本没有养过我一天啊，珠雨田想。

到了第三天，珠雨田有了一个更大的烦恼：她的额头上起了一片红红的小疹子，又痒又痛。她对着镜子想了半天，突然想起三天前的宴会上，她用头抵着苹果树哭，那个果庄的老板明生说，这树上刚刚喷过农药。

是什么农药呢？珠雨田眼前浮现出红疹慢慢扩大，然后全身都溃烂的惨状，又想起新闻上看到过的百草枯，如果是百草枯，那基本上已经死定了。下午的课刚上完，她背起书包就往外跑。

果庄是一个别墅式的酒店群，百十座石质小楼点缀在郁郁葱葱的植被中间，如果没有预先知道这里是酒店，也许会误把它当作一个植物园。它的大门好像美国电影里毒枭庄园外面用乌铁扎成的栅栏，顶上带着锋利的尖，它平时总是关闭着，有车靠近的时候，黑衣黑帽的保安会不知从哪儿冒出来，等到车中的人出示房卡才会把门打开。等到车子驶入门内，它会沿着一条笔直的长满蒿草的路驶上一会儿，就能看到星星点点的小楼群了。

这片守备严密的居住区其中一侧便是果庄，另一侧则是珠雨田去过的大草坪，它在一年里也没有几天的空闲时间，不是举办婚礼，就是举办生日宴会，宾客不绝，因此正门总是紧闭着，只有进入草坪的侧门是敞开的。珠雨田对果庄的布局完全不了解，出租车司机把她丢在了正门前，她看着那高耸严密的铁门，有点蒙。

握住又粗又冷的门闩，她探了半张脸进去。“保安哥哥，你好，可以帮我开门吗？”

保安马上站了起来，他看上去圆圆胖胖的，态度很和善。“小姐请出示房卡。”

“我不是客人，我找你们的老板明生。我找他有急事。”

保安离开了一会儿，很快回来。“我问过了，老板在开一个重要的会，现在没有办法和他确定。”

“我可以进去等他吗？”

“这个恐怕不行。”

珠雨田急得咬紧下嘴唇，额头似乎更痒了，她不敢去揉，只觉得眼眶越来越涨，心中越来越怕，哇的一声哭了出来：“我也不想打扰他，可是他如果不见我，我很快会死的，我没有开玩笑，我真的会死！”

不知是因为这段话，还是因为珠雨田飚出来的眼泪，保安脸上闪过一丝惊恐。“唉，又一个……”他小声说，语气中似乎有无限的惋惜。

“我就知道我不是第一个！这种事太可怕了，简直就是在光天化日之下害人！”

“小姐，你别激动，别晃门啊！你这么用力，万一把门晃倒了，这可是几千斤的铁门，我们连跑都来不及。”

“胡说，我有多大力气，几千斤的铁门能被我晃倒吗？我就要晃，就要捶，明生！明生！你听到了吗？我是珠雨田！你如果不马上见我，今天就会出人命的！”

“小姐，你不要喊了，老板的办公室在最里面的一栋小楼里，离这里有一公里呢！他听不到的。小姐啊，什么事都可以坐下来好好谈，千万不能胡思乱想！”保安边说边开了门。珠雨田一侧身蹿了进去，拔腿就沿着蒿草路跑，“小姐！小姐！”保安追，“如果老板问起来，你一定要说是你以死相逼我才开门，否则我会丢饭碗的啊！”

珠雨田根本没听清他在说什么，因为她跑得太快了。

办公区并不难找，珠雨田跑进去的时候也没有人拦她，那些戴着工牌的员工全都屏息静气的，仿佛这栋小楼中正在发生什么吓人的事情，她直接冲上楼去——老板的办公室应该在顶层，她猜的。

到了顶层，她发现自己陷入了巨大的安静中，依照她的本意，她本想一跑上来就大喊明生的名字，但是这安静如同一种无形的震慑，她把喊声吞进肚子，收住脚步，突然听到走廊尽头的一个房间里传出悲愤的声音：“咱俩认识二十多年，从你在街头摆摊卖保健品的时候我就跟你混。你跟人打架被警察抓了，我去交钱领人；你住的地下室被雨水淹了，我把我家的床让给你睡，自己睡地板；后来到‘明氏建材’的时候你一句话我就关了自己的公司来给你打下手，咱们怎么也算穿一条裤子混出来的兄弟。现在你做大了，开始摆老板的谱了，因为我贪了你这么一点小钱，你就要我的命吗？”这人声音嘶哑，像是压抑着极大的愤懑。

一阵沉默后，只听明生在里面说道：“我不要你的命。”

珠雨田本想推门而入，一听说道什么要命不要命的，似乎并不是小事，略一犹疑，又听那哑嗓子的人说道：“你的确没要我的命。可是至少十年的刑期，出来我就五十了，这辈子也毁了。唉，只可惜职务侵占没有死刑，否则我真希望你把我毙了！”

明生又说道：“你自己不毁自己，谁也毁不了你！你既然认识我这么多年，难道你还不了解我吗？我一辈子最恨做人做事不干净。你忘了，当年咱们还是穷光蛋的时候，你母亲生病，治不起，你们全家都放弃了，是我把刚刚有点起色的小工厂低价卖了，钱都给你拿去治病，连借条都不要，当年一文不名的时候我都不在乎钱，何况现在！你想要多少钱你跟我说，我能不给你吗？为什么要贪污工程款？为什么要拿回扣？明知道我讨厌偷鸡摸狗，为什么要触碰我的底线？”

那人哀求：“我这不是……你知道，所有人都是这么干的，这是行业潜规则，灰色地带嘛……明总，你就饶了我这一次，我保证把我拿的钱都还上，只求你给我留点脸，我不怕坐牢，十年一转眼就过去，可我怕丢脸，我几个孩子都大了，他们都很爱我，一直把我当作他们的骄傲，现在我怎么交代？有个犯罪的爸爸，孩子以后在学校连头都抬不起来……明总你再给我一次机会吧，看看我的业绩吧，全国六十多座果庄，一直都是我负责的北京这座业绩最好，上海、深圳、杭州……那么多一线城市和旅游城市的果庄都比不过北京的，我是有工作能力的，和我贪掉的那点小钱相比，我贡献得更多啊！”

“你他妈需要我说多少遍？你听着，我，明生，最恨做人做事不干净，不管是以前我摆地摊的时候，或者是开小工厂的时候，还是现在，有了他妈一个大集团的时候，我都不允许自己身边有一点脏事！发现一个，开除一个，不管这人是刚入职的新兵蛋子，还是跟我打天下二十年的老兵！呸！你真他妈脏！你朝不该拿的钱伸手的时候有没有觉得自己脏！别说北京的果庄，就是全国六十多座果庄都倒闭了、关门了，我上街要饭去，摆地摊去，我也不会默许什么所谓的行业潜规则、什么灰色地带，在我的地盘上发生！”

那人的哀求变成冷笑。“恐怕这些原因都是假的，我刚才说的我的业绩多么多么好，才是你一定要弄我的原因吧，功高盖主，偏偏我管的还是北京的果庄，你发现你在这儿坐镇和不在这儿都没什么区别，你觉得手下都是我的人不是你的人，你不开心了，是吧？姓明的，你不愧是出身低贱混出来的，嘴皮子还是那么溜，大道理讲起来一套一套的。可是，你正直？你干净？你是怎么发的家，新兵蛋子不知道，老兵可都知道，我脏吗？你当年……”

这人之后的声音却低了下去，似乎在讲述什么不敢高声语的往事，这些争执珠雨田虽然完全听不懂，却也能隐约明白是人家公司里的秘密，那么还是不要偷听的好。她矮下了身子，蹲踞着向后挪动，突然门内一声撞击的闷响，一个东西飞了出来，擦着珠雨田的头顶掉在了地上，低头一看，是颗带血的牙齿。

珠雨田大惊，大着胆子透过门缝看进去，只见宽阔的一间办公室中央站着盛怒的明生，眉目都立着，右手在半空中捏成拳头，这里太静了，静得甚至能听到他手指关节咔咔作响，站在明生面前的一个中年矮胖汉子扶着桌子，一口一口地吐着血沫。

明生的五官都变形了，青白的眼球布满了红血丝，另一只手拎起这人的领口，咬着牙，狠狠地说：“我说过，永远，不许，提那件事。”

珠雨田吓坏了，趔趄着向后一退，鞋底和地毯发出轻微的一点摩擦，透过那一点门缝，她看到明生朝这边看了一眼，拳头也在那人面上停住了。“谁在外面？”明生问道。

顾不得回答，更顾不得想什么，她像冲过来的时候一样又朝楼梯冲去，但是晚了。明生已经追了出来，一只大手抓住了她的肩头。“哪个部门的？乱跑什么？”

珠雨田觉得肩上一阵剧痛，仿佛骨头都要被捏成粉末似的，她忍痛回头说道：“明先生，是我……”

明生赶忙撒手。“我弄疼你没有？你怎么来了？”

“我……我……我来……我是来……”珠雨田发现自己舌头打了结，她说不出话来。

明生笑道：“你是来找我的吗？”

这笑容那么明亮，和前天在苹果林外的阳光下一样，似乎刚才挥拳时的暴戾和可怕全都被笑容驱散了，可是珠雨田依然胆战心惊。“是，我来找你，我……我有事找你。”

“你先在这个房间等我。”明生拉着她的手，推开隔壁一扇小门，“这是我平时休息的地方，你瞧，有沙发，有杂志，冰箱里有吃的喝的，恐怕要多等我一会儿，我有件挺麻烦的公事必须现在处理。”

明生帮她把门关好，出去了，约莫过了半个小时，外面的走廊突然传来一阵脚步声。她把门悄悄开了一个小缝，只见一群制服鲜明的警察列队走来，进了隔壁的办公室，很快又出来了，这次他们带着那个矮胖汉子，他的手放在小腹前，手腕上蒙着件外套，想必是戴着手铐。

门开了，明生带着微笑站在外面。“我刚才接到钱百万的电话，说你是强行闯进来的。”

“钱百万是谁？”

“我们的保安队长，他不是在门口拦了你好久吗？”

“我想问你，那天苹果林里喷的农药是什么？你看我的额头！快点告诉我，我好去医院！你这是什么表情？不要嬉皮笑脸不当回事，如果是普通的农药，毁容都算轻的，如果是很厉害的农药，我现在就……就……”

“嘘，嘘。”明生收起笑，一根手指按在她因惊恐而颤抖的嘴唇上，“别哭别哭，这是高科技毒药，特别危险，不过好在我有解药。”他开了冰箱，拣出一只粉粉白白的玻璃瓶子，只有三寸高，“每个星期涂一次，我保证，三次准好。”

珠雨田大怒。“胡说，这是甜甜的茶，我刚才还喝了半瓶呢！”

“什么？甜茶？谁告诉你这是甜茶？尝起来是甜的就是甜茶吗？你叫它甜茶它答应吗？”明生把玻璃瓶子举到珠雨田面前笑着质问道。珠雨田被唬得一愣一愣的。“这……真的是药？”

“喝掉可没用，这是用来涂的，你过来。”

珠雨田愣了一下，依言乖乖站过去，明生把甜茶——不，药水倒了一点在手心，用手指蘸着，一点一点涂到她的额头上。“好，这是第一次，下个星期你还要来，知道吗？”

珠雨田觉得额头上一片沁凉，似乎舒服了许多，便讨好地笑道：“你给我一瓶吧，我学校好远的。”

明生也笑道：“要是你嫌辛苦，我让司机去学校接你。”珠雨田只是摇头，明生百般问她为什么不肯来，她只是把头低得越来越低。

明生想了想说："我明白了，你是在为你生日那天我说你爸爸的话而生气吧，我道个歉，那天我不知道他是你爸爸，我这人开起玩笑来没正形，其实纯粹是在漂亮女孩面前瞎卖弄，你别往心里去。"

珠雨田摇头："不是因为那件事。我不想来见你，是因为我有点怕你。"

"是吗？我哪里让你害怕呢？"

珠雨田的声音都快听不到了："刚才……我不小心听到了你骂那个人，对不起，我不是故意听的。你还打他，你……好凶。我……我很害怕会骂人打人的人。"

明生扶着桌子笑了半天。"那个人是我们的副总裁，工作上犯了很严重的错误。你又不是我的员工，我凭什么会对你凶呢？"

珠雨田低着头沉默了半天，突然一抬头，明生对视着她的目光一愣，迅速把自己说过的话在大脑中重复了一遍——他不认为有什么过分之处，可是为什么珠雨田的眼睛里含着泪水？

"你……"他有点慌，"对不起。不管我说错了什么，我都先说对不起。"

"明先生，你不知道，我是在上海由妈妈一个人带大的。我妈妈又要开店，又要养我，她很不容易，所以从我记事起，她就是很泼辣很凶的性格。什么蔬菜商缺斤短两啦，客人借酒闹事啦，她都会挥拳头，有时候还动刀子。对我就更严格啦，从小我只能考第一名，如果不幸考了第二名，是要在门外罚站一整天的，有一次外面还下着大雪，所有的街坊邻居来来去去地看着我，没有一个人敢去向我妈求情……还有更伤心的，妈妈说暑假带我去山里乘凉、避暑、看星星，你知道，上海平时看不到星星，可是因为这个第二名，整个暑假都泡汤了，更别提什么看星星之旅。我从小这样长大，后来就养成了一个毛病，只要有人在我面前很凶，我就好害怕，我就会忍不住发抖、流眼泪、想逃跑、结结巴巴地说不出话……我的爸爸妈妈，他们都是很强大的人，可是不知道为什么生出一个如此胆小的我。真抱歉我说了这么多，其实这几天我心情都不是很好，亲生父亲突然变成养父，我有点糊涂，不，我很糊涂，我承认大人的世界我确实不懂。那就这样吧。如果明先生能把药水送给我，我会很感激。”

她一口气说完，明生看了她半天，最后他说：“下星期吧。下周末这个时间你过来，我再决定要不要给你。”

珠雨田嘴巴微张着，她的上唇又很短，不做表情的时候总是能露出一点白牙，显出一点娇憨和懵懂。她把这白牙朝明生露了一露，什么也没说，走了。

珠雨田很乖。一星期后她又来到果庄的大门前，只见一辆黑色的车停在门外，上次那个胖乎乎的保安钱百万笑着给珠雨田开车门，说道：“明总在机场等您。”

珠雨田上车之后还在犹豫：“可是他让我来这里找他啊。”

“明总交代我等你到了就开车送你去机场，他说如果提前告诉你，你可能就不会同意去了。”

珠雨田满腹狐疑，打电话给明生：“你在搞什么鬼啊？”

那边巨大而嘈杂的引擎轰鸣声中，明生的声音时断时续：“很贵的药水没有那么容易拿到，你得跟我出趟差。”

明生要珠雨田来的机场，实际上是位于 T2 和 T3 之间的一个小小的航站楼。今天上午的太阳很烈，虽然已经是秋天，但珠雨田还是被晒得唇干口裂，她顶着猎猎的干风跑到停机坪上，绕着明生观察了一圈：“喂，你不要骗我哦！我现在有种不祥的预感，我觉得药水是假，出差也是假，你想拐卖我才是真。”

明生回头，他也被晒得满脸黑红，大笑着：“你说对了，就是要把你卖进一个山里，不知道你这娇生惯养的小身板，马也不会喂，地也不会耕，能卖个什么价钱。我看这个买卖要赔本。”

停机坪上，一架飞机缓缓滑行而来，在离明生和珠雨田不远处停下，发动机搅起的气旋吹动着珠雨田的头发和裙子，她惊叹道：“这是你的飞机？”

“没错。”

“你可真有钱！”

“过奖过奖，二手的。”

“飞机也有二手的吗？”

“几年前我一个做生意的朋友准备从政，公司该关的关该卖的卖，像这些过于浮夸的东西也都以挺合适的价格转给我们这些朋友了。说实话，我也是出于人情才收的，不怎么实用，它在这儿停了好几年，我一次也没用过。”

“那我们还是坐航空公司的飞机吧，这个我有点怕呢。”

“咱们要去的地方在一个山顶上，只有一条跑道，没有机场，只能用它。”

珠雨田奇道：“你为什么会去那么荒凉的地方出差？我们到底要去哪儿？”

“云南，红河州，至于为什么要去那儿，是因为你想象到的它，能有多美它就会有多美！”

飞机升空后，气流平稳，一切顺利，接近目的地的时候俯视地表，云南壮阔的丘陵如同一块画布上布满了巧夺天工的曲线，鳞次栉比的梯田、金光闪闪的河流，它们越来越近，又被甩在身后，飞机继续向前飞行，丘陵渐渐远了，他们开始接近巍峨的山脉。

珠雨田知道，这些山脉之所以看上去柔美，完全是因为它覆盖了层层阔叶植被，实际上只论海拔的话，它们比北方那些峻峭的石头山还要高。谷也很深，在多雨的南方，大部分山底都有宽阔的河床。

飞机又低了些，在半空中盘旋着，珠雨田眼尖，在一片浓绿的植被中间发现了一条水泥跑道。

一走下飞机，浓烈的深林香气和热风就把她包围了，这和上海湿润旖旎的秋天不同，也和北京干燥爽朗的秋天不同，它带着几乎没有人类干涉的原始的热烈，使珠雨田不由得长吐一口气。“好大的山！好深的谷！好多树哇！明先生你看，这片叶子比我整个人还大！”

“确实很美。山下已经很美了，没想到山顶的风景是山下绝不能比的。”明生站在珠雨田身边赞叹，“其实我也是第一次来这个山顶，不过我常去山下的那个村子，这里出产很有名的红河马，我雇了一些村民给我育马。对了，回北京我可以教你赛马，很好玩的。”

四个机组的工作人员已经下山去了，背影隐没在崇山密林中，这里只剩下明生和她两个人。

珠雨田心中涌起无限幸福，山水是天生的治愈良药，生日聚会之后的不安与不快，全都随着山间的热风，散得无影无踪了。她由衷地感激道：“谢谢你带我看山水。你去忙你的工作好了，我可以一个人在这里玩。”

明生笑得眼泪几乎飞出来。“傻子，我从来没见过比你更傻的孩子，你是怎么长得这么傻的？我说甜茶是解药就骗得了你，我说带你出差你也相信，这破地方能出什么差呀，我是带你来看星星的，你不是说小时候因为考了第二名，没能去山里看星星吗？这里没有污染，到了晚上，星星多得像玻璃粉末撒了一地。”

珠雨田恍然大悟，欢快地一击掌。“难怪这里有一个公务机的停机坪，原来有很多人像我们这样，喜欢特意来看星星。”明生大笑：“哪里有那么多闲人，这里是抗战时期飞虎队修来训练飞行员的，荒废了几十年，我昨天才让村民上来打扫，村民说那小木屋也几十年没人来过了，好几个人扫了一天才扫干净。”

明生遥指身后的两间木板小屋，带着她穿过跑道走过去。推开小木屋的门，果然地板上虽然满是青苔，但是洒扫一新，两间小屋的床上都铺着新被褥和席子，锡壶里装着清水，床头的藤条篮子里装满了水果。

“好棒啊！”珠雨田跳了起来，在小床上滚来滚去，“这里只有我们哪！好大的一座山！我可以到处玩了吗？”

“当然——”明生话还没说完，突然看到一个佝偻的人影，慢慢地从窗外走过。

“谁在外面？”明生和珠雨田跑出去，只见一个驼背老者，胡子拉碴的，看不出年纪，破草帽和帽檐上垂下来的碎布遮住大半张脸，他瑟瑟缩缩地站在那儿，提着一只毛色绚丽的山鸡，一双混浊的老眼想看他们又不敢看。

珠雨田忙说道：“老伯，打扰了，你是住在这小木屋里的吗？我们是来玩的，住一夜就走。”

老者的眼神似乎更惊恐了，看了她一眼，又看看明生，挪动着膝盖，几步就跨进树林里逃走了。

“老伯！老伯！我们不占你的屋子！你回来呀！”珠雨田追了两步，见那老者已经消失在了深林里。

明生奇道：“哪里冒出来的老头？村民来打扫的时候明明跟我说这小屋没人住哇。”

珠雨田拉住明生的袖子扭来扭去地央求：“你看他的样子，很明显是以山里野味为生的流浪者嘛，他住过的地方能有多好，村民当作荒废很久的样子也可以理解。唉，我们把他吓跑了，他大概不会回来了。要不我们下山去吧。”

明生果断拒绝：“山下没有山顶这么好的视野，看不到山顶上这么多星星。”

“可我宁愿以后再也看不到星星，也不想让这个老伯在树林里露宿哇。”

“他既然是山里的流浪汉，露宿一天也没关系嘛，我们这么远来……”

珠雨田很坚定地说：“如果为了看到好风景，要抢走别人的地方，让别人不舒服，不开心，那我觉得很亵渎风景，风景如果有意识，它也不会同意的。”

“好，我说不过你。”明生举手投降，“再说下去，我就太自私了。”他绕着机场，左看右看地找下山的路，这一变换方向，他们才看到那老伯并未走远，他就站在不远处的一棵树后，专心地摘树上的果子。

“你看，人家根本不是躲我们，人家摘果子去了——喂，老伯，听得懂普通话吗？你不要怕，也不要走远，更不要不回小木屋，好吗？”明生大喊，又见那老伯沉默了一会儿，似乎点了点头。

明生赶忙说道：“你看，老伯点头了，我们不用走了，我们分一个房间给他住就好。”

那老伯用粗布衣襟兜着七八个半青不黄的杧果，呆呆地看着他们，脏兮兮的脸上看不出一点表情。

太阳很快偏西了，橘红的阳光照着碧绿的深林，山风如温柔的野兽发出幽鸣，在石壁与河谷中回荡。

这晴美的傍晚风景并没有持续太久，天以很快的速度暗了下来。“好多云哪。”珠雨田躺在一块斜探出峭壁的石头上，指着天空说。

明生一皱眉道：“我特意查好天气预报才选定的今天，云层这么厚，有可能看不到星星。”

“星星总在那儿，看得到，看不到，都不会少一颗。我能看到这么美的山，吹到这么暖的风，已经很开心了。”

虽然话是这么说，但等到夜晚真的降临，珠雨田仰头看夜空，只看到一片浓重的黑色的时候，心里多少还是有点失望的。

云南云南，是因为云特别多才取的这个名字吗？那应该叫云多才对。今夜的云多得连月亮也被遮蔽了。

印象中她从未见过这么黑的夜，毕竟在上海或者北京，就算完全没有月光星光，地面上的灯光也总是很亮的。可是这里不同，方圆几百里都是荒山，人烟在山脚下，也都被山上的深林遮住了，没有光源，他们陷入完全的黑暗中，面对面都看不到对方的黑暗。

小木屋里有电，有灯，不过瓦数很低，昏昏的灯光从小窗中透出来，远看木屋，仿佛一截随时会灭掉的残蜡。他们把灯打开后，那个一直在树林里坐着吃果子的老伯蹒跚着走了过来，走进其中一间木屋，关上门。

“我们也只好早点休息了。”明生拍了拍雪白的鹅毛枕，“你看，不怪我呀，我本来准备的是两个房间，是你一定要让一个给那个老伯。”

明生的解释是多余的，因为珠雨田还完全没有性别的意识，不知道与她过于迟缓的发育是否有关系，她一点也没察觉和男人同室相处有什么不对的地方。用罐子里的清水洗脸刷牙后，她脱了外套，穿着背心短裤就在明生身边躺下。“喂，你不害怕吗？好大的山，空荡荡的。”

“怕什么？”

“怕黑啊。”

“傻子，黑有什么可怕的。”

“黑暗里有未知，未知使人恐惧。”

明生在黑暗里笑道：“如果坏人来了，我一拳一个打倒他们，如果野兽来了，床头有把猎枪。”

“如果鬼来了呢？”

“默念无神论心咒。”

珠雨田想了好一会儿，笑了："你又在骗我，从没听说过这种心咒。"

"谁骗你了？你听着：世界上没有鬼也没有神，没有来世，只有今生，享乐只有今生，罪孽只有今生，没有报应，没有因果，谁此刻快乐，谁就永远快乐，谁此刻痛苦，谁就永远痛苦……"

明生的声音越来越低，越来越含糊，他睡着了，今天一整天都在奔波，他累了。他的呼吸声和窗外山风拂过树叶的声音、昆虫摩擦翅膀的声音融为一体，仿佛它们生来就是山和深林的一部分。

珠雨田看着他。壁灯微弱的光线之下，他的睫毛在脸上投下丝丝阴影。

真羡慕这种胸腔中充满勇气、无所畏惧、在哪里都像在家中一样坦然的人，如果有一天，自己也能驱散心中的胆怯，成为一个筋骨舒展的大人，那该多好。

虽然不困，但她还是闭上了眼睛休息。这样不知过了多久，也不知自己是在梦中还是醒着，珠雨田听到一点声音。

起初她以为是那个老伯在自言自语，后来发现不是，因为那是一个女人的声音。

"走开！"那个女人说。虽然声音很低，又被山风稀释了，但珠雨田分明听到是这两个字。

"只要我在这里，你就别想过去。"一个男声。

"我不想杀你，但是如果你再拦路的话——"

"你杀不了我。你自己也知道。"

"为什么要帮助该死的人？你这也算是帮凶！"

"该死的人身边有无辜的人，他们又做错了什么？他们都有家人，那是好几个家庭。"

"走开！我再说一遍。"

“我也再说一遍，你不可能靠近飞机，你一点手脚也动不了，死了这条心吧。”

这句话如游丝入耳，珠雨田倏地睁开眼睛：有人要对飞机动手脚？！

房间里还是那么安静，屏息去听，窗外只有风声。

她一直屏息到大脑发昏，也没再听到一点人声。

是幻觉吗？还是浅睡时的梦？她觉得应该是梦，因为自己睡在这里很害怕，所以才会做这样的梦。

不过这一惊吓倒是更清醒了，她坐起来，脚在地板上找着鞋子，她出去了。

山上昼夜温差好大，白天如同暖炉般烘烤，夜晚冷得使她一出门就打了个哆嗦。

小木屋外就是停机坪的跑道，他们的飞机安安静静地停在不远处，像一只蹲踞着的黑兽。跑道边有一团火光，她走近了两步，见是白天那个老伯，他用一根树枝穿着只拔了毛的鸡，大概就是白天拎的那只野鸡吧，正在火上炙烤。

珠雨田紧紧衣领走过去说：“老伯，你在烤鸡？好香啊。”

老伯抬起混浊的老眼看看她，不说话，把烤鸡翻了个面，底下那一面已经有点焦了。

“老伯，请问刚才你有没有看到有人来？好像是两个人，一男一女。”

老伯似乎听不懂她的话，呆呆地看了她一会儿，撕下一条香喷喷的鸡腿递过来。

珠雨田忙摆手说：“不不，谢谢。”她走开了，心想，大概真的是梦吧，否则如果真有人来，这老伯怎么还会在这里若无其事地烤鸡？不过这一转身，珠雨田愣住了。

星星！好多的星星啊！不是在天上，而是在山里。

她冲到跑道的边缘，身下便是万丈悬崖和幽深的山谷，在这连绵几百里的深林中，点缀着几亿颗星星。那些星星不是静止的，它们会飞，在林间翻飞，有的像狡黠的眼睛闪烁着，有的一会儿汇聚成发光的长河，一会儿突然散开到山谷各处，此刻安静得没有音乐，可是它们仿佛循着一种奇妙的韵律，用光在跳舞。

一颗星星从山谷里飞了出来，在珠雨田的面前翩然舞动，又轻轻地落在了她的手心。

是萤火虫。

它在珠雨田的手心发着淡蓝的光，珠雨田向它吹了一口气，它飞走了，又汇入了那壮阔的星河。

“明生！明生！”珠雨田快乐地大喊着跑回小木屋，“起来看星星！”

明生醒来。“天晴了？”

“不，是地上的星星，山谷里的星星！”

珠雨田一把拉起明生，一开始，明生还有点蒙，不过等他随着珠雨田穿过跑道站在悬崖边，他也惊呆了：“星星飞起来了。”

萤火虫比刚才更多了，这不是珠雨田的错觉，它们似乎嫌山谷里太拥挤，纷纷飞上了山顶，珠雨田和明生的身侧也被这流动的星星包围了。这座山好像一个装满星星的罐子，那星星多得向外溢着……越来越多……越来越多……

珠雨田面对着星星山谷，张开双臂迎接着山风，她说：“谢谢你带我看星星，我觉得好幸福。”

明生摸了摸珠雨田的头发问：“有多幸福？”

“我是这一秒钟这个世界上最幸福的人。就是如果现在外太空照射到地球一束光，这个光斑只有一个人那么大，那么这束光就在我身上的那种幸福。”

珠雨田觉察到明生的手在颤抖，又一抖。她也跟着有点站不稳了。

“你不要摇晃我呀。”她说。

明生却说：“是你在晃啊，你站稳——”

话音刚落，又一阵剧烈的摇晃，他们脚下同时一滑，耳畔响起石头断裂的轰鸣，他们借着萤火虫照亮的微光看清楚对方惊恐的表情，同时明白发生了什么事——

“地震！”

一道红光在远处的地表亮起，好像太阳落山前最后的一瞬光亮，光亮之中，一座山像脆弱的土堆一样陷落下去，发出轰隆隆的巨响；山谷里的萤火虫全都飞了起来，还有无数的鸟扑棱着翅膀，在没有星星的夜里，它们似乎也无法辨别方向，不停有鸟在半空中相撞，双双惨叫着坠落下来。

这恐怖的山景持续了两三秒钟，世界突然又静止了。

“回……回小木屋！”珠雨田死死抓住明生的手。

“不行。地震还会来的，小木屋一定会塌。”

“还有飞机！我们去飞机里！”

“飞机滚落山崖会爆炸的，更是必死无疑。”

明生保持着克制的语气，但是珠雨田——连珠雨田，也听得出他在害怕！

“那怎么办呢？”

“不知道。我们只能站在山顶上，但愿不会再震——”明生话音还未落，脚下又在晃动，“裂缝！”珠雨田尖叫一声，只见这山顶上人工修建的平整跑道开始出现了一条一尺来宽的裂痕，那裂痕如同蛛网一样分裂、延伸……“当心！”她一把把明生拉出两米远，明生原来站立的地方，那斜探出去的悬崖，如同被刀削断的豆腐一样坠落山谷！

“上飞机。”一个声音突然在身后说。

他们惊恐地回过身，是那个老伯，他举着刚才用来烤鸡的木柴当火把，红亮的火光照着他脸上的纹路和污泥。他的声音很低，好像很多年未开口说话一样，含含糊糊的。

“不行的，飞机如果坠落就会爆炸！”明生绝望地说。

“上飞机，我来开。”老伯说，“没时间了，跑道毁了就真的完了。”这两句话的语气仍然低沉，不过字字清晰，绝不像出自一个疯子或者傻子之口。甚至，珠雨田和明生还听得出他讲的是很标准的普通话，不是云南的方言。

老伯抓起珠雨田的衣领，像白天提着那只山鸡一样朝着飞机跑。明生跟在身后，飞机越来越近了，它也在晃动。等他们站上舷梯，全都惊呆了：飞机之后的跑道已经全部坍塌，它几乎吊在了悬崖之上。飞机开始向前滑行了，而跑道上已经布满了裂痕，飞机每滑过一寸，都如同在破碎的山体上加了最后一根稻草，跑道在飞机之后纷纷碎裂。珠雨田看着身后，巨大的山脉在她眼前一寸寸坍塌消失，他们没有退路，不能停下，只有前方。

“拉起！拉起！”耳边响起明生的大喊，珠雨田转头看向前方，跑道已经快到尽头了，而飞机还在颠簸无力地滑行着！

“妈妈，我爱你。对不起。”她绝望地闭上眼睛，按住快要停跳的心口，同时感觉身体向下重重一沉，接着又一轻，睁开眼睛，他们的飞机已经飞了起来，冲进了满天的乌云里！

半个小时后，飞机备降在昆明机场。虽然燃油足够撑到北京，但不知道飞机在地震中有没有受到损坏，保险起见，只飞到这里。

珠雨田是被明生从飞机上背下来的，她受到的惊吓太严重，几乎不能走路。他们还发现驾驶舱的门也打开着，里面空无一人。

“那个老伯走了？”珠雨田问。

“我没看到他。”明生困惑地答道，接着问一个地勤：“请问我们飞机上的驾驶员去哪里了？”

地勤皱眉道：“他走了！你们的驾驶员，你们自己都没看清楚吗？”

明生背着珠雨田冲进机场大厅，昆明没有受到地震的波及，电视面前挤满了观看新闻的人。有焦虑的，有叹气的，有哭着打电话的，一个个看去，没有那个老伯。

“我们是在做梦吗？一个流浪汉一样的老伯，怎么会开飞机呢？”

明生想了想说：“也许只能说，民间有高人？”

“或者……你说那里是飞虎队的遗址，他会不会是飞虎队的老兵？”

“别傻了，那个老伯再老也不可能有一百多岁。”

他们边说边往服务台跑，运气不错，还有一趟飞北京的航班。

机票刚买好，珠雨田的手机就响了，哥哥的怒吼在那边响起：“珠雨田！你还活着！全家人都急疯了！你胆子真大，你敢跟刚认识不久的人去那么远的地方？你现在在哪儿？具体的位置告诉我，受没受伤？”

“你怎么知道？”

“明生带去的机组那四个人逃出来了，通知了果庄，也通知了爸爸。他们说他们在山脚下借宿，你和明生住在山顶上。那座山，刚才新闻上说已经塌了，你的电话打不通，爸爸以为你死了！”

“我……我们……算是天意吧，山上有个人会开飞机，我们现在备降到昆明，很快就能回北京了。哥哥，我一点也没受伤，真是对不起……”

哥哥叹口气道：“你赶快给你妈妈报个平安，刚才爸爸通知了她，不知道她怎么样了。”

珠雨田慌忙连通妈妈的视频，屏幕上，妈妈的脸一点血色也没有，嘴唇是青的。

“妈，你看，我没事。我逃出来了，现在在昆明机场。这里很安全，马上就回北京，你放心！”

妈妈的嘴唇抖了一下，抬头说：“师傅，掉头回武康路吧。”

“妈妈你在哪里？”

“在出租车上，在去机场的路上。”

珠雨田看到车子似乎掉了个头，惯性之下妈妈身子一晃，露出座位旁边放着的一个尼龙大包，里面装着铁锹、锤子……

“妈妈你带铁锹做什么？”

“听说那座山塌了，我要带工具去救你。”

“真的对不起……”珠雨田大哭着道歉，同时耳边响起去北京的登机广播。她再次坐到飞机的位子上，心情才稍微平静下来，她把头无力地枕在明生的肩膀上陷入昏睡，不过这睡眠并不踏实，因为她心里充满了困惑不解。

她在半睡半醒间听到的窗外对话是真的吗？那开飞机的老伯又是谁？

飞机降落在首都机场时已经是凌晨两点，机舱门刚一打开，湿冷的空气就包围了她。

北京正在下雨。天气真冷，她打了个哆嗦，明生把外套披在她身上。

一走进机场大厅，她就看到哥哥搀扶着爸爸站在出口处的人群里。爸爸的头发似乎比上次见面更白了，不知道是不是错觉。

她胆怯地走过去，爸爸一眼也不看她，而是紧盯着明生，眼睛里几乎要喷出火来，语气因为压抑着愤怒而颤抖：“明先生，你怎么可以把我的女儿带去那么远的地方？”

“王总，确实抱歉，我只是想带雨田去度个周末散散心，地震是天灾，谁也没有想到。”

“度个周末？散散心？你不经我同意，把我的女儿带出去度个周末散散心？”

珠雨田轻声说：“是我同意去的。”

爸爸一把把她从明生身边拉到自己身后。“你的账回家算。明先生，你带她去的那个地方就算没有地震也很不安全，如果她摔倒了，受伤了，冻病了，被山里的野兽攻击了，我只有这么一个女儿，请问你拿什么赔我？明先生活得潇洒，不结婚，没有子女，做父亲的担忧你是不会懂的！”

珠雨田小声解释：“我没有摔倒，没有受伤，没有生病，山里也没有野兽，只有很多萤火虫，我真的过得很快乐。”

“好，好。”爸爸气得嘴唇颤抖着，“你现在就跟我回家，告诉我你和这个流氓在一起有多快乐。”

明生依旧保持着冷静。“王总，我理解你的愤怒，我也不想辩解什么，你有什么不满都冲我来，雨田今天受的惊吓不小，你就放过她吧。”

“明先生，让我们开诚布公地说吧，我现在还能和你文明地对话，完全是顾及这里是公共场合。咱们虽然算不上朋友，但也是同行故交，你是个什么好色之徒、什么风月场合的著名浪子，你自己心里很清楚，认识你的人心里也都清楚！你的胆子倒是不小哇，真敢对我的女儿下手，你是以为我死了吗？你以为我老了吗？你以为我不在乎这个亲生女儿吗？你四十多了，她才十九岁！你如果真的这么喜欢她，就再多看她一眼，因为这就是你最后一次见到她，从今以后不许你再和她见面、通电话，或者有任何联系！明先生，外面的女人多的是，请你去找除了她之外的任何一个，否则我会和你拼命——我警告你，不要低估一个父亲想保护女儿的决心。”

珠雨田又要说什么，被哥哥焦急地捂住了嘴。“你要把爸爸气死在这儿吗？”

珠雨田看着爸爸的白发，心里一酸，她不再说什么，又看了一眼明生，他也带着劫后余生的疲惫站在那儿，用无奈的目光看着她。

“野田，你放开她。”爸爸说，“雨田，你跟明先生告别，说感谢他带你出去玩，特别要谢谢他在遭遇地震的时候能保护你平安回来。但是，这是你们最后一次见面，你以后会从他的生活中消失。说！”

珠雨田惊呆了，她死死咬住嘴唇，一言不发。哥哥哀求道：“爸，不要当着这么多陌生人的面为难她，她一定很累了，先回家行吗？”

爸爸又看珠雨田，而珠雨田只噙着泪，爸爸叹口气，蹒跚着转过身去。珠雨田被哥哥拉扯着手腕跟在后面，她一步三回头，见明生站在原地无奈地朝她摆了摆手。

不知是冷，还是劫后余生的怕，珠雨田在车里抖得像一片狂风中的枯叶。哥哥把她紧紧地抱在怀里，她还是在抖，车子在安静的雨夜里像鱼一样沉默地游动，越接近爸爸家她就越害怕。

保姆轻手轻脚地来开门，指指楼上说：“太太睡了。”珠雨田怯生生地站在玄关处，默默地吸了一口冷气：爸爸家好大，像宫殿一样，地板那么凉，灯光那么亮。她跟在爸爸身后穿过了半圆形的回廊，爸爸推开一间房的门，是书房，深褐色的木架上摆着花瓶和书。“你出去。”爸爸对哥哥说。

哥哥顺从地走出去关上门。

书房里只剩下爸爸和珠雨田。

爸爸凶巴巴的怒容不见了，他坐在灯下，皱纹一道一道的，眼角和嘴角都垂着，他现在看上去完全是个疲累的老人。他拉过女儿的手，看看脸蛋，看看胳膊，又撩起头发来看看脖子。她手肘上有一点擦伤，那已经干了的血迹使他心疼得长叹一口气：“孩子，你今天如果出事了，我就没办法见你的妈妈了，我余生都不会原谅自己的疏忽。”

珠雨田咬了半天嘴唇，小声说：“可是我没有出事，我也没有做什么过分的事，我只是和朋友出去玩啊。”

“爸爸不是在干涉你的生活，也不会要求你每次出去玩都向父母报备，你是大人了，爸爸也年轻过。可是那个果庄的明总，你认识他才几天？你知道他是做什么的？他发迹之前是摆摊卖保健品、倒卖建材承包工程的，要不是有个贵人借他一大笔钱去做果庄，他现在就是个走在路上你都不会多看一眼的老混混。你是个这么优秀的孩子，怎么能和这种人做朋友？”

“可出身是没办法选择的，真的要讲出身的话，我也只是小餐馆老板的女儿呀，摆地摊也不低贱。您说的那些，我并不在乎哇！”

“个人品行也不在乎吗？吃喝嫖赌也不在乎吗？这个人在情感方面几乎可以用渣滓来形容，他女朋友的数量恐怕要用三位数去计算，你也不在乎吗？连我这个不太关心别人八卦的人都听说过，几年前，有个和你一样年轻的姑娘因为发现他同时出轨自己的两个闺密，精神受不了刺激，跳河自杀，幸好被人救了。其实年龄并不是什么问题，问题是你们年龄对应的心智和阅历都不平等，这不是一种对等的感情，你注定要吃亏，没有第二种可能，你明白吗？”

珠雨田是真的很困惑。“我不明白呀！我也是成年人了，我读书也很厉害，我们的心智和阅历哪里不平等了？怎么一定是我傻我笨我脆弱，一定是我受到伤害呢？其实您说我们之间的关系因为年龄而很不平等，不是出自别人的陈年八卦，而是出于您自己的感悟吧！”

爸爸一怔道：“你这是什么意思？”

“不能因为您对不起哥哥的妈妈和我的妈妈，就认为天下所有人都和您一样啊！”

话音未落，啪的一声脆响，珠雨田的脸上挨了一巴掌。一天的奔波惊吓，她早就体力不支，这一巴掌又来得既突然又凶猛，她脚下站不住，惊叫着朝旁边的书架扑倒了，书架格子上的一只两尺高的花瓶被她的手腕扫到，清脆地跌成了碎片。

她蒙了，其实话一出口，她也觉得有点重，但是万万没想到会挨一个耳光。从小到大，连方圆二十里最凶狠的妈妈都没打过她，最多只是罚站，而爸爸打了她。这就是温文尔雅的爸爸，大学教授一般的爸爸，头发花白的爸爸，爱她爱到激动得犯了脑出血的爸爸？

她瞪大眼睛，爸爸居高临下地看着她，颤抖的手指着她说："你再胡说，我就没有你这个女儿。"

书房的门被猛地推开了，哥哥冲进来搀起珠雨田。"爸，妹妹是女孩子，再生气也不能动手哇！"

"你本来就没有我这个女儿！你什么时候承认过我是你的女儿！你既没有承认我是你亲生的女儿，我也不是你的养女！你不是我的任何人！"珠雨田哭着站起来，推开哥哥就往外跑。"不许追她！"她听到爸爸在身后吼道，但是哥哥还是追过来了。

外面的雨更大了，气温似乎比刚才更低了一些，她冲进了冷雨里。

"雨田！雨田！"哥哥追过来，他的全身也被淋湿了，"气头上什么都不要说，先跟我回家。"

"回家？"珠雨田满脸是雨水地哭喊，"那是你家，不是我家。我现在的家在学校，以前的家在上海，我现在要回学校，学期结束以后回上海，永远永远不会再来这里！"

"爸爸对你过度保护，只是因为你是他的女儿，如果你只是个爱上不靠谱大叔的陌生少女，他怎么可能这么生气！"

"我！不需要！保护！"珠雨田在雨中疯了，"求求你们，请你们把我当成陌生少女，我会很感激！你们天生高贵，我是平民丫头，我就喜欢草莽出身的老混混，行吗？行吗？行吗？我请问你，行吗？”

雨，越下越大，几乎吞没了珠雨田的声音，哥哥似乎在说什么，但她一个字也听不到，不只因为雨声，也因为她的心完全乱了。她心中充满了困惑，她不知道究竟发生了什么，为什么这个地方如此冷，连笼罩在雨幕中的平湖和烟柳都散发着寒意。

但是她听到了脚步声，有个人在满地的积水间飞快地走着，还没等她回头去看，她的肩膀就被抱住了，那粗壮的手臂、宽阔的胸膛，她一下子就明白了那是谁。

“明生。”她回过头来大哭，“快点带我走，我一分钟也不想在这儿停留。”

明生把自己的外套披在珠雨田身上，帽子拉起来罩住她的大半张脸，珠雨田在明生怀中颤抖着，只听他质问道：“你们太过分了，她好歹是你们的亲人，半夜三点，你们把她赶到外面的大雨里？”

哥哥怒道：“谁赶她？是她自己跑出来的——”

身后的房门开了，客厅里的灯光穿过院落，投射到湿淋淋的甬路上。珠雨田抬起头来，看到爸爸撑着一把巨大的黑伞，颤颤巍巍地，一步步走出来。他年纪大了，个子也不高，但是站在明生面前，有一种别样的威严。“明先生，我最后一次告诉你，我管教女儿，是我们家的事。雨田，你跟我回来。”

珠雨田咬着牙不动，只听明生在她的耳边，对着王老板笑着说：“王先生，我也很明确地告诉你，以后你要管教我的女朋友，先要问过我的意见！”

王老板在这句话之后怔住了，他在儿子的搀扶之下才没有摔倒，雨下得很大，路灯好像水底一个个的橙色气泡，在这些气泡和气泡的间隙中，心爱的女儿和那个人依偎着走远了。

他失魂落魄地回家，上楼，推开卧室的门，只见台灯开着，太太披着披肩，靠着枕头坐着。

“你们一吵架我就醒了。但我也不便出去劝。”太太责备道，“何必呢？女孩子脸皮薄，你话说重了。”

王老板在椅子上颓然地坐下。“我闯祸了，琴，我好不容易找到的女儿，她又离开我了。你说我该怎么办啊？”

王太太看着这求助的目光，略微有些惊讶。他是在向她倾诉惹私生女生气之后的无助吗？有一瞬间，她真想一把火把房子烧掉，同时烧掉这装扮的和美与粉饰的太平，烧掉珍珠项链和羊绒套装，烧掉“体面太太”的面具……人人都在任性地生活，为什么她不能？但是这一瞬间很快过去了，她恢复了理智。

“是孩子不对的地方就讲道理，是你过分的地方就去道歉，没什么过不去的。”她温柔地说，同时捂住胸口，努力压抑着心中的痛苦。

❹

望高楼灯火

“‘很不错’是什么意思？”

“就是字面意思。程白薇，你是个很好很好的小姑娘，我很喜欢很喜欢你。”

她像一只快乐的小鸟般扑进他的怀里。“程白薇也很喜欢很喜欢你！”

程白薇输掉余婆婆那场官司之后，爸爸妈妈一度很担心她的情绪，不过她似乎依旧像以前一样去上学，周末又安安静静地回家，把要洗的衣服塞进洗衣机，然后趴在窗口的书桌上写作业。一切都那么正常。爸爸妈妈稍微放了些心。

不仅如此，爸爸妈妈还发现她似乎更加容光焕发了。

官司结束后，她有时候会看着手机屏幕上明生的电话号码发呆。她并不想拨出这个电话，但她发现，明生的名字似乎能在她身上施展魔法，她只要看到这两个字，心中就会涌起草木萌发似的热情。在这屡次入秋失败的时节，她仿佛周身被暖洋洋的春光包围一样，那是类似马拉松结束后喝一瓶运动饮料的感觉，是在睡前吃一块巧克力的感觉，是把脚趾踩进沙滩的感觉，是看到两只小白狗在草坪上奔跑的感觉，是来自身体的纯粹的愉悦，她不知道该如何解释这种愉悦，但她不想让愉悦消失。

一天，她又把手机摆在餐盘边吃饭。午饭高峰期，食堂里满满的都是人，理工大学男生自然很多，可是程白薇抬头看看，他们虽然都比明生年轻十来岁，可是没有一个有明生那么漂亮的肌肉，会散发使她如此沉迷的男人味。

“嘿！”她的后脑勺突然被拍了一巴掌，有人在身后说，“下午的马列课我们一起逃课吧！出去打游戏？”

她猝不及防，脑门咚地撞在餐桌上，转头怒视，是住在同宿舍的一个姑娘。

“游戏有什么好打的，看电影吧？”她揉着额头说。

“最近有什么电影呢……”姑娘歪着头想，半晌，她指着程白薇的手机喊：“你的电话呀！”

程白薇这才发现，她新买的诺基亚 N81 漂亮的屏幕上显示着明生的电话已经拨通了。

她吓得跳了起来。

一定是刚才脑门撞到了手机，刚好碰到了通话键。

最糟糕的是通话已经开始了好几秒。

她颤抖着拿起手机，一瞬间想要挂断，可是又出于一种本能的冲动，她把耳朵贴上了听筒。

嘈杂的环境音里，明生的声音从电话里传来：“程小姐？程小姐？”

她一气跑了出去。

食堂后面是一片安静的荷塘，几只野鸭浮在绿藻中。

她按住怦怦直跳的胸口说："我想谢谢你。"

明生沉默了一会儿，叹口气道："官司输了，我很抱歉。"

"不！"程白薇赶忙打断，"我真的很感谢你相信我，也感谢那天在法庭上，你说这是法律的耻辱。法律判我错了没关系，我知道我是对的。你那天的话我很感动。真的。"

明生松了口气。"你能这么想我就放心了。你年龄还小，再过几年你再回头看，这件事根本不算什么，犯不着为它多费心思，快点把它忘掉吧。"

话说到此就尽了，她似乎应该挂电话了，可是她舍不得，就这样握着手机发呆。

"程小姐……"

"叫程白薇好吗？"她赶忙说。

"好，程白薇，大学生活怎么样？"

他开始闲聊了？！程白薇紧张得把牙齿在下嘴唇上咬出一条血痕，她从未见过这么难的题，高考数学卷最后一道大题也不如它难，大学生活怎么样？怎么样？怎么样？换了其他任何一个人问她，她都能从ABC、123分条逐类讲上半天，可是明生问她，她不知道该如何给出一个使对方觉得她既纯洁，又美丽，又知性，又有趣……的答案。

沉默的时间过去了太久，她的额头上都是汗。

"你现在在干什么？"她反问，语气听上去轻松极了，好在隔着手机看不到表情。

"在公司，还在装修办公室呢。"

程白薇的眼前又浮现出他赤裸着上身，沐浴在一片阳光中刷油漆的背影，那一幕无数次出现在她的梦中，她仰起头，微风吹动着她的脸颊，她忍着狂跳的心脏。

“我去帮忙吧。”

“那怎么行！”明生爽朗地一笑，“不过，欢迎你过来玩，我们买了个不错的咖啡机，你想尝尝吗？”

“我想！我想！”

“下午来吧，我一直在。如果你要上课的话就改天。”

“我没课！”程白薇对着手机大喊，把池塘里的野鸭子吓得扑棱着翅膀飞走了。

她在下午四点的时候到达明生公司所在的园区，这是一天里最美好的时间，阳光柔和下来，晚霞即将升起。她在正门下车，还要穿过大半个园子，路又长又宽，她像走在通往天国的路上。当然，今天未必会那么巧地再遇到他半裸着刷油漆，但是他们的确是可以独处的，没有爸爸妈妈和律师在一旁的那种独处。

但是推开明生公司大门的时候，程白薇被满屋子的人吓得倒退了一步……

有二三十个人，笑眯眯地看着她。他们大概是明生公司的员工，因为程白薇发现他们都穿着统一的制服，脖子上挂着工卡。

一层的大厅早就不是四个月前木材堆积的样子，几十个工位全都坐满了，墙壁上贴着“明氏建材”的标牌，前台姑娘一笑，问：“程小姐吗？”

程白薇木然地点点头……

前台拿起电话。“老大，程小姐来啦。”

电话刚挂断，明生就从楼梯上跑了下来。还是那样健硕的身体，肌肉的线条能在旧衬衫之下看出来，他很快走近……

程白薇又一阵眩晕。

明生说了句什么，她都不记得了，大概是打招呼吧，然后指给她看墙角的一台咖啡机。

哦……真的就是喝咖啡呀……

程白薇坐在吧台前，喝了一口咖啡，苦不知味。身后工区的打字声和接电话声此起彼伏。

她觉得有点委屈，眼泪从鼻侧的泪腺往上涌：哪里来的自信以为人家是请你约会的？这不过是“我公司装修好啦，有空过来坐坐”之类的随口一说。

只有傻子才当真呢。

“试试这个牌子的鲜奶。”明生从吧台后面探过身子，拿起程白薇肘边的牛奶瓶。他的下巴距离程白薇的额头不过两三厘米，她可以清楚地看清他未刮干净的胡楂，闻到他衣领上清新的肥皂水味。他的袖子卷到大臂上，饱满的肌肉像是要从袖口挤出来。

“我热爱他的肉体！我热爱他的肉体！我就是这么浅薄，怎样啊！我的热爱，也是非常纯洁和真挚的呀！”她在心里喊着。

“加这么多可以吗？”明生倒牛奶。

“可以。”她依旧喝不出任何味道。

身后打字声又起了一片，她回头看看。

明生笑道：“好像有点吵，我们出去走走？”

园区很安静，因为大部分办公楼还是空的，想到烟火缭绕、拥挤不堪的城区，这里像是不属于广州，倒像是个被遗忘的角落。

他们沿着甬路往园区深处走。

园子越深，秋色越浓，程白薇渐渐发现这是路边种植的树种发生了变化的缘故，从阔叶芭蕉变成了松柏，仿佛他们从广州一路走到了北京，阳光也被松柏挡住了，变得柔和起来。

不过北京此时应该是深秋了，地上一定落满了厚厚的松针，而广州的十一月，松软的泥土还蒸腾着热气。

同时蒸腾着的还有明生身上的味道，是汗水混合着肥皂水的味道，是荷尔蒙的味道，她能感觉到自己体内的多巴胺在迅速分泌着。一开始，她还能保持理智，和明生保持着两尺的距离并肩走着，到后来，她忍不住想起了实验室里被破坏掉大脑的青蛙，它们的身体仍然可以灵活地运动，只要受到足够的刺激。现在在多巴胺的刺激之下，程白薇也感觉不到自己大脑的存在了。

“我可以摸你一下吗？”她听到多巴胺支配着自己说。

明生站住了，他的脸上带着笑，像是没听清楚似的。“什么？”

“我想……摸你一下，可以吗？”

“你想摸哪里？”

“嗯……”程白薇歪着头想了好一会儿，“腹肌行吗？”

“在这儿吗？”明生回头看看，园区人迹不多，但也偶尔有人走过。

“树林里吧。”程白薇径直走向松柏林，从脚步声可以听出来明生一直跟在她的身后。她一点也不觉得难为情，就像是相约走进林中去欣赏一朵新开的花一样自然。

树林不大，他们站在正中央，还是能隐约看到路上的人。

“就这儿吧。”程白薇点点头，明生和她面对面站着，掀起衬衫的下摆，南方下午的阳光从松针底下透过来，在那巧克力块般排布的八块腹肌上投下明明暗暗的光点。程白薇伸出一只手，她看到自己莹白如玉的手指在微微地颤抖，指尖刚挨在腹肌上，一阵血液从血管中流动的感觉便传来了。她分不清那是自己手指上的血还是明生的血，只觉得皮肤一跳一跳的，反弹在那肌肉的硬块上。

说好的只摸一摸腹肌，但是程白薇发现自己的手指也不再受大脑的支配，她的胳膊不知不觉环住明生的腰，掌心轻抚着他宽阔的后背，背肌突然一收缩，险些把她的手指夹在两块肌肉之间，程白薇一愣，明生大笑起来。

她缩回了手，站开两尺的距离，微微一鞠躬。“谢谢。你的肌肉很美。”

明生也鞠躬还礼道：“谢谢你的赞美。你是第一个提这种怪要求的人。”

程白薇仰起头，看着那已经不再刺眼的阳光，她不想回答什么了，她感觉十分满足。

他们走出小树林，沿着甬路朝来路走。

程白薇突然想起一件非常重要的事。“你结婚了吗？”

“没有，连女朋友也没有。”

“太好了！”程白薇一拍手，“那我以后能常来找你玩吗？”

“哎——”明生愉快地说，“有个十八岁的漂亮小姑娘问能不能常来玩，这真是个难回答的问题，你说呢？”

程白薇也笑了，背后的阳光在他们身前投下长长的影子。从太阳的角度看去，他们一个健壮如猛兽化成的人形，一个纤弱如风中颤抖的白色羽毛，那是人体强与弱的极端，却因为一种只有人类才懂的情感而显出和谐的模样。

他们经过明生公司的门口，但是并没有进去。“反正也快下班了。”明生说，然后他拉开自己的车门，程白薇坐进去。

“我送你回家还是回学校？”明生问她。

“去你家行吗？”

“我还是那个答案，全世界的男人都会觉得这个问题太难回答了。”

程白薇打开车窗大笑起来。

明生家在广州市中心最高档的一个楼盘。“租的。”他边打开客厅的灯边说，“我喜欢住得舒服点，不过现在还买不起这儿。”他坦然地拉开窗帘，指给她看楼下华灯初上的夜景。

“你是哪里人？”程白薇问，因为他流畅的儿化音，她猜他应该是北方人。

明生说了北方一个小镇的名字。

“你为什么到这么远的地方来开公司？”

“揾食（谋生）啦。”他开玩笑地讲着很不标准的广东话，“哪儿还分什么南北东西。”

“我上课的时候住在学校，五天不见爸爸妈妈就已经很想他们了。你不想家吗？”

程白薇坐在大沙发上，看着明生立在弧形的落地窗前，望着远处的万家灯火，他的背影还是那么魁梧。他沉默了好一会儿，说：“我家人都不在了。我八岁的时候爸爸就生病去世了，妈妈一去不回，初中毕业的时候爷爷奶奶去世，我就不上学了。一转眼就三十二啦！我离家十六年了。”

“啊……抱歉。”

他摆摆手笑着转过身，在程白薇身边坐下。“你是读什么专业的？”

“生物工程。”

“细胞啊神经细胞啊什么的那种？”明生脱掉衬衫，露出赤裸的上身。

程白薇的小手在他鼓胀的胸肌和腹肌上贪婪地摩挲着。“差不多吧……不过我的理想是研究脑科学。”

“哦，你是学脑科学的。”明生胡乱地应着，管它什么科学，他飞快地脱掉她的外套，她又薄又细的肩胛骨从连衣裙里凸了出来，好像轻薄的布料在小心翼翼地包裹着一副骨架，她看上去那么脆弱，使明生突然不敢触碰了。

“不是的。”程白薇停下摩挲，满脸严肃，耐心地解释，“喏，是这样，脑科学是读到博士才细分出来的方向，本科是生物。”

“加油，未来的女博士。”明生摸摸她的头发，“读书好玩吗？”

“好玩呀！做生意好玩吗？”程白薇抱住他的脖子。

“好玩，不过也挺累的。”

“比如需要自己刷油漆？”

“哈哈！”明生大笑，“刷油漆算什么，可惜园区不用我们自己盖房子，不然我就自己来了。”

“你还会盖房子？”

明生略带自嘲地笑道：“十几岁刚打工的时候，在工地上搬了三年砖。”

“哇，你好厉害啊！”程白薇捧着他的脸赞叹道。

明生觉得非常惊讶，他忍不住把她举远了打量，她的身体又轻又小，因此他可以像举一个小板凳一样随意移动她。本来，她在他眼中也和板凳差不多，是个可爱的小物件，现在他觉得她苍白病弱的小脸上多了些迷人的气质。

她会坦然地提出“我可以摸你一下吗”这种要求，但是并不使人觉得轻浮或者放荡。

她对工地出身毫无阶层上的鄙夷，却能将它视为独特的手艺而赞叹。

“赤子之心”，明生想起这个词，世界上的事本来就应该是很简单的，是复杂的大人给它们附加上了复杂的含义。

他忍不住说：“你很不错。”

“‘很不错’是什么意思？”

“就是字面意思。程白薇，你是个很好很好的小姑娘，我很喜欢很喜欢你。”

她像一只快乐的小鸟般扑进他的怀里。“程白薇也很喜欢很喜欢你！”

❺

蛾眉敛黛

"进来。"他拉过珠雨田的手，

可是珠雨田刚向前走了一步他就把她抱了起来，

"还是我抱你进来吧，不知道为什么，我突然特别怕你掉在地上碎掉。"

因为淋了这场大雨，珠雨田发了三天三夜的高烧。这几天她一直住在明生的家里。

第四天，体温稍稍降下来了些，她坐在床边闭目攒了很久的力气才慢慢下地，膝盖已经软得不听使唤了，上午的阳光慢慢转过窗棂，洒在她裸露的脚踝上。这座房子的窗子很大，房间之间的隔断很少，到处都豁亮、洁白。她很喜欢这里。

她一间一间房间看过去。楼上是三间卧房和一个起居室，楼下的客厅很大，几乎可以打羽毛球。她走到阳台上望去，大半个果庄都掩藏在浓绿色中，阳台的另一侧是爬了厚厚一层藤萝的围墙。今天空气很好，她感觉自己像被装进一个透明的罐子里，明亮的阳光将罐子填满，每一丝光线都散发着柔情蜜意。玻璃窗上隐隐映着她的影子，她嘴角翘着，也不知道在笑什么。当然，地震中逃生是很惊险的，和爸爸的争吵也令人心碎，可是她心里仿佛有一些新的情感将它们都压制下去了，它轻灵地飘浮着，和阳光混合在一起了。

这三天，她住在客房，又暖又安静，她从未睡过如此舒适的床，使她想起小时候有一次在海边睡着，翻身时能摸到沙子的余温。因为高烧无力，她只能躺着，有时候半睡半醒间听到明生轻轻地敲两下房门，走进来，摸摸她的额头又出门去。她就把遮光窗帘掀起一个小角，看着他健硕的背影下楼，坐进等候的车子里，车子驶远了，驶到浓密的绿荫里去了。再过一会儿，护士、保洁阿姨、厨师、秘书……每隔一两个小时就会轮流有人来，随时向明生报告她的情况。这十九年中，她从未被照料得如此妥帖过。

她看着玻璃窗上自己的笑颜，她的脸色因为没有完全退烧而依旧带着浓浓的红晕。

那天和明生一起回这里是在深夜，她没有看清楚这座小楼的方位，现在才发现它是在果庄的角落里，外墙是坚硬宽厚的条石，两面靠墙，人迹罕至，客厅的一面墙上嵌着一扇毛玻璃小门。

门后是什么？她走过去摸了摸，冰凉，厚重，没有把手，但有一个暗锁，做得十分精美，远看只是镶在毛玻璃上的一个银环。她把手扣在玻璃上，眼睛朝里看去，只有白蒙蒙的一片，似乎有毛茸茸的影子晃动，又似乎只是身后阳光移动造成的错觉。

大门的门铃响了两声，接着从外面打开了，果庄医务部的护士带着体温计和退烧药走进来，她很高兴："珠小姐，你脸色好多了，可以下床了。"

"躺得无聊，到处走走，这个小门后面是什么？"

"好像是个废弃的花园，总是锁着，如果珠小姐想呼吸新鲜空气，可以去果庄里散散步。”

珠雨田找了件明生的外套披上，刚要出门，明生回来了。

“你好了？”明生又惊又喜，摸了摸她的额头。

“是的。谢谢你照顾我这么久。你为什么又回来了？”

“换件出门的衣服，我要去参加朋友的一个聚会。”明生打开一个装满西装的衣柜，想了想，又笑道，“你和我一起去吧，人家都拖家带口，就我一个人老孤零零的。”

珠雨田三天未出门，已经忍耐不住了，站在地上一蹿一蹿地问：“可以吗？可我不认识你的朋友啊。”

“很轻松的聚会，是很要好的发小。”

明生和珠雨田去的地方是二环里的一个四合院，这里是闹市中的闹市，却在白日里也像深夜般安静。珠雨田觉得十分神奇，可是她很快就发现了原因：这个大宅的前方是一个上着锁的花园，后方是一片能当足球场用的私人草坪，有围栏围住，左侧和右侧都是同样建制但大门紧锁的院子，车辆进不来，宾客们都只能把车停在草坪之后再沿着石子路步行。

明生带着珠雨田穿过草坪。“这就是我那个发小老董在北京的家，很夸张吧？”

“你不是说这个董先生是伊利诺伊州的议员，还要竞选美国总统吗？他难道可以经常住在北京？”

“不可以，所以这里大部分时间都和旁边那两个院子一样，空着，锁着，说起来怪浪费的。前几年他清理资产，我还劝他卖了得了，但他很喜欢这宅子，所以就算了。上次你见过的那架飞机就是我当时从他手上买的。”

“哦！”珠雨田拍手，“原来就是这位董先生啊。”

“没错，资格最老的朋友。我俩认识也——”明生眯着眼睛想了一会儿，

"啊，三十多年了。时间真快。"

明生轻轻地叹了口气。

珠雨田又想起一件事。"可是，如果不是在美国出生，怎么能竞选总统呢？"

"他是在美国出生的。六十年代的时候他父母都是工程师，却宁愿去美国刷盘子，偷渡了。船还没靠岸，老董就生在了船舱里。谢天谢地那里已经算美国领海。他上高中的时候，国内改革开放了，他回来看他爷爷奶奶，我们才认识的。当时我七八岁吧，天天跟在他屁股后面混，他父母在美国生活得也挺困难，所以我们在国内倒卖点东西挣点小钱。你猜我们倒卖的是什么？"

"嗯……外汇？胡猜的，我不懂。"

明生大笑。"啊呸，当时哪儿有那本事啊，毛片——怎么样，吓到了吧？当时他偷偷摸摸地交易录像带，跟贩毒似的，我在胡同口把风。老董从小就很神，也不知道他怎么把那么多录像带弄进海关的。不过他折腾了两年就回美国上大学了，因为他爸妈说，你是知识分子的基因，不能变成一个混混。老董还真听话，一直读到博士，开咨询公司、投资公司，做慈善，再从政……人模人样的。所以你知道我为什么一见到所谓的精英就忍不住嘲讽了吧，我太知道他们早年都是干吗的了。有一年我在美国度假，刚好老董在他的母校给毕业生做演讲，我去听了。那时候他已经在准备竞选州议员，满口什么平权，什么医保法案，可我满脑子都是他怀揣着毛片，鬼鬼祟祟去翻录作坊接头的小样儿，差点笑抽过去。"

珠雨田跟着笑了一路，同时又觉得自己的脑容量不够用了，她想象不出有这样出身、经历和现状的人应该是如何三头六臂，只有等亲眼见到他才会知道。这时草坪上的石子路已经走到了尽头，四合院的门突然出现在一丛合欢花的掩映之下，明生替珠雨田拨开花枝，她刚走进去，便见一个三十来岁的少妇穿着包裹合身的长裙，微笑着迎上来。

珠雨田被这少妇的脸吓了一跳，如果不是因为她在走路，珠雨田会以为她是个橱窗里的塑胶模特——假人成精了！珠雨田在心里惊呼，她的脸上别说没有一丝皱纹，连皮肤正常的纹理都看不到，不知被什么东西填充得如此紧绷。

“Kate，好久不见。”明生和她握手，又告诉珠雨田，“这就是董太太。”

Kate 说话的时候整张脸上只有嘴唇在动，仿佛其他部位的肌肉都被钉死了一样：“明先生，你的这位小朋友真可爱。老董还在书房，我去告诉他您来了。他要谈慈善基金的事。”

Kate 走后，珠雨田问：“什么慈善基金？”

“我们果庄集团要在伊利诺伊州建一只基金。”

“你对伊利诺伊州的人很慈善吗？”

明生笑。“这里面的道理嘛，恐怕一个小时也讲不完。你真的想听吗？”

“不想。”她承认她对如何赞助总统没什么兴趣。这时小院中的客人们纷纷让路，似乎有什么大人物来了，等到人群都散向两边，珠雨田看到一个穿着西装的小个子，年纪约有五十岁，迈着和他的身高不相称的大步走过来。

“兄弟！”

“兄弟！”

明生和他大力地拍着对方的手臂，又捶击着对方的后背。

原来这就是董先生，只是个看上去挺和善的中年人，并不是珠雨田想象中的三头六臂。珠雨田有点失望，又试着想象了一下这人如果真的成了美国总统，他站在白宫的草坪前是什么样子。

这个四合院曾经是王府的一个跨院，建筑专业的她能看出窗子被改大过的痕迹，阳光洒满房间，那些陈设全靠这阳光才显得不那么迂腐。房间的地上铺着厚毯子，一个六七岁的小男孩正在埋头拼乐高，旁边的小女婴睡在摇椅里吃手指，小男孩跳起来便往董先生身上蹿。“爸爸你答应了今天带我踢球！你已经答应我好多次了！可是你一直在书房里关着门！爸爸是个大骗子！”

董先生把孩子抱了一抱，笑道：“今天爸爸和你分头工作，爸爸和明叔叔谈些事情，你和这位美丽的姐姐玩乐高好吗？”

明生大笑着推开里间的门。那是一个窗帘紧闭、光线昏暗的书房，散发出苦涩的熏香和森森的冷气，珠雨田傻愣愣地刚要跟进去，董先生先她一步走进去，看都没看她一眼，就将那扇沉重的木门在她面前关上了。

书房里很冷。

十月底的北京，暖气都快来了，还需要开这么足的冷气吗？明生大步迈过半间屋子，扯开长桌后面的椅子，一座山似的坐进去。

老董抱着双臂看着他。

老董脸上和善的微笑在一秒钟之内消失了，好像他是个机器人，在踏入书房的一瞬间，自动启动了另一个人格。阴云压在他有了皱纹的脸上，书房隔音很好，恐怕在里面杀个人都不会让外面听到，因此他也丝毫没有降低音量：“基金的钱还有最后三成没到，为什么？”

他用的是训斥下属的语气。

房间里光线不好，明生的脸色有一大半隐在暗影里。他的声音听上去十分平静，似乎嘴角还带笑。“现在外汇不容易出去，你知道。”

“我建议你找个高明一点的理由。”

“我建议你重新考虑我的新条件。”

老董的薄嘴唇闭成一条线。明生说的新条件是未来美国的能源蛋糕里相当大的一块，这是临时加码，半个月前才告诉他。在这之前，他已经应允了明生许多空头支票，但明生的胃口太大了，有时候似乎还不那么讲信用，比如像这样的临时加码和勒索又有多大区别呢？老董站在窗边，阳光透过闭合得不太严实的百叶窗在他脸上投下一道道细长的金丝，他的眼睛在厚镜片后面眯起来看着明生，好像草原上的一只豹子看着斑马。

但老董心里又有一种不祥的猜测——也许明生是豹子，他才是斑马，明生是幕后提线的人，他则是幕布前的木偶。古人说窃钩者诛窃国者侯，这个当年摆摊卖假药的小混混现在想做窃国者了，而且是用他老董的手。

“你——也——配？”老董的眼前飘过这三个大字。有时候他需要动用政客专业的自制力才能避免自己忍不住把这三个字说出口。

他们这样僵持着。结果是老董试图做一些无关的小动作来表示自己内心并不在乎。他一个手指拨开窗叶，只见院子里，明生带来的那个小女友正和儿子踢着足球往外走，女孩虽然穿着长长的裙子，但边走路边踢球的身姿很是灵动，猴子一样的儿子竟然无法从她脚下断球。她真小，看上去还没有发育完全，眼神嫩得像花苞里的露水，那么清澈、脆弱……使人不敢多看一眼，好像过多的注视会使她蒸发掉一样。她有多大了，十六、十七？甚至更小也有可能。老董想，人的审美真是很稳定呢，这么多年过去了，明生还是没有变，他还是喜欢未踏足社会的小朋友。

“Adorable（可爱）。”他下意识地脱口赞叹，紧接着听到一阵桌椅摩擦地面的刺耳声，高大壮硕的明生两步冲过来，胳膊架着他瘦弱的肩膀把他顶在墙上，用凶恶的声音说：“你——再——敢？”

小个子董先生被提得脚跟离地，只有脚尖点着地面，明生粗壮的手肘几乎要把自己的肋骨压断了。他很疼，但他一点也不害怕。“别这么激动，兄弟。”他带着政客的微笑和平稳的语调说，“现在不比从前，我都俩孩子了，我爱我的家庭。”

明生把他放了下来，接着从桌上的木匣中抽出一支雪茄，咔嚓，咔嚓，雪茄刀在暗影里发出清脆的声音，好像刽子手在切割死人的手指，一声，又一声，火柴刺地发出微光又迅速熄灭，空气中散发着淡淡的硫黄味道。明生吸了口烟，重新在椅子上坐下。“基金的事咱们好好谈谈。你让外面那些人都走。以后要见我就单独抽出时间来见我，别弄这么大一个聚会，大家排着队见你。我不排队，老董，你他妈必须给我认清楚这一点。”

珠雨田和小男孩一直踢球到正午，保姆出来请他们回去和太太一起吃午饭，珠雨田才发现四合院里的客人们都走了。她和董太太在院子里吃饭，而明生和老董是让人把饭送进书房里吃的，也不知在谈什么事。

午饭之后，她又被小男孩拉去草地上踢球了，一直到太阳落山，漫天红霞，保姆又把他们请回去吃晚饭，明生和老董还在书房里。晚饭刚刚放下筷子，小男孩又拉着珠雨田要玩游戏，可是她实在跑不动了。

到了晚上八点钟，珠雨田已经快失去耐心的时候，明生终于出来了。他看上去心情不怎么好，虽然绅士地和董太太及两个孩子道别，但脸上一点笑容也没有。他拉着珠雨田的手就往外走，小男孩拦住她问什么时候还来和他一起玩。明生遗憾地心想，只可惜他们都还是孩子，他们还不知道这时的友谊有多么宝贵，一旦他们都长成野心勃勃的大人，这夕阳下并肩奔跑的情谊就永远地逝去了，多少钱也买不回来了。

明生一路阴沉着脸开车回果庄。他觉得自己不应该这么沉默，他应该装着高兴一点，调动他平时哄女孩子开心的智慧，和珠雨田随便说点什么。老实说，这对他来说并不太难，但他现在就是不想，赌气般的不想，他太累了，九个小时的谈判，他有时咆哮，有时挥拳头，这都是十分消耗体力的，而老董大部分时间都保持着政客的微笑。他妈的，明生现在意识到自己和对方的差距了，有时候他会因为童年记忆而产生错觉，觉得他和老董都是卖毛片出身的混混，但其实不是，那只是老董人生中短暂的插曲，然后他就头也不回地扎进常春藤和华尔街里了，留明生在暴土狼烟的街头打着滚长大。

不过，街头也教给了明生一个受用一生的道理，那就是所谓的谈判技巧是不存在的，只有实力才是真的。所以他其实也很清楚，自己今天并不是输在了咆哮和挥拳头这些举动上，他们之间实力的不对等就注定了他一走进那间书房，无论他摆出什么样的姿势都不会赢。

从表面上看，他的钱胜过老董许多，但那有什么用呢，老董售卖的是这个星球上最诱人的一种未来，并且并不缺买主。

如果说童年玩伴的记忆给了他人生而平等的错觉，那么这十年来的财运给了他另一种可怕的错觉，那就是他会一直走运。

明生很久都没有像今天一样觉得人生如此无力。上一次有这种感觉还是十年前，不过那是另外一件完全不同的事。明生也不想再想起那件事，他必须专注眼前，至少平安把车开回去。刚才因为走神，他差点闯了红灯，一个急刹车，还听到珠雨田轻轻地“呀”了一声，这少女的惊呼使他愤怒又无力的心中吹进一阵清新的小风，他很想去抓珠雨田的手，想把那少女柔软的指头一节一节地从自己手指间捻过，余光看到她的手就乖巧地放在膝盖上，像个橱窗里的布娃娃。但是他没有动。

他觉得很累，累到连胳膊都不想从方向盘上抬起来。

当车驶到明德大学附近的时候，明生心里甚至有一个念头：让珠雨田回学校吧。接着他被自己的这个想法气得不轻：把一个垂涎了很久的漂亮女孩从带回家的路上赶下车？开什么玩笑!

他继续开车，同时开始思考回家以后喝点酒再洗个热水澡能不能扫清他心中的抑郁。

但是沉默了一路的珠雨田突然说："学校到了，我下车。"

她主动说出这句话，这让身心俱疲的明生感到解脱。"好。我从前面掉头进校门。"他非常干脆地答应，好像生怕她反悔似的。

"不用了，我走路。"珠雨田自己开了车门下车。

明生对这个举动完全没有准备，甚至车子都没有停稳，珠雨田下车的时候也没有留神看一眼车门之后，险些被一个送外卖的电动车撞到。她一个趔趄闪开电动车，然后飞快地穿过人行道跑走了，就像一只小兔子消失在草丛深处。明生还没有反应过来。

出于直觉，他察觉到珠雨田好像有点生气。

他有一万种办法哄生气的女孩开心，但今天他不想这么做。

他面对的是关于自己历史和未来的巨大的迷茫，相比之下，女孩的那点小情绪实在不算什么。

拥堵的马路上亮起了绿灯，车队缓慢地移动了。明生开着车，他忘了珠雨田，也看不到刚刚跑过人行道的珠雨田满脸都是眼泪。

此刻同样心情不好的还有老董。

明生和珠雨田离开后，他勉强打起精神和两个孩子玩了一会儿，就逃去了浴室。在美国常用的保姆没有带到北京，这位临时聘请的保姆不是很了解他的生活细节，比如洗澡水总是太烫，他说过好几次，但今天他连训斥保姆的力气都没了。他躺进了浴缸。

热水把他的皮肤烫得通红。他又捧了一捧水浇在秃头上。五十多了，他的头发和大部分男人一样未能幸免地脱落，但是从他决定从政的那一天起，他就在形象顾问的要求下戴着假发，无论寒暑冬夏。从某种意义上说，假发是一种面具，它传达着它的主人依旧有着旺盛的精力和无限广阔的前途。其实，有一件难以启齿的事一直压在心中，他做过的最好笑的噩梦是这样的：在竞选演讲的最后关头，狂风吹落了他的假发，他的选民们发出失望的惊呼。他从宣讲台上跌下来，奔跑着，奔跑着，追着他的假发。假发飞到了天上，他就追到了天上，追出大气层，追到地月拉格朗日点，追出太阳系，追到三体星，三体人见到这一幕，纷纷以为神迹降临，从此三体人的神话中多了一个很像夸父追日的故事……

现在，这团假发被他扔在浴室的地板上，像一团皱巴巴的垃圾。水汽朦胧的镜子，照着他不再年轻的身体。

除了形象顾问，他的团队还包括营养师和健身教练，他的肉体和衣着都被管理得十分严格，可是岁月啊，“髀肉复生”，他捏了捏自己的大腿，自嘲地笑笑。事实上，他连笑容也由团队监督着对镜子练习过无数次，哪边嘴角稍微高一点，眼睛在镜片后面眯起的弧度又是多少，露出几颗牙齿，那是一种标准的政客式笑容，看上去坚毅、自信、拥有权力的同时又敬爱平民。这笑容同时可以隐藏本人真正的情绪，不管他其实是暴怒得想骂娘，还是在想着某个女明星的裸体，或者在急着结束应酬好赶回家陪儿子打游戏。只要身边有别的人，他永远是这副笑容，连自嘲的笑都是如此。他已经忘记自己从前是怎么笑的了。

此刻这副笑容之下的真正情绪，是愤怒到简直想一把火把这假模假式的四合院烧了。明生这个浑蛋，不见兔子不撒鹰的奸商，他妈的，十年河东十年河西，才十几年，这浑蛋就他妈河东了，老董在心里骂着。他不光想起当年两人搭档卖毛片的日子，还想起后来明生卖保健品、卖假药、卖建材、打各种工，估计黄赌毒什么都干过的青年岁月。那时他老董已经在常春藤大学毕业、在华尔街工作了，每次回国探亲都发现明生又换了个生意做，天南海北地到处跑。他还发现明生虽然挣了点小钱，却似乎并不满足——一个没文化的小混混也配有多大的野心？当时他虽然把明生当朋友，可是也忍不住在心里略带鄙夷地这么想，野心只有他这样优秀的人才配有，比如弃商从政，一步一步往上爬，一直到当上美国总统。

“你——也——配？”当在广州开着一家名叫“明氏建材”的破公司的明生向他描述对果庄的设想时，他心里飘过这三个大字。

“第一步你就迈不出去。”当年的老董等明生说完后，毫不客气地回答他，“拿地需要多少钱？你拿什么跟银行借这笔钱？”不过他又想起小时候的合卖毛片之谊，慷慨地拍拍明生的肩膀说：“我来出吧，不会太多，你先开个小的试试，占多少股你说了算。谁让咱们是哥们呢。”

然而明生拒绝了。“钱算我借的，不算股份，公司必须完全是我的。”

还有这好事？老董想，这傻子不会算账吧？股权是不需要偿还的，但债务需要。其实这钱借出去，他就当是白送的，压根儿没打算收回来。一是因为哥们情谊，二是因为这点钱对他来说不算什么。那是他最得意的时候，新买一架湾流飞机，他还请明生一同乘坐，那时候的他绝对没有想到明生就是能靠他提供的这笔借款发家；他也没有想到果庄只是一个杠杆，明生用它撬动了许多个行业的资产；他更没想到的是又过了十年，他清理资产轻装从政，连飞机都卖给了明生，反过来又需要果庄财团的支持才能完成竞选——“神秘而邪恶的东方势力”，他已经预料到如果三年之后他竞选成功，反对派的媒体会如何描述他背后的支持者。

“你——也——配？！”老董对着浴室里蒸腾的水汽吼了一句。妻子和保姆在门外走来走去地收拾家务，他听到她们被吓得同时停住了脚步。

从明生的车上跳下来之后，珠雨田一路抽抽噎噎地哭回宿舍。

所谓痛苦，当然是可以比较大小的，比如亲人去世的痛苦大于亲手养大的花死掉的痛苦，比如目睹了非洲种族战争的痛苦大于考试不及格的痛苦。凭借理智来说，珠雨田觉得自己的痛苦被量化后实在不算什么，可是，为什么她会流这么多的眼泪呢？

枕头被她哭得湿透，她把枕头翻了个面，昏昏沉沉地睡到天亮。

第二天起床后，半张脸都浮肿了起来，她也没管，垂着头收拾书包，准备去图书馆消磨掉这个星期日。程素的电话却在这个时候打来，非常客气地问可不可以去帮她搬家。

珠雨田当然答应帮忙。说起来，以她瘦弱的身板，这还是第一次有人请她帮这种忙呢。

程素那个小小的单身公寓里已经被纸箱和行李箱塞满了，搬家公司的人一个小时后会来，珠雨田只需要帮她把一柜子的衣服叠起来收进箱子。

“程素姐姐为什么要搬家？”珠雨田环视着面目全非的小房间，想起她在这里度过的那个温暖的夜晚，觉得有点不舍。

“这里租给一个辞职考研的学妹，她经济条件不是很好，除了我也不会有人给她这么低的租金了。”

“程素姐姐，你人真好。”

程素微笑道：“举手之劳——你哭过？”

珠雨田想说“没有”，可是她刚一张开口，哭音就堵住了喉头。眼泪不听话地掉下来。她怕弄脏手中的衣服，直起身来，用手背抹着脸上的泪。

“和爸爸的关系很难处理，是吗？”

这和煦的语调好像春风一样轻抚着珠雨田，使她的情绪略微放松了一些，她抽噎着摇头道：“不全是。”

“那是功课遇到了问题？你才大二，不要压力太大。”

珠雨田又摇头，她努力把眼泪憋回去，她不想再让程素问下去，因为她不想说。

“那就是和喜欢的男孩子闹别扭了？”程素依旧不紧不慢地问。

珠雨田再也忍不住了，伏在纸箱上，哇地放声大哭。

哭泣中她感觉到程素温暖的手抚摸着她的肩膀。“好了，好了。”程素说。

这样的安慰根本没有什么用处。她一直哭到累才从纸箱上抬起头，程素苍白的脸上带着疼惜的神情，将她蓬乱的头发梳理到耳后。“是个什么样的男孩子？告诉姐姐。”

珠雨田抽抽噎噎地说：“说来很巧，就是果庄的老板，如果不是那天你帮我预订了果庄的宴会，我还不会认识他呢。”

程素却没有表现出珠雨田预料中的惊讶。

珠雨田用手背抹着眼泪。“我有时候觉得他喜欢我，有时候他又不想理我。我很喜欢他，从生日那天，在大草坪的另一头，他远远地看着我，我就想，我从来没有见过这么好看的一张脸。他……他人也很好的，很勇敢，什么都不怕，也很有趣。他无论说什么，我总会笑个不停。可是昨天，他好像不是很想理我，我又不好意思再去找他玩。”

“就这些？”

“就这些。”

“就因为他不是很想理你，值得你这么痛苦？”

珠雨田愣住，她不知该如何回答，不值得吗？不值得吗？她呆呆地看着程素，眼泪继续哗哗地向下流着。

“你们上过床吗？”

珠雨田被这句话吓得止住了抽泣。接着她拼命地摇头，像小狗甩干洗澡水似的。

“你是处女吗？”

珠雨田又拼命点头。

程素突然在她肩上推了一把，力气虽然不大，但她毫无防备，便向后倒去，她先是撞上了一个纸箱的尖角，然后倒在了地板上。

她还没有明白发生了什么事，程素压在了她的身上。

她吓得连呼吸都忘了。程素的手直接伸进了她的外衣，在她瘦弱的肋骨上摩挲着。“很简单的……很简单的……”程素说。

尽管害怕，但她还是僵硬地躺着，本能地反问：“什么……很简单？”

“没有哪个中年男人会不爱十九岁的肉体。相信我，他们每个人都是这样的。”

“不……”珠雨田身体的每一个部位都展示出拒绝的姿势，“我害怕……”

程素露出微笑。“不要做胆小鬼，拿出你的勇气来，你必须这么做才能让他爱上你——你不想让他爱上你吗？你不想吗？告诉我，你不想吗？”

她的眼泪又流了出来，细细地淌进发际线里。

“我还小……”她哭了。

程素突然抱紧她，赤裸的手臂环着她的腰，皮肤交接处，珠雨田感觉到成年女性特有的温暖与柔软。程素的嘴唇贴在她的耳边，气息传来。“你要让自己长大，就必须去做一个大人应该做的事，让他像你爱他一样爱上你。难道你是懦夫吗？你会认输吗？”

“我不……”

程素突然凶狠地强吻她，牙齿咬住她的嘴唇。她大叫起来，嘴巴却被堵住了，手在半空中挣扎着乱抓，又察觉到程素的手移向了她的胯间。这个举动使她全身紧绷，然而程素只是从她的口袋里摸出了手机。“打电话给他。”程素用命令的语气说。

她的脑子已经麻木了，只剩下顺从。她拨通明生的电话，因为程素压在她身上，她吃力地叫了一声明生的名字。

她的嘴唇大概被程素咬破了，一丝血腥的味道渗入齿间。

明生那边很安静。“我在开会。什么事？”

程素用口型告诉她：说你晚上去找他。

她喃喃地开口：“我……我晚上想去找你。”

明生停顿了一下，接着他说：“好，晚饭时候吧。”

他挂断了电话。

这时门禁的铃声响了，程素站起身，她去开门，三个搬运工人大声谈笑着上楼，珠雨田趺趺撞撞地冲了出去，险些把他们撞倒。

搬家工人开始干活，程素去楼下的面包车里等着。面包车副驾一侧的玻璃大概有十年没擦了，望出去灰蒙蒙的。程素看着车窗外熟悉的小院被蒙上了陌生的滤镜，一点微笑出现在她唇边。她也觉得有点腥，因为她把珠雨田的嘴咬破了。

这是我见过的最傻的孩子。她在心里默默地对那个守在附近的人说，傻孩子有傻孩子的好处，心眼直，一旦恨上谁就拉不回来了。当然，欢迎你继续出手相救，但这人我杀定了。

明生在接到珠雨田电话的时候正端坐在家中开视频会议，他上身穿着西装，下身穿着花睡裤，看上去有点滑稽。

挂掉电话之后，他匆匆结束了屏幕上广州果庄和湖南果庄的业绩汇报。想到珠雨田那双湿漉漉的黑色眼睛，他不禁咧嘴笑了。昨天离开老董家时的低落在一夜的睡眠之后消失殆尽，毕竟眼前他拥有仍然如日中天的果庄集团。

兴奋、充沛和自信的幻觉，重新回流到他的体内。

作为一个一路打拼的战士，他很懂得这种状态的稀少和宝贵，也知道应该如何留住它——至少是把它多延长一会儿。

他冲了个澡，光着身子从卧室床头的柜子里取出一只小木盒，里面是半盒白色粉末，盖子的凹槽里则嵌着一只小巧的金勺子。

那是纯度很高的可卡因。

只需吸入一丁点，他便感觉血液迅速变得清亮透明，大脑沉入了碧蓝的深海，那么幸福、安定……他在这样的情绪里走到卧室的另一头，打开了一只保险箱。

保险箱里空空荡荡的，不过仔细看去，能发现角落里躺着一枚薄薄的钥。他拿了钥匙下楼，打开毛玻璃墙上的锁，一大片芳香的花茎扑了出来，那是他一个人的秘密花园。只有他感觉到幸福的时候，他才会打开它，他不允许自己带着一丁点不开心的样子走入其中。他怜爱这些小花，就像保护一个圣物般保护着它们不被糟糕的情绪沾染，如果说世上有人造的天堂，这里就是他的天堂。它是一个幻境，一个不可能成真的梦，一个失去了恒温装置就会瞬间枯萎的地方，一个不能从心里清除出去的角落。现在他一步跨进去，歪倒在花丛里，被他压倒的花茎上垂下来沉甸甸的花瓣，温柔的，芳香的，团团将他包围住，好像小手抚摸着他的脸。

药效维持的时间并不长，他躺在那儿，感觉那兴奋、充沛、自信的幻觉在一点点地消失。他站起身回到客厅，将毛玻璃锁好，钥匙重新收进保险箱，透过卧室的窗子他看到司机在楼下等他，今天满满当当地排了许多工作。

为了和珠雨田约会，他推掉了晚上的一个工作，回家后秘书已经把他要的各种新鲜的蔬菜和肉洗好切好，整齐地码在厨房里。其实他完全可以让果庄的厨师做好，但他不屑于作弊。

做人要诚实。

最后一道乳酪甜品刚放进烤箱的时候，珠雨田来了。

明生说不上来她今天有什么不对的地方，不过如果是在马路上遇到她，他也许会以为这是珠雨田的孪生姐妹，因为眉眼虽然还是那个眉眼，但眉眼中的情欲却是他从未在珠雨田身上看到过的，好像她在一夜之间长大了。他这时穿着围裙，衬衫袖子挽起来，毛茸茸的小臂上沾满了面粉，浑身还散发着乳酪的香味，他像一个巨大的蛋糕立在门里。珠雨田飞扑过来，手臂紧紧环着他的腰。

他有点吓到了。

“雨田，雨田。”他轻轻拍她的肩膀。珠雨田在他怀中抬起头来，她的头发沾上了一点面粉，脸上也有一点，是刚才扑进他怀里的时候蹭上的。这点狼狈使她看上去像个纯朴的农家姑娘，马上就要提着铁桶去挤奶的那种，嘴唇不知道为什么破了一点皮，露出里面樱红色的新肉，显出一种令人心动的肉欲。“我好想你，我好想你。”她如梦呓一般说着，急切、直白，又带着一点神经质，嘴唇上渗出一点血丝，他心里一软。

“我就在你身边呢。”他把手指插进她的头发里抚摸，“我也好想你。真的。”他诚实地说，“其实我今天晚上有蛮重要的工作，但一想到早晨答应了你，我把它推掉了，白天的时间见缝插针查了上海菜谱，第一次做，但我尝着还行，不知道你会不会喜欢。”

她用亮晶晶的眼睛看着他。

“为你效劳是我的荣幸，让你开心是我的责任。”明生不知道自己为什么会说出这种话，他一向讨厌漂亮口号，无论是女友还是员工，谁在他面前讲漂亮口号，他常常会毫不掩饰地皱起眉头，但今天他也说出了这种话，而且丝毫不觉得违心，因为此刻他心里就是这么想的。“进来。”他拉过珠雨田的手，可是珠雨田刚向前走了一步他就把她抱了起来，“还是我抱你进来吧，不知道为什么，我突然特别怕你掉在地上碎掉。”

❻

破寺如倾

秋风起了，卷起地上的落叶，她横穿排队买糖炒栗子的人群，似曾相识的脸纷纷回首，个个都是陌生的人。

第二天天没亮珠雨田就醒了，昨天他们忘记了拉上遮光窗帘，现在青白色的天光从白纱帘里透进来，仿佛她和明生都睡在飘浮的薄雾中。明生睡得好熟，一只毛茸茸的胳膊压在她的小胸脯上，她喘气有点困难，可是她没动，她就这么看着明生侧脸的轮廓，“我深爱着你。”她在心里说。

又躺了一会儿，她不得不轻轻地挪开明生的胳膊起床了，她功课很重，必须在这星期赶完一个与寺庙群建筑相关的大作业。为了这个作业，她的同学都在图书馆里查资料，半个书架都借空了。

珠雨田对自己的要求比其他同学更加严格，除了查资料，她还要亲自去西郊的青萝山看一个古寺群。

这些古寺是在西晋时期修建的，历代盛世时都有官府返修过，因此同时保存了不同时期的建筑风格和漆染工艺，到了明世宗时期，甚至还有一些道教风格杂糅其中。图片虽然随手都能搜到，但是不如亲自去看来的直观。

青萝山在西五环外还要朝西走很远的地方，几乎快要出北京的版图了。西五环附近有潭柘寺等有名的大寺庙，因此青萝山的西晋古寺并没有分配到多少旅游资源，连公交车都没有。她打听出租车包天的价格，每个师傅都开价很高，这让珠雨田很是为难。

后来终于在建材市场找了个运货的老夏利，车太破，只能装轻型家具，因此生意不太好，珠雨田砍了半天价，终于以一个不那么让人肉疼的价格成交。

离开果庄后她直接去了提前约定的地点，背着满满一书包的面包和水跳上车。

“祝大叔，您这车有年头了吧？”珠雨田跟开车的祝师傅闲聊。

“可不，一九九四年买的，二十多年了！”

“比我岁数还大。”珠雨田赞叹地拍了拍翻出了弹簧和棉絮的座椅，环视着这一步三响的老古董。

祝师傅好像很护着他的宝贝车。“别看车破，当年刚买的时候可威风了！二十世纪九十年代开夏利跑出租，那是高收入，根本不用满街拉活，只停北京饭店门口，只拉外宾，一百起步，爱走不走！”

“吹呢吧！”

“你看！你小孩没见过，用现在的话说，在当年这叫刚需，撞上刚需了，躺着都能赚钱，不服不行。”

“那您现在怎么去拉家具啦？”

“唉——”祝师傅没征求珠雨田的意见就点了根烟，叹口气，“命呗。有些事吧，不是能用一二三说清楚的，也不是你努力就一定能发大财。人生无常，具体为什么这么无常，咱没文化，不懂，姑娘你给解释解释？”

珠雨田不好意思地说："我更不懂了，我还没经历过人生呢。"

让祝师傅在山脚下等着，她独自爬山。

青萝山西晋古寺群比珠雨田想象中的还要荒凉，四下远眺，只有几公里外有稀稀拉拉的几个村子，绝大部分空间都是玉米田。

山不算高，但路太陡，弯着腰爬了一个小时，有些险峻的地方甚至需要手脚并用。珠雨田突然膝盖一软，"哎呦"一声半跪在石板上，疼得眼圈立刻红了。看看那古寺群，还掩在一片半红的林叶里，露出些许斑驳的黑瓦。

她坐下歇脚，一转头，就是万丈山谷。

谷底一条大河流过，秋水清得能倒映出整个山林；山脚下的叶子还是油绿色的，浓得仿佛倾倒了颜料桶，越往上空气越清新，红叶也渐渐多起来，远处的山巅是一抹深红。

古寺群在半山腰，大大小小，星罗棋布，倒像……珠雨田挠着头想了半天：像个村子，住了一村的各种佛。

这是个荒村，且荒废的年头不算少。其中立着一个长满了青苔的石碑，仔细看去，上面是从西晋到当代的百余次修缮记录，最近一次是一九七九年。经过这许多年的风雨浸润，那些曾经用金粉描绘的飞天壁画只剩下了大致的轮廓，香炉大多破损不堪，其中一个寺的椽柱还裂开了大口子，似乎随时都能从头顶断裂。

珠雨田赶忙跑了出来。

看样子这里保存不了多久就要坍塌成尘土了。珠雨田把每一个角落都拍了照片，再仔细一个寺一个寺地看去，终于走到了最中间的一座。因为建制比较大，它保存得最完好，佛像身上的金粉虽然都剥落了，但里面的泥胎还是完整的，低眉浅笑看着珠雨田。

这时祝师傅的电话打过来："小姑娘，咱们商量个事好不好？我突然接了个活，住在这附近的一个小伙子，他媳妇在城里生孩子，急着赶过去，我先送他，等会儿要是来不及回来接你呢，这个小伙子的哥哥会送你回城。他哥哥正从外地往这边赶，再有一个钟头也到了。反正你下山也得有一个钟头呢，是不？”

是倒没错，但珠雨田心里有点害怕。“祝师傅，不是我不想帮忙，可是这里根本没人烟，要是您赶不回来，那个司机也没来，我一个女孩在山里可怎么办呢？”

祝师傅在电话里大声说：“丫头你放心！绝不会让你在这里出危险，要是那人没来，我也一定返回来接你，不管多晚！你信得过我吗？哎呀，小伙急得嗷嗷跳脚，他媳妇剖腹产得有他签字才行。姑娘，咱们就算积德行善，行吗？”

珠雨田只好哀求：“您给我等会儿要来的司机的联系方式，还有，求求您如果我回不去了，您必须来接我。”

“得嘞！”祝师傅干脆地挂了电话。珠雨田打了个寒战，突然，这旷野无人的深山中只剩下她一个人了！

她必须在天黑之前下山。

下山比上山还累，她百十米一歇，但也不敢歇太久，太阳已经有一半落在西边的山后了。

终于跑到山脚下，远远地看着灌木丛之后的一片平坦地带有个人倚着车抽烟，珠雨田心里踏实了点，可绕过灌木丛之后，那颗心比刚才提得更高了——

一个头皮剃得发青的汉子，三十来岁，身高至少有一米九，黑T恤黑牛仔裤，脸膛也是黑的，一张阔脸上密密地立着胡楂，浑身一疙瘩一疙瘩的肌肉。最可怕的是他的左眉被一道长长的伤疤截断，那伤疤从发际里斜出，一直蔓延了小半张脸，好像一条狰狞的毒蛇盘踞在头上。

他像个劳改释放犯，又像个黑社会收保护费的，像是身上背着无数条人命，又像一下就能把珠雨田掐死在这荒山里的变态。

珠雨田后退了一步。

这人早就看到她了，还没跑过灌木丛的时候，他就把烟熄灭了看着她，高眉骨之下的一对三角眼眯着。他身后，一辆年头不算短的黑色老款奔驰打着双闪。

“你是珠同学吧，我是接替祝师傅送你回城的。你叫我小黑就行。”黑汉子说。他的声音可真粗，边说便把烟头扔在地上踩灭。

小黑，这名字一听就不是好人。珠雨田又后退了一步。她不敢上车，也不敢不上车，想了半天，低声请求道：“我……能看看你的身份证吗？”

黑汉子嘴角一翘，好像是笑了一下，不过这笑容放在这张吓人的脸上，并不能使珠雨田感到轻松。

“对不起，没有随身带身份证的习惯。”

“我……我还是等祝师傅来接我吧，你快走吧。”

“祝师傅这会儿应该刚到城里的医院，他要返回来，正好赶上晚高峰，你不会是想在这里等到半夜吧。”

“那我让我家里人来接我。”珠雨田想拨哥哥的电话，手机却显示没有信号。

她不想让这人看出她的手机没了信号，她本能地觉得那样更危险，于是摇摇头自言自语：“家里人来也要堵上好几个小时。”这也是实话。

黑汉子又点上一根烟。“看你的年纪，你是学生吧？哪个学校的？”

“明德大学。”

“明大的西南门出来有条小岔路，沿着左边那条走到下一个路口再左转，有个健身房，你去过吗？”

珠雨田刚入校不久，其实对周边的环境并不太熟悉，但她点点头，想听这人究竟想说什么。

“我就是那个健身房的教练，你给健身房打电话问问就知道了。”

珠雨田需要上网查到那家健身房的电话才行，但是现在手机仍然没有网络。

“你是教哪种健身项目的？”

“自由格斗，MMA，听说过吗？”

“你要真是格斗教练，把这棵树打断我就信。”珠雨田拍拍身旁一棵两人合抱的古松。

黑汉子吸了一大口烟，咧着厚嘴唇笑了，他朝珠雨田走过来，但没碰那棵古松。“这么大岁数的树，让人家好好长着吧。”他拍了拍旁边的一棵直径约有三十厘米的红柳，说：“这棵可以试试。”一脚飞踢，红柳咔嚓一声拦腰折断。

珠雨田大吸一口凉气。“厉害！好棒！你要真是坏人，就你这身功夫，我反正也打不过，走就走，赌啦！”

从青萝山回城的路上，这个名叫小黑的壮汉一直沉默着开车，一句话也没有和珠雨田闲聊，好像他就是这辆车里的一个零件一样。

一天的体力活动之后筋疲力尽，珠雨田以一个不那么淑女的姿势半躺在后座上休息，反正坐车无聊，她开始研究小黑在后视镜里露出的那道伤疤。

如果是刀伤，那么这就是一把砍刀从头上剁下，这是奔着要命来的？这大哥以前八成是混黑社会的。珠雨田脑补了一个出身底层，初中文化，来大城市谋生却步步堕落，不得不加入社团以求碗饭吃的古惑仔的故事。一定是这样。她觉得困了。

在车上毕竟睡不踏实，过了不多一会儿她就醒了，眯着眼向前一看，后视镜里，小黑那双可怕的三角眼正死死地盯着她看。

“啊！”她惊坐起，差点滚下座椅。

“怎么了？”小黑放慢车速，同时，他的眼睛从后视镜里消失了，似乎他一直在直视前方的路面一样。

“没什么，我腿抽筋了。”

“要停车吗？”

“不用，不用，好了。”珠雨田猫下腰假装揉着小腿，余光看着外面的夜色，车已经驶进了市区，外面华灯初上。

祝师傅名叫祝幸福，可他一点也不幸福。

幸福的人各有各的幸福，因为人生的享乐有不止一万种花样；不幸的原因却大多相似，那就是穷。

祝师傅太穷了，他的车是建材城门口趴活的里面最破的，这个叫珠雨田的小姑娘包一天车只出得起五百，也只有他愿意接。

小姑娘上山以后，祝师傅站在山脚下朝上看，那群古寺想必已经很破败了，也不知道有什么看头。他觉得无聊，把车座放平了睡觉。

睡了一小会儿，祝师傅被人喊醒了，睁眼一看，是个脸膛黑黑、个子差不多有一米九的小伙子，身上穿着一身白运动衣，提个大包，急得剃得很短的板寸头上都是汗，汗水把他左眉的一道伤疤浸得透亮。

“师傅，我能租您这车进城吗？”小伙子说话像被火烧着尾巴似的，“我媳妇在城里上班，九个月的大肚子，突然羊水破了，现在送到医院等着剖腹产。她已经昏迷了，没我签字不能手术，我就是那边村里的，今天村里一辆车也没有，有人说好像看到有车上青萝山了，我来碰碰运气，师傅，能走吗？”

“哎呀……”祝师傅也为难，“我这车是人家包天的，等会儿还得送人家回去呢。"

"您先送我，再回来接人行吗？"

"这人家未必同意吧……"

"师傅我求求您发发善心，我老婆孩子两条命啊。"

"你这么大的小伙子别哭啊，怪吓人的，我问问她，可人家要不同意呢，你还有什么办法没有？"

"您跟他说，我哥正从外地往家赶，最多再有一个小时就到了，要是到时候您还没回来，让我哥把他送回去。"小伙子边说边从大包里摸出一把钱，至少是两千，"这是我的车费，您就当救命了。"

"好，我打电话问问。"祝师傅眼睛紧盯着那两千元钱舍不得移开视线。两千元是有些人的一顿饭钱，但对祝师傅来说是巨款，他觉得把小姑娘扔在这里不太厚道，可也没办法。

他们很快开进了西五环，小伙子一路指路，让祝师傅把车停在一个医院楼下，边下车边说："您先别走，我说不定还有用车的地方。"祝师傅一直等到小伙子跑进医院大厅才想起来——他还没给那两千元钱呢！

祝师傅追进医院，只见人头攒动，上哪里去找，自己正急得原地跺脚，那小伙子又跑下来了，这次换了一脸喜色说道："生了，没有剖腹，顺产的大胖儿子！"

"哎哟，恭喜！我就说，刚才完全没必要那么着急。"祝师傅也挺高兴。

小伙子从口袋里摸出两千元钱塞到祝师傅手里说："这是车钱，您要是还能帮我跑个腿，我还有小费谢您。我媳妇想吃大望路一家烧鸭店的鸭子，想得直哭，您帮她买一只行吗？"

"从西五环到大望路，那可远啊。就买只鸭子？"

"摊上这么个折腾人的媳妇，有什么办法呢。您回来我再给您一千。"

祝师傅边往大望路开边想，命真好，遇到个疼老婆的土财主。

四个小时后，祝师傅终于再次穿越北京的晚高峰返回了医院，提着早已凉透了的鸭子往产科跑，半途就被护士拦住，指给他看“男士免入”的路牌。祝师傅赶忙拨通小伙子的电话，关机？

产妇嘛，情绪不稳，说不定一转眼就又不想吃鸭子了，而那小伙子刚刚得了儿子，想必有一大堆的事要处理，把这点小事忘了也情有可原。

好吧，虽然没挣到最后那一千元小费有点失望，但这一天已经挣到了两千五百元，赚大了。祝师傅又等了一会儿，确定小伙子不会来了，自己坐在医院的长椅上，把烧鸭吃光了。

烧鸭真好吃。

美味与饱腹感使他忘记了去怀疑应该怀疑的事。

一盏被积年的油烟和尘土蒙得灰扑扑的老式吸顶灯发着昏黄的光，好在柜台上正在播放《新闻联播》的电视机让这个房间里又多了一点亮。不知谁把电视的音量开得很大，震得柜台上的玻璃都微微颤抖，不过房间里最大的噪声还不是电视声，而是从一块三合板隔开的厨房里传来的炒饭声。

油烧得滚热，欻啦……小米椒、姜末和香葱的辣味先爆出来，接着是炒蛋的浓香，再然后是米饭的焦香，大铁铲哐当哐当地挠着锅底，只听声音，就知道炒饭的人必定有好膀子大力气。那铁铲每挠一下，香味就又浓了一层，从门口的大街上走过的行人闻到了，都要赞叹一声：“谁家的饭这么香！”并且把回家的脚步加快了些，在心里想着：今晚我也要吃蛋炒饭！

炒饭的人在厨房里，外面摆着电视机的这个房间可就没人看管了，如果这时行人路过虚掩的房门往里看，会看到这是一家健身房的店面，高高的货架上摆着颜色鲜艳的拳击手套、莆田产的名牌运动鞋和各种运动饮料，玻璃柜台里是香烟。一个瘦猴样的男人穿着一件不合身的宽大夹克，鬼鬼祟祟拉开玻璃片，摸了一盒烟。

“毛大宝，你他妈的，给老娘放下！”厨房里传出来一声女人的怒吼。

这个叫毛大宝的瘦猴可一点也没害怕，他拆了烟盒上的塑料纸，薄嘴唇上立刻衔了一根。“月底结嘛，嫂子，我毛大宝可一次账也没赖过。”

厨房里的火关了，女人的声音显得越发洪亮粗浑：“你敢赖一次，我就把你那核桃皮大的脑瓜子捏碎了。”

“嘿嘿，嫂子你舍不得。”

咣，一个足足有小铁锹大小的乌铁锅铲从厨房里飞出来，毛大宝敏捷地往旁边一蹿，锅铲砸在柜台上。

“嫂子，你的铲子。”毛大宝笑嘻嘻地靠在厨房门口，只见一片油烟里，一个四十来岁的妇人穿着白色蕾丝绣花睡袍，扎着丸子头，脸上扑的粉被热汗冲得有点花，露出松弛的皮肤。她正举着大号的铁勺把一大锅蛋炒饭分装在几十个塑料食盒里，胳膊每晃动一下，身上白花花的肥肉就像湖水一样荡漾起来。

“嫂子，我表哥不在家，你做这么多饭，给谁吃啊？”毛大宝凑近问，烟灰掉进了炒饭里。

“问这么多干吗，你嫂子招了几十个野汉子回家，你不就多了几十个表哥吗。”妇人五根胖乎乎的手指往毛大宝的脑门上一拍，他就倒退了两步。

毛大宝摸着脑门笑。“嫂子不愧是开拳馆的，这功夫，我估计泰国拳皇也打不过你。”

妇人正把食盒一个个地扣上盖子，听到这话，回头看着他：“你什么意思？”

毛大宝压低声音笑着：“嫂子，这是给泰国人做的饭吧？这么多人，今天这拳局开得不小啊。”

“出去！”

“出去？真的？嫂子这么绝情，那我可真出去了——出去喽！岔路口就是派出所，组织聚众赌博，那可是三年以上的徒刑，要是还能查出来以前赌拳出过人命，嘿嘿。”

妇人慢悠悠地洗锅。“去，你不去，你就是我大孙子。”

“别介，我还是当您小叔子吧。嫂子，这么多年你跟我表哥一直接济我，我心里都记着，不是没良心。可我也不好意思老让你们接济，我得自己找点营生。”

“怎么突然开窍了？”

“嫂子你看。”毛大宝拉开夹克的拉链，厨房里光线不好，他衣服里面黑黢黢的，只见他把手伸向怀里，摸出一沓钱，又一沓，又一沓，整齐地码在案板上，一共十万。

“嫂子，今天小黑和泰国人的赌局，带我玩一把吧。”

“你哪儿来的这么多钱？卖肾了？”

“我这破肾哪儿值十万呀。我借的。”

“你还能借到十万元钱？”

“疼我的相好多着呢。”

“毛大宝，你不说实话，以后就别想再让我们两口子帮你，我们是过日子的人，你别净招惹些不三不四的给我们添麻烦！”

“哟，您这明面上开健身拳馆，暗地里搞地下拳局赌钱，连打出人命来都能平的人是过日子的，我不过借个高利贷倒成了不三不四的。”

“我打出你这个人命来也能平，你信吗？”

“我信，我信，这钱我给债主写了十五万的借条，但是到手就十万，那五万直接当利息被扣了，可一个星期以后我得还十五万的本金乘以三分利。您要是不答应我，我就得被剁手跺脚了。您就开开恩，让我博一次，挣够下半辈子的生活费，我也不用老烦您二位了是不是？”

“放屁！钱那么容易博到手，我还用在这个苦 × 地方开拳馆？”

“我懂，赌博有风险，可赌拳毕竟比赌色子好控制一点，对方是大活人哪，体格、套路咱都看得见哪。您给我透个底，小黑打今天这些泰国人，有几分把握？”

“零分。”

“啥？”

“小黑还没来，说去西郊有急事，正往回赶，堵在路上了。泰国人警惕性高，怕里面有诈，说不赌了。你赶紧走吧，我把这炒饭送去，这帮人饿极了连你也吃。”

“不能吧？就这么巧？嫂子你连亲兄弟也骗？”

门口重重的两声脚步声，接着有一个粗浑的嗓子一咳嗽。

妇人一愣：“小黑？”

毛大宝也忙跟在妇人身后从厨房里跑进来，只见健身房的门被从外面推开了，昏黄的灯光下，大黑塔似的小黑正大步走进来，身后还跟着个脸蛋红扑扑的小姑娘，看年龄不过十八九岁，瞪着一双黑漆漆的大眼睛好奇地四下看着。

“老板娘，我来晚了。”小黑说。

老板娘的胖手臂一拦。“这丫头是谁？”

“这是我刚接的一个小朋友，旁边明大的学生，她非要来看看这健身房设施怎么样，我拦不住，门又开着——行了，”小黑转头对身后的姑娘说，“你也看到了，人家下班了，明天再来参观吧。”

珠雨田被油烟呛得咳嗽了半天，失望地摆摆手说："这环境跟我想象的有点差别，还是算了吧。"说着就要往外走。

妇人忙往外送。"对啦，我们这小破地方就是给附近的大爷大妈玩的，姑娘再往北走，有的是又大又好的健身房——"

刚走到门口，身后一阵喧哗，哇哩哇啦的，听不懂有人在嚷什么。

珠雨田一只手已经搭在了门把手上，一回头，只见这小房间的柜台后面的墙壁上突然被推开了一个小门。门里似乎有个楼梯通往地下，一片刺目的雪亮灯光，两个古铜色皮肤的男人一脸怒气地向外看了一眼，又被人拉走了。接着小门马上关上了，原来那是一个和墙壁同色的暗门，严丝合缝，除非扒在上面看，否则一点也看不出来。

珠雨田被这突然闪过的景象惊得张大了嘴巴，刚要往外跑，手腕却被妇人抓住，妇人啪地把门踢上，又上了锁。

珠雨田害怕了。"姐姐，我……我什么也没看见，我得回学校上课了。"

"没什么。"妇人拍拍珠雨田的手背，"那是我们家的地下室，跟楼上一样，都是拳馆，他们都是小黑的客户，等小黑教拳等了好久了，可能有点生气。"

"那快去忙吧，我不耽误你们工作了。"珠雨田又去开门，可是一把比她手腕还粗的大锁横在门闩上。

妇人一张妆全花了的脸笑着。"没关系，既然来了就来看看，不是想考察健身房吗，说不定你看完了就想办张年卡呢。"

"不了，不了……"珠雨田一边挣扎着一边被妇人拉到了暗门边，那门上一个小小的铜钮，妇人将食指印上去，门就咔嗒一声开了。珠雨田被拖着踏下了一个台阶，回头看看露出一身伤疤和肌肉的小黑，还有用大托盘托着几十盒蛋炒饭的贼眉鼠眼的毛大宝，真的很想喊救命！

楼梯尽头是一扇大门，摸上去软绵绵的，里面填满了吸音的材料。这扇门再打开，珠雨田立刻被一道白光吓了一跳，那是一个矮个子的男人，正站在门口龇着牙看着她，这人长了一张蜡黄的脸，牙却这么白！

“泰皇野豹！”毛大宝低呼一声。

这人和小黑对视着。

珠雨田忍不住把他从头到脚打量了一遍。他看身形不如小黑壮实，可是珠雨田隐隐觉得小黑未必是他的对手，因为活了十八年，她还从来没见过一个人身上的肌肉能真的和草原上的动物一样，仿佛每一丝纹理都是按照速度和力量的数学模型雕刻出来的一样完美。

小黑一出现，大厅里立刻响起一阵又一阵的音浪，珠雨田站在门口看着这些人，有些明显是东南亚人长相，说的话也听不懂，不知是哪国人。他们都穿着紧身的短打拳装，一个个从毛大宝手里接过蛋炒饭，并且对小黑比画着什么；其余的可能是中国人，年纪不等，都坐在黑红相间的皮沙发上，隐约能听到他们在咬耳朵交谈：

“这个人是小黑吗？”

“是的，连赢十三场，帮我赚了这个数。”

珠雨田好奇地看着那大灯之下的拳台，它已经缠好了鹅黄色的护网，淡蓝色的底面撒了一层细细的滑石粉，像是一个战场，静静地等待它的战士。

第一场，小黑对阵一个比他矮半个头，但是也宽出一半的泰国佬。这泰国佬敦敦实实地绕着拳台走了一圈，嘴里发出嗷嗷的喊叫，好像一个猛兽被压成了立方体。

亮相之后，小黑突然一个下劈，直冲着那人的脖子。这人敏捷地避开，被劈中了左肩。

一声惨叫，不是来自泰国佬，而是来自珠雨田。她刚见识过一株红柳被小黑拦腰踢断的样子，想象着这力道落在人的身上，她立刻喊了出来，接着捂住了自己的嘴巴。

泰国佬原地转了半圈，左半边身子以奇怪的姿势耷拉着，坐在皮沙发上的赌客们有人说：“他脱臼了！”话音刚落，泰国佬的右拳猛击在小黑的小腹上，肌肉和骨骼相撞，发出惨烈的一声闷响。

“这是打拳还是杀人？”珠雨田在心里喊着。

“在拳击比赛中打死人要不要负法律责任？”珠雨田又想。

“何况这也不是正经比赛，这是带赌博性质的黑拳赛啊！”珠雨田出了一身冷汗，突然明白了为什么自己刚一进来小黑就催着自己离开，又为什么意外撞见地下室的暗门之后，老板娘不许自己离开。

小黑很快赢了第一场，接着又赢了第二场，他从拳台上被搀扶着站起来的时候，地上一大摊血，不知道是小黑的，还是被担架抬下去的那个人的。

“车轮战？他不能休息吗？这不公平！”珠雨田大喊。

开拳馆的妇人和他的老公，每人手中拿着一个簿子，挨个请坐在皮沙发上的赌客签字，上面大概是上一场比赛的结果。

“有什么不公平的，赔率是随时变动的，小黑伤得越重，他身上的赔率越高。”一个至少有八十岁的鹤发鸡皮的老赌客说，“赌嘛，不刺激有什么意思，不如去跳广场舞。”

“你们真的不如去跳广场舞，这和古罗马的贵族们看斗兽有什么区别？这太残忍了！”

拳台周围的护栏一晃，小黑要对阵的第三个人跳了上来，矮矮的、蜡黄肤色、雪白的牙，是那个“泰皇野豹”。

珠雨田悄悄问这老头：“泰皇是什么意思？”

“泰国地下拳皇。”

“拳皇还分地上地下？”

“拳皇，是公开的格斗比赛的冠军。地下拳皇，是不公开的格斗比赛的冠军，也就是黑拳赛。”

“为什么要参加黑拳赛？那不是各方面都很没保障吗？”

“哪儿来的傻孩子。”老头笑得白胡子直抖，“能当白的，谁会当黑的？孩子你记着，这世界上主动往黑里走的人，都试过往白里走，只不过，走不通啊。自由格斗、泰拳这些玩意儿的真实面目都不是什么用来强身健体的功夫，那都是奔着打死人去的杀招，这些打黑拳的人都是从从小在街上流浪的孤儿里选出来培养的，没户籍、没身份，换句话说，对泰国政府来说，这些人不存在，没有法律上的后果，所以才能在拳台上把真正的杀招使出来。所以，地下黑拳比你们在电视上看到的那些格斗比赛要精彩一万倍，这才是真游戏，real game，懂吗？”

珠雨田听呆了。

“可是，如果他们都是黑户，他们是怎么过中国海关的？”

老头笑笑，用唇型对珠雨田说：“偷渡。”

珠雨田大惊：“所以对中国政府来说，这些人也不存在？”

“没错。人不知，鬼不觉，生不知，死不觉。你就把他们当成你手机游戏里的 NPC 就行了，或者当成动物，别想太多，图一乐儿嘛。”

“闭嘴吧你这个老东西，我看你连动物都不如。”珠雨田跑到拳台前大喊，“小黑，第三场不要打了，你脸上都流血了！”

一排泰国人包围了珠雨田，像饿极了的野兽看小白兔一样看着她。

珠雨田背上衣服一紧，嗖地被拽出了五米远。

角落里，胖老板娘拎着她的领子说：“丫头，看你是小黑的朋友才叫你进来看看，瞎嚷嚷什么？泰国的大金主在野豹身上押了大钱，不打了，你把钱赔上？放心，小黑出不了事，最多在医院躺几个月。”

“我看你才是瞎说，我跟丫头想的一样。”白胡子老头突然插话，“这场我改押野豹。”

老板娘大怒：“你失心风了你？小黑帮你赢过多少钱，才流了点鼻血你就没信心了？”

白胡子老头边在老板递过来的簿子上写下“野豹”边说：“那点血不算什么。你也知道泰国大金主在野豹身上押了几位数，野豹要是输了，我估计不到明天天亮他就变成一把灰了，所以，野豹不敢输。”

电子计时器提示第三场比赛还有九十秒就将开始。小黑已经擦掉了鼻血，又吐出一口血沫子，野豹向着台下一笑，龇出一嘴的白牙。

小黑一定不只是鼻子受伤这么简单。前两场比赛里，他胸腔腹腔都挨了重拳猛击。珠雨田觉得自己的全身也疼痛起来，呼吸也困难起来，她简直恨自己为什么非要来看看这家健身房设施怎么样，明明小黑在路上都拒绝一万次了。她只是个十九岁的普通女学生，人生还没有经历过任何称得上打击的打击，她看不得这以性命相搏的场景，更看不得一个认识的人——虽然只认识了两个小时，在眼前被活活打死。

珠雨田转过身去靠墙站着，心里把所有的神仙都念了一遍，请他们保佑这血腥的地狱一般的拳赛赶紧稀里糊涂地结束得了！妈的！

只听到身后拳拳到肉的筋骨脆响。

又听到泰国人一片咒骂声。

难道小黑占上风？

堂堂泰国地下拳皇，打不过一个连打了两场的受了伤的人？珠雨田又忍不住回头看，只见拳台之上，泰皇野豹的头已经被小黑的腿绞出了一个可怕的角度，珠雨田连呼吸都忘了，那角度让她几乎不敢相信野豹还是活着的——颈骨不会断吗？颈骨断了人还有命吗？

小黑的眼睛是血红的。野豹的眼睛也是血红的。

“小黑！”珠雨田大喊一声。她也不知道自己为什么会在这关键的时候喊一声，但，野豹的头都要被拧下来了啊！

这喊声明显使小黑分了心，他一走神，野豹的上半身便挣了出来，但是野豹没有站起来继续战斗，他的体力明显不行了，身上不知哪里受了伤，血流了不少。他趴在地上，手伸进拳台泡沫拼接的缝隙里，掏出了一把枪。

深夜十一点，和硕路派出所的赵小元和这位老爷子耗了一个多钟头了。

老爷子可能有老年痴呆，讲话颠三倒四的说不清楚，他在一个商场里走失，是被商场员工送来的。他不记得家在哪儿，也不记得儿女的姓名和电话。

“头儿，发推送吧，我没辙了。”赵小元无奈地请示和他一起值班的副所长。

两分钟后，这位老爷子的走失信息被发布到了网上。

赵小元又想，老爷子可能饿了，赶紧打开自己的便当包，里面白色带粉红波点的饭盒是充电保温的，掀开盖子，一个用海苔和胡萝卜做成小熊形状的饭团躺在里面，饭团底下铺满了切成心形的草莓。女朋友今天一大早天不亮就起来去厨房忙活，原来是在忙这玩意儿。

真是……好羞耻啊……赵小元的脸瞬间红到脖子根，视线悄悄扫了扫周围，副所长就坐在旁边，幸好他没看到，否则够笑话一个星期的了。唉……女人真是喜欢在这些没用的地方浪费心思……

赵小元刚把饭盒塞到老爷子怀里，手机响了。

“忙吗？”

“嗯。”

“能接电话肯定就是不忙。”

“嗯。”

“你想我吗？”

“嗯。”

“我想你了。”

“哦。”

“才六个小时没见，我就想你想得不行，所以我就来找你了。”

“啊？”

“你别慌呀，我不去你单位，我在你们派出所对面的麦当劳吃东西呢。我等你早晨六点一起下班。你值班的时候如果感觉辛苦，就想想我就在你三十米之外陪着你，是不是能安心点？”

“别闹了！坐一夜怎么行？给我回家！”

那边撒了一声娇，赵小元越发生气，刚想找个没人的地方好好说几句，副所长突然喊他：“赵小元，跟我出警！”

赵小元愣了一秒钟，马上挂断电话。

赵小元是警校今年的毕业生，刚刚分配来和硕路派出所一个月。这在北京算非常清闲的派出所，分管的地片上只有一个明德大学、一个致公大学和两个居民区，街面上都是些普通的小饭店、不景气的健身房什么的。和硕路派出所每天接待的事件都很无聊，不是调解夫妻拌嘴，就是照顾走失老人。

赵小元能得到这个舒服的美差，完全要归功于为他操办这一切的女朋友的妈妈。她是政法部门一位相当有地位的女士。这位女士也非常尊重在危险的地方抛洒热血的警察，不过如果这位警察是自己未来的女婿，那么还是希望他能够一直平安，升官发财或者当英雄都不重要。

“群众报警说，健身房那边有人闹事。”副所长说。

赵小元看到副所长只带了警棍和手铐——不需要佩枪吗？他心里犹豫了一秒。当然了，他刚来不久，而副所长经验丰富，一定是副所长判断里面不过是打架斗殴。

但赵小元还是带了枪。带着吧，带着总比不带好。你不碰它，它又不会走火。新警察胆子小。

一阵尖啸的警笛划过夜幕，健身房就在五百米外。

很安静，不像有什么打架斗殴的样子。赵小元和副所长在门外台阶上仔细听了听，只有窗根下一两只草虫发出簌簌的声音。

赵小元叩门，当当，当当。

副所长喊道："有人吗？毛老板？老板娘？我们是派出所的。"

没有人应。赵小元又把耳朵贴在门上，万籁俱寂，晚风羽羽。

"所长，不会有人报假警吧？"

"先把门叫开，看看怎么回事。"

"毛老板！开门啦！"赵小元抬高音量。

有人来了，在门里嗒嗒两声脚步声，接着哗啦啦一阵金属碰撞的声音，像是钥匙开链条锁。警察的直觉激得赵小元突然一凛：

现在还用这种锁从里面锁门的不多了。

门开了，运气不错，月亮刚好从云彩后面露出来，月光陡然一亮，赵小元在门开的一瞬间看到黑洞洞的枪口。年轻人毕竟反应快，唰地闪身，门里飞出的子弹正中他的左肋，他的扳机也扣下了，打中了对方什么部位不清楚，自己肋间瞬间有很热的血流过，带着一片空白的大脑。他看到敞开的门里站着个脸色蜡黄、浑身是血的人，只有白眼珠和龇到外面的龅牙是雪白的。

副所长是个资深的老民警，在这个片区，他在调解夫妻吵架和帮孤寡老人换煤气这种事上有很高的造诣，但是群众很少有人知道，他在二十年前拿过北京市跆拳道比赛的冠军，现在虽然老了，但紧急关头还是能一个下劈劈中门里人的颈骨，那人手中的枪飞了出来，被副所长抢在手里。

两位警察被门里的景象惊呆了：一个人脸部中枪，五官都粉碎了，死在不远处的柜台后面。这人身旁的墙壁上，半人高的暗门虚掩着，露出通往地下室的楼梯。

赵小元捂住左肋，他此刻真想哭！他摸到自己的血越来越热，越来越多，黏黏地淌过指缝。他快站不住了。

副所长向局里汇报了情况，向着墙上的暗门走去。

一脚踢开暗门，只有一个楼梯。

顺着楼梯向下走，摸了摸隔音软门，副所长知道里面有人，因为软门已经被子弹打穿了一个洞，不是那么隔音了，几句“救命”从里面传出来。

打开隔音软门，副所长看到一个鲜血和碎肉遍布的拳台上，十几个赤裸上身、东南亚面孔的人押着同样多的中国人，有的有枪，有的握着寒光凛凛的长刀。

健身房外安静的小街上，突然警笛和引擎声大作，从小街的两个方向开来不知多少辆警车，从车上跳下来的是荷枪实弹的武警，有的还带着盾牌，把健身房和不远处的小区用人墙隔开。

附近几家还未打烊的小吃店里走出几个看热闹的客人，很快又被劝回去了。

五百米外派出所对面的麦当劳里，赵小元的女朋友坐在靠窗的位子上，边吃冰激凌边往外张望，她眨巴着大眼睛想：外面出什么事了？这是部队在演习吗？

她看不到赵小元倒下了。

野豹刚从拳台底下摸出枪来的时候，下面的惊呼刚起，小黑就敏捷地越过拳台的栏杆扑向人群，他在地上打了个滚，一把抓住珠雨田的脚踝，将她甩到墙角。珠雨田想起在“小雨天”的时候看厨师握住鱼的尾巴在案板上猛摔，只觉得头脑一昏，接着发现小黑将身体罩在自己面前，严严密密地保护着她，小黑身后一片惨叫，野豹开枪了。

趁着开枪之后一个瞬间的混乱，珠雨田发现自己又被小黑托了起来。他力气真大，一只手托着珠雨田，另一只手还能打开墙壁上的通风口的栅栏。通风口两尺见方，漆黑一片，她一被塞进去就闻到一股可怕的霉灰味道，但她顾不得了，逃命一样往前爬，同时感觉到小黑也在身后，不知道爬了多远，她的头撞上了一面似乎被金属网蒙住的墙。

“别害怕，那是面铁丝网，我早就把螺丝拧松了，一撞就开。用力！”小黑在身后说。

她鼓起勇气闭眼猛撞，却只感觉到头骨被震得嗡嗡剧痛。“铁丝网”并没有被撞开。

她以为自己用的力度太小，刚要再撞一次，小黑突然说：“不对。铁丝网后面就是地面了，怎么没有路灯的光照进来？”

“地面？”珠雨田在黑暗中伸手去摸，铁丝后面坑坑洼洼的，不是墙，但也绝对不是土地。

“糟糕，出口被什么东西堵上了。”小黑飞快地说，“我想起来了！老板娘今天搬出去一堆旧家具，柜子沙发什么的。”

完了。珠雨田在心里想，她回头看看通风口的来路，那里传来的痛苦的喊杀声越来越大，不知道混乱中有没有人留意他们从这里逃走了。假如有人追上来，他们等于被堵进了死胡同里，毫无逃生的可能。

在人群密度极大的封闭空间里扫射杀戮，无论出于恐怖主义还是普通的刑事犯罪，珠雨田都不止一次在新闻上看到过，但是和其余几十亿新闻读者一样，她从未想到过自己有一天会置身其中。

真是糊涂，君子不立危墙之下，为什么要跑到这个小作坊似的健身房里来参观设施?

可是，谁又能想到在两所大学中间的街道上的健身房中，会发生这样恐怖的事件呢?

在面临死亡的极度恐惧中，时间像一根蛛丝般被无限拉长，其实这些念头在珠雨田心中匆匆滚过，也不过用了一秒钟的时间。

她感觉到自己的脚踝在被小黑向后拉扯，听到他说："试一试贴紧墙壁，我们换个位置，也许我能推动。"

可是在两尺见方的通风口管道中，连她这样的身材都只能勉强挪动，换位置？只试了一试就知道是不可能的了。

绝望再一次袭来，却被一束光切断了。

光从铁丝网后面传来，昏黄，暗淡，那是路灯的光。

同时传来的还有泥土和枯叶的腥气，那破败的气味，此刻却寓意着生机。

堵住铁丝网的旧家具被移开了，移动的速度很慢，似乎外面那人——如果是个人的话——也做得很吃力。

"小黑！小黑！你看！有人把家具搬走了！"

她的身体挡住了小黑的视线，但小黑能看到光透了进来。

接着一整片光照在了珠雨田的脸上，她闭紧双眼，猛地一撞，铁丝网无声无息地倒在草坪上。她爬了出来，小黑也钻了出来，两个人全身都是土地站在健身房的后街上，一个大衣柜和两个旧沙发倒在一旁——没有人。

"是谁帮我们把这些东西搬走的？"珠雨田茫然地看着路的尽头。

"没时间了，先跑吧！"小黑拖起她，他那辆老款黑色奔驰就停在几米外。

奔驰车一个油门消失在街角。

又驶出一个路口，身后一片静谧，连路过的车都没有。

“听着，”小黑咳出了一口血，语速飞快而清晰地说，“虽然我们暂时逃出来了，但是警察一定会找到你。到处都是摄像头，你没一点可能逃过，不过车里没有摄像头，所以咱俩还有时间对个口供。我现在和你说的每一个字你都要记着——能记住吗？”

“能。”珠雨田全身忍不住剧烈地战栗着，她没有试图去止住这战栗，她知道自己刚刚死里逃生，必须把潜入身体的恐惧全部发泄出来。

“第一重要的是，不要对警察撒谎，你是去西郊爬山，临时换了司机才认识的我，这些事警察都能查到，你必须如实告诉他们，绝对不能骗他们，懂吗？”

“懂。”

“第二重要的是，不要对警察撒谎，你是因为在学校的健身房总要排队，想看看这个健身房怎么样才跟我来的，你并不知道里面有黑拳赛，是来了以后老板娘不肯再放你走，这个也是事实，完全不要隐瞒，懂吗？”

“懂。”

“第三重要的，还是不要对警察撒谎，你不知道的事就说不知道，我们演习一遍，第一个问题，我是谁？”

“我不知道。我只知道他们叫你小黑，可能不是真名。”

“当然。就这么说。第二个问题，我为什么要带着你逃走而不是自己逃走？”

“可能因为你知道你打黑拳犯法，你怕被人抓住，所以需要一个人质。”

“可以。第三个问题，为什么在这么多人里我选中的人质是你？”

“可能因为我是最弱小、最好控制的一个人吧。”

“答得好。第四个问题，我为什么中途把你推下车？”

“因为你已经脱离了危险，带着我反而是累赘？”

“说得对。”

“等等——你要把我推下车？”

“珠雨田，我下面要告诉你的话你要记在心里，但是不要对你的家人、朋友、爱人，和包括警察在内的第二个人说——这个世界上有很多你无法想象的阴暗的事，你的周围有很多看不见的危险，但是一旦你看见了，或者，你感觉到了，你要相信你的直觉。最好的办法是，回到上海，回到你妈妈的保护之下，不要被身边看上去很美的东西迷了双眼。”

“我身边的危险？”

小黑沉默了一会儿。“也许，我是说也许。”

珠雨田更困惑了。“为什么我会有危险？”

小黑不再说话，车速开始减慢，珠雨田还没想清楚其中的意思，车门开了，小黑在她肩头一推，她骨碌碌地滚下了车，栽倒在路边的绿化带里。她听到一声闷响，是太阳穴撞在路基上的声音，接着一阵尾气使她几乎要窒息，小黑开着那辆车消失在夜幕中，她躺在灌木丛中。

这样躺了一两分钟，眩晕刚刚过去，她发现又一辆车驶近，它停下了，从车上走下来穿着警服的赵小元。他歪歪斜斜地朝珠雨田走过来，一只手捂住左肋，橘黄的路灯也不能使他的脸色看上去有颜色，那是一种可怕的青白，汗珠滚滚而下，他警服的上半身都被血洇成黑色了。

珠雨田从绿化带里伸出一只无力的手，突然抓住赵小元的脚腕。

中枪的赵小元带着受伤的珠雨田开着那辆警车，好像喝醉的蛇一样蜿蜒行驶在马路上，途中珠雨田想抢过方向盘好避免撞上一辆渣土车，赵小元满是鲜血的手不知从哪里摸出一副手铐，哐啷一声把珠雨田铐在了车门上。珠雨田如同被兜头浇了一盆冷水，才明白这时在警察的眼中自己未必是一个无辜群众，她又不禁想起小黑临别时的交代：不要对警察撒谎。这句话小黑连说了三遍，那想必是极重要的。

车终于开回了派出所，赵小元被救护车拉走了，珠雨田被带去了审讯室。穿过派出所走廊的时候她已经留意到这里阵仗不小，据说市局的人都来了。这是大案。她又在心中默念一遍：不要对警察撒谎，否则没罪的说不定变成有罪，这里面有人命，可不是闹着玩的。

于是把所有的惧怕和担忧都暂时搁起，老老实实，警察问一句她答一句，果然都是小黑在车上和她演练过的问题：如何认识小黑，为什么来看拳赛，如何从混乱中逃走，为什么被中途丢弃。过程比她想象中快很多，半个小时后再无话可问，警察走了，很快来了一个医生，珠雨田说身上只是些擦伤，医生又走了，审讯室里只剩下珠雨田一个人。

过了很久警察也没再进来，珠雨田仰头看着对面墙壁上的摄像头。它发着深红色的幽光，珠雨田知道摄像头一定连接着非常清晰的屏幕，此刻有一些警察在看着她的脸，还有一些在核查她刚才回答的信息，很有可能他们已经找到送她去青萝山的那个姓祝的司机了。

他们会发现她一句谎话也没有，完全清白。

警察又回来了，给了她一杯水和一份盒饭，珠雨田晚饭吃了那拳馆老板娘家的一大盒炒饭，这时并不饿。但她又想，大概不应该让警察觉得她食不下咽，显得有心事似的，遂大吃大喝起来。吃到一半，偷偷抬眼一看，那满脸皱纹如刀刻的老警察正盯着她看。

珠雨田便问道："警察叔叔，我什么时候可以回学校？明天一大早还要上课。"

老警察慈祥地微笑道："随时可以走，不过如果那个小黑再联系你，你要告诉我们。”

“这个罪很重吗？会把他怎么样啊？”

“这个要交给法律。珠同学，我能看出你是个单纯的小朋友，也许你会因为小黑把你救了出来就对他有恻隐之心。不过我必须提醒你，他是个有案底的人，六年前他因为故意伤害罪入狱两年。你看到了，他脸上的那道长长的伤疤就是当时留下的。所以，他是一个黑拳师，一个曾故意伤人的罪犯，一个很危险的人，如果他再出现在你身边，为了你自己的安全着想，请一定要告诉我们。”

故意伤害罪入狱？珠雨田着实因这句话受到了一点惊吓，她定定神又说：“我记住了，不过我们也只是很巧才遇上，以后他应该不会再找我。”

老警察站起来说：“夜深了，路上小心。”

像是门外一直有人在守候着里面的进展似的，门开了，一个人送还了珠雨田的手机，但是老警察在珠雨田拿到手机之前，先把一根被烟熏黄了的手指按在了屏幕上。

“珠同学，在案件被公开之前，你必须对今晚的事保密，家人、朋友、男朋友，任何人都不能说。”然后他又补了一句：“这是义务。”

“是。”她像一个士兵回答长官的命令一样乖乖地点头。

珠雨田终于走出了派出所，站在那蓝白相间的灯箱之下，她看着面前静谧的小街。和硕路，一端是致公大学，一端是明德大学。这里的治安好得十年里连丢个钱包都算大案，她感觉今晚发生的事很可能是一场梦，或者是她又刹不住脑洞而产生的幻想，可是那呼啸的警铃、全副武装的武警、黑拳、枪口……那真的是她能够幻想出来的吗？她幻想中的江湖从来只有黑白分明的快意恩仇，没有既保护她又掳走她的亦正亦邪的人。

小黑跑掉了吗？他如果被抓住的话……对于一个犯了法的凶徒，珠雨田当然希望法律能惩罚他，可是今天如果不是他把自己从人群中拎出来塞进通风口，她不是被流弹打得血肉模糊，就是在众人的推搡中被踩死了。

想到“死”字，珠雨田结结实实地打了个冷战，那个被恐惧暂且按下的疑惑，也在冷战中浮上了水面。

搬走铁丝网外的家具的人是谁？如果是路人听到了动静才出手相救，他为什么消失得那么快？她爬出铁丝网大概用了半分钟的时间，可见那人是飞跑着离开的。

也不知道该如何感谢这个人，如果没有他，自己现在应该已经名列事故遇难者名单之上了。

她遵守警察的嘱托，一个字也不向身边人透露。

第二天明生亲自来学校接她去自己家，热恋期的感情只能用如胶似漆形容，再加上劫后余生的庆幸，珠雨田扑进他怀里紧紧地抱着，他觉得自己肌肉虬布的后背都快被她的小细胳膊勒断了。“好了好了，我也想你。”他一边亲着她的额头一边撩起刘海，“这是怎么受的伤？”

“在青萝山上摔了一下。”她说。

车还没开到果庄，珠雨田就接到了警察的电话，请她去一趟区公安局——不是和硕路派出所。

她猜测事情必定有了进展，很可能，他们抓到小黑了。

珠雨田觉得自己的心一下子摔到了地上，瞬间车窗外的整个世界都变得面目可憎。这真奇怪，明明凶徒伏法是好事，可她始终不能忘记在枪响的同时，小黑拨开人群朝她冲来，将她塞进通风管道的样子。

“我学校里突然有急事。”珠雨田这样对明生说，然后她下了车。

如果把小黑救她的细节加重，再加重，甚至不惜添油加醋地描绘给警察听，是否可以帮助小黑减刑呢？她打了辆车去公安局，低头查了一路的法律条文。

专案组正在吃早饭，满屋鸡蛋煎饼和豆浆的香味，他们都带着黑眼圈和胡楂，珠雨田走进那间大办公室的时候，还有一个人正从地板上的睡袋里钻出来，吓了她一跳。他们大概一夜没有休息。

“珠同学，请你来是因为有个录像需要你看一下。”一个大方脸的警察把半个煎饼塞进嘴里，指了指自己的电脑。

不是小黑落网？她暗暗地松了一口气。

夜晚的红外录像没有颜色，加上路灯昏暗，看上去不大清晰，屏幕上出现了珠雨田并不熟悉的街景：一排两层的小房子，一片杂乱的后院，树下停着几辆车，一点风也没有，树叶纹丝不动，如果不是画面左上角的计时标志一直在变化，她会以为自己在看一张截图。

她双手放在膝盖上端坐着，一动不动地盯着屏幕。不知道警察是在让她看什么。

画面的右侧突然蹿出一个人。

那人面目不清，戴着帽子和大口罩，从摄像头的视角看去，身高也不大好估计，但不会太魁梧。那人不像是路过的，他的目的很明确，直奔着后院那堆杂物而去，接着他猫下腰，费力地拉着一堆箱子或者柜子之类的东西。

那人把杂物拉开了一米左右，头也不回地朝着来路狂奔出画面。

“结合别的摄像头拍到的，这人骑上一辆摩托车走了。到了没摄像头的死角之后就找不到了。”

珠雨田还是不太明白，这时画面中的墙壁上伸出了一只胳膊——两只胳膊——一个人爬了出来。

是她自己。

难以名状的恐惧感使她的手颤抖起来，纸杯里的水洒了一身，她没去管，睁大了眼睛看着画面中的自己捂着额头，她知道那是因为在铁丝网上撞出了一条口子，之后小黑也很快爬出来了，两人一起奔向路边的黑色奔驰车。

车子驶远了。

“我们去现场调查过，铁丝网的螺丝早就被拆了，一直只是虚掩着。”

珠雨田努力平复着心中的惊悚。“是的，小黑告诉过我，那是他给自己预留的安全通道。”

“我们也问过毛老板夫妇，他们说那天下午家里的沙发和柜子被猫尿脏了，放到后院去晒。没想到刚好堵住通风口。”

“原来是这样。我当时撞不开铁丝网，还以为死定了。”

警察调出那个看不清脸的人刚入画的一帧画面，“那个人”弯腰奔跑的一瞬间被放大在珠雨田面前。

“这个人——小黑有提过他有同伙吗？”

“同伙？小黑是个打地下拳击赛赌博的，犯的是赌博罪，开枪的又不是他。就算有朋友替他挪走了通风口的东西，也只能算帮忙，不能叫同伙吧？”

方脸警察愣了一会儿。“我只是在粗略地描述一个事件，不要纠结一个用词。”

“我觉得你作为警察，用词应该规范，不能粗略地描述，我作为纳税人，不是很喜欢粗略地描述。”

“嘿。”方脸警察回头看着众人，“现在的孩子说话都这么一套一套的吗？”

“我没见过这个人，也没听小黑说过他有什么帮手。”珠雨田抽了一张纸巾吸着身上的水，然后她站起来问，“赵警官的伤情怎么样了？”

从睡袋里爬出来的那人回答她：“子弹卡肋骨上了，好在心肝肺都没伤着，在医院呢。”

赵小元的病房没有鲜花围绕，也没有媒体的闪光灯，整个走廊都一片静谧，站在病房门口也听不到里面有一点声音。一开始，珠雨田以为赵小元大概在睡觉，可是她踮起脚透过门上的小玻璃窗看进去，发现病房里除了赵小元以外还有两个人，一个头发很长的年轻姑娘，一个五十来岁的女士。赵小元的上半身包得像个木乃伊，一根引流管从中牵出，深红色的血液滴答滴答地滴进床边的血袋里。

房间里的三个人都不说话，像在沉默中对峙。珠雨田刚踮着脚想要溜走，那长发姑娘似乎站了起来，高跟鞋一跺，嗓音委屈巴巴的："妈，走吧！他自己会想清楚我们是为他好！"珠雨田忙贴墙垂头站住，两位女士开门走了。

珠雨田等她们走进电梯才推门进去，这时赵小元已经半侧过身体看着窗外，他没回头，小声说："请问止痛药的剂量还能加吗？"

"很疼是不是？"

赵小元慢慢回过头，发现是珠雨田，"哎哟"一声，五官痛苦地扭曲了一瞬间才恢复平静。"我以为是护士呢。"

"很疼就加止痛药嘛，我帮你叫护士。"

"不用，不用，已经加了很多了，再加的话就不利于伤口恢复了，我也就那么一说。"赵小元呼哧呼哧地说。

"你不要讲话了，这样喘气会动到肋骨的。你的同事说没有伤到内脏，我本来估计下个月你就能回去上班，可我还是想先来看看。"

赵小元看着探到窗前的枯枝愣了一会儿神，说："我大概不会回和硕路派出所了。"

"为什么？成了英雄，升职了？"

"我拜托你千万别用英雄这个词，抓住坏人才叫英雄，挨枪子那叫倒霉。

我要回公安大学了。”

“要继续上学吗？”

赵小元苦笑道：“当个教秘。行政岗。”

“你不喜欢当警察啦？”珠雨田想起第一次见面时他抓耳挠腮给自己做笔录的样子，觉得有点惋惜。

“我这次的伤再打偏一点就打中心脏了，女朋友不同意我再做警察。本来，她妈妈把我安排在和硕路派出所，就是图这里是全北京治安最好的一个派出所。”

珠雨田看着他肋间绷带上渗出的血迹，不知道该说什么好。

他们一起沉默了很久。

“那个外号叫小黑的如果联系你，一定要汇报给专案组。”

珠雨田觉得警察都好啰唆。“知道了，你的同事们都嘱咐我好几遍了。”

“不得不多嘱咐几遍。市局的同志刚才打电话给我说，你在看录像的时候劲儿劲儿的，一直向着小黑说话，好像生怕他被判重刑似的。他们说你来看我的时候，让我再嘱咐一遍。”

“我怎么劲儿劲儿的啦？我就是说不要随便用‘同伙’这个词，我说得不对吗？”

“你毕竟是小黑救出来的，他们怕你小孩心软。可你别忘了，他是把你当成人质才带你一起走的，至少在车上的那段时间你是人质，你可千万别犯斯德哥尔摩综合征，那太傻了。法律关于善和恶的准绳是很清晰的。”

珠雨田这才明白，她对警察解释的小黑把她塞进通风口的原因，虽然使这一举动听上去合情合理，却给小黑增加了一条挟持人质的嫌疑。

她十分懊悔，因为没有人比她更清楚，小黑只是为了救她。可是时间不能倒流，她不能重新被审讯一次。

赵小元大概是说了太多话，痛楚的表情又回到了脸上，他按住肋骨的伤，艰难地说："专案组的同志还托我转达一些消息，你跑得太急，他们都没来得及跟你说。小黑的危险之处在于他不只是个格斗高手，他还是一个很有文化和技术的人。"

"看不出来。我看他像个没读过书的混混。"

"连我们那儿资历最老的刑警也看不出来，不过查了他的档案才发现，他在航天大学读过书，正儿八经的飞行员出身，还是高才生呢。"

这是真的意外，珠雨田睁大眼睛。"飞行员？"

赵小元点了点头。

"那——何至于沦落至此呢？"

"不知道。他读到大四的时候因为心理问题辍学了，没有毕业证，之后的履历都是空白。"

没有人的履历会是空白的。因为"大四辍学"一句，珠雨田想起自己的身世，妈妈也是大四辍学，从实习的公司消失，或许对妈妈从前的同学、同事，以及对爸爸来说，妈妈之后的履历都是空白。

然而那是错的。她继续在一个真实的世界有血有肉地过着自己的人生，只是没有让你们看到罢了。

从医院出来，珠雨田一直失神地在路上走着，她又主动屏蔽了现实世界，在脑洞中去编织一个航天大学的飞行员究竟经历了什么，才会变成一个有刑事犯罪前科的地下拳击手。可是这对她来说太难了，她只擅长编造简单的快意恩仇，却完全不懂人生如何起落。

秋风使她感到寒意侵入骨髓的冷，按照他们的约定，她向警察隐瞒了小黑的一句话："你的周围有很多看不见的危险……"那又是什么？当时时间并非不宽裕，为什么不能直言？

如果再见到他一定问个明白。可是大概没有这个机会了，像街道上擦肩而过的人们一样，这个经历神秘的正邪难辨的人，也要永远地从珠雨田的生活里消失了吧。秋风起了，卷起地上的落叶，她横穿排队买糖炒栗子的人群，似曾相识的脸纷纷回首，个个都是陌生的人。

❼ 好风频借，青云翻覆，谁记孤鸿号惊

整个世界都是个肮脏的垃圾场，包括他自己，

包括这飞机上的每一个男人，这是无法忘却的罪孽，

只能祈祷时间将它掩埋。

距离程白薇十九岁生日还有三个月的时间，她就开始计划如何庆祝了。这时她和明生刚刚交往半年多，正在如胶似漆的热恋中。制订计划并不容易，因为明生非常忙，“明氏建材”发展得不错，为了控制成本，人手并没有增加，二十几个员工轮流累得生病，而明生自己在高烧三十九度的时候仍然要在深夜起床，好配合国外客户的时差谈生意。

当他谈完生意回到家，走出自家公寓楼的电梯时，虚汗已经把衬衫的领子湿透了。

钥匙刚在门锁里一转，门就从里面开了。“我今天好累。”他抱住门里瘦小的女友。

程白薇的手隔着衬衫感受到了他身体的热度。“你在发烧！我们去医院好吗？”

“不。”他把胳膊搭在她肩上朝卧室走，他身体的重量压得她歪歪扭扭的，“我这么大的个子，发个烧还算病吗。睡一夜就好了。”

他像踩着棉花一样回到卧室，一头扑倒在床上。

这样缓和了一小会儿，他又睁开眼睛，见程白薇在床边手足无措地站着，像个被叫到黑板上解难题的小学生一样蒙，然后她拿起了一条毛巾，又拿起了一只水杯，似乎不知道该如何照顾他是好。

“你回学校吧，怎么好意思麻烦你照顾我。”

她放下毛巾和杯子，先去厨房不知做了些什么，很快关上门出去了。

明生一下子觉得很孤独，人在生病的时候尤其脆弱。虚汗一层接一层地出，他颤抖着缩成了一小团，魁梧的身躯仿佛也变小了，强大的意志也变小了。一个三十多岁的壮汉因为高烧就掉眼泪，听上去有点滑稽，不过既然没人看到，那掉两滴眼泪也未尝不可。

世界上哪儿有什么铁汉子啊，都是一样的碳基生物，多出来的那三十厘米的身高和一百斤的血肉，扛不住什么生活的暴击——别说暴击，连病痛都是一样的难受。

如果有一天遇到一个能让他自在展示脆弱的女人，那就是真爱。虽然明生还没有遇到过这个人，但他一直很清楚地知道这一点。

他昏昏地这样躺着，有时候觉得自己应该脱掉衣服钻进被子，但是又没有力气。

门又一次开了，程白薇迈着又小又轻的脚步很快走进来。她去了厨房，又端出一个大食盘，上面搁着一杯水，一瓶药，一个大碗里装着刚煮的姜汤。

“先吃一片扑热息痛。”

原来她是下楼买药了。

他抗议："我从来不吃药，这点小病——"

程白薇怒吼："你吃不吃！"

"吃。"他乖乖地回答。

手臂酸软没力气，他废物般被程白薇服侍着吃药喝水，脱掉西装，换上睡衣。姜汤散发着辛辣的香味，他不再抗议了，像个乖巧的兔子一样被她抱在怀里，一口一口地喝完了姜汤。

虽然不信中医凉热之类的理论，但姜汤的确补上了出汗造成的脱水，扑热息痛也开始起作用了，他睡着了。

出门十六年他便再也没回过老家，可此刻他突然回去了，北方灰蒙蒙的小镇，地图要放到最大的比例尺才能看到名字，没有矿产和工业，农业因为盐碱地质而十分贫乏。如果小镇是整个世界，那么这个世界是乏味、无趣、看不到什么希望也不值得留恋的。

他在小镇的巷子里走着，和离开的时候一样，树下永远坐着摇蒲扇的老人，路口总有端碗吃面的妇人，他们看到他也不打招呼，他知道这是因为自己远远算不上衣锦还乡。混了这么多年，也就是个跑建材生意的小老板。那么为什么要回来呢？这里的人并不友善，这里也没有一个亲人了，他站在街心拼命地想，却怎么也想不起来原因。

这时他看到对面的巷子口远远地走来两个人，男的拉着独轮车，女的走在车侧，扶着车上的两只麻布口袋，他一看便知他们是推着米和秸秆去油坊换油的，镇上的人都这么做。巷子太窄，他往旁边让了让，那一男一女走近了。

他大惊："爸！妈！"

他们擦着他的肩膀而过，既没有回应，也没看他一眼。

他一下子明白了自己为什么突然回到镇子上。因为他是在梦中。爸爸在他八岁的时候死于脑膜炎，妈妈在他十五岁的时候改嫁，再无音信。

“爸爸！妈妈！”即使明知道是在梦中，他还是一路狂奔追了上去，“等等我啊！等等我啊！别不要我！爸爸！妈妈！”他哭喊着，他跑得那么快，而他们走得那么慢，可是他永远追不上他们。

爸爸和妈妈推着那小独轮车，颤颤巍巍地走出了小巷。

眼泪堵住鼻腔，他无法呼吸，不得不命令自己醒了过来。

“做噩梦了吗？不怕，不怕，我在这儿呢。”他感觉自己的头被两只细弱的胳膊抱住，埋在一个瘦小的胸前。

悲伤和无力如同夜里的潮水，无声无息地拍打着海滩。

他尽情地抽泣着。

“乖，乖，会好起来的。我一直陪着你呢。什么都会好起来的。”她柔声说着，像哄婴儿一样轻轻拍着他的后背。

第二天他还是起得很早，程白薇希望他能休息一天，但是不行，他要去机场接他的一位发小——老董，当年一起卖毛片的混小子搭档，现在美国最有威望的华裔大律师和咨询公司老板，正在竞选伊利诺伊州的议员。

多亏了程白薇的照顾，他不再是昨天那副病鬼的模样了，老董和他拥抱了至少五分钟。“我太想你了！兄弟！你看上去气色真不错！生意做得可好？”

“凑合糊口。”他咧嘴笑，打量着老董，老董已经是一个毫无争议的精英了，虽然他个子不高，长得也远远算不上好看，可是那举手投足的从容气质，那旁征博引的知识体系，唉，明生不得不承认，读过书就是不一样，他很清楚自己和老董之间已经存在着——阶级，对，阶级。

老董很有兴致地去参观“明氏建材”，称赞他干得很不错，“这咖啡也很不错。”老董坐在明氏建材喝咖啡的那个角落，把整个公司称赞到了每一个细节。

明生边喝咖啡边给老董讲着自己心中的事业蓝图：他是想从建材生意切入房地产，做高端园林式酒店，以做酒店的名义更多地囤地，再把手中的地块作为杠杆去撬动包括金融在内的整个和钱有关的链条。那是一条很长的，闪着金光的链条。

“挺难的。”老董摇摇头，坦诚地说，“你算算你得打通多少关系吧，我光替你想想都头疼了。最重要的是，钱呢？你能搞定银行吗？”

“不太能。”明生也坦诚地回答，“一直就在忙这些事，不瞒你说，我也真是心力交瘁啊，累得一场病接一场病。今天差点起不来。”

老董又想了想，嘿嘿一笑。“别心力交瘁，我就看你行，以你的起点——你别生气呀——能有今天已经很不错了。你别谦虚，我说的是真的，我要是你这起点，现在可能还在工地上搬砖呢，你别看我名片上的 title（头衔），什么这了那了的，那根本不是因为我有多优秀，都是我爸妈逼着考哈佛当律师进华尔街，那是他们的梦想，不是我的。有时候真羡慕你自由自在，不像我，一辈子为了名片上的 title 活着。”

明生笑笑。以他和老董的交情，他知道老董是个稍微有点爱炫耀的人，但也正是因为交情，他不介意这点小虚荣。总的来说，老董还是个亲亲热热的好朋友的。

老董又说起他为什么这次从广州回国，因为买了一架湾流飞机正停在广州——现在，明生可是真真实实地有一点嫉妒了。

财富啊，他抬头看看南国碧蓝的天上飘着的几丝白云，世界上的财富有这么多这么多，也应该有我一点吧。那么它到底在哪儿呢？漂泊半生，不上不下，可是依旧不甘心啊。

当老董邀请他同乘坐这架湾流回趟老家的小镇，他动心了。他不想回小镇，但他很想看一看那架飞机是什么样子。

“这么着吧。”老董坐在热气腾腾的大排档大口咬着肠粉，电风扇摇着头呼呼地吹着食客们。“咱们兄弟之间不绕弯子，你说的那个高端园林式酒店集团，我听着很靠谱，国内现在经济发展得这么快，富人会越来越多，享乐的设施可是都没跟上，这大方向没错。我出一点钱，你去做吧。你估个预算给我，占多少股也是你说了算。”

明生心中一热。但他的脸上什么表情也没有。“钱算我借的，股份得都是我一个人的。”

“兄弟，我说心里话，这钱我投出去就没打算收回来。你的大方向是不错，可是执行呢？管理呢？还有各种想不到的困难呢？不一定真的能成。我纯粹是帮朋友的忙。”

“这我知道。”

“债务可是要还的，算债务的话你担着风险。”

“我愿意担这风险，我知道我能行。”

老董无奈地看了他一会儿，笑了。“你从小就是倔脾气。”

“那就这么定了？”

“定了。”

两人碰了碰手中的啤酒杯。一大杯冰凉的啤酒下肚，沿着胸腔和腹腔画过一条细线，明生突然觉得自己的病全好了。

他急着去程白薇的学校找她，把这个想都没想到的好消息告诉她。他从小就相信自己是个命硬的人，无论出身多低微、经历多坎坷，都能逢凶化吉，绝路遇转机。一个人如果心中的信念太强烈，也许真的会影响身边的气场，使事情真的按照自己坚信的方向前行。

这一次他又对了。

一夜之间，什么都有了，事业和程白薇。

他匆匆和老董告别，车一路超速去了理工大学。程白薇刚刚下课，和一群女孩叽叽喳喳地走出教学楼，他冲过去抱起她，轻轻地转了一圈。

昨天他还像个婴儿一样在她怀里抽泣，今天她又乖巧地伏在他胸口了。所谓爱人，就是应该相互扶持，彼此拥抱，不是吗？

“我爱你。”他说得非常自然。

他决定带程白薇回老家小镇看看，那里没什么风景和乐趣，但是有他的童年。

老董带了两瓶好酒上飞机。至于其他的吃喝之物，明生已经不记得了，大约也是很多的——不，牛排，他清晰地记得有牛排。明生还记得机舱里充满了快乐的气氛，几乎是他三十几年最放松的一天，他喝了很多的酒，好像自己胃中有一个橡木桶似的，程白薇几次提醒他不要喝太多，他都觉得不喝到烂醉不足以表达心中的快乐。他去卫生间吐了好几次，清空的肠胃很快又被酒精填满。

又一次从洗手间里走出来的时候，他脚步虚飘飘的，靠在一把靠椅上喘着气。

眼前的机舱变形了，光洁的舱壁变得凹凸不平，高脚杯反着颜色诡异的光。

他看到矮小的老董像个大老鼠一样依偎在程白薇身边，醉得不轻，脸上的睿智、博学、优雅……都不见了，天下的醉汉都是一副模样，他和老董此刻也是同一副模样。

酒精使他听不清楚老董在和程白薇说什么，但他看得清程白薇站了起来，换了个离老董远一些的位子。

老董趔趄着扑过去抱住程白薇的脚，然后他一滑，扑倒在程白薇的膝头。

“哈哈！”明生大笑起来，他觉得老董摔倒的样子十分滑稽。

老董扶着舱壁，歪歪扭扭地站起来，抬起一只胳膊，手指指着程白薇厉声问道：“你知不知道？你知不知道？我问你话呢，你敢不回答？”

“知道什么呀老董？你问她什么呢？”他傻笑着问，舌头在嘴里笨拙地一搅，只发出含混的声音。

老董扑到程白薇身上。“你知不知道你特别好看啊？你是个大美人你知道吗？”

这是什么白痴的问话？明生觉得越发滑稽，笑得更开心了。

酒后的世界蒙着快乐的滤镜，但滤镜中的程白薇好像脸色不怎么好，她又站起来向后退去，可她身后就是舱壁了，她一个愣神的瞬间，老董扑过去抱住了她。

“你喝多了！董先生！你喝多了！”程白薇大喊。

明生看到她两条细瘦的胳膊拼命撕打着老董，接着一阵瓷器碎裂的声音使他打了个激灵，那是他们撕打中打碎了满桌的餐具。

“明生！”程白薇喊，他应声站起来，有点反应不过来眼前发生了什么。然后咚的一声沉闷的巨响，是老董紧抱着程白薇扑倒在地上，巨响是程白薇的后脑和地板撞击的声音。

她不说话了。

她摔晕了吗？

明生这时才觉察到不妙，开玩笑也没有这么开的，老董过分了，她真受伤了该怎么办？

“老董！别闹了！”明生向前迈了一步，却不知该如何落脚，满地都是尖锐的碎瓷，他光着脚。

“明生……”程白薇又呼喊了一声，虚弱无力，看来她刚才真的伤到了，

“明生！明生……”

“老董！你他妈喝多了！”他踩着碎瓷冲过去，脚下的疼痛如钻心一般。他站住了，不是因为疼，而是因为他看到老董褪下了半截裤子，露出松弛而雪白的屁股……

他又怀疑这是梦了。

不会吧？不可能？老董会这么做吗？他们可是朋友啊！

程白薇凄厉的哭喊声瞬间填满了机舱：“救命！走开……救命……救命……”

明生的酒全醒了。

酒醒的第一个瞬间，他想起了那在蓝图中描绘过无数次的园林式酒店。

第二个瞬间才想起程白薇。

血，从他的脚下漫延开来，慢慢积了一个晶莹的小血泊，其中漂着钻石一般的玻璃碎末。

血也在程白薇的身下流出来了，她大概经受了粗暴的撕裂。哭喊已经变成了求饶：“董先生，放过我……求求你……放过我吧……”

求饶的对象也包括他：“明生……救救我吧……明生……不要这样对我……”

他抓起餐桌上的牛排刀，看着那个快速移动的屁股。

他只是握着牛排刀没有动。因为牛排刀伤不了人。

其实他如果想要伤人，以他和老董的身材对比，又何须牛排刀呢。

他魁梧的、肌肉饱满的身躯，握着牛排刀站在被强暴着的女友面前。

惨叫声和血迹，把这架飞机变成了地狱的模样。

一阵又急又重的脚步声从机头传来，他像个提线木偶一样转头去看——是一个年轻英俊的小伙子，个子比他还高，差不多有一米九，即使长着一双三角眼也显得很帅气。他穿着挺拔的制服，明生不知道他叫什么名字，只知道他是飞行员带来的副手，刚上飞机的时候介绍过，说是航空大学大四的学生，很快就能拿到飞行执照了。

小伙子是听到惨叫声才跑出来的，他的脸上先是惊愕，继而两道剑眉拧在了一起，明生听到一阵咯咯的声音，是小伙子咬牙发出来的。

小伙子的两腮都咬得变了形。

他们对视着。有一瞬间，他希望小伙子出手，把老董拎起来揍，一直揍到五脏六腑都爆裂，从万米高空扔下去。

不过在这一瞬间之后，他都在害怕小伙子出手。那会成为他的麻烦。

他又想起了未来的园林式酒店，他连名字都想好了，叫“果庄”。

他舍不得果庄。

那个小伙子走了，返回驾驶舱去做他的工作。不知道他是因何种顾虑而放弃，但明生的确松了一口气。

他把牛排刀放在了被血染透的地上，走到一旁，在程白薇嘶哑的哭声中看向舷窗。飞机开始下降了，整齐的田地、村庄……衣锦还乡，衣锦他妈的还乡，整个世界都是个肮脏的垃圾场，包括他自己，包括这飞机上的每一个男人，这是无法忘却的罪孽，只能祈祷时间将它掩埋。他一直不敢把头转过来，他没脸再看她一眼，无颜再说上半句话，他也不知道程白薇是如何下飞机的，回广州后，他也不敢再找她，连理工大学和她家的那个街区都绕着走，从此之后，他一生也没有再见过她。

❽

金乌里，跑马未解，潇湘水冷

但那个旋涡一直都在。她们全都遇到过那个旋涡。

珠雨田又在明生家里住了三天。

第四天一早，她赶回学校上课。她想要自己坐地铁，但明生坚持让司机送她，她不好太固执，但是，果然被早高峰堵在了路上。这堂课是系主任的，迟到的后果很严重，她急得简直想跳车，好在赶到教学楼下的时候，距离上课时间还有三分钟。

她背着大书包拔腿就往里冲，刚跑上台阶，突然看到教学楼大厅里，一个人笔直地站着，一动不动，像个雕塑。

珠雨田一看到那熟悉的白皙瘦削的样子就一阵尴尬，她被那人咬破的嘴唇才刚刚愈合呢！她低下头，想要贴着墙根溜进电梯。

“珠雨田。”程素在她身后说。

她不得不回过头来。

程素把她从等电梯的人群里拉到一边。“我在等你。”

“我急着去上课呢！”她脸一红。

“很快的，只说一句话。今天下午致公大学有个讲座，是我们系邀请的，我必须出席，可是我有一个重要的面试，你能代我去吗？什么都不用做，坐在有我名牌的位子上就行。”

“面试？你毕业以后不是要留校做科研吗？你说过你很热爱科研啊！”

“两手准备。帮个忙，可以吗？”

上课铃响了。珠雨田边跑上楼梯边说“好的好的”。

下午，她照着致公大学的标志牌找到讲座的地点，几百人的大礼堂，第一排是几个秃顶的老头子，大概是院系的领导，第二排是年轻的研究生和博士生，她一眼看到贴有程素名牌的椅子还空着，一路道歉请人让路，刚在位子上坐下，有人在身后喊：“薇薇！”

珠雨田心想，这里人人都很斯文安静，倒是也有大嗓门的。

那人又喊：“薇仔！薇酱！白薇！程白薇！”

一只手搭上珠雨田的肩膀。“程白薇，我喊你好多声，你在走什么神呢？”

珠雨田回头，见是一个戴着牙套、满脸痘印的姑娘。

那姑娘看看写有“程素”名字的名牌，又看看珠雨田，愣了一下。“你怎么坐这个位子？”

珠雨田小声说：“程素姐姐今天有事，我来替她签到。”

“程白薇还好吧？她这些年好像人间蒸发了一样，不怎么和我们联系，同学聚会也从来不来。她到底在忙什么？”

“程白薇是谁？”

那姑娘一拍脑门说：“我叫习惯了，程素以前叫程白薇，到北京读研才改的名。我是她本科同学。我们是华南理工的。”

“噢……”珠雨田也不知道该说什么，这时一个慈眉善目的白胡子老头在学生的搀扶下走上讲台，礼堂里突然爆发了满场的掌声，久久不息，不亚于电影明星在影院路演的派头。珠雨田虽然不认识这位学者，但也忍不住生出敬意，他一定是脑科学领域里非常有名的专家。

学者的讲座没有珠雨田预期的那么艰涩，有些片段她不仅能听懂，甚至还觉得蛮有趣，比如学者提到目前大脑移植活体实验在全球范围都是非法的，在一些由财团、黑社会和科学家组成的地下组织却开展得如火如荼。

“俄罗斯大亨！”珠雨田想起程素曾经给她讲过脑科学研究的学院派与地下派的分裂，想起那些醉生梦死的寡头，她脱口而出。

瞬间所有的人都在看她。她后悔极了，明明是来顶包占位的，要是露馅了怎么办？

好在这位讲课的老教授并不认识程素，他觑着老花眼仔细看看桌上的名牌，点头道：“程同学说得对，在非法的大脑移植实验方面，只有俄罗斯大亨支持的地下研究有一点点进展。也许，伴随着科研发展不平衡的加剧，我们终将面临关于伦理的重新拷问。”

珠雨田慌乱地用讲义蒙住了脸。

好容易熬完讲座，她倒没急着回明德大学，她来的时候就拖着一个行李箱，里面装满了沉甸甸的铜版纸，都是林旭中下星期演唱会的海报，她要顺便把海报贴满致公大学的校园。

海报从教学楼贴起，贴到体育馆的时候，她突然发现程素在打壁球。她是从那额头光洁、鼻梁高耸的侧脸认出程素的，一阵难以解释的惊悚感，不知从哪个方向袭来，将珠雨田层层包裹，她全身都因为拖着重箱子行走而出着汗，此刻却一阵一阵地颤抖起来。

因为她很意外地发现，穿着背心和短裤的程素拥有非常健美的肌肉。她完全不是珠雨田以为的那个病弱模样。

珠雨田刚来北京的时候已经是九月，天气又连连阴雨，从她在咖啡厅的小花园第一次见到程素，她就穿着长袖的衬衫或连衣裙，珠雨田从未看到过她衣料之下的皮肤，只是当风吹来的时候，衣服如同一层皮肤一样裹着她的身子，依稀能看到骨骼的形状。程素非常瘦，脸色总是苍白的，嘴唇也没有血色，又天然带着大病初愈般的病态。珠雨田没有想象过她的身体，不过如果试着去想的话，她也只能想到一个肋骨都瘦得根根分明的孱弱少女。

她看着打壁球的程素。

程素的脂肪量很低，四肢上的肌肉形状如同古希腊雕塑般完美，她腰线很高，更显得腿部异于常人地修长。跑动的时候，大腿的肌肉线条优美地震颤着，使她看上去像是一个被赋予了灵魂的美丽花瓶；挥舞球拍的时候，就像一个古代的战士挥出手中的长矛；她屈膝与后退的样子，好像一张上好的弯弓在绷紧它的弓弦。

这健美与柔美结合的极致却使珠雨田无法得到欣赏的愉快，惊悚感好像潮水，稍稍退去便又有一波涌上来。原来薄薄的一层衣服就可以将真相遮蔽得如此完美，珠雨田觉察到自己在真实面前的无知。

击打壁球发出有力的声音，砰砰，砰砰，好像巨兽的心跳。

一滴汗，从程素的头发上甩出来，落在珠雨田的鼻尖。她发出一声微弱的惊呼，程素马上回头，敏捷得就像猎手发现了动物的行踪。

“你！”程素比珠雨田还要意外。她用腕带擦着额上的汗，这似乎是在掩饰着一些类似慌乱的情绪。

珠雨田不敢直视那充满力量的身体，眼神闪躲着提出心中的疑问：“程素姐姐，你……你不是去面试了吗？”

“我刚刚回来。”程素很快回答，打量着她，“你怎么拎着箱子？你来这里干什么？”

珠雨田把手中抱着的一沓海报给她看。“我顺便来你们学校贴一些林旭中演唱会的海报。”

程素披了一条大毛巾在椅子上坐下，拧开一瓶水，只喝了一口，抬起头。

现在她的身体又隐藏在毛巾之下了，她苍白的小脸上又浮现出虚弱的神色。

她恢复了珠雨田熟悉的样子，惊悚感消失了，珠雨田放松下来。

“林旭中是谁？”程素问。

“就是去年从韩国那个男团解约回国的那个中国孩子啊，现在最红的歌手就是他了。”虽然林旭中已经二十几岁了，但和所有粉丝一样，珠雨田把他称作“孩子”。

程素想了想，微笑着摇摇头。“我想起来了，是每年过生日发条微博都能把服务器都搞死机的那位吗？现在小朋友们喜欢的东西，我都不了解了。”

“我了解啊！演唱会就在下个星期，我带你去。”

“算了，我怕吵，再说这么红的歌手，现在也买不到票了吧。”

珠雨田得意极了。“一两张票我还是能弄到的，因为我是大粉。”

“大粉是什么？”

“就是粉丝里的高层，会组织活动，爱豆（偶像）有什么公关危机的时候，甚至还可以发表些带节奏的言论。总之，很重要的。”

程素微笑不语。

珠雨田见她的表情，大有“不过是小孩子玩意儿”的意思，心里又有些不服，说道：“反正对爱豆来说，我很重要，这就够了。”

程素连连应道：“是，是，当然。”

珠雨田又大声说道：“你不信吗？我知道爱豆很多秘密，只有大粉才知道的秘密，他那个只知道吃吃吃买买买的地下女友都未必知道呢！”

“哦？你的偶像有什么惊天大秘密呢？说来我听听。”

珠雨田看看身后，体育馆里不停有人走过，她悄悄把壁球室的门关上，低声说：“这真的是大秘密。林旭中呢，十六岁开始就去韩国那个公司当了五年的练习生，很苦，很穷，而且不知道什么时候能出头。有一天他终于支持不住了，决定退出，多亏了经常在公司外面卖炸酱面的一个北京老大爷。林旭中每天都去吃炸酱面，那天就告诉大爷说，以后他不会来了，明天就向公司辞职，是那个老大爷鼓励他再坚持一次，说人如果吃不了苦，总想半途而废，是什么事都做不成的。后来林旭中顺利出道，红了又单飞回国发展，现在如日中天，他很感激那个老大爷。不过后来大爷在韩国攒了些钱后也回了北京，在张自忠路那边开了一家炸酱面馆，这些年林旭中每次来北京开演唱会之后都会去吃碗炸酱面，这个只有我们大粉才知道，我们都明白这是他很难得的放松时间，不会去打扰他，如果被普通的粉丝们知道了，恐怕张自忠路都要堵上一万人了！你要是不信，等那天你去面馆等着，看看会不会遇到他——不过你可千万别告诉别人啊！”

程素一路不语，半晌问道：“刚才讲座上讲到了什么试剂吗？”

珠雨田一怔。“欸？你不早说，早知道我就录音或者做笔记了，我完全听不懂啊。”

程素摆摆手。“不用，不用，我只是随便问问——讲到肉毒素了吗？”

珠雨田一拍大腿。“肉毒素！有的！就是一种超厉害的毒药嘛。那个老教授讲过的。”

程素笑着看着她。“有没有讲这种毒素 0.1 微克就能致死？”

“0.1 微克……大概……”其实珠雨田完全没有印象，“大概有吧。你们平时接触的东西都这么危险吗？”

“用在实验中当然是控制在安全剂量范围之内的。控制在致死剂量之内的时候，它可以迅速麻痹神经。它的危险之处在于这种能做生化武器的东西保存和领取都很随意，就在我们实验室桌子上放着。有时候我都怀疑也许曾经被偷走了一些都不知道。”

“天哪。”珠雨田轻声感叹，这时傍晚的夕阳余晖从西面的落地窗照进来，珠雨田想起还有半箱的海报没有贴完，她起身走了，不敢回头，也不敢看对面玻璃窗上的影子。她有点担心又看到程素的毛巾之下强健有力的身体，那使她有一种……她曾无意中读到一本《克苏鲁神话》时的恐慌：一个无知的外来者，无意中闯入了处处蹊跷的迷局，他越想拨开迷雾，迷雾就越浓，他什么也看不清，只是越来越确定迷雾中藏着些可怕的东西……那是最高级别的恐惧，我知道你就在我身边，可我不知道你究竟是什么，又是为什么而来，因此我空有一身力气，却不知道该往哪个方向逃脱。

只有不去看。珠雨田努力把程素健美的肌肉从记忆中清除，逼迫自己记住她柔弱的模样。

明生来接她去吃晚饭。她告诉明生把车停在致公大学门口，明生问她去致公做什么，她说是代一个同学来参加讲座。

“男同学女同学啊？”明生边开车边故意做出嫉妒的表情。

“当然是女生。”

“真的假的？姓什么，叫什么，怎么认识的，认识多久了，哪里人？要是男同学，哼哼，你看我会不会去找他打架。”明生用力抓住珠雨田的手。

“好好开车。”珠雨田把他的手重新放回方向盘上，“一个叫程素的姐姐，致公的博士生，好像是……广州人吧？不记得了。我们认识也才一两个月，她是我哥哥的前女友的闺密啦。”

明生沉默着开过了两个路口。

一开始，珠雨田以为他在想如何接着和她开玩笑，但是他一直沉默了下去。

“我说的是真的啊！”她大声解释，她发现原来四十多岁的人嫉妒心发作的时候也像小孩子一样，“真的是个姐姐，我给你看照片。”她拿起手机，一个愣神，想起来她没有和程素合拍过照片。

程素也不像是那种和闺密吃一次饭，要嘟嘴合拍两百张的女生。

她对人总是有一种疏离感。

想到疏离，她又突然想起讲座上那个认错人的姑娘说的：“她这些年好像人间蒸发了一样，不怎么和我们联系，同学聚会也从来不来。”

“没什么。”明生回过神来，“只是你提到广州，我想起我在广州住过两年。”

“是吗？做什么？”

“做点小生意，跑跑腿呗。”

“果庄吗？”

“不是，那时候还没有果庄。那时候开了一家建材公司。”

“哇……”珠雨田感叹，“你做过好多种生意啊。是不是很辛苦？”

明生似乎轻声叹了口气——也可能没有。“辛苦的时候都过去了。我不太常想起以前的事。”

珠雨田住在果庄的日子还是很快乐的，早上司机送她去上学，晚上照常在图书馆做功课，一直到闭馆，再坐末班地铁去果庄。中间几次辅导员检查寝室，听说珠雨田已经很多天不归宿，第二天在教室里拦住她问起，她撒谎说一直住在家里，辅导员恍然道：“是那个给你办生日会的养父的家吗？”珠雨田不说话，半晌点点头。

这堂课快结束的时候，珠雨田见一个好像哥哥的人在教室门口一探头，也不知是不是看错了，等到下课，那人便走进来——果然是哥哥——笑嘻嘻地在她身边坐下说道：“爸爸问你为什么一直没音信，让我来看看你缺什么，再劳你大驾，周末回家吃个饭。”

珠雨田眼睛盯着书本说道：“我家在上海，为了吃顿饭还要飞三个小时，没那个时间折腾。”

哥哥满脸赔笑。“那天爸爸跟你发了火，我妈说他长吁短叹了一整夜没睡。你不知道，我从小被养得特别糙，爸爸根本不知道怎么养女儿，也不懂怎么跟小女孩说话，他把训你当成训我一样，等他觉得话说重了，你早吓跑了。爸爸真的很后悔，很后悔，你想想，那天你的处境多危险，多让人后怕，他反应过激也不难理解啊，你要就这么一直恨爸爸吗？”

珠雨田听完，眼圈一红，口气也软了些：“我哪里有恨啊？其实我也一样，从小没爸爸，现在也不知道怎么跟爸爸交流，所以我才不想去，免得又吵起来。我觉得也不必强行培养什么感情，爸爸知道我存在，我知道爸爸存在，这就够了，以后他不用总想见我，我保证逢年过节会打电话问候，这样可以了吧。”

“可以了吧？这是什么话呀？这话我可不敢转达，要说你自己说去。”

珠雨田还要说什么，下一堂课的上课铃响了，教授在讲台上开始放教案，哥哥起身走了。

之后半天的课她上得心不在焉，好容易从中午熬到放学，一走出教学楼，珠雨田就见哥哥那辆白色的车停在楼下的小广场上。她很无奈，跑过去敲敲车玻璃说：“喂，你不用上班吗？！”话刚说完，车玻璃打开了，爸爸一个人坐在车里，花白的头发下是慈爱又不失谄媚的笑脸，他说：“我不上班好多年啦！”珠雨田一惊，一个“爸”字堵在喉头，却把脸别过去，倔强地盯着路边的野猫看。

“田田，下午有课吗？”

下午有一堂无趣的公选课，如果逃掉的话……大概也是可以的……珠雨田憋了半天，歪头问道："有又怎样，没有又怎样？"

爸爸脸上讨好的神色都快要从皱纹里溢出来了，说道："有课的话爸爸就请你吃午饭，没课呢我们就去个特好玩的地方。"

"真的好玩吗？"

"当然好玩了，那儿还有个爸爸亲自给你选的礼物，保证你喜欢。"

"您选的礼物？哼。我觉得我很可能不会喜欢。"珠雨田想起哥哥刚才说的，爸爸从来不知道该怎么养女儿，她对这个未知的礼物充满了不屑。

"那我们打个赌怎么样？"

"可我没什么东西能拿出来跟您赌呀。"

"咱们又不赌钱。要是爸爸输了，就赔你一个你任意指定的喜欢的礼物。要是你输了，就得大喊三声'爸爸是个大好人！'，赌不赌？"

"那您肯定输啊！到时候不管是什么，我喜欢也说不喜欢。"

"是啊，所以你稳赢，有这么好的事还不来？"

珠雨田拉开车门就跳上去。等车子缓缓开动她才反应过来，自己实在是非常容易被操控情绪的一个人，一听到"好玩的""礼物""赢"这种美好的词就犯迷糊，根本想不起来刚才还决定不再见爸爸，只逢年过节打个电话什么的了。

车子出了校门便向南出城，爸爸打开车上的音乐，奇吵无比的噪音夹着金属爆裂的巨响把父女二人吓了一跳。爸爸关上音乐，连连摇头道："你哥的车。上班路上听这玩意儿，本来就堵车，听了不会更暴躁吗？"珠雨田接话道："没错，我哥的音乐品位真是不知道该怎么说。"说着车子驶过路上的一片坑洼，底盘一片摩擦声响，爸爸又皱眉说道："底盘改得这么低，难怪一下雨就修车。"珠雨田也叹气道："没错，我哥对车的品位也就那样。"

父女俩意外发现他们对王野田的吐槽非常一致，顿时交换了惺惺相惜的目光。

出了南四环不远便看到路边一片林地，车子下小路在林地里穿行，绕过一片密匝匝的灌木和草场，就见眼前豁然开朗。一人多高的原木围栏围着老大一片空地，泥土和草皮的腥气混合成原野的味道，使珠雨田恍然忘记自己是在北京。再绕着围栏驶出半圈，就听到马嘶声和马蹄声从搭着深棕色油毡的马厩里传出来，珠雨田大喜："我们来骑马吗？"爸爸微笑不答，催她下车，早有马场的人迎上来笑道："王总，您亲自开车来，身体是大好了。"爸爸挥手笑道："见到我们家千金，什么病都好了。"珠雨田觉得"千金"这个词真好，无论是亲生的还是收养的都能用。

马场的小伙带着他们刚走进围栏，就见一匹枣棕色的大马从眼前闪电般奔过，小伙忙伸手护住珠雨田笑道："您别害怕，这些马都训练过，不会冲着人来。"珠雨田一梗脖子道："我不怕，我可喜欢马了。"话刚说完，就听远处如同滚地雷般马蹄声踢踏，十几匹大马呼啸而至，被马蹄踏起的草皮和泥土雨点一般向后飞去，马群眨眼便到眼前，擦着他们身侧而过。其实珠雨田还是有点怕的，不过她只是攥了攥拳头，并没有后退一步。

待到马群奔远，爸爸便回过头来又惊又喜地看着她赞道："胆子可以嘛！"珠雨田这时得意得简直要凌空飞起来，大声说道："我骑在马上跑这么快都不会怕的！"马场的小伙便走去开了马厩的一扇门栏，牵出一匹极肥壮的马，这马远看毛色在阳光下微微泛着红棕色，近看却是全黑。这马对着珠雨田一低头，脖子隆起龙脊般的优美弧线，黑色的笼头上刻着一个"珠"字。珠雨田忍不住去摸那字，心中好奇这马的笼头上怎么有个珠字，这品种叫珠，还是这马姓珠？难不成是自己的本家吗？珠雨田好奇地看着这匹黑玉石般的大马，马也喷着热气看着珠雨田，那双眼睛温和无比。

爸爸便问道："这匹马你看着怎么样？"珠雨田赞叹道："刚才跑过的那

些，有几匹我看着很不错，不过和这一匹相比，哎呀，它们住在一个马厩里，别的马见了它，不会自卑吗？”爸爸点头道：“我们家田田是认得出好东西的，这是法国大奖赛的优胜马，光谈妥买下来就用了半年。”珠雨田便“哇”地连连赞叹，在那肌肉强健的马背上摸来摸去。爸爸又笑道：“我看你挺喜欢这匹马？”珠雨田忙说：“岂止喜欢？我今天能骑这匹吗？”爸爸哈哈大笑道：“那就好，你是个讲信用的好孩子，就在这儿大喊三声‘爸爸是个大好人’吧！”珠雨田蒙了一会儿便反应过来，啊地大叫一声跳出老远，大喊道：“这……这就是送我的礼物吗？”

马场小伙笑道：“黑珠买来的时候说是送您十八岁的生日礼物，结果在我们这儿养了一年您才来，您现在十九岁了吧？”珠雨田一颗心狂跳，问：“十八岁……生日礼物？”爸爸讪笑道：“当时你妈妈不让我联系你，所以我也不敢送。喜欢不喜欢？”珠雨田这时连人带心都飞起来了，恐怕已经在心里答了一万句喜欢，不过她是绝对不会让自己喊三声“爸爸是个大好人”的，于是闭紧嘴巴，把手去摸那笼头上微微隆起的“珠”字，喃喃念叨：“黑珠这名字也太难听了，马知道自己叫这名字非哭了不可，还是改个名吧——改个什么名呢？”她咬着嘴唇想了半天，竟然觉得“黑珠”是最合适的。

“黑珠，黑珠！”她高兴地反复叫着马的名字，指尖划着那如水的鬃毛，“黑珠，黑珠……”

Hey Jude，don’t make it bad

Take a sad song and make it better

Remember to let her into your heart

Then you can start to make it better

她竟然唱起了歌……爸爸眼睛湿了，逆着光看着阳光中唱歌跑调的少女，那是女友、妻子和女性好友都不会有的光彩，那是太太和儿子及一切亲人都不会带来的快乐，如果早知道有一个女儿是这样幸福……如果早知道有一个女儿是这样幸福……他幸福中有一点点后悔，为错过了女儿十九年而后悔……

虽然爱骑马，但珠雨田更爱黑珠，骑了一圈便不舍得它再跑，死活要下马牵着走，边走边对爸爸解释道："我不是害怕啊！我骑马真的很快的，是怕黑珠累。等会儿换匹普通的马，我可以骑快马给您看。"

爸爸笑道："恐怕从此以后你就不会再去骑普通的马了，试过最好的再试普通的会很不习惯。只可惜家里也没有养马的地方，你以后还是要从学校到这里来骑，远是远了点。"

珠雨田便接口道："我有——"她想说"我有果庄可以养马"，又赶忙咽下去，换了一句说道："我有点好奇，您怎么知道我喜欢骑马？"

爸爸笑道："我不知道，是猜的，你妈妈和我都喜欢骑马，那么你继承了我们的基因，大概也是喜欢的了。"

珠雨田奇道："我从来没听妈妈说过她爱骑马啊！"

爸爸笑道："说起来如果不是因为骑马，我和你妈妈也不会认识。"

"真的吗？给我讲讲吧！妈妈什么也没对我说过！"

"让我想想从哪里讲起呢……我们虽然在同一家公司里，但是级别差得太多，她是个小实习生，我从来没见过她。有一次公司搞团建，也不知道是哪个谁策划的，我们去了内蒙古一个叫什么旗的大草原上，牧民开的蒙古包旅店和图片完全不符，晚上四下一望除了我们根本没人烟，冷风吹着枯草，老远听到呜呜的叫声，我们都说是狼，牧民非说是风吹大树……这时候就有人慌慌张张地说清点人数发现，法务部的实习生小朱不见了，还有匹马也不见了。"

珠雨田拍手道："我妈妈跑出去骑马了！"

爸爸笑道："白天大家骑马的时候，你妈妈一个南方姑娘，瘦瘦弱弱的，怎么也骑不稳，被大家好一顿笑，估计她晚上气不过，偷偷把马拉出去学着骑。不过那时候天很晚了，我赶紧让牧民们分头去找，半夜牧民回来说几个方向都找遍了，没有。我带了几个人又出去找，结果在一个水洼边上找到了你妈，她被马颠了下来，摔晕了，马也跑了，我们赶紧把她救回来。当时外面温度大概只有零摄氏度，她冻了半夜，一回来就发高烧，我和几个同事轮流守着她，你妈烧得说了一宿胡话，猜猜你那很厉害的妈说的是什么胡话？"

"嗯……猜不到。"

"你妈妈一夜都在说：'傻马，快跑，快跑啊！'手还在半空挥着，好像在挥鞭子！这傻子烧糊涂了都不服输。哈哈！"

珠雨田和爸爸相对大笑。

爸爸又说："后来法务部遇到一个大麻烦，我们买的一块胡同地要拆了盖楼，给地主人的一切补偿都到位了，胡同里租住着的几百户不肯搬，他们之间的租赁合同也是乱七八糟，我们也不能强迫，头都愁成了两个大。那天法务部开会，我从门口一经过就听里面一个女孩在嚷，什么这时候法律不管用，还不如找帮黑社会上门泼血……我都听傻了，隔着门缝一看，呵，就是那个偷着骑马差点被狼叼走的傻子，我气得踹门进去就说：'你不光发烧了说胡话，不发烧也说胡话？你给我滚出去！'"

珠雨田大惊："就这样给开除了吗？"

爸爸摆手道："不不，就是轰出去了，不过后来我想，人家一个小姑娘，不该当着这么多人的面给她难堪，所以没等到下班，我就给她赔礼道歉去了。之后我们才熟悉起来。"

珠雨田笑道："本来就是她不对，您还道歉，您这么优柔寡断的老板，难怪拿那片胡同里的赖皮没办法。"爸爸便不说话了。

珠雨田忙说道：“也不是优柔寡断，您是性格好嘛，不像我妈，我真的好怕她。我也就骑马胆子大，在我妈面前胆子很小的。”

爸爸笑道：“谁不怕她？我也怕，你妈说不让我在你十八岁前见你我就不敢见你，黑珠都买好了也不敢见你，这六七年每次给她打电话问候女儿怎么样都战战兢兢，字斟句酌，生怕哪句话惹她不高兴，她一怒带着你消失，那我的余生，唉，就只能在伤心中度过了。”

珠雨田很耐心地解释：“我妈是怕您出现会把我从她的生活中抢走，她不是真的要阻止父女相见。”

爸爸微笑道：“这个道理我难道会不明白吗？所以我一面怕她，一面是心疼她，爱到极致会很像自私，我应该是没有你妈妈那么爱你，才会看上去没那么自私。”珠雨田把头靠在黑珠光滑的脖颈上慢慢品着这句话，竟然有点灰心了下来，一面为自己无论如何也不可能得到完美的家庭和父母之爱而心灰，一面为自己已经得到了这么多爱却仍不满足而心灰。

又带黑珠散了一会儿步，爸爸送珠雨田回学校，她在学校南门外下车，想着先去图书馆写一会儿作业再去果庄，刚走进大门，她觉得爸爸的车并未离开，转身看去，只见辅导员提着附近超市的大袋子，正和爸爸握手。

珠雨田心中一紧张，站住不动，远远地也听不清二人在说些什么，好在爸爸的脸上似乎并没有什么不悦的神色，她稍稍放松了些。见辅导员提着袋子又走远了，爸爸看着她，那脸色难看得好像深秋扔在户外结了霜的钢板，来接她时满脸堆着的讨好的笑容仿佛是属于另一个人的。现在，那个和善的、天下第一好的爸爸消失了。

爸爸走过来，厉声问道：“你这些天都住在哪儿？”

珠雨田老老实实地回答：“住在果庄。爸爸，这里来来往往的都是我的同学，您要是当着我同学的面骂我吼我，比当着同事的面把妈妈赶出会议室更让我难堪。”

爸爸悲哀地说道：“别再提你妈，我已经没脸见你妈了，你妈要是知道你来北京一两个月我就把你管教成了这样，说不定都想杀了我。”

珠雨田抬头说道：“我到现在也不明白我究竟做错什么事了？我是不是成年人？我是不是自由的人？难道只有和年龄差在三岁之内的人谈恋爱你们才放心吗？明生哪里不好吗？”

爸爸摇头道：“明先生是个很有魄力、绝顶聪明的人，可是这个人怎么说呢，草根出身，一路摸爬滚打，他是一定做过一些咱们这样的体面家庭不能接受的狠事的。”珠雨田插嘴道：“这是偏见！”爸爸说道：“是不是偏见先放在一边，说些不是偏见的。这个人在感情上是个浮萍浪子，如果他只是个朋友或者陌生人，我当然觉得单身男人风流一点也没什么，但是如果他和别的女孩谈恋爱，我相信一万个父亲里会有一万个人反对。爸爸上次就告诉过你，曾经有女孩子为他自杀过，你想一想，那个女孩是受了多大的伤害，多绝望，多痛苦才会宁愿自杀去寻求解脱？如果你也有那一天，我又该怎么见你妈妈？”珠雨田愤然道：“恐怕这也是谣传！”爸爸摇头道：“那个女孩子虽然是个懦弱到会自杀的傻孩子，但她的父母可是很厉害的，他们堵在果庄的门口绝食要赔偿，闹得天翻地覆，这件事在地产圈子里已经传遍了，当时无人不知，只是时间过去太多年了人们才不再提起，唉……”珠雨田抿紧了嘴唇不再说话，一转身跑回学校里了。

这天晚上珠雨田没去果庄，她不想见到明生，但她也不想认真去想爸爸说的话，什么自杀，什么薄情，那都是过去好几年的事了。再说传得再真实的八卦也有可能是谣传，说不定那根本就是假的，甚至是爸爸编出来哄她和明生分手的。珠雨田早早地就在宿舍的床上躺下，蒙头大睡，她想把今天的事都忘掉。

然而她睁了一夜的眼睛。忘不掉的，听入耳中的话没办法再像水一样倒出去。

爸爸不可能骗她的。

好容易等到天亮，珠雨田给哥哥发了条信息，问他知不知道曾经有个女孩为了明生而自杀的事，因为据爸爸所说，那件事在地产商人圈子里无人不知。哥哥的回复让珠雨田一下子从床上坐起来，哥哥说当然知道，那个女孩叫徐巉子，就是乌鹊的小孩的早教班老师啊！

这诡异的巧合使珠雨田在10月的清晨汗流浃背，她尽可能轻手轻脚地下床，穿衣服，洗脸刷牙，叫出租车，车停在早教班楼下的时候时间还太早，路边的早餐车里飘出鸡蛋饼和米粥的香味，她有点饿，但是并不想吃东西。她在台阶上坐着，看着街上那些早起上班的年轻人好像洋流中奔游的鱼，这么多的人，一个又一个擦肩而过的陌生面孔，这么大的城市，一条又一条没有交集的街道，但是她好像被一些奇怪的巧合圈住了，她在一个很小的世界里，巧合地认识了有限的人，她想不通中间的关窍，只是觉得十分不安。

两个小时后终于有人来了，先是一个很胖的年轻姑娘开了大门，珠雨田注意到她的时候，她已经走进一层的大厅里了，她只看到一个背影，一个足足有一百七八十斤重的人艰难蹒跚着的肥硕背影，不会是这个胖姑娘，珠雨田想；过了一会儿，一个四五十岁的园长模样的妇人边打电话边走进去，这个年龄也不对，因此珠雨田坐着没动，但妇人回过身来问道："请问您找谁？"

"我……我找徐巉子。"

妇人笑道："她在楼上。"珠雨田忙跳起来谢过，沿着两侧贴满儿童画的楼梯上楼，楼上空荡荡的，每一步都有回声。她一间间房间推开门看去，舞蹈室的地板上铺着垫子，存放垫子的柜子的门还在微微开合着；零食间的饮水机咕嘟咕嘟地冒着泡，水刚开，旁边的马克杯上挂着开了封的挂耳咖啡；游戏房的窗台上一排可爱的多肉绿植，显然刚刚被浇过，水滴答滴答地从花盆底滴到地板上，这里的一切都显示刚刚有人来过，可是珠雨田没有看到有人在。

一点钢琴声，三两个小节一断，磕磕绊绊地往下弹，继而又反复，婉转呜咽，如泣如诉，像是一个笨拙的小孩在不情愿地练习。珠雨田听了一会儿就听出这是《潇湘水云》，那是一首古琴曲，在钢琴上弹出来，有几个音高并不准确，不过那人将这几个小节又弹了一次，那几个音被修正了。

琴声是从走廊尽头的小门里传来的，那里左右各有两扇大窗子，阳光明亮得仿佛是这层小楼里的光源。珠雨田有点紧张，她一边向那琴房走去，一边想象着这位名叫徐嵺子的小姐的模样，她一定是绝顶漂亮和可爱，同时有着苍白的脸色和惊恐的眼神——不然何至于自杀呢？她推开门。

琴声依然不太流畅，随着开门声戛然而止，在那一片明亮的光晕里，珠雨田看到在楼下的那个肥硕的背影，她坐在窄小的琴凳上，回头看着珠雨田。珠雨田看清她的容貌，她有极漂亮的五官，眼睛大如黑潭。只是，她太胖了……她笑了，圆脸上有两个可爱的梨窝：“你好，请问……”

珠雨田难以置信：“你就是……徐……嵺子？”

她点点头，微笑的眼睛如同弯月，面容上满是健康的红晕。她的外表与精神状态都与珠雨田想象的正相反。她还用她温和的眼睛看着珠雨田，于是珠雨田鼓起勇气说：“我是明生的女朋友，我叫珠雨田。”

徐嵺子圆厚的肩膀微微颤动了一下，像是受惊，又像意外，不过她的脸上依然保持着平静的微笑。“啊……明生，那是我很久以前的朋友。”

“所以，是真的吗？”

“你指的是哪件事呢？”

“对不起，我太唐突了，这件事是我爸爸告诉我的，我爸爸不同意我和明生交往，说他是一个很花心薄情的人，还曾经有女孩子这件事，为了寻求解脱，宁愿去自杀。”

徐嵺子沉默了一会儿，说：“你确实太唐突了。”

珠雨田的脸紫涨得像熟烂的番茄，羞愧使她简直想扒开这琴房的地砖钻进去。“对不起，对不起。”她连连道歉，慌乱地鞠了两个躬，转身就跑，因为跑得太匆忙，在楼梯上一连踩空好几级，她喉咙里发出“呀”的惊呼，手在半空中抓着，不过墙上并没有什么可以攀附的东西，只把满墙的儿童画作撕了几张下来。

“摔疼了吗？”

珠雨田抬起头看到徐嵺子站在楼梯顶端，边问着边走下来，徐嵺子没有搀扶她，而是在楼梯上坐下来，柔声说道：“其实一个人的过去并不是那么重要，只要你们现在感情和睦，何必一定要了解太多的从前呢？”

“因为……我很喜欢他，很喜欢，很喜欢，所以会忍不住对他的从前感到好奇。”

“就算他从前是一个花心薄幸的人，也不能说明他现在仍然是这样的人，人是会变的，你要相信你的感受。”

“我的感受吗？”珠雨田茫然地重复了一句，默默抓紧手中那几张画作，水粉画纸的一角被她揉成了团，她说，“我的感受就是，就算他对我糟糕到我能想象得到的极点，我也不会自杀，所以我想知道他做了什么超出我想象的事，会让你……做那样的选择。”

“这个嘛……我开始新生活以后就决定不再回想那些事。”

“对不起。”珠雨田又要走。

“但我现在发现，再想起来也没有我以为的那么难，可能时间真的能淡化痛苦吧。你坐下，我讲给你听。其实没有什么特别的，既不复杂，也不狗血，只不过是我一心一意地爱他，但是他爱很多人，我原谅过很多次，甚至替他开脱，替他找借口，但最后还是崩溃了，我那时候只有十九岁，还不能承受什么打击。有一天，他和我一起回我的湖南老家考察新果庄的选址，我家那儿有一个废弃的水电站，截出一个世外桃源一样的平湖，四周是漫山遍野的湘妃竹，我的父母就是靠挖竹笋为生的山民，那里真是美极了……我从未见过比那里更美的地方……所以我想，就这样吧，我干干净净的人，还给干干净净的山水多好，何必要活着受这些零零碎碎的折磨，我就跳进了湖里。不过很幸运地被救了起来。”

“明生救了你？”

“什么？当然不，我是偷偷溜出来跳湖的，救我的人是一个陌生的大哥。他是我最感激的人，他救了我两次。”

“两次？”

“那之后我就和明生分手了，他回到北京，我留在老家养病，因为溺水感染，我得了心包炎，为了治病又用了很多的糖皮质激素，半年之内体重从九十斤涨到一百八十斤，停药以后也消不下去，就变成了现在的样子。我不能接受这个样子，把家里的镜子都打碎了，再加上听说明生新交了女朋友，我很绝望，又跳了湖。这次碰巧那人又在水边。”

“那位山民真善良。”

“不，一开始我也以为他是山民，不过我父母都是本地人，他们从没见过他。那位大哥不知道是从哪里冒出来的……他说那里的山水太像天堂了，我住在那里难免会乱想，他亲自送我回了北京，还告诉我一句话：其实谁也救不了谁，无法忘记的只能被自己慢慢忘记。所以我回北京继续读书、工作，慢慢忘记那件事，六年了，我做得不错，如果今天你没有来找我，我就真的以为自己完全忘了。”

“真的对不起。我走了。”珠雨田起身告别，有几个家长带着来上课的孩子贴着她们身侧上楼。徐嵺子也起身，上楼拿了一盒胶水又返回，把被珠雨田撕下来的那几张画重新粘到墙上，她专心地刷着胶水，同时看到窗外的马路边，珠雨田和抱着孩子的乌鹊在谈着什么——原来她们认识？世界真小，徐嵺子摇头笑笑，她教了两节钢琴课，上午的工作就完成了，家长们来接孩子的时候，她叫住乌鹊：“乌小姐，早上和你在路边说话的那个姑娘，可以给我她的电话吗？我有件事忘记告诉她了。”

珠雨田接到徐嵺子的电话的时候十分意外，徐嵺子在电话里说：“还有一件更重要的事，早上没来得及讲，我给你一个女生的联系方式，她叫路芳菲，她是明生和我分手之后交往的下一个女友，她也许有话要对你说。”

珠雨田是被穿着 valentino（华伦天奴）高级定制套装的女秘书去前台迎接，然后带去“路总”的办公室的。路芳菲年纪不到三十岁，已经是一家大公司的人力主管，珠雨田一走进她的办公室，就有一种即将进行一场苛刻面试的紧张感。“坐。”路总坐在宽大的办公桌后面说。她是个瘦削的高个子，架着很大的眼镜，和明生的每一个女友一样，她很漂亮。

“珠雨田，你有感受到明生身边有一个旋涡吗？”她一字一顿，尾调上扬的语气也像在面试。

于是珠雨田也规规矩矩地回答：“没有。什么是旋涡？”

“旋涡。”路芳菲拿起桌子上的一支笔，在空气中慢慢画着圆，“水面上有两股不同方向的力，一个向这边，一个向那边，它们互相拉扯，互相纠缠，谁也不能赢过谁，水既没有往这边去，也没有往那边去，而是在纠缠中形成了一个旋涡。明生身边就有这样的两股力，一个拉扯着你向好的地方去，一个拉扯着你向坏的地方去。”

“我……”珠雨田的脑中蒙蒙的，她什么也说不出来，“我听不懂。”

“你不用听懂，记住就好了。我和明生交往是五年前的事，当时我们都喜欢玩SM。”

珠雨田好奇地打断她：“什么是SM？”

路芳菲平静地解释给她听，她的脸唰地通红。

“你不用害羞，我们继续说，其中有一种窒息玩法，是在他的脖子上系一个活结，那是一种专门的道具，在窒息濒死的时候可以自动松开，绝对安全。有一天我一个人在家，睡到半夜，听到窗外有两个人在吵架——不，打架，一个男的在打一个女的，他们边打边吵，声音压得很低，但我能听清楚。男的说，你把道具换了，害死明生，法律会判路芳菲过失杀人，说不定是故意杀人。她做错了什么。要搭上一条命？女的说，要你多管闲事？我一开始以为是在做梦，但是我很快清醒了，听得那么清楚，不能骗自己是梦，那就是真的。第二天明生出差回家，我就和他分手了，从此我们再也没见过面。”

珠雨田全身的血都凉了。

她静默了很久才说——一开口才发现声音是颤抖的：“那两个人是谁？他们为什么那么做？”

路芳菲耸肩道：“我不知道。”

“你没问过明生吗？”

路芳菲朗声大笑道：“妹子，你不了解我。我和徐嵺子那个优柔寡断多愁善感动不动就要自杀的脑残软蛋不一样，我是一个既然确定这其中有危险就马上走人的人，至于是什么危险，为什么有危险，老实说，I don't care a fucking shit（我他妈一点也不在乎）！一个聪明人不该去深究未知的危险，抽身自保才是最重要的事，不过那时候我听说徐噝子是个和明生分分合合很多次又曾经轻生过的人，担心如果她又来和明生复合，再遇到这种莫名其妙的危险，那以她的性格未必有我果断走人的勇气，所以我特意去提醒了她这件事。今天既然你找了过来，我也提醒你。”路芳菲用手中的笔轻轻点了一下珠雨田的额头，“这个看不见的旋涡，我的发现是偶然的，但是它一直存在着，也许现在仍然在。”

“谢谢。我知道了。”珠雨田木然地站起来，飞快地走出办公室。这座写字楼的空调温度开得太低，她觉得自己冷得瑟瑟发抖，站在电梯间，六部电梯都挤满了下楼吃午饭的小白领。她等不及了，拉开沉重的防火门，像逃离恐怖片的拍摄现场一样跑下楼梯，她想快点逃离这冷气，去阳光里取取暖，等她终于跑出写字楼，却发现外面秋风大起，干燥的冷风卷着地上的枯叶扑了她一身一脸，她也抖得像一片风中的叶子，抓住路边的垂柳喘着气，剧烈的喘息使她肠胃翻滚，她几乎要呕吐了——她想起在红河州的山顶，那个满山萤火虫乱飞的夜晚，她也听到过两个人的对话，一个问为什么要破坏飞机害死人命，一个问关你什么事！可惜她不如路芳菲聪明，她竟然稀里糊涂地把这么大的事放了过去，时间久了，她甚至怀疑自己是在做梦，可是那不是梦，那是真的！那是真的！

徐噝子的老公老周发现徐噝子今天有点不对劲，往常她也不是很爱讲话，但不是今天这种表情，往常她平静、温柔，而今天她眉头蹙着看着车窗外，正值晚高峰堵车，老周通过后视镜瞟了她好一会儿，发现她连眼睛都许久不眨一下。

她在想什么？老周把几种可能性在心里罗列了一遍，比如，这是他们结婚的第三年，她仍然没有怀孕的可能，她会想要一个孩子吗？再比如，她贪婪的父母不断向老周要钱，一会儿要在县城买房，一会儿要在省城买房，最近赶时髦又看上了大阪和京都的房子，她会觉得这是老周的负担吗？再比如，她试了无数种方法都不能减掉这百十斤激素肥，她在照镜子的时候会苦恼吗？

老周想今晚睡下的时候和妻子好好谈谈，他会安慰她，告诉她孩子可以做试管，日本的房子他也给岳父母买得起，反正都是写她的名字，以及他从小就喜欢胖乎乎的女生——不，似乎不该这么说，应该说她“其实一点也不胖”，老周边做饭边在心里斟酌着词句。

小小的两居室，书房兼客房里传来钢琴声，老周不懂音乐，也听不出徐嵺子正在弹什么曲子，不过他能听出这曲调婉转凄楚，如泣如诉，又使人心中蒙上湿淋淋、雾蒙蒙的水汽，好像一道蜿蜒的江水在青石上流过，又好像满山的翠竹在雾气中沉默。

这首《潇湘水云》弹了一天，总算弹顺了，徐嵺子指尖扫过琴键，又想起多年前那个投水自尽的清晨，山那么静，连风也忘了吹，几亿棵潇湘竹一起看着她，那天她一步一步走向湖心，水是冰凉的，顺着脚踝和膝盖的关节渗入骨缝里去。她想，如果真的把明生推下去，他该多冷啊。怎能舍得让他受这样的冷。

她记得在北京的健身房认识了一个姑娘，那姑娘形削骨立，有着光洁的额头和高耸的鼻梁，博览群书和电影，知道很多稀奇古怪的事，在徐嵺子和明生分分合合纠缠的几年中，每次她因为发现了明生不忠而痛苦不堪的时候，那姑娘就给她讲一个把谋杀伪装成意外的案子，那姑娘的原话因为说过太多次，她现在还记得清清楚楚——

“其实杀人没有那么难的，最简单的办法也是最有效的，就是伪装成意外，找一个僻静的荒野，往山下一推，或者往水里一推就完了。警察随便怎么怀疑怎么调查，没有证据就不能定罪。”

在她和明生吵架吵到万念俱灰的时候，这段话曾经像幽灵一样悄悄潜入她的心，她被自己吓了一跳，同时觉得既庆幸又惋惜，庆幸北京没有什么荒野，也惋惜北京没有什么荒野。

到了明生要给新果庄选址的时候，她闲聊中把这件事告诉了那个姑娘，那姑娘建议去她的老家，她便想起家乡那个绝美的潇湘竹山和平湖。不过在起程的前一天，她又意外发现了明生的外遇。

在又一次近乎崩溃之后，她不仅想起了“将谋杀伪装成意外”，还发现他们已经来到了绝佳的地点：荒山野岭。不会有摄像头和目击证人，这里还是她从小长大的老家，路面地形她都烂熟于心，天时地利人和，简直是天赐！明天一起去湖边时，一把推他下去，一了百了……

那一夜她几乎下了杀人的决心。

但是天一亮，杀人之心就像晨雾一样，在阳光中淡去了。她一只手支起身子，看着身侧熟睡的明生，落了两滴泪，也许还叹了口气，接着她悄无声息地出了门。她家在山脚，平湖在半山腰，上山的路她已走过几万遍，这一次是最后一次了，一路走一路哭。要告别了，这晨光，这薄雾，这斑竹和清水，这未曾来得及看尽的美好世界，她一步一步走向湖心，水是冰凉的，顺着脚踝和膝盖和肩膀的关节渗入骨缝里去，接着她脚下悬空了，水没过了头顶，她沉下去了。湖心是亮的，也不知道是那里有光，还是她濒死时出现的幻觉，再然后她感觉到一股向上的力气，抱着她的腰，提着她的脖颈向上游去，她被一把甩在岸边，几块碎石硌得她的后背生疼。她大口地吐着水，伏在岸边的苔藓上哭泣。渐渐恢复了平静的湖面上映出一个男人的倒影，他有着高大的个子和饱满的肌肉，黑脸膛，左眉被一道伤疤截断，看上去凶恶极了……

接着她分手、养病、发胖，又一次自杀，又一次被那个疤脸大汉救起，又回北京上学，认识了老周，老周虽然年纪大一些，也不是什么富豪，但是人非常朴实厚道，他们开始恋爱，准备结婚，她快忘记了明生……这时一个名叫路芳菲的精明强势的少女找上门来，自称与明生刚刚分手的明生女友，她是来做一个善意的提醒，那就是明生身边有两股方向相反的力，一个要救人，一个要害人，它们互相纠缠胶着，形成了一个可怕的旋涡。徐嵺子平静地说："谢谢，知道了。"可是路芳菲离去后，她惊恐地发着抖，好像一片秋风中的落叶，恐惧甚至使她跪在地上剧烈地呕吐起来。因为她想起了自己决意杀人的心路历程，正是有人一直在步步引导她去杀人，而有人一直在将她从湖底的深渊捞起，不过她再想去找那个姑娘和救她的凶恶男人，却发现他们一起人间蒸发了，就像从来没出现过一样。

但那个旋涡一直都在。

她们全都遇到过那个旋涡。

❾

壁上宝剑生尘，哀哀半世空鸣

“我有很长一段时间都不敢照镜子，

我不能再相信镜子里那个棒小伙真是个棒小伙，他是什么？

一个自私的、禽兽不如的胆小鬼，一个懦夫，一个帮凶。”

从路芳菲处回到学校，珠雨田扑倒在床上，蜷缩着不说话。宿舍里的女孩以为她身体不舒服，帮她泡了热茶，打好了米粥，她没喝——“旋涡”到底是什么？她苦苦思索，几次想打电话问明生，又觉得这听上去太像无知少女的胡言乱语，不觉就到了黄昏，有个电话打来，是她预订的出租车，林旭中的演唱会要开始了。

一年已经过去了四分之三，林旭中才开他今年的第一场演唱会，也是他今年唯一的一场演唱会。粉丝们太久没见到偶像，此刻积攒起来的爱慕形成了一大片粉红色的气场，浓浓地笼罩在北京的上空，通往体育场的路从早晨就开始拥堵，维持秩序的警力一再加码，黄牛炒作的门票不断刷新价格纪录，使围观网友纷纷惊叹年轻女孩的购买力，两部即将上映的电影甚至推迟了发布会，因为这几天所有的新闻头版都是林旭中，咖啡厅里、校园里、商场里，到处都有女孩们在谈论着林旭中，连公园里跳广场舞的大妈们休息时聊天的内容都是："你孙女去看那个林旭中的演唱会了吗？""没买到票，在家里打着滚哭哪！"此刻也有另外几个年轻歌手和演员的经纪人在咬牙切齿地和团队开会，说看看人家的营销策略，人家懂得饿着粉丝，明年咱们也得学学，不能有事没事开场演唱会，开多了就不值钱啦。

作为大粉，即使在票务这样紧张的时候，珠雨田也可以再问林旭中的经纪人多要一张票，但她没有，她并不想带明生来看偶像的演唱会，因为这是她对另一个年轻男人的爱慕，虽然和爱情无关，可是有男朋友在旁边看着，也蛮尴尬的。

林旭中一开唱，观众席上就有女孩尖叫着晕倒，女孩像击鼓传花的花球一样被众人举着传到了门口，那里有救护车等着。珠雨田也搭了一把手，她的眼泪哗哗直流，看着台上那个光芒四射的少年，他吃了多少苦啊，异国他乡、寂寂无闻、艰苦训练，忍受出道拼搏的压力，忍受单飞回国的非议，是谁把他从一个害羞的小男孩捧成大明星的？是粉丝！是这一万个举着荧光棒流眼泪的少女！是珠雨田们。而珠雨田又想，她是粉丝中的大粉，是佼佼者、领导者，那么四舍五入，也可以说林旭中之所以变成林旭中，是她珠雨田的功劳吧。

她越想越想哭，简直觉得自己是太阳本身，而台上的林旭中是月亮，是她发射的光芒才使他这样夺目。哭着哭着，演唱会的上半场就结束了。珠雨田忙把眼泪擦干净，理理头发，女孩子们都蜂拥去洗手间，而她逆着人流往后台走。大粉的另一个福利是她可以被经纪人带进后台，和林旭中聊一会儿天。

后台门口三层保安，一堵墙似的盯着珠雨田。珠雨田给林旭中的经纪人郑娇打电话，未接，再打，按断，遂发微信："娇哥，我是雨田，现在在后台门口。"等了五分钟，没回信。她又想人家此刻一定很忙，不然就算了，然而又不甘心，在后台外面踌躇了一会儿，突然见林旭中的助理提着一大袋快餐盒匆匆往里跑，忙拉住他，又想不起来人家的名字，只好说："我是珠雨田，记得吗？"助理辨认了一会儿说："记得，记得！跟我来！"

与外面的喧闹相比，后台竟然寂寂无声，十几个珠雨田面熟的工作人员屏息站在化妆间的门外，朝他俩挤眉弄眼地摆手制止。珠雨田不知发生了什么，还自顾自往前走，口中喊着："娇哥，娇哥？"娇哥人影还未见，突然一只茶碗从化妆间里飞出来，啪地砸碎在珠雨田身侧的桌子上，碗中深褐色的不知什么液体溅了珠雨田一身。

正惊呆时，只听化妆间中一声林旭中的悲号："这玩意儿的副作用你又不是不知道，老喝这玩意儿硬顶，我嗓子就真倒了，然后呢？要饭去？"又听娇哥大声劝道："你嗓子早倒了！你以为呢？不喝你连下半场都顶不下来！你问问老师们，上半场你龇了多少个音？你泼吧，你摔吧，都别干了，要饭大家一起要，你带着我，和你的二十多个工作人员、八百多个女朋友，咱们大家热热闹闹地一块要饭去！"

这话刚一入耳，还没反应过来什么意思，珠雨田就感觉自己的袖子被猛扯着，整个人都被助理拉出了后台，又推过三层保安，再次陷入了戴着荧光头箍的年轻女孩子的海洋，助理小心地说道："刚才的事别说出去，行吗？"

珠雨田忙点头，感觉到自己的心突突地跳着，那从休息室中飞出来的药碗，那嘶哑的争吵，她简直不敢相信，还是反问了一句："是真的吗？"

助理痛苦地点点头。

"为什么不看医生呢？"

"怎么没看？不然你以为他为什么一年不开演唱会？当真以为是饥饿营销

呢？我跟你说吧，”助理对着珠雨田的耳朵，“医生让他三年不开嗓，其实今天也不能唱，可是再不出来，谁知道明年还有没有人记得他是谁，现在小鲜肉这么多。他压力大得可怕，每天都在吃氯丙嗪。”

“那是什么？”

“治疗抑郁症和预防精神分裂的药物。”

“啊！这么严重吗？”

助理像给骑士授勋一样，重重地按住她的肩膀。“所以今天的事一定要保密。为你爱的这个男人保密，这是我们的使命。”

珠雨田直接走向了出口。她不想听下半场了，无论下半场林旭中的表现是完美的还是糟糕的她都觉得好残忍。她心中的后悔好像海浪一样一波一波地拍着自己的胸脯，她非常后悔今天去了后台，后悔窥听到这个难堪的秘密，从此林旭中在她心中也不再是那个阳光可爱的男生了，而且她什么忙也帮不上。

她直接去了张自忠路的那家炸酱面馆，大约一小时后林旭中就会来这里吃面。无论如何，她还是想照原计划见他一面。面馆的老板是位大叔，个子不高，站在柜台后面，店里收拾得很干净，方砖地面上还有擦地留下的水渍，散发着肥皂水的味道，在小餐馆里长大的珠雨田知道这是打烊的意思，果然大叔隔着柜台笑道：“姑娘，今儿没菜也没炸酱了，明儿再来吧。”珠雨田强打精神应了一声：“我就坐一会儿。”她在最角落的位子坐下，大叔看着她，不知是否识破了这位粉丝的意图，半晌他说：“还有点鸡蛋，我给你煮碗鸡蛋面行吗？”珠雨田点点头，大叔便去了后厨，不一会儿，白蒙蒙的水汽从厨房的小窗口飘了出来，面香也飘了出来，这时只听两扇紧闭的门咯吱吱地响，像有人从外面用力地推——林旭中来了！她猛地抬头，只见门外站着一个蜜色皮肤的漂亮女孩，挽着明生的胳膊。

珠雨田怔住了。再看明生，他同样吃惊，同时甩开女孩的手。

女孩笑嘻嘻地朝后厨喊："老板，不用做吃的，我也不是来吃面的，我是来等着看林旭中的。"女孩大步往里走，明生还呆立在门口，珠雨田突然推开桌子起身就跑，她的脑中一片空白，走出一个街口后才觉得血渐渐回流到四肢。她觉得这时明生肯定跟在她身后追上来了，因为他得解释一下这是怎么回事，他不可能眼看着她拂袖而去而没有反应。忙回头，却差点和一个路人撞个满怀，那人骂了她一句绕路走了，更多的行人迎面走来，人人步履匆匆，个个面目模糊，却并没有明生。

珠雨田又颓然想起包还扔在那店里呢，手机、钱包、钥匙都在里面，还是要回去拿，可是返身走了两步，只觉得每一步都灌满了愤怒和屈辱，刚走到街口，红灯底下一面车窗摇下，有人喊："珠雨田！"

珠雨田猛地站住，见一辆黑色的商务车里露出郑娇的半张脸，她明白过来演唱会已经结束，林旭中应该就坐在车里，但是此刻林旭中对她来说和路边一根草棍一样没任何意义了，她怔怔地看着郑娇。

"你在发什么呆呢？"郑娇是个常年理着板寸、雌雄莫辨的姑娘，讲话总是又快又急。

"娇哥，你们是要去张自忠路的面馆吗？我的包落在里面了，你帮我拿出来行吗？我在面馆门口等着。"她不等娇哥答应，自己就往面馆的方向走，再看红灯变绿灯，娇哥的车也向前驶去。

等她走到面馆门口的时候，娇哥已经拿着她的包等在那儿了，娇哥满脸困惑："你自己怎么不进去拿？"珠雨田紧闭着嘴接了包就走，连句道谢也没有。娇哥又拉住她："进来跟小林打个招呼吧。"珠雨田又面无表情地摇头，刚好有辆出租车在身边停下，她上车走了，对师傅说："去果庄。"

这一路上头晕目眩，并不记得一路街景，出租车停在她和明生居住的小楼前，师傅提醒了她两遍她才想起来下车，又站在楼前发了好一会儿呆，因为抬头见两层窗子都黑黢黢的，明生并没有回来。

但珠雨田又想，即使明生现在还没回来，也应该快了。她飞快洗了个澡，洗掉在演唱会上沾的各种味道，换了睡衣，吹好头发，坐在客厅里泡茶。她拿着茶壶的手直发抖，水洒了一桌子。明生随时会回来，也许就在下一分钟，他们会有一次郑重的摊牌、解释……随便叫什么都好，明生会道歉，他那么爱她，说不定还会痛哭流涕地挽留。刚才洗澡水太凉了，现在她浑身冰凉，牙齿咯咯地打着战，刚在沙发上坐下，只见窗前影影绰绰，她猛地站起来要去开门，仔细看去，原来只是树影在摇动。

一直等到面前的这壶茶凉透，明生也没有回来。

时间过了午夜十二点，她盖了条毯子在沙发上睡下，突然明生回来了，一身烟酒气，口中嚷着“累死了”就要去睡。她拉住不肯放，一定要他先把今天的事解释清楚，拉拉扯扯中，她醒过来了，原来是一场梦，窗外树影娑娑，起身推窗一看，月色皎洁如冰盘。

这时已是深夜两点，明生仍然没有回来。

珠雨田的手去摸手机，她觉得自己是等待解释的一方，对方是理亏的一方，这个电话不能打出去，可她的手又按在通话键上舍不得移开，犹豫很久，她把手机扔进一个抽屉锁起来，钥匙远远地一扔，当啷一声，在寂静的午夜如同警钟。她坐在窗前的竹椅上，刚才推开的窗子忘记关，也懒得去关，越来越凉的秋风呜咽着，源源不绝地灌进来。

这样一直呆坐到天色青白，珠雨田觉得头发眉毛上都起了露水，她撑着僵直的膝盖站起身，满屋子找抽屉的钥匙。刚才真是大力，钥匙被她扔到了毛玻璃的那面墙边，她捡钥匙的时候又觉得全身寒气入骨，毛玻璃比墙壁凉得多，好像那后面是一个冰窖一样，她又把手扣在毛玻璃上眯着眼看，和以前每次窥视的结果一样，影影绰绰的，不知是花是树还是什么。在这里住了这么久，她还从未去过毛玻璃后面的花园，她曾经对明生提出过这个请求，但是，“荒废的园子。”他说。

她重新开了抽屉拿出手机，电话拨过去，可是只响了一声便被按断了。

忙音使珠雨田压抑了半夜的委屈刹那间转变为怒火，她用几乎能捏碎手机的力气再次拨过去——关机了？！

“今天不找到你，我珠字倒着写。”珠雨田咬牙切齿地想，甩门而出。

出租车停在张自忠路那家小面馆门外，她仰头一看，才发现不是所有的小餐馆都和自家餐馆的布局相同，这小面馆虽然也是两层，二层却不是店主的住所，而是一个什么广告公司。去哪儿找那个面馆大爷呢？她咬着嘴唇想了想，拨通娇哥的电话。

娇哥的声音是从梦里拉回来的：“……谁啊？”

“我是珠雨田，娇哥，林旭中会去这个面馆吃饭的事，都有谁知道？除了你们这些他身边的工作人员。”

“……”

“娇哥你醒着吗？”

“现在几点……五点半？珠雨田，你在梦游吗？”

“这件事不是只有大粉才知道吗？一只手数得过来的几个大粉我都认识，怎么还有别人知道？”

“没有人知道，这是咱们大家庭的秘密，咱们既不会把这件事拿给媒体去煽情，也永远不会泄露出去让粉丝来打扰他。”

“可是还有人知道。”珠雨田十分坚定。

“谁？”

“你们在面馆里没看到一男一女吗？那女的是谁？”

“不认识，路人吧，面馆开着门，还不许人家进去吃面？那两个人一直没跟我们搭话，我估计那女孩也根本没认出林旭中。”

“不，绝对不是，我走的时候和他们打了个照面，清清楚楚地听到那女孩特别兴奋地说是来看林旭中的。”

“不会吧？谁会走漏风声？”

“你真不认识那女孩？”

“真不认识！你就为这事？”

“好，这事先放着，娇哥你能不能问问林旭中，这面馆的老板家住在哪里？我有急事找那个老板。”

“丢东西了？”

“不是。”

“到底什么事？”

“……不能说。”

“妹子，你大半夜把我折腾起来，不能这么莫名其妙的吧？”

“娇哥，不要逼我解释，我现在真的很难过，如果你能帮我这个忙，我会一直记着这个人情的。”

“是你逼我呢，还是我逼你呢？有你这么求人帮忙的吗？莫名其妙。”娇哥说完就挂了电话。珠雨田着实蒙了一会儿，冷风吹着她的额头，她冷静了一点，觉得自己没头没尾的的确有点过分了。且娇哥是谁，那是个指哪儿打哪儿雷厉风行的铁人，经纪人圈中的传奇人物，估计从来没人敢跟她这么说话。

不过娇哥的电话很快又打了过来，语气竟然温和了很多：“珠雨田，你到底怎么了？你平时不是这性格，一定遇上大麻烦了才会这么反常。”

珠雨田深吸一口气："一言难尽，我找那个老板有急事。"

"我可以帮你问问林旭中，但不能保证他知道，毕竟只是吃个面的交情。"

五分钟后娇哥发过来一个地址，不远，就在几百米外的胡同，珠雨田跑步过去，老远就听到有节奏的"卜卜"声，走近一看，只见晨光中，那面馆的大爷光着膀子，对着胡同口一棵歪脖子树练掌法。

"大爷，昨天我走了以后进来的一男一女，他们后来去哪儿了您知道吗？"

大爷停下劈树的手，上下打量她。

"他们聊天的时候有没有说过等会儿要去哪儿，或者那女孩子家住哪里什么的？"

大爷问："抓小三？"

老人家真是见多识广。珠雨田哽住，不说话。

"小小年纪，有意思的事那么多，怎么在这些破事上浪费时间？快去吃个早点补个回笼觉，你瞧你这黑眼圈都成什么样了？丫头啊，别犯牛脾气，我以活了六十多年的人生经验告诉你，人生在世，难得糊涂，什么事都较真可不好。"

珠雨田的眼泪如泉水般喷出——你又无法分担我的痛苦，凭什么要求我难得糊涂？当初林旭中就是被这鸡汤贩子感动才咬牙坚持做练习生的吗？还以为有多高明呢！

她呜呜咽咽的，转身就走，只听大爷在身后说："呼家楼瑰丽，我就听见这么一个地方。"

到瑰丽酒店门口的时候，时间已是早上七点一刻。她在台阶上坐着。

门童走来问她坐在这里有什么事，她说："要饭的。"

门童走了。

这样坐了三四个小时，时间接近中午，退房的人多了，她眼睛盯着门口，许多人进来，许多人出去。

一夜没睡的疲惫慢慢涌上来，头好像有一百斤重。珠雨田昏昏地想，也许这一夜的折腾根本就是个笑话，也许他们根本就没来这个酒店，或者早就走了，或者从另外一个方向的大门走了。

快到下午两点的时候，珠雨田看到那个女孩从旋转门里走出来。高高的个子，蜜色的皮肤，乳白色的大衣里露出修长的脖子。她是孤身一人，穿过马路去对面开车，珠雨田赶忙拦了辆出租车跟上去，两辆车在大路小路上蜿蜒前行了一个多小时。那女孩到家了，她边走向路边一个小公寓边在大手袋里摸钥匙，珠雨田大喊："喂！明生呢？"

女孩回头，目光在她身上一扫，笑着说："他很早就回果庄了——七点吧。"

七点？珠雨田想，那么自己和他在酒店门口是擦肩而过的。

女孩又笑道："你是那个什么雨田吧，王雨田还是珠雨田来着？听说你是DC老板的私生女？哦不，养女，养女，哈哈，whatever（无所谓）。"说完潇洒地摆摆手，朝公寓门口走去。珠雨田完全呆住，这一个多小时的车程中她设想了好几种两人交谈的场面，却万万没想到是这样。

那女孩开了门，手扶在门框上又回头。"我说，你就不能住你爸爸家吗？或者你在学校没宿舍吗？干吗老住明生那儿，还不走了呀，搞得每次我们见面都要去酒店，很不方便你知道吗？"

珠雨田大怒，继而一阵恶心，胃酸几乎要反到喉咙口。她有一万句骂人的话想说，可惜她从没说过脏话。她沉默了，脸颊被血冲得紫涨，这么紫着脸站了一会儿，她转身就走。

"那个什么雨田啊。"那女孩在身后喊。珠雨田回头，那女孩微笑着说："你啊，差不多就得了。"

“什么差不多？”

女孩笑道：“我们谈恋爱已经两年多了，感情很稳定，虽说我一向不介意像你这样的小姑娘突然出现，但是她们都很快就消失了，算不上我的麻烦，你的时间可是有点久啊，今天你不找我，我也正要找你呢。”

珠雨田耳中如同惊雷滚过，额头上一层一层的汗珠沁出来，她继续用木然的声音说道：“你乱说。”女孩笑道：“我叫宋蘅，明生的朋友们和果庄的员工都认识我，不信你去问他们。”珠雨田咬住嘴唇不搭话，宋蘅转身进屋了，路上车来车往，几辆车绕着珠雨田鸣笛又驶远。

她又回果庄，在大门口下车，见今天和往日不同，两扇一向紧闭的大铁门洞开，门外的甬路停了两排车，还有更多的车驶来。她正茫然站着，保安队长钱百万把她拉到一旁。“珠小姐，看车，当心碰着您。”

珠雨田回过神。“今天怎么这么多人？”

钱百万笑道：“您忘了，今天咱们果庄有个收购董太太那个时尚集团的发布会，这都是媒体。”

“明生呢？”

“老板早上七点多就回来了，一直在办公室开会，他今天肯定特忙。”珠雨田又问：“你知道宋蘅是谁吗？”钱百万登时哑住，低头看着鞋尖，珠雨田现在完全相信了，眼圈一红，大步走远。转眼来到办公楼，这里不仅媒体来客众多，果庄的员工也不少，有的和珠雨田打招呼，有的看她面色不善，远远便避开。珠雨田一概不理，跑上二楼，和一个高且瘦的女人撞了个满怀。那女人穿着很高的鞋子，脚下一个趔趄，口中喊着“哎哟”，幸而被身边的人扶住了。珠雨田倒怔了，因为那人是董太太，她们见过一面的，旁边的老董和明生都一脸惊愕地看着她。

明生马上换上和缓的脸色，微笑道：“我现在很忙，晚上回家再说。”珠雨田的眼泪便滚了下来。

半晌珠雨田叹气道："你不能这么骗我，我没去招惹你，你干吗招惹我？你是什么样的人，过什么样的生活，是你的自由，干吗把我卷进来？我好好的一个人，你怎么能这么欺负我呢？"她边说边觉得喉咙堵得慌，抽噎得喘不过气来，明生便要为她擦泪，珠雨田一把打飞他的手。老董被太太拉到一旁，远远地看着，像在看一场好戏。

只听楼下喧哗声更大了，明生压低声音说道："晚上再解释好吗？你看到了，我今天事情真的太多，发布会马上开始，我还有一大堆文件要在发布会之前过一眼。"珠雨田又哭道："我以为你跟那些满口大道理却做尽龌龊事的人不一样，我以为你洒脱、真实、追求自由，没想到你的自由是建立在伤害之上，我做错了什么事要被你这样伤害？还是你那些正直的道德标准只在朋友和生意面前适用，在我面前不适用对吗？我根本不相信私生活上是个骗子的人在生意上是什么正直的精英，你和你所鄙视的那些道貌岸然的人有什么区别？不过都是好恶心的中年人而已。"珠雨田泪光中只见明生脸上阴晴不定地说道："就算我有不对的地方，你骂得也太难听了吧？我不喜欢你现在这样。"又听身后几声脚步声，有人跑上来喊："董先生，明总，媒体都到齐了，快一点。"明生挥挥手，那人走了，明生叹气道："你看到了，我很忙。"珠雨田的心如同坠入冰湖，她看着明生，仿佛自己巨大的痛苦被结界罩了起来，无论她哭喊还是谩骂，除了她以外没有第二个人能听到，她自顾自说了这么多，眼泪流了这么多，人家说他很忙。

明生扣上西服扣子就要下楼。珠雨田人站在楼梯口，用胳膊一拦："你还没有说清楚……"

明生的语气中已经丝毫愧疚和和悦都没有了："我说了我现在很忙，是真的很忙，现在，此刻。"楼下员工纷纷又喊："明总！明总！"珠雨田深吸一口气将眼泪憋回。“什么时候也不能不讲道理。”

明生变了脸色。“你在开玩笑吗？这是我的地方。”

“什么地方也不能不讲道理！”

明生突然朗声大笑，把珠雨田吓得向后退了一步，险些从楼梯上跌下去，只听明生笑道：“不讲道理？你才活了几年敢来跟我讲道理？我不讲道理的时候你还是液体，滚！”

珠雨田完全呆住了。在她有限的人生经历和世界观中，对就是对，错就是错，要做对的事，不要做错的事，做错事的一方是要道歉的，而不是理直气壮的。这是幼儿园小朋友都懂的，幼儿园小朋友如果做不到都要被老师批评、被家长罚站的，可是成年人怎么反而不遵守呢？成年人如果善恶不分，他们为什么都教导自己的孩子要做好人呢？他们一直在撒谎对吗？可他们为什么要撒谎呢？他们为什么不直接告诉孩子其实是不必做好人的，他们在怕什么呢？

明生看着珠雨田，只见她钉子一般站立着，手死死地抓着楼梯扶手，下唇被牙齿咬出了血痕。他一边大步下楼一边高喊：“老马！带几个人上来。”

珠雨田觉得身后一阵旋风似的上来几个人，站在楼梯的半截处，又听明生怒喝道：“把这个叫珠雨田的带出去，扔到大门外面去，看着她走了再回来，告诉钱百万以后不许放她进来，我要是再在果庄看到她，安保部门全都给我滚蛋。”

明生走了，珠雨田还站着，楼梯上那几个人也沉默了一会儿，一个人走上来，大概就是老马吧，他低声说：“小姐，您——”

珠雨田转身下楼，走路像飞。那个老马愣了一下，忙跑到珠雨田前面去，一行人都下到一楼，这里是发布会举行的地方，人很多，但很安静，大约明生已经进入会场，发布会开始了。老马神色紧张地拦在会场门口。

珠雨田马上明白他为什么跑在前面了，她冷笑着，心想老马难道以为自己会去媒体面前闹吗？人活一张脸，做那么丢脸的事还不如干脆死了算了，她走向侧门，老马又跟上来，和三四个大汉左右夹着珠雨田往大门走。珠雨田行军般大步走过被参天大树遮蔽的漂亮甬路，走过一排排生着绿色苔藓的小楼，走过甜香四溢的苹果林，走出大铁门。刚迈出铁门一步，就听哐啷啷两三声，铁门在身后关上了，连一秒钟都没有多等，她猛地一回头，那寒冷的乌铁几乎贴在脸上。

她心中一片空洞茫然，再转身，眼前是大街，如同梦一场。

她这么站了好一会儿，那个叫钱百万的保安小心翼翼地走过来低声说："珠小姐，别伤心了，走吧……老板说您不走我们都饭碗不保……您在老板家的衣服什么的，我想办法让保洁阿姨带出来给您送去，求您了，快走吧……这儿车来车往的，别再碰着您……"

珠雨田走了，她一步就走到大街上去，沿着马路走过了一个又一个路口，虽然一天一夜没睡，但她好像不知道累似的，两条腿如同机械般有力，她的胸腔中也充满了力气，有个声音在清清楚楚地、一遍一遍地说着："我要杀了他！他敢这样羞辱我、欺骗我……这个人不能活了，我要杀了他！我一定要杀了他！"

珠雨田在第三个路口被拦住了，这人骑一辆威武的杜卡迪，戴着头盔，头盔下露出一双老虎般的眼睛和半条截断眉毛的伤疤。

"嘿！"那人瓮声瓮气地隔着头盔打招呼。

珠雨田看了那虎目和伤疤一会儿，惊得心脏都漏跳一拍——

"小黑？"

小黑笑道："上车。"

珠雨田上了车。她以前也和同学结伴骑过摩托车，不过那都是比电动车快不了多少的小玩意儿，她第一次知道杜卡迪的速度，好像和风融为一体。

不知道驶出去多远，小黑把车停在路边，因为他感觉到后背的衬衫湿了一大片，是珠雨田在哭。

小黑不劝，任凭猎猎的冷风吹着他们，等她哭完，说："可以走了吗？"

"走吧。"

又是飞驰，几条街后，当他察觉到身后的哭声便又停了下来，珠雨田把脸埋在手里，发出令人心碎的恸哭。

待她平静之后，摩托车继续行驶，如此反复了四五次，他们到了明德大学的南门，珠雨田叹口气说："对不起，我今天遇到了很难过的事。"

小黑说道："我知道，我知道。"

珠雨田苦笑："你怎么可能知道？我完了。"

"什么叫'完了'？"

"完了就是完了，我这辈子就到这儿了。"

"我觉得你现在情绪不是很稳定，你这样回宿舍不太好吧。"

珠雨田抬头看看天边的晚霞，又长叹一声："是啊，一想到我以这样的状态见同学、熟人，我就害怕。"

"要不你去我那儿住一天？咱们这么久没见，聊聊天，散散心——见到我不害怕吧？"

"说起来也奇怪，你长得挺让我害怕的，可是不知道为什么，我见到你就是不害怕。"

"我告诉你为什么。"小黑回过头，虎目含笑看着珠雨田，"因为我看着像个坏人，其实是个好人。"

小黑住的地方太远了，从位于北四环的明德大学一路向北，穿过城区，又穿过农田和一个乱七八糟的小街区，他们到了一片荒地，这时的落日还剩下最后一点余晖，血红的晚霞映着荒地上连天的废弃汽车，珠雨田之前之来没见过这么多车堆在一起，好像天上下了一场废汽车雨。再走近些，才发现这片废汽车堆起来的山野中也有小路，摩托车在小路上拐了几次，眼前就出现了一片砖房，像是宿舍，也像工棚，每一间都亮着灯，砖房外面用白灰写着“×× 拆车厂”，字都残缺不全了。

这里真热闹，像一个欢乐的地下世界，砖房前一大片空地上挤满了人，录音机里放着不知道什么人的歌，很多人在打牌，乌黑油亮的牌九被摔得啪啪响，房子里透出来的橘红色灯光照着他们黑溜溜的皮肤，铺着塑料布的大圆桌上摆满了泛着黑泡沫的啤酒，空地边上支了几个烤肉架子，辣椒面和盐像雪一样从一个大汉手里飞出来，密密麻麻地在肉上撒了一层。

“小黑回来啦，哟，带了个女朋友？”好几个人朝珠雨田嚷嚷。

小黑笑着：“这是我亲妹子。”

众人陡然尊重起来，有几个人甚至从凳子上站起来，弯腰道：“妹妹好。”又有人招呼：“妹妹过来吃烤肉。”珠雨田像木偶一样穿过人群，小黑的房间在最里面，她跟在小黑身后进门，一个小房间亮起来。它真小，和自己在上海家里的卧室差不多，东西又多又杂，可是并不显得乱。墙边几个架子上密密麻麻地摆着些小物件，单人铁丝床上的被褥很干净，枕边放着一摞衣服，珠雨田困了，她一句话也没说，扑倒在床上合眼便睡着了。

好香甜的一觉，不知道为什么睡得这样踏实，其实她是个很没有安全感的人，记得第一次在红河州的山顶过夜和第一次在果庄过夜的时候，她都很难入睡，那么这里呢，乱、穷、荒芜，那些卖体力的汉子甚至颇有点绿林匪盗的气质，小黑是个打黑拳的，甚至还有因故意伤人坐牢的前科……可是珠雨田竟然感觉到莫名其妙的安全，她睡得很熟。

又不知过了多久，她见到了那扇砰然关闭的大铁门，接着屈辱和愤怒一起从四面八方合涌而来，如同湍急的涡流，她想摆脱却只能越陷越深，白天未流尽的眼泪又涌了出来。她醒了，发觉秋风从木窗棂的裂缝里灌入，吹得脸上的泪痕处一片冰凉。

她坐起身，看着小黑发呆，小黑坐在一张小板凳上，正用电炉煮着一锅面，鸡蛋大概刚打进锅里，满屋都是蛋黄煮熟的香味，旁边的空碗里还放着一小把洗干净的菠菜。

小黑搅着面抬起头。“睡醒了？这碗你先吃，我再煮一碗。”

珠雨田下床，现在脑子清醒了点，才看清那几个架子上密密麻麻摆放的都是飞机模型，至少有几千个！模型的质地有根雕、有好像三五元钱从地摊上买的铁皮玩具、有塑料的、有树脂的、有看上去很昂贵的日本产手办、有发动机的每个零件都能拆卸的高级模型，有一架舱门甚至能打开，里面还有洋娃娃似的空姐呢！珠雨田把玩了一会儿又放下，她叹口气，发现新奇的东西最多能让她转移几秒钟的注意力，可是没用，她很快又回到那屈辱与愤怒交织的旋涡里，巨大的悲戚使她忍不住眼泪。好在她也不想忍，她坐在小黑对面的板凳上，眼泪吧嗒吧嗒地掉进面碗里。

和着眼泪吃完了面，小黑那碗刚刚煮好，他一边把面挑进空碗里一边说：“你梦里一直咕哝着说要杀人。你要杀谁？”

“没什么。”

小黑埋头大声吃面，他吃得真香，面条风卷残云一样被他吞进去。

珠雨田又好奇地问：“那件事之后你又打拳赛了吗？”

小黑吃着面说：“还敢打拳？警察盯着我呢，连身份证都不敢用。”

“那你怎么生活？”

“一直住在这儿，帮着拆车厂这帮哥们儿拆拆车，还过得去。”

“你隐姓埋名吗？这里安全吗？”

“放心，这都是蹲大狱的时候交下的朋友，都是过命的兄弟。”

珠雨田闭紧嘴巴不说话了。

小黑又笑道：“我知道警察肯定把我以前犯的事告诉你了，不然怎么诈你，吓唬你。没错，我以前故意伤人，蹲过几年局子，其实我挺佩服你的，你一个小女孩，文文静静的，既然早知道我的底细，怎么还敢跟我来呢？只看外表，真看不出你有这么大的胆子。”

珠雨田想了想说：“其实我更好奇一个飞行员为什么会沦落到进局子、打黑拳、打黑工的地步。”

小黑脸上的笑容陡然一收，那双虎目又恢复了刀子一样的犀利。“这是谁说的？”

“赵小元，就是那个中枪的小警察，他在医院抢救了半个月才脱离危险，我去看望他，他告诉我的。”

“警察肯定说你再遇到我就得给他们报信，对吧？”

“你怎么知道？”

小黑不屑地喷了口气：“哼。条子。”

珠雨田不说话。

“我猜你肯定也答应了。”

“为什么这么猜？”

小黑嘿嘿地笑了，左眉上的长疤一跳一跳的。“因为你是个正经人家的好孩子。除暴安良嘛，天经地义。”

珠雨田诚实地点头。“不错，我是答应了，但我决定食言，我是不会告诉赵小元或者任何一个警察的。”

小黑抬起头问：“这又是为什么？”

“我是个正经人家的好孩子，提供破案线索是我的义务，可我也是个够朋友的人，你是因为不放心我的安全才把我带到这儿的。你明知道警察在找你，还敢带我来，你信任我，我就不能不够朋友。出卖朋友那还是人吗？我不干那种事。”

小黑似乎十分意外，又像是有点感慨，眼中亮晶晶的，含着些泪，他伸手帮珠雨田把凌乱的刘海抚平：“你真的令我刮目相看，小姑娘，没想到你还有这等江湖义气。有你这句话我就够了，以后咱们就是朋友。”

珠雨田重重地一点头道：“对，咱们是朋友。”

她又看看窗外喝酒吃肉的大汉们，低声说道：“你刚才说外面那些人都是你在监狱里交的朋友对吗？里面一定有懂怎么杀人的行家，我会想出一个方案去请教他们，如果有破绽，就再想一个，一直到完美到可以去做为止。”珠雨田看到房间另一头的墙壁上钉着面小镜子，镜中映出她充血通红的眼睛，她还看到自己的皮肤被一天一夜的泪水泡得浮肿，五官因为牙齿紧咬而变了形。那是一个她不认识的人，不再是讲话都不敢高声的珠雨田，她不知道那是谁，只知道那人满脸都写着“杀人”！

珠雨田似乎已经因为屈辱而精神失常了，这番极为短暂的清醒与理智之后，她抖动得越来越剧烈，然后无法控制地咆哮起来：“我一定要杀了他！他不能这么欺骗我，伤害我！我不会放过他！我绝不放过！”小黑当啷一声扔下面碗，大长腿一步迈过半间屋子，肌肉饱绽的胳膊箍住珠雨田，可是珠雨田已经疯了。小黑自己也无比震惊，在他的想象中，他一只手能提起三个珠雨田这样的小妞，如果两只胳膊箍起来，用三成力气都担心把她骨头捏碎。可是现在别说捏碎了，他十成力气都使出来，身为一个顶级的拳击手，竟然没办法罩住这个被恨意逼疯了的小东西。珠雨田在他怀里龇着牙，口中发出野兽一样的嘶鸣，指甲掐进小黑的胸肌里，膝盖猛撞着小黑的小腹，小黑觉得全身的皮肉都好疼，像被十个泰国拳皇按在地上捶一样疼。

小黑忍着，大半个身子把她压在身下，不然她猛踢猛挥的手脚会报销掉旁边架子上的几千个飞机模型。他等着珠雨田把电量放完，然后她哑了，躺在地上，手脚偶尔一抽搐。她又哭了，闭着眼睛，眼泪无声地淌进发际。小黑放开了她。

这样安静地哭了一会儿，她又开始喃喃地咕哝“我要杀了他”，这呓语声渐渐大起来，她又睁开眼睛，呓语变成咆哮，好像刚才的流泪是在充电一样，她又变成了疯狂的活物，小黑又紧紧抱住她。

又过了一会儿，她又伏在小黑怀中哭了。

像傍晚在摩托车上几哭几止一样，此刻她又陷入了安静流泪和咆哮发疯的循环中，几次之后，她大概真的耗尽了体力，像病入膏肓的小动物一样蜷在床上，有白沫不断从嘴角流出来。一个人内心要有多痛苦才能抽搐成这副模样？小黑转过脸去不忍看。

珠雨田再一次安静流泪的时候，小黑把她的头抱起来放在自己的腿上，隔着工装裤，他都能感觉到大腿一阵滚烫，珠雨田一定在发烧，不过他并不怎么担心，这点小病对年轻的身体来说不算什么，它很快会过去。

小黑用手指理顺她滚得凌乱的头发。“珠雨田，你醒着吗？”

珠雨田闭着眼睛点点头。她安静的时候还是很乖巧的。

“不要多想了，睡一觉，好吗？”

“我睡不着。”她抽泣着。

“怎样才能睡着呢？只要你说得出，我就办得到。”

“你会唱歌吗？”

“唱歌？”小黑很为难，“唱倒是会唱，就怕你听过之后更睡不着了，你会整夜思考怎么能有人唱得这么难听。”

珠雨田却笑不出来。“那你给我讲个故事吧。小时候我闹着不睡觉，我妈妈就给我唱歌或者讲故事。”

小黑的神色更尴尬了。“我一直以为世界上的事没有我不会干的，今天才知道我不会哄孩子。”

珠雨田长叹一口气道：“算了。”

她闭着眼，抽泣不止。

小黑沉默了很久，像是下了很大决心。“好，我讲一个也许不那么有趣的故事，你试着听一听，好吗？”

珠雨田点头。

“我给你讲讲我做飞行员时的事吧。我的老家在很远的一个小县城，那里山水美得像天堂一样。可惜，美不能当饭吃，我们那儿没什么耕地，也没有矿产，是个很穷的地方。我的父母都是普通工人，虽然不富裕，但是他们非常勤劳、善良，我有一个很幸福的童年。长大以后我读书也很不错，而且个子高，身体好，很顺利地考上了飞行员，亲戚邻居们都说我是我们家的骄傲，又说我父母后半生有指望了。后来上了大学，我的理论和操作课都是班里成绩最好的。”

珠雨田睁开一双浮肿的眼睛问：“真的？”

“真的。快毕业的时候，我的一个老师辞了职，他去为富豪开私人飞机了。那是个美差，赚钱多，工作清闲，因为很多富豪不过是养一架飞机在停机坪吃灰。飞机上一般需要两个驾驶员，老师就带上了我。老师的意思是美差要留给最好的学生，等我毕了业，各项证照都拿到，我就可以正式和他一起飞了。不过我没等到毕业，也没等到拿到各项证照成为真正的飞行员，在大四那年，我栽了。”

“栽了是什么意思？”

“我老师服务的那架飞机的老板是个有名的大富豪。他是个很爽朗、很好客的人，很少自己飞，总是带上一帮朋友，飞机上放着音乐，他们在万米高空开着派对，可以这么说，在驾驶舱的我也能感受到背后传来的快乐。有一天，和老板一起飞的客人是一对情侣，那个女孩很是白皙漂亮，我当时是个二十来岁的小伙子，忍不住盯着人家多看了几眼，她的男朋友也很高大英气，两人看上去蛮般配的。飞机一起飞他们就开始喝酒聊天，慢慢地，我从他们的聊天中听出来那个男人有求于我的老板，那男人要开个新公司，需要借很大一笔钱。他们越喝越多，后来我突然听到一声哭叫，从驾驶舱跑出来一看，我永远也忘不了，我看到老板在强暴那个姑娘。”

“怎么可能？她的男朋友不是也在飞机上吗？”

“是啊，这也是我的第一反应，我从没想到还能发生这样的事。那个姑娘的男朋友就在旁边，他醉成了一摊烂泥，他的表情是又愤怒又痛苦。好几次他都抄起桌上的牛排刀又咬着牙放下，我知道他一定是不情愿的。可是他也没有制止，到现在我也不知道是因为他醉得实在太厉害，没有力气，还是因为他想起自己有求于我的老板……我就那么站着，那个姑娘的身体被老板挡住了，她看不到我，可是我能听到她的哭声，一声比一声惨烈，一声比一声绝望，到最后她整个人都像被撕裂了一样哭。”

“你说的‘栽了’，是因为你出手去救她，然后被炒了？”

“我真希望是，真的。因为我没有。我有什么资格鄙视那姑娘的男朋友拿起牛排刀又放下？毕竟我连牛排刀都没有勇气拿起。出于本能我真想制止这兽行，什么老板，什么富豪，一拳打出脑浆来就对了。可是，我想起父母省吃俭用供我念书，想起学飞行员的痛苦，在大转盘上转到吐胆汁，想起我很快就毕业了，我得要这工作……我没有出手，我没有。我以为我能忘了这件事，但我发现，我做不到，我栽了。我有很长一段时间都不敢照镜子，我不能再相信镜子里那个棒小伙真是个棒小伙，他是什么？一个自私的、禽兽不如的胆小鬼，一个懦夫，一个帮凶，他明明出手就能救一个姑娘，但是他没有。白长了这么大个子，白念了这么多书。我瞧不起我自己。我从此完了。”

“后来呢？”

“后来我精神垮了，那姑娘绝望的惨叫就像咒语一样没日没夜地在我耳边回响着。我看过心理医生，看过精神科医生，看过脑科医生，拜过佛，念过印度教经典，还偷着回我们老家的山沟里找一个据说很灵验的神婆跳过大神。总之，科学的，迷信的，什么方法我都试过，但是没有用，我真的栽了。我书都没办法念完，更别提考那一堆飞行员证照，我退学了。但是我不敢告诉家里，退学之后的好几年我都用同学的工作照糊弄父母，我的父母真可怜，好几年的时间他们都以为儿子在开飞机。而实际上，我扛着铺盖卷来了北京，找了个售楼处卖楼。我还算吃苦能干，卖楼的业绩很不错，挣了点钱，给我爸妈在县城买了个房子，卖了两年楼以后我觉得我好起来了，交了新朋友，还谈了一两个女朋友，飞机上那姑娘的哭声在我耳边渐渐远了，我开始谋划找个好时机跟父母坦白我现在的工作，并且好好做下去。这也是一种不错的人生，对吗？”

“那几个人呢？”

“谁？”

“那个强奸犯老板，还有那对情侣。”

“我再也没见过老板，不过倒是常在新闻上看到他的名字，大概他一直生活得很不错吧。那个姑娘，在我到北京售楼的第三年又见到了她。那是个突然下起暴雨的傍晚，她和一大群没带伞的路人一起挤进我们售楼中心避雨。

我一眼就认出了她，不能用语言形容我当时的激动，我盯着她看，一秒钟也舍不得错过，一开始怕她认出我，不过又想起她其实根本没见过我。当年我是在驾驶舱里远远看到她上飞机，她出那件事的时候又被老板挡住了视线，所以我开始大胆地躲在人群里看着她。后来雨停了，她走了，我一路跟着她，发现她进了一所大学去上课，和同学说说笑笑的，我心里悬了三年的石头落下了，原来她生活得一切都好，那么我的罪孽，多少可以减轻一点吧？我也准备好好生活了。”

“可你怎么会进了监狱呢？”

“就是在那之后不久出的事。有一天我在夜市的小摊上吃饭，摊主是一对夫妇，平时感情就不太好，总是吵吵骂骂的，我们这些老顾客也习惯了，那天不知道为什么吵得很凶，丈夫抄了根铁棍追着他老婆打，棍子一下一下落在那女人的后背上。人们围了一圈，可是没有人管，有人说，这是他们夫妻的家事，外人不要掺和。又有人说，出手救人还可能会被那男人打伤呢，不值。那老板娘的哭声好惨，好可怕，你一定猜到那一瞬间我想起什么，没错，我想起了飞机上那女孩的哭声。当你能够救别人的时候你没有出手，无论是出于什么私心，是顾虑前程也好，是顾虑别人的眼光也好，之后你的良知都会让你后悔，会让你坠入长达几年的噩梦中，会毁了你的前程，摧垮你的精神。这悲剧已经在我身上发生过一次，我用了几年的时间，付出了惨重的代价才把自己医好，如果再来一次，我可能就真的完了，所以我出手了。我救了那个女人，但是惹怒了她的丈夫，夜市小摊上各种刀具都齐全，我脸上的疤就是被他用菜刀砍的，他呢，被我打得脾脏破裂，我坐牢两年。事情就是这样。出狱以后我再也找不到工作了，别说法律禁止在就业方面歧视刑满释放人员，那是空话，人家不说歧视你，人家有一百种理由说你不适合我们公司，总之我浪荡了半年，什么工作也找不到，身无分文，和路边的流浪狗一样。人生啊，真是很艰难，向上的通道只有运气和努力都足够了才能敲开门，向下的通道却是一直打开的，一个不小心就会一直往下滑。后来我只能去打黑拳赌钱，一直到遇到你。”

“我理解你的痛苦。”小黑又说，“我不会说你这是小女生的矫情或者小孩子的胡闹，也不会觉得你是一时冲动，我完全能理解你。真的，人心里有些痛苦之深，实在是无法排解，所以不必图别人理解。其实，说句更消极的，我觉得人活着就挺苦的。完美的谋杀案有吗？有，公安局里压着不知道多少破不了的陈年案子，但是我不认为你能做到。第一，他平时活动的地方主要就是公司，出差旅行什么的也是大城市，这些地方的摄像头密不透风，你怎么隐藏你的痕迹？第二，法医能鉴定出所有的死因，一个针孔都隐藏不了。第三，也是最重要的，你们这场争吵闹得半个公司都知道，如果他突然死了，不管是直接下手、下毒，还是制造意外，警察排查起有动机的嫌疑人来，你都是名单上第一个，还记得咱们从拳馆里逃出来的时候我对你说过什么吗？不要对警察撒谎，因为你没那个本事，上次你能扛过是因为你确实清白，但如果你真杀了人，我敢说你根本熬不过半个钟头的审讯。想想那天那些老刑警看着你的目光，你行吗？”

“我不行。”珠雨田承认，“可是那些破不了的谋杀案，说明摄像头和法医都是有漏洞的。”

小黑无奈地摊摊手。“你如果这么说也不能算错，因为理论上任何东西都是有漏洞的，连经典物理学都不是完美的，可这就是哲学问题了。”

珠雨田却很认真。“所以前两点相对来说好办，最容易暴露的其实是第三点：动机。如果我能隐藏动机，比如十年之后再报这个仇，警察就不会怀疑我了吧。”

小黑左眉的疤突然跳了两下，他的声音都变了：“珠雨田！你千万不能动这个念头！如果你这么做，这十年你都会生活在痛苦和仇恨中。那不值得。”

“我当然不会。”珠雨田笑笑，她的圆脸上又露出少女的天真，“因为我等不及。你说的我都懂，我就是要杀了他，立刻，马上。”

“想想你妈妈！”

“妈”这个字使珠雨田马上闭嘴了。她沉默着。

“不怕落网是吗？不怕死是吗？快意恩仇是吗？好，你厉害，然后呢，想想你妈后半生会在什么样的痛苦中度过吧，想想你妈，当你动杀心的时候就想想你妈。”

珠雨田哭了，眼泪也滴滴答答地落在膝盖上。小黑看了她一会儿，只见她被泪水浸泡得浮肿的脸上一点血色也没有，头发乱蓬蓬地垂在肩上，在蒙蒙亮的天色中颇有些无助的凄凉。

小黑收起凶相，换上温柔些的声音说：“这么着吧，我带几个兄弟把他堵死在胡同里，给你结结实实地揍他一顿，你想揍到什么程度咱就揍到什么程度，你说让他躺三个月，我不敢揍得躺八十天，包你解气，行吗？”

珠雨田哭着把头摇得跟拨浪鼓一般。

小黑想了想又说：“那咱马上擦干眼泪回学校上课，找个又高又帅的男同学当男朋友，让他吃醋，让他天天咬着牙后悔，气死他，行吗？”珠雨田又摇头。小黑抓抓头发道：“我也不会哄女孩，但你只要说一个能让你解气的办法——除了你说的那事——我肯定给你办到。我不可能让你出事。”

“有你看不到我的时候。”

“我嘛……”小黑笑了，“我会一直在你看不到的地方保护你。”

一分钟过去了，又一分钟过去了，珠雨田没有再作声。小黑从柜子里取出了张竹席铺在了地上，抱了些干净衣服当枕头，关灯躺下，黑暗中他看到珠雨田在床上抱膝坐了一会儿，便也侧身躺下了。

她呼吸很匀。

睡了不知几个小时，小黑在梦中迷迷糊糊觉得冷，一开始他以为是地板太凉，辗转几次，听到雨打瓦片的滴答声，原来外面下雨了。雨滴的声音如此清晰，还能闻到泥土的腥味。他起来关窗子，刚一站起身，头皮就发起麻来，借着外面车厂的灯光，他看到小钢丝床上没有人。

一脚踹门出去，他看到了珠雨田。

宿舍和废旧车辆之间那片大空地上，还留着刚才人们打牌的桌子，一副破烂的扑克被雨水浸成了纸浆；空地的另一头用钢管和塑料布支着小棚子，顶上破了不知多少个洞，也往下漏着雨，棚子里安放着烤肉架，珠雨田坐在烤肉架前的小板凳上，不知在做什么。

担心吓到她，小黑先咳嗽了一声才走近，他看到珠雨田在磨刀。

那是用来切烤肉的一把小匕首，本来就很锋利，剔骨切筋如同削豆腐。珠雨田像写作业一样专注，膝盖之间夹着一块磨刀石，磨刀声一声声刮着小黑的耳膜。

“就是要杀人是吧？来，来！”小黑暴怒，额上的筋都跳了起来，他后退两步，两膝一弯，那是一个准备战斗的姿势，“别客气，先跟我试试，看你能不能把刀拿在手里超过三秒钟，来，来！超过三秒钟就算你赢。”

珠雨田没搭话，塑料棚上漏下来的雨水顺着她的手指尖往下滴，她提起那把匕首转身就刺——刺的方向是小黑左边一尺的空气，接着她还没看清发生了什么，就觉得握匕首的手腕一痛，她整个人被向旁边一拽，啪地摔进了泥里，匕首脱了手，刀尖被小黑踩住。

“再来！”她抹了把脸上的泥。

小黑不说什么，移开脚尖，她又把匕首拿在手里，这次有了经验，不再把手腕暴露给对方，先将匕首藏在身后，助跑，肩膀猛地一撞，小黑向后退了一步，似乎是个破绽，然而珠雨田还没把握着匕首的胳膊伸到身前，她整个人就被提起来了，一瞬间的失重感之后，她被扔了出去。匕首在雨幕中飞出了十米远。

泥地松软，不会受伤，她刚一落地就打了个滚站起来，朝着远处匕首发出的寒光跑去。她被截住了，小黑像个塔一样拦在她身前，她发现无论自己向左冲，向右跑，或是矮身试图从他腋下穿过，一概是徒劳，小黑像一堵移动的墙，她根本无法绕过他。

她怒了，再也不记得第一刺还知道刺向空气，捏紧拳头，照着小黑的脸上本能地就是一拳。拳头还没收回来，她的头上也挨了一拳，这时珠雨田才想起来，他是个专业的拳击手啊。

她像个沙包一样在泥地里被扔来扔去，身上的雨点有多密集，拳头就有多密集，只不过每一拳都不带力气，这是小黑手下留情。即使这样，她也跑得气喘如牛，被摔得肠胃都要呕出来。

“现在还觉得杀人很简单吗？”小黑在她耳边低声怒喝一句，一掌推在她后背上，她向前一个趔趄，又栽倒在泥坑里。这次她没能再鲤鱼打挺般站起来，而是在坑里挣扎了好久，才抱着泥坑里一棵瘦弱的小树，弓着腰站起来，吐出一口又一口泥水。

打斗声惊动了其他人。几间屋子的灯亮了，窗帘被拉开了，还有人开了门，站在门里犹豫着喊：“小黑，干吗呢？跟你妹打架？”

小黑答道：“没有，我教她打拳呢。”

众人又去睡了。珠雨田一阵剧烈的咳嗽，吐出来半条蚯蚓。

“回来睡觉。”小黑说。

珠雨田跟在他身后回去了。

珠雨田沉默着洗了澡，换上小黑的衣服，小黑也洗了澡，走出浴室，见珠雨田在床上抱膝坐着，眼睛盯着外面淅淅沥沥的雨幕。

“打疼了，还是生气了？”

珠雨田看上去是生气了，但她说：“我等头发晾干。”

小黑想去给她借个吹风机，不过想了想，这群粗汉子里谁会有吹风机呢，算了。小黑睡下了。这时，夜是静的，风是静的，整个世界都仿佛被遗忘了一般安静，没有夜游神，连麻雀和蚂蚁也都睡着了，没有人见证珠雨田真正成年的这一瞬间，那个天真的、幼稚的、因为早产而略带愚钝的珠雨田，在这一时刻终于进化出了成年人才有的本领：说谎。她嘴上说的是等头发晾干，但她心中想的是：没有人可以在这场背叛中全身而退，明生很不幸地惹到了硬茬，我杀定了！就算为此赔上自己的性命也值得！

第二天，她被一阵机器发出的噪声吵醒，她睁开眼睛，看着青白的天花板，感受着身旁白蒙蒙的光线，那是太阳光透过白色窗帘的颜色，声音是从窗外的空地上传来的。地板上的席子和毯子叠得方方正正的，小黑不知去哪里了，她欠起身，一只手把窗帘掀开一个小角，便看到外面来了修车的客人，一辆红色的小跑车被千斤顶支起前轮，两个昨天和她打过招呼的大汉正躺在车下，小黑也走过来了，递给他们一箱工具。

珠雨田起来洗脸，身上痛得很，肩上腿上都是一片一片的青紫，是昨天被摔打出来的。她在杯子里倒了点冷水，刚喝完，小黑就进来了，拎着两盒热腾腾的小馄饨。

她坐下吃早饭，一言不发，小黑从那架摆满飞机模型的架子上摸了瓶酒，对着瓶口咕咚咕咚喝了两口。她用余光看了眼标签，伏特加，六十五度。

“一大早就喝酒吗？”她问。

“我怕冷。”小黑又喝了一大口，“天不怕，地不怕，就怕冷。北京一入秋，我就难受极了，没有烈酒，我简直熬不下去。”

“为什么不离开北京呢？去哪里不能教拳修车？我要是你，就不让自己冷着。”

小黑一愣神，微笑道：“我真想离开，真想去一个只有夏天的地方，要是能有那一天——”

门外有人喊：“黑哥，来帮忙看看这发动机怎么回事。”

小黑一抹嘴就跑出去。珠雨田胡乱吃了两口滚烫的馄饨，把伏特加塞进自己的书包，低头出门去了。快走出拆车厂的空地的时候，她听到小黑在身后喊：“认识出去的路吗？”她没说话，重重地点了点头。

上午有一节专业课，但是珠雨田逃课了。从车厂到程素家的路上，她发现秋天已经很深了，她的头发和眉毛上结了一层冷霜，踩过草地和灌木丛的时候，脚下又湿又凉。门铃响了三遍才开，程素穿着睡衣。

“这么早？哦……八点多了！我昨天做实验到半夜……啊！你的裙子怎么湿了？”

珠雨田拖着湿裙角走进来，在餐椅上坐下，眼泪就啪啪地落在了膝盖上。

“我被骗了。我撞见他和别的女孩在一起，我想让他解释清楚，可是他把我赶了出来，是真的赶了出来，被保安送到大门口，说‘滚’，就像丢垃圾一样。”她抬起苍白的脸，“我不知道为什么会这样。我什么也没有做错。”

就在这一瞬间，珠雨田看到程素的眼睛里闪过了一秒钟的喜悦，接着它像晨间的薄雾，定睛去看的时候，便消失了。

“世界上就是有一些人是坏人咯。”她说，“没什么公平正义可讲的。”

“从小大人们告诉我的不是这样的。长大以后才发现原来世界这么糟糕。”

“还有更糟糕的呢！也许你现在觉得，‘等着吧！别急，恶人会有恶报，会孤单、不幸福、破产、生病……’。不是的，这些人大多是精明的利己主义者，而且有钱、有智商，他们会是世俗意义上的赢家，如果你一直这么哭哭啼啼下去，几年以后你会发现你青春不再，意志消沉，而这些人呢，他们赚了更多的钱，有了更高的地位，可能高到你都无法再见他们一面，只能在新闻上看到他们，他们身边早换了更年轻的女孩，而且已经完全想不起来你是谁。”

珠雨田哇的一声，把脸埋在手里哭。半晌，她抬起泪眼。“至少会想得起来我是谁吧？”

“不。”程素粉碎了她眼中的期待。

珠雨田沉默了。眼泪凝在腮上不动，她像一个雕像一样，只剩下胸脯因呼吸而微微地起伏。

“我不甘心。”她说。

程素看着她。

“我头好疼。昨天几乎没有睡。”她抽了一张纸巾擦掉眼泪，从书包里拿出多半瓶伏特加，“喝酒能让我振作一点，程素姐姐，陪我喝一点吧。”

程素从厨房里拿出两只细高的玻璃杯。“我不喝酒的，只有喝绿茶的杯子。”

程素果然不常喝酒，四分之一杯伏特加下肚，她咚地倒在了桌子上。

珠雨田把她拖回卧室，一把甩上床。震动使她喉咙里发出痛苦的干呕声，珠雨田凑过去：“你想吐吗？”程素在床上翻滚了一会儿，脸色越发紫红。“想喝水。”她说。

珠雨田便跳下床，又倒了半杯伏特加，程素闭着眼喝尽了。

她不动了，布口袋一样软软地躺着。珠雨田把酒瓶拿到床头，撬开她的牙，对着瓶口又猛灌了她两口，才悄声走去客厅里。程素的书包敞着口放在玄关的柜子上，珠雨田翻出一串钥匙，开门出去。

偷肉毒素很顺利。昨天通宵工作，导师让他们下午再来学校就好。她回到程素家的时候，时间只过去了一个小时，钥匙重新放回包里，她走进卧室，见穿着翠绿睡衣的程素还像植物般沉睡。“这个无知的博士还不知道将有一条人命惨死呢。”珠雨田看着她，暗暗地想，“对不起，利用你帮我复仇，多谢了！”

⑩

不必流连，严潭寒露，且付金风

她梦到寒潭底冰凉的石子，和纱窗外嘈切的低语，

它们时而以旋涡的样子出现，时而幻化成难以名状的远古怪物，

用湿黏的触手绞杀着她的脖颈。

一个星期的秋雨连绵之后，这个周末的天气终于放晴了，北方的秋雨就是有这样的魔力，炎夏刚刚结束就消失得无影无踪，街上几乎看不到露出漂亮双腿的女孩子了，老人们戴上了围巾，边走路边裹紧风衣的人们在心里想着：再有一个月就供暖了，时间可真快。

保姆拖着装满新鲜蔬菜和肉的小推车进门的时候，王太太刚刚在厨房里烧好一锅开水，等会儿把牛肉先煮出血沫，再加浓油重酱好好煮一锅，这是儿子最爱吃的。保姆先把推车送进厨房，再把口袋里的一大卷报纸送到阳台，王老板在那儿已经发了很久的呆了。

现在很少有人看报纸了，连报刊亭都难找，家附近最后一个报刊亭拆掉之后，王老板订了两份晚报。其实王老板有一个连太太都不知道的秘密，那就是他也不看报纸，他只是对着报纸发呆，毕竟对着空气发呆太傻了。

五年前把公司交给儿子，他变成一个真正的退休老人，有了大把闲暇的时间。一开始，他的脑子也仍然是转得很快的，经常盘算公司的财务报表，或者分析某场战争是不是能打起来，社会新闻和娱乐八卦都有涉猎，并且认为自己的观点能够对事实产生什么作用。但是他很快觉察到了自己的无力，就像一个人当年经历过进入社会的过程一样，他也在经历退出社会的过程：他从公司的日常经营中退出了，挂一个“名誉顾问”的头衔，可是从来没有人向他咨询什么；妻子和儿子各自有自己的社交圈子，他以前太忙，没有加入过，现在已经迟了；也许有人会对旅行感兴趣，但他经商半辈子，每家航空公司办的卡都飞成白金卡，已经到了见到飞机就想吐的地步，他对于“别处的生活”没什么兴趣，更想在家待着。这些年唯一的对于未来有新鲜感的惦念，是有一天会和女儿相认，可是这一天终于等到，女儿却并没有像梦中出现千百回那样扑到自己怀里，当然，这不能怪她，谁让自己说人家是“养女”呢，她是天真无邪的，买一匹小马给她就能让她无比开心，但她也是固执的，连眼看着她交往一个糟糕的男朋友自己都无能为力。

女儿的出现反而加重了他的老来无力感，这是王老板之前没有想到的。他对着报纸发呆，并没有注意到自己叹了一口气。他虽然没见过女儿出生时的样子，但是儿子出生时的小模样，三十年之后他还是能清晰地想起那脆弱的骨骼和血肉托在手里，一秒钟也不能离开自己，也仿佛永远不会离开自己。可事实上，他们从一出生开始就在一步一步远离父母，二三十年后已经走得足够远了，王先生知道自己不被需要了，在儿子和女儿面前，他只是一个无力的老人而已。

厨房里飘出番茄牛肉的香味，这味道提醒王先生，儿子应该快到了。如果没有出差的话，儿子每个星期六会回家吃晚饭，以前他就住在同一个社区的公寓，往来方便，后来不知为什么搬得很远，路上光堵车就要一个小时。王先生和太太去看过儿子的新住处，以为是什么漂亮豪宅，没想到只是一个又窄又旧的小区，真是让人费解。年轻人真让人费解。

王野田比往常回爸妈家吃晚饭的时间稍稍迟了一会儿，因为在路上的时候，珠雨田打电话来，问可不可以给她十万元钱。王野田觉得有点意外，他当然可以给妹妹零用钱，十万元也不算多，但对一个普通学生来说也不算少了。

“遇到什么麻烦了吗？”他首先想到的是妹妹会不会开车撞人了。

“没有啊，我就是想要一点零用钱。”

“你想买什么？”

“我正在逛商场，看到香奈儿有一款包很漂亮。”

王野田其实不是很相信妹妹是喜欢买名牌包的人，但也不能说不给。他把车停在路边，在暮色四合中给妹妹转账。

钱转出去后，珠雨田又回了一条信息：“谢谢哥哥。这件事不要告诉爸爸。”

窗外的暮色已经笼罩了这个城市，大街小巷都飘出晚餐的味道。越是廉价的餐馆，这味道越是浓烈诱人，果庄酒店的小保安钱百万就是捂着咕咕叫的肚子走过这样一排餐馆，拐进一个筒子楼。他很饿，急着回家煮一碗鸡蛋面，冰箱里还有女友从四川老家寄来的腊肠，切上一根，腊肠的红油都浸到面汤里，香喷喷。他吞着口水开门，刚一进门，和他合住的房东老两口就笑眯眯地看着他说：“小钱，你有客人。一个姑娘。”

钱百万看到一个旧书包扔在沙发上，顺着老两口的视线，又看到厨房里隐约有个苗条的人影，他又惊又喜：女友突然来北京看他了吗？他忙冲过去，刚到厨房门口就闻到一阵肉香，同时看到珠雨田掀开了锅盖，锅里蒸着两只盘子，一盘红烧肉，一盘黄酥鱼，钱百万愣了。“珠……珠小姐？”

珠雨田歪头一笑道：“叫雨田嘛，什么珠小姐？”

“啊……”他回头看看客厅里的房东，两位老人挂着心照不宣的笑容，抱着保温杯下楼散步了。

“珠小姐，你怎么知道我住这儿？”

“问人咯，果庄那么多人，我还问不出吗？”

“哦……”钱百万更摸不着头脑了，他上下打量了珠雨田好几遍，想从她身上看出什么精神失常的表现。但是，当然没有了，珠雨田天真地笑着，那对梨窝还是那么可爱，连他把她从果庄赶走的时候的肝肠寸断都没有了。

钱百万在果庄做保安已经三年半了，这一千多天里，印象深刻的，他为老板赶走的女孩就有三四个，珠雨田是其中一个，但绝不是最伤心、最歇斯底里的一个，因此那天珠雨田的哭喊，他听在耳中，虽然也难过，但是转眼就忘了，她会像其他的女孩子们一样平安度过这次打击，然后消失在茫茫人海。

珠雨田用几张纸巾垫着盘子的边缘，边吹着热气边把它们从锅里端出来。钱百万忙闪开厨房的门口，珠雨田麻利地摆好了碗筷。“这是我妈妈寄过来的，早上做好，晚上就到，很新鲜的。别客气。”

钱百万夹了一块酥鱼。“好吃。”不是客气，确实好吃。

珠雨田很得意。“那当然，我们家开餐馆的嘛。”

太别扭了。钱百万感觉全身每一个毛孔都不自在，他不可能和老板的前女友舒舒服服地坐在一起，吃她妈妈寄来的东西，他放下筷子，直接说道：“珠小姐肯定有事找我。”

珠雨田也很直接。“我想知道明生下个星期的行程，除了在果庄，他还会去哪儿。”

“这个……我只负责果庄的安保，老板的行程我可不知道。”

“你可以问他的秘书嘛，或者还有什么别的途径，我没上过班，不清楚公司里都有什么人，但你肯定能弄到。”

“也许吧，但这有用吗？珠小姐，你别怪我讲话难听，我没什么文化，不会文绉绉的——女孩子自爱一点，死缠烂打只会让人看不起。”钱百万豁出去了，以前对她点头哈腰是因为她是老板的女朋友，现在她就是个精神失常，妄想让前男友回心转意的可怜人，再说他说的都是真话，所谓良药苦口，她真被羞辱得死了这条心也是好事。钱百万等着她翻脸。

珠雨田没有翻脸，她吃完口中的红烧肉就站起来，拿过扔在沙发上的书包，唰地打开，钱百万看到里面整齐地摞着十捆钱——这是什么路子？他完全呆住了。

珠雨田把背包放在他腿上。“十万元钱一条消息，这只是第一次，以后我再问什么都会先付钱。”

钱百万坐着没动，十万不算很多，何况这方式太野了，他从没见过这么直接的女孩。他既不敢答应，也不舍得拒绝。“如果老板知道了，我饭碗就没了。”

“你不说，我不说，他怎么会知道？”

钱百万心想，我怎么知道你不说？你们什么关系啊，你随便说句什么我都可能倒大霉。

“如果老板知道了，先倒霉的也是我吧。所以我绝对不会说。”

钱百万诚实地说：“就算你重新出现在他面前，也不可能让他回心转意，你不了解老板这个人，他很坚定，也很独裁的。”

珠雨田平静地说："好吧。"

钱百万不知道"好吧"是什么意思，他用询问的眼神看向珠雨田，珠雨田没再说什么，又吃了一口红烧肉，把钥匙和手机装进口袋里，走了。钱百万没去帮她开门，他腿上放着这袋钱，好像放着一块滚烫的火炭，他是个规规矩矩的老实人，保安嘛，最重要的品质就是可靠，他从小连作业都没抄过。

这破筒子楼的隔音很差，门板薄薄的，他听到珠雨田轻快的脚步声跳下台阶去了，他把背包放在一旁，开始吃还温热的红烧肉和黄酥鱼。上海菜太甜腻了，他饿成这个样子，吃着吃着便连胃带脑子都腻住了。桌子上有半壶凉透了的茶，是房东老两口平时喝的普洱，钱百万给自己倒了一杯，苦涩的茶迅速冲开喉头，油腻感消失了，取而代之的是吃饱喝足的幸福感。他不去看那只背包，却忍不住用手拍着，沉重厚实的声音从掌心传来，他开始为自己刚才的大方感到羞愧：十万不多？充什么胖子啊？那可是他一年的工资，而珠雨田貌似是一个大地产商的养女或者私生女，总之，富家小姐愿意撒钱，他干吗要往外推？老板嘛？老板不会知道的，即使珠雨田再见到老板，老板也只会再给她一次打击，从来没有女人能纠缠或者挽回明生，从来没有。之后她哭还来不及，哪里还会提这件事。连作业也没抄过的保安小哥钱百万决定为了钱大胆一次。

那天，珠雨田被赶走之后的发布会上，明生容光焕发，自信满满，像他每次出现在人前时一样。发布会结束之后，董先生夫妇没有留下来吃饭，他们还有别的事情，他们每天都有太多的应酬，送他们上车的时候，明生听到董太太低声抱怨了一句"好忙，好累，想去度假"，他心里涌起一阵幸灾乐祸的快感。不过等众人都散去，宽大的办公室里又剩下他一个人，他重新陷入安静。他按照多年的习惯把今天发布会的细节在脑中复盘了一遍，完美，除了开始的时候险些被珠雨田搅了——他付出了这么大代价，这么多的真金白银，他绝对不允许情绪失控的珠雨田出现在现场，绝对不能因为一个吵闹的女人出什么岔子。明生从来不会出岔子，他永远都是赢的那一个，如果当时她不依不饶，他是可以把她绑起来堵上嘴锁起来的，管她是谁的女儿，也不管会有什么后果，挡明生路的人都会亲身体验到什么叫惨烈的下场，没想到珠雨田还行，让她滚她就乖乖地滚了。

这场收购是那天他和老董在书房密谈之后双双妥协的结果，他同意用一个离谱的价格收购董太太创立的时装集团，他的条件是收购不仅要公开，而且必须炒得越热越好，他可不是什么冤大头地下金主，越公开对他越有利，中国人和美国人都得知道他明生在老董身上花了多少钱。

又处理了一些文件，明生离开办公室回家。他很累了，一推开门就喊“珠雨田”，话刚出口赶忙收住，好在并没有别人见到这尴尬的一幕。客厅里的灯亮着，这是珠雨田的习惯，她怕黑，家里总有一盏灯亮着。客厅里有点乱，脱下来的睡裙搭在沙发扶手上，桌子上有一块咬了一口的饼干和半杯绿茶，这是珠雨田吃剩的早餐，明生站着把饼干吃了，心想，去他妈的面子吧，大丈夫能屈能伸，说道歉就道歉，今天还不好意思马上道歉，明天就道歉，明天珠雨田肯定会主动联系他，然后就果断道歉。

第二天天刚亮，明生就赶飞机去出差，上午十点飞机落地，他慌慌张张地开机，翻了几遍满屏的工作信息和推销信息，没有珠雨田的名字。白天一整天昏天黑地地工作，连饭都没时间吃一口，转眼又上了回北京的晚班飞机，落地后仍然没有珠雨田的音信。

这时已经是凌晨一点了，明生想，不要吵到她睡觉，天亮再说吧。

天亮后明生被秘书的电话叫醒，提醒他该去参加一个合作伙伴的喜宴，他带着一脑门的残梦和起床气打开日程表，什么合作伙伴，多年不联系的一个人，可去可不去的行程。他让秘书回复那人说自己出差还没回来，生意人就是这点方便，随手能用出差来搪塞。他翻了个身，摸着平时珠雨田用的那只枕头心想：不过这次和珠雨田和好以后，他会尽量少撒谎的，这姑娘太单纯、太乖巧、太听话了，竟然真的就这么从他生活里消失了，骗这样的姑娘，你还是人吗？明生问着自己，然后他又翻了一遍手机，仍然没有珠雨田的消息。

这一上午他胡乱在家里打发过去了，下午也没去办公室，他坐在靠窗的一把大扶手椅上看书，书是一个叫杨晋的作家朋友寄给他的新作，这是今年火遍全网的一本小说，杨晋还说过一个叫林旭中的大明星的经纪人天天缠着他，求他让自家艺人来演这本小说改编的电影。

可是他很难集中精力看下去。书在手里捧上一会儿，便"啪"的一声落到膝盖上，然后他把头转向窗外，看着簌簌作响的树叶，也觉得无趣，他又捡起书，页码已经乱了，不过反正他也没记住情节——这样反复了几次，他终于忍不住去看手机，仍然没有一条珠雨田的信息，他懊恼地踢了椅子一脚，然后去换出门的衣服了。

这时有一个不得不出席的会议，再回家又是深夜，孤灯使他心里泛起一阵心疼，不是心疼珠雨田，而是心疼自己——看看自己被这个小姑娘折磨得多么失魂落魄吧！竟然会对这最熟悉的景象生出多愁善感来。明生开了酒柜倒了杯酒，还给自己炸了一盘小河虾，威士忌配河虾，味道竟然不坏。他一杯一杯地喝着，渐渐觉得头沉了起来，只想在沙发上休息一下，再睁开眼睛却已经天亮了，没盖被子，手脚冰凉。

十月底的寒气使他起床的时候非常难受，喉咙里仿佛被刀子割过，颈椎腰椎无一不痛。他从客厅走去厨房倒水，这短短的几步路就使他头晕眼花，不能病，病不起啊，他想，每天有那么多的事等着他听、看和处理。有的公司离开老板也能照常运转，但是他不行，本来他也有一个绝好的副手和接班人，但是那人已经因为贪污被他送进监狱了——真他妈是个混账东西。“都走，都走，就剩我一个人算了！”他粗鲁地骂着，把水杯往桌子上一撂。

外面又降温了，昨天刚清扫了落叶，此刻又堆了厚厚一层。今天他应该去和杨晋打球，这是半个月前就约好了的，不过为了把生病的苗头按灭在摇篮里，他还是决定不出门。打电话通知杨晋的时候，杨晋表现得很失望。“我请了一堆女孩，好嘛，还得一个个给她们打电话说取消了。”

“你还认识一堆女孩呢？”明生诧异道，宅男杨晋把他的社交生活都献给了虚拟的小说世界，脱发、血脂高、清贫、单身，平时和他对话的女生可能只有 Siri。

“我那本小说不是要拍电影了吗，多少小演员都想求个角色，轰都轰不走。”

“这么威风？”明生刮目相看。

“二十年出了六十八本书，总算有一本要拍电影了，算不上威风吧，不过我确实挺高兴的。”

“恭喜，恭喜，我也为你高兴。不是我爽约，今天身体不太舒服，但咱们可以在家里庆祝，把你的女孩们都带上，我的一柜子酒都给你们喝。”

明生又请了几个客人，都是和工作一点关系也没有的朋友，一个是他多年前老去买盗版碟的店主，兼卖假酒假烟，生意一直不怎么样，倒是三天两头被城管赶、被警察抓。这人虽然过得落魄，但见多识广，聪明有趣，是明生最喜欢的一个哥们儿；一个是他交往过的某个女孩的表哥，女孩已经远嫁国外不再联系，表哥倒和他蛮谈得来；一个是好多年前因为在高速上追尾认识的卡车司机，爽快、豪气，凡喝酒必叫上他。

想了一会儿，明生又请了老董。

自从在国外成立一笔慈善基金、在国内收购董太太的品牌之后，他们之间的利益勾兑差不多完成了，那种剑拔弩张、互相猜忌的心态消失了，至少是暂时的消失。如果它再次回归，也是老董竞选成功之后的事，那是许诺的利益将要兑现的时候，是胜过现在百倍的剑拔弩张和互相猜忌，但还要等上好几年呢，现在他想珍惜目前宝贵的友谊，就像珍惜一战和二战之间短暂的和平。

这几位老朋友谁都没想到杨晋会带来这么多的女孩，明生家里几乎快装不下她们了。酒柜里囤的酒很快喝得精光，明生不得不让员工再送一些来。

聚会上最高兴的人是盗版碟店主和卡车司机，女孩们知道明生和老董的身份，于是默认他们的朋友也都是有钱的大佬，对他们说了好多知心话；而平时只能和 Siri 对话的杨晋，现在坐在客厅最中央的位子上，满面红光，用极富激情和文学性的语言描述他的这部电影会狂揽多少亿的票房，他会以此为事业的开端，进行宏大的“资本运作”……

听到“资本运作”这四个字从杨晋口中说出来，老董笑了，对身旁的明生说：“我怎么听着跟说梦话似的？”然后他看到明生脸上带着意味难明的微笑，一言不发，不知道在想什么美梦。

他拍了拍明生的肩膀，提醒他作为聚会的主人不应该一直走神。

“你说，我跟她结婚怎么样？”明生问道。

“谁？”老董把视线在二十多个漂亮女孩中扫着。

“珠雨田。”

“哦！那个姑娘，挺好啊。”

“明年就二十了。现在大学里允许结婚吧？我记得在新闻上看到过。”

老董大惊。“你是说真的？”

“我都想了两天了。”

“结婚嘛……当然是好事，结婚很幸福，为了家人奋斗比为了自己奋斗更幸福，它会让你觉得自己在外面那些奔波劳累和做的那些恶心事都值得。修身齐家平天下，中间这步不能缺，越是要做大事，越需要一个绝对稳定的后方。像我，我最感激最爱的就是我老婆，要是没有她，我每天回家估计只剩下喝着酒伤春悲秋了，你说呢？”

明生脸上仍然带着刚才亦醉亦梦的微笑，他还沉浸在自己的情绪里，老董觉得他根本没听进去自己的话，他在明生对面坐下来，想要严肃地传授些婚姻的真谛，但明生突然一脸怒气地跳起来，大吼道：“你在干什么！走开！”

所有人都惊慌地愣住，只见明生几步跨过客厅，一掌推在一个女孩的肩膀上，那女孩正把半个身子贴在那面毛玻璃墙上，手捂住眼睛朝里看。

女孩吓坏了，丰满湿润的嘴唇颤抖着：“我……我想看看后面是什么。”

杨晋柔声安慰：“宝贝儿，那是人家的花园。”

还有不怕死的女孩嚷道：“把花园的门打开，咱们去花园喝酒吧！”

老董说：“他的花园从来不让人进。连我们都没去过。”

明生搬了把椅子在毛玻璃前坐下，像个看门大爷一样守着。

第二天早上，钱百万突然来敲门，他穿着睡袍去开门，见钱百万手里捧着一个铁灰色的大纸盒，上面装饰着乳白的缎带。

“老板早，这是珠小姐订的东西，人家送来的。”这小保安平时和老板讲话的机会不多，这会儿紧张得很。

“什么东西？”明生在钱百万手里揭开盒子，里面是一件水红色的衣服。

“说是珠小姐定做的骑马装。我说珠小姐已经不住这儿了，那人说他只管送到这儿，还说珠小姐每个星期四的下午都在金乌马场骑马，要送……要送自己送。要不我送马场去吧老板？”

“今天星期几？”

“星期四，老板。”

“给我吧。”明生接了盒子，“我有那么可怕吗？你哆嗦什么？”不过没等钱百万回答，他就笑着关上了门。

门外的钱百万悄悄擦了把汗。其实和老板说句话不会让他紧张成这副模样，他已经不安了两天了，他收了钱，卖了老板的行程给珠雨田，可这两天老板并没有按照行程出行，他一直待在家里，哪儿也没去。珠雨田会认为他卖的是假信息吗？会把这件事告诉老板吗？那他就得重新找工作了。其实丢工作还是轻的，他又想起连副总裁都因为贪污被送进了监狱，万一老板龙颜一怒，他就完了，事情会传回老家，他会失去一切，包括女朋友和他从小连作业都没抄过的好名声。

这可怜的小伙愁容满面，失魂落魄地走在大团枯叶飘落的秋风里。

等他回到大门口自己那间小屋子，见送骑马装来的那人还坐在那儿等着，“亲手交给你老板了？”那人眯着眼睛问，左眼上的一道刀疤红得发亮，钱百万点点头，一口一口地叹气。那人站起身，问：“告诉他珠小姐今天下午在金乌马场了吗？”

“嗯。”钱百万心不在焉地点头。

那人走了。

连绵一个星期的秋雨冲垮了通往马场的小镇的路基，路口放着路障，穿着反光背心的工人在搅拌着泥灰。明生让司机把车停在一个开阔的地方等着，他下了车，路好滑，他不得不扶住斑驳的砖墙，踩着一地落叶和蒿草混合的泥浆，小步地往前走。一开始，他心里飘过一排“苦”字，不过在这湿滑的墙根下走过了半条街之后，他突然察觉到这种经历并不陌生，他想起很遥远的童年，那也是一个湿漉漉、黏糊粗的秋日下午，他家所在的小镇异乎寻常地安静，没有人在街上走，也没有店铺开门，因为雨水已经涨破了河堤，水一直漫到了镇上，低矮的人家有的已经淹了，住得高的也岌岌可危，人人都窝在家里，连猫狗也不会被放出去玩，而七岁的明生不得不出门，他要到五公里外的邻镇去请医生。那天街上全是臭烘烘的烂泥，还冒着不知深浅的水泡，好像有一个怪兽躺在泥地里吐泡泡，他不敢向街心踏出一步，只能沿着街边，小手扒着斑驳的砖墙，一步一步地往前挪。镇长听到嗒嗒的脚步声，开窗子看过来，喊道：“小明，干吗去？”“请张医生去。我爸吐白沫了。”他小声说，接着又抿紧嘴唇向前挪，刚才一分神，他扒着砖墙的手险些打滑。镇长又说：“那估计是脑膜炎。”明生不再说话，他向前走着，镇子上也不再有声音，好像镇子已经被洪水淹掉了，全体都死了一样。

张医生在明生家里忙到半夜，带走了二十元钱诊金，明生的爸爸还是在吐满了白沫的枕上咽了气。半年之后，妈妈跟着一个路过的布商走了，再也没有回来。家里只剩下明生和爷爷奶奶，明生十五岁时，爷爷和奶奶分别在秋天和冬天去世了，明生把房子卖给了镇长，卖房的钱还了爷爷奶奶看病的欠款，然后背着一卷铺盖离开了镇子。

外界在报道明生的履历的时候，总是从他十八岁摆摊卖保健品说起，那么十五岁到十八岁的这三年呢，没有人知道，因为明生没对任何人提起过，包括最好的朋友和女友们。事实上人们也不大感兴趣——还能干吗呢，无非是这里瞎混混，那里打打零工罢了。不过，没有人知道明生所打的零工是在一个工地上搅拌水泥，那时候他还没有现在粗壮的身板，十五六岁的少年，四肢细瘦得好像麻秆。有个工友大叔心肠好，看他搅水泥的胳膊开始打战，就把一个烙饼卷肉塞进嘴里嚼着，一脚踢开他。“娃子歇着去，我替你一会儿。”他感激地走到几十米外的工棚里坐下，工棚扎在干涸的河床上，他们在修建的是一座桥。他记得自己刚坐下没多久，双腿就开始抽筋，剧痛使他蜷缩在地上，这是发育期的少年最常经历的疼痛，他已经习惯了。这时他发现工棚里的几十个歇息的工友都在向外跑，他们狂喊着跑向正在浇筑水泥的桥柱，他愣了一下便一瘸一拐地跟上去，人群已经完全乱了，疯了一样对着水泥罐车大喊：“停下呀！停下！”可是水泥罐车上工人的喊声压过了所有人：

“停——不——下！失——控——了！”

源源不绝的水泥从受惊了的龙一样的软管里喷泄而出，像洪水一样淹没了未完成的桥柱。十六岁的明生站在人群中，看着那个代替他搅水泥的大叔站在齐腰的水泥里，双手向两侧平伸，脸上带着平静的悲戚，好像耶稣受难一般的姿势。大叔死定了，所有人都知道他死定了，这时大叔抬起头来看着满天的白云，水泥漫到了他的胸口，接着很快没过了头顶，他成了桥的一部分。

明生再也没有去过那个省，他今生再不敢踏进那个省。不过二十年后的一天，明生去国外出差，A380的头等舱比别的飞机都要舒适，他眯了一觉醒来，喝了一口冰凉的水醒神，眼睛看着空姐漂亮的双腿，心里盘算着落地以后要到她电话，然后该带她去哪家餐厅吃饭。这时他不经意地瞥了一眼面前的屏幕，见飞机正好飞过那个省、那个市、那座桥的上空，他“啊”地大叫一声，几乎昏了过去。

发迹之后的明生很少对弱小施以同情，因为他有一个如同1+1=2般简单的逻辑：像我这样的起点都能凭本事站起来，你凭什么不能？你是不如我智商高呢，还是不如我眼光长远？或者不如我有勇气？不管是哪一种，你都该努力把不足补齐，而不是哀叹命运的不公。

不过这逻辑在一个新闻事件后，在明生的心中动摇了：那是一个闲适的深夜，准备睡觉的明生像每一天一样刷新着新闻，他看到一则留守少年自杀的新闻。少年的父母都在远方工作，每年见上一面，家中老人早已去世，少年一个人住在闭塞的山村，上学、回家、做饭、睡觉，有一天，他在家中的房梁上上吊了。明生难过得胸腔一抽一抽地疼，抱着手机蜷缩在床上，就像当年他因为抽筋而蜷缩在工棚里一样，新闻下留言的那些网友虽然大部分表达了善意的惋惜，可是没有人真的理解少年为什么自杀——其实，不是贫穷，而是抑郁，至少是接近抑郁症的某种病症，是日复一日，是重复，是身为少年却感觉苍老，是无望，是不相信这世界还能主动和自己发生什么联系，是察觉不到自己的存在。这些感受好像电影胶片一样割穿他的心脏，每一帧他都看得那么清楚，因为他在那个年龄都经历过，一个也没漏下。他有点恨科学家为什么没发明时光机，如果时间能倒流，他不想去弥补自己经历过的什么遗憾，他只想在少年自杀前夜找到他，给他讲一夜的道理，告诉他无论如何也要咬牙忍过这一关，然后会发现世界将以超出他所能想象的方式与他发生联系。世界不会遗忘谁，但首先你得硬着头皮走下去，当然，走下去会很孤单，可是活着总比死了好。

孤单，他想起这个词，为少年而悲戚的情感又流回到自己身上。当然，人是赤条条来去无牵挂，可是中间的几十年，大部分人都有为之奋斗的东西，人们称之为家庭。赡养父母，抚养妻儿，这些有的人厌倦了的琐碎，明生却无福消受。一个三四十岁的、事业成功的中年人会不会号啕大哭？也许人们没见过自己的上司、父亲和哥哥大哭，但他们的确是会哭的，明生当时便哭得像那个七岁时的自己，口中叫着：“爸爸……妈妈……爸爸！妈妈！”这时如果有人给他一个奶嘴，恐怕他也会含住的，这时如果有人扔过来一截木头，恐怕他也会抱住的。但是他什么也没有，哭过之后的天亮，他又是那个独裁的、有着很多个女朋友的人。

四十二岁的明生，鞋底和裤脚沾满了蒿草上的泥浆，大手扒着斑驳的砖墙，一步一步向前挪着。这是他第二次以这样的姿势走过一条泥泞的街，不同的是，上一次他失去了家庭，这一次他将得到一个家庭。

虽然珠雨田连结婚的年龄都不够，但他仿佛已经看到了她身披拖地白纱，捧着散发着青涩酸味的绿玫瑰，走过他们举办婚礼的古堡外长长的碎石子路。他们幸福地拥吻，然后会养四个以上的孩子，除了亲生的，还会去福利院收养一个孤儿，为社会做贡献嘛。孩子们会得到父母完全无保留的爱和世界上最好的教育，他们会成长得勇敢、聪慧、善良，和他们的母亲一起站在他的身后，成为他坚实的国土，从此每天的奋斗都是为了他们，他愿意为了守护他们而献出一切……明生的眼睛湿润了，他等不及了，不再能忍受这慢悠悠的前挪，他一步跳到了街心，蹚着泥水向前走去。

小街到了尽头，他抬头看着压得很低的天空，白云如快马般跑动，在地上投下了翻滚的淡影。空气清亮，可以清楚地看到眼前这一大片蒿草之后的路牌，上面写着“金乌马场”。他走过蒿草中的小径，耳边依然只有秋风吹动草叶的沙沙声，马场很静，也没有普通马场常有的牲畜的味道，绕过一棵大梧桐，就看见一排精致的马舍，每一截木头都散发着油润的光泽，昭示着它们的价格和档次，他走过十来匹喷着热气的马，终于见到一匹最漂亮的，它挺着游龙般的脖颈，一双眼睛像雨后湿润的玉石，珠雨田穿着卡其色背带裤和漆皮小靴，用长柄马刷蘸着水在洗马，见到明生，她手中的一只白铁皮小桶咚地滚到了地上。

她的眼睛肿得粉润，白牙齿咬着下嘴唇。

“我是来道歉的。”明生说，“如果你能接受我的道歉，再考虑下结婚怎么样？”

珠雨田把翻倒的铁皮小桶放好，马刷挂在马舍的墙壁上，走出来。

明生刚向她走去一步，她便向后退去，口中说着：“别过来。”

“走近说话也不行？”

“我不想理你。”

明生走过去把她抱在怀里，胳膊箍着她的脖子，直到感觉到她因为不透气而咳嗽了一声才放松了些。意外的是，珠雨田没有哭，不过她肿起的眼睛证明这两天她一直在哭，他想再道一次歉，但她说话了：“你不是个好人。”

“是。”他老老实实地回答。

“老骗子。”

“骗子就好了，不要老字行不行，很伤人的。”

“骗子。”

“是。”

“我不会原谅你。”

明生扳开她的肩膀。“也就是不接受我的道歉的意思？”

“当然不接受，你可以轻描淡写地忘了，但我忘不掉你那天是怎么羞辱我的。”

“对不起，真的对不起，我知道解释没意义，但这不是辩解。我那天被工作急昏了头，而且多少对你有羞愧吧，所谓恼羞成怒嘛。你大小姐有大量，不要计较好不好？”

“不——接受——！”她甩开明生的肩膀就往马场大门走，只听马舍的栅栏吱呀一声，回头看，只见明生拿起了白铁皮小水桶和长柄马刷——“放下！

不许碰我的马！”

“这是马场的马。”

“我的！我爸爸买给我的！”

“哦！”明生啧啧赞叹，“我就说呢，去年法国赛马的优胜马，有北京的马场买了，我怎么会不知道。”

“它这么有名？”

“你不知道？呵，敢情你是把名马当野马养啊。可惜了。”

“我当然知道，我就是感叹一下——你出来！谁许你洗我的马了？”

“好好好。”明生走出马舍，“可你给人家洗到一半就走不好吧，你洗澡洗一半舒服吗？”

“谁说我要走了？我等一会儿就洗。你走了我就洗，你快走吧！”

明生进退两难。他不想乖乖地听话离开——她还没有原谅他呢！可是继续戳在这里，他又不忍心看她的小脸一会儿因气愤涨得通红，一会儿又因伤心变得惨白。他踟蹰着，不看她，视线慢慢移到硬泥灰铺成的路面上，又移到自己的脚尖，他看到自己的鞋子和裤子上沾满了泥，有的已经干了，结成小块，啪地落到地上。他这副狼狈相，全是因为急着赶来见她，却完全低估了这件事的难度。或者说，他见惯了女人的哭闹和离开，因此完全没想到她受到的伤害这样深。

从美梦中醒来的失落真让人难受，还不如从来没做过那个梦呢。

珠雨田也轻轻地叹了口气。

“我这两天真的很难过，很后悔，所有的事都推了，就在家里窝着忏悔。”他诚恳地说。

珠雨田用一种又凄凉又释然的眼神看着他。

他从未见过这样的眼神，便暂时停止剖白，问道：“为什么这么看着我？”

“我如果告诉你这几天我差一点杀了你，是你改变行程使你躲过一劫，你可能也不会信吧。”

他觉得好笑。“电视剧看多了？”

“随你怎么说。”

“好，我知道是我不对。我没什么可辩解的，和你在一起以后没有和宋蘅分手完全是我的错，我没有借口，就是我自己不好。你能原谅我是你的大度，你不能原谅我我也不敢抱怨。”

珠雨田不搭话，像是赌气般只顾刷马。

明生半躺在马舍对面的一堆干草上，看着身穿工装的少女把长柄刷在铁皮小桶里搅着，秋日雨后的暖阳照着她的侧颜，高耸的鼻子，乳脂般白腻的皮肤，额头上一层金色的细密绒毛，厚唇是天真与肉感的混合。她的格子衬衫一直挽到手肘上方，圆滚滚的手腕上湿津津的，不时抬手驱赶一只绕着她飞的蜜蜂。

他觉得自己愿意付出任何代价来守护这幅图画。

只不过，现在他意识到其中的难度了，让少女本人接受道歉已经不容易，而那匹每根毛发都散发着高贵与昂贵气质的赛马更是提醒他：人家家里还有个爸爸呢！一个对他的本性了如指掌、绝对不会同意女儿嫁给他的爸爸，一个境况比先前衰落但也绝对不能随意欺瞒的前辈。这位前辈的地产遍布全国的时候，他还在街头摆摊，被城管撵得像流浪狗呢！

明生又在脑中复盘了一遍王老板的人生轨迹，想从中吸取些能够避免盛极而衰的教训，可是他发现王老板没做错任何事，甚至在几次关键的决断上都相当英明。他只是老了，又给黄昏中的帝国留下一个资质平庸的继承人（这已经算幸运了，起码王野田不是个败家子），而明生这种在草莽中打过滚的人比王老板这样的绅士君子更具雄才大略，他知道在鼎盛时给自己预留更上一层楼的机会，比如抱住董先生这棵大树。

这世界就是一个弱肉强食的原始丛林，他想，那些美好的事物，女人、金钱、地位，都要靠争抢来归赢家所有。原地等待无异于缴械，所以也不能说王老板没有做错。他绝对不会犯同样的错误，他狩猎的清单里除了那些可以量化的钱和权力，还包括珠雨田。肾上腺激素随着这个念头倏地涨到爆表，他有一种急切的渴望：吸两口，吸两口！每当他极度兴奋和得意的时候他就想打开保险箱，取出一点可卡因来吸两口，这是个习惯——他不像其他的瘾君子，要在情绪低沉的人生低谷中用药物制造美好的梦幻，他伤心的时候绝不碰那些东西。

他把身子又在草堆中深陷了一点，温柔地看着洗马的少女，他站在珠雨田的角度为她着想——年轻人总会误以为人生的转折点有很多，等到了中年再回首，却发现其实只有寥寥可数的几个岔路口。那是人生能够再向上迈一个台阶的机遇，它是稀有而宝贵的。如果王老板的女儿和明生的太太这两个身份只能选择一个，她应该选择后者，这是毫无疑问的，他一定能说服她，并且赶走她的父兄。拉拢利益驱赶敌人是他这个生意人每天都在做的事，他从没输过。

一会儿她洗完马从马舍里出来，明生凭借自己多年待人处世的经验判断，如果她一言不发地直接离开，这件事希望就很渺茫了，如果她肯和自己说一句话，无论语气是友好的还是抵抗的，无论内容是什么，他就可以让秘书去勘探适合办婚礼的古堡了。他晒着太阳等着。

那匹名马打了个舒服的响鼻，珠雨田洗干净小桶和刷子，漆皮短靴唰唰地踩着地上的干草，她走出马舍，站在明生面前问：“你怎么知道我在这儿？”

明生心中一块石头落地。

“给你做骑马装的裁缝说的。”

“什么裁缝？”

“你不是定做了一套骑马装吗，送到家里了。”

珠雨田小脸蒙上一层困惑，眉头皱了半天，她说：“我没有啊……”

“也许是你爸爸给你做的？”

珠雨田的眉头仍然没有放松——爸爸对她住在明生家这件事岂止反对，简直一提起就会暴跳如雷，就算做了也会寄到学校，他会把明生家当作她的收件地址吗？

“和我结婚吧，雨田。”他打断她的迟疑，“明年你二十岁生日一过我们就结婚。我想为了你洗心革面。”

她脸上泛起一层悲戚。“洗心革面吗？你？”

“不能因为我犯了一个错误就判我死刑吧！”他大声说，心里也有点委屈，“给个改过的机会好吗？让我还能做个好人，好吗？我是个俗人，有七情六欲，有缺点，贪、嗔、痴一个也参不透，我会做错事，但我也懂得改啊！你是完人吗？你有过糟糕的念头吗？如果你能原谅你自己，也给我一个机会好吗？”他眼里含着泪，不知道为什么，他甚至怀疑那是错觉，他觉得珠雨田神色突然变了，像是被触动了什么似的，接着她也忍不住蹲下哭了，过了很久她才扶着栅栏站起身来，“我是个懦夫。”她说，“我竟然会谅解一个坏人。”

“我们互相帮助，我帮你找勇气，你帮我变成好人，好吗？”

珠雨田终于平静了，她不再说话。明生知道他可以让秘书去看婚礼场地了。

秘书接到这个命令的时候正在和女朋友吃晚餐，他吓得手里的刀叉都掉了，一块油津津的烤肉把雪白的餐布滚脏，女友不悦道：“毛手毛脚的，你又怎么了？”

秘书把手机递过去，女友瞟了一眼，“啊”地大叫着离了座位，她比他更加诧异和激动。“我的天，我以为这人永远不会结婚的。”

秘书办事效率不错，几天之后就把他收集到的地方做成了PPT发给了明生。明生发现这PPT竟然还是带音乐的，放在以前，他肯定要批评秘书做事浮夸，但现在他觉得有音乐竟然也不错，温婉喜悦，和美舒缓，和他想象中的未来的婚姻生活一模一样。

一向决绝果断的明生犯了选择恐惧症，他觉得每个选址都很好，可惜婚礼只能办一次。不过明生也决定不要浪费这些美好的风光，婚礼在一年以后呀，这一年的时间他正好可以带着珠雨田环球旅行，把这些或依山或临海的漂亮房间都住一遍。

这个周末，他们去了地球上某个角落中的一个小镇，小镇只有两三百户居民，建在被巍峨峻峭的石头山包裹的山谷里，山中盛产全世界最好的一种漆树，小镇的每个屋顶都漆成不同的颜色，从空中俯视，它像一块被遗落在灰蒙蒙大地上的彩帕。镇子上只有一个生病休学在家的大学生会讲英文，这也足够了，他们住了三天。

这三天多么幸福啊！好像脱去凡胎变成了仙人，甚至仙人都不一定有这么快乐。他们每天在挂着浅金色床帐的房间里睡到下午一点，然后拉动床铃，旅馆的主人送来面包和用本地出产的一种豆子制成的果酱，稍微吃一点东西他们就下楼去。英文翻译早在楼下等着，引他们走到小街上，抬头赞叹晚霞。他们乘坐运送漆桶的木舟，沿着山谷中的溪流一路上行，到了半山腰的时候，俯仰之间，已经不能分辨晚霞和小镇哪一个更加绚丽了。

明生觉得心中一片空明，人生所能寻找到的幸福，他已经完完全全地得到了，他都不需要在这美景中再把珠雨田抱在怀里，或者摸着她的头发说什么甜美的话，因为他知道她已经在那儿了，当他在木舟尖尖的船头转过身子，想指给珠雨田看溪流中跳跃的白鱼时，他看到珠雨田已经在看那群白鱼了——不，她是在盯着溪水的涟漪出神，脸上带着淡淡的哀伤和怅惘。不知道她在想什么。

天黑的时候他们下了船，一阵柠檬树的香味从风里传来，柠檬树是漆树园的围栏，再往前走一会儿，便看到成群的漆树工人从山上下来，因常年户外劳作而布满皱纹的紫棠色的脸上带着淳朴的笑，对他们说着当地的语言，翻译告诉他们那是“新婚快乐”的意思，有个山民还送给珠雨田一把野花。接着他们翻过半个漆树山，去另一个山谷的旅店老板的表哥家做客，那是一户养蜂人，家里刚酿好了一桶蜂蜜酒。

三天之后他们回了北京，这几天因为山里信号不好，她干脆关了手机，到北京后才开机，一片安静，一条信息也没有，这像是暴风雨之前的平静。她等着，果然车子还没下机场高速，哥哥的电话就打来，哥哥的声音从来没有这么低沉过：“你终于回来了，来爸爸家，马上。这次你要是拒绝，爸爸可能会打死你。”

“你们都知道了？”

“果园的员工传出来的。妹妹，我佩服你，你胆子太大了，比我大多了，真是人不可貌相。来吧，我会尽力护着你，但有没有用就不好说了。”

珠雨田挂了电话。明生问：“要去见你爸爸？”

“嗯。”

“我陪你去吧。”

“不用，我能行。”

“真的吗？别看你爸爸外表斯斯文文的，他其实是个意志很坚定的人，没有人敢忤逆他的。”

“那正好说明我是亲生的咯，因为我也一样。”

明生开车把珠雨田送到她爸爸家的小区门口，他一脸愁容地看着珠雨田小小的身体跳下车，走进被路灯照亮的夜幕里。当然，他并不认为王老板会打骂自己的宝贝女儿，他更担心他会以年迈多病来威胁珠雨田就范——心肌梗死的诊断单甩她面前逼她分手怎么办？

但明生错了，他丝毫不了解这位前辈，王老板是个视荣誉和尊严比命还重要的人，就算他真的气得卧床不起，也不会对孩子说出“你不听话我就如何”这种句式，那是比一哭二闹三上吊更下三烂的姿态。珠雨田进门的时候，只觉得这大房子里的气压低得令人窒息，保姆低着头在前引路，王太太给她一个礼貌而冷淡的微笑，她低声说：“您好。”就听见书房里传来一声呵斥：“你进来！”

她推门进去，见爸爸高高地站在那儿，灯光模糊了他的年纪，他花白的头发变成棕色，皱纹也在阴影里隐藏了，他看上去年轻了许多，也凶狠了许多。哥哥在她身后关上门，抚慰地拍了拍她的后背。

爸爸说：“我和你哥哥商量过了，他的股份分给你一半。”

“我不要。我什么也不会。”

“你是学土木的，刚好可以帮到他，以后我就全交给孩子了，什么也不管了。”

“我现在连个秸秆模型都扎不好呢。”

“慢慢来，你才几年级？爸爸要你一直读到博士。”

她不说话了，她本来就想读到博士，不需要爸爸要求。

爸爸有点焦躁。“到底怎样你才会和那家伙分手？”

“太晚了。”她摇头，“这件事已经定了。”

爸爸大笑。“对啦，对啦！你不提醒我我都要忘了，我的女儿订婚了，我要等朋友上门恭喜才知道。我苦口婆心，办法用尽，还是不能让你看清楚他是个什么样的人。”

“我看得很清楚。”她抬起头，“爸爸，我没有看上去那么愚钝，我看得很清楚，我看得比您更清楚，他的好和坏，我都知道的比您更多——更多一些。可是那又怎样呢？善恶只是一个念头的瞬间，我也有过很可怕的，很想作恶的瞬间，我就该死吗？我就不值得有改过的机会吗？”

“好，你能说，你妈妈——”

“爸爸，如果您再说我妈妈给我的教育失败，我一定要跟您把道理讲明白，是好是坏都是我一个人的事，我妈妈是个好妈妈。”

“我不是那个意思，你妈妈知道这件事吗？”

珠雨田沉默了一会儿。“我正要告诉她。”

“好。你妈妈同意我就同意。”王老板苦笑，“毕竟她是个好妈妈，我是个糟糕的爸爸。”

珠雨田走了，但她并没有像她应允爸爸的那样给妈妈打电话，说实话，爸爸所有的反应都在她的意料之中。爸爸是个讲道理的人，但妈妈会做何反应，那是超出她想象力的玄幻文学。

时间不早了，她要在宿舍宵禁之前回学校，一路上，她连连催促出租车司机开快一点，再快一点，终于在宵禁五分钟之前，出租车停在了学校南门，她一路狂跑，到宿舍楼下的时候，见到几对提着夜宵和暖水瓶的情侣还在依依不舍地拥吻，她赶上了。她放下心来，同时放慢脚步，这时，她看到那些情侣中有一个形单影只的女孩，穿着白色的绒线衫，削肩蜂腰，她一眼认出了是谁。

程素看着珠雨田，慢慢走近，她的脸色是死灰一般的青白。

“你去了我的实验室，偷了肉毒素？”

天哪，她发现了？珠雨田心中不安，订婚旅行太匆忙，她都忘记了再悄悄把肉毒素放回去。

“是。”她只好招认。

“你想害人？”

“我没有害人！我……你要的话，我现在就还给你。”

程素看着珠雨田，一秒，又一秒，她又开口说：“我听别人说了一件事，不知道真假，所以来找你问问。”

“什么？”

“你和你的前男友和好了？”

“不是和好，我们订婚了。”然后珠雨田愣住了，眼前程素的眼睛突然眯了起来，瞳仁在夜幕中几乎看不见了，她的眼神散发出死神般的冷气。珠雨田不知道这冷气从何而来，她这样看了珠雨田足足一分钟，然后吃力地抬起右手，她抬得那么慢，似乎手腕上坠着铅块一样，可是落下得却很快，啪的一声脆响，珠雨田的脸上挨了一个耳光。

这个耳光大概打到了下颌部位的某根神经，珠雨田感觉到一阵短暂的眩晕，斜退了一步，倚在树上。等到眩晕消失，视力恢复，她只看到茫茫的月光照着空荡荡的校园，程素早已走了。她想追上去，却无法辨别方向。

宿舍已经熄灯，她在黑暗中坐着，那粒装着肉毒素的糖丸就放在梳妆台上的匣子里，她不知如何是好。毕竟程素生气到甩耳光的程度，一定是因为毒药失窃而受了处分，想到毒性之烈，她不敢邮寄，也不敢扔进垃圾桶，只好把它塞进柜子的深处。此夜她蜷在宿舍的小床上，做了一个漫长的梦，她梦到寒潭底冰凉的石子，和纱窗外嘈切的低语，它们时而以旋涡的样子出现，时而幻化成难以名状的远古怪物，用湿黏的触手绞杀着她的脖颈，她在喘息中苏醒。天还未亮，但秋叶拍打着窗棂，每一次眨眼，天色便青白一分，天总会亮的，恐惧将在晨光中散去。

下部

——眼中血

盈盈折萝素手，皎皎采薇华
刀 //
当年青寺观新碧，今夜风雨
蓬蒿 // 可怜菩萨低眉，又
怕金刚怒目，倒提宝剑三尺
余，却向下山路 // 盈盈折
萝素手，皎皎采薇华刀 //
当年青寺观新碧，今夜风雨
蓬蒿 // 可怜菩萨低眉，又
怕金刚怒目，倒提宝剑三尺
余，却向下山路 // 盈盈折萝
素手，皎皎采薇华刀

❶

盈盈折萝素手

男人微笑道："这还不算长，

你不知道人心里的恨意能绵延多长。"

在距离致公大学地铁一站远的一个小广场，写字楼林立，其中最好的一座被一所考研英语补习学校占去，每天上午八九点钟，便有成百的学生抱着书走入教室，其中一个名叫阿萝。

阿萝一年多前毕业于致公大学历史系，现在还不到岁数，她是个极"普通"的人，长着一张普通长相的脸，有一副普通身高体重的身材，喜欢穿普通设计的衣服。即使从未见过这个阿萝，每个人也都熟悉阿萝，因为早高峰的地铁里有一万个阿萝，公司的茶水间里有一万个阿萝，大学的图书馆里有一万个阿萝，黄金周的旅游景点还有一万个阿萝，这一个阿萝是几万个阿萝的浓缩，甚至平凡到姓名皆不可考。

大概姓罗吧。但是，谁在乎呢？

一年多前阿萝毕业了，她找不到和历史专业对口的工作，遂去了一家大公司做行政，这公司有一万多名职工，阿萝从一个普通的学生变成了普通的白领。普通的生活也没什么不好，领一份普通的薪水，有着普通的衣食住行。如果说稍微有点什么不太普通的，那就是阿萝是北京本地人，读书的时候没感觉，工作后才发现和外地的同事相比，她可以省下一笔不小的房租开销，这有点幸运。

一年之后，阿萝存了一点钱，这点可怜的积蓄其实还不够阔太太买个包，不过可以供阿萝一段时间之内不至于饿着，这天早上她去找老板辞职。老板问她是怀孕了还是要跳槽，阿萝说都不是，只是毕业的时候她也觉得读历史没前途，早点赚钱是正理。工作一年后，她发现实在无法否定自己的内心，她爱历史，她想把一生奉献给历史研究，至于生活，过得去就行，她阿萝从未设想过今生能大富大贵，所以她决定辞职考研了。老板虽然没说什么，但那满脸的不屑和不解却都快溢出来了，阿萝只当没看见，沉默着办完各种手续。

辞职之后的第一件事，阿萝去报了一个英语补习班，她专业课成绩没什么问题，但是英语略差。

辞职之后的第二件事，阿萝去了致公大学脑科学研究所，致公大学太大了，虽然在这里读了四年书，但阿萝是第一次来这栋楼。她在楼下的凉亭里坐了半天，快到中午吃饭的时间，终于见楼里走出一个女孩。那女孩皮肤白皙得如同阳光下的奶油，因为瘦弱，走路时腰肢像柳丝般摇摆，她和三年前阿萝见到她的时候没什么区别，阿萝高喊着："程素姐姐！"

程素歪着头认了好一会儿，阿萝笑道："我是阿萝，以前历史系的。"程素疑惑着："阿萝？我记得你应该毕业了呀？"阿萝便把自己毕业后去公司上班，现在又辞职考研的事说了一遍。程素笑道："挺好的，做自己喜欢做的事才最难得，再说也不要顾虑什么冷门热门的专业，哪一门学问做到顶级都足够养活自己。”阿萝听了这话，再想想辞职时老板的脸色，不由得心中大慰。三年前阿萝在一次院系联谊上认识刚考上博士的程素，只觉得她神情气质和别人不同，总是一副淡淡的、什么都看透的样子，可是性格又极宽厚温柔，丝毫没有其他自诩通透者的刻薄，阿萝从那时起便十分倾慕她，不过两人不在同一个学院，一直到毕业也没什么深交。

阿萝觉得程素不比别的需要讲虚客套的人，遂直接说明来意：“我想在学校的教师公寓租一个小房间，不过听说学校是不允许老师们转租的，所以我不敢贴广告，也不敢去内网发帖子，只能请你帮忙打听打听有没有人想出租。”

程素笑道：“我记得你就是北京人呀，怎么要租学校的公寓？”阿萝答道：“家里现在不太方便住。我想租学校的房子，一是去图书馆和去英语补习班都方便，二是住在学校里也比较安全。”程素想了想说：“那么我帮你问一问我楼里的几个老师，你有什么别的要求吗？一居室？两居室？阳台、厨卫呢？”阿萝脸通红忙摆手道：“什么要求也没有，越小越好，其实租房子我只有一年两万元的预算，这还是把其他开支都压缩到最低以后才能省下来的。”程素便说道：“这倒不是我预先泼你冷水，不到两千元的月租，这样的房间大概是没有，上个月我对门的老师家合租次卧的都是两千多。”阿萝脸更红了，嗫嚅着：“那么，那么……”程素又问道：“其实一个人生活总会有这样那样的额外支出，你现在又没收入，把省吃俭用的钱都拿来租房子可不是个好计划，家里为什么不能住呢？”这话一问出口，阿萝眼圈便红了。

程素见她低头不语，也不再问，拍拍她肩膀说一定帮她打听，再砍砍价，说不定能找到肯低价出租的。阿萝便道了谢走了，心中并没有抱什么希望，不过三天之后，程素给阿萝打电话说：“你搬到我的公寓里住吧，说来巧得很，我前些天看中一个二手房，不过钱还差一点，我想着这次先不买，过两年再说，没想到那家人急用钱，今天给我减了价，你说我运气是不是很好？怕他们反悔，我当场就签了，这两天就搬家。这公寓学校每个月从我工资卡里扣八百元房租，所以我也只收你八百元。”八百元！在 2017 年还能找到八百元的好房子！阿萝高兴得想转圈圈。

阿萝的行李很少，一个行李箱，一个大背包，一趟便搬完了。程素除了自己的衣服之外什么也没带走，阿萝有点感激，她觉得程素真是个很好的人，她是故意把这些还很新的家具和生活用品留下来的。公寓虽然很小，但阿萝幸福极了，这里真好，每个墙缝都打扫得纤尘不染，沙发和床都香香软软的，更重要的是它位于校园深处，安静、隐秘、安全，谁也别想找到她。

阿萝不想让任何人找到她。

平时她的大部分时间都用在图书馆里，每个星期五的上午，她会背着大书包去一站地铁之外的英语补习班上课。

补习班所在的写字楼外墙全是玻璃，在夏天早晨的阳光下，闪耀得如同矗立的钻石。写字楼的楼下有一个带喷泉的小广场，也没什么人停留，只有拿着咖啡的上班族来去匆匆。

阿萝的眼睛微微近视，她眯着眼看向小广场中央，却突然吓得心脏漏跳一拍——那喷泉之后，有一个穿着破旧外套的男人，他佝偻着腰，仍然比旁边的人们高出半头。即使距离这样远，阿萝也一眼能认出那是谁——怎么可能认不出呢？

但一定是巧合，她是悄悄搬家的，神不知鬼不觉，没有人知道她现在住在哪里，更没有人知道她会来这里上课。

这座大楼的另一个方向还有一个入口，阿萝低下头，想顺着广场边缘溜走。

“阿萝！”男人在背后喊着，阿萝心中涌起一阵绝望，她知道自己跑不掉了，但她还是拔腿就跑，这是本能。还没跑出广场，她的胳膊就被揪住了，回过头，男人的笑脸几乎贴到她的鼻尖，顺着男人的肩膀边缘，阿萝看到三个男生边推搡打闹着边走过来，他们是英文补习班上的同学，不过阿萝叫不出他们的名字。

“同学！同学！”阿萝大喊，三个男生都站住了，犹豫着。

“我是英语班上的阿萝。你们快带我去上课，我不认识这个人，我不知道他是要拐卖我还是怎么样。”

男人便拉住阿萝的胳膊，朝那三个男生点头哈腰的。“对不起呀小同学。我是阿萝的爸爸，这孩子离家出走两个月了。唉，太叛逆，是我不会教育。”阿萝满心焦急，大喊：“别信他，带我走！”男人却收起脸上的笑，换上又伤心又愤怒的表情。“阿萝，你和爸爸怎么闹别扭都没关系，奶奶快不行了，就等着看你一眼，你是人还是畜生？”

“我奶奶已经去世六年了，你是骗子！”阿萝喊。

男生们看看阿萝，又看看男人，他们长着一模一样的圆脸和高个子，很明显是亲生的父女。

“阿萝，课上见！”男生们挥挥手走了，光天化日的，当街抢人的人贩子只存在于微博的段子里，他们觉得再围观下去只会让阿萝感到难堪。

男人拍着阿萝的肩膀说：“好女儿，你放心，爸爸不是来找你麻烦的。”阿萝怒道：“你不是来找我麻烦的，你是来要钱的！”男人笑道：“女儿赡养父亲天经地义，你就是告到法院我也是这么说。”

阿萝气得眼泪蓄满眼眶。“你才四十多岁，有手有脚的，你到了要我赡养的年纪吗？我以前给你的钱你是用来生活吗？吃喝嫖赌吸毒的废物，社会的渣滓！你气跑了我妈，又气死我奶奶，奶奶活着的时候你把她的退休金挥霍得一干二净，要不是有助学金我连大学都上不起，奶奶去世以后你又让我养着，我从大二开始就没白天没黑夜地打工供你去赌去买毒品，你有把我当女儿来看待吗？去年你假装给我过生日，把我灌醉让你的狐朋狗友来我的卧室，要不是我枕头下藏着刀……”阿萝泣不成声，“他们给你多少钱？两百？三百？”

男人的脸上一点愧疚的神色也没有，嘻嘻地笑着。“好孩子，你要是按时给爸爸生活费，爸爸还用得着这么做吗？”

阿萝咬牙道：“你做梦吧，以后你是你，我是我，我不会再给你钱，我也没有钱。”男人又笑：“你在那么好的公司上着班，一个月七千多的大票子挣着，你就忍心看着爸爸饿死？”

阿萝冷笑：“你不用再指望我，我已经辞职去读书了，以后我没有收入了，除非你绑架我去卖器官，否则你休想从我身上再榨出一毛钱。”说完她转身去上课了，男人没有再追上来，但是这一上午的课上得心不在焉，阿萝知道爸爸为了钱什么都干得出来，卖器官什么的也不是不可能。但，放马过来吧，阿萝大步地走着，这个社会是有法律和公义的，她不信恶人可以无法无天。

上完课回到家，路上她倒是多留了个心眼，几次回头看，倒是没人跟着。先回家再说，关上门安静地想对策，是再次搬走，还是干脆硬扛到底？搬走的话，她几乎没有可能再用这么低的价格租到房子，硬扛到底嘛，她孤身一个小女生，多少还是不踏实的。阿萝把在楼下买的便当放进微波炉里打热，微波炉叮的一声，同时门铃也响了。

应该是楼下花店的老板，阿萝上课之前跟他说过中午送一大盆水培绿萝上来。绿萝便宜，干净，生命力旺盛，阿萝最喜欢绿萝了。

她都没在猫眼里先看一眼就开了门，只见门外站着爸爸——如果真的必须这么称呼他的话——一边笑着一边一步跨进来，啪地把门在身后反锁。他一眼便将小公寓扫了一遍，脸上的笑纹挤得更多了。“阿萝，你还说你没钱？从家里逃出来住这么漂亮的房子，是不是交上大款男朋友了？别瞒爸爸。”

阿萝气道："你要是不走，我就报警。"男人便笑着摊出一张被烟熏得焦黄的大手来。"警察不管亲爷俩的家务事。给钱就走。五千，不多吧？"

"做梦！五百也没有。"

砰的一拳。阿萝感觉眼前一黑，身体直直地飞出去，摔倒在小小的沙发上。她扶着头坐起来，打骂从记事起就是家常便饭，然后另一侧的太阳穴也挨了一拳。这一拳碰到了眼睛，她视线越来越模糊，等到稍微缓过神来，她看到男人翻着她的书包，钱包被他抓在手里。"就这么点钱？"男人举着一把十元二十元的零钱。

阿萝惨然道："就这么点钱。你拿走吧，我会再搬家，这次我绝不再让你找到我。"男人把零钱装进口袋里笑了："我知道你们年轻人的钱都在手机里，手机呢？"房间太小了，男人一眼就看到了手机在微波炉旁边放着，他抓在手里滑了两下屏幕："密码是多少？"阿萝咬牙道："我不会说的！你死了心吧！"男人毫不生气，抓起阿萝的手。"指纹解锁是哪根手指的？"

"不！"阿萝真害怕了，被他找到可以再搬家，零钱被拿走就当丢了，但是手机关联的银行卡里有她全部的三万元钱积蓄。她腾地站起来在男人肩上一推，虽然对方个子高大，但多年的酒色早就掏空了他的身子，他向后退了两步便咚地坐在了地上，嘴巴张得老大。阿萝，这个从小就低着头走路的懦弱女儿，竟然敢还手了。男人便趔趔趄趄地站起来骂道："他妈的，你敢偷着搬走，窝在这儿吃喝玩乐的，你爸爸我都两天没吃饭了！饿死了你亲爸爸，你看着可乐还是怎么的？没良心的下流畜生，我怎么生养了这么个玩意儿？"阿萝喘息道："你也不用骂了，咱们这就上法院断绝父女关系，你黄赌毒无所不沾，早就废了，别再说什么你是我爸爸，如果我能选，我宁愿选择不要出生。"

男人笑道："后悔出生有什么难的，你现在死了不也一样吗？你死了我照样能把你的手按上去用指纹转账，你乖乖给爸爸转了，别让爸爸弄死自己的亲闺女，这样不好。”

其实依照阿萝的性格，听了这话不会不害怕，也许战战兢兢下真的会依言转账，不过由于刚才推了男人一跤，阿萝发现其实他也并不一定有那么可怕，只论体力，高大但虚弱的男人不一定能打过年轻健康的女孩。

阿萝握紧拳头，男人便抬脚揣在阿萝的小肚子上，阿萝剧痛之下捂着肚子一蹲，肩膀、后背又落雨点似的挨了几脚，她捂肚子的右手被捉住了，以扭曲的姿势看过去，男人正把她的手指胡乱往手机上按。疼痛加愤怒混合出勇气来，阿萝大叫一声将头顶的男人一掀，那接近一米九的大个子便像一座沉重的黑塔被抽走了地基，轰然砸在地板上，发出一阵闷响。

肚子上这一脚被踹得太重了，阿萝缓了好久还是站不起来，撩开T恤一看，原来胯骨上青了好大一片。好，这里住不得了，马上搬家，这次要搬得更谨慎，更隐蔽，绝不能再被找到，其实这一次搬家已经是秘密进行了，男人是怎么找到她的？弯着腰站起来回头一看，男人还躺在地上，一动不动。

她心中涌起一种不祥的预感——一瞬间又觉得这预感太荒谬了——但是这荒谬的预感像阴云一样罩在这小小的房间里，怎么也散不掉。

“喂。”她小声说。

男人躺在地上，一动不动。

她走过去俯身一看，只见他脸色青白，双目紧闭，手脚松松地摊开，她的手机被甩到墙边的地板上了。

那不祥的预感升级为巨大的恐惧，她瞳孔张得老大，鼻孔也因为惊悚而张开着，她想逃走，迅速跑出门去，可是她感觉不到自己双脚的存在。她跑不动。

她觉得男人可能是在骗她放松警惕，等她凑过去的时候就会一跃而起，掐住她的脖子，就像野兽捕捉猎物一样。不能，不能凑过去，阿萝向后退了一步，手在茶几上一摸，摸到本半尺多厚的《牛津词典》，硬皮，很重，不亚于一块砖头的威力，她抄起词典，把书脊对准男人的脸狠命一砸！

没人在这样的重击之下还能装死。她听到词典在男人脸上撞出咔嚓的一声，好像鼻骨碎了，词典弹了出去，男人躺着，一动不动。

阿萝剧烈抖动的手指伸出去停在男人的鼻下，一分钟过去了，没有呼吸。

他死了。

阿萝坐在了地上。

不知坐了多久，秋风从敞了一条缝的窗子吹进来，吹动地上那本《牛津词典》哗啦啦地响。阿萝一直盯着男人青白的脸看，有点希望他没死，又有点希望他死了，不过无论她希望什么都没有差别，因为他的确已经死了。

这人想必身体早已虚得厉害，被她一推倒在地上便死了。

手机就在两步外的墙边，自首吗？她舔舔干裂的嘴唇，凭着对刑法的了解，就算被判正当防卫也要坐牢，何况还不知道这是不是符合正当防卫的标准呢。她仰起头看天花板，眼泪淌了一脸，真想问那窗外路过的风，请它把话带给虚空中操纵命运的某个神：为什么她的命这么苦？为什么她上进、勤劳、朴实却落得这么个下场？有什么宗教可以解释这件事吗？比如她上辈子是个杀人放火奸淫掳掠的王八蛋，否则她今生无缘无故摊上这么一个命运，难道不是说明人间根本没有什么善恶有报的公道吗？

秋风自顾自地吹过，带走了她的疑惑，却没有送回答案。

眼泪被风吹干以后，阿萝心里电光石火般闪过一个念头。她不想坐牢，更不想被判死刑，如果明知会死那大概所有人都会反抗，梁山好汉不就是这么聚起来的吗，人面前如果只剩绝路，再懦弱再朴实的人也会想办法给自己挖个可能活命的地道。求生欲望使阿萝大胆地想：万幸的是男人是独子，爷爷奶奶死后，全家的亲戚就只剩他们父女二人，男人虽有几个酒肉朋友，却不足为虑，没人真在乎他去哪儿了，她可以说他去南方打工了，邻居们也不会多疑，说不定还要为这么个下三烂终于从胡同里消失了而高兴呢。等事情过去两三年，人们都把他忘了，他就变成了从未存在过的失踪人口，神不知，鬼不觉。

自己岂不是捡条命？

傻 × 才他妈的去自首呢！阿萝噌地站起来，因为起得太猛，眼前一阵阵发黑，她扶住沙发的扶手定定神，冷静地想，那么现在最重要的是怎么处理掉这个一米九的尸体。碎尸？骨头不是容易切断的，而且大量的血怎么处理？碎尸之后呢？分块拖出去丢掉？丢到哪儿？护城河？西郊荒山？问题是她不会开车，也没有车，雇车的话又要多一个人证……

头痛。处理尸体的念头简单，接下来的步骤却步步都是问题，甚至恐怕都进行不了那么远，第一步剁骨头她就完不成，有过剁排骨经验的都懂。

头痛欲裂。阿萝同时听到门铃丁零零地响了起来。

她屏息站了很久，门铃响了三遍，那人没有要走的意思，她蹑着脚步走到门口对着猫眼一看。程素站在外面，脸上带着微笑道："阿萝，我听到你走路的声音了，开门。"

阿萝把门开了个小缝，眯着眼打了个哈欠。"程素姐姐，我在睡午觉。"

程素拉门。"打扰了，但我有一份重要的文件落在抽屉里了。"

阿萝感觉门在被很大的力气向外拉，她不得不双手抓住门把手，拔河似的把全身的力气都压上去，她的声音都抖了："我去找，你不要进来。"

程素松了手，阴森森地问："阿萝，你生病了吗？你怎么满头是汗，声音还发抖？"

“没，我有点紧张，你可以不要进来吗？我其实……那个……我有个男同学在家里，不太方便。”

“哦！真对不起，我应该先打个招呼的。是我疏忽了。”程素道歉，接着说了抽屉的方位和文件的名字，阿萝关上门，照着程素所说的翻找了好一会儿，开门说道：“没有呀，你是不是记错了？”

程素皱眉道：“不应该呀，我自己找。”她突然一拉门，阿萝大喊：“不要！”已经晚了，程素一步跨进来，阿萝脑内一片空白，完了，完了，她想，绝望地看着程素。

程素盯着地上的男人，她的表情说不清是害怕、震惊、恶心……还是什么别的，不过阿萝觉得，她比一般女孩突然看到尸体的神情要平静，至少她没有大喊大叫，没有晕过去，没有精神失常。她在尸体面前站了一会儿，转身把门反锁上。

阿萝颓然地坐在沙发上。

“这是谁？”程素压低声音。

阿萝全说了，从记事起父亲如何吃喝嫖赌，如何打跑妈妈、气死爷爷奶奶，如何又染上吸毒的毛病，为了钱甚至能让人来强奸阿萝。阿萝为了摆脱禽兽父亲如何悄悄搬家，新公寓的地址连最亲近的闺密也没告诉，不知怎的还是被父亲发现了踪迹，争执中又如何失手将他推倒——大概是撞到了后脑勺吧，他就这样死了，阿萝一一告诉程素。

阿萝的脸色比地上的死尸还要白，她低下头，又恢复了惯常的懦弱柔顺。“程素姐姐，你报警吧，我只有一件事拜托，我卡里有三万元钱，帮我请个好律师，让我尽量少判几年。”

程素什么也没说，转身去了卧室，阿萝觉得她是去找她的那份文件了，却听到刺啦很大的声响，程素很快拖着一个超大号的折叠了的大纸箱出来。

“装电视的箱子，幸好没扔。”她把箱子撑起来，好大一个箱子，接着拔掉电视后面的几条线，招呼阿萝：“过来搭把手，这电视挺重的。”

阿萝想，她不是说来取文件的吗？怎么又来取电视？她不准备报警吗？也好，还是去自首吧，自首应该比别人报警更有利于减刑。她其实这时已经不太怕了，已经这样了，还有什么可怕的呢？她站起来帮程素搬电视。

电视机用这个箱子运来的时候里面大概填了很多泡沫，现在泡沫没有了，电视平放进去，只填了一个箱子底，程素又卷起袖子：“然后把他装进来，我抱头，你抱脚，来吧。”

阿萝愣着。

“别愣着了。一会儿下楼被人看到，就说我是来搬电视的。我车就在楼下，我给你运走扔了，别问扔在哪儿，你不知道更安全。之后怎么跟邻居或者熟人交代就是你的事了，比方说，说他去外地打工了什么的，不着急，等你冷静下来再编，现在着急的是得马上把他运走。”

阿萝觉得血在慢慢重新流回到自己身上，她听明白了，全明白了，程素竟然想帮她。

真的吗？有人会这么做吗？这是命案，帮忙隐匿尸体也是重罪，她本可以一个电话报警了之。

阿萝想起三年前第一次见到程素的那个院系联谊，他们在大礼堂举办舞会，地上撒了又白又细的滑石粉，有很多便宜又好看的甜点和果酒……连最内向的阿萝也开心地跳了一支又一支舞，然后她看到了程素，她没像其他女生一样盛装，只是穿着旧旧的 T 恤衫，坐在人群的最外围，脸上带着淡淡的疏离和忧伤……

一个面对欢乐能绝顶冷静的人，面对恐怖的命案，原来也能表现出令人恐怖的冷静。

阿萝又恍然觉得无限感激，她知道程素为她承担了多么大的风险。

她不再说话，两人沉默着将男人装进箱子，程素又找出一卷胶带，在箱子口缠了一道，阿萝还要继续缠，程素制止她："运个旧电视机而已，缠得太严实反而不对。"

一个电视加一个男人的重量着实不轻，两人费了好大力气才将箱子弄出电梯，抬到楼下的车里，幸而一路没人看到，程素开车走了，一拐弯就消失在了楼角。阿萝昏昏地上楼，关上房门，看着地板上男人躺过的地方发愣，这件事真的发生了吗？她真的失手杀死了自己的爸爸，又好运地被房东解救？这一切发生得这么快又消失得这么快，比午睡时的一场短梦还快。

门铃又大作，阿萝吓得双腿差点跪地，开门一看，是楼下花店的老板，捧着一个大圆玻璃缸，里面是用保鲜膜包住根须的一大捧绿萝。

她想起来自己订了盆绿萝。

"水培的，干净，好养。"老板笑眯眯地说。

阿萝道了谢，接过玻璃缸关上门。她往玻璃缸里灌了半缸清水，绿萝雪白柔软的根须在水里缓缓漂动着，油绿的叶子在午后的阳光下鲜艳逼人。

这缸绿萝，多么洁净、茁壮，就像阿萝……

她打了一桶水开始擦地板，桶里倒了小半桶消毒液和洗衣剂，浓烈的味道充斥着这小小的公寓，但是阿萝喜欢这味道，她要把地板洗得很干净，然后忘了今天发生的事。

两个小时过去了，地板擦到第三遍的时候，程素又来了。

她一进门就朝阿萝点头。"办完了。"

阿萝感激地垂下眼睛。"谢谢。我不知道该怎么谢你。"

"我告诉你该怎么谢我。你去帮我杀一个人。"

"什么？"阿萝觉得自己听错了，她抬起头，看到程素那张白皙漂亮的脸，那脸上带着淡淡的悲悯和忧伤，看着她。

程素说：“你帮我杀一个人，事情办完后我就毁掉你爸爸的尸体，你才算彻底安全。如果你做不到，我就报警，不过我不会承认我帮你运走了尸体，你也没有证据说我帮你运走了尸体，楼下的摄像头拍到了你爸爸走进公寓楼，但是永远拍不到他走出去，大家会以为你可能把他杀了，然后在房间里分尸处理掉，总之，这命案你洗不清了。”

阿萝额上的血管突突跳了两下，她半天才说出一句话：“你要挟我？”

“谈不上，是交换吧，我帮你一个忙，你帮我一个忙，这样很公平，有什么不对吗？”

“不，我不想帮。”

“那我就报警。”

“所以还是要挟。”

“那你接受这个要挟吗？”

阿萝在沙发上坐下，看着桌角那缸绿萝。

“你要杀谁？”

“他姓董，五十多岁，下个月他会去一个山里的别墅度假，你帮我杀了他。”

“五十多岁？除非是个病得很重的老头，否则我杀不了，打都打不过。”

“用这个。”程素从包里取出一个丝绒小盒，阿萝也有许多个这样的小盒，用来装些耳环胸针之类的小首饰。程素打开盒子，里面是个珍珠大小的白色丸子，像糖丸，也像个什么可口的小零食。

“这是什么？”

“肉毒素。外面是糖霜和淀粉一类的东西，里面是 0.1 微克的肉毒素，作用于神经系统，稳妥的致死量。食用四小时后会产生软瘫，继而死亡。如果投放在晚餐里，大约会在睡梦里死去，不会立刻惊动别人，发现时已经是早上，法医尸检结果会是食物中毒，因为肉毒素也存在于变质的肉制品里。那个度假山庄只有一个餐馆，你提前一个月去应聘服务员，找时机投毒。这人死后，餐馆的食物会被封起来调查，你也许会被问几句，但不会有问题，因为无论警察怎么查，你们的生活都完全没有交集，你没有作案动机。这是撇清命案关系的最重要的一环，之后你还要假装没事地工作一段时间，然后以回北京考研为理由辞职，完美脱身，你不会有事的，放心。”

“那么你的动机是什么？”

“我不能说。我只能说他该杀，这是他该有的结果。”

董先生家这座半山别墅买来已经四年了，这才是第一次入住。董先生的太太早年是个演过两部剧但没能大红的女演员，非常懂得如何花钱，她某一天的早上在瑜伽教室听说这里的别墅很适合消暑，立刻飞来看，这里山上植被丰茂，还有可爱的小瀑布。

当时他们的大儿子刚满三岁，董太太又怀孕了，娇贵得大门不出二门不迈，一直过了四年，两个孩子都可以结实地走和跑，他们一家四口才千里迢迢来这座山上的别墅避暑。

董太太很满意自己当年买下的这座别墅，它出自最好的建筑设计师之手，装修与保养也都是一流的。唯一遗憾的是配套设施开发得不大好，山上人家不多，只在山脚下有一家餐厅，吃饭要开车下去，很不方便。董先生很宠溺太太，为了不让她感到不安，故意说自己非常喜欢在山路上开车，这让他回想起自己二三十年前还是个花花公子的时候，和其他花花公子朋友有一个很拉风的跑车队，把北京郊区的野山都跑遍了。

太太喜欢听他讲年轻时的事，还喜欢做“哇，那么你开办第一家公司的时候我刚六岁”之类的计算题，只是这些让太太觉得有趣的年龄差都在无意中提醒着董先生，他的青春已经一去不复返了，太多百无禁忌又荒唐的岁月，就像车窗外一路向后撤去的山林匆匆而过。而今，他已头发花白，是一个会在避暑别墅里穿毛线衫防止着凉的人了。

儿子很喜欢吃山上这家餐厅的牛排，七八岁的小伙子，食量和他妈妈差不多大，女儿还只能吃南瓜粥。董先生帮儿子把牛排切成小块。

“爸爸，我什么时候才能和你们一样吃带血的牛排啊？”儿子嘟着嘴问。他正处在抵触把自己当作小孩子对待的年龄。

“你现在的肠胃还不成熟，如果你生病了，谁来帮爸爸一起照顾妈妈和妹妹？”董先生把切好的牛排推到儿子面前，微笑着回答。

儿子乖乖低头吃肉，董先生和太太注视着儿子的圆脑壳，接着对视一笑。幸福，玫瑰色的幸福，无限膨胀的幸福，自己积了几世的德才能拥有此刻的幸福。董先生感慨地想，人是没有前世的，不过他这些年没少修桥捐路、捐赠小学，人心向善，才能吸引到同样善良美好的太太，教育出一双可爱纯良的儿女，所以说人生还是有因果的。

一定要做好人啊。董先生摸着儿子的头想。

女儿却坐在童车里哭了，她的南瓜粥久等不来，哥哥却吃得如此香。

“服务生，你好。”董先生回头招呼一直侍立在三五米外的女服务员，“我女儿的南瓜粥可以快一点吗？孩子饿了。”

这个女服务员年纪很轻，圆圆的脸，不算漂亮，不过眉眼也有三分可爱之处。她穿着奶黄色的大围裙，围裙前面有个口袋，她双手插在口袋里，显出一种小学生般的局促。董先生忍不住多看了她一眼：她胸前的名牌上写着她的名字，阿萝，这名字也好听。董先生又看了她一眼，阿萝一双大眼睛正看着他，那眼神真是令人沉醉！有一点怯懦，一点迷茫，一点想要靠近又想要逃走的犹豫……董先生心中一喜，他早就过了自作多情的年纪，他非常确定这不是单纯的服务生看向客人的眼神。他因此觉得困惑：他从未见过这个名叫阿萝的女孩，她这样的眼神从何而来呢？他同时也有点窃喜，婚后的他已经和风流岁月告别很多年，没想到还能见到这样的眼神。

因为考虑到太太就坐在旁边，董先生没敢再看，余光中的阿萝低头向后厨走去，制服后面露出一段雪白的脖子，董先生想：谁说多看两眼就一定有什么龌龊的想法呢？难道婚后还不能交普通异性朋友了吗？他对妻儿绝对忠心，这没的可质疑，不过这也不妨碍他和别的女孩说两句话吧！他慢悠悠地切着牛排，银质刀具划过半生的肉，在盘子底慢慢汪了一层美丽的粉红色的血水，他在心里暗暗做了决定：反正还要在这个度假山庄住一个星期，如果哪天太太和孩子懒得下山吃饭，他就自己来，和这个可爱的女服务员聊聊天。

“爸爸，那边那个叔叔在看我们。”儿子突然凑过来，对着他的耳朵小声说。董先生一下子从自己喜滋滋的臆想中回过神。“谁？”他环视了一圈餐厅，小餐厅十来张桌子，空着一半，有两对情侣、老老小小的一大家子，还有一个单身男人坐在靠近后厨的位子上。

儿子又凑近他的耳朵。“就是那个脸上有疤的叔叔，好凶，好可怕的叔叔。”

董先生看到了，那个单身男人，穿着一身黑色的，材质有点像雨衣的衣服和裤子，左眉上一道疤，他在专心地啃着蟹脚面里的蟹脚，旁边的空盘子里堆着一大堆蟹壳。

董先生弹了儿子的脑门一下：“人家在吃饭，哪儿有看我们。记着，要做个善良的孩子，不要以貌取人，人家长得不好看，不一定是坏人。”

那个叫阿萝的女服务生端着南瓜粥来了。“给我。”太太说。阿萝递过南瓜粥的时候，手微微地发着抖，那盖着盖子的小银盅发出咯咯的颤动声。

她好像很紧张的样子。

放下南瓜粥，她又把双手插进围裙前面的大口袋，转身刚要走，董先生叫住她："麻烦你，今天的例汤再给我来一份。"

借着点菜，董先生大大方方地看着阿萝，她又用那怯懦、迷茫和犹豫交织的眼神看着他，手在围裙的口袋里握成了拳头，她嗫嚅着："例汤吗……"

"例汤。"董先生重复了一遍这简单的词，阿萝好像终于反应过来似的："哦！例汤！有的！是……是您一个人用吗？确定只有您一个人用吗？"

"对，我一个人。我太太减肥，儿子从小就不喜欢喝汤。"董先生微笑着解释，他觉得这小姑娘挺可爱的，就是脑子可能有点反应慢。

"好，一个人用的，一份例汤。"阿萝眼神直直地重复了一遍，手从围裙的口袋里拿出来，走了。

她的手心被汗湿透了，不敢再去握围裙口袋里的糖丸，万一它在自己手里融化了就糟了。其实刚才给董先生一家上牛排的时候是投毒的最佳时机，她在后厨的角落里哆哆嗦嗦地犹豫了好几分钟，糖丸刚要投进去，突然抬头看到坐在靠近后厨窗口那个小桌子旁边的左眉上有疤的男人在看着她——也许没看她，只是看这个方向——不管怎么说，她害怕了，糖丸又放回了围裙口袋。

好在董先生一家会在这里住一个星期，这不是最后一次机会，只不过事情一天没有办完，她一天别想睡着。每天都睁眼到天亮的日子能维持多久？就算她年轻身体好，可也许明天就倒下了。

明天吧。等明天。她本来这样想。

没想到董先生突然又要一份例汤，只有他一个人喝的例汤。

这算天意吗？阿萝如同行尸走肉般往后厨走。也许几分钟之后她就要真的开始实施杀人了。真的会像程素说的那样天衣无缝吗？她能全身而退吗？

当啷啷一片乱响。餐厅里的所有人都抬起头来看向阿萝，阿萝慌了，她真是灵魂出窍，竟然一头撞在了那个疤脸男客人的桌角，那一大碗滚烫的蟹脚面连汤带面都泼在了地上。

“对不起！”她慌忙跪下去捡瓷器碎片，肘弯却被一只大手抓住了，她的身体轻飘飘地被托了起来，只见那男客人搀着她，左眉上的长疤在灯下微微地发着亮，他低声问：“有烫到吗？”

“没有没有。我这就来擦地。”她慌忙跑走了，先去后厨交代了做例汤和重做蟹脚面，又忙拿了擦地的布来，跪在地上急急忙忙地收拾。她怕自己耽搁了工夫，董先生的例汤被别的服务生送去，那就又要失眠再等一天了。

地板收拾干净后她又跑回后厨，例汤已经准备好了，后厨很大，却没有监控，只有总厨带着他的两个徒弟埋头切切煮煮。阿萝端起例汤来，和预想中的慌乱不同，当这一刻来临的时候，她发现她竟然平静到无法感觉心跳的存在，似乎心脏已经从身体里摘除了，她只是一个行走的躯壳，这躯壳把例汤端到摆放调料的角落，路过厨师师徒的时候微笑着说了一句：“客人要加麻油，竹笋牛肉汤加麻油，怪不怪？”

厨师应付着笑了笑。她把汤碗放在调料台上，身体遮住厨师师徒的视线，先加了一点麻油，再加糖丸，手伸进围裙口袋里，糖丸呢？糖丸呢？

糖丸不见了。

她把口袋翻过来看，这是店里统一的制服，乳黄色的围裙，中间缝着手掌大小的青布口袋，平时放支笔和便笺什么的，针脚细密，没有破洞，也没有糖丸。整个晚上她的手都插在口袋里捏着糖丸，她确定糖丸一直都在，最后一次摸它是在董先生点例汤的时候，距离现在五分钟。

那颗心脏好像又回来了，被一只大手放回这躯壳里，它安静地跳动着，怦怦，怦怦，阿萝静默地感受着血液冲击胸腔带来的微妙疼痛，她端起例汤，从后厨到董先生桌前一共走了十八步，这十八步里她岂止想了几万种后果，电光石火，云山雾罩，当汤碗放在董先生面前的时候她甚至有了一种如释重负的轻松——如果说刚才董先生点例汤是天意，现在糖丸离奇失踪难道不是天意吗？是上天不忍心让阿萝残害一条人命。

她看着董先生的脸，那张脸显示他有些年纪了，可是依旧儒雅、斯文，他修剪得完美的头发、平整的夹丝衬衫以及温柔美丽的太太、天使般的一双儿女……每一个细节都散发着完美的精英气质，这样的人会犯下该死的罪过吗？绝无可能。她能下手杀这样的人吗？绝不！她阿萝虽然是一个最平凡的人，是学校里、公司里、地铁里几万粒沙中最不起眼的一粒，但也不是胆小鬼、懦夫、糊涂蛋，绝不能为了给自己脱罪就莫名其妙变成程素的工具，爸爸的死是她正当防卫的后果，不管正当防卫多难界定，但让程素去报警吧！她决定相信法律一次。

她向着董先生又微笑了一下。

董先生也微笑着点了点头。

阿萝心想，你刚才从死神手里捡了一条命，你知道吗？你不知道，你永远也不会知道。

阿萝走了。重新为刚才那个疤脸男客人做的蟹脚面也好了，她送上蟹脚面，又道了一次歉，男人没说什么。过了一会儿，董先生一家和这个男客人相继买单离开，餐厅也快打烊了，阿萝去关窗子，清冷的满含松香的山风一下子扑到她的脸上，她一瞬间清醒了。

对一个唯物主义者来说，哪儿有什么天意啊，那糖丸总得有个下落，它到底是丢在哪里了？

山里露水很重，一回到别墅，董先生就穿上了毛衫，两个孩子疯跑了一天，这会儿像放完了电的玩具，一个接一个地打哈欠，太太给他们洗好澡又换上睡衣，陪他们去睡觉了。夜深了，这是属于董先生一个人的时间。他去了阳台，随手锁上身后的门，孩子和太太都怕烟味，他只能在阳台上抽烟。

山谷深远，山风吹动着柏树林，声音如同海浪拍打着沙滩。今天月色很好，能看到阳台下的山间小路好像撒了雪一样洁白。这片山林是重点保护区，砍伐都有严格限制，一棵长得很高的柏树就在阳台的正下方，雄壮的树冠一直探到董先生眼前。景色真美，同时他觉得有点冷，紧了紧身上的毛衫，他想起儿子穿着短裤还浑身冒热气的样子，想起太太单手抱着女儿矫健爬山的样子，心里涌起一阵难言的羡慕：妻儿还年轻，年轻真好，而董先生呢，他什么都有了，他买得起地球上几乎所有的东西，他的钱即使换成金条也能堆成一座山，可是买不回时间。

不过这点失落很快就随着山风从眼前吹过了：从古至今，秦皇汉武，唐宗宋祖，再伟大的人在时间面前也不过是一粒沙。有人贫穷着老去，有人孤独着老去，他能富有且家庭和美地老去，其实已经是万中取一的幸运。

董先生深吸了一口气，在北京这样深陷雾霾危机的城市住惯了，他现在有一点醉氧般的眩晕。

一个细微的“嗒”声在身后响起。山里小动物不少，白天还见到过野兔。

不过，董先生还未回过头去看就知道不是野兔。因为一阵剧烈的灼热感突然封住了他的脖子，他手中的烟蒂掉下了阳台，火光一闪，就熄灭在了露水浓重的柏林里。

董先生的喉咙发出痛苦的咯咯声，他已经明白了，那也不是灼热感，而是一根很细的铁丝，毫无防备地割裂了他的皮肉。他感觉温热的血顺着胸膛向下淌着，低头看，浅色的毛衫被血浸得黢黑，然后铁丝又一紧，雄壮的血注突然喷射出来，一直喷到阳台外面的树冠上。

“芸，跑……”董先生想喊太太，但他只喊出了两个字，就像一个软软的布袋，无声地倒下了。他以一个滑稽的姿势躺在阳台冰凉的地面上，看着面前绞动铁丝的人，那黑色的脸膛，埋在雨衣材质的黑衣里，左眉上一道凶恶的疤……是在餐厅里见到过的那个吃蟹脚面的男客人，他手指上粗大的指节青筋暴露，把一根钢丝在他脖子上绞紧。

这人是谁？想不起来。

这人是寻仇的，还是劫财的？不知道。

不过，血如果是喷射状就完了，这是大动脉被割破了，董先生想。

又一股血注喷向了夜空，又像熄灭的烟花雨一样落在了阳台上，大动脉破裂超过了两分钟，他已没有抢救的希望。董先生觉得自己的头以一个夸张的角度歪向了一边，他知道这是违背人体结构的，所以他的头很可能被那根钢丝割断了，他想到这儿，也只能想到这儿，意识就停止流动了。

只希望儿子能永远记得，晚饭时候爸爸曾告诉他要照顾好妈妈和妹妹。

人生无常，就此别过。月光洒下来，董先生在一片银白的光芒里闭上了眼睛。

阿萝从餐厅下班回到宿舍已经是深夜。宿舍建在餐厅后面的山坳里，一片整齐的石屋。阿萝怕黑，从小便有出门不关灯的习惯，这样不管多晚回家，总有一盏灯在等着自己，散发光亮，也散发使人不那么孤独的温暖。今天她最后一个离开餐厅，顶着白蒙蒙的月色，独自往山坳的宿舍走。

绕过一片沙沙作响的松林，她看到了自己的那间小屋，暖橘色的灯光从卧室的小窗里透出来。她摸出钥匙开了门，反手上了两道锁，卧室外面的小厅有点黑，她摸黑换了拖鞋，又脱下挡露水的外套，卧室的门半开着，她推门进去。

只见暖橘色的灯光下，坐着那个左眉一道刀疤的男人，他穿着那身雨衣材质的黑衣，帽子拿在手里。

“阿萝，不用害怕。”男人说。

阿萝想：怎能不怕？荒山野岭，门还被她反锁，跑估计是跑不了，喊嘛，可能声音刚传出去自己就被弄死了。

“我不是坏人。”男人又说，“你围裙口袋里的东西，是我趁着搀扶你的时候摸走了。”

糖丸！阿萝好像被抽了一个嘴巴一样陡然一凛，哪怕这人说自己是要劫财劫色杀人都不会使她比此刻更加震惊。

她使自己的声音稳住：“你为什么要偷……我的东西？”

男人沉默了一会儿，阿萝看得出他在思考。

“为了救你。”他说。

“你想怎样？”

“我想告诉你，董先生死了。”

阿萝大惊道：“他……刚才走出去的时候还好好的。”

“刚刚死了。”

“是……你干的吗？”

“是。”

“程素要杀董先生，你也要杀董先生，你们到底是谁？这到底为什么？”

男人惨然一笑道：“你只说对了一半，程素要杀人，我不要。不过，我必须杀人，才能阻止更多的人受到伤害。阿萝，你明白吗？程素一定要借别人的手做这件事，这没什么可商量的，今天不是你将来也会是别人，你退缩了或者没完成，她会寻找下一个猎物，总之她一定要做。我不想让你，或者别的无辜的女孩沾血，那么就我来吧。”

阿萝的心中又回到了方才的电光石火、云山雾罩，她仿佛明白了什么，仔细想想又毫无头绪。她把窗帘掀起一个小角看看外面，夜色深沉安静，接着她把台灯的光亮调暗了些，在男人对面的椅子上坐下来。“那个董先生，真的是坏人吗？到底发生过什么？”

“坏人？好人？可能动画片里才会有很清楚的区分吧，现实里，我不知道。董先生不是坏人，他是个很成功的企业家，是个尽责的儿子、丈夫和父亲，但这不代表他没有做过错事，至于那错事罪不至死还是罪该万死，在法律上有清晰的准绳，在人心里却不是。如果程素觉得他该死，只有他死了才能抹平罪孽，那就真的没办法了，这个死结是上帝也解不开的。”

“那么……你，是谁？”

男人黝黑凶恶的脸上又露出那惨淡的笑。“我是一个只能出现在黑暗里的人，只能站在没有光照到的地方，看着光亮里的你们，一眼也不敢看错，一会儿也不敢放松。如果有人感到痛苦，我就安慰，如果有人要走入陷阱，我就出手拉回。阿萝，你放心，董先生死了，确凿无疑地死了，他的头都被割下来了，警方的报告会是入室劫财害命，程素要的是结果，不会纠结是你用糖丸杀的还是被毛贼杀的，她不会再用你担心的那件事要挟你。不过程素仍然是个危险的人，你回北京以后马上搬家，切断和她的一切联系，永远永远，不要再让这个人出现在你的生活里。有件事你不知道，在你拜托她帮忙打听空房出租的那天之后，她就去了你家附近，问你的邻居们，把你要秘密搬家的原因打听清楚了，她也没买什么二手房，她搬出去就是为了让你搬进来。你爸爸能准确地找到你上课和住的地方也是她用匿名电话透露的，至于你爸爸一个壮年男人为什么被你推了一把就猝死了，我想你也应该能猜到——他也事先被程素投了毒，你熟悉的糖丸，0.1 微克肉毒素。这一切从头到尾都是一个局，如果你不信，回去问问你的邻居们就知道了。”

阿萝全身的血都凉了。“一个局……从头到尾都是一个局？我不信有人能设这么长的局……”

男人微笑道：“这还不算长，你不知道人心里的恨意能绵延多长。”接着他戴上帽子，刀疤和他带着惨淡微笑的脸都隐在了帽檐下的黑影里，“我走了，别害怕，只要我活着一天，我就仍然会在你看不到的地方保护你。”他从椅子上站起来了，一瞬间把台灯的光挡住又移开，阿萝的眼前一暗又一明，再回头时，房门已经打开又关上了，房间里又只剩下她一个人了。她跑到窗前把窗帘掀开一个角，见雪白的月色下，那个高大的背影在松林里穿行，一直走进黑暗里去了。

❷

皎皎采薇华刀

所以真相啊，珠雨田遗憾地想，

赵小元再聪明也不能知晓全部的真相。

订婚之后，珠雨田心中始终有件事使她昼夜难安，那便是她还不敢把这件事告诉妈妈。那天在马场她决定原谅明生之后，本来是有给妈妈打电话的念头的，但再一想两人的年龄差距，妈妈多半，不，是决计不会同意的。顶撞爸爸，她虽然也难过，但并不感到害怕；顶撞妈妈，那却是极恐怖的、连动都不能动的念头，朱老板可是敢杀人放火的人。

于是她想：等和明生旅行归来再说吧！旅行归来，又想，中秋节那天趁妈妈高兴再讲吧！等到了中秋节，她在电话里听到妈妈骂送货的小工没有及时送出一千盒鲜肉月饼，吓得把要说的话都忘了。事情一天一天地拖延下来，她面上不对明生显露任何烦恼，心中却越来越不安。像这样的苦恼本是可以和朋友倾诉并商议的，但她来北京两三个月，称得上朋友的只有程素和小黑两人。现在程素因为肉毒素失窃的事愤然离她而去，而再去郊区的拆车厂找小黑，那些大汉都说他突然搬走了，没有和任何人告别，也没有人知道他去了哪儿，他的衣物、被褥都没带走，但那些飞机模型都不见了，可见走得匆忙，且不会回来了。

珠雨田大奇："你们不是他的生死至交吗？怎么会没人知道他的踪迹呢？"

大汉们互相看看，并不答话。

珠雨田很快明白了。这些都是有过刑事案底的人，有的未必会把手洗得很干净，或"再进宫"，或亡命天涯，或横死街头，大约都是看惯了的，不追问下落是不成文的约定，何况追问也不会有结果，小黑的电话已经拨不通了。珠雨田心中咯噔一下，想着他不可能是去做正经工作，也不会是去旅行散心，他一定出事了。

尽管没有抱太大希望，但她还是对每个大汉都嘱咐了一遍："等他回来一定要告诉我。"大汉们疑惑地问道："姑娘，你真是他妹子吗？还是女朋友？""我看着既不像妹子，也不像女朋友，你到底是他什么人？"

"我是他朋友。"珠雨田说。

"朋友？"

她非常笃定地点着头："两肋插刀的朋友。"

离开拆车厂的时候天色已经很晚了，郊区有很长一段小路是没有路灯的，只有出租车的车灯照着前方的方寸之地，四周都是黑暗，珠雨田昏昏地坐在车里，突然扒在车窗上向着黑暗里看去……

"我会一直在你看不到的地方保护你。"她想起小黑说过这句话，此刻暗影重重，可你在吗？珠雨田隐约觉得掠过车窗外的每一个黑影都是小黑，但也知道那不过是婆娑的树冠。

车子到了学校附近就走不动了，拥堵使四环变成了一个巨大的停车场，她在那片红色尾灯的海洋中下了车，穿过几条巷子走路回学校。

这条曲折的巷子里多的是学校里出来散步的情侣，在狭窄的地方竟然有点摩肩接踵的感觉，拐过一个墙角的时候，她的手腕突然被一个人攥住了，猛抬头，见那人在暗影里，身量高大——“小黑！”她惊叫出来，那人向前走了一步，巷中的灯光清清楚楚地照着他，不是小黑，是赵小元。

赵小元问道：“小黑在哪儿？”

她定定神道：“我不知道。”

“你后来有没有见过小黑？”

珠雨田的一颗心狂跳，一面想起小黑告诫过她的，“不要对警察撒谎”，一面又想起自己对小黑做过的关于朋友义气的许诺，不过她很快冷静下来：赵小元已经离开派出所，去公安大学做行政了，他不再是警察了。

“没有。”她说。

赵小元清瘦的脸上浮现出一抹微笑，神色还是重伤初愈后的憔悴，但眼神是精明的。“那你刚才为什么直接喊小黑？”

珠雨田眨着天真的大眼睛。“我说出来你也许不信，上次你对我说过小黑以前是飞行员以后，我总是琢磨这件事。刚才边走路边想，正想到小黑，就喊了出来，你说巧不巧？你又是为什么在这儿呢？”

赵小元看了珠雨田一会儿，似信似不信，笑道：“我正要去学校找你，刚走到这儿就看到你闷头走路，想躲黑影里吓你一跳。”

珠雨田笑道：“你看呀，就是这么巧。”

不停有牵手的情侣被路中央的他们分开，赵小元便拉着珠雨田到墙角僻静处，低声说道：“我找你没有别的事，还是上次那句话，见到小黑的行踪，必须马上告诉我。”

“能告诉我原因吗？”

赵小元犹豫了一下，把嘴唇凑到珠雨田的耳边说道："这件事现在是绝密，你如果泄露出去，连我带我女朋友全家都玩完。这是我无意中听我未来的岳母说的，有个大人物死在他的山间别墅里，咱们给出的官方结论是入室抢劫杀人，为的是赶紧息事宁人，但你知道，不可能那么简单。"

"什么大人物？"

"不能说。"

"哪里的山间别墅？"

"这不重要。"

"可是这和小黑有什么关系呢？"

赵小元沉默了很久，珠雨田几乎能听到自己的心跳声，她几乎已经猜到了，小黑突然失踪，是因为他去杀这个人了，原因不明。但接下来赵小元说的，使珠雨田惊得险些尖叫起来，她只猜对了一半。

"这别墅附近有一个餐厅，案发之前几个小时，这个大人物曾经在餐厅里吃饭，我看过监控，你也许猜到了，小黑也在，但餐厅里还有个临时从北京过来打工的学生，你知道她是谁吗？她在北京租住的公寓，房东就是以前陪你来报过案的那个程素。所以我今天不仅是来问你小黑的下落的，我还想问问你关于程素这个人。你们是怎么认识的？"

珠雨田简单地把她如何在哥哥楼下的咖啡厅偶遇程素和乌鹊，又如何在遭遇抢劫之后被程素所救说了一遍。

"程素和小黑认识吗？"

"肯定不可能啊！一个是脑科学研究所的博士，一个是……那个……他们不可能有交集的。你刚才说，只是在餐厅的录像里看到了小黑，但是别墅的作案痕迹和小黑没有关系，对吗？"

"暂时没有找到，但是我会调查的。因为……"赵小元微笑，"我根本不相信世界上有巧合。”

“你要先找到小黑才能调查他，你要怎么找呢？”

“小黑难找，程素却很容易找，你要我相信她的房客和小黑、被害的大人物同时出现在几千公里外的一个餐厅，我——”

赵小元的话还没说完，珠雨田的肩膀就被一双小手一推，头磕在另一侧的砖墙上，顿时眼冒金星。再看赵小元正对着一个满脸怒气的大眼睛姑娘吼道：“你又跟踪我吗？你有这本事不如去当侦探好啦！”那姑娘跺脚哭骂道：“渣男！”又骂珠雨田，“不要脸！你知道他有女朋友吗？”

街灯之下，赵小元气得脸色铁青。“你对我到底有没有一丝一毫的信任？我在查案子，你不问清楚就打人？我也受不了了！我真的受不了了！”姑娘又喊：“查什么案子？你已经不是警察了！”赵小元怒气中带着悲伤说道：“我为什么不做警察了？因为你不喜欢！我们之间的关系上，我妥协得足够多了，你知道我在大学做行政工作多无聊吗？你这样逼迫我，我快要窒息了！”

女友哭闹了一阵才想起来继续质问“小三”，可是珠雨田早就趁乱逃走了。

“分手！”女友哭着对赵小元甩下两个字。

珠雨田第一次没有接明生的电话，她知道明生是要问她为什么还不回家，她也没回宿舍，而是坐在校园的小溪边发愣。冬天快到了，小溪早已干涸，路过的拎着水壶的同学不时好奇地看她，似乎想顺着她的视线看到什么值得发愣的风景。然而没有。

她找不到小黑。

她不敢找程素。

她不知道小黑杀掉的那个值得被封锁消息的“大人物”是谁。

迷雾是越拨越浓的。

这样在冷凄凄的黑夜里坐了几个小时，宿舍快要关门了，她必须在回宿舍和回明生家做一个选择，然而她还是坐着不动。雾虽然浓，可是冷却使她的思路清楚了一点：赵小元说得没错，小黑找不到了，程素却容易找到，不就是再被她愤怒地打上一个耳光吗？没关系的。再说，正好可以顺便归还那粒封存着 0.1 微克肉毒素的糖丸。

飞跑回宿舍取了糖丸，又叫了出租车去程素家。

但是她没有下车，想到程素那天盛怒的样子，她心中还是胆怯。司机催了她好几遍，她心里又清楚了一层：要查清楚事情的真相，难道去找那位房客不比找程素更直接吗？毕竟和小黑出现在一个餐厅里的是房客啊。

“师傅，我们去致公大学的教师公寓。”她说。

出租车刚刚驶到致公教师公寓入口的月亮门，她就看到几十米外的路灯之下，灌木丛掩着一个裹着大棉袍抽烟的人。如果不留心，她会以为这是校园中随处可见的光棍老教工或者单身男学生，无聊地打发着一个孤单的夜晚，可是她认出了那是谁。

赵小元。

他也和自己想到了同样的问题吧。

珠雨田给了司机一沓钱，让他把车开到楼角的阴影里熄火。

这样在车里坐了一个小时，她冷得直发抖，司机刚一抱怨，她又递上一沓钱。

一道长长的黄色灯光，从单元门里透了出来。她看到赵小元在灌木丛后直了直脖子，顺着赵小元的目光看去，只见单元门里走出了一个女孩子。她拖着一个大行李箱，头脸都包在围巾里，怀中抱着一玻璃缸的绿萝。她朝着致公大学的后门走去。

赵小元一路跟在女孩的身后。

珠雨田自认没有跟踪一个警察的能力，她让出租车驶去了果庄。在小黑出现并且对她解释真相之前，她决定不把这件事告诉明生，因为小黑背负着人命官司，她要保守这个秘密，她不放心把这个秘密讲给任何人听。

北京已经入冬，树上的叶子都落光了，但广州依然是夏天。

赵小元走出白云机场，一开机就接到学校领导的电话，通知他被撤销了教秘的职务，从下星期一起就调到警犬队去养狗了。这是女友的报复，已经比他意料之中的结果强了不少，本以为和女友分手后会被无情地踢出编制，他开始谋划出路，甚至听到路边卖煎饼的月入三万都有点动心了。养狗就养狗吧，警犬没有人类那么多奇怪的心思，和狗打交道说不定更舒服些。

他在出租车上看着广州的市景。这里是老城区，稠密的街道上飘着饭菜香，破旧的居民楼里挑出刚洗好的衣裙，戴发卷的阿姨和穿人字拖的少女下楼吃肠粉，他们走路都那么慢，大概因为白天总是很长，不用太着急做事。赵小元看了一会儿吃肠粉的少女，车子一转弯，又看到一个穿着校服喂野猫的少女，过了一个路口，还有倚着自行车买杧果的少女。视线再铺开去，满街都是走动着的少女，她们全都是白净的、斯文的、漂亮的，个个都像程素，因为程素就是从她们中来的。他求以前派出所的同事查到了程素身份证上的住址，但他想象不出这些少女有任何一个可能和犯罪扯上一丁点关系，暖而湿润的阳光照在身上，他有点犯困，眼睛刚一眯上就立刻惊醒了。“我根本不相信世界上有巧合。”他对自己重复了一遍那天对珠雨田说的话。

还有一句话是他当时没有对珠雨田说的，因为当时死者的身份还未被官方公布，那就是董先生是她男朋友明生的多年兄弟兼此时最密切的利益伙伴。珠雨田不知什么时候才能知道这件事，到时候她会察觉到其中的蹊跷吗？

出租车把赵小元送到一个逼仄的街角，这里的店铺比刚才穿过的街区更加稠密，人声却少了很多。他的视线扫过一排文具店、玩具店和学生接送站，便知道这附近应该有学校，再转身看去，果然不远处插着“减速”的路牌，树荫之后还隐着几个篮球架，今天是星期六，这里很安静。他又抬头看身旁的小小铺面，阳光很好，照着小屋里挂满墙的乐器，从小提琴到葫芦丝，从琵琶到小号，堆山塞海，似乎也不分什么东西门派，一个有些谢顶的大叔正坐在板凳上，给一把吉他上弦。

“程老师，忙着哪？”赵小元很自然地走进去。

这位姓程的大叔抬起头来，圆脸上微微几道皱纹，戴着玳瑁边的老花镜，他看了赵小元一会儿，似乎想不起来——当然想不起来，但是他很和善地点点头说：“请进，看点什么？”他普通话讲得不是很好。

“我——”赵小元突然想起自己不会粤语，装不了本地人，编好的话临时打了个补丁，“我是薇薇的中学同学，中途转学来，上了一个学期就又转学走的那个。”他看着程老师，期待他能想得起来。

程老师保持着微笑，半晌摇头说道：“你找薇薇呀？她在北京上学。”

赵小元惊讶道：“二十九了还在上学？”

程老师掩饰不住笑容中的骄傲。“读博士呢，研究脑科学，从小就喜欢读书，我们就尽管让她读。小伙子你是——”

“我离开广州也十几年了，今天来出差，我就胡乱走走。”他又看表，“我要赶飞机，您跟薇薇说一声，说张强来过了好不好？”他编了一个常见的名字。

程老师起身去拿手机，看到微信页面的一瞬间，赵小元马上说："她的头像——"他想说"很漂亮"。话未出口却看到那只是一个蓝天白云的图片，接着没等程老师反应过来他便拿过手机，飞快地点开头像——朋友圈是空的。程老师的表情略有些意外，赵小元笑道："我想看看她现在长什么样，十几年没见了。"程老师便笑道："和小时候没有什么分别，就是太瘦了，读书累的。"程素这时回过信息来，先是一个问号，继而说："我记不太清楚了，爸爸帮我招待一下吧。"程老师起身泡茶，赵小元不便就走，在椅上略坐了一会儿，事情可以说有点意外，也可以说并不意外。来广州之前，他查阅过致公大学脑科学研究所的官方微博账号，它关注了校内在读的所有博士生，唯独没有程素，他又假借一个学术媒体的名义向官微账号私信索要程素的主页，官微回复说只能提供程素的邮箱，因为她不使用微博，再闲聊几句，官微又抱怨说他们很久之前便问过程素，但程素明确表示不喜欢在社交网络上露面。

这句话使赵小元呆了很久，再加上今天看到的空荡荡的朋友圈，似乎印证了某种反常的信号。当然，一个生活在2017年的年轻女孩有没有可能"不喜欢在社交网络上露面"？完全可能，也许数量还不少，但赵小元又问了一些致公大学的学生，发现程素是一个并不内向的、常常参加社团活动的、每年寒暑假都出国旅行的人，那么一个不拒绝世俗生活的人，为什么要拒绝社交网络生活呢？今天早上他在首都机场的候机室里还在搜索程素的照片，他已经使用了各种方式搜索了好几天，但是一无所获，她发表过四篇SCI论文，可是连学术网站上她的照片一项都是空白，更离奇的是，她曾赴美国参加一个学术会议，那场会议上所有人都有照片，唯独她没有。赵小元辗转联系上会议的负责人询问是怎么回事，那人回复说，本来程素也是有照片发出来的，但程素特意打电话来请求删掉，原因不明，他们也不得不尊重她的意见。

她这分明是有意地不在网上留下自己相貌的痕迹。

同时，她在 19 岁读大二那年改过名字。19 岁的时候发生了什么？她在隐藏什么？她在对谁隐藏？赵小元看着地砖上慢慢移动的日影出神。就在这时，楼上缓缓地传来童声合唱：

“我们曾经终日游荡在故乡的青山上

我们也曾历尽苦辛到处奔波流浪

友谊永存，朋友，友谊永存

……

我们也曾终日逍遥荡桨在绿波上

但如今却劳燕分飞

远隔大海重洋……”

程老师端着一壶铁观音下楼，赵小元问道：“家里有小朋友唱歌？”程老师笑道：“我太太去年退休了，现在在家里招几个学生教美声，解解闷嘛，老两口，孤单是有一点的。”赵小元安慰道：“等薇薇博士毕业以后回广州工作就好了。”程老师微笑中略带落寞。“孩子长大了就是要越送越远的，不会回来的。小张同学你转学了不晓得，她从小就立志要做脑科学家，你看到那张小桌子了没有，她天天趴在那张桌子上读书，准备考研究生，台灯一夜都不熄的。考上了研究生又考博士，孩子很上进，做父母的要懂得放手。”赵小元顺着程老师所指的方向看去，只见乐器丛林之后一张小方桌，现在上面摆着一架竹笛，赵小元仿佛看到了程素坐在那儿，南方的炎夏使她的汗水滴在书上，她的脸上只有醉心于学术的专注……

赵小元动摇了。一个在如此温和恬淡的家庭中长大的、典型的优秀苦读女孩，她可能有什么故事呢？也许一切都是在浪费时间。是的，他曾经对珠雨田说过他不信巧合，那么万分之一的可能性呢？十亿分之一的可能性呢？有没有一纳米的可能性使这一切真的是只是巧合，毕竟北京说小不小，说大也不大……

他放下茶杯，起身告辞。

明生开始筹备婚礼了，之所以要提前一年的时间，是因为他专门为了举办婚礼而买了半座小岛。小岛位于南太平洋，小得要把世界地图放大很多倍才能看到，不过它隶属英联邦，买一座岛上的房子便可以拿到英联邦护照，因此明生除了修建婚礼使用的度假酒店，还开发了两片住宅区，他一直是最好的生意人。

明生太心疼珠雨田了，她整夜都噩梦连连，一会儿惊叫着突然睁开眼睛，一会儿在梦中挣扎着翻滚。他唤醒她好几次，把她抱在怀里拍着，让她完全清醒、心情平复之后再入睡，可是没有用，噩梦不肯放开她。明生觉得她心中一定压着许多事，一定是婚姻得不到父亲的祝福让她如此痛苦，可是她说不是，问她究竟为什么而压力重重，她自己也说不清楚。

有一天，明生听到她被噩梦魇住，痛苦地说着："旋涡……"

"什么旋涡？"明生不能再让她这样下去了，他把她抱在怀里摇醒，"什么旋涡？雨田，你梦到了什么旋涡？"

她的神情既像清醒，又像在梦中。"路芳菲告诉我的，旋涡。"

他震惊极了。"你怎么知道路芳菲？"

而她的回答使他更加意外了："是徐嵺子告诉我的。"

"你认识徐嵺子？"他坐起来，心中很慌。

“你还记得我爸爸曾经告诉我，你从前很花心，有一个女友曾为你自杀多次？”

他额上冷汗涔涔而下。“我对不起徐嶦子。也不知道她现在怎么样了。”

“她现在很好。我耐不住好奇去找过她，她又告诉我路芳菲的存在。”

“我可没对不起路芳菲，是她甩了我！我到现在都不知道她为什么突然翻脸分手。”

“我知道，她告诉我了，她害怕你身边的……旋涡。”

“你一直在说旋涡，到底什么是旋涡？”

“旋涡吗……你不可能没见过旋涡，一边向上走，一边向下走，纠缠不清，势均力敌，就……产生了……”

“雨田？雨田？”明生摸着她冰凉的额头，“你还在做梦吗？”

“是的，我在做梦。”她睁开眼睛，声音恢复了理智，“我做了个很离奇的梦。我们睡吧。”

“我还有一件礼物要送给你。”明生帮珠雨田掖好被角，从背后抱住她。

“你送我的礼物够多了，我什么也不需要了。”

“我和市政部门合作了一个项目，整修西山古寺群。市政部门很乐意，反正是我出钱。我不希望你喜欢的东西那么破败冷清，我愿意把所有的美好都送给你。钱百万已经带着施工队上山了。”

“钱百万不是保安吗？”

“是啊，安保部干得好好的，是他主动找我要去山上，那边条件很差的，也不知道为什么。”

珠雨田知道，这从未做过亏心事的小保安是被那十万元钱吓破了胆。

天亮以后，明生去工作了，珠雨田还睡着，眉头拧成了一团。明生交代保洁员每一小时来看她一次，他上午的会议刚开了个头就收到保洁员的短信：

珠小姐起床了，走了。

珠雨田是被郑娇叫走的，当时她还在睡着，电话接起来，眼皮却睁不开，郑娇的声音还是如大刀削萝卜片般又急又脆：“珠雨田，你认识小白？”

她醒了一半的脑子搜索了自己的联系人列表。“我不认识叫小白的。”

“咦？可是他登记的紧急联系人是你，名字和电话都对。”

“白什么？”

“白蒲，会格斗，是个武打替身，我们都叫他小白。”

珠雨田的意识仿佛薄而脆的冰面上浇了一道开水，啪啪地开裂，她唰地睁开眼睛。“左眉有道疤？”

“对，对！左眉有道很可怕的疤！大高个儿，黑脸，相貌很丑，长得像个犯罪分子！”

“他在哪儿？”

“望京这边的美春医院。唉，你来了再说吧！”

“不，你现在说，我等不及。”

电话里迟疑了一会儿：“你旁边有人吗？没开免提吧？”

珠雨田看看在楼下打扫卫生的保洁员：“没有，你说。”

“小林刚入组筹备一个武打剧，就是杨晋写的那本，这个小白是他的替身。但是小林这个人你了解，太上进了，他生怕自己歌手转行演员的第一部戏口碑不好，以后就全完了，所以小林后来就希望自己能真身去打，这个替身就成了陪练。小林特别刻苦，只要不开工就拉着小白练功夫，昨天整整练了一宿，他像打沙包一样打了小白一宿，今天天一亮，小白就吐血了。导演的意思是送协和医院，千万别出事最重要，但小林不同意，说大医院人多，容易走漏风声，只让送一个小医院。小白一直昏迷着，到现在也没醒。”听到这里，珠雨田已经滚下了床，单手穿着衣服，郑娇又说：“那个医院隐蔽归隐蔽，但公关上的预案还是得做足，万一这件事泄出去，我应对媒体，你应对粉丝，记住我们的第一原则是什么吗？小林的形象值得我们用生命来守护，任何人任何事都不能成为小林前途上的……”

珠雨田跑下楼梯，抓起书包。“你听着，我现在去协和医院，如果我到协和医院的时候你没把他送到，我就把这件事在微博上发出来，然后小林就可以回老家种红薯了，你也可以把你的浅水湾大宅卖了赔投资方的钱，总之如果那个人出事了，你们全陪着死吧。× 你全家！”

“你……你刚才是骂我了吗？”

“是！”

她赶到协和医院门口的时候，郑娇在那里等她，正抱着肩膀，不耐烦地踱步。

“他人呢！”珠雨田在郑娇身后喊了一声，郑娇带她往里走，说“在急诊室，等候手术——你等会儿再骂我，其实我也反对藏在小医院里，真出了人命才是全完蛋呢！可你知道小林这人固执起来跟驴一样。”

“会到出人命的程度吗？”站在不时有人鲜血淋漓着跑入的急诊室大厅，珠雨田感到困惑，她亲眼见过凶残的地下拳赛，也不是说出人命就能出的，何况小林那身板，他能把小黑打成这样？

郑娇跌足道：“谁知道呢，满肚子都是血，鼻子嘴巴都出血，在那个小医院里一直在打止血针。我算是亲眼见到什么叫七窍流血了。”

珠雨田害怕极了，她站在消毒室的外面。门关着，过了一会儿，一个小护士托着一盘子器械和药水开门进去，这一瞬间，她看到小黑满身是血地躺在那儿，这时她才完全信了。

门又从里面打开，小黑被推了出来，推到走廊尽头的手术室里了。病床从珠雨田身边经过的时候，她弯下腰，死死地看着他沾着淤血的嘴唇和紧闭的眼睛。

珠雨田让郑娇在医院守着，她去找小林。片场在怀柔的一座山里，满地餐盒垃圾，满耳吵闹导演和制片在比赛着骂人。几个不知是道具还是灯光的工作人员低着头，偶尔抬头辩解两句。不远处一排保姆车，小林不在，她认识的几个助理也都不在，现在是在拍一些B组戏，因为女主角的人选还在由几个最红的小花厮杀未定。她只好打电话，接电话的助理说小林在酒店休息。

助理在酒店楼下接上珠雨田，在电梯里咬耳朵说："小林心情非常不好，但你千万别心疼赔偿金，你要得越多，他就越放心。这简单的道理你懂吧。"珠雨田大惊："我不是来要赔偿金的！"

助理拿房卡刷开小林的房门，自己踮着脚走掉了，珠雨田站在门口，看着那铺着柔软地毯的套房，感受着层层带着松柏香味的热气从中涌出，这个酒店是欧式建筑，带一个大壁炉，火烧得很旺，木柴在里面噼噼啪啪地响。

小林穿着浴袍，光着脚站在窗前，可是窗帘根本没有打开，不知道他在看什么。珠雨田突然没勇气走进去。她和其他大粉不同，她有意保持距离，很少生活中去见偶像真人，她怕那脱离了舞台光环的偶像变成普通人，就像怕魔法师变成麻瓜。她爱的小林，并不是这个穿着浴袍站在三米之外的肉身，她爱的是被一万八千篇媒体稿件塑造出来的小林，是把写有努力、才华、高贵等等华美词语的华袍一件件披上身的小林，她爱的是一个虚构的艺术形象，一个幻觉，一种与千万人同爱一人的壮美的归属感，这就是粉丝对于偶像之爱。她回忆着这长达五六年的爱，看着面前的那个人，渐渐地，她觉得小林的脸在自己心中的印象变得模糊，她好像想不起来他的长相了，因为她从未在乎过他的长相。她从未在乎过小林这个人本身。

“你好。”穿着浴袍的那个人转过身来，用嘶哑的声音说。

珠雨田向后退了一步！她简直不能相信这是小林，他的额角有痘印，脸颊还能看到毛孔，他的嘴唇是一种并不好看的猪肝色，他的身材似乎也没有舞台上那么健美漂亮。甚至，他并不高，也有点瘦弱，浴袍松松垮垮地挂在他的身上，和他疲惫的神色多么搭调！

“我们进来谈好吗？”小林的声音虽然嘶哑，却很温柔。

珠雨田走进来，在沙发上坐下，小林给她倒了杯水，自己也坐下，低头道：“真对不起。我完全没有伤害他的意思。他是个很棒的搭档，我们一直合作得很好。”

“我知道你不是有意的。”

“所以他是你的——”

“表哥。”珠雨田说，“老家来的表哥。”

“是你推荐他来我的剧组的吗？谁也没留心他登记的紧急联系人是你，出了事才知道。”

“不，我也是刚知道。他是……他说过，会一直在我看不到的地方保护我。他知道我喜欢你，所以才来应聘你的替身的吧。”

“他是个好人。”

“是，他一直都是。”

小林双手抱住头，好像要把自己的脑壳捏爆一样。“我不知道为什么会这样，真的不知道……”

“我说了，我没怪你。我想等他醒来以后也不会怪你。现在最重要的是给他治伤。”

“他什么时候会醒来呢？”小林渴望地看着珠雨田，好像她是医生一样。

珠雨田颓然说道：“我又不是医生，我也说不好。”

小林猪肝一样的嘴唇颤抖着，眼神里飘过一瞬间的死灰。“我完了，这么多年，全完了。”

珠雨田坦荡地说：“我今天来就是想当面告诉你，你把他藏在小医院，因为怕被曝光，是恶毒，宁愿耽误病情，是愚蠢。你是个又坏又蠢的人，你根本不值得我爱你这么多年。”

小林无动于衷地看着她。

“我本来就不配。我不过是被你们塑造的一个虚拟的人。”他后来说，然后垂下头，壁炉里的火光照着他红通通的半个身子，珠雨田起身就走。小林拉住了她的衣角，像一个仆人一样仰头看着她。“等等，你还没说，你到底要多少赔偿金？”

“我说了不要钱。”她掰开小林的手指，可是还没走出沙发下的方毯，手腕又被拉住了：“你说吧，多少钱都行，我有的是钱，你知道！”

“你自己留着吧，我不需要钱。”

“那你会把这件事告诉别人吗？媒体？朋友？家人？你会说的对吧？”小林绝望地喊。

“我没想过，我现在只想一件事，就是他的病情，你放手让我走，手术大概做完了。”

“不行！不行！”小林突然站起来，猛地把珠雨田拉到自己身边，“你不能这么走，他的病情，我心里明白。口鼻出血，昏迷两天，不会再有什么好消息了，他肯定会死，我也完蛋了，我的人生——”

珠雨田大喊：“你先不要咒他呀！”

“你说你要多少钱啊！你就这么走了，我会生不如死！我真的宁愿死也不能受这种折磨！你再稍微等一会儿，我让律师拟合同，只要你保密，不告诉任何人，数字你随便填，真的，随便填，随便填……一亿，两亿？我所有的钱都给你，全拿走……你全拿走……”小林双目失神，喃喃地重复着，珠雨田拼命挣扎，却发现疯狂状况中的小林力大无比，他的手像铁钳一样捏着自己的肩膀，好像要把手指插进骨头里。她越挣扎，小林就越把她扯向自己身边，她害怕起来，扭动着脖子朝着门口喊隔壁的助理：“安迪！安迪！进来啊！”助理没有回音，她的嘴巴却被小林一把捂住：“闭嘴！不要喊！”然后她觉得自己被抓着后领的衣服提了起来，领口箍得她简直要窒息，窒息的感受持续了几秒。然后一声闷响，她被扔在了凉榻上，凉榻是竹子做的，骨头仿佛都被摔碎了，她痛得大叫，小林一口咬住她的嘴唇。

珠雨田感到口中一阵咸腥，是嘴唇被咬破了，她挣扎着，只见小林一把脱掉浴袍，露出毛茸茸的裸体，压在她身上。她拼命捶打着，却完全推不动他，同时窒息的感觉又来了，是小林把一只胳膊压在她的喉咙上，他口中的热气喷到她的脸上：“珠雨田，你不是喜欢我很多年吗？我不是你的偶像吗？来，我用我的身体赐予你最高荣誉，多少粉丝都在幻想的荣誉，你干吗挣扎？你不喜欢你的偶像了吗？你现在是我女朋友了，咱们以后是一家人，我的荣誉就是你的荣誉，我什么都可以给你，只要你能——”

“救命，来人，救命……”含糊的嗓音和着血沫从珠雨田的喉咙里挤出来，那声音太低了，可能连在他们头顶盘旋的一只蛾子都没能察觉。她听到一阵布料撕裂的声音，接着一只冰凉的大手按在自己肚子上，“救命——”她徒劳地喊着，在那一瞬间她终于明白了这是多么大的屈辱和绝望，文字不能描述，转述不能传达，只有亲身经历才会知道。她想起来小黑提到过的十年前的那架飞机上发生的事有多么悲惨，那个女孩承受了多少苦楚，那个男孩就背负多少自责，以至于这么多静好的岁月过去了，物是故人非，有人身居高位，有人飞黄腾达，而他们一定还在默默地痛苦和偿付着。

大颗大颗的眼泪从珠雨田的眼角流下，我懂了，珠雨田在心里说，在这之前我是不懂的，但现在我懂得了！

“小林，我把珠雨田的饭也买来了，你们——”门口传来安迪的声音，他提着两大袋餐盒，惊得目瞪口呆。

小林如同梦中惊醒，从凉榻上滚下来，像犯了错的小孩一样，光着身子，无助地站着。

珠雨田的眼前黑了很久，又喘了几大口气才恢复了视力，她扣上扣子，上衣已经撕裂了一道大口子，裙子上沾着不知道什么时候泼倒了的茶水。通过对面墙上的镜子，她看到自己目光呆滞，嘴唇上鲜红的口子外翻着，下巴上一层淤血，她向门口走去，步履蹒跚着，要把全部注意力都集中在双膝上才不至于瘫倒。她推开呆若木鸡的助理，扶着墙慢慢下楼。

再回到医院时，郑娇果然如珠雨田所料，已经溜得不知所踪，这样也好。她坐在手术室外面的长椅上等着，又不知过了多久，小黑被推出来了，眼睛似睁非睁，医生说是麻醉药力的残留，手术是成功的。她的心一放下来，陡然觉得十分疲惫。

小黑睡了很久。珠雨田坐在病床边看着他，两腮凹陷，面上一团灰气，就像死了一样。她忍不住把诊断单翻了一遍又一遍，生怕漏下了什么恶疾，似乎没有，她只好呆坐着，看着引流管把血一滴一滴地从他肚子里抽出来。

天黑的时候小黑醒了，见了珠雨田，高兴地指了指床板，珠雨田忙把病床摇起一个角度，给他背上垫了几个枕头让他靠着，又拿诊断单给他看。“你看，是胃上长了个肿瘤，因为外力击打破裂，所以你才晕倒了，上午做了手术，肿瘤已经割掉了。没事了，躺两个星期又是一条好汉。”

小黑咧开干裂的嘴唇笑了笑，然后他低声说了句什么，珠雨田把耳朵凑上来：“什么？”

“你还好吗？嘴唇为什么破了，脸上还被抓花了。”

“是吗？”珠雨田摸了摸自己的脸，才发现自己的左脸被小林的指甲刮了三条口子，几个小时过去了，它们肿起来了。“上楼太急，摔了一跤。”她说，“急着来看你。”

小黑吃力地摇头：“不用急，我说过……”

“你会一直在我身边？”

“我会一直在你身边，保护着你。”

“在我看不到的地方？”

“在你看不到的地方。”

“我找了你很久，可我没想到你会去我喜欢的演员身边工作，其实我该想到的。”

这时，医院附近的王府井教堂里传来晚钟声，钟声响了九下，在清凉的秋夜里绵延许久。

等到钟声消失，珠雨田把声音压低到几乎不可闻：“北京太危险了，警察都在找你。你绝对不能在北京待了。我今天一直在替你想如果你离开北京，以后可以去哪儿呢？”

小黑微笑道：“世界这么大，还容不下一个我吗？住在光照不到的地方，隐姓埋名，混入流浪人群中，这是我最擅长的事。”

珠雨田说道：“你喜欢山还是水，东方还是西方？你一一说出来，我帮你筛选。”

小黑笑道：“山还是水，东还是西都无所谓，我喜欢暖和的地方，记得咱们上次说起过，在北京这么多年，我最不适应的就是冬天太冷啦。”

珠雨田笑道：“那就去一个只有夏天的地方。”

“只有夏天的地方吗？”小黑的目光陷入遐思，“不太大但是很干净的沙滩，背后有成片的椰子林、棕榈树。小村镇人不多，大家互相之间都认识，所有人都和和睦睦的。我开个修理车子的小店，再买一条船，招待来做客的朋友们。”珠雨田蹦起来，咧嘴笑道：“我第一个去做客！”小黑的手在她背上轻拍着，叹气道：“那真是好日子。”珠雨田笑道：“很快了，等你出院就会有这样的日子，很快了！”珠雨田眨着晶亮亮的眼睛看着小黑，心神已经飞驰到那地点未知却一定存在的世外桃源，仿佛已经闻到了椰子的香味，仿佛双脚已经踩着软绵绵的细沙行走，仿佛小饭馆的店主为她端上了黄油焗虾子，仿佛已经乘着小木船出海……

她还要说什么，病房门开了，主治医生在门口说：“这位家属，探视时间就到九点，明天再来。”

“好，我再说一句话。”她求道，把声音压得更低：“有一件事，前些天你去了一个山里吗？那个山上发生了命案，警察查到了你身上，这是赵小元告诉我的。”

小黑沉默了一下，微笑道：“我不知道你在说什么。”

珠雨田也微笑道：“我也不知道我在说什么。老实说，小黑，我觉得你身上充满了神秘的经历。我不知道，也不想知道，我唯一知道的一件事是，你是我的朋友，在朋友面前，我没有什么公民的义务，也不懂什么法律，我必须把这件事告诉你，所以我刚才不是在开玩笑，你真的必须离开北京，你要听话。”

小黑沉默了很久很久。

“我知道了。”他说，“你是个讲义气的好朋友。”

“其实我也有一个无人知道的秘密。从小我就生活在一个又狭窄又紧张又琐碎的世界里，但是我从来都不觉得无聊，因为我有一个特殊的本领：我的脑中有另外一个世界，那是个充满侠客高手的江湖，每个人都来去如风，恩怨分明，做好事大家就敬仰，做坏事就人人得而诛之，出卖朋友的人被所有人唾弃，所以大家都生活得很简单，很快乐。那里没有法律，但是比法律世界更有秩序。我知道这只是我幼稚的脑洞，可是我很爱我的脑洞，因为在那里面，我是……一个大侠。”

“珠雨田大侠。谢谢你。”小黑用干燥而无力的手握住她。

医生又敲门，珠雨田附在他耳边说：“珠雨田大侠等待着和你在只有夏天的地方重聚。”

她走了。

等到珠雨田的脚步声消失在电梯间，医生才走进小黑的病房，他心中真的不忍，一步慢过一步，小小的病房，他挪了很久才到病床前，他甚至觉得自己应该转行，哪儿有医生面对生老病死还如此软弱的？他难过极了，几乎不敢看小黑的眼睛，他小声说：“刚才肿瘤的病理化验出结果了，是胃癌晚期。”

“什么？”小黑没有听清楚。

医生艰难地张了张嘴，他快哭了。“胃癌晚期。对不起。”

宋蘅是一个平面模特，和一部分平面模特不同的是，有的人只肯说自己是“模特”，如果别人特意在前面加上“平面”两个字，还好像受了什么侮辱似的；宋蘅从不这样，如果有人问她是做什么的，她就把脖子一扬，漂亮的锁骨从领口戳出来，“现在是个平面模特啦，给淘宝拍照片的。”她自信地说。

宋蘅从来不认为自己在这个行业的鄙视链的底端，因为她并没有把它当作一份正式的事业来做，这不过是为了糊口而暂且栖身的办法，她的理想是做一名电影演员，这也是她离开颇有前途的金融专业和安逸的南方小城来北京辛苦打拼的原因。她平时固定给两三家淘宝店铺拍照，收入不高，但是她不肯像其他同行一样拼命接活，因为她知道自己总有一天会成为电影明星，到时候流出太多穿着丑衣服的旧图，那是很有损形象的。尽管到今天为止，她在北京生活了两年零七个月，试镜了三百九十四次，只得到过两个没有台词的总计十五秒的镜头，但她知道自己总有一天会成为电影明星。

明生就是喜欢她的自信，那种一无所有，但知道自己总有一天会什么都有的气质，会使一个贫穷的年轻人散发出迷人的光彩，无论男还是女美还是丑。当然，如果是一个身材样貌都绝佳的女孩，那简直是万中取一的宝物。

不过明生也知道奋斗的经历对贫穷的年轻人来说有多么重要，他去摄影棚看过宋蘅给淘宝店拍照片，三十七摄氏度的盛夏，棚里没有空调，汗水把内衣都湿透。她太专业了，每一分钟她能换四十个动作，每天拍三百套衣服，那天的旁观之后，他打消了替宋蘅投资一部戏的念头——没有赚过血汗钱的年轻人守不住天降的名利，反而会招来无聊、抑郁甚至祸患。他把宋蘅视为二十年前的自己，她顽强、自信、高傲、聪明，她必然会和自己一样得到世俗意义上的成功，所以，不急，再让她辛苦历练几年，等她成为真正的演员，这些酸甜苦辣的经历都将成为她的财富。

当然，明生也不舍得让宋蘅生活得太苦，她租住的地方又潮又旧，明生给她租了一个不错的公寓，还给了她一张信用卡，不过交往一年多，那张卡只消费了几百元，估计是哪天忘记带钱才不得不动用它。

淘宝店到了上秋装的时候，宋蘅今天拍了一百多件毛衣，收工的时候，她的头发因为静电而炸成了一朵蒲公英，她一边把卸妆油往脸上揉着一边去包里摸手机。有个未接来电，这个号码还发来信息，让她看到回电话，她拨回去，那边说："宋蘅小姐您好，我是杨晋老师的制片，一直只听说您的名字但没见过，这两天有时间的话，来我们公司坐坐？”

宋蘅诧异地从包里拿出杨晋的书，书签夹在三分之二的地方，这是今年最畅销的一本小说，她快看完了。这本书改编电影的新闻常常上娱乐版头条，男一号已经官宣了林旭中，太多的小花在争抢女一号的位置，真的假的遛粉的消息满天飞，粉丝们天天撕得腥风血雨。

宋蘅疑惑道：“杨晋老师是怎么认识我的？”

“这个我不清楚，不过他想请您出演女一号。”

宋蘅有点怀疑是骗子。

“请问宋小姐这几天有时间吗？”

“就现在吧。”她赶快说，然后手机上收到了公司地址，半个小时后，重新化好妆的宋蘅刚走到这家影视公司电梯口，就看到胖乎乎的大作家杨晋抖着肚子上的肥肉，一脸堆笑，小跑而来，满口说着：“你好，久仰久仰。”宋蘅终于相信这不是诈骗电话，不过她仍然觉得事情不一定会很顺利，直到杨晋拿出合同，告诉她有任何条件都可以提，没有条件的话现在就能签，她才知道一切都是真的——梦想就这样成真了。她一个只跑过龙套的新人、淘宝模特，竟然打败了所有的当红女明星。

在签合同之前，她固执地问杨晋一个问题：“您是怎么知道我的？我从来没有投递过见组照，是哪位伯乐推荐的我吗？”

“嘿嘿。嘿嘿。”杨晋只是笑。

问得急了，杨晋说：“你不想要这个角色吗？”

“想！”她大声说，拧开水笔签下自己的名字。

那么，就当作命运的垂青好了。

签完合同的宋蘅晕晕乎乎地回到家，她一进门就喝了一大杯冰水醒神，然后给明生打电话。她把今天的经历颠三倒四地说了一遍，嗓音因为过分激动而颤抖着。“惊喜不惊喜？你说，惊喜不惊喜呀？”她在电话里缠着他问。

“是我送你的礼物。”

“什么？”

“一直没告诉你，杨晋是我的好哥们儿。是我让他用的你。”

宋蘅反应过来之后几乎要哭了。“谢谢你，我……好爱你！”

“宋蘅，”明生说，“我们分手吧。”

宋蘅愣了很久才问：“为什么？”

“我想结婚了。”

宋蘅觉得自己的头盖骨上有一只利斧劈下，她保持着冷静的语气问：“和谁？”

“你见过的。”

“哦。恭喜啦。”

“对不起。希望你一切都好，遇到任何困难，如果我能帮上忙，也请随时找我。”

“不，我们不会再见面了。”她挂了电话。

宋蘅睡不着，得到角色的喜悦和被背叛的悲伤同时冲击着她的心脏。她坐在窗前的一把椅子上，一会儿哭，一会儿笑，看着玻璃窗上映出自己神经质的脸，看着那倒影消失。因为夜深了，玻璃结了白霜，然后霜又化成了露水，好像眼泪一样，汩汩地往下流。天亮起来的时候她想：记住这一刻的感受，如果剧本里有又兴奋又心碎的戏，她会演得很逼真。

然后她出门了，又是一天的拍摄，化妆师是熟识多年的老搭档，抱怨着她今天黑眼圈太重，又嘱咐灯光师一会儿把光打亮一点。宋蘅什么也不说，感受着软绵绵的大粉扑在自己脸上拍着，这是一份职业的结束。过了一会儿，店主和摄影师也来了，宋蘅见人齐了，才宣布这是自己最后一次拍服装，因为她得到了那个最抢手的电影角色。

欢呼声几乎要把这小小的摄影棚掀翻了，宋蘅流下眼泪来，冲花了刚刚化好的妆，没有人知道她是因为分手而哭泣，那是不足为外人道的私事。她挂着眼泪笑了，说："谢谢大家一直以来的照顾。谢谢。"

这天拍摄结束后，在回家的路上，宋蘅收到一条微信，她在一个观影团认识的朋友小白问她要不要出来吃点消夜喝点小酒，她饿了，于是说："好。"

平时因为想多结识些电影圈的人，宋蘅加入了一个观影自媒体团队，平时会提前观看未上映的影片，写一些软文，有时候还能采访到导演和主演。小白也是观影团的成员之一，真名不知，从来不发朋友圈，具体的职业，小白只回答"学生啦"，她就不再细问，这算是这个年代特有的社交礼仪吧。她能看出小白是个受过良好教育的、有着体面的社会身份的人，她们很谈得来。

小白平时文文静静的，不过高兴起来也是个话匣子，她还知道好多花边新闻，比如上次林旭中会去张自忠路吃炸酱面那件事就是小白透露给她的。

小白约她去了一家通宵营业的居酒屋，她赶到的时候，小白已经在里面等她了。

她点了一瓶清酒，并且拒绝再看菜单。"我只想喝两杯。"她说。

酒入肠胃，所有的伤心事都涌上来了，她没再哭，但借着眩晕，把明生突然要和别人结婚的事说了出来。她以为自己会说很多，因为她心中积了许多的委屈，但她发现她做不到，她毕竟不是能放下身段乞怜的人，不不不，喝多了也不行。她闭上嘴巴，又给自己倒了一杯清酒。

“杀了他咯。”小白说。

宋蘅自嘲地耸耸肩。

“我是认真的。”小白咬下一半金枪鱼寿司，“杀了他，我有办法不留一点痕迹。”

宋蘅抬起醉眼。

“我是研究脑科学的，我们实验室有各种各样千奇百怪的药物，能伪装好几种致死病患，法医也检查不出来。杀了他，神不知鬼不觉。”

宋蘅发着愣，好像一根木头。

“你不信吗？我现在就可以带你去实验室看一看。”

“我信啊。”宋蘅点头，“可我不想杀他。”

“你喝醉了。等你清醒了再回答我。”

“我是喝醉了。等我清醒以后，我可能连他是谁都忘了。我没有太多时间沉浸在过去顾影自怜，我清醒以后有很多事要做。”宋蘅说着，她还没有说完，小白就起身走向前台，扔了一把钱给那个穿和服的日本老板娘，头也不回地开门出去了。

宋蘅把最后半杯酒一饮而尽。

昨天一夜未睡，今日整日劳累，再加上这多半瓶清酒，起身的时候，宋蘅眼中的居酒屋已经成了一幅木块堆砌的抽象画，而外面星月晶明的夜色，简直如凡·高的油画一般扭曲而灿烂。路不是直的，树不是绿的，一切都失了它的本形和本色，变成了一堆随着她的心情而变幻的东西。当她想起自己竟然真的签下了今年最热大剧的女一号，路边的野草变成了金黄色跳动的花海，当她想起自己像丢抹布一样被丢弃，仿佛这一年多的甜蜜恋爱只是她的幻觉，头顶的路灯就变成了水底的圆月，她伸手去触摸它，它却那么遥远。

宋蘅歪歪斜斜地走向出租车，说了自家地址后头便一歪，她真想睡过去，可是心里还有一个念头在悬浮着，飘动着，它清淡得几乎隐形，可是宋蘅能感觉到它的存在——是什么念头呢？她头好痛，什么也想不起来。

再下车的时候，夜更凉了，冷风吹着她滚烫的额头，她想起来了，便到楼边打电话：

“黑老师，我是宋蘅。”

电话里的声音似乎有点虚弱，又或者是对方刚从梦中醒来，她接着说：“我想和您请长假，我接了个戏，未来半年的拳击私教课我就不能去上了。不不不，钱您不用退，毕竟也耽误了您的排课。不，还有别的事，我……我喝醉了，可能有点颠三倒四，也可能记忆混乱，但我好像记得您跟我说过，如果我在观影团认识的那个小白和我说什么奇怪的话，一定要告诉您，是不是有这件事？……是的，就是今天，她说……她让我杀人。我……我当然不会这么做啦，那是我前男友，虽然我们分手不愉快，可我不想让他死，我更不会犯法啊！她？她没说什么，直接就走了，对，就是扔下买单的钱，头也不回地走了。我觉得实在反常，才想起您对我说过的话，您好像说过小白是您朋友的亲戚，情绪不太稳定，有时候会伤害别人，大概是这样吧？不，我没和她提起过您，因为……对不起，我其实没把这件事放在心上。”

离开程素父母开的乐器店后，赵小元在广州城里又住了三四天，他一直住在乐器店斜对面的一家小旅馆里。小旅馆每天只收费九十元，桌子散发着陈年油污的味道，毛巾干燥发硬，但赵小元并没有感觉到多么大的不适，在他考上大学之前，他家所在的那个黄土漫天的小村子里，所有的桌子和毛巾都是这样的，在读警校的时候，他也过着很朴素的生活。直到他认识了一位大人物的女儿，他后来的女朋友，现在的前女友，才知道这些惯常所用的生活用品可以华美舒适到什么程度。他们在他来广州之前分手，他搬出了女友家人为他们准备的婚房，两箱行李寄存在大学同学家，等调查完程素——不管有没有结果，他都要在下星期一之前回大学警犬队报到——再去找住的地方。

这个小旅馆位于十字路口，二楼拐角的房间视野最好，向东十来米便可以看到乐器店。他本来计划观察常与程家来往的邻居，再想办法从邻居中询问到对程素的印象，但是几天之后，他发现程素的父母是一对深居简出的老夫妇。他们不打牌，不跳广场舞，生活规律到近乎乏味，也没有人来家里串门聊天，赵小元理解了为什么程素的妈妈从中学音乐教师的岗位上退休以后要在家里办美声班，因为生活实在是太无聊了……如果不是每隔一天有几个孩子来学唱歌，余生漫长的几十年，就在这方寸之地度过了吗？

风从东边吹来的时候，那整齐的童声偶尔会有几个音节传到这破旧的小房间里，他们一整个星期都在排练那首《友谊地久天长》。看来这样守下去也不会有什么收获了，何况这三四天里他从不出门，老板娘已经觉得他有点奇怪了。他决定去程素读本科的理工大学看看，便叫了辆出租车来旅馆门口接他。他等了很久，出租车司机打电话来，很抱歉地说请他移步百十米来上车，因为现在正是学校放学的时间，旅馆所在的十字路口按照惯例会封路，要等孩子们都走了以后才会放行。

这三四天里，赵小元已经发现每天下午的五点钟，这个路口都不会有车辆通过，孩子们的小黄帽从高处看去像一条流动的黄色河流向着四方散去，也总有一个小平头上带着白发的矮壮老警察站在路口维持秩序。他大约已经在这个路口工作了很多年，慈眉善目的，两腮的肉因为上了年纪而松弛着，孩子们走过他身边的时候总会乖乖地喊一句“爷爷好”。

赵小元从行李袋里找出一顶棒球帽，压低帽檐走了出去。出租车停在一百米外的地方。

他在理工大学一无所获。这时候才明白失去了警察身份有多么不便，公安大学的教职工证可不能让别人配合调查。他在程素就读过的生科学院坐了一会儿，看墙上张贴的优秀学生荣誉栏，他试图把每一张照片中的女孩都想象成程素，看她们从小学到大学的履历，努力读懂她们发表的论文标题的意思，吃她们吃过的食堂饭，在她们上过体育课的操场上走了一圈，在想象中补齐她们可能会经历什么。然后天黑了，他从后门离开，说不沮丧是假的，他看到后门外有一家不大景气的小酒馆，便走了进去。

店里提供鳗鱼饭一类的日式简餐，他已经吃过晚饭，点了些鱼片和清酒。店主在灯下慢慢地磨着芥末，一截芥末还没有磨完，门口投射来的灯光突然被一个阴影遮挡，继而阴影走进来了，灯光重新恢复了明亮。赵小元回头一看，他觉得很意外，是那个在学校附近指挥交通的老交警。

他的面容在灯光里比在日光下更显得苍老，眼袋像两个蓄满热水的暖手袋一样垂着，警服下露出的肥胖手臂也毫无肌肉线条。赵小元又把头转向了吧台，他读过四年警校，在派出所工作过两个月，也算见过各种各样的警察。他见过目光扫视过来就使人胆战心惊的缉毒英雄，也见过同时是跆拳道高手的老刑警，还有嘴巴很贫的总是笑嘻嘻的小片警。当然，他也见过像这位一样的老警察，他们既没有当英雄的机遇，也没有升职做官的能力，年轻的时候他们还能在队里跑跑腿，办些无关痛痒的小案子，等到上了年纪，连抓小偷都办不到了，于是只有最轻最安全的工作分配给他们，好打发退休之前的最后几年时间，比如在小学的校门外维持秩序。

到底有什么秩序可维持呢？车辆在放学期间是不允许通过的，孩子们过马路的时候都有老师带队，小学生即使有打架斗殴也无非就是推推搡搡，这三四天里每次赵小元的视线扫过老警察，都只见他十分无聊地站着，对着那些喊“爷爷好”的小朋友笑眯眯地点头。

他吃了一个生鱼片。芥末的辛辣直冲脑门。他有点好奇，一般片警负责的地方和他居住的地方相隔不会远，这也是为了方便群众随时能找到他，比如一个住在北京天通苑的警察怎么能负责南四环呢？假使有人报警说猫找不到了，请速来帮忙，等他打车到南四环，猫已经逃到天津了；而华南理工大学和那个小学分布在广州的两端，相隔至少二十公里，一个居住在小学附近的警察，竟然这么巧地和他一同在城市另一头的小酒馆里吃晚饭？

“我从来不相信世界上有什么巧合。”他又想起自己对珠雨田说过的话，然后毫无征兆地，猛地一回头。

那老警察笑眯眯地看着他，就像看着那些喊他“爷爷好”的孩子。

他和老警察对视了一分钟。一分钟之后，老警察微微点了点头，带着与他的外表毫不相称的自信和威严，仿佛在说：“我知道你想做什么。”

赵小元很怀疑，你真的知道吗？他犹豫了一下，端上鱼片和清酒离开了吧台。

他在老警察对面坐下：“前辈好。”

老警察挑挑眉毛，转动清酒瓶子上的标签。“獭祭二割三分。”

“您尝尝。”赵小元给老警察倒酒。老警察一饮而尽，微笑：“好酒。喝一千多元的清酒，住九十元的旅店，那个旅店一定有很吸引你的地方。”他讲生硬的广东普通话。赵小元愣了一下，点头说道：“前辈眼神就是好，难怪我以前的师父教导我说，大案子查不动的时候，试着找嫌疑人家附近的老片警聊聊，他们连哪棵树提前落了叶子都知道。”

赵小元摸出作废了的警官证和新办理的教职工证，恭敬地双手推到老警察面前。老警察锐利的目光在两个证件上扫了一遍，摇着头咂了咂嘴，像是专注地品着酒的味道，然后他说：“说吧，想知道哪棵树提前落了叶子？”

赵小元沉默了很久，他在犹豫，然后他抬起头来说：“我不能说。您瞧见了，这不是公事，我已经不是警察了。”

“为私人侦探公司服务？”

“也不是。我说我是纯粹为了解决心里的一个疑问，你会相信吗？”

老警察又挑了挑眉毛，似乎连相信不相信都不确定。

赵小元笑道：“总之请您相信我不是个想对学生下手的变态就行。我真敬佩您能留意到一切风吹草动。”

老警察笑道：“娃娃，一连好几天，每天扒在路口的窗子前向下看，那可不叫风吹草动，那在我眼里就像一挺机关枪架在窗台上。”

赵小元有点脸红。“是。我要学的东西还有很多。唉，可惜我应该不能再回一线当警察了。”

老警察又喝了口酒问：“和老头子说说，为什么？”

赵小元放下酒杯，想了想说：“家里人……不同意。”

老警察似乎很理解地点了点头。赵小元把最后一个鱼片扔进嘴里，招呼老板来买了单，恭敬地将剩了大半瓶的清酒推到老警察面前。“前辈，我请，多谢您。”

他走了出去，老警察并没有挽留。

他决定明天一早回北京。在小旅馆那水流纤细的喷头底下冲了凉，他从自己带来的那几件睡衣里挑了一件还算干净的穿上，在他准备上床睡觉的时候，有人敲门。

这旅馆的门连猫眼也没有。有一瞬间，他甚至怀疑是程素来了，因为她想起来自己并没有一个名叫张强的老同学，又或者他窝在这里的事被程素的爸爸发现后告诉了女儿，他不知道她身上背负着什么渊源或者秘密。假使有，甚至很黑暗，那么她会来……灭口……吗？

赵小元抓起了墙角的一个扳手。那是刚才老板来修理衣架的时候留下的。

他把门开了一条缝，一张松垮而慈祥的脸出现在门外。

“前辈。”他开门。

老警察走进来，看了一眼扳手，依旧微笑着说道：“看来你在调查的人是一个危险的人。”

赵小元笑笑，不置可否。老警察在他每天坐着的窗前椅子上坐下。“我这片区可能出现一个凶徒，对吗？”赵小元正在思考该如何回答，发现老警察的目光盯着他的胸腹部看，他刚刚愈合的枪伤条件反射似的一疼。

老警察点上一根烟。“我问过北京的兄弟了，你在两个月前负过伤。”

房间里只有这一把椅子，赵小元在床边坐下。“是的。”

“你在调查的事和你负伤的那个案子有关系吗？”

赵小元想了很久。“可以说有，也可以说没有——前辈，我不是在敷衍，我负伤的那件案子很简单，有一个很明确的嫌疑人，而我要调查的这个人表面上看和嫌疑人没有任何交集，他们的经历、人生轨迹都毫不相干，甚至可以说是天上地下的差别，但是——”他沉默着，斟酌着用词，“我总是有一种直觉，好像我要找的这个人和那个嫌疑人是认识的。直觉，只是直觉。”

“既然程家的女儿是个很优秀的孩子，那么你说的那个嫌疑人一定很底层了。”

赵小元一下子从床边跳起来。“您怎么知道我是在找谁？”

老警察吐了一口烟，微笑说道："你在北京工作过的派出所在和硕路，包括一所致公大学，你扒在这个窗口常常向东看，东边那家乐器店的女儿就在致公读书。刚才从小酒馆回来，我去乐器店坐了一会儿，老程说前几天有一个女儿的同学来过，身高长相和你一样，但是你自称张强。"

赵小元非常窘迫，半晌说："我这智商，好险，幸好我不会去犯罪，否则天网恢恢我肯定逃不了啊。"

老警察宽厚地笑笑，赵小元又说："前辈，您没把我的真实身份告诉程白薇的爸爸吧？"

"当然没有。"

"那就好，也希望您能一直保密，因为这件事很可能只是我多疑，我不希望给她造成不好的影响。"

"一个刚刚负伤痊愈的卸任警察，能千里迢迢来调查一个人，我不认为只是多疑。"

"是的，但我确实没有证据。"

"证据应该在案发现场寻找，娃娃，你为什么跑到她小时候生活过的地方来？她去北京读研究生以后就很少回来了。"

赵小元的脸更红了。"我确实还有很多经验没来得及学习，但除了寻找案发现场的证据，我还很好奇她是一个什么样的人，她每天走过的路边有什么，她的父母是凶悍的还是慈善的，她小时候和同学邻里的关系怎么样，这些我都想知道。没有人会无缘无故犯罪，就算是最简单的抢劫杀人的暴徒，也有一个'穷'字当先。"

老警察的视线扫向一边，见他所有的衣服都叠好收进了行李袋。"准备离开了？"

"是，明天早上的飞机。"

“那么关于程白薇是个什么样的人，你已经调查清楚了？”

赵小元沮丧地点了点头。“她是个读书很刻苦，家庭也很和美的人。”

“没有印证你心里的想法？你本来把她想象成一个童年不幸、人格残缺的人？”

“是的。可事实是她太完美了。前辈，我想问一个或许不恰当的问题：您心里有阴暗的地方吗？”

“什么？”

“阴暗。我认为采光再好的房间也有太阳照不到的死角，一丝弱点或者恶意都没有的人心……是不存在的。我也有阴暗之处。”赵小元耸耸肩自嘲地笑，“我老家很穷，所以当有一个家境很好的女孩向我示爱，虽然我并不是那么喜欢她，但我还是答应了。这个阴暗之处折磨了我好几年，也折磨着她，我相信和一个不爱她的人相处，她也并不幸福。最后我做出了取舍，和她分手，为此我惹怒了她，丢了警察的工作，但是……”他沉吟了很久，“一辈子在阴暗里生活是很痛苦的，我不想过那样的生活。”

“这样啊……我一辈子倒是个本本分分的人，不过我当了一辈子小片警，每天的生活都是简单的重复，我觉得没什么意思。二十年前，有几个兄弟就鼓动我辞职去海南炒楼。我呢，很想去，又舍不得铁饭碗，现在那几个兄弟都发了大财啦，我们一家人还挤在小套间里。我心里的阴暗，就是不勇敢吧。娃娃，你说得对，每个人心中都有一个阴暗的角落。”

“所以，在找到程白薇心里那个角落之前，我会觉得这个人完美到不真实。”

老警察又想了一会儿。“不过，在我的记忆里，她的确没什么可以指摘的地方，她长大后倒是惹过一件官司，但也不一定是她的错。”

赵小元一下子握紧了双手。“是什么官司？”

“那件案子还是我亲自经手的，记得去她家调查的时候，还被她爸爸和外公好一顿讽刺呢。她那年……对，十八岁，我记得是她刚刚高考完之后的那个暑假，还没有去大学报到，她骑着自行车去乡下外公家，在路上遇到一个老婆婆。那个老婆婆呢，摔倒在路边的石头上，一条腿骨折了，她就拦了一辆路过的车送老婆婆去医院，没想到这个老婆婆反咬自己是被她撞倒的，要她出医药费。最后闹到了法院，因为没有证据，法官判她输，赔的也不多，几万元吧。”

“你们都相信她的确是被冤枉的？”

老警察毫不迟疑地点头。“你刚才说过，除了证据，这个人是一个什么样的人也很重要，那个乡下的小路是没有录像证据的，但是我们这些看着她长大的人都知道她的品质。”

赵小元想了半天。“那个借车的车主呢？他能证明吗？”

“他没有在第一时间目击，做证无效。”

赵小元起身去拿啤酒，啤酒是早晨托老板娘买的，房间里没有冰箱，温啤酒很难喝，但他很想喝一口，啤酒的气泡在他的喉咙里翻滚着，他定了定神说道：“受伤的老婆婆是本地人吗？”

“是的。”

“如果可能的话，请您帮我查一查她的住址好吗？”

“啊……十年前的旧事了，我要好好地查一查。”

“拜托了。”

“这对你的调查有帮助吗？”

“不知道。说实话，我真的不知道。还是想再拜托前辈一次，这件事请保密，为了程白薇的名声。”

“当然。”老警察站起来，他准备走了，可是等他踱到窗边，他站住了，盯着楼下看了一会儿，他说："程白薇回来了。"

"什么！"赵小元一下子蹿了起来，透过脏兮兮的玻璃窗，他看到一个瘦削的背影顶着夜色，走进了斜对面程家的乐器店。她背着一个双肩包，没有行李箱。

"是她，是她！虽然我只见过她一面，但我记得这个背影！她常回来吗？"

老警察摇摇头。"我记得很清楚，程老师夫妇和街坊们聊天的时候常常表现出很寂寞的样子，因为女儿只在暑假和寒假会回来几天。"

"那么，"赵小元赶忙说，"现在是学期中，明天还是星期一，她按说不会在这个时间回家？程家出什么急事了吗？"

"我没听说过。"老警察转过身，"我去程家看看。"

从他的眼神中，赵小元看出了一些和刚才不大一样的表情。"前辈，您也发现不对了是吗？她这样很反常，是吗？她有可能是想起以前并没有一个名叫张强的转学生，对吗？"

老警察没有回答这个问题，他说："我很快回来。"

他出门了，赵小元把窗帘拉上又掀开一个小角，从这个缝隙里，他看到夜幕中，老警察走进了乐器店。十几分钟后，他出来了。

"你猜得没错。"老警察一进门就说，"我刚到乐器店门口就听到她在里面问她爸爸，那个转学生长得什么模样。但是我进去以后，她中断了这个话题。"

"这说明……"

"这说明你有危险。这是我能想到的。"老警察不紧不慢地说，和赵小元的紧张相比，他看上去像个见惯了大风大浪的老人，"因为我除此之外什么也不知道，程白薇做了什么，你来调查什么，我通通不知道。我只能说她如此警惕，那么你的直觉恐怕是对的。"

赵小元犹豫了一下，还是撒了一半的谎："不是我不想告诉您，而是我确实什么也不知道。我知道的和您看到的一样多，一个家庭幸福、品学兼优的女学生，因为一个不存在的转学生就千里迢迢回家，就是这样。"

"所以你今晚不能住在这里了。"老警察拍拍招待所的门，它太旧了，门板上的绿漆都斑驳了，"这里不安全。我建议你去住个安保比较好的酒店。"

想到安全问题，赵小元不禁想起董先生在荒山别墅被割头的惨状，他在老警察面前结结实实地打了个哆嗦。

他马上搬去了一个五星酒店，躺在松软舒适的大床上，他难以入睡。

他起来给浴缸放满热水。以前他很少用酒店的浴缸，总觉得有卫生隐患，但今天他很需要放松。水太烫了，他的皮肤很快变得通红，像笼屉里安静的螃蟹，他的四肢也松散地在水中张开，毫无力气。热水蒸腾着他的疲惫和紧张，熏得他昏昏欲睡。他靠在浴缸光滑的缸壁上，不停地缓缓下滑。

突然，他陷入了更深一层的宁静，他血液流动的速度变慢了，心脏跳动的速度也变慢了，大脑活动的速度几近停止。他变得静止，像一棵植物无力地扬起叶片，看着面前出现了程素的脸，那样漂亮、白皙、知性、温婉的一张脸……隔着水面看着她，带着似悲似喜的微笑。

他一下子冲出水面，大口地喘着气，鼻腔里呛满了水，他咳嗽着，看着这豪华的浴室中柔和的灯光，没有人来，程素进不来，她又不会魔法。

但是他仍然无法入睡。他几次起身检查门上的安全锁，锁链好好地挂着，可他觉得仿佛自己一闭上眼睛，这锁链就会被程素以某种难以解释的方法从门外拆下来，就像她难以解释的这些年的经历一样。

他已经困到头痛了。

最后他妥协了：人多的地方，也许比五星酒店更安全。

他带上行李退了房，在麦当劳坐了一夜。

午夜的麦当劳，长椅上睡着衣着褴褛的流浪汉，偶尔有客人进来点餐，也是来去匆匆。赵小元发现店员并不会驱赶那些流浪汉，在收拾餐桌的时候，还会把前一个客人留下的还未动过的汉堡送给流浪汉。赵小元想，这白日里见不到的角落便是城市的润滑剂，以一种不必言明的默契护卫着流离失所的人。

他趴在桌子上睡着了。

清晨的时候他醒过来，又过了一会儿，老警察把那位老婆婆的信息发了过来。除此之外，还附加了一条赵小元没有拜托他去查的信息：那个送老婆婆去医院的路人，也就是出庭做证却被判无效的证人，名叫明生。当时他在广州经营一家名叫“明氏建材”的公司。

明生的名字，使赵小元在南国温暖的秋风中发起了抖。

北京发生的那些匪夷所思的巧合，终于在这一刻完成了闭环。

他知道自己距离真相很近了。

他去了余婆婆家。

镇子看上去很富裕，二三层的小楼不算少，甚至还有一个小型的商场和电影院，可是他按照余婆婆的名字一路找来，发现她所住的是三间年久失修的破瓦房。大门歪歪斜斜的，看上去抵挡不住任何盗贼或者野狗，扒着门缝朝里一看，十来只麻花鸭在院中的土地上啄食，瓦房门口的台阶上，一汪漂着菜叶的污水。这是个贫寒农家。他拍了拍门：“有人吗？”

过了好一会儿，瓦房里走出一个矮小的老人，面色黧黑，头发稀少，要不是盘着髻，几乎难以分辨出性别。她在台阶的污水上站着，赵小元又喊了一声，余婆婆这才朝着大门走过来，她一走动，赵小元便吸了一口凉气：她的左腿跛着，几乎是拖在地上，左小腿的粗细程度好像没发育的孩子，那是因为常年不能活动而萎缩了。

原来当年受伤这么严重吗？赵小元想。

余婆婆开了门，睁着一双混浊的眼睛看着他。

“婆婆，我是路过的，听到你家有鸭子叫，我想问问有土鸭蛋卖吗？”

余婆婆咕哝了几个字就往里走，赵小元忙跟上去，搀着她一只胳膊问：“婆婆，您这腿是怎么受伤的？”

余婆婆指指自己的腿，老眼里突然流下泪来，泪水冲花了脸上的灰尘，她又用手背去抹，整张脸都湿答答脏兮兮的，看上去可怜极了。她边说边收拾了一布袋的鸭蛋，赵小元付了钱，她一路送到大门口，嘴上的话根本没停过，可惜赵小元听不懂。他站在大门外，有点着急，想着要不要找个翻译再进去问一遍，一转身，只见对门一个小卖部的老板娘看着他冷笑。

“嘿嘿，恶有恶报！”老板娘吐着瓜子皮说。

“谁？这婆婆？”

“可不嘛！哼！”

赵小元踱进小卖部，买了一条看上去就很假的烟，然后才问：“大姐，那老婆婆的腿是怎么受伤的？”

“自己摔的。不要脸！”

“我不懂，摔伤怎么就不要脸了呢？”

“呸！她自己走路摔了一跤，把腿摔断了，有个好心的小姑娘送她去医院，她反倒讹了人家医药费。这还不是不要脸吗？这种事多了，以后谁还敢做好事？活该她现在残疾！人不要脸一次就能不要脸第二次，其实她的断腿后来长好了，再后来不知道为什么又断了，那是在一个深夜，在她自己的房子里，惨叫声把我们半个镇子都吵醒了。”

赵小元听出不对的地方：“在自己的房子里，怎么会把腿弄断？”

“谁知道呀！她号了半天人们才把门撞开，就看她躺在床上，一条腿断了，可能是她自己从床上摔下来嘛又爬上床了，可是她非说是那个小姑娘从后窗跳进来给她敲断的，还说那小姑娘亲口在她耳边说什么‘法律不给我公道……暴力可以给我公道，既然你说你的伤是我造成的，那我就成全你’，这不是讹钱讹上瘾了吗？没人把她的话当真。这一次她可没钱治伤了，就变成了现在这样。活该！”

赵小元在心里冷笑：有人当真的，我就知道是真的。

他走出小卖部，一掀开那脏兮兮的门帘，就看到程素站在外面，带着他在浴缸中幻视的那似喜而悲的微笑，看着他。

“这么巧。”他几乎能听到胸腔被心脏撞击的声音，可是他镇定地说。

“这么巧。”

“你来做什么？”

“来镇子上看外公呀。”程素把被风拂到脸上的碎发拨到耳后，尽管心中存着深深的恐惧，赵小元仍然觉得她很美。

这样一个美人，有极大的概率是一个杀人恶魔，这真让人惋惜。赵小元叹了口气。

“赵警官为什么叹气？”

“惋惜这美景之下的肃杀。”赵小元抚摩着身旁一棵半人高的野草，一片枯黄的草叶簌簌落下，“你看，南方也是有秋天的，只是来得比较迟。”

“警察也会多愁善感吗？”

“唯草木之零落兮，恐美人之迟暮。”赵小元微笑着看着她，“白薇姐姐今年多大了？”

“白薇”二字，确实让程素脸色一变。但是她保持着镇定。“二十八岁。”

“你比我大六岁。我经常想自己二十八岁的时候在做什么，我以为那时候我应该会是一个经验丰富又受人尊敬的警察，但现在看来没这种可能了。我被调回公安大学养警犬了。”

“为什么？”

“我的女朋友，哦，现在应该是前女友了，她不希望我再经历危险，你知道，做警察经常要和凶徒打交道。”他加重了“凶徒”的读音，又笑道，“不过我心态还好，我现在想，等我二十八岁的时候，应该会成为一个经验丰富又受人尊敬的警犬饲养员。”

程白薇看着他。

赵小元轻松地说：“对了，告诉你一件你应该还不知道的事，董致礼死了，在那个山庄别墅里被割了头。官方应该也很快就会公布消息了。”

程白薇什么也没说，但她也没问“董致礼是谁”。

至此，赵小元的猜测全部被证实。

“我可以问问你们之间发生过什么吗？你、董先生，还有……明生。”

“明生”的名字同样没有引起程素任何神情的变化。

“我永远不会说的。”她平静地说。

“一件事，你永远不会再提起，可是也永远无法忘记，我大概能猜到是什么事。”赵小元说。

程白薇猛地抬起头，相比刚才的那些试探，这句话反而使她眼里蓄满了泪水。

“我能理解你的痛苦。”赵小元又说。

“不，你不能理解。你是男人。”

“我是男人，可我有母亲、外婆、奶奶、表姐、表妹，还有三个可爱得像天使一样的外甥女。我家庭很贫困，可是从小我就生活在幸福又满足的环境里，那是因为我们家族里有这些坚强又善良的女性。她们是我健全人格的来源，她们用勤恳朴素的生活态度让我热爱身边的一切。我真诚地赞美和尊重她们。如果她们遭遇不幸，我也愿意用生命去保护她们，甚至为她们复仇。”

“复仇？”程白薇突然大笑起来，“你会吗？你可是警察出身，你要尊重法律。复仇只存在于武侠小说里，现实中是没有大侠的。没有。”

赵小元沉默了很久，他低下头。“也许你说得对。你预备怎么办？”

“什么？”

“把我……啊，我可是差不多完全知道你的真面目了。”

“当然是杀掉咯。”程白薇微笑着说。他们对话的音量很低，如果有路人看到他们，大概会以为是一对漂亮的青年男女在亲昵地寒暄。

“白薇姐姐预备怎么杀人呢？”

“办法有很多呀，比如——”程白薇从口袋里摸出一个针筒，“胰岛素，注射后血糖过低而死亡，这只是其中一个办法。”

赵小元连连赞叹：“哇，学生物的，果然惹不起。”

“别担心，这是给我外公送的降糖药而已。再说，我不在家乡杀人，我们回北京见吧。”程白薇抿嘴一笑。

对面余婆婆家的大门开了，余婆婆挎着一只小篮子，刚迈出大门一步，见到程白薇，她鬼叫着关上门。接着，他们听到余婆婆连滚带爬回到房间里的声音。

“你看你把这婆婆吓的。”赵小元像个好朋友一样拍了拍程白薇肩膀笑着，“真是一朝被棒敲，十年怕你这张美丽的脸。”

赵小元去了机场。候机的时候他看到程白薇也出现在另一个登机口。他悄悄跟踪过去，看到了她的航班号，她将比赵小元早一个小时落地北京。

一回到北京，他直接去了珠雨田的学校，把她从教室里一把拉到大草坪的亭子里。

“珠雨田，程素认识你男朋友，你知道吗？”

珠雨田的魂好像还没从数学课上的公式里回来。“谁？认识谁？”

“明生！程素在十年前就认识明生！”

“胡说。”

赵小元看着那张天真懵懂的脸，真想揍她！

“十年前，程素在广州老家读本科，那时候她还叫程白薇，明生也在广州开着一个小公司，做些建筑工程之类的活。他们曾经偶遇过，是一起送一个受伤的老人去医院，之后他们就认识了。老人打官司要赔偿的时候明生还出庭做证，这些都是有记录的，我绝对没有骗你。他们或许还谈过恋爱，这个我不确定，但他们一定是互相认识的。不过这件事你先不要去问明生，因为我还不知道这背后到底有什么阴谋，我一定会找到背后的阴谋！珠雨田，你不说话是什么意思？你不相信吗？动动你的脑子，你真的认为有这么巧的事吗？你就没有过一丁点的念头怀疑过这根本从头到尾都是个阴谋吗？我还有问题要问你，你认识明生，是因为去果庄办生日聚会，那么你想一想，是谁给你安排的这个场地？如果我没猜错的话，是程素吧！是她把你送到明生身边去的！珠雨田！”

赵小元喘了很久的气才让自己的语气平复下来。

“这是我要告诉你的第一件事。第二件事是，从我了解到的程素从小的经历来看，她是个有仇必报的人，甚至手段可以说相当残忍。当年那个受伤的老婆婆诬蔑她撞伤了自己，她败诉了，乖乖赔钱，但是等老婆婆的腿骨痊愈后，她深夜潜入，一棒子敲得老婆婆再次粉碎性骨折！在我查清楚背后的事之前，你不要对任何人讲这些，我只是提醒你注意安全。”赵小元拍拍珠雨田的肩膀，“我觉得快找到答案了。对了，那个被小黑杀掉的大人物叫董致礼，是伊利诺伊州的议员，下届美国总统的热门人选，明生的好朋友，你也许见过他。”

赵小元走出了很远，走到学校大门的时候，他回头看，发现珠雨田还在原地站着，她在想什么？赵小元愣了一下，虽然她看上去脑子不大灵光，但她应该听懂了自己的话吧？

珠雨田岂止听懂了，她还懂得赵小元不懂的那些，那是他永远无法补齐的故事的空白，那是她在想要杀人的精神错乱中听小黑讲起的飞机上的往事。她终于知道那个富豪和那对情侣都是谁了。除非当事人告诉赵小元，否则他是永远找不到这一段记录的，而当事人是不会告诉他的，所以真相啊，珠雨田遗憾地想，赵小元再聪明也不能知晓全部的真相。

❸

当年青寺观新碧，今夜风雨蓬蒿

他眼睛里闪过泪光，说：“你是无价的。”

知晓真相以后，又该怎么办呢？她抬头看着天空，乌云密布，看来要下一场大雨。气温已经接近零摄氏度了，这大约是今年最后一场雨吧。

很多人跑了过来，他们把珠雨田拉回教学楼的礼堂，给一个同学过生日。生日会的气氛很热闹，吵得隔壁教室都来提意见，过生日的女孩却拍拍珠雨田的头问：“珠雨田，你怎么了？心不在焉的——叫你帮我想想许什么愿呢！你在想什么？”

又一个女生凑过来。“雨天综合征。气压低，光线弱，人心情就容易不好。”

珠雨田没回答，她看着外面黑压压的天色。

钱百万在这个时候打电话来：“珠小姐，我要跟您汇报一件事。不是快下大雨了吗，我刚才带着几个人上青萝山，给几个刚上了彩釉的佛像披雨布，谁知道刚一到山上就发现有人。”

“工人还是山下的村民？”

“都不是，是那个给您做骑马装的裁缝，您上次和老板吵架那些日子，有个裁缝送了您预订的骑马装到果庄来，就是左边眉毛有道疤的那个，您记得吗？脸我没看清，但那一身肌肉块的大个儿，我老远就能认出来。”

珠雨田惊呆了。“他在那儿干什么？”

“谁知道呢，还有一个女的。”

“什么样的女的？”

“看不清楚，不过要约会也不至于跑到这荒郊野岭吧，再说怎么还碰巧是认识您的人？我早就看那男的不像好人，我怀疑他们是不是通过您知道了这个寺庙，然后来偷文物的，不知道他们还有多少人，有没有带家伙，我怕出事，叫大伙悄悄下山了，您别怪我。”

“不，下山是对的，你们快走，千万别惊动他们，也别……别跟老板说。那是我朋友去玩的。”

“这个天气来玩吗？马上要下大暴雨了。”

“是的……我这就去接他们回来。”珠雨田披了件雨衣下楼，到了楼下才发现天气并不如她想象的那么差，一弯惨白的月亮挂在枯树梢头，不过一眨眼的时间，月亮不见了，雨云层层叠叠地遮蔽了天空——也许这一整天里雨云从未散去，那偶尔能看到的月亮，才是被疏忽的间隙，这间隙很快被堵住了，空气沉得像是能从头顶压下来，她大口喘着气。

没有车，出租车或者软件叫的车都不肯去青萝山——西六环外，快到河北了，在这暴雨将至的深夜，开什么玩笑？她急得团团转圈，这时又不能让爸爸、哥哥或者明生知道，怎么办呢，她真恨自己不会开车没有买车！她突然想起来有一辆车可以用：祝幸福，太好了，手机里还存着祝师傅的手机号，她豪气地加了双倍车费，祝师傅就开着他一蹦三响的破夏利朝她驶来了。

“姑娘啊，这天你还要跑出去玩……”

“没时间解释了，快开车！”

今天早上小黑起得很早，他去护士站，嘻嘻笑着对小护士说：“可以借我纸和笔用吗？”

“多大的？写什么用的？”

“不用太大。我算下账。”他接了便笺和笔，微微一鞠躬道谢，回了病房。这一天之中他都在睡觉，除了午饭时起床喝了一点稀粥，傍晚时，他抱着一个布袋下楼，又看到早上那个小护士在换班，他朝她笑了笑。

“下楼散步的话可不要走远，如果觉得不舒服要马上回来，记住了吗？！”小护士是刚刚分配来的实习生，脸蛋鼓鼓，双目炯炯。小黑笑道：“知道啦，老大。我要是能活下来就娶你，带你去个只有夏天的地方过小日子，我不嫌你凶。”小护士怒道：“我还嫌你凶呢！”

小护士白了他一眼，看着他大笑着出门去，在楼梯的拐角，他似乎犹豫了一下，略一回头。

“又怎么了？”小护士问。

“我想再看你一眼。”

即使只露了半张侧脸，小护士还是能从他的嘴角看到那副吊儿郎当的流氓样子。这种人她见多了，没文化，没工作，靠混社会和打零工为生，一条烂命不在乎，即使切了半个肝或者半个胃都不忘以言语调戏女医生，全身都插着管子不能动了还敢趁换药摸护士的手呢！她觉得很烦，要不是有工作守则管着，真想说几句狠话损回去，再抬头看时，小黑已经下楼了。

小黑到了楼下的小花园，在亭子一侧的洗手间里换上布袋里的衣服，这时天色全黑了，抬头见一弯惨淡的月牙悬在亭角，风如同在冰里浸过，黑暗中团团落叶翻卷着，像有潮水般的猛兽扑打着小腿，北京的秋天很短，冬天很快就要到了。小黑站立着抬头看夜空，突然眼睛明晃晃地亮了一瞬，是天空从头顶裂开，一道金黄色的闪电划过，接着巨雷响彻天地。“大雨要来了。”他想，不过天地又恢复了平静，大雨终究没有下起来。

医院门口的出租车送他回了拆车厂，下车的时候，他颇用了些力气才把车门推开，不知是自己身体虚弱，还是外面的风太大了，当他走进车厂的时候，他觉得应该是风的缘故，因为空地上的垂柳有一棵都被拦腰吹断了。他扶着墙壁，慢慢地往前走。

“黑子！”有人推开窗子喊道，“你这些日子去哪儿啦？”

“病了。”

“病了连你妹也不告诉？她来找过你。”

“知道啦。”

“这样的大风天你骑摩托车干吗去？快下雨了！”

“有个好多年的老账得算。”

“非得现在走吗？你瞅瞅这天！”

“我也不想今天算，可是再不算就来不及了。”

“那可得赶紧回来！”

“就快回来了。”小黑笑着摆摆手，那人关上了窗子，他发动摩托车，声音淹没在又一个巨雷里，然后他消失在了沉沉的夜幕中。

青萝山上，西晋古寺，草地被上山修缮的工人踩出一条平整的小径，通向黑黢黢的前方。这路太陡，上山艰难，尤其对一个刚做完手术的病人，小黑每上行三五十步就要倚着树坐下来休息一会儿，但他不敢休息太久，如果不能在大雨下起来之前上到山顶，那就更难了。

月亮似乎在体谅小黑一样，这样浓密的云层，它都能找到一点缝隙，探出一个尖尖的角，给山路蒙上一层温和的白色。“谢谢月亮。”小黑抬头说道，又行了几步，前方手腕粗细的杨树纷纷把枝丫探到路边，刚好够他伸手攀附，省力了许多，“谢谢杨树。”小黑侧身说道，这时视线开阔了些，路越来越宽了，隐约看到数十座古寺就在不远处。

爬到山顶的平台，他喘了一会儿气，按按肚子上的伤口，还好，没有崩开。再看时间，他迟到了一个小时，没办法，风从西边而来，一路顶风，车行不快。

可是山上没人，只有月色照着破败的颓垣断壁。

他在古寺群中慢慢地走着，发现这里修葺工程刚刚开了个头，大部分古寺都只平整了土地，只有最大的那座寺进度快些，寺中的大佛上了一半的釉彩，另外一半还是泥土坯，一半光彩流离，一半黄泥粗陋，尽管眉目温和地低垂，却显得诡异可怖。小黑后退了一步，站在寺外，合掌鞠了一躬。

“原来你还信神明。”佛像之后，程素转出来。

“不信。”

程素轻蔑哂笑：“刚才你的样子很虔诚呢。”

“拜的是你。是道歉。咱们虽然交手过几次，可我一直没机会对你说，对不起，当年没有出手救你。”

程素沉吟半晌，凄然道：“太迟了！”

这时一声雷响，月色还在，但珍珠大小的雨珠纷纷洒了下来。

程素说道：“这大风雨天，你把我约到这荒山野岭，就是为了说这毫无意义的道歉的话吗？”

小黑笑道：“不，还是你以前无数次劝过你那样，劝你收手。”

程素大笑："收手吗？当然要收手，那个人已经快要变成珠雨田的丈夫了，家族越来越大，事业也越来越大，大概是动不得了。"

"可我知道你并没有收手，甚至更疯狂了，你竟然直接命令宋蘅去杀人，这让我很意外。"

程素脸上露出一丝讶异的神色。"不错，连宋蘅你也知道，我以为她是一个不太被重视的女友，能被你忽视掉呢。"

小黑微笑道："我怎么敢忽视任何一个人？你放心，每一个人身边都有我，我在每一个人看不到的地方保护着她们，你永远没有机会。"

程素失控大叫："你是个魔鬼！"

"哈哈！论起魔鬼来，我比你还差得远呢！"

程素双目露出恶毒的光，咬牙说道："没错，我是魔鬼，我打不过你，可是你不想杀我，我却想杀你，你竟然敢约我来这儿，你就不怕我把你推下山去？这里伪造意外死亡太容易了，大雨一冲，什么脚步痕迹也留不下。"

小黑微笑："求之不得。"

程素逼近一步。"我不信你真不怕死！"

"怕！怕极了，我是个俗人，如果能许一个一定会实现的愿望，我也想健康地活到很老很老，可是如果我的死能让你放下仇恨，那我宁愿选择死。我身后就是悬崖，你来吧。"

程素又逼近一步。"你是傻子吗？你只是没有出手救我，又不是施暴的人，你为什么要搭上自己的性命？"

"你说得对，真正的那个坏人已经死了，死得惨烈无比，你大概也能猜到是我干的，其实我可以用更简单的办法杀死他，我选择了最残忍的一种，就是为了给你报仇。可是明生也不是施暴的人，为什么你一定要置他于死地？这么多年他一定也饱受悔恨的折磨，我该怎么做才能让你放过他？"

“我不放过他！我不放过他！”

“放过你自己，可以吗？你才二十八岁，在最好的大学里做最有前途的研究，身体健康，家庭和美，你可能是这个地球上最幸运的那些人之一，为什么不珍惜呢？你不想有一个幸福的后半生吗？研究你热爱的脑科学，嫁个正直诚实的丈夫，生个可爱的孩子，教育他长大，这样的日子你不要吗？我知道你有一个研究生师弟很喜欢你，他给你带了一个月的早餐了，这个小朋友我帮你考察过，是个很不错的孩子。我还知道你也挺喜欢他的，他约你打羽毛球那天，你转身一路离开都是笑着的。”

“你闭嘴！”

“你真的不要这样的生活吗？”

“我想要。”程素惨然点头，“真的，但是这一切必须在我报仇之后才可以。你一个陌生人没有施救，我不怪你，可是他眼睁睁地看着，我不原谅。他必须死！他现在什么都有了，也开始讲起道理，最资深的员工贪污一点小钱也要送进监狱，身边的女孩子们都仰慕他的正直。可是如果十年前他没得到那笔借款，就不会有今天，今天这些高楼都有一个血污的地基，太脏了，这光鲜的背后太脏了，我想不通世界怎么能这么脏！你知道吗，我有时候在实验室里经常冒出一个可怕的念头，我真想把自己的脑子挖出来冷冻，冻上三百年，五百年，一千年，等世界变干净了再给我解冻，通上电，让我复活，让我看看干净的世界到底是什么模样。”

小黑苦笑道：“要是你们的技术真的成熟，连我也一起冻起来吧，我也真想能够活到世界完全变干净的那一天。”

“真的吗？你也这样想吗？你也像我一样对所有的事都无比失望吗？”

“是的，我也像你一样失望，可是和你不一样的是，我心里还有一点希望。我知道这潭污水里也还有一点干净清亮的东西，也知道为了你我希望的那一天能早点到来，自己首先就不要作恶。你的仇恨伤害到的岂止是坏人？那些女孩子做错了什么？徐峤子、路芳菲、柴蔻宁、钱琳琳、唐燃，这些名字你都记得吧？你处心积虑，出现在她们每一个人身边，用你本该用在实验室里的聪明头脑引诱她们去替你完成完美谋杀，她们哪一个不是和你一样善良又无辜的姑娘？她们做错了什么？乌鹊做错了什么？她不过是好好地送孩子上课，因为老师是徐峤子就被你物色上。你也许觉得一个无所事事的家庭主妇是很容易出轨的，她孩子的生日聚会，还有好几次闺密聚会，你都推荐她去果庄举办。只可惜人和人的相遇需要缘分，即使精明如你，也无法完美地制造缘分让明生撞见她或者爱上她，你真坚忍，竟然一直没放弃。偶然因为乌鹊认识了珠雨田，你发现珠雨田是更合适的人选，你又把她送到果庄，这一次你成功了。租你房子的那个阿萝姑娘又做错了什么？是的，她被父亲压榨得很悲惨，可那个男人是犯了死罪吗？你本来可以在经济和学业上帮助阿萝，可你亲手把她变成了杀人犯。我也要替珠雨田和阿萝问一句，为什么这个世界这么脏？程白薇，你告诉我，为什么这么脏？”

程素大笑道：“我终于听懂了，原来你约我来这儿是指责我的罪孽的。”

“不，我是来指出你深陷什么样的危险的，你已经瞎了你知道吗？仇恨已经让你的眼睛瞎掉了，很多次你都走在报复不成但险些毁掉自己的边缘。”

“我没有！我没有！”

“夹竹桃毒是烈性毒药，又是靠吸入中毒，剂量很难控制，如果你救乌鹊不及时，她死掉了呢？夹竹桃是谁扮作花农推销给咖啡店的，又是谁引燃的，警察很容易查到，捡了一条命的不是乌鹊，而是你！那个阿萝呢，那么胆小，懦弱，也没见过什么世面，你竟然让她去投毒。投毒是多么精细的工作，即使我来干都不一定能保证不留下一点痕迹。如果阿萝被抓了，她会把所有的事都供出来，那傻姑娘连半分钟的审问都扛不住。你以为我救的是阿萝吗?我救的是你啊！”

一道毫无征兆的闪电，把半边天空都照亮了，它熄灭的时候，月亮也不见了。珍珠大小的雨珠一直没有停下，闪电亮起的那一瞬间，程素的脸色是惨白的，接着她在黑暗里冷笑：“你是来邀功的。好，我谢谢你，但你有句话说对了，我很坚忍，我不会放弃的。你的提醒会让我以后更谨慎。你不可能阻止我。”

“其实和你做一辈子的对手也不错。我本来计划就这样过完一生，在底层里打滚，黑暗中行走，保护着每一个女孩，包括你。我并不担心明生和她们的安全，因为有我在，你一定杀不了他，我只是心疼你，那些女孩经过一段难熬的日子以后都能向前走，但是只有你啊，可怜的姑娘，只有你没能做到。这十年最好的年华，你都在仇恨中虚度了，回头吧，回头吧！”

黑暗中，程素只觉得自己的肩膀被握住了，接着一只大手抚摩着自己的头发，她向着那冰凉的、湿淋淋的胸膛靠过去，眼泪和着雨珠砸向地面，每一颗都那么沉重，重得她眼睛胀痛难忍，她将头抵在他胸前，在荒野中毫无顾忌地大哭。雨真冷，周身如坠深潭，目之所及，没有一点光亮，最好的年华，的确都是这样虚度了！雨浇灭了十年未熄的仇恨之火，那灼烧了她多年的大火，变成了一堆毫无生命的灰烬。可是这灰烬中是有动静的，她越是想到年华虚度，那动静就越强烈，好像灰烬下埋伏着一只巨兽。她大哭着，像在飞机上反抗痛哭一样撕心裂肺，接着她看到那灰烬被吹散了，巨兽站起来了，它比仇恨之火更加可怕，它的额上写着“悔恨”。

“不！”她一把挣开环抱着她的手臂，在风雨中大喊着，“我要杀了他！我必须杀了他！我不再在乎什么证据，也不想脱罪，我要亲手杀了他，用最简单的办法杀了他！”

喊声在山谷里回响着，那是巨兽发出的嘶吼。

同时程素看到小黑模糊的身影向后退了一步，倒在了地上，很久也没有起来。她并不相信他真的这么不堪一击，一个格斗高手，一个一米九的壮汉，一定是地上太滑了，她喊着："起来！起来！你不是永远会在黑暗里和我作对吗？今天你不把我打死在这儿，你就再也不能阻拦我了！"

她看到小黑扶着寺庙的墙壁艰难地站了起来，他的气息那么微弱，好像受了重伤一样。"我不再阻拦你了。我们去寺里说，雨要下大了。"接着，他扶着墙壁走进了寺中，程素也跟了进去，这个寺庙的屋顶刚刚修缮好，房间里虽然潮湿，但并不漏雨。程素将寺门从身后关上的一瞬间，便听到积蓄了一整天的大雨从天而降了。

小黑的身影在前面走着，他在黑暗中摸索着什么，微弱的烛光亮了起来，原来那上了一半彩釉的佛像之下，有一盘工人们留下的蜡烛，烛心受了潮，并不大容易点燃，它都弱到快要熄灭，可是它毕竟燃起来了。

借着烛光，程素看到小黑的黑脸膛白如纸张，左眉那道伤疤红亮可怕，他的厚嘴唇牵出一丝死神般的笑容，然后从袖管中抽出一把匕首，拔掉乌黑的刀鞘，白刃的寒光一闪。

白刃将寒光反射进程素的瞳孔的时候，她全身的血都凉透了，巨大的恐惧使她瞬间清醒：小黑是谁，是用残忍无比的手段杀过人的凶徒，这个约见又选在如此诡异的荒山，她竟然轻心了！

这时她只见小黑倒提着利刃，微笑道："你真的知道死是什么意思吗？是没了，完全不见了，你的肉身、思想、理想、痛苦和快乐，全都没了，你以为它们消逝以后还会在世界上留下痕迹吗？不会的，什么也没了，你把死看得太轻了，死是很重的事，是最悲惨的悲剧，但凡有一点活着的可能都应该活下去，我崇敬在困境里挣扎求生的人，看不起随便谈死的人。”

程素颓然泪下道：“你不是我，你还是不能理解我的痛苦。”

“也许吧。就像你也不能理解我的痛苦一样。没想到临死我们还是不能互相理解。”

程素心中充满了绝望。“临死吗？呵……”

“没错，我愿意为了你去死。如果我死在你面前能让你看清楚死是什么，能让你原谅我曾经的懦弱，也许你就能原谅明生，然后放过你自己。程素，白薇，我可爱的姑娘，我以我的血向你道歉，对不起，当年我没有救你。”小黑将刀尖插入了自己的腹中。

程素呆住了，烛光朦胧，她怀疑自己是在梦中，可是小黑的血涌了出来，她用指尖去摸，他的身体是冰凉的，血是滚烫的。“不要！不要——小黑不要！”她惊恐地大喊，小黑的五官都扭曲了，变成了一个陌生的人，那刀尖不像插入血肉，而像插入坚硬的砖石，他像是没有力气继续似的，刀尖没入腹中一寸便停住了，可是只停顿了一秒钟，他将匕首完全捅入自己的腹中。

他像一座黑塔一样坍塌了。

程素试图去扶住这座黑塔，但黑塔在她的手臂中变成了一堆砖头瓦砾。

“看到了吗？”他笑着说，“这就是死，这不美好，很疼的……请你活下去……幸福地活到八十岁，死在暖和的床上，死在儿孙绕膝时，不要像这样，不值得……”

程素大哭道：“不值得你为什么要死……你可以继续劝我啊……我喜欢听你说话，你继续劝我啊……你说你会一直在黑暗里保护我……”

小黑微笑道：“小姑娘，你自己说，我真的能把你劝回来吗？我再也不能保护你了……只有一死，请你收下，因为，我一直……”接着他的头垂了下来，一动也不动了。程素大哭：“小黑！小黑！”可是她喊了几百声，小黑再也不会答应了。

突然寺门外传来一阵凌乱的脚步声，程素听到了，却无动于衷，她的眼睛一秒钟也没有离开怀中的小黑，他的脸色已经由纸白变成了灰白，他流到她身上的血也不再热了。寺门被推开了，一个人影和轰隆隆的雷雨声同时出现了，她抬头去看，那人黑黢黢的，却突然惊呼了一声：“小黑！”

是珠雨田，她跑进来，却在看清楚满地鲜血之后惊恐地站住了：“你杀了他？！”

“是，我杀了他。”程素放下小黑，站起来向她走去，“你快杀了我给小黑报仇，快！快！杀了我给小黑报仇！”

珠雨田向后退去，她被门槛绊倒了，在雨中湿滑地滚出几米。程素俯身就要拔小黑腹中的刀。“就用这把刀杀我，快！”

“不——要——拔！”大雨中的珠雨田拼命大叫，“山下有我的车在等，送他去医院啊！”

一瞬间，理智回到了程素身上，她横抱起小黑，可是小黑太重了，只走了一步，两人就一起跌了出去。珠雨田一步一滑地爬过来。“我们只能抬着他下山。”她又抬起头，向着那烛火照着的佛像喊道：“佛祖保佑，祝师傅还在山下等着，佛祖一定保佑啊！”

寺门被狂风吹得一开一合，发出可怕的撞击声响，风把雨吹进了寺中，一滴雨珠落在了烛芯，烛火噗地熄灭了。

祝师傅还在山下等着，他看着车窗外黑漆漆的山景，狂风暴雨如同猛兽般扑打着这小小的破车，心里有点害怕——也不知道珠雨田一个小姑娘哪里来那么大的胆子。他曾经提议过陪她上山，但珠雨田拒绝了。“我只是接两个朋友下山。”她说，于是祝师傅也不再坚持，不过祝师傅想，这次不管突然出现什么人，有什么急事，给多少钱，他都不会再爽约了，今天不同于上次风和日丽的白天，这样把她扔在山上，怕是要出人命。

时间大约过去了半个小时，祝师傅的车灯照着珠雨田和一个人下山来了，两人手里横抬着一个什么东西，等到走近，祝师傅才看清那是一个血淋淋的人。

“去最近的医院。”珠雨田把那血人和另一个女孩塞进后座，自己坐在副驾上，她冷静极了，祝师傅倒是怕得手直发抖，他一句话也不敢说，沉默着往医院开。他知道西五环附近就有一个医院，上次送过那个小伙子去找他分娩的老婆，祝师傅记性很好，路开过一次他就记得。

因为想起这个小伙子，祝师傅同时想起他的长相，就是后座上这个没发出一点声音的血人。

但祝师傅什么也没说。

车停在医院楼下，珠雨田付了一沓钱，把血人抬了出来。大雨中，急诊室的医生们用担架把小黑接了进去，程素坐在医院门口的台阶上。

“我们进去吧。”珠雨田去拉程素的手。

程素摇头道：“不用了，在车上，他就已经没有心跳了。”

珠雨田的眼睛陡然失去了神色。

“他一直什么？”

“什么？”

“他死之前的最后一句话说，‘我一直……’一直什么？”

“我……我不知道……”

“你怎么能不知道呢！”程素从台阶上站起来，“你不是他的朋友吗？你怎么连朋友一直什么都不知道？”

“程素，程素。”珠雨田被吓到了，她一步一步地向后退去，险些跌落台阶的一瞬间，被两个警察托住了后背。

医院在接到小黑的一刻就报了警。石景山的警察出警很快，只用了两分钟的时间，他们留了一个人在医院，然后把珠雨田和程素带走了。

派出所里，珠雨田对警察说，小黑胃里长了肿瘤，三天前刚做过手术，还没有拆线，在协和医院住院，不知道为什么来了青萝山。警察又问程素，程素一言不发，像是受了很大的刺激。即使经验最少的警察也看出了程素有嫌疑，她被戴上了手铐，整个过程她都顺从极了。

两个警察去了医院，不一会儿，他们带着一只装着便笺的证物袋回来了，同时带回了小黑的诊断单。证物袋中装的是小黑留的遗书，如果法医验伤之后也没有异议，那么小黑应该是自杀。

程素用戴着手铐的双手捧着证物袋，读那遗书：

你这个不守妇道的女人！（这一句的笔迹十分用力，结尾的叹号把纸都划破了，可见写字人当时情绪很是激动。接下来，笔迹平稳了些。）

第一次见到你和那个师弟去食堂吃饭的时候，我整个人都蒙了，唉，你最终还是喜欢学历高的。我们谈恋爱的这么多年你从来没正眼看过我一眼，不和我同时出现，连电话也不给我打，都是因为你怕你的同学笑话我文化水平低。你真是个小傻瓜，我可是有那些男孩都没有的东西：力量。我可以保护你。

（这里有很大段的空行，似乎作者陷入了沉思。）

你还记得十年前的那个清晨吗？你穿着鹅黄色的连衣裙，在机场的跑道上向我走来，你的头发、眉毛、鼻子、你走路的姿势，都使我深深迷恋，我很想和你做朋友，可是你和我擦肩而过，消失了。

之后的三年我饱受折磨，我们相遇的时刻，无数次出现在我的梦里，后来，又把我清醒的时间也占据了……那一幕像幽灵一样缠着我，我痛苦不堪，无法挣脱……后来不得不中断学业，艰难谋生……我或许一生都毁了……

不过老天对我很好，哈哈！三年之后我竟然再次见到你了。那天我在售楼处上班，你来躲雨，看到你的脸，我连心跳都忘了。你轻轻地回头看了我一眼，我知道你也爱上我了，就像我爱你一样爱我！可是那天你大概赶时间吧，一句话也没说就走了，我赶忙追出去，一路跟着你到了致公大学。哦，原来你在这里读书。

这些年我差不多每天都去致公大学看你，我知道你新换的健身房、喜欢去的咖啡厅，还知道你有段时间迷上了电影，最近搬了个大一点的公寓……我对你的一切行踪都了如指掌，我相信你对我也一样，虽然你总是假装和我是陌生人，可是，我们的灵魂，一直在以只有我们能理解的方式交织。

我最聪明的姑娘啊，青春多么短暂，你为什么不珍惜呢？为什么要做糊涂的选择？（这里之后又是一段很长的空白。）

你竟然出轨！我不会原谅你的背叛！我真想报复你！可是我怎么舍得呢……

我去死也能终结痛苦，然而我没有勇气。老天可能想帮我吧，昨天，我确诊了胃癌晚期，大概还有三个月的生命——三个月的时间能用来做什么呢？它不能让你回心转意，也不足以让我成为配得上你的人，但足够让我送你一件礼物：一颗大脑。

我将打电话给你的实验室，点名让你来接，我将以青萝山上藏有达芬奇大脑解剖图手稿为名骗你上山，我将把长刀插入腹中死在你面前。我以死向你证明这十年的爱慕，同时，我把我的大脑捐献给你做科研，祝愿它能成为你前途之路上的一个砖石，我祝愿你成为世界上最伟大的脑科学家，那是你的理想，永远不要忘记它。切记切记，亲爱的姑娘，不要让你珍贵的生命在不值得的恨意中消磨，我的灵魂，会像从前一样，在黑暗中保护着你。

这封遗书，刑侦科的警察提出过疑问，它把他和程素的相识过程记录得太过详细了，倒像是讲给别人听的；而对于青萝山上的自杀，又解释得太完美，简直像死者亲口为程素脱罪。可是笔迹鉴定的结果说明这的确是小黑在清醒状态下所写，而且有借他纸笔的护士做证；随后法医鉴定结果也得出了自杀的结论。

按照小黑的遗愿，他的大脑被摘除了，捐献给致公大学脑科学研究所。这是珠雨田第一次看到人的大脑，它那么圆润、柔软，蒙着一层细密的血管，似乎还在微微震动，接着它被装进了液氮罐中冷冻保存，珠雨田泪如雨下。他说过想生活在一个只有夏天的地方，可是他去了温度只有 −196℃ 的地方。

程素从医院出来，抱着液氮罐，这些天她一句话也没说。连气势最吓人的刑警也忍不住露出同情的神色，说这倒霉的姑娘啊，被个有妄想症的变态纠缠这么多年已经够烦了，还被绑架在这种捐献上，死者以爱的名义留给了她多么难以承受的包袱啊！为了避免学校的流言给她的情绪雪上加霜，警察没有向致公大学透露这颗大脑的来源。

程素代表学院在医院办理器官接收手序的时候，就像她在警察局戴上手铐时一样顺从，她垂着眼皮，让她在哪里签字她就在哪里签字，让她坐在哪里等她就一动不动地等。终于，满脸是泪的珠雨田抱着液氮罐，跟在医生身后走出了手术室，程素从长椅上站起身来，接过液氮罐就走。

珠雨田喊了她几声，她好像失聪了一样。珠雨田又说："我叫了车，我送你。"程素自顾自地往前走。

从医院到致公大学，十五里的路，她从中午十二点走到天黑。珠雨田不敢再喊，怕刺激到她，也不敢离开，始终在她身后一二十米的地方跟着。终于到了学校，她们一前一后地走进脑科学研究所的大楼，一个高高瘦瘦的男生正从自动售卖机里取了瓶可乐，他跑过来。

“师姐，我早晨给你打电话你怎么不接？

“师姐你手里抱的什么？

“师姐你不要去实验室了，咱们说好去看话剧社的演出啊。

“师姐你怎么不理我了？”

程素一路上了三楼，走进实验室，关上门。

男生还要敲门，被珠雨田拉住了。珠雨田把他拉到走廊的另一头，要了他的手机，拨了自己的电话。“程素心情不好，你不要吵她，如果她这几天有什么事，你打这个电话找我。”

“她出什么事了吗？”

“她……丢了一样要紧的东西。”

“丢哪儿了？我去找找？”

“找不回来了。”珠雨田走了。这十五里的路上程素不吃不喝，她此刻又渴又饿，感觉血糖低到两眼发黑。她从男生手里拿过那罐可乐。“这个给我好吗？谢谢。”她边走边喝，到了楼梯口已经喝掉了半罐，突然升高的血糖和冰凉的气泡使她瞬间清醒，因为疲惫造成的麻木不见了，剜心般的痛苦又回来了，她“啊”地大叫一声滚下楼梯。

男生飞跑过来把她扶起。“没事没事，踩空了。”她说。

她在学校住了两天，几乎不吃不喝。两天之后，她扶着床栏站起来，看着墙上挂着的圆圆的小镜子中自己的脸，她圆鼓鼓的脸颊凹下去了，脸上唯一的血色是嘴唇翻裂开了鲜红的口子。手机已经不知从什么时候就关机了，她充了一点电开机，一条消息也没有。明生这两天都没有联系她。

她猜果庄出事了。

她吃了一点东西，攒够从宿舍楼走去校门口的力气，出租车在门口等着。可是她还没来得及上车，就看到两个穿着长风衣的人并肩匆匆走过人行道，他们还没看到她，她却看清楚了，一时几乎要晕过去。“爸爸！妈妈！爸爸！妈妈！”她大喊着，热泪以脸上滚滚而下，梦中无数次出现的一幕，竟然真的变成了现实。她跌跌撞撞地扑过去，同时扑在爸爸和妈妈的怀里大哭，直到这一刻，她终于变成了一个完整的孩子。

妈妈是今早接到学校的电话，说她卧床不起，才匆匆赶来北京的。其实她对女儿的身体并没有过分的担忧，最多不过是第一次离家，不会照顾自己而病倒了。可是到了机场，王老板接到她，她竟然才知道女儿快要结婚了。王老板比她更要惊讶，他没想到珠雨田一直没有把这件事告诉妈妈。

一时间两人在机场相对垂泪，责备女儿的心一丝一毫也不剩了，这不是孩子的错，这完全是父母的错。为父的是有多疏离，为母的是有多强悍，才使女儿在惊惧之中把心门关上，不再视父母为永远存在的退路和可依靠的港湾。在这段时间里，她该有多么惴惴不安，经受了多少折磨，想到这里，王老板和朱老板都心碎了。

他们一路打电话，珠雨田却一直不开手机，如果不是辅导员告诉他们珠雨田就在宿舍里，朱老板一定要疯掉了。

朱老板做好了看到女儿病容的准备，可是当女儿穿着单薄的外套，被北风吹得三步一跌，张着细细的手臂跑过马路，扑进她怀里的时候，她吓坏了。十九岁的孩子怎么可能病成这个鬼样子，她抓着女儿的胳膊，就像抓着一把枯树枝。王老板老泪纵横：“都是我的错，是我把孩子逼成这样的，小朱，我对不起你们母女。”

珠雨田在父母怀中抬起一张憔悴的脸。“不是你的错，爸爸，我病倒，是因为我丢了一样心爱的东西。”

王老板的泪水流得更凶了，今天珠雨田第一次叫爸爸。

“丢了什么？爸爸什么都买得起，我们都买回来。”

她站起来。“不用了。丢了就丢了，不再想了。”

“孩子，你喜欢明生，尽管去和他结婚。我也想过了，这是个绝顶聪明的人，也不错，至于人品上，说不定从前真的是我的偏见。再说，咱们这边还有这么多的亲人，不会让你受一点委屈。这也是你妈妈的意思，我们在车上都商量过了。如果明生时间方便，我们今天就去和他正式见面，爸爸妈妈同意你做的所有决定，爸爸妈妈永远在你身后支持你，以后你遇到任何事都不需要自己悄悄地承担，甚至你可以把它丢给爸爸妈妈来承担也没有关系。”

珠雨田笑道：“我不会那么做的，我已经不是孩子了。明生他……今天大概不太方便，他很忙，见面的事不急。爸爸，妈妈，我饿了，我请你们吃好吃的好吗？一直不好意思说，为了能这样吃饭我等了多久，就让我不要想别的事，好好地吃一次饭吧！”

这顿饭后，珠雨田和爸爸一起送妈妈去机场，从机场回来的路上，爸爸似乎有什么默契似的在果庄门口停下车子。她在下车之前回头看了一眼爸爸，但她知道爸爸无法参透她的眼神，没有人知道她在想什么，因为没有人知道她这些天经历了什么，没有人知道她一个人蹚过了巨大的泥沼又当作什么也没发生过。

真悲哀，人无法决定自己是谁，从迷雾散尽、她被迫知晓全部的秘密的那一瞬间开始，她就不再是珠雨田了。

一推开明生家的门，她呆住了，满屋酒气，好像误入了酒庄地窖；房间里没有开灯，夕阳透过书房的百叶窗在大厅地板上投下细长条的金丝。房间里太安静了，但是她站住屏息一听，能听到有喘息声从书房传来。“明生？”她喊了一声，没有人应，心中恐惧渐起，却忍不住往书房走，“明生？”她又喊了，一声“嗯——”从书房传来，她听出了是明生的声音，推开书房门，只见明生瘫在一张躺椅上，穿着衬衫和西裤，领带歪着，满桌吃剩的三明治散发出腐败的味道，不知道放了几天，两个威士忌的空瓶，都只剩了一个底。

“过来，到我怀里来。”明生伸开双臂，他已经醉到舌头不会打弯了。

“为什么喝成这样？”

“伤心啊。”明生笑道，“咱俩反正是要过一辈子的，有些我的生活习惯也不得不告诉你。我这么多年了，伤心就爱喝酒，开心就吸两口，记着一定得是这个顺序，千万别弄反了。这样，伤心的时候就会更伤心，你会体验到纯粹的痛苦是什么感受，开心的时候会更爽，你会有全世界都捏在自己手里的幻觉——我最好的朋友死了。”明生可怜巴巴地说，两大颗眼泪从他眼睛里落下来，“老董，他在山里的别墅被入室抢劫的杀死了，事情是一个月之前出的，今天才公布。他死了，他死了……人死不能复生……”

就在这一瞬间，珠雨田找到了杀明生的办法。

“真可惜。”珠雨田冷淡地说，“你下了那么大血本的投资，全没了。”

“什么？投资？不！”他像受了侮辱一样从躺椅中跃起，“他是我的朋友，你没失去过最好的朋友，你不懂！”

“我懂的。我也失去过。”他听到珠雨田说，然后她转身走出了书房，“你去哪儿？你别走！”他激动地大喊，珠雨田在客厅里回过身来：“我去给你放洗澡水。”接着他听到水冲进浴缸里的声音，闻到柠檬皂香味从浴室里飘出来，珠雨田回书房收拾桌子的时候，他躺在了温暖的浴缸里，看着天花板上的水汽发呆。

珠雨田穿过这片水汽走进来。他侧过头看着她，突然觉得她看上去有点不真实，这也许是水汽造成的错觉，可是她坐在浴缸边上，脸距离他只有几寸的时候，他仍然觉得她的表情有点陌生。

“我爸爸要见你。”珠雨田说。

他从水里坐起来了一点。“是的。我必须和我未来的岳父把关系处理好。你来安排时间吧。”

“我爸爸说，下个月你要参加一场赛马对吗？你在红河州养的那些马。”

“是。”他抹掉脸上的水珠，“我差点忘了。最近发生了太多事。”

“我家也有一匹赛马，就是那匹黑珠，你见过的。我爸爸要和你在马场上见面。”

“为什么？那个地方很吵的。”

珠雨田悲戚地摇了摇头：“你还不明白吗？我爸爸是不会同意我们结婚的，他的原话是，他想挫挫你的锐气，他要看到你败给他。”

“他真的这么说吗？”

珠雨田眼光闪烁。“我今天刚刚去找过爸爸，他亲口说的。他还说，女儿你为什么要嫁给一个底层出身、干过苦力的、没有文化的人？我们这样好的家庭，从晚清到民国都在开工厂的，家族里最低学位是硕士的，稀有的好血统不能下嫁。爸爸让我本科都不要在国内读完，马上去美国，他会帮我办理交换生的手续，他在那边准备好了房子、用人和家庭教师，要我一边读书一边进入那边的上流社会。我只能和世家公子们交往，因为爸爸说泥腿子永远是泥腿子，就算当上总统幕僚也是泥腿子，更何况董先生还横死了，以后就更没有希望了……”

“哈哈哈哈！”明生用一阵暴戾的狂笑打断了珠雨田，“吃祖宗老本的人，看不起白手起家的人。”

珠雨田平静地说：“巧了，我也是这么对爸爸说的。爸爸说，一个人没有根基，就像风里的叶子，看上去能飘得很高，可是风一停就坠到地上，长在树上的叶子才是牢固的。”

明生滚烫的手从浴缸里伸出来，握住珠雨田的小手。“你——你会按照你爸爸的安排出国吗？”

珠雨田温柔地摇摇头。“我不会，而且我希望你能在赛马场上赢过爸爸，爸爸爱我，他是为我好，但他不是永远正确的。”

明生的眼泪几乎涌出来，他一把扳过珠雨田的脖子，在她额头上狠狠地亲了一口。

午夜，他对枕边的珠雨田说：“把灯打开。”

珠雨田很快爬起来开灯，动作敏捷，似乎她也没睡着。

“我做噩梦。”他说，同时欠起身，用床头的纸巾擦去满额头的汗水，“梦到老家的小镇，我七八岁，沿着发了水的小街往前走，街心是泥潭，我扶着墙……唉。”

珠雨田笑道：“梦是假的。再说，什么都没了也还有我。说不定哪个有钱的大佬喜欢我呢。”

明生惊异地看着她，似乎听不懂她的话。珠雨田又说：“你看我值多少钱？”

他眼睛里闪过泪光，说：“你是无价的。”

此刻，王老板家里还亮着一盏床头的台灯。

王老板还没有睡。他裹着厚实的毛料睡袍，戴着老花镜，手里的书已经很久没翻过一页了，视线似乎也只是在书页上飘着，嘴角带着笑。

王太太翻了个身。“你到底是在读书还是在傻笑？”

王老板摘下老花镜，眼角的笑纹更深了。“今天雨田叫我爸爸了。”

王太太每次听到雨田的名字，都会有一点不自然，但是修养使她保持着温柔的平静。“这么难得呀？”

王老板难掩得意。“是呀，我都不敢相信，孩子竟然要请我们‘吃好吃的’。哈哈，‘吃好吃的’！多么可爱的用词。”

王太太并不觉得这句话有多可爱，她礼貌地笑了笑。

王老板继续说：“所以我也心软了。骂也骂了，劝也劝了，儿女有儿女的想法，我们做父母的也只能做到这一步了。”

考虑到太太的感受，王老板没有提到今天小朱也在，但他觉得以太太的聪明，她应该能从他的用词中猜到的。

王太太默契地避开小朱在场的问题。“也就是说，你同意她嫁给那位姓明的老板了？”

“父母怎么忍心看到孩子被折磨得那么痛苦？我们对她说，你自己拿主意，反正不会让她受骗吃亏，只是她要答应我，如果婚后受了委屈要告诉家人，不要自己扛。孩子高兴得差点在街上翻跟头，唉，那快活的小模样，看得我真是后悔极了。”

“你呀，早这样多好，之前弄得那么僵，何必呢？”

“是呀。我是真后悔。其实仔细想想，明生也不错，那么低的出身能混到今天的地步，这人的智商和能力一定比那些吃祖宗老本的人强得多。雨田还邀请我去参加一个赛马会，明生也在，就算我们第一次正式见面。这种场合最好，轻轻松松的，喝喝茶，赛赛马，比坐下来吃顿饭要好。你看现在的孩子多么聪明，这安排多好！”

王太太心想：这不是很简单的安排吗，哪里聪明了，也从来没有见你这么赞赏过儿子，偏心偏成这个样子。王太太闭上眼睛假装睡着，王老板也合上书，关上了台灯。

❹

可怜菩萨低眉，又怕金刚怒目

那个在花园咖啡厅外面追出来递给她手机的姑娘，

那个在教师公寓里眼睛闪着星光为她讲脑科学的博士，

那个把她推倒在地板上强吻的女郎，

那个打壁球的有着健美身姿的人……死了。

天冷了，阴阴的云层里下着冰珠，所有人都裹着长到脚面的羽绒服，帽子围巾也戴得严严实实的，整个公安大学笼罩在一片安静肃杀的氛围中，到处都不见一点热乎气儿，只有穿过操场和宿舍楼，走到角落里最不起眼的警犬舍，才能看到那群威武的警犬身上热腾腾的，动物仿佛永远不会冷。

赵小元穿着黑色皮革的大围裙，戴着套袖，把一大麻袋肉干分在几百个盆子里，如果是家中养的宠物狗，现在早就为了抢食而打成一团了，然而训练有素的警犬犹如优秀的士兵，它们排成了整齐的一排，用温和的目光注视着赵小元的手。

有几个年幼的，不时舔舔嘴唇。

赵小元给舔嘴唇的那只的食盆中多加了些肉。

一个黑影，突然从身后出现，被冬日早上淡薄的阳光照射着，投射到狗群中。

赵小元回头，好模糊的一张脸，因为背光而看不清，不过他很快适应了光线，“前辈！”他很惊喜，放下食盆就跑出来。

广州那位老警察，仍然穿着旧旧的警服，扛着一只旅行包，笑眯眯地点上了烟。“铁昭，叫铁大哥、铁大叔都行。”

赵小元请他吃学校门口大饭店的烤鸭，要了最贵的一个包间。“好歹是来北京一次。”他说。

铁昭很有兴趣地看着年轻的小师傅片烤鸭，白刃上下翻飞，转眼烤鸭变成了烤鸭架。

小师傅鞠了一躬离去，把鸭骨架带下去做汤。

这包间是靠近墙角的一间，半个门帘，可以看到外面是否有人走动。

现在还没到午饭时间，到处都很安静。

赵小元为铁昭卷了一块烤鸭。“我还是叫您前辈更习惯，前辈请。”

“昨天我看到一个新闻。”铁昭点头致谢，却没有动筷子，而是继续说，“一位名叫董致礼的美国议员，在我们国家被杀了，凶手是入室抢劫的小毛贼。不过仍然在逃。你知道，因为被害人身份特殊，再加上职业病让我常常多猜想一些，我忍不住上网查了一下这位董致礼先生究竟是什么人。想到，第一条最醒目的新闻就是，明生收购了他太太的时尚集团，而明生，就是当年帮程白薇送余婆婆去医院的路人，那时候他在广州卖建材，现在已经是果庄集团的董事长了。”

赵小元却什么也没说。

“娃娃，你说过你不相信巧合。那么你怎么看这个巧合？”

“董致礼被杀不是这几天的事，而是一个月之前的事。”赵小元盯着门帘之下的走廊，压低声音，“消息封锁了这么久，也是因为他的身份特殊。而我是在出事当天就知道了的。我前女友的母亲在公安系统位高权重，我因此比外界早一步得知。因为新闻还没公开，我上次在广州的时候也不能告诉您什么。”

“原来是这样。那么你突然去广州调查程白薇的底细，也是为了这个案子，因为你发现程白薇认识的人的好友离奇遇害。”

赵小元苦笑：“不，我其实是通过您给我的消息才知道她早在十年前就认识明生。”

“那么，除此之外，难道还有什么我没有察觉到的巧合吗？”

“我看过被害人生前吃最后一顿饭所在的那个餐厅的录像，餐厅里除了被害人一家四口，还有两个人：一个叫阿萝的女服务生，她是程白薇教师公寓的租客；一个江湖外号叫小黑的食客，是我负伤的那起案子的逃犯，打黑拳的。小黑在拳赛上逃走的时候，挟持了一个名叫珠雨田的女学生，而珠雨田的未婚夫，名叫明生。前辈你想，这是多么封闭的一个局。”

铁昭的眼睛眯了起来。

“在一个距离北京两千公里的并不出名的山脚下，突然聚集了如此多的人际关系网只相隔一层的人，前辈你爱看武侠小说吗？这就是很经典甚至有点套路的一个桥段，各路高手齐聚一个荒村野店，必然是来围剿什么重要的人物，我就算再年轻再没经验，也看得出其中有鬼。”

“官方——”

“官方不便说什么。前辈，您懂的。抢劫杀人是意外，而谋杀是外交事件。没有人比官方更希望以意外结案。前辈，我的话还没有说完，珠雨田认识明生，是因为程白薇推荐她到明生的酒店中去举办生日聚会。”

这句话让铁昭陷入了沉默，他默默吃完一卷烤鸭，喝了口茶。“所以，你是说她在给明生输送小女孩？她是个皮条掮客？”

“十年前他们是普通的相识关系，还是谈过恋爱？”

“我问过她的父母，他们不大清楚，他们对明生的印象也只是他为程白薇出庭做证。不过那个年龄的女孩子即使谈恋爱也常常瞒着父母，我认为并不能说明什么。”

“说到出庭做证那件事，我去找了余婆婆，还在余婆婆家门口偶遇程白薇。”提到“偶遇”，赵小元在耳侧做了个双引号的手势，铁昭也笑了。“她当然说她是来看外公的，但我知道，她是从他父母对那个‘转学生’的相貌描述中想起了我，这倒没什么，令我惊奇的是她能预见我会来调查余婆婆。这更说明余婆婆那里一定有问题。我是相信她曾经在余婆婆腿伤愈合以后，又回去一棒子敲得她骨折的。十年了，余婆婆逢人便哭诉程白薇是如何下手的，但是没人相信她。”

“啊——如果是这样，”老警察把头靠在椅背上沉思，“程白薇是个有仇必报的狠角色，而明生、珠雨田恋爱和董致礼之死都是好大的一个局。”

“说不定还是同一个局。”赵小元笑道，“我不能理解的是设局的原因。无论十年前他们是普通朋友还是爱人，我都不能理解为什么她要把小女孩往明生身边送？绝无可能是什么拉皮条的掮客，前辈，我想你也不会相信她是什么皮条掮客，她是这样的家庭出身，这样的教育经历，这样的骄傲到不容一点污蔑的性格，人不会做出自己价值观以外的事。”

“当然。”

“还有一个问题，董致礼的被害方式是极残忍的割头，从体力上说，我更相信是小黑干的而不是阿萝，那么阿萝是以什么身份出现在这个局里？”

“你调查过这个叫阿萝的女孩子吗？”

“北京人，2016 年致公大学历史系本科毕业，工作一年以后又辞职考研，两个月前租了程白薇的公寓，她们俩大学的时候就认识，不过据我问过的几个学生说，她们算不上有多熟。”

“北京人为什么要租房住？”

赵小元一下子愣住了。

“这个，我倒是没有想过。”他低头沉思了好一会儿，“或许，考研复习需要安静？”

“临近考研还要去远方的餐厅打工的女学生，大概不是什么经济宽裕的人，北京的房租有多可怕我也有所耳闻，能在不宽裕的时候从家里搬出来租房子，我认为你应该去查一查原因。”

赵小元的脸红到耳根。“您说得对，这个阿萝我调查得太浅了，我总以为她是这群人里最简单的一个。”

“最简单的才最好突破，你说是吗？”

“是的，前辈。我确实太年轻了。”

“年轻人，你现在已经不是警察了，调查起来还方便吗？”

赵小元咧开嘴笑：“老实说，不太方便，有时候觉得自己像个跟踪狂。我在致公的教师公寓楼下蹲了两天才等到阿萝，她带着行李箱，像是搬出来了。我一路跟着，发现她搬到了一个地下室招待所去住。我又在招待所门口蹲了好几天，发现她每隔一天上来买点面包和水，根本不露面，我也进去偷着看了，就是自己关起门来温书，实在没什么有价值的结果，就算了。”

铁昭的脸上微微露出一点责备的神色。“一个北京人，从租住的地方搬到地下室也不回家，这叫没什么有价值的结果？这本身就是结果了。”

赵小元马上起身。“是我疏忽了。我们这就走。”

一桌烤鸭基本上没有动，两个人站起来，差点和掀开门帘走进来的服务生撞了个满怀，服务生手里端着雪白的鸭架汤。“不吃了，买单。”赵小元说。

地下室招待所太脏太破了，因为隔热效果太好，走在其中仿佛盛夏，潮湿的墙壁散发着霉臭，一个敞着门的房间里，光膀子的文身大汉和一个流浪汉模样的人、一个瘫痪病人、一个粗嗓子站街伪娘在打麻将，公共卫生间里，看不出年纪的妇人在给一群小泥鬼洗澡。赵小元越往里走脸色就越难看，有些浅显的道理是经人点拨之后才意识到浅显，比如这垃圾堆一样的环境他就算再穷的时候都不愿意住，阿萝究竟是经历了什么才会有家不回？

阿萝住最里面的一间，破门板的缝隙里透出一点暖黄色的亮光，耳朵附上去听，有放英语录音和翻动书页的声音，只听声音的话，还真像一个闭门温书的好学生。

赵小元刚要敲门，拳头被铁昭握住了，他有点诧异，接着看到铁昭那张臃肿的胖脸上，一直慈祥和悦的神色消失了，换上一副立眉怒目的神色，大喝一声：“里面的人，出来！”

英语录音声马上停了。

铁昭威严道：“警察，不出来就撞门了！”

凳子轻轻移动的声音，脚步轻轻移动的声音，门闩咔嚓一声开了。阿萝站在门里，平淡无奇的脸，惊恐的神色满得快要溢出来了，看着铁昭的警服，她的脸唰地一白。

“你家里人出什么事了？说！”铁昭厉声问。

阿萝的眼泪如喷泉般刷地涌了出来，抽抽噎噎地重复着一句话，半晌他们才听清楚，阿萝说的是："他是吃了毒药才死的，不是被我推死的，我真的没有杀人，警察叔叔，我真的没有杀人。"

铁昭和赵小元马上带着阿萝投案，警察在程白薇的教师公寓和她后来租住的公寓门外都叫门不应，破门而入后，她不在任何一个住处。而去致公大学脑科学研究所抓捕她的分队回应说，自从不久前研究所接受了一个匿名的大脑捐献之后，她的情绪就极其低落。现在她已经一个星期没来过学校了，和她一起失踪的还有那颗大脑，学校也在到处找她，因为她一向品学兼优、没有劣迹，所以学校暂时还不打算报警。

铁昭和赵小元相视一顾。"查查这个大脑的捐献源？"

结果令他们全都惊呆了，小黑，竟然是小黑，真名白蒲的小黑，曾是航空航天大学高才生的小黑，坐过牢的小黑，沦为地下拳击手的小黑，杀死董致礼的小黑。

铁昭和赵小元看到了小黑的遗书。

警察查到一个星期前，程素订了一张去合肥的机票，但没有合肥酒店的入住信息。

合肥，一个位于中部的普通省会城市，没有什么旅游资源，程素也没有亲人在合肥，她去合肥做什么？

她安检的信息同时被查阅了，她带着装有小黑大脑的液氮罐，还有脑科学研究所的实验用器官运输介绍信。不过那枚院系公章被鉴定为伪造的。

所有人都沉默了。

她果然是因为那颗大脑而消失的。

她带着一颗大脑去做什么？

这个庞大而莫名其妙的局里的人，死的死，逃的逃，抓的抓，剩下能够控制的，还剩下明生和珠雨田。正当铁昭和赵小元商议如何把这个局讲给警察听，才能说服他们调查明生和珠雨田时，珠雨田打来了电话。

铁昭示意赵小元打开免提。

珠雨田的嗓音中带着哭音："赵小元，程素失踪了！"

赵小元不动声色。"失踪多久了？你怎么知道的？"

"她有一个师弟，我嘱咐过他程素如果有什么异常一定要告诉我，程素失踪已经一个星期了，带走了实验室一颗大脑。因为问题比较严重，那个师弟对我保密了，刚才他说警察来了，说是出大事了的样子，他才没再瞒我。"

赵小元等着她继续说下去，没想到，珠雨田的话使他险些跳起来。

"我知道怎么找程素，赵小元！我能找到程素！"

"怎么找？"所有的警察一起对着手机吼。

"请你去找你警务系统的前同事，请他们帮忙查最近一个星期——不，放宽一些，最近两个星期的俄罗斯人的入境记录，再查程素的飞机或动车出行信息，假设她去了A城，就查这段时间同时去了A城的俄罗斯人，然后在A城找到俄罗斯人的行踪，就能找到程素。"

"为什么是俄罗斯人？"

"因为……因为……"电话里珠雨田的声音颤抖着，"我怀疑她要做一个并不成熟的实验。"

"什么实验？"

"活人大脑移植实验，俄罗斯富豪在支持一个专家团队秘密进行的实验，目的是实现人的永生。不过，我认为程素并不是想要借用自己的身体使小黑的大脑永生，她是想读完小黑没有说出口的最后几个字。小黑是死在她怀里的，临死之前，他有一句话没有说完。"珠雨田的声音已经抖得不可闻了，"她已经疯了。我无比后悔，以为她不哭不闹就是不伤心。我好傻。”

入境记录很快查阅完毕，最近两星期，俄罗斯人入境 54,000 余人，前往合肥的 900 余人，排除掉 500 余名有多笔生意往来经营记录的商人、100 余名 80 岁以上和 18 岁以下的人，还剩下 200 人，专案组带上铁昭、赵小元和珠雨田前往合肥。落地合肥的时候，他们收到北京发来的最后结果：200 人中有 13 名搭乘不同航班分头行动，看似互不相识，但都去了同一个棋牌室。

本来，赵小元因为那个实验听上去过于荒唐，并不完全相信，但棋牌室三个字使他在合肥的街头感到巨大的惊悚——没有什么人会千里迢迢跨国来打牌。

他觉得大脑很疼。

铁昭走在最前面，他短短的腿迈着极大的步子，使他看上去像个被拍得跳跃起来的小皮球。赵小元跟在身后，看着他的背影，他觉得有点滑稽，可是又有点想哭，和队伍中这些功勋卓著的刑警不同，他们一个是即将退休的老片警，一个是警犬饲养员，铁昭一生也没办过什么惊天动地的大案子，而他赵小元也许永远无法再做警察了。

棋牌室关着门，但是没有上锁。这更加重了不祥的预感，开门进去，空无一人，簇新的电动麻将桌上四四方方地垒着麻将，老虎机大喝一声“欢迎光临”，把所有人吓了一跳，激光射击板的四周来来回回地闪着五彩的光。

经验丰富的刑警们很快在射击板后面找到了暗门。赵小元、铁昭和珠雨田被请到了门外的安全地带，刑警们拔枪，破门而入，迎接他们的只有安静，死一样的安静。

合肥街头干燥的风吹着珠雨田的长发，她重新走进棋牌室，走入暗门，走进那间隐藏在地下的手术室，它四面都是有银离子涂层的墙壁，反着阴白的光；地板上一点灰尘也没有，却散落着注射器、手套……还溅了几滴深红色的血迹；无影手术灯大开着，像一个没有行星的恒星，看上去傻傻的，不知道自己在照射着什么，因为手术室在他们走进来之前已经没有生命了，半坐在手术床上的那具身体已经发了灰，像放置已久的木头，走近一些，珠雨田甚至闻到她微微有点异味，她开始腐烂发臭了。

那个在花园咖啡厅外面追出来递给她手机的姑娘，那个在教师公寓里眼睛闪着星光为她讲脑科学的博士，那个把她推倒在地板上强吻的女郎，那个打壁球的有着健美身姿的人……死了。

珠雨田俯下身看她的脸，她觉得陌生，因为以前她的样子，和所有活人一样，是有额头、头顶和头发的，现在她只剩下 2/3 的头部，眉毛以上的颅骨都被切掉了，打开了的颅顶好像一个干净的沙拉碗，里面盛着一颗大脑。

那是小黑的大脑。

程素的大脑不见了，应该是被俄罗斯人带走了。

她身上盖着粉红色的无纺布单子，不知是不是俄罗斯人逃走之前突然起了恻隐之心，不愿她赤裸着被发现。

不顾警察的阻拦，珠雨田揭开了单子，接着所有人都发出了惊讶的咝咝声——程素的手中握着一支铅笔，笔尖之下还有一张纸。

那一行字写得真是歪斜、扭曲，但珠雨田一眼就辨认了出来：

“我一直深爱着你。”

“你看。”她伸手去摸那僵硬的脸，“这么简单的答案，想一想也就明白了，一定要用移植大脑的办法去读取吗？你傻不傻？你啊，白读了这么多书，结果是个傻子。”

“什么……”警察们难以置信，“难道手术成功过？我的天，这真是科研奇迹。”

“大概成功过几秒钟吧。”珠雨田用单子盖上程素的脸，“足够她念完小黑脑中剩下的那行字。”

❺

倒提宝剑三尺余，却向下山路

他赶到门口的时候，她隐没进京城隆冬的浓雾里了，

只有一抹似有还无的水红色，

那是她从上海带来的大斗篷，在雾中远去了。

珠雨田很快明白了为什么明生把梦到童年的故乡视为噩梦。第二场大雪下起来的时候，明生让珠雨田重新选一个举办婚礼的地址。“因为那个小岛发生了政变，总理被弹劾了，新总理根本不理这个项目，所有的文件都批不下来，只能搁置——什么时候开工？遥遥无期。”

好几个深夜，珠雨田都听到明生在书房里像一只困兽一样暴走，拖鞋和浴袍在地板上发出暴躁的摩擦声，他对着电话疯狂地嚷叫：“去他妈的，弹丸小国，毫无信义！”

很快，明生也不大提“信义”这两个字了。因为小岛的项目虽然中断，钱却早已汇出去了，那是巨额的国内贷款，抵押物是果庄最赚钱的上海部和广州部，现在小岛上的政治危机传回国内，银行启动风险预案，上海和广州的果庄随时都可能不再属于明生。他出了很久的差，调解了不知多少事，再回家的时候，珠雨田发现他两鬓有了白发。

珠雨田这才发现果庄集团是由多米诺骨牌铸成的，一个扩张中的帝国，现金流本来就紧张，支持董先生和投资小岛的两笔巨款都打了水漂，这两件事故又几乎同时发生。连反应的时间都没有，对果庄集团来说伤筋动骨，为了先偿还一部分银行贷款，明生只得挪用果庄湖南部——一个建在满是湘妃竹的山上的庄园的修建尾款。

许多的公司来讨这笔尾款，做装修材料的，做工程外包的，做平整山石的，修建一座庄园需要多少道工序就来了多少个公司的人，他们带着帐篷和御寒的衣物在果庄大门外那片开阔的空地上安营扎寨，明生的车再也不敢走大门。

明生停掉了西晋古寺群的修葺，把钱百万调了回来。

明生给公司传达的意思是：不要理他们，天再冷一些他们就会回去。事实也的确如此，北京的气温已经快零下十摄氏度了，讨债的人越来越少，不过有一个人像钉子户一样坚决，他说手下两百个装修工人都等着尾款过年，要不到钱，他回去也会被工人们弄死，那都是穷山恶水里的莽汉。有一天，这个小老板使出了绝望的杀招，他在身上浇了一桶汽油，站在果庄门口大哭，所有人都惊慌地禀报老板，只有钱百万笑眯眯地走到他身边点了根烟，火星一闪，那小老板就惊叫着跑走了，再也没敢回来。

明生给钱百万涨了工资。

讨债事件成为一个导火索，把媒体的视线吸引了过来，他们开始对果庄集团的财务危机抽丝剥茧，慢慢发现背后的漏洞有多么惊人。明生对着几篇特稿暴跳如雷，因为许多细节是果庄的中层员工都不知道的，现在他们知道了，这会扰乱军心，导致人才流失，那是真正可怕的事情，甚至比银行催逼还款还要可怕，因为人的流出会导致万劫不复的恶性循环。

明生发现员工们看他的眼神变了，他能感觉到，虽然走在公司里，迎面走来的人还是会恭恭敬敬地叫“老板”，也还会在电梯里和他开玩笑，但他从他们嘀嘀咕咕时的神色中看出了怀疑，他们不再崇拜他的英明神武、不再觉得他永远正确，甚至有人开始说他应该为这一系列糟糕的决策负全部责任。

他的权威好像大厦即将倾颓，岌岌可危。

人心不能散。明生和公关部开了一天的会，拟定了几个宣传的方向，它们共同指向一个人：这些决策都是那个因为贪污被收押的副总裁做的，公关总监甚至编造了一些动人的细节，比如明生当初如何反对这些决策，甚至对副总裁拍了桌子，但是最后因为尊重和信任，还是放权给他让他去干，现在呢，副总裁在监狱里躲清静，把烂锅留给明生背着。

这些宣传铺天盖地，公关费很紧张，所以挪用了本来打算付给浇汽油的老板的欠款。

明生多年的习惯是从来不把工作带回家做，白天已经够累的了，他希望家只是一个完全放松的地方。但是现在他自己破了例，因为事情太多了，在公司根本处理不完，而且事情太糟糕了，他在家里也找不到完全放松的感觉。

天冷了，他不只开了暖气，还点上了壁炉，晚上常常盖着毯子在壁炉边看季末报表，负债一栏里的数字使他眼前出现幻象：他仿佛看到一座外墙镀金的华美的大厦从楼顶开始坍塌，裹着金屑的砖石如同雪花般飘飘洒洒，他自知无法修补，只好拼命捡起砖石往怀里塞，期待能够重建它的那天，一直到大厦灰飞烟灭，露出地基上本来的行迹：一座雾气朦胧的小镇，水漫过河堤，淹没了镇上唯一的路，一个瘦弱的孩子贴着沿街的墙壁，茫然地向前走。

他把报表一把扔进壁炉，火光中飞起白色的灰来。他在这时想起他一直看不起的王野田，他总嘲笑他身为一个年轻人，如此保守懦弱，难怪只能守着老爸的基业慢慢衰落——现在，他竟然有点对王野田刮目相看，守业其实也并不容易，而开疆拓土的人有可能一败涂地。

不过，明生被壁炉的火光映红的脸上还是浮现出笑容：每个人都有自己的命运，不可能选择别人的命运，如果能够重来，他还会走在现在这条路上，因为开疆拓土的真正魅力是有趣，它就像一场恢宏壮丽的游戏。你玩游戏会喜欢玩简单温暖没风险的吗？恐怕很少有人会喜欢，游戏是越刺激越好，因为人们知道游戏是假的，即使输了也没关系，好笑的是到了真实的人生中，大多数人又顾虑输了会有什么可怕的后果。可是人生苦短，也只有一世，为什么不能放手去玩呢？妈的，他明生如果变成一个畏首畏尾、不再敢开疆拓土的人，那还不如去死！他在癫狂的状态中跌跌撞撞地打开存放可卡因的金盒，毒品使他达到亢奋的顶峰，又迅速跌入极致的宁静，宁静是空的，比宇宙的最空旷处还空，宇宙最空旷处还有太空尘埃，他的周围什么也没有，成败，善恶，都对他放手了，好轻松……

之后的一段时间，明生发现珠雨田起得越来越早了，冬天天短，常常天色还没亮她就爬起来洗漱，明生一开始没有在意，快期末了，她功课一定很紧张。不过有一天司机告诉他，珠小姐每天从果庄出来，都先去金乌马场看一会儿马，大概待上半个小时，然后才去学校。

这天明生问珠雨田："天天洗马？这么冷的天，马受得了吗？"

珠雨田说："不是天天洗。"

"那你天天去马场？"

"有时候我喜欢和马说说话。"

明生开玩笑："你最近都不怎么爱和我说话，原来是把话留着对马说啊。"

珠雨田不再说什么，埋头写作业。

第二天一大早，她又摸黑走了，关门的声音吵醒了沉睡中的明生，他把窗帘掀开一个小角，看着她小小的身体走进积雪里。昨天又是一夜大雪，空气中弥漫着干燥的雪花的味道，他起床了，开上车去马场。

一路上他也觉得自己好笑，好像他变成了那些爱好盯梢的女孩子，他也没想好如果真的看到珠雨田在马场和什么人约会那该怎么办，是当然选择原谅她，还是愤怒地和她分手？想了一路都没有答案。车停在马场外面，他在车里抽了根烟，才鼓起勇气走进去。

真意外，珠雨田竟然真的在对着马说话。

他站在一排马舍的尽头，远远便看到珠雨田把一只手臂搭在她的马的背上，头埋在自己的臂弯里，那是一种既痛苦又虔诚的祈祷姿势，她的话传到他耳中的时候已经不大清楚了，只能断断续续地听到："对不起……真的对不起……"

这傻孩子又在犯什么多愁善感，和马道什么歉呢？明生暗自觉得好笑，然后他在珠雨田发现他之前赶忙走掉了。他走的时候，天上有一点薄雪落下，一年快结束了。

雪化的时候珠雨田去了一次公安大学，她在警犬居住的狗舍里见到了赵小元。

他不再是那个一脸幼稚、紧张地做着笔录的小警察，也不是那个穿着被血浸透的警服、一把把她跨在车上的英雄了，他此刻系着黑色的皮革围裙，戴着大套袖，正给警犬的食盆里添水。

他抬起头看到珠雨田，眼睛依然和以前一样明亮。

"这里味道太大，你出去等我？"赵小元说。

"习惯了，我现在天天去马场看马，味道都差不多。"珠雨田蹲在警犬旁边，摸着那黑色的光滑脊背。

“你养马？喜欢马的小姑娘可不多。”

“我爸送我的礼物，明天还有一场赛马呢。很久不见了，我不知道为什么，突然很想来看看你。”

“我很好。”赵小元咧嘴笑，“你相信吗，也许过不了几年，你就能看到我被评为警犬优秀饲养员了。”

“我相信。优秀的人做什么都会优秀。养狗会无聊吗？”

“有一点，不过也还好。”赵小元在一个大水桶里洗着刷子，突然，他压低声音，“还会有人死吗？你们那个局，结束了吗？”

她抬起头。“你认为呢？”

赵小元无奈地笑笑。“我得承认，这对我来说是一个无解的迷局，我仍然不知道这个局里的恩怨起源于何处，我也根本不相信小黑死于暗恋无望，这听上去和董致礼议员之死是入室抢劫杀人一样可笑。”

“哈哈哈！”珠雨田朗声大笑，“那确实很可笑，我很久没听过这么好笑的事了。我们来做个交换好吗？我告诉你一句真话，你答应我一件事。”

“什么事？”

“你要先答应我才能说。”

“霸王条款？”

“对，霸王条款，答不答应？”

“好啊，反正我也没什么可失去的了。”

“这句真话就是，我可以向你保证，不会再有人死了。但是，我以我们之间的朋友情义请求你不要去探究究竟发生了什么，不要让你的好奇心去玷污逝者的名誉。”珠雨田站起来告别，“养好你的警犬，等你被评为优秀饲养员，我去给你献花。”

最好的包厢分布在马场的两侧，墙壁是由整张的马皮做成，桌子上摆着马骨做的灯架。明生一走进来就打了个寒战，不只是因为天冷，也因为这些看上去颇有匠心的布置有点令人胆寒：其实站在马的角度来看，周遭都是同类的尸骨，置身一个大坟场，大概会觉得颇为恐怖。

珠雨田很乖地一路依偎着她，在他的臂弯里贴得很紧，他有点得意，遥望着对面的王老板。他孤零零的一个人，没带太太和儿子，在很大的包厢里显得形单影只，白头发似乎也更多了。王老板朝他颔首微笑，那风度仿佛一个武林中德高望重的前辈在招呼初出茅庐的新人，敌人的礼貌同时也是蔑视。“哈哈哈哈！”明生又以大笑回应他，相隔一二十米的距离，他应该听不到，王老板便继续以颔首微笑回应，明生恨不得手臂能突然伸缩，一把捏死他。

珠雨田等他在椅子上坐下，从司机手中接过一个皮领大袍子给他披上，现在有点起风，然后她笑道：“我去准备啦。”

“准备什么？”他不明白。

珠雨田拉开她的背包，里面是那套水红色的骑马装。“我要骑黑珠呀。”她说。

“什么！不行！”明生跳起来，皮袍丢在地上，“你爸爸那边没有骑手吗？”

珠雨田摇头笑道：“黑珠只跟我熟，别人走近它都会很不开心。”

“胡说，马有什么不开心？”

“黑珠脾气很大的。”她从包里拿出一顶骑帽戴在头上，在风中转了个圈，“好不好看？”

明生看着冷风吹动骑帽上的白色羽毛，羽毛扫着她冻得通红的小脸，她看上去英气勃勃，容光焕发。他只得点了点头。她用冰凉的小手摸了摸明生的脸。“骑马是很安全的，放心。”明生来不及拉她，她就像一匹脱缰的马一样跑出了包厢，再回头看远处的王老板，他仍然在颔首微笑，看来对女儿做骑士并没有什么异议。他不想显得太婆婆妈妈，于是又坐了下来。秘书重新为他披上皮袍，他感觉热得很，全身都在冒汗，不安好像一条游龙般在身体里穿行着。场地上的人越来越多，包厢里全部都坐满了，声声马嘶被风吹送而至，风比刚才更大了，侧耳能听到树梢的尖啸。

场地上，几匹马被牵入栏中等待开赛，他看到了自己的骑士，那是一位在云南山谷里长大的大汉，和云南的大山一样巍峨雄壮，珠雨田的小身体大概只到他的腋下吧……他想，眼前不禁出现了幻象：在群马飞驰的跑道上，珠雨田在极快的速度中握不紧缰绳，她在马背上摇摇晃晃的，无论看台上的人如何为她呐喊，她还是跌了下来……几匹马飞快地从她身体上踏过……

明生的头剧烈地发晕，不行，他站了起来，宁愿放弃这场比赛，宁愿被王老板嘲笑一辈子也不能让珠雨田出事。想到弃权，他又一愣，眼前的幻象变为茫茫大雪。他失去了一切，不仅输掉了比赛，还被银行收走了公司，果庄变成了荒草地，珠雨田也离开了他，去了什么“上流社会”……“哈哈！哈哈！”他又大笑了起来，笑声很快被风声吹散了。他重新被秘书扶坐在椅子上，秘书小心地问：“明总在笑什么？”

他的笑声绵延许久方止。

“笑我快要赢了，我肯定会赢。”明生回头看看秘书，拍拍他的胳膊，“小胡，你是个好孩子，公司这么难的时候你没离开我，我都记着，等咱们缓过来我不会亏待你的。你放心，眼前有什么困难都没关系，我经历的大风大浪多了，比现在困窘的时候也有，我不都挺过来了吗？这次也会，肯定会，肯定会。”他停顿了一会儿，声音听上去理智了些。“就算这次倒了也没关系，我能白手起家一次，就能来第二次，人活着就得折腾，只要我没死就不会认输。”他的目光直直地看着前方，似乎是在对珠雨田的爸爸说，又似乎没有特定的对象，满场的人都冻得满脸通红，只有他脸色苍白，额头上涔涔地冒着冷汗。

又一阵雄壮的马嘶，好像有一千匹马同时奔向塞北的战场，人们知道这是马场特殊的回音效果，参加比赛的马不过十二匹，但所有人都静了下来，马嘶经过一瞬间短暂的停顿之后变得更加高亢，风在楼角发出尖啸，如同刀剑互砍。马栏合上了，有人站了起来，要开始了吗？明生还没反应过来，就听到一阵铃声，马栏开了，十二匹马冲了出来，在十二个骑手中，一眼就能辨认出珠雨田。她太小了，黑珠又是最高大的，看上去像一个婴儿驾驶着重型机车。

但是她的成绩一点也不差，黑珠毕竟有高贵的血统。前两个弯道她一直领先，看台上有人在喊珠雨田的名字，王老板也站了起来。在一瞬间，明生突然意识到自己是赢不了的，赛马不是摔跤，骑手的体形不那么重要，而名马是胜过野马的。他颓然坐下，珠雨田以第一名的成绩跑过了第三个弯道，她又跑回了包厢之下，像一道红色的闪电般划过。

但是从第二圈开始，她落后了，她先是落到了明生的马之后，接着又被第三名超了过去。名马的体力会衰减得这样快吗？明生心中犹疑，一瞬间起了个可能的念头：珠雨田是在故意输给他吗？

不要！如果是这样，他会恨珠雨田的，不是光明正大得来的胜利无异于侮辱。

但是从第三圈开始，他打消了这个疑虑，因为她一直保持二三名的成绩就可以使明生获胜，但她直接落到了最后一名。而且，即使他并不精通赛马也能看出来，此刻速度的落后不只是骑手的缘故，而且黑珠的状态也不对。它的四条雕塑般完美的长腿摇摇晃晃的，蹄子软得像生了病，它向左一歪，几乎退出了跑道，看台上的人同时吸了一口凉气。“珠雨田小心！”他本能地大喊，那幻象快要成真了，她似乎真的要坠马了！好在她身后没有马匹跟着。

话一落地，珠雨田从马上摔了下来，黑珠像疲病的牲口一样倒地了。

他看到对面的王老板和他一同站起，跑出包厢，他们跑到赛马场的时候，珠雨田已经被工作人员抱到了休息区，她没事，坠马的时候很灵巧地滚到了草皮上。谢天谢地，谢天谢地，明生在心中念着，这时他听到广播里传来欢呼声和他的骑手的名字，他的马第一个跑过了终点线。

“我还是赢了！我还是赢了！”明生从王老板身边拉过珠雨田，像捉一只小兔子一样把她捉起来，他迈着很大的步子，有时候她不得不双脚离地，在马场旁边的草地上踢起一片干涩的尘土。王老板似乎还想说什么，他追了两步，也就看着他们离去了。明生的司机远远见他们走来，早已打开车门等着，珠雨田被明生一掌搡进车里，他挡住了看向车窗的视线，车子发动了，她把脖子拼命向后扭着，看到那残雪中站着爸爸佝偻的身影，白发在北风里瑟瑟地飘着。

车子驶远了，爸爸看不见了，而明生亢奋的嘶吼在车里一声接一声地炸裂着，仿佛他赢的不是一场赛马，而是什么王冠宝座。他放过了珠雨田，沉浸在自我制造的幻象里，路边的树和店铺向后退去，但在他眼中所见，是童年的小镇向后退去，浇筑水泥地基的工地向后退去，贫穷和漂泊向后退去，开疆拓土的失败向后退去。他像他的骏马一样强大，什么欧洲名马都不堪一击。

等待红灯的时候，一大群乌鸦哇哇叫着，从半空中飞过，像眼前拂过了一层厚重的黑幕。

黑珠输得很离奇。

它在法国的时候参加过六次优胜赛、五次大奖赛，它的体能特征是有详细的档案记录的，它的劣势是爆发力，优势是耐力。快到家的时候，明生收到还留在马场的秘书的信息，说黑珠死于突然心脏麻痹。明生的马以一种老天眷顾的幸运不战而胜。这种胜利的方式更增加了明生的狂喜，他是注定要赢的，这他妈的是天意。

黑幕之后，街景在明生眼中突然变得绚烂起来，土黄色的砖墙变成了金色，深青的柏油路如同倒映着满满星光的大海，斑驳的红色广告牌好像巨大的宝石般闪光，它们是运动的，随着他怦怦的脉搏而有节奏地朝着他涌来。快乐和自信快要把他的胸膛撑得爆炸了，他不得不大口地喘着气好释放一些情绪。

下车的时候，他喘气到近乎缺氧，被珠雨田搀扶下来。他高大的身体倾斜在珠雨田小小的肩膀上，两个人东倒西歪地走进门去，珠雨田将他放在客厅入口的沙发上，他却马上站了起来，拖着步子上楼。

楼梯上到一半，他回头看珠雨田，她在他刚才坐过的地方坐下，拿过一只晶亮亮的玻璃杯，开始泡绿茶。

好。希望她不要上楼，他不希望她看到这一幕，而且他想独享这一幕。

他开了卧室床头的保险箱，取出一只纯金的小盒子，按钮弹开盖子，里面是多半盒最好品质的可卡因。雪白、细腻的天国之物，窗外的晚霞映照进来，它看上去比从前更有琉璃四射的光彩。他用盒子中的一只小勺子挑起一点送入鼻孔，快乐，纯粹的至高无上的快乐，在两秒钟之后袭来。

这不是明生第一次体验到这种快乐，他吸食可卡因已经有十年的历史，谈成一笔合作、参加了一个完美的聚会，大多数感到快乐的时候，他都会用这种方式让快乐增加许多倍。说实话，赢了一场赛马不是明生获得过的最好的成就，可能连前一百件开心事都算不上，可是今天的感受真是奇怪，明生觉得和此刻的快乐相比，他从前体验过的快乐都不算什么了。

他体验到了鲜血在血管中沸腾的快乐。

全身的血管仿佛在无数倍膨胀着，将肌肉和骨骼挤向一边，他既觉得愉悦，又觉得痛楚，这从未体验过的极致的感受使他发出野兽一般的大叫。当他听到自己的叫声时，他也觉得惊惧，因为他本来不知道自己是在叫的。那是一种本能的反应。他太快乐了，也太痛了，然后他咚一声从凳子上向后翻倒，头先着地，然后高大的身子转了半个圈，他躺在了地板上喘着气。

地板上一道血迹，不多，可是，它是从哪儿来的？明生晃了晃头，发现他的鼻子流血了。

暗红的血顺着他的脸，淌到地板的缝隙里。

"雨——"他想叫珠雨田来扶他起来，一张口，一大口血沫喷到了对面的墙上。

接着他分不清是鼻子出血还是口中吐血了，他全身器官的感觉都在消退，除了两个巨大的肺，膨胀着，膨胀着，膨胀到原野上的烟囱那么大，突突地向外冒着血。

他痛苦地在地板上翻滚着。"肺好痛……肺好痛……"他呻吟着，扭曲的脖子撑起头颅，看到珠雨田站在门口。

他没听到脚步声，不知道她什么时候上来的。

"扶我……"他伸出一只手去。

珠雨田没动。

"我觉得……很不舒服……给我倒杯水，很凉的水。"

珠雨田笑了一声。

明生清清楚楚地听到了她的笑声，看到了她脸上的笑容，可是他不懂这笑的含义，还伸着求助的手，却怎么也够不到珠雨田。

"我好难受……好难受……"他翻滚起来，腿蜷缩着，上身像上了夹板般挺直，他的脊柱只要稍微弯一弯，两个肺就好像要碰撞在一起，爆炸出蘑菇云来似的，"我要去医院……"他滚到门口的矮几旁边，伸手去够矮几上的手机。

珠雨田拿起手机。

“打 120。”他喘息着说。

珠雨田带着笑，将手机抛到了半空中，接着左腿抬到头顶，脚尖轻轻一扫，手机飞到了楼下的客厅里。

“你……你……”莫名其妙的恐惧将明生包围了，他被口鼻中涌出的血呛得喘不上气来，“我吸的什么……”他艰难地问。

“可卡因啊，掺了玻璃粉末。”她笑着在他身边蹲下来，掰开眼皮检查着他的瞳仁，又掰开他的嘴看口腔里的血量，“几亿颗玻璃粉末，割破了你的鼻腔和肺。你觉得怎么样？”

“你……你……是你……”

“是我。”

“为什么……”

“今天是不是觉得比往常快乐？因为毒品顺着伤口直接进入了你的血液循环。”

“为什么……”

“为了正义公理，为了人做了错事就一定会受到惩罚，为了犯下了罪孽就会有人来报复。高高在上的法律有可能对坏人无能为力，而金钱和权势也使人误以为自己可以无所畏惧，也许某种意义上的确是这样。可是，法律、金钱和权势在暴力复仇之前什么也不是，你的表情为什么如此困惑？需要我说得更通俗一点吗？好，你当然可以认为你野心勃勃，是人中龙凤，是个要做大事的人，在这条通向伟大的路上，踩过一个女孩的白骨不值一提。反正人类历史上多的是这样的炮灰，她们连名字也不必留下，这并不妨碍那些男人成为被歌颂的伟人，就像你也解决了很多就业问题，贡献了很多税收。你也真心拥有商业的智慧和社会的责任感，你在财富榜上拥有金光闪闪的位置，你被后辈奉为学习的典范，你可以在一切高贵华丽的场合宣讲你的理想，年轻人都真心敬重你的正直与成功，与之相比一个无名女孩遥远的哭声算得了什么？她不算人的，女人怎么能算人呢，只有你和你的朋友们才算得上是人；成大事者怎么能拘小节呢，古代的帝王为了伟业连父亲兄弟都能刺杀，要是为了保护一个无名女孩而自断成为伟人之路，那叫妇人之仁，是要被身边的人鄙夷和唾弃的，是会被历史湮没的——是的，你完全可以这么想，但明先生，你运气很差，只看外表的话，你以为她只是个普通的小女孩，可你不知道在那不久之前她曾经敲断了诬赖她的老婆婆一条腿，腿伤之冤尚要报复，强暴之辱你们还有的活吗？其实在飞机上那件事发生的一瞬间，就已经注定了你和老董今生都会死于非命。人心与外表可以相差很远，就像你也不会相信，看上去最最脆弱无力的我，其实是一个——大侠。”她嘶嘶地冷笑，“我下毒杀了我最心爱的马，是为小黑复仇。如果没有那件事，小黑就不会以那种方式死去，也不会在黑暗中度过十年，他本来配得上最好的人生，可是他那里现在很冷。”

死到临头，明生发现他面对死竟然没有想象中那么恐惧，或者困惑压倒了恐惧，小黑这个名字，他在极快乐和极痛苦交织的感受中回想着。

“小黑……小黑……是谁……我想不起来……”

“哦，对不起，我忘了你不认识小黑。”珠雨田笑着道歉，接着她叹了口气，“我有时候真恨自己知道了从前的事。飞机上的事，你的原罪，这金光灿烂的背后那一点污迹，看到了就没有办法当作没看到，从我看到的那一瞬间开始，我们就不可能继续了。你知道你做了什么吗？亲爱的，小黑是飞机上那个没能出手相救的副飞行员，十年里他一直生活在自责中，不久前他死于剖腹自杀，为了唤醒因为复仇而疯狂的程白薇。”

明生的瞳孔突然放得很大。“程……程……”

“你连她也忘了是吗？”

“不……我没有……你到底……是谁？”

“我是谁？我是珠雨田咯。”

“珠……雨田，你是从哪里来的？”

“我是被程白薇送到果庄，送到你身边来的呀。”

“我不明白……”他的上身也蜷了起来，在地上滚着，现在他不怕肺部的疼痛了，因为他连疼痛也感受不到了，生命，以肉眼可见的速度在他身上流走。“程白薇在哪里……让我见她……我要见她……我好想她！”

“她不是一直在你身边吗？”

“是啊。她一直在我身边。原来你什么都知道。”明生的声音已经低不可闻了，只能依稀辨认出是这几个字。他原地躺着，一口一口地吐着气，像在积蓄力气，然后朝着床头的方向艰难地滚去。

珠雨田不知道他要做什么，因为满地鲜血，怕踩上去留下脚印，她在门口站着不动，见他一只已经布满出血点的手臂伸进保险箱，一阵恐惧突然从脚底升起——他这个时候还要去保险箱里拿什么？难道有枪吗？念头一闪，她慌忙往门后一避，却见明生颤颤巍巍地捏着一把钥匙。

开保险箱的时候她就见过这把钥匙，但是并没有把它放在心里多留意一秒，那大概是什么文件柜的钥匙，她想。

明生死到临头了。她和他都确定这一点，人之将死和重病危险是不一样的，他的身上已经没有活人的生气了。她在门口让开，轻蔑地看着这副剩一口气的身躯爬了出来，挪下楼梯，短短的楼梯，他挪了五分钟，留下一道细细的血迹跟在身后。

跟在身后的还有珠雨田。她丝毫不怕他玩花样，现在一个三岁孩子在他头上踩一脚都能让他咽气。她看着他一直爬到毛玻璃墙边。

哦！她恍然懂了，她怎么没想过那把钥匙是开这面墙上的锁的呢！

一只血手印按在了毛玻璃上，是明生扶着墙站起来，那痕迹却像背后的花园里关着一只鬼，珠雨田的心怦怦直跳。

他身上的血点更密了，晃了好半天才把钥匙对准锁孔，锁芯发出清脆的一声，墙壁向着两侧裂开了。春天暖阳的温度和植物花叶的香味迎面扑来，像海浪一样，层层袭裹住珠雨田。

珠雨田随着明生走进那花园，她意外地发现这并不是什么废弃的荒园，它有一层乳白色的薄膜顶棚，四角都放着恒温和通风装置，这里被精心布置，永远都是春天。

植物，一米多高，旺盛，饱满，绿的叶和茎，白的花，在通风装置的作用下微微地晃动着。

“白薇。”珠雨田和明生同时说。

这秘密花园里，种着海一般的白色蔷薇！

“告诉她……”明生七窍流血，转过身对珠雨田说，然后他脸上的活人的气息一丝一丝地消失着，他颓然向后倒去，那密密麻麻的白薇丛林接住了他，将他微微地向上弹起，接着他又陷了下去，张着双臂，白薇丛林被压倒了一大片。

“告诉她什么？”珠雨田把耳朵附在他的唇边，却只在耳朵上得到了一个冰冷的亲吻。

他的汗像喷壶里的水一样从毛孔中渗出，很快他的衣服便湿淋淋地贴在了身上，他散大的瞳孔反射着恒温灯的黄光，牙龈上也冒出血迹来，他还活着，无力开始变为抽搐，这抽搐越来越剧烈，甚至晃得一片白薇花瓣飘落了下来。

花瓣落在明生张大了的嘴里，在又一次抽搐中被他吞了下去。

“你在濒死中了吗，宝贝？”

她竟然落泪了！

明生确实看到了她的眼泪，但是他觉得这是死前的幻觉，杀人者会流泪吗？如果伤心的话为什么还会下手呢？

死在这里已成定局，或许，这是宿命。明生想要念着她的名字死。

“程……白……薇……”

珠雨田冰凉的小手摸着他的脸。“程白薇也死了。我亲眼看到了她的尸体。你想知道她当时的模样吗？她让一个地下实验团队帮她替换了小黑的大脑，为了读出小黑死前没说完的话，她死的时候，小半个颅骨都被切下来了，大脑就那么裸露着，只剩半张脸。亲爱的，他们是两个多么优秀的年轻人，程白薇是你爱过的人，小黑是我见过的最善良、勇敢和正直的男人，可他们是用这种方式死去的，你看看你干了什么？你看看你干了什么？我不能不杀你。”

她从左边的衣袋里取出一个针管，从右边的衣袋里取出密封的针头，针刺入明生的皮肤，针管中的盐酸纳洛酮缓缓注入静脉。一开始，他不知道那药剂的成分，他已经准备好了迎接她更加残酷的折磨，想到她所描述的程白薇死去时的模样，他甚至开始有点向往更残酷的折磨。可是他感受到可卡因的刺激在减轻，血压和心跳在慢慢地恢复正常，视力也清晰了一些，他看到珠雨田泪如雨下：

“可我又不得不救你。因为我一直深爱着你。”

她走了，像她飘然而来一样飘然而去，他从花丛中站起来，像蹒跚学步的婴儿一样一步三跌。他赶到门口的时候，她隐没进京城隆冬的浓雾里了，只有一抹似有还无的水红色，那是她从上海带来的大斗篷，在雾中远去了。

雾是湿的，有许多微小的雨珠悬浮在夜空里，他继续跌跌撞撞地追出门去，可她走得更远了，一只手缩在斗篷里，另一只手的姿势好像提着一把剑。剑是看不到的，没有人能看到，连珠雨田自己也看不到，但是它就在手中。这不是地摊老头的骗局，也不是小姑娘的臆想。这是真的，以上发生的一切都是真的，只是天亮以后，太阳驱散浓雾，所有的恩与怨都被抹去了痕迹，除了这本书，世上再没有地方留下有关这件事的记忆。

（全书完）

图书在版编目(CIP)数据

下雨时蔷薇会开 / 海棠著. -- 长沙：湖南文艺出版社，2018.6
ISBN 978-7-5404-8527-6

Ⅰ. ①下… Ⅱ. ①海… Ⅲ. ①长篇小说 - 中国 - 当代
Ⅳ. ① I247.5

中国版本图书馆 CIP 数据核字 (2018) 第 067989 号

上架建议：畅销·长篇小说

XIAYU SHI QIANGWEI HUI KAI
下雨时蔷薇会开

作　　者：海　棠
出 版 人：曾赛丰
责任编辑：薛　健　刘诗哲
监　　制：毛闽峰　李　娜　刘　霁
特约策划：由　宾
特约编辑：马玉瑾
营销编辑：杨　帆　周怡文
封面设计：熊　琼
版式设计：薄荷橙
封面插画：符　殊
内文插画：三　乖
出版发行：湖南文艺出版社
（长沙市雨花区东二环一段 508 号　邮编：410014）
网　　址：www. hnwy. net
印　　刷：三河市百盛印装有限公司
经　　销：新华书店
开　　本：787mm × 1292mm　1/32
字　　数：400 千字
印　　张：12
版　　次：2018 年 6 月第 1 版
印　　次：2018 年 6 月第 1 次印刷
书　　号：ISBN 978-7-5404-8527-6
定　　价：49. 80 元

若有质量问题，请致电质量监督电话：010-59096394
团购电话：010-59320018

番外

月明星稀，乌鹊南飞
绕树三匝，何枝可依

很久没有提起乌鹊了。

1986年的立冬这天，太阳升起来得很晚，空气中还有雾气混合着煤烟，又白又小的太阳像是花了很大力气才穿过这厚重的大气层，但它所照射到的地方却笼罩在金色的光彩里，那光彩与太阳无关，那是融化的钢水的颜色，它像一道小型的河流，平静地流淌在巨大的机器里。这座坐落在北京西郊的钢厂象征着强盛与力量，厂房里流淌着钢水，烟囱吐着白气，这白气比冬天的白雾还要更白一些，远看像天上垂下来的白练。

天气太冷了，但钢水车间热得像夏天，乌工额头上的汗流进防护服里，他看了看手表，还有一个小时就下夜班了。这时车间主任像个小巧的子弹一样从门外蹿进来，乌工个子太高，主任仰着脖子去拍他的肩膀，在钢水流动的轰隆声里大喊道："你媳妇送医院了，羊水破了，赶紧去吧！"乌工这时脑子里的声响比钢炉还大，预产期在半个月以后，他没什么文化，也不知道羊水破了意味着什么，他边脱防护服边往外跑。钢厂园区太大了，他要跑过三个片区的巨大厂房，跑过一个厂办托儿所，跑过一个厂办剧院和电影院，跑过食堂，跑过一个专门做废气的钢炉热量做奶油蛋糕的小楼，再跑过带大操场的厂办小学，然后才能到达厂办医院——从规模上看，他基本上等于跑过了一个小型城市。这个国有的巨型钢厂也确实像一个小城市一样繁华、富有、五脏俱全，钢厂居民也知道出了钢厂往东走十公里就是北京城区，但是他们对钢厂外面的世界似乎不大感兴趣，在城区里上班，当个售货员或者教师，都不如在钢厂里当工人挣得多。上一代钢厂人很幸福，这一代钢厂人很满足，下一代钢厂的子女也不想离开钢厂，他们会按照政策继承父母的工人身份，这身份正像他们亲手炼出来的钢一样坚固可靠。

乌工在产科外面从早晨等到黄昏，在一声啼哭里正式升级为一个父亲，从护士手里接过那个肥胖的女婴时，他无法抑制地痛哭失声，护士以为他是见到孩子而激动，其实激动只有一点点，主要还是心疼老婆。他一直以为新生儿应该是很小很小的，没想到竟然这么大，身材那么娇小的老婆是怎么生出这么大的孩子的，那该有多疼啊。护士说：“李会计也挺好的，等会儿就推出来了。”说完又把孩子抱进去了。

乌工这才想起他刚才只顾着哭，都没好好看看女儿的模样，他扒在手术室外面的毛玻璃上往里看，心中惴惴不安，女儿嘛，不比男孩，相貌还是很重要的。可乌工长得实在不敢令人恭维，他是纯正的北方汉人，傻大的个子因为总要弯着腰和人说话而有点驼背，脸形五官都粗大得像刚用刀斧削出来的雕塑模型，皮肤黑得不像钢厂工人，倒像刚刚挖煤归来，不能给女儿漂亮的基因，他对毛玻璃背后那团看不清的小婴儿感到很抱歉——那么妈妈呢？乌工的妻子李会计是个南方姑娘，皮肤又白又嫩，眉眼也秀气，只是太矮了，个头只到乌工的腋下。要是女儿继承了妈妈的身高和爸爸的脸，那——那——乌工也不知道那能怎么办，一阵幸福，又一阵担忧，轮流冲击着他的心。

几分钟之后，妻子和女儿一起被推出来了。乌工在妻子怀里正式见到了自己的女儿，他简直呆住了，虽然皱皱巴巴的，但还是能看出她手脚出奇地修长，鼻梁高高的，尖下巴像水滴一样圆润可爱，皮肤白得像新磨出来的豆腐……李会计疲惫地笑着说：“女儿真会长，把咱俩的优点都挑中了。”

在这个有着三万名工人的厂区，乌工的女儿乌鹊小姐在一岁的时候就为三万人所熟知了，因为她给厂办糕点房拍了一套宣传照，用后来的话说是“代言了这款奶油蛋糕”，人们都说从来没见过这么漂亮的孩子，什么洋娃娃、混血儿、美国电影里的童星，都不如乌鹊的眉眼更深邃、皮肤更雪白，孕妇们因此很喜欢来乌工家串门，请教李会计在孕期吃什么能提高孩子的颜值。乌工在和工友们聚餐喝酒的时候，则常常啪的一声把大钱包拍在桌子上，给大伙展示钱包里装着的女儿的新照片。

到了五六岁上，乌鹊已经从一个漂亮的婴儿长出了绝世美人的雏形，她的睫毛好像打开的黑色羽扇，微微眨动便在奶油一样的脸上投下丝丝阴影。浓密的头发好像雨季的瀑布般倾泻，在暗处看时是柔亮的黑色，阳光下却是迷人的金棕。嘴唇的颜色好像刚刚吃过树莓而染上了汁水。走路的姿势不像钢厂工人的孩子去游乐场玩，倒像当了一辈子公主的人突然被告知得到了王位而去登基。在这个小型城市里，提到乌工和李会计，能想起来的人不多，但是说到“那个天仙一样的女孩的爸妈”，所有人都“哦”的一声，啧啧地发出羡慕的称赞——请问，谁家不想生个天仙下凡呢？

乌工和李会计深知自己相貌和能力的平庸，因此对这位天仙有着超常的期待，仿佛没有把她培养成世界第一才女、让她成为世界第一首富或者嫁给世界第一首富，就是在她的美貌面前犯下了不可饶恕的浪费罪行。有一天，钢厂艺术团的舞蹈老师来家里串门。她让乌鹊垂手站着，把她转来转去地看，捏捏关节，看看手脚，发现她除了长得漂亮，身材也是万中无一的好，腕线竟然超过了臀线，肩膀直得像比着尺子画出来的。骨相的美比皮相的美更加难得，舞蹈老师深知这一点。第二天，乌鹊就去艺术团学跳舞了，不久后又学了钢琴和油画，她的父母铁了心把她往大家闺秀里栽培。这时是 1992 年。

两年后的一天，乌鹊从艺术团回家，一群五六年级的大孩子从后面跑过来，她远远地躲开。只看腿长的话，8 岁的她和这些大孩子差不多，但她知道她是小孩子，既跑不过也打不过，这几个大孩子是学校里出了名会抢劫零花钱的，而乌鹊手中正捏着零花钱，那是她一个星期没买零食而攒下来的，为的就是这个周末。她绕了一点路，去厂办奶油蛋糕店买一盒有树莓果粒的奶油蛋糕。

好奇怪，蛋糕店关门了。乌鹊茫然地站在柏油空地上，看着几个人卸下蛋糕店的招牌，招牌上还有她一岁时拍的宣传照，两扇除了大年初一都没关过的木板门上了粗大的链条锁，空气中刚才还弥漫着香甜的糖霜气味，可是一阵风吹过，那味道也不见了。工人们扛着招牌走了。

乌鹊回到家，推门就喊：“妈妈，蛋糕店关门啦！”接着她被一阵灰尘呛得直咳嗽，只见五十平方米的家里又多了好几匹布料，妈妈正拿着一把大剪刀裁剪，从去年开始她就不上班了，因为厂里不再需要这么多会计，她不会做别的，只有一点缝纫的手艺，于是买了台缝纫机在家里接活。她眼睛一直不好，做会计的时候就戴厚瓶底眼镜，现在呢，好像缝纫针比账簿更难看清楚，她的眼镜也更厚了些。

妈妈在一堆灰尘弥漫的布料里抬起头。“蛋糕店倒闭了，以后妈妈在家里给你做。”

“倒闭是什么？”

“去年就承包给个人了，亏了，干不下去了。”

承包又是什么？亏了是什么？什么干不下去了？乌鹊一个字也听不懂，她把折叠书桌从墙角拖出来，在窗口支好，准备写作业，想算术题的时候，她不时地托着腮看向窗外沉思。雄壮的钢厂，好像一个平躺的巨人，那伸向半空去的白烟就是它在呼吸，今年它的呼吸好像比往年弱了些。乌鹊发现好几个烟囱都不冒烟了，晚上那些厂房也不亮灯了，所以昼夜不息流动的钢水也比从前少了，以前爸爸三班倒，每三天上一次夜班，现在不仅只上白班，而且一星期只用工作三天了。

如果一个星期只用上三天的学，乌鹊一定会幸福得翻跟头，可是真奇怪啊，爸爸不仅没有翻跟斗，反而看上去不那么高兴，闲下来的时间多了，他总是在家里看电视，又嫌缝纫机的嗡嗡声太吵，遂把电视声调得更大，这时写作业的乌鹊耳膜都要炸掉了，接着就听到爸爸妈妈的争吵，不是妈妈哭着跑出去，就是爸爸甩门而去。如果跑出去的是妈妈，她大概一两个小时后就会回来，因为她还要给全家人做饭；如果跑出去的是爸爸，他大概第二天或者第三天早上才会回来，有时候是高兴地带着钱回来，大方地给乌鹊零花钱，向老婆道歉，给她钱让她去买新衣服或者做家用。反正打牌赢来的，不用白不用；有时候是更暴躁地回来，喝酒，吃光厨房里的剩菜，然后倒头就睡。

这时有人来敲门，听声音是一个以前和妈妈一起做会计的阿姨，太好了，有人来做衣服乌鹊就高兴，不然妈妈总是耷拉着眉毛，眼睛里充满了欲滴不滴的泪水。可是支着耳朵听了一会儿，乌鹊觉得这阿姨不是来做衣服的，倒像是来报告什么不好的消息的，具体是什么消息她听不清楚，只听到妈妈一句接一句地问："真的吗？怎么可能呢？真的吗？"那阿姨走了，妈妈慌慌张张地跑进乌鹊的房间——那是一个用三合板从爸爸妈妈的卧室里隔出来的小间，乌鹊连忙翻开课本，做出一直在专心写作业的样子，但妈妈没看她，而是踮着脚去够书架顶上的一个饼干桶。她个子太矮小了，用了好几次力才把饼干桶拿下来，吹了吹上面的灰尘就塞进乌鹊的怀里。"宝宝，这里面是咱家的存折，你带着去剧院找张工玩，晚上妈妈再接你回家——不接你别回来。"

乌鹊困惑地眨着她绝美的大眼睛。"我爸呢？"

"说了你也不懂，快去。"

"我懂啊！我都八岁了。"

"你爸赌钱，输了很多钱，一会儿可能会有人上门来要债。"

乌鹊眼前浮现出一群光着膀子的黄毛，从背后抽出四五尺长的钢管，那是她在厂办电影院里见过的香港古惑仔，她仿佛看到这小小的一居室里被鲜血填满了，她扶住书桌，现在她看上去比妈妈镇静。"妈，咱们一起跑。"

"把存折带走就没事了，他们不会把咱们怎么着，记着这是咱们家所有的钱，一定要保护好！"妈妈把乌鹊推出门，乌鹊撒开长腿朝剧院跑去，这时正是下班的时候，乌鹊逆着人流跑，她漂亮的身姿在自行车轮海里穿梭着。人人都认识她，但没人知道她为什么这样疯跑，有人讶异地顺着乌鹊的脚步看向剧院门口的海报，今天在演一场名叫《玛丽女王》的歌剧，那是什么名剧吗，能吸引这孩子如此焦急地赶过去？这人想了一会儿，挠着头走了。

剧院看门的老头是爸爸的师父，大家叫他张工，据说曾经连续五年获得王进喜标兵称号。不过很不幸，他的左腿在一次事故中被机器绞断了，工厂给了他很好的病退福利和看剧院的闲活儿，还有一条从前苏联进口的高级假腿。这腿真的很不错，关节做得灵活又逼真，罩上长裤，任谁也看不出来是假的。几年之后有个零件坏掉了，张工想把它寄回工厂返修，可是这时苏联已经解体了，那工厂本是俄罗斯出资，建在白俄罗斯境内，也不复存在了。他现在用的假腿是他自己用木头做的，做得实在不如原来那条好，走路的时候，总是在柏油路上发出笃笃的敲击声。

这敲击声一顿一顿地朝着乌鹊迎过来，同时传来的还有剧场里的音乐声，因为学过两年钢琴，乌鹊多少听出这音乐声不是很走心，歌剧也唱得很敷衍，她直接冲了进去。

张工跟在后面慈爱地说："别吵，乌鹊，自己找个位子看戏。"乌鹊看着昏昏的大厅——还用找位子吗？观众还不如戏台上的演员多。等她适应了室内的光线，她又看清楚大厅的三百多个座位中，前三排的高级沙发已经被拆走了，留下整齐的一片螺丝拧在水泥地板上，光秃秃的，像被端走茶杯的茶托，散发着人走茶凉的衰败感，台上的歌剧演员被雪亮的大灯照着，钢厂不缺电力，灯光好像太阳，能清楚地看见演员心不在焉的眼神，只有裹着金丝红斗篷的女王——她就是玛丽女王吗？和别人不同，她年纪也不轻了，眼角的皱纹有点卡粉，但是她的肩膀那么平，脖子那么挺，眼中充满了宝石一样的光彩，那光彩是被颈上的项链衬托的。乌鹊不知不觉地往前走，一直走到台下，她的身高刚好能把下巴放在舞台的边缘，她看着女王和她的项链，那是一条有着很多花枝和钻石的项链，当女王转过身去的时候，她看到项链背后的搭扣是一块绿宝石。

歌剧结束以后，妈妈还没来接她。观众都走了，张工用一把大扫帚轻扫着大厅，木腿笃笃的声音被吸音墙壁放大了，像很多个木头兵在围着乌鹊跳舞。乌鹊把饼干桶抱在怀里，端坐在墙角的椅子上。

木腿声近了，张工说："乌鹊让一下，我扫一下底下这片瓜子皮。"

乌鹊乖乖地跳下椅子让到墙边，一会儿看看大门——没有妈妈的身影，一会儿看看后台，后台的灯还亮着。她想去看看女王，因为歌剧的后半段她没有听懂，为什么玛丽公主会变成平民，为什么平民能成为女王，为什么玛丽女王不好好地治理国家、热爱人民，而是要杀得城堡里血流成河？

她刚一跑进后台就和一个金灿灿的人撞了个满怀，抬头一看，一个扑了满脸满脖子金粉的人，正是那个女王。她拍了拍乌鹊的胳膊，像是扶稳她，又像是说"抱歉呀"，然后侧身走了。后台空无一人，空气中弥漫着香粉的味道，一瓶卸妆膏倾倒在化妆台上，地上扔着染满了油彩的纸，一点亮晶晶的什么东西，从纸巾底下透出来。

乌鹊抓起那堆亮光，是那条项链，离开了舞台上的大灯，它看上去不再那么光彩夺目了，可是依然很漂亮。花枝共有五十二枝，钻石不知有几千颗，宝石搭扣好像长满水藻的湖水般碧绿，“女王阿姨，你的东西——”她回头大喊，女王已经拉开了后门，回头看了一眼，笑着说：“送你了。”

乌鹊大惊：“这都是宝石呀！”

“玻璃的，拿着玩吧。”

她把项链装进了口袋里，这时她听到外面大厅里张工和妈妈打招呼的声音。

乌鹊回家后，发现家里被搬空了，冰箱、电视机、沙发、桌椅板凳，还有她用来学英语的一台小录音机都不见了，小房子看上去显得又空又大，更显得遗留下来的的缝纫机和床无比突兀，爸爸仍然没有回来。乌鹊去睡下了，缝纫机的声音响到了天亮。几天后爸爸回家了，他们没有吵架，妈妈一直沉默着，厂区里也越来越多的人开始沉默了，厂办的商店和福利设施一家一家地关门，剧院也关了，他们都“下岗”了，有的人走了，说是去海南或者深圳打工了，有的人留下来，趁天黑去厂房里偷零件出来卖废铁，其中有人被抓住判了刑。乌鹊也不再去上舞蹈课、钢琴课和油画课了，不仅因为她家交不起学费，也因为钢厂艺术团都解散了。

那些被搬走的家电，乌鹊家没有再买新的，因此夏天她没有冰棍吃，放学后也没有动画片可看，但乌鹊觉得也还好。只要妈妈的裁缝摊多接点活，爸爸也和他们车间下岗的叔叔们一样找个事做，总不会饿着嘛，但乌鹊很快发现事情的复杂程度超出了她这个八九岁孩子的想象：首先妈妈接不到太多的活，人人为生计奔波，谁还有心思做衣服，顶多改改裤脚。挣的钱只够买菜，而爸爸的债也并没有因为搬走了家电就还清。一天放学后，乌鹊发现一大堆邻居挤在自己家门口，见她回来，纷纷让出一条小路，有的人脸上带着幸灾乐祸的表情看着这个绝世小美人——你再美又怎样，还不是家门上被人用红油漆写了“欠债还钱”！

乌鹊掏出脖子上的钥匙开门，意外地发现爸爸妈妈都在家，家里弥漫着劣质白酒的气味，爸爸盯着地上的一只手提包发呆，手提包像只饥饿的鳄鱼一样张着大嘴，里面扔着两三件衬衣，妈妈踩着小板凳够柜子顶上的饼干桶。

妈妈带着饼干桶出去了，不一会儿回来，她把皮夹子摊开，里面一沓钱，然后把存折翻开给爸爸看。看着，取干净了，一毛不剩，我们娘俩留点买菜钱，剩下的你要省着花。”

爸爸黑着脸皱了皱眉头：“省着花？买完车票也不剩几个钱了。”

“所以更要省着花。”

“爸，你去哪儿？”

爸爸不说话，就着桌子上的剩菜喝酒。妈妈回答她：“去深圳打工。”

“去深圳挣了钱就能还债了吗？”

“能。写你的作业。”妈妈开始给爸爸熨裤子，乌鹊入睡以后，梦中感觉一只手在摸自己的头，这感觉越来越清晰，她眼皮一动，在睫毛的缝隙里看到爸爸坐在床边，像摸一只小猫一样摸着自己的头发，那么温柔、怜惜……她很想翻身起来扑进爸爸怀里，像五六岁时那样骑在他脖子上说：“大马快跑啊！”自从爸爸下岗后脾气变得暴戾，她连接近他都不敢了，可是她没有动，出于小孩子敏锐的感受力，她觉得如果爸爸发现她醒了，就不会再这样展示温柔了，于是她就这么躺着，浓密的头发铺了一脸，爸爸甚至没发现她睁着眼睛。

妈妈从厨房里走出来，把保温杯塞进手提包的侧袋，爸爸站起来，拎起包走了。

也许爸爸过年的时候就会回家了，乌鹊假装呓语着翻了个身，看着窗外的树枝扑打着玻璃，风起了，树枝每一摇晃就有一片叶子落下，秋天来了，那么冬天也不远了。

快天亮的时候，乌鹊和妈妈被敲门声吵醒，她有点害怕，妈妈也本能地把她抱在怀里，母女二人很是发了一会儿抖，接着听到门外的人说道：“李大姐，别害怕，我们是派出所的。”

这天爸爸离家之后，没有去火车站，而是去了他混了几年的那个地下赌局，也许是他觉得打工还债遥遥无期才想搏一把，也许只是赌瘾难耐，人死无法对证，谁也不知道真实的答案是哪一个。总之他又输光了这笔钱，跳进了钢厂外面的小河沟，警察是来喊妈妈去认尸的。

工厂的宿舍被收回去了，债务却被母女继承了，她们一路搬迁，从郊区搬到农村，租住在村边的平房里。乌鹊平时在路上走，除了要躲着没拴链子的大黄狗，还要躲避朝她吹口哨的半大青年，妈妈还是开裁缝铺，每个月都有面包车停在裁缝铺门口，车上下来三个或者五个大汉，带走她们这一个月的收入。

等到乌鹊十五六岁时，她已经知道一切恶行都有一道不能逾越的墙，它就是法律，她请了律师把爸爸欠债的始末和证据都理了一遍，然后她的希望破灭了。她本以为高利贷超出法定的利率范畴就是非法的，然而爸爸签的并不是高利贷，只是正常的借条，当时借条上写了十万，他是否只拿到八万，剩下的两万被当作利息当场扣下，那也是死无对证的了。这些借条加起来竟然有两百万之多，它们全都是合法的债务。

律师也帮乌鹊想过办法，比如每挣到一点钱就偷偷转到可靠的亲友的账户上去，只要她们母女名下没有财产，对方手中的借条就只是一张纸。但乌鹊道了谢，拖着疲惫的双腿离开了，她知道律师的建议是诚恳的，但她更知道那是不可行的，首先她们并没有信赖程度足够托付财产的亲友，其次那些人是盘踞在当地多年的借贷公司，和黑道勾结密切，不是想赖就赖得掉的。

乌鹊考上大学的那一年，妈妈的眼睛终于瞎掉了，再高度数的近视镜也不能让她看清楚了，然后她开始分不清黑夜和白天，因为光对她而言没有意义了。一天中午放学回家，妈妈问她为什么半夜了还不睡觉，不要玩手机，晚上看书对眼睛不好。她看看天上的大太阳，什么也没说，妈妈唠叨了两句，自己走回房间去睡了。乌鹊把胶皮管接在厨房的水龙头上，拖到院子里浇菜地，多亏这一小畦土豆黄瓜，母女俩能省下一丁点买菜钱。小小的菜地很快浇完了，乌鹊提过墙角的一只破木桶，桶是她前几天从路边捡来的，今天她又在回家的路上向一个工地讨了一点白灰，白灰在木桶里搅拌了一会儿，水加多了，她又掺了把土，然后开始垒被村子里的坏蛋推塌了一半的院墙。

白灰被她抹得歪歪扭扭的，她搬起一摞砖头，一块一块地垒上去，心里盘算着：因为妈妈的眼病，她现在有资格申请贫困生补助了，学费可以省掉，然后她可以去做家教或者礼仪小姐，或者随便什么她能做的兼职，这种活总不会太难找。哼，2005年的北京，想要饿死也不是那么容易的，牙一咬心一横，什么事都做得出来。她决定不再想了，专心用一个瓦片把白灰的边缘刮整齐。

这时她听到房门吱呀地开了，妈妈走出来了，和以前不同的是她没有扶着墙壁摸索，也没有说“宝，来扶我一下”，她看上去好像眼睛并没有坏掉，眼睛盯着一个地方往前走。乌鹊呆住了，妈妈的眼睛好了吗？然而这一点希望的小火苗噗地熄灭了——妈妈视线集中的地方是半空中的一团虚无，她不是在走，而是在梦游。

乌鹊大气也不敢出，因为据说梦游的人被惊扰到，有可能会留下精神上的问题。

妈妈走过了半个院子，她的脚踩到了泥泞的菜地边缘，乌鹊仍然不敢说话，妈妈的脚在泥水中重重地踩了几下，她的话印证了乌鹊的猜测：“这么多水，到河边了吗，宝？”

“到了，到了。”乌鹊应付着说。

妈妈点点头，弯下腰，高高地卷起裤腿，手撑在膝盖上，盯着泥地，“看”——如果那称得上是看的话。

她在看什么？或者说，她在梦中看到了什么？

她这个姿势保持了很久，乌鹊受不了了，如果她一时撑不住向前栽去，恐怕还要受伤。乌鹊决定轻轻地唤醒她，可是她刚往前走了一步，就见妈妈伸出两只布满老茧的手，在距离地面一尺来高的空气里来来回回地摸着……她在摸什么？乌鹊又站住，接着她看到妈妈摸索的手势是有方向的，先是圆圆的一块，然后向下，腰肢，手脚……又返回开始，再来一遍……

仿佛身后突然压倒了一座冰山，一阵冷气从乌鹊的背后袭来，她在盛夏的正午打起了寒战，牙齿咯咯地响，全身的关节紧绷。她想逃跑，因为她看到了妈妈的梦，妈妈正在梦中摸爸爸，她在认尸，所以她要往河沟边走。

妈妈醒来后再也不认得乌鹊了，她甚至想不起来自己生过孩子，连自己的名字也要想上半天。乌鹊把她送进了精神科，她陪住了三天之后回到学校，在宿舍楼下被按住了，拖进了两栋楼之间狭窄的过道里。

她有点害怕，但也不太怕，说："我爸的钱我还是会还的。"

"不还就把你卖到老挝去做鸡。"

她抿紧嘴巴。

那几个人走了。

乌鹊握着被他们抓痛了的肩膀，慢慢走出楼底的暗影。十月初的天气晴得多么好，开学一个多月了，军训结束的新生们都回来了，个个挺着胸脯从她身边走过。她眯着眼睛抬头看向人群的尽头，两百万的巨额债务啊，对面教学楼顶的天文望远镜值两百万，楼下一位家长来送孩子的车值两百万，刚才从她身边走过去的隔壁系的系主任手上的钻戒大概也值两百万，只是随便扫视一眼，世界上就有这么多两百万，只可惜没有一个和她有关。

她比妈妈滑头一点，做家教或者车展模特挣的钱，三百两百地攒起来，大多数支付给精神病院，剩下的她也不肯全部拿去还债。她像中年男人藏私房钱一样这里克扣一点，那里克扣一点，又像骆驼祥子攒银圆一样，买了一个窄口花瓶，余钱都扔到里面去。日子一天一天过去，上课下课，打工收工，花瓶里的钱越来越多了，闭着一只眼睛看进去，花花绿绿的快要堆到了瓶口，可是乌鹊心里有数：这里面是蓬松的纸钞，又不是瓷实的金元宝，她不敢摔碎了花瓶去数里面到底有多少钱，因为她很清楚并没有多少。

她知道节流是没什么前景的，关键还是要开源，她把自己——一个英语系大二学生在2005年能做的工作都在纸上列出来：第一，她最喜欢做的，她想在西单租一个档口卖衣服，她大概从小就有挑衣服的天赋，有人来找妈妈改衣服的时候，都喜欢问问她的意见，她只用负责选款和进货，档口雇个打工妹盯着，不影响她上课，可是一打听铺面的租金，她的心凉了，原来做一桩最微小的买卖也需要那么多钱，她没地方去借这笔钱。

第二，听上去最上进的，做翻译，以她现在的能力可以做一些笔译的工作，但笔译的报酬很低，口译则需要考下一堆证书，她需要很多工夫来埋头苦读，这份工夫她当然会下，但不能解燃眉之急。

第三，目前最现实的，继续做家教和车展模特，但把量多多地翻上几倍去，因为她的单价已经在同行里算高的了，没有什么涨价的空间，只是这样一来，用来读书的时间就少了。她陷入了矛盾。

这样的思索经常陷入两难的死胡同，使她的太阳穴微微地胀痛，她推开桌子站起来，看着窗外的什么风景发呆。

在一个飞速发展的大时代的一线城市，有无数暴富的机会，她知道，但是她并没有足够的视野去发现它们；世界上有的是出身比她还糟糕、教育经历也不如她的草莽英雄能白手起家，她也知道，但她只有佩服，却无法复制。在当时便流行一种说法——十年后借助社交网络和自媒体又发展成了拥趸众多的一种观点——穷人是因为懒惰，贫穷是活该的。第一次听到这句话的时候，乌鹊心中的愤慨几乎使她流出眼泪来：改革开放不过三十来年，城市居民普便脱贫也就一二十年，制度上对私产的保护还在萌芽阶段，全社会都可能随着不可抗力事件一起归零，究竟是哪里来的所谓中产阶级优越感给了这些人幻觉，使他们觉得自己有资格伸出高贵的手指指着对面的穷人，说“你穷是因为你不努力”？至少在乌鹊的经验里，贫穷的起点意味着没有扩大生产的本钱，比如她连租一个小铺面都做不到，贫穷还意味着必须牺牲改进和学习的时间来维持眼前的生活，比如周末她要练口语就不能去做车模，要做车模就没时间练口语；贫穷还使她完全没有承担生活中的意外的可能，有一天她饭后觉得肚子疼，有同学说可能是阑尾炎，她的第一个反应竟然是如果要做手术，即使学校医保能报销大部分，剩下的她也承担不起，这还只是小病，如果是大病呢？有人能说乌鹊不努力吗？她疲于奔命，养家糊口，用功读书，每个深夜她拖着快累散架的身体躺在宿舍的小床上，看着外面稀稀疏疏的灯火，看着大团的枯叶在月光里落下，一直看到黑洞洞的夜空中去，好像那能包容一切的黑暗，能给她一个答案。

冬去春来，她产生了“此题也许真的无解”的绝望，有一段时间她陷入一种巨大的羡慕情绪里，她羡慕身边的一切——当看到娱乐新闻里一对明星分手的时候，她不关心八卦的前因后果，而是在心里感叹：真幸福，他们不用背负一辈子还不清的债务；当看到两个国家的首脑握手言谈的时候，他们新签订的邦约在她脑子里留不下一点印象，她只是在想：不错，他们当然都不用背负一辈子还不清的债务；当她站在文艺大厅里主持学院的新年晚会的时候，她看着台下乌压压的人头，心里的羡慕几乎要升级为嫉妒：他们为什么能这么开心？因为他们不用背负一辈子还不清的债务，可是这些没心没肺的同学，他们还在为挂科和失恋伤心，他们根本意识不到自己多么幸福，这些傻子啊！乌鹊一边说着新年贺词一边红了眼圈。巨额的债务，好像长了脚的乌云，无声无息地跟着乌鹊，专注读书或者看到好玩的电影的时候，那乌云也会暂时离开她的感知，但一个喘气的工夫它便又回来了，沉甸甸地压在头顶。

乌鹊知道它从未真的消失过，它会在余生中永远地折磨她，侵占她的生活，侵蚀她的快乐。

乌鹊很少说话了，连和同学在食堂打个招呼都令她觉得吃力，她也丧失了食欲，早上吃几口豆芽，到了晚上也不觉得饿。她怀疑自己得了抑郁症，学校的心理咨询中心是免费服务的，但她不敢走进去，那里让她联想到妈妈住的精神病院，她不想承认自己的失常。

掩耳盗铃是没有用的，乌鹊还是一天天失常了下去。某一天，连到学校来找她收债的人都看不下去了，他们还是像往常一样凶巴巴的，但话语里仿佛多了一点关切：

“你没得什么绝症吧？瞧瞧，一层皮搭在骨头上。你刚才远远走过来，我感觉是一具骷髅在走向我。”

乌鹊吞咽了一下，这能使她开口不那么困难，她说：“没。”

那两人对视了一眼，一个说：“要不我们送你去医院做个体检？就校医院，不花什么钱。”

乌鹊觉得喉咙很紧，每说一个字都像要逆风嘶吼，她说得声音很低，速度也很慢：“你们在担心，我死了就没有人还债了，对吗？”她的眼睛轮流在他们脸上盯着，“可是我不会死的。我的身体没有问题，精神上现在不太好，但我会好的。全世界的孙子王八蛋都死光了我也不会死，我会一直活着。”这几句话好像用尽了她全部的力气，她转身离开的时候，不得不一只手扶住墙壁。这两人不再说什么，用复杂的眼神看着她，她的薄衬衫被风吹得裹住后背，清晰地印出脊柱的形状，一节，又一节……

乌鹊在严重的抑郁症中挣扎求生。无数个深夜，她在室友全都熟睡后从床上坐起来，虔诚地遥望着窗外的夜空，向冥冥中不属于任何宗教的天神祈祷，有时候她祈祷的内容是：“愿我没有痛苦。”在精神状态稍好一些的时候，她能因此获得一个夜晚的平静；在精神状态不好的时候，她就换上另一句祷词：“如果我不能免除痛苦，就让世界没有痛苦，因为这痛苦太痛了，我这样顽强的年轻人都几乎被摧毁，别人怎么办呢？柔弱的小孩子怎么能承受？无助的主妇怎么能承受？疲累的中年人又怎么能承受？就让除我以外的所有人都把痛苦转移给我，让我来承受世界上唯一的一份痛苦。”

在这样艰难的自我治疗中，她的状况时好时坏，好的时候和别的同学无异，坏的时候比别人看上去更沉默些——但也看不出什么，这是她的孤军奋战，乌鹊一路都很英勇。

开春的时候，乌鹊收到了一份请柬，元旦晚会上和她搭档主持的一个中文系的姑娘请她去家里做客——又说不是家里，是在国贸一个酒店的顶层露台，那姑娘的爸爸是个画家，宴请答谢拍卖行的人。在那天的元旦晚会上，这姑娘因为忘词而临场胡编一气，全靠乌鹊捧哏遮过去，因此对她充满感激。爸爸的宴会她不得不去，可是一想到和那些并不熟的人虚情假意地寒暄就烦躁得不行，想了半天，她邀请了乌鹊。

乌鹊仍然在努力治疗自己，她决定强迫自己习惯人多的场合。那是个四月中旬的傍晚，春风和暖，草长莺飞，姑娘家有司机来学校接她。她穿着一条鹅黄色的连衣裙上车，手里拿着顶宽檐带缎带的礼帽，因为她没参加过艺术圈的答谢晚宴，不知道着装规格究竟是怎样。如果大家都穿得很随意，她就把帽子拿在手里，如果大家都穿着晚装，她就把礼帽戴上。

车停在国贸酒店门外的时候乌鹊就想起来了，一两年前她曾经在一层的某家店铺开业时做过司仪，当时她拿到五百元报酬后就坐地铁回学校了，她从来没上到过顶层，也不知道顶层露台竟然这样大，视野这样好。这天的空气也好，竟然可以从国贸看到西山，对于那雪白硬绸质地的桌旗和宝石一样夺目的香槟酒杯，她倒没怎么留神，她像看奇观似的朝西看去，看着那西山淡青色的轮廓在晚霞的映照之下慢慢变红又变白，然后淡淡的夜幕从四面围上来了，西山不见了，身边的人多了起来。她转过身来，看着攒动的宾客，她想看清楚女士们的穿着，但是她办不到了，视线一阵阵模糊，血液想从头顶直落到脚下，抑郁和夜幕一起围了上来。她抓着冰凉的桌角，深吸一口气——并没有多少氧气进入肺叶中，她又叹了一口气，仿佛全身的器官都随着这口气被吐出来了一样。

她很清楚为什么抑郁如此快而重地袭来：她发现自己身处的场合，每走一步都能踩得金钱叮咚作响的场合，可她清楚地意识到自己与它毫无交会之处，金钱是别人的，她什么也没有。爱玛——请她来参加宴会的那个女同学，现在不知道去哪儿了，她一个一个在人群里甄别着，却只看到蜜色皮肤穿白纱裙的女子、穿西装配短裤的腰身纤弱的男子，有几个人使她颇觉得奇特，从他们寒暄的全程来看，他们应该是第一次见面，而且从前也没有听说过对方，可三句话之后，他们开始掏心掏肺了。

于是乌鹊知道她不是这个宴会上唯一的陌生人，同时她十分羡慕那些随时能熟络起来的人，有些人就在她身旁聊天，转头时头发甚至能扫到她的脸，可是她没办法加入谈话。第一，她做不到无缝插入别人的对话，连张张嘴都让她觉得吃力。第二，她没有可以加入那些对话的内容，他们在聊琉森湖旁边的滑雪场和如何买到“好价”的波尔多酒庄，乌鹊听着，身上渐渐发起热来，同时又扫了一遍人群，爱玛还是不见人影。

她左边坐着一个大胡子的人，打扮在她眼中可算得上怪异：他胡子是黑的，头发是花白的，也不知道是不是染的，上身穿着中式的对襟衫，下身却穿着条深灰夹金丝的西裤，乌鹊一点也理解不了这审美。这人似乎很受敬仰，不一会儿时间已经有十来拨人过来敬酒，乌鹊想，这大概就是爱玛的爸爸。

等到又一个恭肃的年轻人走过来深鞠一躬说：“方总好。”乌鹊才知道不是，因为爱玛并不姓方。

这年轻人似乎想和大胡子多谈两句，他把酒杯放在桌子上，看都没看乌鹊，同时双手把乌鹊推向一边。

乌鹊一点声音也没发出来就连人带椅子被推开了，她站起来走掉。到处都是人，她四下看着，想找个安静的地方，然后看到灯下栽种着一大片吊兰的地方，有个人在朝她微笑着一点头，指了指身边的长椅。

不走过去就不礼貌了，乌鹊干脆过去坐下。

这人微笑道：“抱歉。”

“什么？”

“那个人，”这人做了一个双手推开的动作，“双手把你推开。有些小朋友眼睛里只想着结交大佬，对别人不大尊重，你不要不开心。”

乌鹊睁大眼睛，她觉得好笑。“双手吗？我完全没有感觉到。”

这人也笑，从旁边的桌子上拿了杯果汁给乌鹊。“你是学生？”

“爱玛的同学。”

“爱玛呢？”这人回着头看。

乌鹊喝着果汁，糖分让她的头晕缓解了，她看清楚面前这人的长相，他年纪不轻了，远看不明显，近看才看到额头上的皱纹和脖子上松弛下来的皮肤。不过他的身板非常挺，宽肩膀，穿着下摆有点皱的西装，看上去像个平庸无趣的生意人，既不“高端”，也不“威严”，乌鹊放松下来。

“爱玛很够朋友，她怕我在学校无聊，一定要拉我出来玩。”

“结果主人把客人丢下不管了。”

“不，不，我一个人待着挺好。”乌鹊看着人群，“出来走走，看看陌生人。”

“你不开心吗？”

“不开心？”乌鹊重复了一遍，礼貌使她本能地想反驳，说些“没有呀”之类的客套话，但是话到嘴边转了向，在一个不会再来第二次的聚会上，和一个永不会再有交集的陌生人，说两句真心话也是无妨的，“是的，我很不开心。”

“我猜猜原因。”这人说。

乌鹊大概知道他会猜什么，失恋了？考试挂科？这是她这个年纪的女孩很可能有的两种烦恼，她不指望一个平庸无趣的陌生人能理解她。

“我猜，你受了委屈。”

乌鹊惊异地抬起头来，大眼睛里很快蓄满了泪水。她一边看着他，一边拼命把鼻腔中的酸胀感压下去，毕竟爱玛随时可能出现，她在人家的宴会上哭了起来，那算怎么回事呢？一个分心，泪水像落潮一样落了回去。她叹了口气。

她又低下头，心想这人一定要来劝了，她也不是没听老师和几个要好的同学劝解过，那些话她也很熟悉了，比如“慢慢来，没有什么事是过不去的”“开心一点，日子还长着呢”，那些话一点用都没有，连安慰剂的效果都没有，只能换来她礼貌的一句道谢，现在她也准备把这些话再听一遍了。但是这个人没有说那些话，他说：“有什么我能帮你的吗？”

“帮”这个字，再一次使乌鹊抬起头，看着那张平平无奇的脸。“谁也帮不了我。”她把杯中的果汁喝完，她想走了，刚一转身就看到爱玛跑过来，她浑身是汗，像个热腾腾的小鹿，汗湿的手一把拉住乌鹊：“被我妈在楼下按住和一大群阿姨聊天——你没有觉得无聊吧？我给你介绍。”她同时朝乌鹊的身后摆摆手，“爸，我先带乌鹊去认识那边的朋友。”乌鹊惊异地回头，见那人笑着点头说道：“好。”乌鹊被爱玛拉走了，接着耳中灌满了她独坐时旁听到的寒暄，那些枯燥的赞美，眼睛只在她的头发丝上一瞟就扔出一大串“你好美”，还有无意义的问候，刚问出“你在读什么专业”，还没听到回答就把眼神飘走，追逐着一个有电影正在热映的女明星而去，乌鹊一一回答，同时在这些寒暄里听清楚了爱玛爸爸的名字。他是个画家，今天的宴会是招待去年为他服务了一年的拍卖行，这是爱玛早就告诉过乌鹊的，只不过她没有留心，连画家的名字也没打听。现在她知道了，她在灯光的暗影里摸出手机，2005 年的诺基亚，小小的屏幕用 2G 网络搜索着画家的名字，她看着网页，仔细把他一幅画的拍卖价后面的那一长串零数清楚，她在沉默中震惊着，在心里暗暗地吸了一口气，压垮她人生的巨额债务只值人家一幅画的一个小角落。“乌鹊！乌鹊！”爱玛又喊她，她抬起头来，同时在人群中追着画家的背影看去，太平凡了，她感叹道，他既不像个艺术家，也不像个有钱人。

她赶在末班车之前离开了聚会。地铁站里的风声在耳边呼啸而过的时候，乌鹊感觉到自己起了一点异样的心思，她来不及细想那心思是什么，地铁门开了，末班车空荡荡的。她走进去坐下，把头靠在圆管扶手上出神，黑漆漆的车窗模糊地映着她的影子，和坐在她同侧位子上的一个年轻人，车窗上的人影有点变形，但乌鹊看了一会儿，还是看清楚这人的裤子拉链拉开了，双手在胯下飞快地运动着，她转过脸去，看到一个孱弱的小伙子，满脸潮红，半张着嘴看着她。

乌鹊一点也不害怕，她知道地铁里虽然空，但是车头有工作人员，她并不是在旷野里；她也不想躲，因为她知道暴露癖是从对方的惊恐中获得快感的，她估量了一下这人的身高，一米七出头，和她差不多，打架她不一定会输。她从小没有打过架，但这时非常想打架，要不是不想破坏公物，她都想找棵树抽打一顿。打人呢，她不会找碴欺负人，但一个性骚扰者，一个瘦弱的性骚扰者，简直是完美的发泄暴力人士，绝对正确，闹到网上还是闹到派出所都是她一百个有理。

她兴奋地站起来，手指关节咯的一声，她才发现自己捏起了拳头，那人眼里飘过一阵弱者的惊恐，更验证了乌鹊的猜测：要有多失败、多落魄、多自卑的人才会使用在公众场合暴露的方式来发泄欲望，这种人完全不值得畏惧，一个凶恶的眼神都能在他的失败、落魄和自卑上再放上一根稻草。那人手上的运动停了，匆匆拉上拉链——或许还夹住了，因为他痛得一龇牙，然后慌慌张张地朝隔壁车厢跑。车门这时正好开了，那人逃了，乌鹊在原地捏着拳头，那力气已经聚到手腕上了，重得使她的右臂微微地发着抖。

车厢里又只剩她一个人了，她想，她应该坐下了，但是她没有，她一路站到学校，把钢管扶手握得发烫。“我会一直站着，绝不倒下，绝不崩溃，不管我看上去多脆弱，我都不会真的被击垮；我永远不会疯，不会像妈妈那样躲藏在精神失常的盾牌后面，在犯罪和疯掉之间我宁愿选择犯罪。”她很清楚地铁进站时她的那点心思是什么，但她现在不想细想，作为一个游走在精神崩溃边缘好多年的人，她习惯不在夜里做决定，深夜使人脆弱和不理智。她想，如果明天醒来这个心思还在，那时再说。

第二天她醒得很晚，宿舍里的三个姑娘都不在，她从容地起床，洗漱，打开她那台很慢的，从学姐手里买来的二手电脑，查到画家工作室的电话，电话拨过去，是一个自称助理的人接的，说画家不在，一会儿会回电话来。乌鹊去了宿舍楼里的自习室写作业，自习室每天晚上不会清理桌子上的书，因此和图书馆的功能自动分开：备考的人通常会有很多很重的参考书，他们更喜欢常年在自习室占住固定的位子。乌鹊在自己的位子上坐下，翻开一本口译习题，可是她的视线是飘的，一会儿飘到斜对面的公务员备考参考书上，一会儿飘到邻桌的研究生备考参考书上。这里很安静，人人严肃沉默，各人有各人的跑道，乌鹊也有自己的跑道，但是在那个把她逼到崩溃边缘的坎儿迈过去之前，她不能放开腿脚去跑。

电话一天都没有响。到了深夜，乌鹊死了心。向宿舍里一个常年神经衰弱的室友借了半片安眠药，因为醒着会使她思虑太多，睡眠虽不能解决问题，但能使明天早点到来。

第二天，画家打电话过来了。她非常平静，在心中对自己说，这是万里长征的第一步，只是第一步，既不意味着向前，也不意味着向后。这平静使她自己都微微有点震动，从未有人指点过她，她也没看过相似的电影或小说，没有任何现实的或艺术的形象供她模仿，可是她做得这么自然，就像婴儿天生会吸吮乳头一样，一种生存本能，对，生存本能，乌鹊想。

画家对她的电话来访表示很意外，当她表明原因——为没有认出她是爱玛的爸爸而抱歉时——他又觉得感动，他为自己作为主人而冷落了客人道歉，同时觉得那天她匆匆走了，没有多聊一会儿而感到遗憾。乌鹊顺势说她有一些油画上的问题想请教，想请画家吃饭，画家明显犹豫了一下，然后答应了。

在钢厂还鼎盛、家中还有闲钱的时候，她学过好几年画，但是毕竟十来年没拿画笔了，她试着临了幅画家的作品，粗看有个样子，细看哪儿哪儿都不对，但她不在乎，这几天通过查阅资料，她完全知道了画家泰山北斗般的地位，不管她画得多好，在大师眼里都是新手水平，她站远了些打量自己的画，对那稚拙的笔刷痕迹颇为满意，然后把它放到阳台上去通风。

接着她找了几个国外的艺术网站，看了几篇论文，浏览了最近纽约的先锋画展，还顺着画展上的信息找到了几个在纽约学画的学生的博客，看这些博客用了她一整天的时间，到了晚上，她整理出了两张纸的聊天大纲，熄灯后躺在床上，她心里默默地记诵着，直到睡着。

这顿饭吃得极为无聊，尽管乌鹊做好了心理准备，但无聊程度还是跌破了她的预期——她羞赧地拿出自己的画请画家指导，画家戴上了眼镜，像古董商鉴定古画一样把每一笔都仔细看清，语气严厉得像批评他班上的学生，并没有像乌鹊意料的那样，说“小姑娘画得还行”。她又想起他的无趣来，这个人太无趣了，太平庸了——当然他在艺术上是大师，这不妨碍他的魅力是平庸的，当乌鹊按照背熟的聊天大纲一个接一个地引出话题，他完全跟随着乌鹊的节奏走，她问什么，他像讲课般严肃地答上一大篇，也像讲课一样留一个思考题做结尾：“所以这种趋势你怎么看？”

乌鹊哪里知道怎么看，连她提问的那一大串名词都是她昨天在网上查的，她把自己挺直的后背放低了些，这使她看上去不那么高，而微微有了点仰视的角度，然后她托起腮，同时提醒自己不要托得太用力，以免两颊的肌肉被挤压得变形，她眨着大眼睛，慢吞吞地说：“我觉得……”

钢琴声如同救急的大侠一样及时赶到，从餐厅的另一头细细地传来，乌鹊眼中亮了：“这是我学会的第一首完整的曲子。”这是真话，她静静地听着，钢厂、奶油蛋糕、烟囱、强壮开朗的爸爸、温和勤俭的妈妈，在她学这首曲子的时候，身边尽是这些景象，现在它们随着曲子一同回来了，赶不走也驱不散，她知道心事重重的表情也回到了她的脸上，她控制不了，好在曲子不长，钢琴师换了另一首。

她把脸转向窗外，看到百叶窗上一层水渍，闻到泥土被打湿后的腥气。“下雨了。”她轻声说。然后这顿饭结束了。

乌鹊没再联系画家，她心里很清楚——或者说无师自通——如果画家主动找她，那么她才有可能迈出万里长征的第三步，如果画家不再找她，万里长征就像肥皂泡破灭一样不存在了。

好在她有很多很多事可以填充时间，她准备口译考试，有时候在自习室熬通宵；她写周末作业和期末论文；她打工；她去医院看妈妈，妈妈没有任何好转的迹象，但看上去很幸福，精神病把她和现实隔绝了，也把她和痛苦隔绝了；她还钱，一卷钱交给借贷公司，两百万的债务却仍然是两百万——因为她一直在还两百万本金的利息！回到宿舍，她倒头就睡，做礼仪化的浓妆还残留在脸上，她没力气卸了。

时间大约过了两个月，北京进入了干冷的冬季，画家突然找她，问她可不可以给她的一幅画做模特。

乌鹊摔了她的存钱罐，那是她存了一年多的小金库，她一张一张地理好带去商场，买了件齐脚踝的乳白色的羊绒大衣和一条裸色丝质睡裙——说是睡裙，如果有勇气和审美来外穿也未尝不可。这笔钱她预想过很多种用途，应付生病或者报辅导班等等意外支出，唯独没想过是这样花掉。等到她真的这样花掉了，又觉得只有这样才是合理的。人生种种意外，哪能一一提防到，又岂是这一点钱能上什么保险的。她提着一万多的衣服去食堂，吃一元五角的地三鲜配一两米饭，心中充满了破釜沉舟的勇气。之后的几天她在自习室打发掉，装衣服的纸袋子放在宿舍的最角落，她不去看它，也不能去想，因为只要她清醒地想了就不能去做，到了和画家约好的那天，她先请做礼仪模特的时候认识的一个妆发师给她吹头发。这个人收费非常贵，他觉得乌鹊不开工而请他吹头发是有点反常的事，边用大梳子梳通她的及腰长发边问："谈恋爱啦？"

乌鹊不回答，突然在镜子里抛给他一个微笑。

这微笑带着邪媚，妆发师一愣，以乌鹊的姿色，他知道，她完全可以到处撒娇，但他也知道她从来不这样。她总是心事重重的，眉眼里全是忧郁，从几个女孩子口中，他隐约听说她家庭状况非常不好，好像妈妈还常年住在精神病院里，不知道这病是否遗传，但妆发师的确从那微笑里看出一点精神病的苗头，或者影子，或者是游走在崩溃边缘的极度脆弱感。他闭上嘴，不敢再说什么，拿起几个型号的卷发棒在她头发上比着。

乌鹊没计划过见到画家之后该怎么办，她没经验，没参考，她的计划就是没有计划，全看画家的反应行事。按理说，没有计划的计划是最周密的，因为不设边界等于包容了一切可能，可是走进画室的时候，乌鹊还是被意外打败了：她见到了一屋子的人，五个……十个……二十个……二十多个年轻人，大概是助手或者学生，画家坐在中间的位子上，大家一起看着她。

她一瞬间被自己的幼稚击垮了。她能接受任何一种和画家独处时的可能，却唯独忘了另一种可能：画家并不是一个人在……

画室里暖气太足，人人都穿着短袖，同时脸上热得红红的，她也觉得热。“大衣挂在这里。”一个男生指着墙上的挂钩，她慢慢地走过去，脱衣服，静电使丝质睡裙紧紧地包裹着她的身体，连乳房和肋骨的形状都能看得清清楚楚，裸色又使她看起来几乎和裸体没有区别，她从挂衣服的墙边走到画室中间，如同走过公开处刑的刑场。

她不去看画家，而把视线放在那些年轻的陌生人身上，这能把一万分的难堪减少一两分。他们让她走动，她就走动，他们移过几盏灯在她脸上调试光线，她就让他们调试光线，灯光也太暖了，烤得她昏昏欲睡，这时一个女生问道：“你学过芭蕾吗？你有点八字脚呀，和我一样。”

“是的。”

“能做几个动作吗？”

“好的。”她说。女生说：“要不要热个身？”她走动几步试了试，摇摇头，虽然芭蕾也和油画一样多年不碰，但她觉得胯还是开的，一个下劈——抬腿的时候已经觉得不对——但太晚了，她惨叫着跪在了地上，膝关节像被大卡车碾过，她看到自己的汗珠啪地顺着下巴滴下。

韧带撕裂了，她需要在医院住一星期。画家和一男一女两个学生送她来医院，学生办完各种手续后走了。她躺在病床上，被子齐胸盖着，这身衣服终于不再怪异了。画家坐在床边的沙发上，他们终于在独处了——但是一切都不是那么回事，完全不是，画家不多一会儿也走了，她想，他不会再来了，这件事结束了。但是第二天，画家很早就来看她，在病房里和她消磨了一个上午，他们谈了油画和音乐，这次没有准备提纲，但似乎也不怎么无聊。第三天，画家依旧来看她，第四天也是，第五天也是，第六天，画家带了一盒奶油蛋糕给她，蛋糕盒子放在床头的桌角，她侧身去拿，手刚伸出来就被画家握住了：“你的手好凉，我让护士把暖气开大一点好吗？”在这一瞬间，乌鹊知道她赢了。

她说：“好的。”然后抽回手，不动声色地吃蛋糕，护士来了，调过暖气之后又走了，乌鹊说：“你知道吗，我小时候给奶油蛋糕拍过广告呢。”

画家微笑：“你是童星吗？”

“我爸爸工作的钢厂，有一个奶油蛋糕生产线，因为炼钢散的热用不掉嘛。”她边吃边说，回忆全回来了，她从来不知道自己可以把回忆讲得这么流畅，钢厂如何红火，福利如何优越，小镇如何兴盛。后来呢，在她的印象中，一切以蛋糕店的倒闭为开端，哗啦啦一串鞭炮放完一般全部消失了，像迪士尼乐园打烊，灯光暗淡后童话小镇变成灰扑扑的模样。她说起失去工作的人们如何迷茫，有的远行，有的犯罪，有的招惹上一身祸患。比如她的爸爸，又说到爸爸如何输了家里最后一笔钱后跳河自杀。说到妈妈的病，说她被两个大汉拖进宿舍楼之间的缝隙威逼着还钱，说自己如何以意志抵御着变疯的可能，她知道像妈妈那样疯掉很简单，但她不能、不肯，也不屑那么做，只要活着就得想办法，她不信她找不到办法。

“你需要我帮你想想办法？”听完这极长、极慢的讲述，画家说。

这是他第二次提到“帮”字，这一次他们都很清楚这个字的意思，不必再伪装或者试探，乌鹊抬起头来看着他，眼神像驯良的母鹿一样平静。

“你还有别的亲人吗？”画家问，他需要了解可能的风险。

“爸爸家没有了，妈妈是南方人，我和外婆家的人很多年也没见过几面。”

“现在有男朋友吗？”

“我从来没有交过男朋友。”

画家沉默了一会儿，问：“你是处女吗？”

乌鹊点头，画家呆住了，这太意外了，以她的姿色和经历，他本以为这绝不可能，但他也不信乌鹊会撒谎。

“这样，”他顿了顿说，“我们先做个体检，好吗？”

因为一直在医院里，乌鹊一时没有反应过来这句话的意思，不过等到护士来抽血，她明白过来了，她需要检查是否有传染病和性病。她闭上眼睛，感受着针头刺进血管里，心一横，什么也不想——事情到了这一步还有退路吗？没有！那么就什么也不必想。

乌鹊没什么情绪上的起伏。她从宿舍搬出来，搬进画家给她准备的一套公寓，就像她从钢厂宿舍搬到农村的小院那天一样平静。

乌鹊挺喜欢这个新居所，它是个新建的楼盘，楼下的绿化还没有完全做好，很多地方露着光秃秃的冻土，胳膊粗细的树苗上包着稻草衣，被干涩的北风吹得一阵阵尖啸，这点衰败的景致正合她的心意。倘若放眼望去都是生机勃勃的浓绿，那她倒不知该怎么办好了，她在阳台上铺了两寸厚的羊毛地毯，买了个大躺椅，她在这儿可以坐一下午。

画家给她重新装修了书房，把它变成一个宽敞的、光线极好的画室，他想亲自教她画画，乌鹊用调色刀刮着颜料出神，她一点也不想去碰画笔，虽然她知道这可能是全国最昂贵的老师。她不感兴趣，画家不能勉强她，于是劝她把芭蕾重新捡起来，她在躺椅的扶手上压了压腿，说膝盖还是疼，毕竟韧带受伤过，画家不敢再说什么了。画家只是希望她在下课回家之后有点有趣的事可做，可是她除了看着窗外的荒草地发呆，就是看着客厅的一面墙发呆，荒草地多少还算个景致，墙上除了一只钟表外什么也没有，那有什么可看的?

她在计算时间的流逝。

时间过得真慢。她撕掉挂历的一页——现在这东西只有在淘宝上还能买到了——真想顺手再撕一页，然而时间的的确确只过去了一个月，十二分之一，还剩下三百三十天，她的乐趣是数日子，以及热衷发现身边景致的变化。楼下的树苗肉眼可见地粗了一点，或者天气更冷了一点，雪珠变成了雪片，商店里开始准备年货，都让她感觉到时间的流逝，这给她带来希望和快乐。

她的话更少了，她本以为她最大的痛苦和秘密已经在病床上和盘托出了，以后再没什么可隐瞒的，至少她和画家应该能保持日常的交流。然而事实恰恰相反，讲话使她觉得喉咙发疼，像得了很重的炎症，她去医院看过，一切正常，腮腺、扁桃腺，甚至支气管都完全没有问题，只要她不说话就不会疼，她渐渐地不再说话了。

因为平时一直算得上寡言的人，老师和同学都没察觉到她变得更加寡言了。

有一天超市的送货员给她送一些洗衣液之类的生活用品，她张了张口，发现自己连“谢谢”两个字都说不出来了。

这两个月里，她长了些肉，手腕不再像枯柴，下巴也圆了一点，这使她看上去更加青春和充满活力，而画家站在她的身侧，也越发显出年纪来。关了灯，傍晚的天光透过白纱窗帘，使卧室里依然有一点亮，她懊悔没有拉上遮光窗帘，这时也晚了，她只好闭上眼睛，手指划过画家的后背。松弛的后背，像婚礼结束后第二天早上的气球，她一遍一遍划着那一小片皮肤，好像要把它抚平似的，然后这片皮肤上渗出汗来，黏答答的。她把手指移开，心中委屈得仿佛有巨人拿着大喇叭在狂野里呼喊：为什么我要承受这令人作呕的肉体？她把头向着黑漆漆的墙壁转去，好逃避那一点天光，她不能在光亮里看到眼前的事，否则她就会去跳楼或者上吊，可她的头还是剧烈地疼了起来，她发出一声痛苦的低呼。

“怎么了？”画家喘着气在她耳边说。

她说不出话来，闭着眼定了定神，她拨开枕上的一绺头发，于是画家以为她不过是被头发扯痛了。

别人是怎么承受的呢？她很好奇，以色事人，也许是人类最古老的职业之一，古今中外从未断绝，哪怕最恐怖的战争中也未断绝，未来也不会断绝。那么它虽然不能说光荣，至少应该是人性中不大难以接受的灰色面吧，为什么对她来说，简直如凌迟一般痛苦呢？人，一个活人，只需要在精神上把自己降格成茶壶、板凳之类的物品，或者白兔、花猫之类的动物，就能坦然接受售卖自己，那么多人能做到，为什么她做不到呢？

画家在洗澡的时候，她走到阳台上，看着外面四合的夜幕，路灯在一刹那间亮起，橘黄的光撑开一把又一把的伞，似乎把雪挡在了外面。雪地那么厚实干净，车辆那么有序安静，邻居家的一家三口回来了，夫妇俩拎着大号的塑料袋，小孩怀里抱着盆金橘，每根花枝上都用红绒线打着蝴蝶结，这是北方节日的装扮，新年快到了。

元旦之前的夜晚，她去精神病院陪妈妈，妈妈最近的病情还算稳定——稳定的意思是，妈妈像刚入院的时候一样不认识她，也不记得从前的事。医院隔壁的空地上，烟花一个接一个炸裂，半边天色都像花园般绚烂，乌鹊给妈妈剥橘子，剥一瓣，妈妈吃一瓣，她一直剥下去，妈妈就一直吃下去。乌鹊像个剥橘子的机器，脑子里空空的，一直到觉得指甲疼，低头一看，大号的纸篓里，橘子皮已经满溢了出来。她吓坏了，她竟然让妈妈吃了这么多，同时对自己有点困惑：妈妈精神状态不好，不知道饱饿，难道她也糊涂了吗？

护士送了晚饭来，她们都已经对乌鹊十分熟悉。“乌鹊来啦，新年好呀！”护士打招呼，乌鹊回过身来，脸上是木雕人一样的表情，那张绝色的天仙般的脸是歪斜的，一个嘴角微微下坠，有一滴口水在往外淌。

护士愣了一下，很快镇静下来，她见过太多人——或者说患者了，她带乌鹊去检查了脑部，做了测试，结论是重度抑郁合并躁郁症，距离精神分裂只有一步之遥。

乌鹊听清楚了医生说的每一个字，但她直接朝着医院大门走去。她是成年人了，没有人能强迫她治疗，熟识的医生在她身后追了很远，最后几乎是哀求着让她等一下。她等着，过了一会儿，医生送了一瓶药出来，求她一定要吃。

快到家的时候，她把药瓶扔进了路边的垃圾桶。

没人能体会她的挫败感——这么多年了，她顽强抵抗的一件事，还是来了。

她清楚地记得妈妈是先瞎掉然后精神失常的，那么没有意外的话，有一天她连自言自语也发不出声音的时候，就意味着她也离失常不远了。如果有那一天，她决定了，她不去医院，也不治疗，她放任自己疯掉。她已经做了她能做的所有努力，既然命运一定要如此，那就做个坦然的疯子，睡桥洞，要饭，忽然哭忽然笑，忍受幻觉的啃噬。她没什么不能忍的，再痛苦也不会比现在的日子更难过，现在能活着，将来就不会死。她横下心来，倒头就睡，像坦然地把脆弱的脖颈暴露给刽子手。

冬天过去之后，有一天，画家的大学母校请他回去演讲。这时北京刚刚停了暖气，正在经历一场冷到骨缝里的倒春寒，他于是带了乌鹊一起去那个温暖的南方。他给她看自己住过的宿舍楼，带她吃食堂的小炒，带她沿着学校的后门一直走，转过一片巨石，看海岸线突然波澜壮阔地出现在眼前，她惊喜地笑了，露出雪白整齐的一排牙齿。

他说起大学时的初恋女友，又说起当时他们如何清贫，平时靠放学后给游客画油画赚钱糊口，乌鹊渐渐松开了他的手，像一只小鸟在沙滩上跑来跑去。“给我……”她说，接着眉头一皱，手按住嗓子，像忍着疼，但她继续说下去，“给我画一张吧。”她微张着小嘴，用恳求的目光看着他，海水拍打着她的小腿，使她的身体向前一扑一扑的。他摊手道：“什么画具都没有带呀。”她眯着眼四下看了看，指着不远处的文具店。在文具店里只买到了白纸和铅笔，几分钟后，她得到了一张速写。

她把速写卷成卷握在手里，搀着画家的手臂往回走。

一年之期很快到了，这是一个和往常一样普通的早上，有着普通的气温和能见度。乌鹊穿着旧睡衣，坐在餐桌旁吃着牛奶泡麦片，画家来了，他趁去学校上课之前的一点时间来看她。“钱我在今天中午之前打到你卡里。”他说，乌鹊嚼着麦片，发出细若游丝的声音：“谢谢。”他摸了摸她的头，走了。

乌鹊在中午十一点左右收到了银行的入账短信，下午一点，她拖着两个行李箱去了借贷公司。十几年了，公司讨债的文身小弟都换了好几拨，他们每一个人都认识乌鹊，但乌鹊从来没上门还过钱，一向是他们去学校里收的。见到乌鹊，众人都有点反应不过来。“你来干吗？”他们一齐问道，乌鹊一句话也不说，先把大一些的箱子立在墙角，再把小一些的箱子平放在地上，密码锁啪地打开，满满一箱现金。

画家没想到他会和乌鹊分开，早上的告别分明那么寻常，一年之期虽然到了，但完全可以商议再续一年或者更多，就算要分手也该有个正式的仪式，这又不是发射火箭需要论秒计算，但这天下午三点钟，画家又来这所公寓。他打开门，感觉到房间里似乎少了什么，仔细看时，又觉得一切器具都在，阳台上的柑橘味熏香刚刚熄灭，一小团灰烬似乎还是温的。他在沙发上坐了一会儿，乌鹊没回来，打她的电话，关机——是手机没电了吗？画家给自己倒了一杯水，水还未倒满他就明白了，冲去卧室拉开衣柜的门，空空荡荡。相处整整三百六十五天，一天不多，一天不少，可他何曾有一分钟的时间看到过她的内心？他颓然在床边坐下，不知道为什么她走得如此干脆。

乌鹊从理着平头、西服领口里露出大片文身的借贷公司老板手里接过那张陈旧的借条，她的手在发抖。十几年了，上面的字迹微微褪色，爸爸按下的手印变成了淡红色。

“外边要下雨了。”文身大哥把大圆脑袋伸出窗外看了看，啰里啰唆地说，“歇会儿再走吧，啊？乌鹊，你这小身板被雨淋病了可不好。我说，你也够行的，一年攒了这么多钱，炒股了？炒房了？有什么发财的路子也带哥一个，哥这么多年可没为难你吧？乌鹊？”

没人答应，文身大哥回头看，乌鹊拖着大行李箱走了。她下楼的时候，一个惊雷在头顶炸响，大雨是快要来了，柳条弯着腰抽打着她的胳膊。她顶风疾走，捏着那张薄薄的借条，不远处就有一个公园，广场舞跳到一半的大爷大妈纷纷往外跑着：“下雨啦！回家收衣服啦！”她逆着人流走，公园里已经空了，她走了半圈才找到一个避风的小亭子。打火机按了几次才冒出火苗，点燃了借条的一角，它太干燥了，一眨眼的工夫——真的是一眨眼，就变成了一把灰。它飞到风里了，不见了，乌鹊自由了。大雨哗地砸了下来。

她在亭子里等雨停。二十年了，从未这样从容，她不用再因为没有伞而在雨里奔跑赶路了，后面没有什么追着，前面也没有什么等着。她坐在这儿，肚子里装着早晨的半碗牛奶泡麦片，她觉出饥饿来，这对于常年病恹恹的她是不容易有的感受，她很高兴，这说明她快要好了，身体上的和精神上的，没什么能让乌鹊倒下——

穷、病、屈辱，一个个强大的、凶恶的、青筋暴露的、嘶吼着而来的敌人，都被瘦弱的她打败了。

巨额债务、抑郁症、躁郁症、什么他妈的早期精神分裂，都被她咬牙生扛了过来，她很自豪，因为她没辱没那在收债人面前发下的誓言：

全世界的孙子王八蛋都死光了我也不会死，我会一直活着！

她站了起来，雨没有要停的意思，她不再等了，什么都不怕的人能怕雨吗？

她全身湿透，在路边等了二十分钟，上了公交车。

下车的地方距离学校还有大约两公里的路，走小胡同也许近一些。天色不早了，乌云压顶，光线又暗了一些。胡同里没有路灯，地上积着齐脚踝的水，斑驳的这里亮一点，那里亮一点，从后窗透出来的还有豆角烧鱼的香味和打孩子的声音。放在平时，这寻常的市井生活不能引起乌鹊的注意，但今天不同，她觉得一切都很可爱。这暴雨，这堵车，这沉沉的黑夜，这琐碎的柴米油盐，都使她感受到岁月静好。她低着头，拣路面高一些的地方走。

地上的积水大概应该是污水，只是被灯光映得清亮，她绕开它们，同时看到一摊积水反着暗红色的光，有红灯吗？她抬头向着两侧看去，再低头，才发现那红色是水的颜色，一汪血水，汩汩地从墙根下渗出来。

她吓坏了，被浇透了的身体猛地一凉，接着看到一团拳头大小的粉色的东西蠕动着。

她壮着胆子走过去。啊……一只刚出生的小狗，不，三只、四只、五只……一共五只，其中四只被大黄狗压在肚子底下，另外一只不知道是不是没挤进去。它落了单，却正好被房檐上的瓦片护住，身上大半是干燥的，而那只刚刚分娩过的大黄狗和四只小狗都死了。

她不害怕这死狗。死是什么，细胞停止更新，返回有机物循环而已，灵魂并不存在，因此也没有来世，所以活着才值得珍惜，因为它是仅有的一世。

她把牛仔外套的拉链拉开，里面有个很大的暗袋，正好能装下唯一活着的那只小狗。拉链拉上，她看上去像个笨拙的孕妇，雨小了些，她一只手拉着箱子，一只手托着腹部，飞跑起来。

一回到宿舍，一个正在抱着盒饭大吃的姑娘就跳起来。“欸？乌鹊你搬回来了？哟，你怎么淋成这样？”她往乌鹊的床边跑，抱起一大堆衣服，“抱歉抱歉，衣柜快爆炸了，借你的床放了几天，你还走吗？房租到期了吗？”

乌鹊张了张嘴，她发不出声音！

她心里着急，汗一层一层地往额头上冒。两百万的债务全部还清了，借条她收回来了，亲自烧掉了，压在心里十年的巨石应该搬走了，怎么还是说不出话来呢？

她咧嘴露出一个甜笑，摇了摇头，先不去想说话的事。毕竟，病去如抽丝嘛，也许她还需要时间。她打开外套，双手把小狗捧出来。

“小狗！”“耗子！”“不对，是小狗！”女生们尖叫起来，她们很快用纸盒给它做了个柔软的窝。她们围着它蹲成一圈，可谁也不敢碰它。它身上连毛也没有，脆弱得像一棵大雨里的小草，似乎她们手指上的细菌，或者力气，或者任何一点风吹草动都能要了它的命。乌鹊也看着它，心中觉得不妙。

小狗睡得倒还好，她们用注射器喂它牛奶，它也闭着眼全喝了。第二天早上她带小狗去宠物医院。医生把狗接到诊室中去检查，前台打印了一张收费单给她，她刷了卡，余额竟然不够。她有点窘，在书包的暗袋里摸着零钱，那暗袋太深了，一时摸不出什么，倒抓了一把纸巾、眼药水、饭卡……零零碎碎地摆在桌子上。

“哎哟！小可爱，你来啦？”她突然听到前台姑娘笑出了两个酒窝，对着门口喊。

她回头，见一个高个子男孩站在那儿，背着光，五官看不清楚，只看到一头软蓬蓬的头发，在阳光里似乎有一层金光。他很瘦，但有一个宽肩膀，穿着篮球短裤和T恤，他边笑边往里走：“今天这个小可爱要倒霉了！”接着他把一只布笼子放在桌子上，打开前盖，拖出一只嘶吼着挣扎的大肥花猫。“别闹啦，这是为你好——我说，你安静地享受下现在好不好？等会儿你就变公公了你知不知道？”

乌鹊向旁边一缩，鱼一样，无声地倒在墙角的圆形大懒椅上。

她很怕猫，完全不理解为什么造物主要制造这种可怕的扁脸怪物，那随时会奓毛的粗壮尾巴，绷得像弓弦一样的后背，蓝色或绿色的眼珠，都令她感觉无比恐惧，使她呼吸急促，嘴唇发白——她不知道为什么会这样，但并不觉得怪异，比如有人会说，恐高症患者为什么会恐高呢？你不往下跳不就得啦？恐惧不是那么简单的。恐惧是藏在人心里的魔鬼，它不露形象，来去无踪，有时候说不上原因，只要乖乖地怕就是了。怕猫多少给乌鹊的生活带来过一点不便，因为没人照顾这冷门的怪癖，女生宿舍楼下常年盘踞着三五只流浪猫，被女生们喂得肥到走不动，一天里有大半时间都躺在台阶上晒太阳。只要它们在那儿，乌鹊就必须买一根烤肠掰成好多段，远远地扔开，等它们懒懒地挪过去吃，再用百米赛的速度冲进去。

现在她缩在墙角，瑟瑟发抖，她闭上眼睛，她的心脏抽搐起来，她的脸一定怕得扭曲了，因为她听到那男生好奇地问道："嘿，你不舒服吗？"

她又像颤抖，又像摇头，然后她感觉男生走近了，站在她面前。她心中的恐惧蓦地放大了十倍，生怕他抱着猫——那猫岂不是也在她身边了？"不要啊！"她心中大喊，喉咙里发出咯咯的声音。

"姑娘！姑娘！"

她的肩膀被男生抓住了，他问："你怎么了？你怎么了？"问得很急。她缩成了小小的一团，把眼睛睁开了一条缝，看到他的脸就在自己面前。那是一张很可爱的脸，浓眉，单眼皮，嘴唇红润得像个女生——而且没有抱着猫。他穿着篮球衫，可是身上一点汗味也没有，只有一阵清新的肥皂水的味道。

她平静了些，不再颤抖了。她摇摇头，双手理着乱了的额发。

那男生还呆呆地看着她。

肥猫在前台上蹲踞着，又叫了一声。她忙转过身去背对着前台，指指背后，摆摆手。

"猫？"

她点头。

"你要看这只猫？"

她大惊，把头摇得连上发电机就能发电。

男生想了半天，犹豫着说："你——怕猫？"

她疯狂地点头。然后她又担心起来。在她还能说话的时候，她不止一次告诉身边的人她怕猫，可是她得到的反馈是什么呢？要么是一百个不信："世界上怎么可能有怕猫的人？"要么是不含什么恶意的嘲笑："连猫也怕？你这么大的个子！"恶意的也有——多半发生在不懂事的小学时代——抱起猫来往她身上扔："猫来啦！哈哈哈！"猫的软爪子接触到她的皮肤的时候，她就真的很想马上去死。

她预备好了男生的反应是以上三者之一，但是她错了。男生的确愣了一下，然后他对前台说："抱歉，您能把它带到诊室去吗？这位小姐怕猫。"

乌鹊抬起头，亮晶晶的眼睛看着他。

男生咧嘴一笑，露出一排好看的白牙："我叫王野田，你也住这附近吗？"

她抿着嘴点点头。男生看了她一会儿，脸色微微有点不自然，又含笑，又试探地问道："你……你……那个，不会说话？"

她四下看看，没有纸笔，于是蘸着花盆托盘里的一点水，指指嗓子，在窗台上写道："发炎。"

男生长吁一口气。"我说呢，这么好看的姑娘，可别——太好了。"他又瞥见她刚才铺在前台桌子上的那一堆零碎，从里面拣出饭卡。"乌鹊，致公的学生。"她又抿嘴一笑。

医生抱着她的小狗走出来，告诉她检查的结果，教她如何用注射器喂奶，如何防寒，如何把尿，给了她些常备的药物。她听得很认真，医生每断一句，她就重重地点一下头。王野田歪着头看着她。这边关于养狗的要领还没交代完，他就被给猫做绝育的医生叫走了，等他交完费用再返回前台，乌鹊已经不见了。他追出去，外面是安静的林荫道，金黄色的银杏叶纷纷落在柏油路上，铺到视线尽头，一个人也没有。

这天之后是个周末，她照例会起得晚一些，同宿舍的另外三个姑娘都是大四的师姐，正在准备考研，她们从不睡懒觉。乌鹊迷迷糊糊地听到她们结伴出门了，不一会儿，其中一个又回来了，轻轻地提醒她："乌鹊，醒醒，楼下有人找你。"

她睁开眼睛。

"很高、很帅的一个男生。"室友很兴奋，"到处打听乌鹊住在哪个楼，要不是遇上我们，十几个女生楼，够他找去。"

乌鹊稀里糊涂地披衣下床，拉开窗帘，只见昨天在宠物医院遇到的男生手里捧着个篮球，正抬着头，把二楼的窗子从一头看到另一头，然后他看到了乌鹊，可爱的脸上又一笑。

乌鹊跑下楼，笑嘻嘻的，不说话。

"嗓子还没好？"

乌鹊点头。

"这么好的天，别睡懒觉，跟我打篮球去。"

乌鹊笑着指指篮球，摆摆手。

"不会？"

她点头。

"我教你啊！三节课之内保准三步上篮，赌一顿饭，你信不信？"

她傻笑，过了一会儿，指了指脚上的人字拖，又指指楼上，她跑回去，换了双运动鞋下来。

她既然嗓子还在“发炎”，他就基本上不再发问，大部分时间都是他解说动作要领，她安静地听着。他很厉害，边讲话边运球还气息不乱，而她只是跟在他身后追着球跑了十来分钟，就像盛夏的大黄狗一样，撑住膝盖吐舌头。

“你应该多锻炼肌肉的力量。”他说：“健康感比一味地瘦要好看，你说呢？”

她点头，健康，她喜欢这个词，她不就是正在努力地修复身心吗？

休息的时候，她用纸笔和他聊天。他问她下午有没有计划出去玩，她说约了房屋中介，要去看几个出租房，因为宿舍有规定不许养宠物，小狗最多只能藏这么几天。

王野田陪她去看房。都是二三十年房龄的塔楼，墙皮斑驳，采光很差，有的楼道里还堆着大白菜。看了几个，乌鹊全都不太满意，而王野田只肯站在电梯口，不愿往前多走一步。

“为什么看这么差的房子呀？这简直不能住人。”

乌鹊坦然地在纸上写道：“我没有钱。”

中介准备带他们去看下一个。王野田拦住她问：“你本来一直想住在学校是吧？搬家只是为了养狗？”

她点头。

“那这样好不好，小狗放到我家养，你随时能来看它，我家很近的。”

乌鹊歪着头，皱起眉毛犹豫着。

“我家没猫！那天的猫是小区里的流浪猫，我每见到一只就捉去绝育。”

乌鹊笑了。

乌鹊天天去王野田家看小狗。第一次站在他家的门口时，她呆住了，这么大的房子，岂止能养狗，养匹马都能遛弯。王野田带她进去，她四下看着，房间里东西不少，但到处都很干净整洁，丝毫没有单身直男的杂乱，她喜欢干净，赞赏地竖了个大拇指。

“是我爸妈家的保姆天天过来收拾。”王野田很谦虚，“我自己其实也挺不讲究的。”

阳台上的窗子开了一半，秋日干爽的风吹过来，她迎着风走上去，落地窗在下午的阳光下发出宝石般温润的光泽。远处，一个巨大的人工湖，岸边长满了飞着白羽的苇草，苇草又多又密，有的倒在水面上，在苇秆只见露出晶亮的湖水。人工湖的对面是一片低矮的别墅区，王野田遥指：“我爸妈住那儿，一碗汤的距离，方便他们看着我。”乌鹊笑。

“对了，一直没问你，你是哪儿的人？”

乌鹊用食指指了指地下。

“咦，你是北京人吗？那你为什么还要找房子租，不住家里呢？”

家里。这个词让乌鹊呆了一瞬间。然后她指了指桌上的茶包，王野田忙泡茶去了。

之后的每个周末，王野田都去找乌鹊打篮球。她很聪明，加上个子高，虽然肌肉力量还是不够，但看上去已经有模有样。又过了几个星期，王野田带来一个叫陈知的哥们们儿，这人也有一样好看的眼睛和笑容，他们是发小。他们要带乌鹊去打一场3对3篮球赛，双方各带一个女生。

他们输得好惨！问题出在乌鹊身上，她太瘦弱了，而对方的女生同时是个摔跤运动员，乌鹊撞在她身上的时候，全场的观众都仿佛能听到鸡蛋碰石头的声音。

但王野田和陈知都把输球的责任往自己身上揽，他们在场馆外面的一家简餐店，大口吃着汉堡，整杯喝着啤酒，王野田说：“是我最烂啊！我篮板球一直在丢啊！”陈知拍桌笑道：“明明是我后半场就跑不动了，你敢和我比烂？你不给我面子啊！”乌鹊痛快地大笑——张着嘴，发不出一点声音地笑，她边笑边觉得奇怪，明明真的是很开心啊，明明过去已经成为过去了啊，怎么还是不能说话呢？到底是哪里出了错？！

乌鹊和王野田是在篮球赛这天正式成为恋人，这很简单，甚至没什么仪式感，因为在这之前他们已经非常亲密。他们年纪相当，长相都称得上漂亮，乌鹊的同学早就很自然地对她说：“你男朋友在图书馆门口等你哪！”她也就很自然地跑出去。

乌鹊几乎不在王野田家过夜，除了有一天，室友通知她不要回来，因为供暖管道坏了，宿舍冷得能结冰。第二天早上，王野田很早就去上班了，他在爸爸的地产公司做实习生，早出晚归，相当辛苦。她穿着大T恤，光着双腿，迷迷糊糊地刷牙，只听洗手间的门突然被推开了，一个惊异又亲切的声音：“哟！”她吓得忙回头，见是一个矮胖的阿姨手中拿着拖把，想必是王野田父母家的保姆。

这个周末，王野田回父母家吃晚饭，他的妈妈随口问起女朋友的事，王野田点头：“致公大学英语系的女生，性格很好的。”

妈妈说：“她家里做什么的？”

“家——”王野田含着一个肉丸子出神，“我没问过。”

“你们交往多久了？她也没说过？”

“她没……她……”王野田想说她说话不方便，又觉得这句像是在说她是哑巴，虽然他的确这么怀疑过，但他不能告诉父母这些，至少现在还不是时候，他改口，“她没必要跟我聊这个吧，我们俩谈恋爱，又不是两家父母谈恋爱，咱们先说好，什么年代了还讲门当户对？你们千万别挑人家，人家看不看得上我还两说呢，你们儿子没那么吃香，能交到女朋友就谢天谢地吧。真的，你们要嫌贫爱富，咱们家的祖宗都在天上怒了：九代单传的孙子好容易不用打光棍了，千万别把孙媳妇吓跑啊！”

王老板一口丸子汤差点喷出来，用汤勺把敲儿子的头。“别的本事没有，嘴倒挺贫。”

王老板并没有把这个突然冒出来的女孩放在心上，毕竟王野田才二十五岁，如果说这个女友就是谈婚论嫁的对象，恐怕他自己都不信。然而有些事情很凑巧，致公大学外语学院的院长和王老板是大学同学，不久后一天的同学聚会上，王老板突然想起这件事，他问那位院长认不认识一个叫乌鹊的女生，成绩怎么样，性格好不好。他并没有抱什么希望，毕竟英语系只是外语学院的一个系，但院长一拍大腿：“这女学生这么出名吗？你这隐士都听说过？”

王老板解释：“她是我儿子的女朋友。”

院长突然沉默了。

王老板心里升起一种不妙的预感。“这孩子不好吗？”

“不不不，不是不好——当然了，我也不是能了解到每一个学生，只能说我了解到的，这孩子长得很漂亮，不是一般的那种漂亮，是简直像天仙下凡一样的那种漂亮。性格人品呢也没听说有什么不好的，成绩也不错，是个斯斯文文的好学生。”他打住。

王老板等着他说“但是”。

“但是呢，家庭条件有点问题。”

“哦，那不是问题，我跟我老婆都不是那种人，野田更无所谓，穷点就穷点吧。”

“穷不是问题，问题是她爸爸是自杀的，具体为什么不太清楚，她妈妈前两年疯了，一直住精神病院。”

“真的？”

“院里因为这个给了她学费的补助嘛，我亲自批的。这种环境，当然呢孩子是无辜的，孩子很不容易，但是咱们一码归一码，多少心理上都会受点影响吧。往坏里说，假设她爸爸是沾了黄赌毒才自杀的呢？万一她妈妈的精神病有遗传呢？这都是事。而且重点是，这些事野田知道不知道呢？”

王老板想了很久说：“我觉得他是真不知道。”

“姑娘要是有意瞒着，也能理解，对吧。”

王老板没说话，他当然觉得可以理解，可是怎么想都很别扭。

但王老板是一个知识分子商人，不是没文化的土豪，他不会做强行干涉孩子生活的恶家长，况且他觉得姑娘的身世真的很值得同情。人家小情侣有人家沟通的节奏，他决定不把这件事告诉儿子。

但是又过了一个周末，他发现儿子没有像往常一样吃过饭就歪在沙发上打游戏，而是坐在阳台上，托着腮出神。

他过去在旁边的椅子上坐下，点了根烟。“怎么了儿子？跟女朋友吵架了？我们家九代单传的这位是不是又要打光棍了？”

王野田非常难看地咧嘴一笑。

“真分手了？”

“没有没有。有点烦心事。”

“说说？”

“乌鹊，就我女朋友，我觉得她可能……她是不是……就……我怀疑她是个哑巴。”王野田结结巴巴地说完，王老板吓了一跳，在他打磕巴的时候，王老板把好几种难堪的情况都考虑到了，甚至想到了这女孩会不会怀孕，可是——哑巴？

“我没听到过她说一句话。我们认识半年了。一开始她用写字告诉我她嗓子发炎了。什么炎症半年都不好啊？”

王老板半天没回过神来。

他给院长打了个电话，那边拍胸脯说：“绝对不可能，我和她聊过好几次，姑娘话不多，可讲话绝对没问题——最近？最近半年一年的都没有，我是院长啊，不能天天跟每个学生都谈心吧。”

挂掉电话，父子俩面面相觑。他们都想到了同一个答案：是不是最近半年她生了什么重病，一直瞒着王野田？

王野田坐不住了，抓起外套就要往外跑，王老板拉住他，这时不必再隐瞒，他把他打听到的乌鹊父母的事都说了一遍。王野田也呆住了。

一家人商议的结果是，第二天是王野田父母的结婚纪念日，他们在家里请亲友小聚，就把乌鹊也带来。王野田年轻人傻，但王老板夫妇能很容易地看清楚她的人品性格究竟怎样，说不定还能当场说服她去医院查查咽喉。这一星期在她面前先不要表现出什么情绪上的异动来。

但王野田控制不住。一回到一湖之隔的他自己的公寓，他在玄关就闻到一阵烘焙的甜香味，走进厨房，见乌鹊正坐在烤箱边看书，不时抓抓腿上的蚊子包。她看得太入神了，连王野田回家都没发现，烤箱叮的一声，她抬起头，一绺碎发垂在脸颊上。她对着王野田一笑，两个梨窝里都沾着面粉，她指了指身旁的椅子。

王野田坐下不说话。乌鹊把新烤好的海绵蛋糕拿出来，嘟着嘴吹气，迅速生腾的水汽在他们之间隔了一层雾。她看上去更美了，同时有点失真。蛋糕被切开了，她皱眉微笑，指指蛋糕的切面。王野田低头看蛋糕，烤得实在不怎么样，顶上煳了，底下还是夹生的蛋液，乌鹊抱着他的脖子，满脸是撒娇的求原谅。

王野田扳开她的手："你是不是有事瞒着我？"

乌鹊呆呆地看着他。

王野田没再说什么，也没吃蛋糕，他说公司里还有事，换了身衣服就走了。他刚踏出门去又回来。"晚上去我爸妈家吃饭。他们的结婚纪念日。"没等乌鹊答应，他又走了。乌鹊出了一会儿神，面前那盘蛋糕，热气把焦煳的味道和蛋液的腥气一齐送过来，她忙碌了一下午的作品，此刻兴趣全无，而且有点反胃，她一把把它扣在垃圾桶里，冲进书房。

她虽然不住在王野田家，但临近期末功课很多，她有时候会带着作业来，还有一次书本太多，她拖了一个书箱过来，箱底压着画家给她画的那幅速写，是好几天之后她才发现的，她没当回事，因为没有第三个人知道她和画家的事，更不会有人去仔细看那落款。现在她只恨自己粗心，竟然把这白纸黑字连名带姓的东西放在王野田的书房里，抓着书箱的把手往下哗啦一倒，箱底那张白纸，上面的铅笔笔迹已经被磨得有点淡了，轻飘飘地落了下来。

她把画装进一只文件袋，握着手机发愣。她本不想再联系画家，这辈子都不想，一万个不想，如果现在能雇个人去处理这件事也好。过去的事从未真的消失，它只是像那幅画一样静静地躺在一个看不见的地方。作为一个朴素的唯物主义者，她应当承认它一直在那儿，看不见花开的时候花依然在开着，随时以她并不太欢迎的方式找补回来。

她当然也可以一撕了之，一扔了之，一烧了之，但是它和那张借条不是同一种东西，她和画家，不敢说有什么感情，但是那天赤着脚在海滩上走，的确是她过去十年能想起来的为数不多的快乐时刻之一。即使在心烦意乱的此刻，她看着画中的自己，仿佛仍然能感觉到细沙漏过脚趾的微痒，闻到咸湿的海风，水鸟的鸣叫似乎也在耳边，她又愣了。

寄回去吧，她叹口气，该面对的总要面对，可是在她和画家相处的那一年里，她听说画室搬迁了，她不知道新地址。

画家回复了短信，却没有把新地址告诉她，他要求见面。"我想再见你一面。"他说。是觉得我真的不舍得直接扔了是吗？她愤愤地想，但没有这么回复，那边又说："我保证是最后一面。你都没和我告别。"乌鹊心软了。当然了，她知道毁灭证据也不能消除王野田的疑心，但总不能继续留着吧。

她故意约在王府井星巴克，这里游客穿梭，人呼马叫，借洗手间的，借桌椅吃盒饭的，问有没有包间能借新妈妈吸奶的，嘈杂如清晨的菜市场，她一点也不想安静地坐着多聊两句，因此要先摒弃舒适的环境。画家被吵得太阳穴直疼的时候，乌鹊面无表情地来了，他看着她，直到这时他都不能理解如果一个女人没有感情，她可以冰冷到什么程度。

乌鹊放下文件袋转身就走，画家没有拉住她，也没有说话，乌鹊一路都没回头。

她坐在湖岸边的苇草丛里等王野田带她去他爸爸妈妈家吃饭，戴着小时候玛丽女王让她拿走的那串项链，有五十二枝花枝、镶满玻璃宝石的那串。其实她并不是非常想去，因为一直不说话既不礼貌，也不方便。半年了，毫无好转的迹象，问题的关键是，她必须找到让她不能说话的症结所在，那是使她暂时不能和自己和解的心病，是一个隐藏得很深的“扣”，只有找到它才能试着解开。

它在哪儿呢？乌鹊看着苇草间朦胧的雾气，雾气不能给她答案。

王老板家的客人不少，可是并不显得喧闹，他们都是年纪不算轻的斯文人。乌鹊跟在王野田身后走进小院，满耳和悦而低声的交谈，好像大学研讨会的会场，在钢厂长大的乌鹊不得不有点羡慕。现在是什么？现在是过去的总和，只有这样的家庭才能生出这样性格的王野田，温和，柔软，善良，他一定没有过她那种咬牙捏紧拳头发誓要活下去的经历，因为他不会有活不下去的困境，自卑倒还不至于。她只是有点好奇：她看着那些上了年纪的女客，心里想着，做不用谋生的阔太太是什么感受？会无聊吗？还是会更忙碌？朋友都从哪里认识？需要什么特别的智慧吗？她的目光每和一个人交会，人家就还给她一个笑容，既不过分热络，也不草率敷衍，而是保持着恰到好处的距离感。她的学习能力很强，很快这笑容也挂在她的脸上了——和王野田结婚——成为这些阔太太中的一员——她根本没动过这个心思，但是当作过家家来模仿也未尝不可，谁拦得住她在自己的脑子里做一场玫瑰色的梦呢？

王野田带乌鹊去见他的爸爸妈妈。她大惊，仿佛看到了一对从家纺、日化、SUV 等以合家欢形象示人的电视广告里走下来的中年夫妇，他们开朗的不带一点忧愁的笑容、健康的牙齿和好气色以及王老板身上的毛线开衫、太太颈上的三层珍珠项链，都那么……毫无新意而且标准，不过乌鹊很快敏锐地发现了他们和广告演员的不同之处：他们在审视她，很明显，她撩头发的时候他们在看她的指尖，她喝水的时候他们在看她的嘴角，那不是欢迎儿子的女朋友的眼神，而是试图从她身上找出破绽的眼神。她的余光把一切都捕捉到了，随便看吧，她想，她唯一的污点就是和画家那一段，王野田很可能的确知道了什么，她并不怕——错了就是错了，有苦衷也是错了，对方不能接受就不能接受，当场分手她也认了，她拿出在市井里滚爬着长大的豪横劲儿，今儿个就是今儿个啦！

奇怪的是，过了一会儿，她觉得自己可能是被这件事压抑了太久而过于敏感了，人家父母依然是很热情的，绝不像知道了这件事之后的反应。她心中又一活泛，想起这件事流传出去的可能性其实和陨石撞地球差不多，算了，她不去想了。都是心病而已。

席间的年轻人除了一对夫妇带来的双胞胎女儿——满脸都写着“我是谁，我在哪儿，我在做什么”的不快——就是王野田、乌鹊和陈知，乌鹊不会讲话，陈知是个闷葫芦罐，全靠王野田猴子一样流窜着讲笑话才使气氛不太死气沉沉。菜还没上齐，门铃一遍一遍地响，还有人没到吗？保姆扫了一眼人群，小跑着穿过院子：“哟，您找谁？”人们听到保姆的声音，接着听到保姆喊：“乌鹊姑娘，有位小姐找你。”

乌鹊听到自己的名字，本能地站起来，跟在保姆身后走进来的是——爱玛！乌鹊大惊，她知道事情要完！

“你跟我爸是真的吗？”没抬头没落款，爱玛站在客厅的入口喊了一声。

乌鹊的脑子里嗡嗡作响。

王野田困惑地问道：“你是谁呀？”

“乌鹊，我问你呢，你是装傻还是装哑巴？你被我爸包养了一年的事，是你自己认呢，还是我把银行账单甩你脸上你再认？”

全完了。

乌鹊张着嘴看着她。

房间里那么静，比旷野还静，二三十个人，连呼吸声都听得到。过了十来秒钟——乌鹊感觉时间无限长——王野田的妈妈说道：“姑娘，我们这儿有朋友，要么你们俩出去说？”

乌鹊的血唰唰地顺着血管往头上涌，她同时明白了王野田妈妈的意思：人家赶客呢！

爱玛站着说：“不用了，对不起，我说两句就走。这一年我一直都能感觉到我爸身边有这样一个人存在，只是抓不到证据。今天我在我爸手机里看到信息了，一个没存的新号码约见面，所以我就跟出去了，怎么也没想到是你。乌鹊啊乌鹊，你是我的同学，我把你当作朋友，可你是怎么对我的？我爸爸妈妈感情那么好，你想干什么？你想拆散我的家庭吗？那我怎么办？我怎么办？”

乌鹊疯狂地摇头，她一点也没想过爱玛说的这种事，半点念头也没有。

“不是想要拆散我的家庭？那就是你承认你是为了钱了？”

乌鹊呆立着，眼睛里流下泪来。爱玛也哭了，和乌鹊无声的流泪不同，她痛快地抽噎着，她是光明正大的，她的委屈不需要掩饰。乌鹊的眼泪从雪白的脸颊上滚下来，从小而尖的下巴上滴下来，滴在脖子上的那串项链上。

爱玛一眼看到了项链，她冲过来，项链把头顶的吊灯反射出璀璨的光，她冷笑：“这么华贵的珠宝，是用我爸的钱买的吧？”乌鹊摇头，嗓子里发出呜呜的声音，她想说“这是假的，是玻璃，最多值十元钱”，不知道爱玛是否明白了她的意思——想必是不明白的，因为爱玛一把把项链从她脖子上拽了下来，在地上狠命一摔——

现在她应该相信了，因为玻璃摔碎了。

乌鹊看着一地闪着光的玻璃碎片。

“你是个妓女！”爱玛甩下一声尖厉的哭叫，转身撞开呆在门口的保姆，冲出门去。

“爱玛！”乌鹊听到自己清脆地喊了出来，她能说话了！她在原地默默地震惊着，原来是这样，原来爱玛才是她不能和自己和解的死结。这半年自我治疗的上下求索，唯独没想到爱玛，她以为自己和爱玛只是有几面之缘的同学，她似乎忘了爱玛，可她不知道自己并没有忘了爱玛。

她追了出去，迟了，爱玛不见了，这个昂贵的社区如同寂静岭一般，除了秋风吹动着地上的落叶，什么声音也没有。她朝着一个大门跑去，惊起一片在落叶上啄食的麻雀，灰压压地一同腾起，远看仿佛她披了一条灰纱。大门外，宽阔而安静的马路上驶过几辆车，没有行人，她又转身跑向另一个大门，那里直通一条小河，只有两个垂钓的老人，她把小区的四个门都跑遍了，她不知道再向哪里追去，也无处可去，原地转了几圈，头一阵一阵地发晕。

清醒了一点之后，她发现自己站在湖边，苇草好高，有的齐着她的胸口，一只红嘴巴水鸟从湖面上弹起，翅膀擦着她的耳边飞走了。

“当心！”有人在身后说，“别往前走，这草甸有一点是伸到湖里去的。”

她茫然地回过头，陈知一把把她拉出来。

她在长椅上坐着出神。陈知陪她坐了一会儿。

她说：“你回去吧，别被我搅了你们的晚饭。”

“回哪儿呀，我出来的时候，都在准备走呢。”

她叹口气。

“那个女孩说的是真的还是假的？有什么误会没有？以我的了解，你不至于吧？”

远远的一阵车声，两人一同朝着王野田父母家的方向看去，几十米外的林荫路上，客人们开着车走了。这片安静的小区里越发显得空旷，四下里看看，连个人影也没有，只有一只野猫，肥大的黄猫，慢悠悠地踢着落叶走过。它的耳朵缺了一角，是做过绝育的标志，大概就是王野田带去宠物医院的那一只。

乌鹊给王野田打电话，只响了一声就接起来了，是他的妈妈。“姑娘，他现在情绪不是特别好，你先回去吧，你有地方住没有？”

很快，她的眼泪流下来，没什么意外的话她应该不会再见到王野田了，事情结束得就是这么快，因为她犯的是死罪。

“那就这样吧，姑娘，你自己保重。”人家还是很客气，乌鹊好像溺水的人去抓水面上一根稻草的影子一样喊道：“等等！请您转告他，我在他家等他。您放心，我不会辩解，一切都是我的错，我没什么好说的，让我当面道个歉，然后我就走。”

“姑娘，你看要不过一段时间再……”

“不不，我不会赖着不走的，我等到明天晚上，他要是不回来，我就再也不会出现了。”她站起来就往王野田的公寓走，到了楼下，发现陈知还跟着，她回头瞪着他。

“你走你的，我又不劝。”

“那你跟着我干吗？”

“等会儿我把车停在这楼下，我在这儿守着，你如果遇到什么问题……反正你知道我一直就在楼下就行了。”

“哼。”她哼了一声上楼。他们多半以为她会想不开——新鲜！电梯在客厅的入口打开，门一关上，一直提在胸口的那口气突然消失了。她软了下来，膝盖一松就蹲下了，这么靠墙蹲了一会儿，因为低着头，脑子里昏昏的，脚下也没力气，她咚地倒在地板上。小狗欢快地冲出来朝她摇尾巴。她在玄关处躺了一夜，天亮了，王野田没回来。

一年之后，乌鹊在大学毕业的第一个月和陈知领了结婚证。这一年她过得可算得上艰难，爱玛并没有饶了她，她也是因此才知道一个只关心电视剧和化妆的、毫无城府的，也没什么气场的女孩如果伤透了心，决意狠心报复，刚强如她也根本招架不住，爱玛把她的事传遍了学校，不介意因此搭上自己父亲的名誉。身处流言的中心，她咬牙忍着，无论在食堂还是在操场，有时候听到走过身旁的一群人说着“喃——她呀！”，她就把散在脸颊两侧的头发拨到耳后去，让他们看看清楚，他们反而不敢盯着她看了，但脚步在她身后站住，她知道他们在看自己的背影。她恢复了说话的能力，但是在学校里却没有人可以交谈了。刚升入大四，她找了份实习，公司距离学校二十公里，十八站地铁，她在公司附近租了个房子，这时才耳根清净，但是她知道时间是有记忆的，那点历史会永远跟着她，像打在简历上的钢印。自然，她知道现在也不是明朝清朝，以她的条件，能够不介意这段往事的男人也不会太少，但她并没有再交男朋友的意思。她做好了一个人生活一辈子的打算，考察房价，计算首付和利率，打听现在这家公司的一个女高管的收入水平，估算十几年后自己能做到什么位置。她想得很长远，遇到拿不准的事情，比如是不是应该给妈妈换个气候好一些的疗养院，她也会和人商量，她的朋友不多，虽然在公司里有几个颇聊得来的女同事，但她更愿意对陈知讲。

陈知话很少，她倾诉了半小时，他也不过“嗯”了几声，但是几天之后，她收到陈知发来的一个 excel 表格，里面是上百家南方的疗养院的资料，包括气候和植被状况、医疗条件、居住条件、价格四个门类，相当翔实且专业。

他们在结婚之前从来没有谈过恋爱，连过于亲密的朋友也算不上，直到乌鹊毕业的时候，她的实习期结束了，正式成为公司的员工，在人事部填写入职资料的时候，她为紧急联络人一栏而犯了好一会儿难。这天下班后，陈知带着一个水管工来她租住的小公寓，这公寓因为年头很久了，一切都在老化，她自己找的工人不是拖延工期就是偷工减料，最后还是拜托陈知介绍一个靠谱的。水管工在厨房里敲敲这里、锤锤那里，乌鹊和陈知在狭小的客厅里越发显得尴尬，他们没什么话可聊。

过了好一会儿，乌鹊终于想起一个话题：“我今天在入职资料上，紧急联络人写了你，可以吗？”

“啊……”他转过头看着她，脸色忽地红起来，“当然，当然，我一直都在。”

他们又没有话可说了。

水管工把问题都检查清楚，今天太晚了，不能施工，他和乌鹊另外约了时间，陈知和他一起离开。乌鹊开始做晚饭，一碗蛋羹还没蒸熟，门铃又响，陈知站在门外，结结巴巴地说：“乌鹊，乌鹊……我想……”他心里的话很多，但是说不出几个字来。

“来吃晚饭吧。”她自顾自返回厨房，陈知也进来了，帮她切菜、洗刷案板，她煮汤的时候手向后一伸，他就递上漏勺，绝不会错递了调羹。两个人都不爱讲话，但配合得天衣无缝，这使乌鹊自己都觉得意外。

在他们结婚的一个月后，乌鹊意外地怀孕了。她的第一个反应是懊恼，公司刚起步一两年，员工二十来个人，连两个老板都把自己当苦力用，员工不把自己当牲口使唤都对不起老板开出的高薪。薪水确实很不错，这也是乌鹊选择这家小公司的原因，那么就更不好意思拿着高薪休产假，何况她刚入职两个月而已，就算有劳动法撑腰，她也觉得那是在坑人。

她告诉了女上司自己怀孕的事，在人家把白眼抛过来之前赶快提了辞职。这句话讲出来并不容易，她很舍不得，但又不得不狠下心来。假如工作清闲一些，她宁愿等到六七个月时再辞，可是不行，孕期的身体撑不住现在可怕的工作强度。女上司一听到辞职二字，脸色立刻变得满是惋惜，还有一点哀伤，这使得乌鹊心里涌起一阵感动，这算得上对她能力的肯定。她知道自己是个好员工，她看着女上司，心中想着：我的确想过将来成为您这样的人哪！可是抵不过生活里的意外，好在我才二十二岁，后面的日子还长着呢！等着吧！等着！

陈知是东南沿海一个古老的港口重镇人，在他们的文化传统里，生意和子嗣是并列第一位重要的，子嗣同时也是生意的一部分，因为子孙也都必然是要做生意的人。和在农耕文明的怀抱里长大的北方人不同，他们天生就是海员，地球上再遥远、再冷清地理老师也不一定听说过的角落都有他们的踪影，他们能把一切商品售卖到任何地方；他们热爱远行，但是并没有失去根基；他们讲究家谱族系，保存着祠堂牌位，长房长子具有很高的地位。而陈知，作为最末一房的最小的儿子，从小就是最不被重视的一个，他读书的成绩比族兄们优秀，是第一个去北京这么遥远的地方读书的人，可是也没有优秀到能做学问的地步。毕业之后，他留在北京，依旧成为一个商人。他有自己的海运公司。

乌鹊在新婚的时候陪陈知回过一次老家，在那个既像城市般发达又像小镇般紧密的地方，她见到了很多个和陈知很像的人，他们都有着相似的外表，个子不高，肌肉结实，有着深陷的眼窝和聪明坚毅的目光；他们的性格也是相似的，沉默少言，讲究信义，没有人撒谎或者耍滑头。她去看了大屋后面满山的杧果林，也是第一次知道菠萝是在草丛里长出来的。她还很喜欢站在窗口看外面的江水，古老的港口已经淤塞了，但遗迹更显出古朴与厚重。她很喜欢这个地方，连带着对陈知的感情也亲热了一些。

她去陈家的祠堂祭祖，现在为了照顾年轻人的习惯，并不要求新媳妇下跪，他们并肩向着密密麻麻的牌位三鞠躬。在缭绕的香火里看着那些陌生的名字，乌鹊对这大城市人都觉得迂腐的宗族组织生出一点崇敬：人是什么？人是资源，不是累赘，大船比小船更能抵抗海上的风浪。宗族作为一个微型社会，同样具有大社会里的福利制度，即使资质最平庸的子孙，比如陈知，也能背靠家族的资金和生意网经营一个不小的产业——而她呢？伶仃的一家三口，父亲一死，母亲再疯，她也就几乎垮掉了。

带乌鹊回老家成为陈知二十八年的人生里最荣耀的一刻。作为一个从小便相貌平凡、能力平凡、性格也毫无出彩之处的小儿子，他把被忽视当成了惯常的生活，长大后做生意，他很勤奋，可是依然只是一个平凡的商人，在这个出过许多大亨和首富的宗族里，他毫无意外地继续被忽视着，直到他把乌鹊带回家。

他像打了胜仗归来的远征军一样，被拉去吃了一场又一场的酒席，平时少有联系的遥远子侄辈也都赶来看这轰动了半个城镇的美人，他们觉得陈知比那些有名的祖先更加值得羡慕，因为祖先们没有过这么美的妻子。只有些年老的长辈会对新妇过于瘦弱的身材有点意见，觉得不像能生出很多孩子的样子，好在陈知知道那完全没有科学依据，他沉浸在衣锦还乡的喜悦里。

乌鹊辞职后，日子陡然变得空了下来。陈知早出晚归，他想过请一个保姆在家照顾她，但是乌鹊不习惯和家人以外的人长时间相处，于是作罢。在漫长的白天和前半夜，家里通常只有乌鹊一个人。

她既然不能出门，便把精力都用在了小家里。他们住的这所房子是陈知在十年前买的，装修是开发商做的豪华装修，到处都金灿灿明晃晃的，显出一种没什么品位的阔气。陈知从不讲究这些，他只要宽敞就好，而乌鹊很想把地板和墙面都拆了重装，只是孕妇的身体不允许她动这么大的工程。她把家居依照她的审美全都换了一遍。有些变化，陈知也很喜欢，并且敬佩妻子眼光的高级；有些他看不懂，但他觉得乌鹊选中的一定是好的，是他自己欠缺艺术上的训练；有些是他觉得可惜的，比如他有一个看上去像是淘宝买来的黑乎乎的铁花架，其实是他从一个收藏家手里花大价钱买来的陨石铁做的，是他的头等心爱之物。他在大学里读的是天文专业，如今虽然做着大海的生意，心中却向往着星辰。这花架摆在床头十来年了，上面总搁着点秀气的花草，他睡前看着它，想象着它在遥远的母星是个什么，是高山呢，还是智慧生物的房砖？现在这陨石铁被乌鹊扔给了收废品的老汉。陈知心疼得心脏直抽搐，但不怪乌鹊，谁让他没把它的来源告诉她呢？他怕乌鹊觉得愧疚，什么也没说，看看家里崭新的样子，到处是温馨的低饱和色，设计师品牌的小家居昂贵而精致，他又感激妻子了。

而她继续陷入了无所事事的空虚中。当然，她的时间是满的，她阅读，她学烘焙，她和邻居太太们一同去商场买东西和喝下午茶，她陪居委会和片警去看望附近贫困的残疾孩子，她还请了个音乐学院的女生到家里教钢琴，她给这一切都找到了意义：我是为了让自己变得更好。可变得更好是为了什么呢？如果不去生产和创造，世界怎么感知到你的“更好”呢？

她决定从最简单的办法入手。她重新布置了书房，换了个宽大到可以当单人床用的书桌，把 13 寸的笔记本换成 27 寸的台式机，买了两种手感的机械键盘，她要学韩国那些家庭主妇编剧，从最简单的青春偶像小说写起。文章在一个文学网站上连载了半年，她想象着自己成为出门要戴墨镜遮脸的名作家，作品改编成的电影横扫国内外大奖。她非常勤奋，连梦里都在构思诡谲的情节，半年之后，点击量终于突破了两百。她不写了。

她还尝试过其他的事情，常一起买东西的几位阔太太和一个博客网站合作，合办了一个时尚方面的电子杂志，她做摄影师，风里雨里，爬高跑低，不辞辛苦。杂志的订阅量也不错，她们又开辟了艺术界名人访谈栏目，第一个邀请的人就是爱玛的爸爸。乌鹊看到工作计划，脸上失血了一阵，然后她再也不参加了。考虑到她即将临盆，没有人起疑心。

她也做善事。因为学习烘焙而做出来的一炉又一炉点心，她都托居委会的人送到那些贫困人家，她避之不及的高油高糖的东西，那些孩子正需要，孩子们给她写了感谢信，她看着那稚拙的字迹红了眼眶，又包下他们未来几年的学费。

一切都那么好，除了她感觉不到自己的存在。她有时候觉得自己如果从世界上消失，也根本不会在周围激起一丁点涟漪。她羡慕除她以外的所有人，凌晨四点出工的炸油条摊主、飞来飞去谈生意的秃头大叔、饿着肚子跑场子试镜的模特，他们都在为了明天的生活能有一点点变化而奔波着。她呢，她知道明天会照常到来，也知道明天不会有变化，一年的时间变成了一天乘以365，外面是辽阔的，家是狭小的。她开始讨厌这个一手布置的家了。

这个时候，孩子成了她唯一的期盼，她像那些上了年纪的阿姨一样，时常对自己念叨着一句陈腔老调："生了孩子就好了。生了孩子就好了！"她不再出门，总穿着垂到脚面的丝质睡衣，肩上披着披肩或敞着扣子的衬衫，肚子大到她快要走不动了。她心中一会儿是对分娩的恐惧，一会儿是对这死水一般的生活即将结束的欣喜，好像她怀的不是一个孩子，而是一颗仙丹，是能医好一切病的良药。

孩子顺利出生了，可期待中的改变不仅没有到来，反而朝着更坏的方向去了。产后抑郁仿佛一头脚步安静的恶兽，一直在黑夜中潜行，等到她察觉到它的存在，它已经张开了黑洞般的大口。

她低估了事情的严重性，她以为怎么也不会比她曾经经历过的那些精神折磨更加严重，但是她错了，她躺在整日不拉开窗帘的黑屋子里，再一次一个字也发不出来了。家里添了月嫂和保姆，还新雇了司机。家里热闹了，许多的人围着她伺候，她却像魂魄随着分娩一同从身体里被抽出来了，整个人比死人只多一口气。

没有意义，她看着天花板，这一切都毫无意义。

她不允许保姆拉开遮光窗帘，因为她对窗外的景致已经烂熟到厌腻了，她不想再看那成片的桦树林，掩着青石砌成的广场，不想再看广场里积着的冻雪或者落叶，染红半天的晚霞也不能使她发出赞叹，青苔长满了窗棂。从外面看，她的窗子像是童话故事里废弃的古堡，残冬尽了，燕子飞来了，在窗子上方大胆地筑巢。这所有的一切，她都见过了。

有时候窗外会起风，风吹动电线，发出由远及近的尖啸，这时小婴儿被吓得大哭起来，全家人的脚步声从各个房间奔向育儿室。她仔细地听着，从这一大片嘈杂里分出声音的层次，她去听那风把灌木吹得在地上匍匐的声音，听蝴蝶的翅膀在风中扇动的声音。

她很少下床，一天中有二十三个小时她都在躺着。有一天她坐在马桶上，当她想起身的时候，她的双腿没有任何力气，她把洗手间里的一个花瓶掼在地上，新来的保姆小孙闻声跑上楼来，将她从马桶上搀起。她看着浴室镜子里的自己，连大腿内侧的肉都凹陷了下去。她害怕起来，从前以为自己只是经受着精神折磨，现在才意识到这样下去可能会死——她的意志不会允许她自杀，但她的器官是会自顾自衰竭的。

她让小孙搀扶着她去看孩子。一个月嫂和一个幼教在陪他玩，七八个月的男孩，漂亮得像把她直接缩小了。他大概认不出这是妈妈，白胖的小手张着，像抓一个玩具一样抓着她的头发，又拍拍她的嘴唇，黑玻璃一样的眼睛看着这个和他长得一样的大人。

她让月嫂抱着孩子跟着，她自己扶着小孙的手下楼，在一层的客厅里打盹的厨师都吓了一跳，她来做工几个月了，太太从来没出过门。她也拿着披肩跟了上去。

乌鹊带着她的小队伍，像个太后一样走在小区的花园里。暮春暖湿的空气蒸着她的脖子，小虫绕着她的脚踝飞，她坐在石凳上歇着脚出神，她想活着，只有活着才能有好事发生，她不信以后的几十年都和今天一模一样，总会发生点什么的，她想。

她开始管理家务，现在家里人多了，她必须履行一个女主人的职责。这些事情又多又碎，有的还相当令人头痛，比如厨师贪污买菜钱怎么办，月嫂和幼教不和又该如何处理，她管事之前可以眼不见心不烦，管事之后就不能再放下了，她不能丢给陈知一个漏洞百出的家，那样对不起他养家的辛苦。

在被家务缠绕到烦躁的时候，她在网上看到，她短暂工作过的那家公司上市了。她心里涌起一阵遥远的妒忌——

假使她当年没有辞职，现在也是创始员工之一了，金钱方面的收益她不在意，但那该是一种多么不同的人生啊！她关上财经版的网页，但视线却不能收回到这间屋子里。她的思维控制不住了，她顺着辞职之前的自己想：那时候她穿着网购的便宜套装，一天除了睡觉的六七个小时都在工作，凌晨两点发给团队的邮件也能得到秒回，在出差的飞机上打开阅读灯算预算；她和上司为了方案吵架，吵到凶的时候两人对着飙泪；她和运营一起盯着数据，数据好的那天，运营请客吃火锅……时间会过得很快，和公司的成长速度一样快，过不了多久，她也会带一个小团队了，实习生会把她当成可以打打闹闹的大姐姐，不过她真生气的时候，他们也会怕她的……公司在筹备上市了，这时她已经成了高层，他们在全球路演，每天一睁开眼睛，都要先仔细想想这到底是在哪个国家的哪个城市……她想得太远了，等她把视线收回来的时候，看着这精心布置的昂贵卧室，她感受到了一种类似幽闭恐惧般的窒息。

她订了个花篮去看老同事。公司买了一栋新的大楼，二十个员工变成了两千个。她熟悉的那个女上司出差了，另一个男上司在她自我介绍了三分钟之后才想起她来。从前的同事有一半已经不在这里工作了，剩下的几个一边惊喜地拥抱她，一边好奇她来做什么，其余的人，都是陌生人，她站在密密麻麻的格子间中间，茫然四顾。当她离开时她以为是随时可以回来的，但生活用抽耳光的方式告诉她她错了，人生没有那么多岔路留着给你选……

她又怀孕了，这一次她告诉自己，人不可以把一个错误犯两次，她像预防绝症一样预防产后抑郁，怀孕五个月的时候仍然在健身。六个月的时候，她带着小孙去美国，这一次她要生一个美国国籍的孩子，孩子生下来就由小孙抱回国了。她不肯回去，她要开始周游世界的旅行：这不正是很多女生的梦想吗？她们苦于没有足够的钱和时间，但她有啊！她不会再把自己关在小屋里，等着产后抑郁像秃鹫一样来啃噬她了。

她错了。她在阿拉斯加仰头看着极光把天空染成蓝绿色，捧着新切的生鳕鱼浇在热米饭上的时候；她在新西兰的牧场上驱赶着羊群，看着腮上有雀斑的牧场女儿切下奶酪上的霉斑的时候；她在琉森湖边遥望着雪山，把冰凉的湖水泼在膝盖上的时候；她在南美洲的火山口闻着醒神的硫黄气味，把脸转向从赤焰里吹来的热风的时候，她感觉到瞬间的大美和永恒的渺小——人在自然面前是孤独的。

那么，如果她用钱把这些庄园或者小岛买下来，就能由渺小升级为伟大了吗？如果她把丈夫和孩子都带在身边，她就不会再感受到孤独了吗？不会的，人最终追问的是我是谁，她已经知道自己除了躯壳以外一无所有。在这一刹那，她洞悉了抑郁的一部分真相：人与世界的关系是给予而不是索求，所以人无产出便不快乐。

飞机落地北京的一刻，她认命了，能够做出的努力她都做了，算了，她不挣扎了，她知道自己最大的优势是基因，她在精神上和那个遥远祠堂里的牌位一一握手了，在二十九岁生日的当天，她生下了第三个孩子。

陈知一年到头都在工作，没有节假日，不想出去旅行，不知道什么叫休息。他有时候去位于老家的造船工厂监工，用手指在钛板上叩出铃铛似的声响，或者沿着海岸线依次巡视，看着集装箱像乐高积木一样被抓起放下，又或者去国外出差，收购当地的物流公司以降低成本，他知道自己天资平凡，因此必须要比别人更加努力。但他从来不在外面“泡”时间，就算做完工作已经是深夜，而隔一天之后还要去另一地出差，只要还有航班，他必然回北京。他的家族基因使他时刻不能忘记，人不是为了财富而奋斗，人是为了家庭而奋斗。

当他在凌晨一点或者两点钟，披着月色打开门锁的时候，他会把脚步放得很轻，仿佛惊醒墙角的蛐蛐都是罪过，然后他匆匆洗掉身上的风尘，随便吃一点什么东西填饱肚子，乌鹊已经睡得很熟了。在黑暗中，他看不到她，但是能触摸到她光滑柔软的丝绸睡衣，闻到睡衣领口里散发出来的香味，不知是来自香皂、香水，还是她睡前喝了果汁，他仿佛躺在一个芳香四溢的天神旁边，总想虔诚地祷告什么才能安然睡去。

他带乌鹊回老家，或者出席朋友聚会之类的场合，毫无意外地能收到一箩筐的关于乌鹊容貌的赞美，他总是一边谦虚地道谢，一边在心里替乌鹊惋惜：外人只能看到她的漂亮，却丝毫不了解这并非她最好的地方，她之所以值得他的爱慕，是因为她的善良、温柔和恬静。

她会把被人用来逛街的时间挤出来做义工，她从来不在他谈生意到深夜的时候突然打电话查岗，她对他繁忙的出差工作毫无抱怨，任何时候回到家中，她不是在读书，就是在弹琴、插花……他甚至没听到过乌鹊说一句脏话或者对任何人发火，哪怕最生气的时候，比如有一次，一个醉驾司机开车撞到了她，她的膝盖上鲜血直流，也只是红着眼圈，用比平时稍微高些的音量对那司机说："你怎么可以这样啊！"

他想，是钢铁工人家庭的出身使她这样坚强，是坎坷的成长经历使她这样隐忍，她拥有世间一切美好的品质，不仅陪伴他的日常、成为他可靠的后盾，而且还为他生儿育女。

生孩子使她的身体受了亏空，她在床上躺了好些日子，后来她好一些了，也有精力照管家政，或者出去走走，会会朋友，买买东西了。有一天，她小心地问他自己可不可以买一些珠宝——当年装修房子的时候，她因为买画而认识了一些欧洲的古董贩子，他们有时候也有好的珠宝出手——他又感动，又愧疚，她就算想要天上的星星都可以买，一点首饰算什么。再说，女孩子爱好珠宝是天经地义，他本来就一直觉得她的衣着相对他的收入来说太过朴素。

她也没有买太多，几年的时间，断断续续地收了十几件，当然，每件都很昂贵。他不懂，但是有时候看她在灯下抚摩着那些珠翠出神，也会问问这些古董的来历，她只是淡淡地说："都是亨利八世前后的东西。"然后锁上保险箱。

她翻遍了全世界的每一个珠宝贩子的藏宝箱和每一个拍卖行的仓库，也没再找到玛丽女王的那条项链的真品。

结婚的第七年，他的第三个孩子出生了，他含着感激的泪亲吻妻子的额头。"我已经什么都有了。"他想。

乌鹊睁开眼睛，九层的生日蛋糕，雪白的糖霜裹着奶油，一路散发着甜美的香味，被推进病房里来了。丈夫含着泪亲吻她的额头，赞美她是英雄母亲，两个大孩子一边一个守着摇篮，看着熟睡的小妹妹。她侧过脸去看那蛋糕，一、二、三……烛光晃得她眼花，她数了好几遍，二十九支蜡烛，只有二十九支吗？她觉得自己已经九十九岁了。她老了，时间停止了，她不再期待明天会和今天不同了，因为没了期待，也就没了落空，她不再感受到痛苦了，现在痛苦对她来说甚至成了奢侈的经历，一同消失的还有快乐。她很少再有情绪上的起伏，她变成了一棵植物，安静，恬淡，会在早教班的附近喝咖啡和闺密聊天的那种贵妇。有一天，她在咖啡馆遇到了一个小姑娘，牵着她留在王野田家的狗。

和王野田分手的那天，因为要回宿舍，她不能把狗带走，过了几天她在学校外面租好了房子，可王野田既不见她，也不理她，发邮件去讨还狗，人家回她两个字："休想。"她除了气得半死，也没有办法，等到和陈知结了婚，她更不抱把狗要回来的希望了，因为王野田的名字成了他们两人共同的忌讳。

一开始她以为自己认错了狗。哪儿有这么巧的事啊！世界上的白底黄花小土狗可能有两亿条吧。可是等小姑娘牵着狗快要走出咖啡厅外面的花园的时候，她看到小狗左边屁股上的一块斑秃。好，土狗虽然多，这么丑的却只有它一个，“花花！”她大喊，花花没回头，那小姑娘却回头了。

她又想看花花，又想看小姑娘，可惜两只眼睛不能看向两个地方，她慌了一阵，最后决定盯住小姑娘看——她长得还算好看，也仅仅是好看而已，没有人能让乌鹊在容貌上落下风。使她感到不快的是她的年龄，她的两腮多么鼓，她的眼神多么干净，个子小小的，最多也就十六七岁——高中生？乌鹊质问：“这是谁的狗？”她心想，如果她回答邻居的、表叔的、买来的、刚捡的也就罢了，可她忽闪着戴美瞳的大眼睛，小嘴一噘，未发育的胸脯一挺说道：“我的呀！”

乌鹊又是吃惊，又是妒忌，一把把狗绳从她白嫩的小手里拽下来，拽得她一个趔趄，哎哟一声娇啼，声音甜腻得使乌鹊想暴打她。

最受不了这种看着像在白糖罐里长大的、玻璃似的一碰就碎的、矫揉做作的小少女了，她小时候如果敢这么掐着嗓子说话会被爸爸弹脑门的，她上中学的时候如果敢和三十岁的男人谈恋爱会被妈妈在门外罚跪的。何况今天是星期一，不上学跑出来遛狗？还有规矩吗？还有家教吗？还有礼义廉耻吗？作为生过女儿的母亲，她不自觉地把这个小姑娘想象成十几年后的女儿，稍微脑补了一下女儿逃课和三十岁大叔谈恋爱，就气得肺都要炸了。

她懒得替别人管教女儿，也不想去过问分手快十年的男朋友现在的感情生活，但是花花，现在既然被她牵在手里了，那就别想再要回去。这小姑娘比她矮一头，何况她还有闺密程素在旁边帮着，怕谁？她抄起狗大步往外走。

所有人都没反应过来，只有花花在拼命抵抗，它的身体有力地向后仰着，四只肉爪子抓挠着她的脖子和肩膀，脖子底下一个刻着“花花”的镶假钻石的狗牌被晃得叮当作响。她的眼泪忽地涌了上来，花花忘了她了，快十年了，它忘了自己是怎么在雨夜的一摊血水里被她捡回去，用针管往嘴里打牛奶的了。这一愣神的工夫，她的后背挨了一拳，向前扑倒着扯塌了半个咖啡馆的花墙。一地狼藉里，小姑娘把花花刨出来抱着拔腿飞跑，她没追出去，那太难堪了，三十多岁的人怎么能和小孩在街上厮打。

程素追出去了，过了一会儿她又回来，告诉她这是个误会，那小姑娘叫珠雨田，是王野田同父异母的妹妹。

她觉得好难堪。于是坐在满地的花叶里捂着脸哭。

她要让自己忘了这件事。忘记不算太难，她这三十年，已经陆陆续续地忘记过很多往事。

在她成功把这件事忘记之前，她整日惴惴不安，这场风波像一团湿布堵在她的胸腔里，又闷又沉。她猜测那姑娘一定会把这件事告诉哥哥，那么珠雨田会怎么描述她呢？他又会如何在心里勾画所听到的形象呢？十年了，他需要用多久的时间想起这个人是她，又或者根本不会想起来？王野田这个名字在眼前飘了一天，这不代表她有多么怀念婚前的男友，或者那是一场如何刻骨铭心的爱情，没有，这正是她偶尔觉得自己可怜的地方：

没有人爱过她，她也从没爱过任何人。

她继续找那条项链。

第二天傍晚，陈知一进家门就见门口摆着三四双客人的鞋子，跟了他们家十来年的护士兼管家小孙从厨房一探头，见了他，放下水果盘子，飞跑着迎出来，接衣接帽，低声汇报着："珠宝商来了。太太今天心情还不错。"

客厅的沙发上坐着三个浑身都光亮得好像刚在猪油里游过泳一样的男人，陈知想，也真难为他们从哪里买到的这么润滑的发胶和如此反光的衣料。他们的脸上也带着随时会发出光来的笑看着他，站起来恭恭敬敬地叫"陈先生回来了"，陈知点点头，看着歪在沙发上的乌鹊。

乌鹊穿着家常衣服，倚着一堆抱枕，一只手托着腮，一只手伸长了在矮几上的一盘糖炒栗子里抓着，栗子皮有一半都掉在了地毯上；糖炒栗子旁边摊开了两只丝绒匣子，黑底衬着里面的项链，一个黄金绞丝链子上缀着钻石连缀成的盾牌样坠子，一个莲子大小的红宝石用珍珠连缀成短链。乌鹊见他回来，有点惊讶："这会儿不早不晚的，你回来干什么？今天公司里没有事了吗？"

陈知哼了一声就往楼上走。乌鹊又看着那两条项链出神。

这三个珠宝商里年长的那个便说："陈太，这盾牌样坠子您是行家，西班牙风格，这东西出现在亨利八世的遗产清单里，只可能属于一个人：凯瑟琳王后。凯瑟琳可是最受人敬重的正室，正符合您尊贵的身份。"

乌鹊漠然道："凯瑟琳后来可是被休了呀。"

这人便窘得一结巴，另一珠宝商插话道："陈太别听他瞎说，哪儿有把自己跟那些人对照着看的呀。那亨利八世是古今中外第一渣男，一辈子娶了 6 个老婆，他的王后们不是发配修道院就是砍头，难产死都算善终了，照这么说这些珠宝都不能买了？哪儿有那么多文化啊讲究啊，收藏珠宝这事特简单，就是石头漂亮，设计好看，足够了。"

乌鹊听了，脸色转为喜悦道："没错，我就是这么想的，上次还有人带了个历史系教授来，看石头之前先给我上了一课，差点被我轰出去，烦都烦死了。想上历史课我不会去大学里听吗？"

这个珠宝商便赔笑道："那还不是因为您收藏亨利八世时代的珠宝出了名，不知道的还以为您对这段历史有什么特别的兴趣。"

乌鹊叹口气坐起来，将那两只丝绒盒子合上，说道："可我要找的那条，都多少年了？"她歪头想了很长的时间，没有人敢提醒她，"十年了，一点音信也没有。"说完又是一声长叹。

这三个珠宝商刚要搭话，只听楼上噼噼啪啪一阵巨响，像是什么东西倒塌，接着陈知的声音传下来："小孙！小孙！早晨告诉你把这柜子挪开你怎么不听？"小孙忙跑上楼去，乌鹊边上楼边回头说："这两串我留下了，去公司里找秘书从我们家庭账户上支钱，我刚才说的那条，还是要帮我打听着点。"三人喜笑颜开着答应，乌鹊又低声嘱咐："下次别来家里了，我和你们另外约地方。"说完也忙跑上楼去。

楼上卧室里，乌鹊装化妆品的一个小冰箱倒在地上，各种瓶瓶罐罐碎了一地，小孙含着眼泪正跪在地上擦扫，陈知坐在椅子上揉着脚，大拇指上血红一片。

乌鹊忙说："是砸到脚了吗？不要乱揉，小孙快去拿冰袋。"小孙又慌忙跑下去，乌鹊笑道："这么一点小伤口也值得发这么大的火吗？越来越像孩子了。"说着在一只凳子上坐下，又说道："你今天是怎么了，当着外人给我脸色看？那些人你又不是不知道，没八卦也要编出八卦来嚼舌根，这会儿不定都传成什么样了呢！你又不是不知道，外面都说我多年来靠你养活，外表光鲜，实际上在家做不了主，受你的气，那些哗众取宠、只为了刷阅读量来接广告的什么自媒体，又要拿我当反面教材去给那些年轻小姑娘洗脑，说什么女人千万要独立，千万不要放弃工作，千万别被富豪娶回家当两脚子宫和人形花瓶，否则就会像我这样，连买一点珠宝都会被老公吼，过着'华丽而毫无尊严的生活'！"说着眼圈就红了，踢开凳子便往外走。

陈知拖着鲜血淋漓的脚追上去，连求带哄："我哪里有吼你了？你胡说这么一大篇，什么莫名其妙的？我根本就没说什么呀，你看你——小孙快拦住她！"正在包冰袋的小孙又冲到门口拉住乌鹊，陈知艰难地跳下楼梯，哀求道："对不起，是我今天心情不好，公司里遇到一个不算小的麻烦，我压了一肚子火……唉，总之是我的错，不该把工作上的情绪带到家里。"然而这番哀求没有起到作用，乌鹊抓起车钥匙，一甩门就走了。

向前开，向着更远的远方开。

她的车在国贸桥上抛了锚，她下车等救援，无聊地玩味着天边晚霞光彩的变幻，这时她接到了一个陌生女孩的电话，又脆又嗲的声音说："你好，我是珠雨田。"

她吓得差点把手机掉到桥下去。

那边又说："乌鹊姐姐，你那边好吵哦，你听得到吗？"

她用嘈杂的背景声音掩饰自己嗓音的颤抖："你怎么有我的电话？"

——当然是王野田告诉她的！

但是她说："我是在狗狗的狗牌背面找到的电话呀。"

她如同脑后受到重击一般蒙了一下，那天她看到了花花戴的狗牌，镶了好几圈玻璃或者假宝石，在他们分手的时候还没有这东西存在，她也不会允许审美如此……浮夸的东西出现在她的狗身上。难道王野田还想过如果花花走丢了，人家能把狗送还到她手上吗？她脑子里很乱，又听珠雨田甜甜的声音传过来："我想请你参加我的生日聚会，我爸爸和哥哥都在哦。"她又说了时间和地点，乌鹊把下嘴唇咬出了血痕——他们家人想干什么？当初毫不留情面地把她赶出去，一点解释的机会或者回旋的余地也没有，没有人问过前因后果，他连句清楚的"分手"都没说过。是啦，你们是清白又高贵的豪门，不必尊重一个自轻自贱的贫苦姑娘。

她拼命在心里说着作践自己的话，十年前的屈辱和绝望又回来了，汽车扬起的尾气和尘土，好像当年苇丛边的雾气。她不想去，可是那个甜甜的声音一直在追问："好不好，乌鹊姐姐，好不好吗……"她这才知道为什么那么多人热爱软萌系的少女，没有人能在这样的声音之后接一个狠心的"不"字，她慌忙挂了电话。然后她随着刚刚赶到的救援公司的人办理了修车的手续。回家的时候晚饭刚刚摆好，一个丈夫、三个孩子、七八个保姆和住家的幼教，这么多人，她踏实了，她不是那个自轻自贱的贫苦姑娘了，王老板不会把她怎么样，人家邀请她，说不定还是想向她道歉呢。

等到她在果庄的大草坪上看到一个瘦高的背影，软蓬蓬的头发在阳光中呈现出金棕的颜色……她站住脚步，那人因为听到身后的声响而回过头来，他的眼神多么惊愕啊！好像在白天见到了魂魄，好像在梦里醒来发现仍然是梦，他眼圈都红了，嘴里喃喃地说着："是你吗？是你吗？"

她突然明白过来：根本就是珠雨田自作主张请她过来。真是蠢，怎么能轻信一个十几岁小孩的邀请，不错，珠雨田是生日宴会的主人，可她不可能就这么自欺欺人地被算作珠雨田的客人。远远走过来的几对中年夫妇像是把目光投向了这边，她依稀辨认出那也是十年前在王野田的父母家见过的。他们也许认出了她来，也许没有。她转身就走，只想快点离开，并不想质问珠雨田为什么要这么做，但珠雨田跑过来告诉她原因：王野田为了能时常见到她一面，租住在她常去的咖啡厅对面的破旧公寓里。

她的第一反应是不信。

她提前从宴会上离开了。这一切都是小孩子胡闹。

从果庄回家，最方便的路径会经过那个咖啡馆，在距离咖啡馆还有一个路口的地方，她出于一种奇怪的心理，突然猛打方向盘走了另一条路——是心虚吗？风把她的头发都吹向脑后，为什么要因为小孩子的胡闹而心虚呢？难道这么狗血的事有一丝一毫的可能性是真的吗？她在那里喝了好几年咖啡了，虽然没有仔细地看过四周的建筑，但印象还是随时能回忆起来的，马路对面是一家国有杂志社的老家属区，杂志社都不知道倒闭多少年了，那栋楼的年头也可想而知，王野田是什么身份，什么生活习惯，不信——绝不可能——看看去——她掉转车头。

车停在楼下，她大着胆子上楼，每上一级台阶，脸上的苦笑就更增加一分。假使这不是一栋老旧的公寓楼，而是世界第一豪宅，她就能相信王野田会因为想见到她而特意住在这里吗？

不。出事那天，她在玄关门口冰凉的地砖上躺了一夜，一开始是因为头晕，后来是因为心冷，时间一秒一秒地过去，他肯原谅她的可能性在以肉眼可见的速度飞走，不过是一场短暂的、不值一提的恋爱，哪儿有什么可歌可泣的深情，她从来没有被爱过——

她站在二楼，看着左首一扇明显和这栋楼不相称的高级密码锁大门，她愣住了，门里传出一声小狗的叫声——花花！她在台阶上坐下来，心脏跳得又慢又重，撞得她胸口直疼。

我也是被爱过的。她倏然想。

她确定王野田还没回家，她走得早，路上也没绕出多远，他不可能更快——但也不该这样慢。她看着手腕上的表，一个小时了，苦涩感又回来了，和十年前一个小时接一个小时等待的那个夜晚一起回来了。外面太阳还老高，可夜晚不久还是会来的，如今不比从前，她没有一个夜晚可以等了。

王野田回来了，站在楼梯的拐角，看着她。他知道她在这儿，她很快明白了，她的车就在楼下停着，枚红色的小跑车，这辆车她不常开——尽管不常开，他也一定见过无数次了。

“你好。”

“你好。”

“进来坐？”他大方地说，按着门锁，她走进去，下午晴好的阳光一下子包围了她，她没想到这个公寓这样小，意外又为她增添了感动，方才开车的时候使她觉得可笑的情节，竟然真的是现实。她转过身来，亮晶晶的眼睛看着他。“你何苦这样……何苦……”她的声音有点颤抖，她没等他回答就跑到阳台上，花花悲鸣了一声，它一直躲在阳台的花盆后面，害怕地看着乌鹊。

乌鹊丝毫没理会它，她抻直了脖子，看着马路对面咖啡厅的露天花园——清清楚楚，连服务生围裙上绣的花纹都看得清清楚楚。她脸红了，想到她有时候狼吞虎咽地吃三明治的样子都被他看在眼里。

他站在她身后，结结巴巴地开口："其实有一天，我差点跑下去见你。"

"哦？是吗？为什么没有呢？"

"那天你坐在那儿，头歪在椅子上，好像在睡觉。后来一只野猫溜达进来，跳到你腿上去够桌子上的吃的，你不可能不被吵醒，如果醒了不会不动，我突然觉得你可能是昏过去了。"

"哦！那天！"乌鹊大惊，原来这一幕他也见过。

"我正要下去，就看到一个姑娘冲进来，扛着你就跑，我半天也没反应过来这是怎么回事。后来去咖啡馆打听，人家说你中了夹竹桃毒，多亏被路人发现得早。我后怕了好多天，天天做噩梦，不知道怎么原谅自己。"他苦笑着，"我天天看着你，结果还需要陌生人来保护你，那本来是我应该做的事。"

"保护我……保护我……"她喃喃自语着，从未有人说过这样的话。

他沉默了一会儿，说："我知道你这些年过得不是很快乐。你别生气，也许我猜错了，你应该觉得很幸福才对，可是我的眼睛没有办法骗我。你经常坐着发愣，怎么看也不像是在悠闲地打发时间，你还哭过，你记得吗？大概三年前，你背对着咖啡厅的门，朝着花园的大门坐着，可能你不想让服务生看到你哭吧。可是你的脸刚好对着我的阳台，我看得清清楚楚，你的眼泪就像泉水一样一直流一直流。你哭得我心都碎了。我想了很久，什么事能让你这么伤心？我去你妈妈的医院问过，人家说你妈妈比以前还好转了些，那就是家庭出问题了，我托我们以前的朋友去打听，人家说没有呀！很恩爱呢！我……我不敢再追问，怕传到你那里。唉。"他长叹一口气，"你一定不记得了。"

乌鹊没有回答。她奇怪时间怎么过得这样快，他说的是三年前的事，可在她的心里，那汹涌的眼泪好像昨天才流过一样。她怎么可能不记得呢？那天她送二儿子来上课，顺手在便利店里买了根验孕棒。在咖啡厅的洗手间里测试过，她就飞快地走出来，拣了个花园里离咖啡厅最远的位子坐下，眼泪那么多，哭到最后她甚至觉得口渴了。她怀上了老三，这无趣的生活里抓住她的手又多了一双。

"你都知道。"她也叹口气，"你都见过。"

"我想……"他动情地说。

"没什么好想的。"她鼻子很酸，"我已经……我现在……我不会再来这个咖啡馆了，知道你在这儿看着我，我也不能再好好地坐在那儿了。你也不必再这么苦着自己，没有必要，回不去了，我们……我们……”

“不能做朋友吗？”他不平地大声说。

“朋友吗？朋友……当然……我们本来就应该是朋友，分手那件事，你不怪我了，对吗？”

他没有回答这句话，而是离开了阳台，在小小的单人沙发上坐下。花花像想要逃离乌鹊一样蹿到他的膝盖上，他细长的手指慢慢抚摩着小狗白而软的绒毛，低声说：“我怪我自己为什么没有早一年出现在你身边，让你不必经历那些事。”

她几欲晕倒，有了这一句，一生所有的委屈都不算错付。什么也不必再说了。

“只是我当时太年轻，一时想不通，等我想回去找你，你已不在学校住了，我找不到你了。”他抬起头来，眼睛湿漉漉的，仿佛受尽伤害。

“是我的错！”她在心里大声喊道，然后她说：“我们当然可以做朋友。看看电影，散散步，或者一起打球，告诉你，现在你不一定打得过我了呢！我因为常常抱孩子，肱二头肌很发达。”她笑了，故意提起孩子，以便在他们之间划出一条清白的界限。

起初他们确实很清白，他们在小客厅里用投影仪看电影，总是把两个懒人椅拉开一米远的距离。他们有时候会开一瓶红酒，但是都只喝一个杯底。他递东西给她的时候会先放在桌子上再等她去拿，他们像两个传染病患者一样小心翼翼。

有一天，他们正对坐着吃早餐，早餐是乌鹊带来的，这时珠雨田突然跑来，她站在门口愣了好久，小姑娘明显被吓到了，然后她跑走了。两人都不安极了，虽然她大概应该不会讲出去——讲出去也传不到陈知那儿——传到陈知那儿他们也是清白的，但她还是恍惚起来，察觉到渐渐逼近的恐惧——

她恐惧屈辱。十年前爱玛那句尖厉的“你是个妓女”如同一根钉子，死死地钉在她的脑中，在她做事或发呆的时候，快乐或伤感的时候，它随时会在耳边响起，毫无规律和征兆。她很清楚地知道，这句话之所以能折磨她这么久，因为它是真的。真话有永恒的生命力，它会一直在那儿。而作为一个有夫之妇，三个孩子的母亲，如果她出轨，那么她值得比“妓女”严重一百倍的屈辱，她必须承受，因为那也是真的。

为什么死水一样的婚姻使她如此抑郁，正是因为她深知自己的原则牢不可破，假如她是一个能放任自己寻欢作乐的人，那么痛苦也就不存在了。她抬起头看着他，像是不舍得和这短暂的快乐告别。

“我走了。”她向着门口走。

他像察觉出什么似的喊住她："你下个周末还来吗？"

她摇头，背对着他咬紧了下嘴唇，眼泪快要流下来了。

"不许走！不许走！"他急了，很高个子的人站在门口，双臂张着——她觉得有点眼熟，当她想出门买东西，而小儿子想让妈妈在家陪他玩的时候，也会站在门口做出这样的动作——"你听我说，"他急得脑门上冒了一层细汗，"我去跟我妹说，她很乖很胆小的，我现在就可以替她保证她不会对任何人讲，绝对绝对不会伤害到你的名誉。"

她又像不信，又像渴望，胸脯剧烈地起伏着。

他看上去太可怜了！小鹿一样的眼睛像浸在雨水中的黑色石子，因为刚起床而乱蓬蓬的短发翘起一个角，像不会打理自己日常生活的小男孩，嘴角委屈地垂下来，他几乎是在哀求了："你不知道我这些年过得多苦……"

她忍不住了，许多个在孤独的黑夜中挣扎的自己一齐回来了："我也……我也……"她终于忍不住哭出声来，他也用手背抽抽噎噎地抹着泪，然后她再一次环视了这与他的身价绝不相称的环境，扑进他的怀里大哭。

傍晚时候，她腾云驾雾般回到家中，小孙给她开门，从她手上接过小女儿。大儿子和二儿子都跑出来，一边一个抱住她的胳膊，她一点也感受不到。自己往楼上走，保姆在擦楼梯，给她闪出一条路来。"太太今天怎么格外漂亮？！"保姆说。这保姆平时不怎么说话的，她也觉得奇怪，上了楼，坐在自己的梳妆台前看着镜子，她觉得自己像刚从整容医院里走出来一样，眼睛更大了些，皮肤更白了些，她容光焕发。同时在镜子里看到身后的床，当年她就是在这张床上躺了半年，窗帘也半年没有打开，她在那时候以为自己从此就是一个活死人了。她错了，老天对她格外仁慈，生活这潭死水终于等来了它的风。

孩子们见妈妈不像想陪他们玩的样子，一个接一个走出去了，门虚掩着，她也没去关，该换家居衣了，她也没心情换。她穿着嵌金丝的编织套装躺在床上，胸脯起伏着，同时拥有着偷情的快乐和道德的纯洁。

陈知回家了，保姆开始摆晚餐，她下楼，陈知好奇地看着她，觉得她今天走路的样子非常深情款款，他站在楼梯底下伸手去搀她，她碰了一下他的指尖就把手缩回去了，好像试探水的温度一样，然后径直朝餐厅走去。

"我最近可能要去趟丹麦，后天或者大后天。我不想去，但是事情特别麻烦。"他边喝汤边说，"我尽量早点办完，很快就回来。"

"嗯。"

他怕她不开心，又说："我也真想天天陪着你和宝宝们，这样，这桩麻烦搞定以后，我把航线减掉几条，钱赚多少算多呢？你说呢？”

她点着头，用门牙轻轻地磕着一个菜梗出神。

“别总吃青菜。”他夹了一块大排放到她的碗里，又大声喝了一口汤，清清嗓子，慢慢悠悠地说，“你带三个孩子太辛苦，不要总想着要瘦，稍微长一点……”

“让我安静吃饭吧！”她打断他。

之后的两天真煎熬！因为小女儿的下一次早教课要在三天之后。他们不停地发着信息，在他会议的间隙偷偷打电话，像两个谈恋爱的高中生。王野田在电话里说了一句，不太习惯她现在穿衣服的风格，像个阔太太，让他有点认不出，她就马上带上小孙出门买衣服。第三天终于到了，王野田开门的时候，一个穿着背带裙和碎花衬衫的小姑娘扑进他的怀里，他们靠着门口的墙壁拥吻了十分钟，乌鹊觉得自己的嘴唇都肿胀破裂了，然后他们互相在对方的耳边一遍一遍地说着“爱你”，争相表示自己爱对方更多一些，情话是说不完的，但王野田必须马上出门了，考虑到堵车的时间他必然要在早会上迟到了。

只有赶上周末，他们才能共度一个上午，两三个小时的时间他们都在床上度过，她好像从未发现自己是个话痨似的，没完没了地给他讲深渊般的产后抑郁，而从深渊里往上爬，全靠她一个人的力量，没有人伸手拉她一把。“要是当时我撑不住了呢？我不敢开窗帘，不只是怕光，我也怕窗子一打开我会忍不住跳下去。”说到委屈的时候，她轻轻地抽泣着，他心痛地抚摩着她小腹上三道剖腹产的伤疤，把她抱在怀里亲了又亲。

她又说起孤独的环球旅行，描述在那些使人窒息的美景之下，她如何因为自己的孤独而战栗，他伤感地说她去过的某地，他也在某时曾经去过，所以他们看过同一条瀑布，走过同一片草原，这样一想，足迹既然有过交会，也就不算完全的孤独了。

她也会吐苦水，说料理家政中那些柴米油盐的琐碎，他便感慨道本以为做主妇是很惬意的，没想到这么辛苦，这使他对母亲的敬爱又深了一层。她心里一凉，不能不想起十年前那客气又冰冷的逐客，于是她把话题岔开：“你是真的爱我吗？这会是一场梦吗？”

“我爱你。我爱你。”他一遍一遍地说。

如果约会是在工作日，王野田匆匆离开，她有时候会回到咖啡厅和程素聊天。有时候干脆一个人在房间里待着，玩他的PS4，看他的小说，拼他的乐高。有一天，她被纸页割伤了手，想在抽屉里找找有没有创可贴的时候，发现了一只卷刘海的夹子。

“骗子！骗子！”她的牙齿把下嘴唇咬出了血痕。

她情绪起伏不定，让小孙去接孩子，自己在房间里坐到日落。

王野田下班回家，发现她还在，吓了一跳。“这是什么？！”她不等他发问，把刘海夹举到他的眼前。

“这是什么东西？”王野田把那玩意儿拿过来看。

“这是谁的？！”

他一头雾水。

“这刘海夹是在你抽屉里找到的。”

“这是刘海夹啊！”王野田说道，“应该是前女友的吧，我没留意。”

“前——前女友？”她好像第一次学会这个词一样吃力地说。

“喂！”他大笑，“你不会以为我这十年一直是单身吧？”

“你——带女朋友来为了能见到我才租住的房子里？”

他愣了一会儿，摊开双手。“我是个三十岁的男人啊。”

是啊。她在心里点头，他说得对。

“对不起。”她说，然后她背上背包准备离开。

“你会为这种事不开心吗？不要啊。”

她完全冷静下来了，想起自己还有家庭呢！他可从来没说过什么。

“不，当然不会。”她恢复了平时甜美斯文的样子，“只是你要知道，我这么爱你，有一点妒忌也是人性嘛。再说我刚才不知道是前女友，既然是以前的事了，那么就——”她突然觉察到一个问题，照着这个逻辑想下去，他现在如果交了女朋友，她应该是什么态度呢?

她逃走了。

这一次小小的风波使他们的感情更加如胶似漆了，他们更加害怕失去对方，因此愈加激烈地表白。这段时间陈知一直在丹麦，因此她也不用避讳电话，他们一晚上几个小时地通话聊天，晚安要说上三五十遍。

第二天，她在开车送孩子去上课的路上闯了个红灯，因为她一直心不在焉。这条路她太熟了，凭肌肉记忆都能开，可是当她闯过红灯的时候，她吓出了一身冷汗——孩子在车上呢！不要分心！她骂自己，等把孩子送到早教班，老师拉着她去参观新建的婴儿泳池，给她讲解那些德国进口的高级消毒设备，她一边礼貌地应酬着一边在心里想：“好啦，知道啦，非常高级，快让我走吧！”

王野田这时发信息过来，说等不及她了，他要赶去出席一个重要的商业活动。

出于一种奇怪的执着，她决定——必须去见王野田。这辆车平时只接送小女儿用，天窗从来没开过，她第一次把天窗打开，深秋沁凉的晨风吹得她痛快地发抖。白露时节早就过了，草叶上的露水要到正午才能蒸发干净，枯叶的叶底挂着白霜，在车子里纷纷扬扬地落了一层。早高峰好堵，她穿小路，擦过骑着共享单车的年轻白领和戴着白套袖的油条摊主，景色是衰败的，市井是闹腾腾的，她的头发被吹得又湿又涩，贴在她瓷白的脸颊上。

会场外面的林荫路上停满了车子，她只能把车停在路口。林荫路上人已经不多了，那个活动多半已经开始了，她有点想回去，但还是向前走着，快到会场门口的时候她看到了王野田，那挺拔的背影，软蓬蓬的头发……他和几个矮胖子中年商人谈笑着什么，越发被衬托得青年英俊，她微笑着躲在一棵两人合抱粗的梧桐树后，等着他转身的时候跳出来，远远地给他一个惊喜。

他往会场里走了——她不知道该不该喊他一声——他站住和入口的礼宾小姐聊天，乌鹊很熟悉这项工作，当年读大学的时候她做过几百次这种兼职，那女孩又高又瘦，满脸稚气，双手握在胸前看着王野田，好像祈祷的少女一样惊喜又虔诚，王野田小有名气，知道他的人不少。这女孩突然拿出手机来和王野田自拍——喂，乌鹊大怒，没有管事的来把她开掉吗？他在拍照的时候揽着女孩的肩，动作多么流畅自然，然后他们互相加了微信。

她把额头抵在粗糙的树皮上，心里一抽一抽的，好像心脏被摘下来，放在白瓷盘子里切成了片。

她用理智控制住了和他交流这件事的冲动。但是又一次见面的时候，王野田板起脸来问她："那天你是不是去会场找我了？"

她大惊："你看到我了吗？"

"没有，但那天我爸爸也出席了活动，是他看到你了。他问我你是不是去找我的，我说不知道——我这说的是真话！"

她沉默着。

"如果让我爸知道我们的关系，我受什么责罚那都无所谓，但他会伤透心的。所以我拜托你，以后不要再做这么幼稚的事，好吗？"

她百般温柔，曲意逢迎，各种赌咒发誓再也不会出现在计划外的地方，他抱着她安慰她，说这也是为了她着想，毕竟他是单身，而她"拖家带口"的——他用了这个词，乌鹊陡然觉得肩上一沉！之后她怎么也振作不起来了。

为了让乌鹊开心一点，王野田说可以带她去广州出差，只要她能撒个让陈知信任的谎，在外面住一两天。

"可以的！"她忙说，"陈知又去丹麦了，我只要跟保姆们说我在医院陪我妈住一天就行。"

她是第一次来广州，但是，怎么说呢，完全没有新到一个城市的兴奋。她努力让自己兴奋，夸张地赞叹着小蛮腰的漂亮璀璨，可是她几乎见过世界上所有豪华的高楼建筑了，这一个有什么特别的美呢？她在珠江堤畔，像小孩子那样把上半身探出护栏，惊喜地指着水草之下的游鱼，其实她看不出珠江和别的江有什么不同之处。王野田把杯子里的果汁喝空了，叼着吸管玩，两人在江边走了一两公里，实在找不到什么话可说。

她转过脸去，看着缓缓流动的江水，感觉到有点类似气数之类的东西从自己指间流过，她眼睁睁地看着，什么也抓不住。

回北京之后，她直接去医院看妈妈。

十几年了，妈妈的病情完全没有好转，哪怕乌鹊一遍遍告诉妈妈钱还清了，她结婚了，生活很幸福也没有用。妈妈受到的伤害太深，以致不可能愈合了。乌鹊把陈知带来，说这是她的女婿，她就让陈知喝水，乌鹊把孩子带来，说这是她新得的外孙，她就给孩子递糖果，但这不代表她好了。她既然想不起乌鹊是谁，也就因此切断了和世界的一切关联，女婿和外孙，对她来说都是上门做客的陌生人。

乌鹊现在习惯了。只要妈妈身体健康，她就不求什么了。

渐渐地，乌鹊也习惯对妈妈说些真心话，因为她听不懂，她变成了宗教里的忏悔墙。

妈妈刚吃过早饭，看上去挺高兴，笑眯眯地织着毛线。这是医生建议她做的，为的是锻炼手指的灵活。因为眼睛看不到，她只能织平针，速度可真是快，十来天前乌鹊来看她的时候刚开了个头，现在已经像一块小毯子了。

“妈妈，”她坐在妈妈的脚边说，“我把女人能犯的错误都犯了，我想着既然生活给了我许多委屈受，我也狠心做一个恶人，可是我既没有得到报复的快感，反而觉得失去的更多了。为什么会这样？”

妈妈好像没听到一样，毛衣针唰唰作响。

“最难的是十六七岁的时候吧，咱们住在农村，我既要准备高考不能出去挣钱，你摔断了一只胳膊不能再做缝纫，那时候我就像小女孩看着偶像剧做美梦一样，天天幻想着自己十几年以后的好日子，因为不幻想，我就活不下去了。可是我幻想中最富足、最可靠的未来，也不如我现在拥有的多，我超额完成了幻想，可是并没有幻想中那么快乐。这真是太意外了。”

妈妈不回答。

“只要活着就是苦，对吗？妈妈，你是早就看穿人生的底色就是苦的，只是苦水里偶尔有几个清爽的泡泡可以喘口气，所以才干脆一疯了之，是吗？妈妈，给我答案吧。”她像虔诚的教徒一样吻着妈妈的手背，温热的眼泪大颗大颗地掉下来。

“一、二、三……”妈妈开始低声数数，她抬起泪眼看着妈妈，小时候妈妈给她织毛衣，锁边的时候是要数着针来锁的，她不懂得编织的原理，但是记得这件事。妈妈把这小毯子锁了边，眼睛盯着某个虚幻的焦点，把它披在了乌鹊的肩上。“天冷了。冷就要加衣，不要问为什么。”她说。

“是，我知道了。”她擦干眼泪，裹紧毯子站起来，“我不会再追问了。一条路既然是错的，那么就不要继续走下去，好在一切都还来得及。”

她走了，在回家的路上，她把和陈知相识和结婚之间发生的事都想了一遍，她去想他的可爱之处，他的可靠、勤劳、细心……在走进家门的一刻，她决定和王野田切断关系，并且努力爱上自己的丈夫——她不得不这么努力。

陈知从丹麦回来之后先去了公司，工作上的事情很快交代完了，他有点懊恼为什么这样快，天色还早，他磨蹭到最能加班的员工都熬不住下班了才走。夜里的环路十分畅通，他却开得很慢，等回到家里，他又在车库里坐了很久，电台里的歌一首接一首地放着，他这时候真想点根烟，但他从不吸烟，车里也没有烟，他只能这么干坐着，像在守护着最后的平静。

这时候回家是需要勇气的。三万吨级的油轮在丹麦海峡发生泄漏，两万吨原油把大海染成了黑色，除了巨额罚款，他还失去了欧洲的航线，这已经是他尽力之后得到的最好的结果了。白天在公司宣布裁员的时候，他觉得还能承受，因为员工们也早在出事的那天就有了心理准备，但是回家面对老婆孩子呢，明知道他们不会责怪他，明知道公司业务减半也不至于影响到生活质量，可是对着她那张天神一般的脸说出“对不起，我没做好”，该需要多大的勇气啊。她如果流露出一丝轻蔑或失望的神情，他会感受到利刃割肉般的痛苦，虽然他知道她不会，她是那么宽厚，贤惠，是磐石一样沉默的后盾，因此他就更加觉得对不起她。

他拖着步子回家，一进门就听到动画片的声音，七八个保姆都站起来问好，他挨个抱过三个孩子，推开卧室的门。乌鹊正对着镜子擦脸，穿着一件浅黄色的睡袍，素净得仿佛山野里的无名小花，她回头朝他一笑，他在那张脸上好像看到了一个和自己儿女同辈分的少女。她站起来，轻快地跑向他，抱住他的脖子：“你再不回来，我就要去丹麦找你了，我好想你。”

他的眼泪差点流下来！像一个打了败仗的将军，已经准备好迎接故乡人丢来的石头，可是他们只是把酒菜摆上来，不过问战绩，只诉说想念。乌鹊一句生意上的事也没有问，当然，小孙一定早就把一切都告诉她了。小孙是个称职的管家，她本来是乌鹊生完第一个孩子之后请到家里照顾起居的护士，当时刚从护校毕业，只有十七八岁，但是机灵过人，对乌鹊又忠心耿耿，渐渐地乌鹊把一半家政都交给了她。小孙和陈知公司里的所有高管和重要员工都有联系，而这些人连乌鹊都未必认得。小孙不仅知道公司的一切风吹草动，某种程度上还成为员工和老板之间特殊的缓冲，基层的员工在工作上受了不公的待遇，既然不能越级反应到陈知这里，就去求求小孙，小孙会在似乎不经意间对陈知提起，陈知看得懂这套把戏，但他愿意给小孙这个面子，小孙开心了，乌鹊便省心，他是为了老婆。

因为他们的婚姻算得上闪婚，婚后又马上有了孩子，他们没有经历过如胶似漆的热恋，陈知心中多少有点遗憾，没想到热恋竟然在十年之后突然到来了，在他的事业最低谷的时候。他憨厚的脑子想不通其中的道理，也来不及去想，乌鹊的热情不容他去细想，他晕晕乎乎地，顺从地听她的话去洗澡、喝茶、休息，等着她下厨做夜宵——她已经十年没下过厨了！他忍不住担心她伤着烫着，又过了一会儿，她端上来两碗阳春面和一些小菜，还有一壶热黄酒，黄酒是他老家的特产，在北京很少有人喝它，他又想落泪了。

他们在茶几上对坐着吃夜宵，有点拥挤，却更显得亲密，像一对清贫的小情侣挤在出租屋的矮桌上那样。她的脸距离他那么近，她的身上那么香，她的眼睛那么亮，声音那么温柔，她问起生意上的困难，他又难为情又诚实地一一告诉她：航线损失了多少，几艘在建的油轮将要如何处理，公司的员工怎么安置，他们会受到多少损失。但是，他放下筷子，握着她柔软的手发誓："我会努力继续做起来的，我保证这是暂时的困难，你和孩子什么也不用担心。"奇怪的是，他的坦白层层深入，一句比一句更严重，但她的表情反而越来越兴奋了。

"我相信你。"她用鼓励的眼神看着他，声音悦耳极了。

第二天，她陪他去公司，这还是第一次，所有的员工都跑出来看这位传说中美到想象力的极致的老板娘，她好像王妃出访一样，虽然解决不了什么具体的事务，却输出了美和青春的形象，有时候这形象比解决方案更能安抚人心。她安抚每一个年轻的员工，感谢他们在公司最难的时候留下来，保证公司会铭记和回报他们的坚守，然后她和丈夫并肩站在一起，她的美抵消了陈知的平凡，他们看上去像一艘巨船一样能抵抗惊涛骇浪。

她感到无限的满足，甚至有点感激上苍赐下这样一场事故，陈知遭遇的挫折越大，就越能证明她改过自新的决心，现在连她自己也坚信她真的是一个贤妻良母了。

一个月的时间，她没再去见王野田，王野田在电话里问过她为什么不出现了，她简短地回答"很忙"，她知道他不信，也知道他不敢追问。

我确实爱上了我的丈夫，我毫无疑问是一个在男人低谷时不离不弃的好女人。她看着镜子中自己闪闪发亮的黑瞳，心中充满了幸福感。

公司的业务少了一半，陈知的时间突然多了出来，她把孩子丢在家里，和陈知出去旅行。"就当是补上我们的蜜月。"她说，她在订酒店的时候也是这么备注的，然后他们看到酒店床上铺满了粉红色的花瓣，收到了酒店赠送的蜜月大餐。

一天晚上，在某个国家的某个城市，她在睡梦中醒来，发现身边空荡荡的，雪白的月光照着冰凉的丝绸床单，陈知不见了。她等了一会儿，没听到洗手间有什么声音，房间里安静得好像只有她一个人，一种诡异的不安感慢慢袭来，她踮着脚下床，只换了个角度就看到了陈知——

他在阳台上哭。像大儿子数学没考好那样哭，像小儿子玩具被摔坏了那样哭，像小女儿毫无缘由地哭，孩子似的，不带一点掩饰地，嘴巴咧成难看的角度，满脸是泪地哭。

她又像脑后挨了一记重击，失望，夹着一点愤怒，把她的胸腔填得很满，然后那鼓胀的情绪瘪下去了，变成了虚飘飘的滑稽，她觉得可笑，又觉得解脱。

她交出了她的心，倾她所有去帮助他，陪伴他，他却依然把心关着，真是难为他了，这么多天，一直在她面前伪装振作和洒脱。夫妻本是同林的陌生鸟，她隔着纱帘看着他，觉得惊讶，她竟然要用这么多年、这么曲折的过程才发现他们之间的距离这么远。

她回到床上躺下，很快又睡着了，很甜的一觉，从来没有睡得这么香过，因为她不会再努力去分担他的痛苦了。一颗心死了，死透了也就无所谓了，再没有一丁点可能挽回他们的感情，她不用再在乎什么道德、身份、责任，是这些东西辜负了她，而不是相反，一切都垮掉了。

她提前结束了蜜月旅行，订了回北京的机票，陈知不敢问她为什么，但他也很希望如此，他急着回去工作。

晚上，飞机落地后的两个小时，风尘仆仆的乌鹊敲开王野田的门，他胡子拉碴的，眼窝凹陷了下去，桌上倒着几个酒瓶，他在莫名其妙的失恋中饱受折磨，乌鹊扑进他的怀里，咬着他肩膀上的衣服大哭。

他们完全没了以前的顾忌，不必再等孩子来上早教班，她随时都会出现在他的门口，她也不会匆匆离开，有时候甚至消磨到半夜两点才依依不舍地走。他们公开在街上挽着手散步，她还常常在他公司的楼下等他下班。一个周末的下午，他们去一家网上炒得火热的甜品店吃东西，刚走进去就看到珠雨田和几个班上的女孩子在排队，珠雨田的神情又是意外又是慌张，然后她小心地说："我……我不会告诉爸爸的。"

王野田微笑着摸摸妹妹的头。"告诉也不要紧，爸爸生气的话我会和他讲道理。"然后他叹口气说，"要是当年我有勇气和他讲道理，我们说不定已经结婚很久了。"

"我也忍耐很久了。"走出甜品店的时候，她说。

"可我们能怎么办呢？"他挖了一勺抹茶慕斯放在嘴里，悲哀地看着灌木林上的冷霜。

"我们结婚吧！"

"什么？！"

“结婚啊。我一句话就能搞定，他什么都听我的。就怕……”她雪白的牙齿咬紧下嘴唇，“就怕你必须听你爸爸妈妈的话。”

“我不是！”三十岁的男人本能地喊道。

“是啊，我们可以结婚！”她自言自语着，“以前怎么没想过呢？”

回到家里，他们冷静下来，脸贴着脸地躺在床上，细细地计划未来。

“我什么也不会要，而且我也没有婚前财产，你呢？往好里想先不说，往坏里想，如果你爸爸和你断绝关系，把你赶出来呢？”

“那我就什么也没有了。”

“那样我们就是两个从零开始打拼的小情侣。”她坚定地点点头，“我以前做过很多份工作，辛苦一点我能承受的。你呢？你去公司里给人打工，可以吗？”

“我可以，为了你我什么苦都能吃。”他把她抱在怀里，感受到她的肩膀因为激动而微微颤抖着，既然是遐想，他想，那么遐想得多么浪漫也无所谓——又不会成真！

但是之后的几天，他开始觉得乌鹊是在把这个计划当成一件真事来说了，她描述的未来越来越细致，他几乎可以看到里面烟火气的细节了。又过了几天，他在电脑上看到招聘网站的浏览记录。“你用我的电脑了吗？”他问刚刚洗完澡的乌鹊。

“我投了几份简历。”她微笑着说，“缺了十年的工作经历，我可能得从特别辛苦的工作开始做起了。”

他吓坏了。但是她扔掉浴巾，赤裸着坐在他的腿上，把他的头抱在怀里。“你爱我吗？”她眼泪汪汪地问。“我爱你。”他说。

她提了离婚，她的确一句话就能搞定，而陈知一句话都没有说。他在晚饭的餐桌上听到这个消息，他觉得自己出现了幻听，他张着嘴看她，嘴里还含着半个牛肉丸，这呆蠢的模样，她并没有多看一秒钟，她用纸巾擦了擦嘴角，去书房睡了。

第二天，她带回家一个律师，给他看她拟好的离婚协议，协议太短了，一眼就扫完，基本意思只有一个：她什么也不要，一分钱也不要，一个孩子也不要。

“我要自由。”她说。

他还是张着嘴看着她，一个字也说不出来。

“你给我自由吗？”她问。

他从来没否定过她的话，她的要求，她想装修房子，她想买珠宝，她想环游世界，他都说：“好。”——你给我自由吗？好。他当然得说好。

他签了字，按了手印，乌鹊和律师带着协议走了。卧室的门没关严，他听到保姆们一路追着她问："太太加件衣服吧，外面下雪了。""太太今天回来吃饭吗？"她们还不知道她已经不是太太了。他看着自己拇指上的印泥。

她没走。她把律师送到门口就又返回来了。陈知听着她的脚步声上楼。

她拎进来一个空箱子，在卧室的地板上打开，陈知想起来了，她要带走她多年来收藏的珠宝，但是他错了，她只装了几件常穿的旧衣服就把箱子合上了。

"把你的珠宝带走吧。"在她走出卧室的一刹那，陈知说。因为一天没有开口，他的嗓子有点哑。

她回过头，看了一眼床边的保险箱。"这些都不是我要的。"她留给他一个最后的苦笑。

她把箱子拖进王野田家，这破楼连电梯都没有，她累得浑身是汗，头顶的积雪飞快地融化，雪水淌进脖颈，她痛快地打了个寒战。

王野田上班去了，家里收拾得很干净，她想做点家务，却发现没什么可做的。碗筷在洗碗机里被烤得温热，床单散发着肥皂的香味，花花的食盆里满满地堆着狗粮，阳台上的花盆泥土湿润，刚刚浇过。每一个角落她都无比熟悉，但是她抚摩着它们，依旧像一个新妇般新奇，因为她在一种新的人生中了。

她披上妈妈给织的毯子，像一个心满意足的老人，斜躺在阳台的摇椅上，花花趴在她的膝头打着盹。她看着玻璃窗外的雪地，在北京生活了三十二年，她都不记得下过这样大的雪，好像今年有特别多的事情需要掩盖似的。她嘴角含笑着看着白茫茫的天地，仿佛看到了雪后迸发的更加翠绿的新芽，花和树都在新的春天长高了很多，小孩子变成了大孩子，年轻的姑娘们变得更美。雪，会洗刷掉一切旧的不如意，而那些新长出来的呢，当然，永恒的完美是不存在的，她知道她和王野田的生活里也会有微小的困难，但是她既然已经拥有了最有力的东西——彼此相爱，有什么困难是彼此相爱不能解决的呢？她被自己的遐想感动得眼眶湿润，三十二年了，走了这么多弯路，她终于得到了别人的寻常物：爱情啊，爱情。

窗外渐渐热闹起来的人和车辆提醒着她时间的流逝。她给王野田发了条信息，告诉他她迅速而顺利地解决了一切，现在已经在他的小公寓里喝着茶等他了。他没回复，她想起来他最近很忙。

午饭，她就着热茶吃了一点饼干打发，然后她钻进又松又软的鹅绒被睡了个午觉。昨天在书房的小床上她没睡好。下午三四点钟，她精神饱满地起床，去附近的菜市场买菜。她现在没有车了，好在路边有的是共享单车，路很滑，扫去积雪的路面结着透明的薄冰，她骑得又慢又小心。过了一两个小时，她抱着大号的牛皮纸袋回来，袋口露出一点碧绿的菠菜和几朵松软的蘑菇。

天很短，夜幕刚一围上来她就做饭，醋萝卜煲鸭腿汤、丝瓜烩老豆腐、烫菠菜浇麻酱汁、蛋羹蒸蘑菇，她哼着歌，歌声随时洒在她走过的地方。天完全黑了，王野田还没有回来。

菜又一次凉透了，她已经热了好几次，菠菜都变了色，她不敢再去热，又拨了一次王野田的电话。电话一直是通的，但是没有人接，她知道他还在开会。真是辛苦，这会一直开到了晚上十点——不对，十一点半了，她重新抬头看墙上的钟。

那一点饼干早就消化完了，一开始，她饿得胃痛，后来就不觉得饿了，低血糖使她头脑不大灵光，她越来越昏沉，心里却越来越清楚，咔嚓，咔嚓，秒针走动发出巨大的声响，每一声都像打在她脸上的耳光。她看着客厅墙上镜中的自己，满眼通红，脸颊紫胀着。她又转过脸去看着玻璃窗外，路灯下，被踩了一天的雪显得格外脏，黑色、绿色，灰扑扑的颜色混合在一起，唯独没有白色。她一阵阵地冷笑着，像发现被白天那雪白的幻象欺骗了似的，像这肮脏的真相只配她施以嘲讽似的，她的笑声越来越大，最后变成“啊”的一声尖叫，把在阳台上埋头啃罐头的花花都吓了一跳，她随着尖叫倒在了地板上。

时光一下子倒流了。她看着视野里正反颠倒的房间，多么熟悉，当年她也是躺在玄关的地板上等了他一夜，天亮的时候，她知道他们之间的缘分气数已尽。现在呢，她也看到了答案，“天不要亮吧”，她嘴唇翕动着，似乎在说这几个字，眼睛半睁半闭，没人看得出她是睡着还是醒着。

天还是固执地亮了。她听到寂静了一夜的街道重新喧闹起来，感受着刺眼的阳光照在她的身上。睡饱了的花花走过来，舔了舔她的头发。“你多么幸福啊。”她睁开眼睛看着小狗，“你从来不知道什么是忧愁。”

她扶着墙起来了，房间里太亮了，好像房顶被掀翻了，整个暴露在雪地里一样。在她与抑郁艰难抗争的那些年，她非常害怕黑夜，天一黑下来，她就像要走进巨兽的嘴中一样畏惧，现在她才知道白天有时候比黑夜更加可怕，因为你必须暴露到光线里去。

她必须走出去。这里也不是家了。

雪地反射的阳光照得她睁不开眼睛。

她又想骑自行车，可是不行，她拖着箱子，站在雪地里想了一会儿，她向租车公司租了一辆车。她不能用出租车，因为她不知道该去哪儿。

只能往前开，往更前面开。

她也不知道自己在往哪个方向的前面开，到处都那么亮，而太阳又小小地躲在云层后面。早高峰刚刚过去，路上车辆不算多，但是都开得很慢，生怕在冰冻的路面上打滑。乌鹊把车窗全部打开，刺骨的风抽打着她通红的脸，她超过了一辆又一辆的车，模糊扫过的路牌似乎在提示她超速了，可她没有减速的意思，往前开，往更前面开，冰面给了她助力，她感受不到任何摩擦，从未这么快乐过。她仿佛看到自己飘在云层之上，终于自由了，她的灵魂飞起来了，一整个晶莹剔透的世界向后退去，那毫不可惜，因为她在奔向另一个绝对纯粹的所在，减速既然已经来不及，那么就加大油门吧。车子冲过了立交桥的护栏，她从敞开的车窗里飞了出去，在冰凉的空气里滑翔。

陈知接到租车公司的电话的时候，整个人都是昏沉的，电话里一个遗憾又紧张的声音告诉他，他的妻子死了。他突然觉得很委屈，像一个小孩子被大人高明的恶作剧耍得团团转。他确定这一切都是恶作剧，他现在连自己真的离婚了都还没能相信——死？

在医院的太平间，他被搀扶着走向那个冰冷的小床，他想掀开白布，但医生按住了他的手，说她被摔成了好几个部分，可能比较难以接受。他于是没去看她，不是害怕，而是——你忍心细看一块摔碎了的和氏璧吗？把脸转过去才是对美之破碎的尊重，何况一个绝世美人，现在支离破碎的……

他的父母和两个哥哥从老家赶来帮他料理后事，因为他已经失去了神志。他坐在卧室里她的梳妆台前，手里拿着她的指甲油或者唇膏，听着压抑着的哭声随时在家里的任何角落响起，保姆们都念着太太的好。三个孩子轮流被带进来叫爸爸，他们胸前都别着白花，两个小的还不明白发生了什么，过了一会儿就吵着要看动画片，只有八岁的大儿子知道妈妈死了。

他看着儿子流下眼泪来：孩子太可怜了！

小孙走进来，站在门口哑着嗓子叫了他一声。他又抬头看小孙，眼泪流得更多了，她是最熟悉妻子的人，因为朝夕相处，她讲话的语调和步态都和她有点像了。

可是连小孙也不知道她为什么要离婚。她把一个巨大的秘密带走了。

“老板，”小孙说，她哭得脸都浮肿了，“楼下有客人，你要去见吗？”

他发着愣。

“是太太以前认识的珠宝商，他听说了，来吊唁。”

他点点头。难得商人还有这样的情谊，乌鹊不在了，他们应该知道他不会照顾他们的生意，可还是愿意来哭一场。

小孙扶着他下楼，他佝偻着腰，看上去老了五十岁。

“陈总……”珠宝商是个红脸胖子，哭声也比别人洪亮，眼泪也比别人汹涌，他是真的很伤心的，陈知也难过起来，看来乌鹊生前真的待人很好。

“太太怎么就走了……我还是晚了一步啊……”珠宝商号啕着抹着泪，“太太，你要的东西我找到了，你听不见了……”

他机械地问：“什么东西？”

珠宝商探过胖胖的身子，拿了两张纸巾擦去眼泪，抽噎着说：“太太生前一直在找一条项链。”

“哦。”他伸出手去，“给我吧。我买了。”

“不，不是！我不是来卖东西的！”珠宝商拼命摇着短粗的手指，看上去十分激动，他大声说，“我只是打听出来了下落，那东西不在我手上。”

他不得不坐下来安抚珠宝商：“到底是什么东西？”

珠宝商比画着：“一条项链，玛丽女王的，五十二枝铂金花枝，三百七十颗大小不等的钻石，背后的搭扣是一块祖母绿。十年前刚认识太太的时候她就叫我们找这条项链，可是，快五百年了啊！那些皇室珠宝换了好几次主人，这条项链确实有记载，可是下落不明。太太不忍心让我们白白跑腿，虽然一直没找到，但她总会从我们手上买一些珠宝，算是照顾生意。太太真是个好人！”

他明白了，难怪她走的时候，说保险箱里的那些珠宝“都不是我要的”。

珠宝商从口袋里拿出一张纸：“这是我从苏黎世一个停业了的拍卖行老板的孙子那里打听出来的，这条项链几年前被一个中国人买走了，这是当时登记的地址，我花了好多钱才买到这个消息。因为，你知道，泄露客人隐私是犯法的。”

他麻木地接过那张纸，道谢。珠宝商走了，他又回到卧室里，随手把纸丢在梳妆台上，昏昏沉沉地在床上躺下了。

他这样一直躺了四五天，到了乌鹊去世的第七天，他的父母侍候他起来去参加葬礼。他像个玩具一样被他们摆布，刮胡子，穿衣服，被搀扶着往外走，走过梳妆台的时候，他看到了上面的地址，然后他额角的血管突然像爆炸一样疼痛——

纸上写着一个小区的名字和楼层号，那个小区正是租车公司告诉他的乌鹊要求的交车点。因为那里距离小女儿的早教班只有几十米的距离，他一直以为她是从早教班离开后才租车的。

他去了那个小区，只有小孙开车，他不想让别人见到他探求秘密的样子，到了那栋楼下，小孙想下车扶他，他让她待在车里，他也不想让小孙见到之后的事。虽然他还不知道是什么事。

他按了二楼的门铃，开门的是——王野田。

自从和乌鹊结婚后他们就没再见过面。现在王野田还像十年前那么清瘦，英俊，衬托得中年发福的他越发平凡。王野田穿着绒线睡衣，头发乱蓬蓬的，看上去刚刚起床，他的表情看上去像老友阔别后的吃惊，但一丝愧疚和慌乱飞快地从眼神里飘过，陈知把一切都看在眼里。

“啊……你！兄弟，我们好多年不见了。”王野田强装镇定，“快进来坐！”他让开门口。

他像被抽去魂魄一样顺从地走进来，站在这小小的客厅中间，他四下看着，几乎晕了过去：他确定她曾经在这里生活过，他能闻到她常用的橙花香水的味道，还能在餐布的花纹上看到她喜欢的配色。

“喝什么茶？”王野田打开冰箱。

陈知看着他，心里突然泛起同情，他可以尽情沉浸在悲痛里。而王野田呢，他连自己爱过——说不定还正在爱着的人的死讯都不知道。

一阵细微的脚步声从阳台上传来，他看到吊兰长长的枝蔓颤动着。“这狗胆子特别小，见人就躲。”王野田笑着说。

“花花。”陈知试探着叫了一声，他记得乌鹊和王野田曾经一起养过的狗叫花花，不知道这么多年过去了还是不是那一只。

花花走出来了，它已经是一条老狗了，毛发斑驳，步履蹒跚，像个看尽了世间百态的老人，在一片雪白的阳光里，它走近了，用一双清澈通透的眼睛看他。他看到花花的颈下戴着一块漂亮华贵的狗牌，铂金质地，几百颗碎钻好像满天的繁星一样朝他眨眼，狗牌下面缀着一块巨大的祖母绿，那是顶级的成色，就像一潭安静的湖水上漂满了绿藻。

他长长地叹了口气：“原来你把那条项链熔了，做成了狗牌。”

王野田吓得一颤，手慌乱地向后抓着，扶住一旁的桌角。他这副受惊的样子使陈知轻蔑地笑出了声。王野田一言不发，过了一会儿，他轻声说：“是的。”

“我猜她一直没有认出来，不然她会把它摘走的。”陈知惋惜地抚摩着那冰冷的珠宝。

王野田颓了下来，不得不点头。

“她早就瞎了。”

“什么？”

“她早就瞎了，她看不到她一直在找的东西就在身边。”陈知站起来，扶着墙壁，慢慢地走了出去。

（完）

你总是假装和我是陌生人，可是，我们的灵魂，一直在以只有我们能理解的方式交织。

13 1 2 5 14

单纯的少女珠雨田似乎在一夜之间拥有了人生全部的幸运：
突然出现的生父，竟然是有名的地产商；
偶遇的漂亮姐姐，是名牌大学前途无量的女博士；
连生日宴会上见到的富豪都与她一见钟情，和她一同走入甜蜜的热恋……

然而在这“天降幸运”的背后，是否有人为操作的痕迹？

当珠雨田察觉到反常，试图寻找答案时，
她发现自己早已陷入一个有人厮杀、有人拯救的旋涡。

绵延了十年的复仇之旅，
终于在雨中清晰了起来……

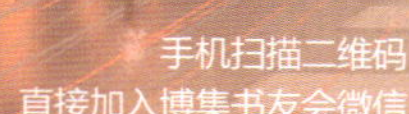

上架建议：畅销·长篇小说
ISBN 978-7-5404-8527-6

定价：49.80元